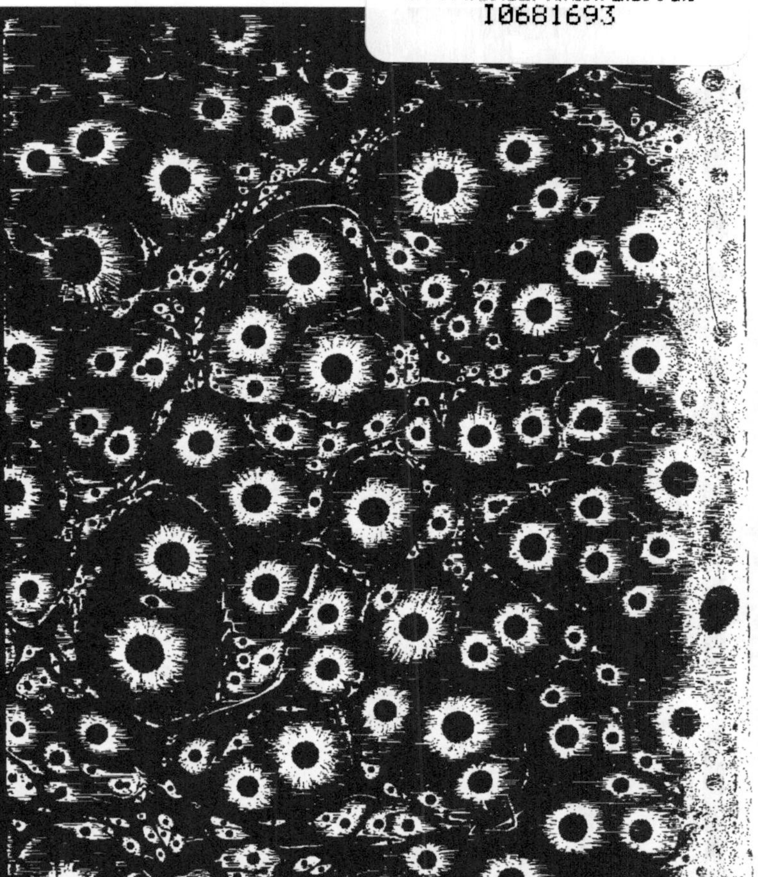

PIERRE CHAMPION

FRANÇOIS VILLON

SA VIE ET SON TEMPS

TOME SECOND

AVEC 25 PLANCHES HORS TEXTE

PARIS

LIBRAIRIE SPÉCIALE POUR L'HISTOIRE DE FRANCE

HONORÉ CHAMPION, ÉDITEUR

5, QUAI MALAQUAIS, 5

1913

BIBLIOTHÈQUE DU XVᵉ SIÈCLE

TOME XXI

FRANÇOIS VILLON

SA VIE ET SON TEMPS

BIBLIOTHÈQUE DU XVe SIÈCLE

PIERRE CHAMPION

FRANÇOIS VILLON

SA VIE ET SON TEMPS

TOME SECOND

AVEC 25 PLANCHES HORS TEXTE

PARIS

LIBRAIRIE SPÉCIALE POUR L'HISTOIRE DE FRANCE

HONORÉ CHAMPION, ÉDITEUR

5, QUAI MALAQUAIS, 5

1913

Les victimes du Dieu d'Amour
(Bibl. nat., ms. fr. 1654 fol. 153re)

FRANÇOIS VILLON

SA VIE ET SON TEMPS

CHAPITRE IX

SES AMOURS ET LE MEURTRE DE PHILIPPE SERMOISE

Avoir vingt-cinq ans ; être très pauvre ; éprouver qu'on a devant soi l'avenir que vous assurent la santé, la joie de vivre, de belles relations, un esprit vif, capable de désarmer l'homme le plus rigide, de faire réfléchir le plus sérieux, de surpasser en gaîté le plus joyeux ; avoir le goût de la volupté décuplé par la pensée de la mort ; éprouver qu'il y a un plaisir dans chaque chose, dans une chanson, dans un beau rythme, dans une rime étincelante ; aimer l'aspect et le bruit du monde, le geste des hommes, comme on adore le tendre corps de la femme ; savoir traduire toutes ces impressions avec le sûr instinct de son oreille et de son cœur ; se trouver dans sa mauvaise fortune et dans ses amours semblable aux héros des livres qu'on vient de lire, à ceux de la Bible, de la Grèce et de Rome ; rêver de posséder Didon, la reine de Carthage ; rire du pédantisme et du fatras de l'Ecole ; être jeune enfin en ayant déjà beaucoup vécu, observé toutes sortes de conditions ; pouvoir haïr de toutes les forces de son âme ; se montrer bon ou mauvais, suivant l'heure ; se sentir à la fois d'église et séculier ; avoir jusqu'à ce jour éprouvé toutes les gâteries d'un brave homme de chapelain et la tendresse d'une pauvre femme de mère : tel pouvait être alors, vraisemblablement, au moral, l'état de M⁰ François Villon.

Autant que nous pouvons le savoir c'était, au physique, un pauvre petit écolier, sec et noir, laid ; hardi en paroles, il se montrait peut-être assez timide avec les femmes puisqu'elles le rendirent très malheureux et qu'il s'accommoda trop bien des faciles caresses d'une grosse Margot.

Sans doute M⁰ François avait déjà connu des filles, depuis longtemps, parmi celles dont l'amour est rapide, et qui en veulent surtout à notre bourse [1] :

> Je plaings le temps de ma jeunesse,
> Ouquel j'ay plus qu'autre gallé [2]...

Oui, il avait aimé ! Mais de quelles déceptions ses amours avaient été suivies. Une de ces femmes, qu'il avait adorée vainement, s'était donnée depuis à tous, comme tant d'autres, hélas [3] !

> Toutesfois ceste amour se part :
> Car celle qui n'en amoit qu'un
> D'iceluy s'eslongne et despart,
> Et aime mieulx amer chascun !

N'accusons ici que la nature féminine, dira le pauvre Villon, dépité. Mais de répéter un proverbe équivoque, qui assure que « six ouvriers font plus que trois », ce n'est pas une consolation. Toute foi est violée en amour. Et François maudissait cette Catherine de Vausselles pour laquelle il avait été battu tout nu en présence de Noël Jolis, le confident de ses aventures [4].

Ah ! si au début de leur liaison, elle lui avait fait connaître ses intentions, il aurait bien su échapper à ses filets ! Mais Catherine était une coquette toujours prête à écouter ce qu'on

1. T., h. 49.
2. T., h. 22.
3. T., v. 605-608.
4. T., h. 53, 54, v. 661-664. Voir ch. V, § III.

lui voulait dire, sans rien accorder ni refuser non plus ; elle laissait Me François s'approcher d'elle, et elle s'accoudait près de lui :

> Et me souffroit tout raconter ;
> Mais ce n'estoit qu'en m'abusant [1].

Car si Catherine de Vausselles vous eût affirmé n'importe quelle folie, vous l'eussiez cru sur le témoignage de ses yeux et de sa bouche menteuse, comme le fit le pauvre Villon [2] :

> Abusé m'a et fait entendre
> Tousjours d'ung que ce fut ung aultre,
> De farine que ce fust cendre,
> D'ung mortier ung chappeau de faultre [3],
> De viel machefer que fust peaultre [4],
> D'ambesars que ce fussent ternes [5] :
> Tousjours trompeur autruy enjaultre [6]
> Et vent vecies pour lanternes ;

> Du ciel une paelle d'arain, [7]
> Des nues une peau de veau,
> Du matin qu'estoit le serain,
> D'ung trongnon de chou ung naveau,
> D'orde cervoise vin nouveau,
> D'une truie ung molin a vent
> Et d'une hart ung escheveau [8],
> D'ung gras abbé ung poursuyvant [9].

1. T., h. 55-56.

2. T., v. 689-728.

3. Du grand bonnet, que portaient par exemple les gens du Parlement, que ce fût le petit chapeau de feutre, à la mode en ce temps-là.

4. Que la vieille ferraille était semblable à cette sorte de plomb très tendre dont on faisait alors de la mauvaise monnaie et des images saintes (Godefroy, *ad. v.* peautre).

5. Que jeter deux as dans un coup de dés cela était la même chose qu'amener trois.

6. Trompe. Cf. :

Vous faites croire que les quines sont ternes — Et de quaternes que ce sont ambesars — De vecies que sont claires lanternes... — Menteries composent vostre proesme.

   (*Réformation des dames de Paris*, dans les *Poésies gothiques françaises* de Sylvestre).

7. Une poêle ou chaudière d'airain.

8. A *hars*, C *hart* ; les autres leçons donnent *haye*, adopté par A. Longnon. — Que la corde de la potence, c'était un écheveau de fil.

9. Un maigre poursuivant d'armes, tel que ceux que l'on rencontrait sur les routes, portant les messages des princes.

Ainsi m'ont amours abusé
Et pourmené de l'uys au pesle [1].
Je croy qu'homme n'est si rusé,
Fust fin comme argent de coepelle [2],
Qui n'y laissast linge, drap, paelle [3],
Mais qu'il fust ainsy manyé
Comme moy, qui partout m'appelle
« L'amant remys et regnyé. »

Et, plus loin, le poète s'écriera avec emphase :

Je regnie Amours et despite ;
Je deffie a feu et a sang.
Mort par elles me precipite,
Et ne leur en chault pas d'ung blanc [4].
Ma vïelle ay mys soubz le banc [5] ;
Amans je ne suyvray jamais :
Se jadis je fus de leur ranc,
Je desclare que n'en suis mais.

Car j'ay mis le plumail au vent [6] :
Or le suyve qui a attente ;
De ce me tais doresnavant,
Car poursuivre vueil mon entente.
Et s'aucun m'interroge ou tente
Comment d'Amours j'ose mesdire,
Cette parolle le contente :
« Qui meurt a ses loix de tout dire. »

1. Le *pesle* ou pène de la porte, c'était le verrou. Villon fait allusion à ces dévotions que les amants martyrs rendaient au verrou de la porte de leur cruelle amie : ils l'embrassaient, le caressaient, etc. (Cf. W. C. Byvanck, *Le grant garde derrière*, p. 18, 38). Il n'est nullement question de froid et de chaud, comme on l'a répété à la suite de Le Duchat.

2. Argent épuré dans ce vase poreux qu'on nommait la *copelle* (Godefoy, Sup., ad. v. copelle).

3. Poële, petite casserole à longue queue. — Tout son pauvre ménage.

4. La plus faible monnaie.

5. Il ne faut pas prendre cette image à la lettre ; c'était une façon proverbiale de parler. Cf. t. I, p. 119, 310.

6. Non pas le panache, mais la plume qu'emporte le vent, et qu'on ne suivra pas. Cf.
Si vous n'aviez d'escuz ung plain chapeau — Il vauldroit mieulx mettre la plume au vent.
(*Débat de l'Amant et de la Dame* dans le *Jardin de Plaisance*) ; Collerye a dit (éd. d'Héricault, p. 218) :
La plume au vent je gecte à l'aventure.

C'est tout ce que Villon nous a dit de Catherine de Vausselles. Sans doute elle habitait sur la montagne Sainte-Geneviève, près du collège de Navarre. Mais le nom de Vausselles, qui n'atteste pas une origine parisienne, se rencontre assez fréquemment à cette époque à Paris [1]. Tout ce qu'il importe de connaître, nous le savons cependant : Catherine était une coquette, donc une femme charmante, la plus propre à tourmenter un homme d'intelligence et de cœur. Elle était toute semblable à l'aînée de ces deux sœurs que surprit vers ce temps-là le poète Vaillant. Catherine aurait parlé comme l'une d'elles [2] :

> L'en doit faire chiere commune
> A ung chascun, soit froid ou chault,
> Et se monstrer ainsi com une
> A qui de tout bien fort lui chault...
>
> Et puis pensez quel plaisir c'est
> D'en avoir tousjours cinq ou six.
> Car l'ung ou l'autre toujours est
> Auprès de vous, debout ou sis :
> L'ung se lieve, l'autre est rassis ;
> Quant l'ung s'en va, l'autre revient ;
> L'ung chante ou rit, l'autre est transis ;
> Ainsi de dueil ne vous souvient.
>
> Tousjours vous font quelque beau conte ;
> L'ung ou l'autre vostre main serre,
> Ou l'autre sur le pié vous monte :
> L'ung est en paix et l'autre en guerre.
> Pour cuider vostre amour conquerre,
> Vous complaisent à qui mieulx mieulx,
> Et sont à genoulx ou à terre,
> Comme devant beau Sire Dieux !
>
> Les ungs vous baisent en la joue,
> L'autre baise voz gens tetins,
> L'autre le coul, ainsi c'on joue,
> Ou l'autre baille les patins :

---

1. Voir la notice à l'appendice.
2. Cf. Montaiglon, *Recueil de poésies françaises*, IX, p. 92 et s. — J'ai suivi le texte du ms. fr. 2230, fol. 211 v°.

De ce vient martres et satins,
Verges, tissus et cœuvrechiefz;
Et vous servent tous les matins
En vous faisant plaisans meschiefz...

Or se vous estes à l'eglise,
Ilz s'en yront là parmener :
Et si voient nul qui les avise,
Lors leur verrez bien demener
Fort la bouche et les yeulx mener
Envers leur Dieu, qui est pour rire ;
Puis les scavent bien ramener
Soudainement où leur cueur tire !

Mais qu'est-ce qui détermina cette correction dont le souvenir fut cuisant à Villon ? Qui lui valut d'être fustigé, comme ces toiles que les lavandières battent aux ruisseaux ? Il semble, on l'a dit, que cette punition ait été légale, puisque plus tard François demandera au bourreau de Paris, Mᵉ Henry Cousin, de frapper à son tour de verges Noël Jolis, qui paraît bien mêlé à cette histoire [1]. L'expression être « battu tout nud » était d'ailleurs de style. On se rappelle, par exemple, que le page qui avait fait une chanson contre la femme de Pierre Guillemet, fut condamné par la Cour à être « battu nu » devant sa maison. Et le Parlement défendra aux pages de composer et de chanter de telles « chansons diffamatoires faisans mentions d'aucunes personnes particulières, sur peine de bannissement et d'estre pugniz corporellement [2] ». Il est question de semblables refrains dans l'œuvre de Villon [3], qui fut mis en procès par Denise pour l'avoir « maudite » : la méchanceté ou la calomnie pouvait bien être son péché mignon. Mais Mᵉ François, qui tient à se donner comme le martyr d'Amour, l'amoureux parfait, s'est sans doute gardé de nous faire savoir qu'après avoir soupiré humblement aux pieds de la coquette Catherine de Vausselles, il l'aura insultée publiquement ou chansonnée.

1. Voir à l'appendice les notices sur Noël Jolis et Mᵉ Henry.
2. Bibl. Nat., Dupuy 250, 3 septembre 1484.
3. Cf. ch. V, § III.

Il ne fut pas plus heureux avec cette autre demoiselle qu'il nomma par amour sa « chère rose [1] », mais qui de son vrai nom s'appelait Marthe ; personne qui joua un grand rôle dans sa vie puisque François parlera d'elle immédiatement après nous avoir entretenu de sa mère. Elle tourna mal, se donna par la suite à tous pour de l'argent, bien que le pauvre Villon n'eût jamais tiré d'elle une étincelle d'espérance. Comme il la maudira plus tard, en lui faisant adresser par un dégoûtant personnage, l'ami Perrinet Marchand, avec bien des insultes, une ballade jadis composée en son honneur, et dans laquelle François lui avait conseillé de profiter de sa jeunesse [2] !

> Item, m'amour, ma chiere rose,
> Ne luy laisse ne cuer ne foye ;
> Elle ameroit mieulx autre chose,
> Combien qu'elle ait assez monnoye.
> Quoy ? une grant bource de soye,
> Plaine d'escuz, parfonde et large ;
> Mais pendu soit il, que je soye,
> Qui luy lairra escu [3]... ne targe.
>
> Car elle en a, sans moy, assez.
> Mais de cela il ne m'en chault ;
> Mes plus grans dueilz en sont passez,
> Plus n'en ay le croppion chault.
> Si m'en desmetz aux hoirs Michault,
> Qui fut nommé le Bon Fouterre ;

1. Guillaume de Machault avait déjà nommé sa dame une « rose de mars » (Bibl. Nat., fr. 22546, fol. 69 v⁰) ; « Rose sans pair », « Passe rose », « Rose vermeille », lit-on dans le *Jardin de Plaisance*, éd. Vérard, fol. 69, 81 v⁰ ; « Tendre rosée », « doulce rosée », « ma rosée », lit-on ailleurs (*Vieux Testament*, VI, v, 44730 ; *Ancien théâtre français*, II, p. 152 ; Collerye, p. 116).

A mon tetin, m'amour, ma roze !

s'écrie aussi le farceur (Le Roux de Lincy, *Farce nouvelle a vj personnages*, p. 16). Cette locution est de style jusqu'au milieu du XVIᵉ siècle. *Adieu ma mye, Adieu ma rose* est le timbre d'un Noël de Jehan Chapperon (éd. Picot, p. 37).

2. T., h. 80-83.

3. *Ecu* amène le calembour sur *targe* : c'était une façon de bouclier et aussi une monnaie des ducs de Bretagne, représentant précisément cette sorte d'écu. Mais Villon doit faire là une plaisanterie libre dont le *Tournoi amoureux* nous rend compte (*Fac-simile du manuscrit de Stockholm*, fol. 68 r⁰).

Priez pour luy, faictes ung sault :
A Saint Satur gist, soubz Sancerre [1].

Ce non obstant, pour m'acquitter
Envers Amours, plus qu'envers elle,
Car oncques n'y peuz acquester
D'espoir une seule estincelle
(Je ne sçay s'a tous si rebelle
A esté, ce m'est grant esmoy ;
Mais, par sainte Marie la belle !
Je n'y voy que rire pour moy),

Ceste ballade luy envoye
Qui se termine tout par R [2].
Qui luy portera ? Que je voye.
Ce sera Pernet de la Barre,
Pourveu, s'il rencontre en son erre
Ma damoiselle au nez tortu,
Il luy dira, sans plus enquerre :
« Orde paillarde, dont viens tu ? »

BALLADE

Faulse beauté qui tant me couste chier,
Rude en effect, ypocrite doulceur,
Amour dure plus que fer a maschier [3],

---

1. Il est fait allusion à la lubricité de ce personnage dans *Renart le Contrefait* (2ᵉ version, v. 943-4)

Oncques Michault qui en mourut — Si volentiers ouvrier n'en fut.

A la façon dont Villon parle de ce légendaire personnage, il semble qu'il ait cru voir son tombeau lors de son passage à Saint-Satur (Cher). Voir plus loin ch. XIII.

2. Equivoque sur la lettre *r* (erre) qui termine en effet chaque mot de la ballade. L'alphabet est un sujet sur lequel les poètes du moyen âge aimaient à s'exercer. Huon le Roi, de Cambrai, rima *Li Abeces par Ekivoche* dont M. Artur Langson a donné une excellente édition (Helsinki, 1911), qui éclaire très heureusement une petite pièce joyeuse, *Ballade de l'ABC*, datant du xvᵉ siècle (Pierre Champion, *Ballades et autres pièces joyeuses* dans la *Revue de Philologie Française*, 1907, XXI, p. 196). Voici ce que Huon le Roi nous dit de la lettre R :

R est une lettre qui graingne : — De felonie adès engraingne. — Sans R ne puet on nomer — Riche mauvais ne renomer — La mauvaistié de son vil los. — Quant li waildiaus vient ronger l'os — Et aultres ciens, vient pour prendre, — Sans R ne le puet defendre...

Cf. ce *Simple souhait*, qu'on lit dans les *Bons et tres utiles enseignemens :*

Sain et saulve c'est mon sonhait : — Il est doulx, il n'y a point de R. — Toujours desire estre dehait — Sain et saulve [etc.] — S'aulcun homme ou femme me hait — C'est à tort, si je suis sur terre - - Sain et saulve [etc.].

3. Amour plus dur que le fer ne l'est à mâcher.

Nommer que puis de ma desfaçon seur [1],
Cherme felon, la mort d'ung povre cuer,
Orgueil mussié [2] qui gens met au mourir,
Yeulx sans pitié, ne veulx [3] droicte Rigueur,
Sans empirer, ung povre secourir ?

Mieulx m'eust valu avoir esté serchier
Ailleurs secours : c'eust esté mon onneur ;
Riens ne m'eust sceu hors de ce fait hachier.
Trotter m'en fault en fuyte, a deshonneur.
Haro, haro, le grant et le mineur [4] !
Et qu'est ce cy ? Mourray sans coup ferir ?
Ou Pitié veult, selon ceste teneur,
Sans empirer, ung povre secourir ?

Vng temps viendra qui fera dessechier,
Iaunir, flestrir vostre espanye fleur ;
Ie m'en risse, se tant peusse marchier
Lors ; mais nennil, ce seroit donc foleur :
Las, viel seray ; vous, laide, sans couleur,
Or beuvez fort, tant que ru peut courir [5] ;
Ne donnez pas a tous ceste douleur,
Sans empirer, ung povre secourir.

Prince amoureux, des amans le greigneur [6],
Vostre mal gré ne vouldroye encourir,
Mais tout franc cuer doit pour Nostre Seigneur,
Sans empirer, ung povre secourir !

Tels étaient alors les pensers, le fade et mauvais langage, les soucis amoureux du jeune maître ès arts : peines feintes ou réelles qu'il exaltait à la mode de son âge. Il aurait pu continuer longtemps, sur ce ton, à se désespérer de Catherine

1. Toi que je puis nommer sùrement l'auteur de ma fin.
2. Orgueil dissimulé.
3. F *veulx* ; Longnon *veult*.
4. Cri d'appel, que l'on rencontre très fréquemment dans la bouche des héros des chansons de Geste. Il est question dans Monstrelet du grand haro proclamé par les habitants de Rouen contre le duc de Bourgogne, « lequel signifie l'oppression qu'ils ont des Anglois ». Mais cette expression était tombée dans le langage commun.
5. Buvez autant que le ruisseau peut débiter d'eau courante. C'était là une façon proverbiale de parler.
6. Le plus grand, le plus parfait des amants.

et de Marthe. Il aurait eu toute la mièvrerie d'un Vaillant,
la grâce d'un Alain Chartier, la tendresse, la douceur d'un
Charles d'Orléans, et peut-être, de temps à autre, le tour
d'esprit du gamin de Paris, gouailleur et lyrique, la mâle
gravité qui était sa manière à lui :

> Ung temps viendra qui fera dessechier,
> Jaunir, flestrir vostre espanye fleur...

Il y a parfois dans la vie un instant rapide dont les conséquences se feront sentir sur tout le reste de notre existence ;
une minute mystérieuse la domine, un accident en modifie
toute la suite. Il est un destin qui nous ferme une route et en
indique irrévocablement une autre : ainsi l'éprouva Villon
quand il rencontra un prêtre amoureux et colérique.

C'était le soir de la Fête-Dieu, le 5 juin de l'an 1455. Aux
vêpres, suivant la coutume, on avait porté en procession, à travers le quartier Saint-Benoît, le corps de Notre-Seigneur sous le
dais, couronné d'un chapeau de roses vermeilles et enrubanné
d'or. Une bonne fête pour tout le populaire de contempler ce
triomphe, les ecclésiastiques, les marguilliers, les porteurs, cou-
ronnés eux aussi de chapeaux de fleurs, de marjolaines, de
violettes blanches et coiffés de bourrelets dorés, les maisons tendues de draps ! Le plus indifférent eût été gagné par
cette fièvre légère qui accompagne toutes les réjouissances
publiques [1].

Ce soir-là il faisait bon prendre du repos : et l'on devisait,
suivant la coutume des Parisiens, sur le banc, devant sa maison.
Il y avait encore dans l'air le parfum de l'encens et des roses.

Le soir fraîchissait. Me François, qui avait dû suivre la procession, était assis sur un banc de pierre situé sous l'horloge
de Saint-Benoît, dans la grand'rue Saint-Jacques : par crainte

---

1. L'abbé Villain, *Essai d'une histoire de la paroisse de Saint-Jacques de la Boucherie*,
1758, p. 140 et s. ; Dom Martène, *De antiquis ecclesiæ ritibus, op. cit.*

Scène de meurtre
(Bibl. nat., fr. 127 fol. 33ᵛᵒ, Boccace)

du serein, il portait un petit manteau. Il y avait auprès de lui un prêtre, nommé Gilles, et une femme du nom d'Isabeau [1]. On causait en paix : il pouvait être neuf heures du soir environ.

Or tout à coup débouchent Philippe Sermoise, un autre prêtre, et maître Jean le Mardi. Dès qu'il a aperçu Villon, Philippe s'écrie :

— Je renie Dieu ! Maître François, je vous ai trouvé : croyez que je vous courroucerai !

— Vous tiens-je tort ? Que me voulez-vous ? Je ne crois en rien vous avoir méfait. Beau frère, de quoi vous courroucez-vous ?

Et François Villon de se lever pour céder la place au prêtre irrité. Philippe le repousse, déclinant cette politesse ; François se rassied. Mais Philippe, furieux, tire alors la dague qu'il portait sous sa robe et frappe Villon en plein visage, fendant et ensanglantant sa lèvre, douloureusement.

Cette rencontre s'annonçait décidément mal : prudemment Gilles et Isabeau leur faussent compagnie. Restés seuls, François et le prêtre descendent jusqu'à la porte du cloître. François bat en retraite, tenant une pierre dans sa main droite, et dans l'autre la dague qu'il a tirée de dessous son petit manteau : sa blessure est cruelle. Me Jean le Mardi fait mine d'intervenir et tente de désarmer François de son arme : pour éviter la fureur du prêtre qui le poursuit toujours, l'injure et la menace à la bouche, Villon la lui plante profondément dans l'aine. Sermoise roule à terre, et François lui lance en outre au visage la pierre qu'il tenait à la main [2].

Sur quoi Villon laissa là son prêtre et se rendit chez un barbier, nommé Fouquet, pour se faire panser. Suivant les ordon-

---

1. Cf. le dit du *Mireur des Moines* dans Montaiglon, *Anc. poésies françaises*, XII, p. 286 :

Pour eviter à telz diffames — Soiés en maintien plus rassis — Sans vous trouver avec ces femmes - Dessus un banc public assis.

2. A. Longnon, *Étude biographique*, p. 133-136, 137-139.

nances de police, le barbier lui demanda son nom, et celui de sa victime. François répondit se nommer Michel Mouton et dénonça Philippe Sermoise pour le faire arrêter le lendemain.

Ce n'était guère la peine. Des voisins avaient ramassé Sermoise dans le cloître Saint-Benoît, portant toujours sa dague dans l'aine. On le coucha dans cette maison du cloître qui servait de prison, non loin de la porte ouvrant sur la rue Saint-Jacques. On le soigna et un examinateur du Châtelet vint l'interroger. Et là cet homme, naguère furieux, aurait déclaré, ce qui demeure peu croyable, que, s'il mourait de ce coup, il ne voulait pas que ses amis poursuivissent sa vengeance ; qu'il pardonnait à son meurtrier, « pour certaines causes qui à ce le mouvaient ». Mais, ce qui est certain, c'est que le lendemain on transportait Sermoise à l'Hôtel-Dieu, où il trépassa le samedi suivant.

Certes, Villon s'était trouvé dans un cas de légitime défense, et l'on ne saurait demander du sang-froid à qui vient d'avoir la lèvre fendue d'un coup de dague. Mais tout n'est pas aussi clair dans cette affaire. Nous ignorons l'offense qu'avait reçue Sermoise ; peut-être la petite Isabeau, qui s'était sauvée, la connaissait ? Cependant Villon avait eu le tort de déclarer un faux nom au barbier, un nom réel au demeurant [1]. Et pourquoi surtout estima-t-il, par crainte de la justice, qu'il devait s'absenter ?

Il quitta aussitôt Paris et se cacha pendant sept mois. Alors, comme celui qui fut son maître en ballades, Villon aurait pu dire [2] :

> Adieu m'amour, adieu douces fillettes,
> Adieu Grant Pont, Hales, estuves, bains,
> Adieu pourpoins, chauces, vestures nectes,
> Adieu harnois, tant clouez comme plains,
> Adieu molz liz, broderie et beaux seins,
> Adieu dances, adieu qui les hantez,

---

1. On trouve un prisonnier pour dettes de ce nom à la Conciergerie, le 22 août 1450 (Arch. Nat., Xꜞᵃ 8304, fol. 486).
2. Eustache Deschamps, V, p. 51-52.

> Adieu connins, perdiz que je reclaims,
> Adieu Paris, adieu petiz pastez !
>
> Adieu chapeaulx faiz de toutes flourettes,
> Adieu bons vins, ypocras, doulx compains,
> Adieu poisson de mer, d'eaues doulcettes,
> Adieu moustiers ou l'en voit les doulz sains
> Dont pluseurs sont maintesfoiz chappellains ;
> Adieu deduit et dames qui chantez :
> En Languedoc m'en vois comme contrains ;
> Adieu Paris, adieu petiz pastez… !

Que devint-il dans ce premier exil volontaire ? Nous l'ignorons. Mais il y a lieu de croire que Villon se terra non loin de la ville. Bourg-la-Reine, le gros village que l'on rencontrait au sortir du Paris universitaire, sur la route d'Orléans [1], paraît assez désigné pour avoir été ce premier exil, à moins qu'on ne lui préfère le vallon broussailleux et les eaux dormantes de Port-Royal [2]. Car, en 1461, François Villon dira : [3]

> Item, donne a Perrot Girart,
> Barbier juré du Bourg la Royne,
> Deux bacins et ung coquemart,
> Puis qu'a gaignier met telle paine.
> Des ans y a demie douzaine
> Qu'en son hostel de cochons gras
> M'apatella une sepmaine,
> Tesmoing l'abesse de Pourras.

Or « Pourras » était le nom vulgaire de Port-Royal [4]. Et ce que nous savons de l'abbesse de ce temps, Huguette du Hamel, nous laisse croire qu'elle pouvait être témoin indulgente ou complice des « repues franches » dont François Villon vécut nécessairement alors.

On la disait fille de l'abbé de Saint-Riquier, Hugues Cuillerel. Entrée en religion vers 1439, elle était devenue abbesse de Port-Royal à la mort de Michelle de Langres, en 1454 ou 1455.

---

1. Lebeuf, éd. Bournon, III, p. 555.
2. *Ibid.*, p. 295-297. — 3. T., h. 105.
4. A. Longnon, *Etude biographique*, p. 38.

L'abbaye demeurait alors désertée et bien pauvre, puisque Huguette y trouva seulement une novice. La conduite de l'abbesse n'avait pas été bonne. On la prétendait déjà entachée de la souillure du péché de chair ; mais elle le commettait si secrètement que nul n'aurait pu s'en apercevoir. Devenue abbesse de Port-Royal, Huguette établit comme procureur de l'abbaye Me Baudes le Maistre, à qui elle confia les sceaux du couvent. Quand il demeurait à Port-Royal, Me Baudes couchait en toute familiarité dans la chambre de l'abbesse. A son épouse spirituelle, l'abbaye, Huguette avait donc joint une façon de mari. Un jour Huguette et Baudes se baignèrent ensemble ; et l'abbesse commanda à une jeune religieuse, nommée Alison, de prendre aussi un bain avec un jeune maître ès arts, cousin de Baudes. Or Alison était prude ; elle répondit que ce serait mal, qu'elle n'en ferait rien. Huguette la fit alors jeter dans le bain, toute chaussée et vêtue ; force lui fut bien de se dépouiller. Et depuis Huguette aurait vendu à son père naturel, l'abbé de Saint-Riquier, la prudente Alison. L'abbesse enfin se rendait aux fêtes et aux noces, se déguisait avec les galants, surtout la nuit, au point que les gens d'armes en firent le sujet d'une ballade. Et malgré les observations de l'abbé de Chaalis, de l'ordre de Cîteaux, elle n'éloignait son cher Me Baudes que pour le reprendre quinze jours après. Elle allait le relancer et il lui prêtait son lit. Contrainte de chasser une bonne fois ce vilain personnage, elle engagea l'argent de l'église afin de lui reconnaître 418 livres ; et tous deux emportèrent les titres et les lettres de l'abbaye [1].

---

1. L'histoire de l'abbesse de Port-Royal peut nous sembler un peu extraordinaire. Elle n'est guère différente, cependant, l'aventure de l'abbesse de Saint-Cyr, dame Isabeau. Elle aussi, l'an 1465, par peur des guerres, s'était retirée dans Paris avec ses nonnains, rue Saint-Jacques. Le prieur de Saint-Denis-de-la-Châtre l'avait invitée à venir demeurer à son prieuré de Saint-Denis avec ses deux nonnains : mais là le prieur suborna la nonnain Antoinette ; son clerc se chargea de l'autre. Ici encore on voit le prieur chercher à induire l'abbesse à résigner son bénéfice de Saint-Cyr à l'abbesse de Vaulxfond, une jeune fille. Ce que ne pouvant obtenir de l'évêque de Chartres, le prieur s'en empara par force, enlevant, à l'aide de « deux escumeurs de mer » de Normandie et de charbonniers, un nommé Frère Regnault. Au dire de l'avocat

Tels sont les faits extraordinaires que nous révèle une procédure de 1469 et 1470, alors que Huguette du Hamel avait une soixantaine d'années [1].

C'était là un bien singulier milieu clérical; Villon dut y trouver quelque adoucissement à son exil. Ce qui paraît certain du moins, c'est que ses amis de Paris, ses parents ne l'avaient pas abandonné. Ils durent agir en sa faveur auprès de la chancellerie.

Au mois de janvier 1456 (n. st.) une lettre de rémission lui était accordée personnellement, comme cela avait lieu pour les fugitifs. Mais, ce n'est pas à l'honneur des usages de la chancellerie, pour le meurtre de Philippe Sermoise, elle lui faisait tenir, presque dans les mêmes termes, deux lettres de pardon : l'une au nom de François des Loges, dit de Villon, l'autre à celui de François de Monterbier (lisez Montcorbier) [2]. Ses amis avaient dû arranger quelque peu le récit du meurtre de Sermoise ; peut-être l'avait-il fait lui-même [3] ? Car le pardon du blessé à mort demeure toujours très singulier. On y alléguait aussi que notre maître ès arts de vingt-six ans s'était « bien et honorablement gouverné sans jamais avoir esté attaint, reprins, ne convaincu d'aucun autre villain cas, blasme

Du Drac, il faut avouer que la conduite d'Isabeau était mauvaise ; et ce Frère Regnault, un ancien Cordelier, vivait avec elle comme son mari, depuis vingt-quatre ans. (Arch. Nat., X¹ᵃ 8310, fol. 1, février 1467 n. st.). — Sur la vie que l'on mène au couvent de Farmoutiers, au diocèse de Meaux, voir Arch. Nat, X¹ᵃ 4836, fol. 225. L'abbesse va à la chasse et vit avec un certain Milet. Plusieurs évêques tentent en vain la réforme du couvent.

1. A. Longnon, *Etude biographique*, p. 38-40, 175-188 (d'après Arch. Nat., X¹ᵃ 8311, fol. 190 et suiv.).

2. Arch. Nat., JJ. 187, fol. 76 v°; JJ. 183, fol. 49 r°, ap. A. Longnon, *op. cit.*, p. 133-136, 137-139.

3. « Nota que la differance de impetrer remission entre celui qui est prisonnier et celui qui est fugitif est telle : c'est assavoir, pour celui qui est prisonnier, est faicte la remission ou nom des parens et amis charnelz ; et celui qui est fugitif, on la fait voulentiers en son nom et à sa requeste. Et quand il est prisonnier, il ne fault point metre que le roy lui quitte les bans, deffaulx et appeaulx, sinon toutesvoies qu'il eust esté fuitif et absent, et qu'il n'eust pas esté tost pris apres le cas advenu : car contre ceulx qui sont prisonniers on ne procede point à appeaulx ou deffaulx, mais par execucion de corps .» (Bibl. Nat., fr. 5909, fol. 89 v°, Formulaire de chancellerie).

ou reprouche, comme à homme de bonne vie ». Sur quoi on le rendait à ses « bone fame et renommée et à ses biens non confisquez ».

Voilà l'unique certificat de bonne conduite qu'obtint jamais François Villon.

Doublement protégé par ces lettres enregistrées à la chancellerie, François ne tarda pas à rentrer dans Paris : il y retrouva sa petite chambre de Saint-Benoît, et ses protecteurs.

[Le Lais François Villon — manuscript, Bibl. de l'Arsenal, ms. 3523]

Le Petit Testament intitulé le Lais
(Bibl. de l'Arsenal, ms. 3523)

CHAPITRE X

LES LAIS

C'est un soir de décembre, sur la Noël ; il fait sombre et froid. François Villon demeure dans sa chambre sans feu du cloître Saint-Benoît, assis devant la table sous laquelle le *Roman du Pet au Diable* est caché. Sur la tablette il y a un encrier : un cierge près de s'éteindre éclaire cette scène, et l'on entrevoit dans l'ombre les châlits d'une couchette [1].

Le pauvre écolier réfléchit, légèrement assoupi, à demi engourdi par le froid, saisi enfin par la solitude et le silence. Il est dans une heure de grande lucidité intérieure, très propice à l'inspiration. Il se sent à la fois recueilli et exalté, comme tout voyageur à la veille de se mettre en route : car Mᵉ François a résolu de quitter prochainement Paris, pour la seconde fois. Il y a aimé, il y a souffert aussi ; il a vécu dans de riches et de très pauvres compagnies ; il a rencontré sur son chemin de bonnes et de mauvaises gens ; il est devenu criminel par hasard ; il n'est plus honnête et dissimule. Et cependant François a conservé tout le charme de sa jeunesse, de son esprit, de sa verve d'écolier gouailleur, si proche de l'école. Il n'a guère encore que l'expérience désabusée et précoce d'un jeune enfant de Paris. Sa vie lui apparaît lumineuse et légère, comme dans une fresque. Des figures joyeuses d'amis y surgissent, celles des bons et brillants compagnons de sa jeu-

1. L., h. 2, 20, 30, 39 ; T., h. 78.

nesse ; il y distingue aussi un visage de femme cruelle ; des
mauvais riches ; des religieux pleins d'orgueil, ennemis de
son cher Saint-Benoît. Il faut dire adieu à tout cela, prendre
congé de toutes ces choses !

Non, il n'écrira pas un testament [1] ; il n'est pas à l'article de
la mort. Mais il saluera amis et ennemis. C'est un voyage que
Villon va entreprendre : il n'est pas mauvais alors de mettre de
l'ordre dans ses affaires. François laissera quelques cadeaux à
ses connaissances [2]. Et dans la pensée juvénile de l'écolier, voici
déjà un calembour comme titre à l'œuvre qui se précise dans
son esprit, en cet instant : des *lais,* des poésies ; des legs, des
souvenirs qu'il distribuera avant son départ, des cadeaux burlesques, des riens.

Le plus souvent François Villon parlera comme un jeune
noble, un riche chevalier qui a suivi les camps et la guerre : lui,
le pauvre clerc long vêtu, il dispensera des épées, des huques
de soie, des gants, des chiens de chasse qui sont le privilège des
nobles et des écuyers, le diamant qu'il porte en anneau au
doigt, son miroir. En parlant de l'amour et de sa bonne amie,
il usera de termes alambiqués, d'une vide phraséologie : jargon
courtois dont Alain Chartier avait donné l'exemple dans ses
poésies [3].

D'abord l'écolier commence par dater gravement cette œuvre
légère, par la fortifier de l'autorité des anciens, de Végèce,
dont le *Livre de Chevalerie,* traduit du latin en français par Jean
de Meung, était alors si répandu dans les cercles chevale-
resques. Ainsi débute cette facétie, à la manière des préfaces
solennelles qui introduisaient le lecteur aux livres sérieux et

---

1. T., h. 65. — Cf. « Depuis qu'ay fait mon testament et lays » (*Le Testament Fin
Ruby,* dans Montaiglon, *Anc. poésies françaises,* XIII, p. 9). Noter dans les *Lais* l'em-
ploi de *laisser ;* dans le *Testament,* Villon dira surtout *j'ordonne.*

2. L., h. 7, 8.

3. On doit beaucoup, pour en entendre l'esprit, à la très fine étude de
W.-G.-C. Byvanck, *Spécimen d'un essai critique sur les œuvres de François Villon. Le
Petit Testament.* Leyde, 1882.

nobles d'alors, et qui toutes recommandaient de suivre la coutume des Anciens [1] :

> L'an quatre cens cinquante six,
> Je, Françoys Villon, escollier,
> Considerant, de sens rassis,
> Le frain aux dens, franc au collier,
> Qu'on doit ses œuvres conseillier,
> Comme Vegece le raconte,
> Sage rommain, grant conseillier,
> Ou autrement on se mesconte...

Or puisqu'il est nécessaire qu'il s'éloigne de Paris, lui si malheureux en amour; que le retour d'un voyage n'est jamais chose sûre; que

> Vivre aux humains est incertain,

comme on le dit à peu près dans tous les testaments de ce temps-là [2], François établira en prévision de sa mort les legs qui suivent. Ainsi que dans un vrai testament aussi, il commence par se signer [3] :

> Premierement, ou nom du Pere,
> Du Filz et du Saint Esperit,
> Et de sa glorieuse Mere
> Par qui grace riens ne perit...

1. « Li ancien ont esté coustumier de metre en escrit les choses qu'il pensoient qui fussent bones à savoir et en faisoient livres, puis si les offroient as princes. Car se li emperes ne les eüst avant veüs et confermés, il ne fussent pas receü ne mis en auctorité... *Cy fine le livre de Vegece de l'art de chevalerie* que nobles princes Jehan conte d'Eu fist translater de latin en françois par maistre Jehan de Meun... » (Ulysse Robert, *L'Art de Chevalerie*, 1897, p. 4).

2. « Considerans qu'il n'est aucune chose plus certaine de la mort ne plus incertaine de l'eure d'icelle » (A. Tuetey, *Testaments enregistrés au Parlement de Paris*, p. 141) ; ou bien, selon la formule latine : « timens mortis casus fortuitos sciensque quod nichil certius est morte, nichil incertius hora mortis... » (U. Robert, *Testaments de l'Officialité de Besançon*, p. 273).

3. « Fist et ordonna son testament ou ordenance de derniere voulenté ou nom du Pere et du Filz et du Saint Esperit, amen... en recommandant s'ame à Nostre Seigneur Jhesu Crist... à la tres glorieuse et benoîte Vierge Marie, sa mere...» (A. Tuetey, *op. cit.*, p. 92).

Sa première pensée est pour son protecteur, Me Guillaume de Villon : et François lui lègue son « bruit », c'est-à-
dire sa renommée, ou plutôt sa mauvaise réputation qui court
le monde pour l'opprobre du chapelain [1]. Voilà un pauvre legs
pour le bon protecteur qui eut et supportera encore tant d'autres
ennuis par suite de la méchante conduite de son enfant adoptif : il est vrai que Villon, comme un illustre chevalier, lui
lègue aussi ses tentes, son pavillon, se souvenant sans doute
qu'il fut abrité sous son toit.

Après son protecteur, son plus que père, François nomme sa
maîtresse, celle qui l'a si durement chassé [2]. Il semble lui pardonner ; surpassant en finesse les plus fins de ce temps, il lui
lègue ce précieux et irréel bijou [3] :

> Je laisse mon cuer enchassié,
> Palle, piteux, mort et transy :
> Elle m'a ce mal pourchassié,
> Mais Dieu luy en face mercy !

La pensée de cette demoiselle est évidemment liée à celle de
plusieurs riches compagnons de sa jeunesse. Car voici Ythier
Marchand, le fils d'un riche conseiller au Parlement, qui l'a
sans doute obligé [4] : toujours noble, François lui laissera une
épée, son « branc d'assier » tranchant ; et, sans doute, il com-
met ici un assez mauvais calembour, traditionnel parmi les
écoliers [5] : ce n'est pas le seul, et de ce goût, que nous rencon-

---

1. L., h. 9. — 2. L., h. 10.

3.
> Et vous laissay, en lieu de moy,
> Le gaige que plus chier j'amoye :
> C'estoit mon cueur, que j'ordonnoye
> Pour avecques vous demourer...

(Charles d'Orléans, éd. Guichard, p. 25). Marie de Clèves a porté un cœur pendant
au bout d'une chaine qui avait appartenu à Charles d'Orléans (Pierre Champion, *Vie
de Charles d'Orléans*, p. 522). Cf. Byvanck, *op. cit.*, p. 165 n.

4. Cf. ch. VII, § 1.

5. Voir, I, p. 290 n. Cf. la ballade : *Marque losjue, gauppe, vieille paillarde*, v. 14
(Marcel Schwob, *Parnasse satyrique*, p. 123). L'équivoque est encore justifiée par ce
fait que, parlant plus tard d'un *branc*, Villon dit qu'il « se tait du fourreau ». Sur ce
vilain sens du mot *bran* voir le fabliau de Porcelet (*Recueil général de fabliaux*, éd.
Montaiglon et G. Raynaud, IV, p. 145).

trerons. Ce branc d'acier, Jean le Cornu, un autre financier, pourra l'obtenir [1] ; mais il est juste que cet homme riche paie le gage pour lequel cette noble épée fut retenue : il acquittera donc l'écot de huit sous que Villon doit à la taverne, évidemment. On y laissait en gage, en ce temps-là, dagues et ceintures [2].

Toujours dans le même milieu de gens riches lui apparaît Pierre de Saint-Amand, celui-là qui est clerc du Trésor [3]. Ces officiers de finance ont accoutumé de chevaucher dans Paris, montés sur de gros chevaux ou de belles mules, sur des roussins de Frise ou d'Allemagne [4]. Suivant son goût d'équivoquer sur les enseignes des rues, François Villon léguera à Saint-Amand celles de deux tavernes célèbres : le *Cheval blanc* et la *Mule*. Et le changeur Jean de Blarru [5] aura son diamant ou bien l'*Ane rayé*, c'est-à-dire le zèbre, une autre enseigne très commune à Paris, au demeurant une monture des plus rétives :

> L'*Asne royé* qui reculle [6].

Quant aux curés de Paris, ils recevront, pour la faire appliquer, en dépit de la bulle pontificale accordée aux ordres mendiants, la Décrétale qui dit que les paroissiens devront se confesser à leur curé [7].

Contre Me Robert Vallée, avocat, François Villon a des griefs particuliers [8]. Ce n'est pas un « povre clerjot au Parlement » ; il

1. Voir à l'appendice.
2. A. Longnon, *Paris pendant la domination anglaise*, p. 56 et notre chap. V.
3. Cf. ch. VII, § 1.
4. Cf. par exemple la complainte de Hugues Aubriot :

Par Paris aler tu souloies — Sur mule et frison d'Allemaigne — Gras coursiers, gros roussins avoies....

(Le Roux de Lincy, *Recueil de chants historiques français*, p. 265). — Je ne vois pas qu'il y ait ici une équivoque dans le goût de celle du rondeau de H. Baude (Marcel Schwob, *Parnasse satyrique*, p. 8).

5. Voir à l'appendice.
6. On a déjà noté qu'être « mis à l'asne rayé », c'était ne rien avoir (*Faintises du monde*, citées par Byvanck, *op. cit.*, p. 166 n.) Un cheval « qui recule » était quelque chose de proverbialement désagréable (Byvanck, *op. cit.*, p. 167).

7. Voir ch. VI, § II.
8. Voir à l'appendice le commentaire de ce passage difficile.

est riche, possède du bien à Paris, et sans doute à la campagne, puisque Villon assure :

> Qui ne tient ne mont ne vallée [1].

Qu'on lui donne donc vite ses braies, c'est-à-dire le petit caleçon, presque une ceinture, que les hommes portaient sous la chemise [2]. On les trouvera aux *Trumelières,* une taverne près des Halles, où elles ont été laissées en gage par le poète, qui risque encore ici un calembour : car les braies peuvent être dans ces hautes bottes qu'on appelait en ce temps-là « trumelières ». Qu'en fera-t-il ? Robert Vallée coiffera de ce vêtement masculin sa bonne amie ou sa femme, Madame Jeanne de Milières, puisque cette personne jouit du commandement dans leur ménage, qu'elle mène cet enfant par le bout du nez : c'est un benêt, un homme que le Saint-Esprit devrait mieux inspirer, qui n'a pas plus de sens qu'une « aumoire » : or bien qu'il soit fou, pense en soi Villon, je lui lègue encore cet ouvrage très ridicule, l'*Ars memorativa ;* il le retrouvera chez « Malpensée ». Et voici sans doute un calembour de plus. Mais Villon s'avise tout à coup qu'il a négligé d'assurer la vie de cet homme riche ; il demandera donc à ses parents de mettre en vente son haubert de chevalier, c'est-à-dire son casque ; avec l'argent qu'on en trouvera, ils achèteront à ce « poupart » une de ces petites et misérables loges à écrivain que l'on rencontrait le long de Saint-Jacques de la Boucherie [3].

La pensée de Villon se porte maintenant sur l'ami Jacques Cardon, qui était un riche drapier [4]. Il lui donne, selon la formule de style, « en pur don », ses gants et la huque de soie n'existant que dans son imagination. Pour cet homme, qui aime la richesse, François ajoute aussi le legs du gland « d'une

---

1. L., v. 99.
2. On a vu qu'on laissait en gage à la taverne ses habits parfois. On ne devait pas, à coup sûr, y laisser ses braies, t. I, p. 73-74.
3. L., h. 13-15.
4. Voir à l'appendice.

saulsoye », c'est-à-dire un revenu absolument nul. Et comme
Me Jacques se porte bien (il doit avoir un gros ventre), Villon,
le maigre compagnon, lui ordonne pêle-mêle de manger tous
les jours une oie grasse (le mets succulent par excellence), un
chapon de haute graisse, de boire dix muids de vin diurétique,
blanc comme de la craie. Mais il ajoute ce trait malicieux :

> Et deux procès, que trop n'engresse.

Voici maintenant le tour des jeunes et nobles amis de François. D'abord ce mauvais conseiller et compagnon, Regnier de
Montigny [1] : il recevra trois chiens de chasse [2]. Jean Raguier [3],
qui appartient à la famille du riche trésorier et attend sans
doute un bel héritage, aura la somme :

> De cent frans, prins sur tous mes biens.
> Mais quoy ? Je n'y comprens en riens
> Ce que je pourray acquerir :
> On ne doit trop prendre des siens [4].

Quant à Philippe Brunel [5], seigneur de Grigny, autre personnage non moins noble et non moins recommandable que les
précédents, il obtiendra, comme on la donnait alors en récompense à ceux qui avaient bien servi, la « garde » de tours et de

---

1. Voir ch. VII, XII.

2. Aucun doute possible sur le sens de la plaisanterie du legs des chiens, à rapprocher
de celle du legs d'oiseaux. Voici comment le « chevalier à la robe vermeille » allait
se présenter devant sa dame :

Montez est sor son palefroi, — Ses esperons dorez chauciez, — Mès por le chaut ert des-
chauciez — Et prist son esprevier mué, · Que il mesme ot mué, · · Et maine .ij. chienes
petiz, — Qui estoient trestoz fetiz, · — Pour faire aus chans saillir l'aloe. — Si, com fine amor
veut et loe, — · S'est atornez...

(*Recueil général de fabliaux*, éd. Montaiglon et Raynaud, III, p. 36) Cf. Le Roux
de Lincy, *Recueil de farces*, I (Farce joyeuse du gentilhomme et de son page, p. 14-
15). — M. W.-G.-C. Byvanck a d'ailleurs fait remarquer (*Essai sur le Petit Testament*, p. 125, n. 4) que ces chiens peuvent appartenir « à la catégorie des chiens tels
que la locution populaire les promet, tout comme les oiseaux. » (Cf. Le Roux de
Lincy, *Recueil de farces*, III, Les bâtards de Caulx, p. 12) :

Et du reste de tous nos biens — Y m'a delaisé tous nos chiens, — Ma croche, mon toupin,
ma quille ; — Et sy m'a laisé une estrille — Pour estriller une comere...

3. Voir à l'appendice.

4. L., v. 131-135.

5. Voir à l'appendice.

châteaux aux environs de Paris ; seulement Villon lui laissera à garder des ruines comme la tour de Nigeon, Bicêtre, « chastel et donjon ¹ ». Au demeurant il héritera de six chiens de chasse de plus que Montigny. Et comme ce processif personnage devait plaider en ce temps-là contre un nommé Moutonnier, qu'il traite de « changon malotru ² », Villon prend généreusement le parti de son ami et laisse à Moutonnier trois coups d'étrivière, un sommeil paisible en prison, les pieds pris dans les ceps ³.

Au bon buveur qu'est Jacques Raguier ⁴, Villon lègue l'Abreuvoir Popin, non loin de Saint-Germain-l'Auxerrois, sur la Seine, où l'on menait boire les chevaux ; des pêches, des poires au *Gros Figuier*, une taverne sans doute ⁶ ; une autre encore, la *Pomme de Pin* de la rue de la Juiverie :

> Tousjours le chois d'ung bon loppin,
> Le trou de *la Pomme de Pin*,
> Clos et couvert ⁷, au feu la plante ⁸,
> Emmailloté en jacoppin ⁹ ;
> Et qui voudra planter, si plante ¹⁰.

---

1. Voir ch. VIII, § III.

2. C'est-à-dire d'enfant substitué par un démon au fils des hommes (Du Cange, *ad. v.* cambio, cité par Byvanck, p. 174 n.).

3. L., h. 18. — 4. Voir à l'appendice. — 5. Voir ch. VIII, § III.

6. Le vers 147 est douteux.

7. C'est exactement la formule juridique pour désigner un locataire dans une maison en bon état (Cf. par exemple Arch. Nat., Y. 5232, 26 mars 1455) : « En la presence de Jehan de Paris, requerant estre tenu cloz et couvert en un hostel assis à Paris, en la rue Galande, qui tient à louaige de Me Jehan Gencien... dit a esté que les deniers que ledit de Paris doit et peut devoir à cause du louage dudit hostel seront mis et convertis en réparations nécessaires dudit hostel pour le tenir cloz et couvert... » M. Byvanck avait conjecturé le *doz aux rais* (correction de l'unique leçon B : le *doz aux rains*) Cf. *Parnasse satyrique*, p. 286.

8. Les pieds au feu.

9. Certainement avec le sous-entendu que l'on trouve dans une lettre de rémission du mois de juillet 1456 : « Que ledit suppléant estoit embeguiné, qui estoit à dire qu'il estoit yvre. » (Arch. Nat., JJ. 183, p. 145). L'explication de Marot « ne pouvant cracher » est insoutenable.

10. Le mot *planter* (fixer un végétal dans le sol, mettre avec une vilaine équivoque, etc.), est susceptible de prendre au XVᵉ siècle les sens les plus divers ; il se retrouve dans le jargon (Byvanck, *op. cit.*, 137, 176). Ici ce mot ne signifie pas autre chose que *planter des bourdes* (Cf. Charles d'Orléans), dire des plaisanteries (Cf. *V. Testament*, v. 13320 ; Godefroy, *Complément*, *ad. v.* planter et planteur).

La pensée de Villon se tourne maintenant vers les gens du Châtelet. Il sait que l'examinateur Jean Mautaint et Pierre Basanier, clercs criminels, sont en froid avec le prévôt Robert d'Estouteville, qui est un peu son protecteur : il leur lègue donc sa faveur[1]. Quant à Pierre Fournier, son procureur, puisqu'il fait si froid en cet instant, Villon, en homme pitoyable, lui laisse des bonnets courts et cette manière de bas ou de caleçons à semelles de cuir qu'on appelait chausses semelées. Il va sans dire que c'est là un costume à porter seulement quand il fait bien chaud, et qui paraît d'ailleurs peu convenable pour un avocat[2].

Quant au boucher Jean Trouvé, le valet de Pierre de La Dehors à la Grande-Boucherie, il aura comme legs une série d'enseignes en rapport avec sa profession : le *Mouton* (franc et tendre, comme disaient les ménagères du temps)[3], des lanières de cuir, un *tacon*[4], pour chasser les mouches du *Bœuf couronné* (une maison qu'on allait mettre en vente), ou bien l'enseigne de la *Vache*, une maison de la rue Troussevache, où l'on voyait représenté le vilain qui la troussait, c'est-à-dire qui l'emportait sur ses épaules. Cette plaisante image s'impose à l'esprit de Villon au point d'en oublier Jean Trouvé : il poursuit, pensant au vilain qui emporte la vache, comme on le ferait d'un mouton[5] :

> S'il ne la rent qu'on le puist pendre
> Ou estrangler d'ung bon licol[6]

Le chevalier du guet, qui plaide alors pour faire reconnaître sa noblesse, sera du coup anobli par le pauvre Villon qui lui lègue le *Heaume* convenable au chevalier. Les sergents à pied qui l'accompagnent dans ses rondes auront de bonnes rixes et la *Lanterne* de la rue Pierre-au-Lait pour éclairer leur marche

---

1. Voir à l'appendice les notices sur ces personnages.
2. Voir la notice à l'appendice et les frontispices des éditions anciennes de *Pathelin*. — 3. Voir ch. VIII, § III.
4. Voir Godefroy, *ad. v.* tacon. — 5. L., v. 167-168.
6. *Pendre et étrangler*, c'est là une formule courante de style : on la retrouvera plus loin, à propos de Villon lui-même.

nocturne ; mais s'ils attrapent Villon et le mènent au Châtelet, en
retour qu'on lui donne, pour qu'il y puisse dormir, la prison *des
trois lis* (lits) [1]. Quant à Pierre Marchand [2], le bâtard de la Barre,
sergent du Châtelet, jouant aussi sur son nom, François Villon
assure qu'il est bon marchand, sans doute de denrées d'amour,
peut-être aussi parce qu'il se montra homme trop subtil [3] ; l'écolier lui lègue une botte de paille pour étendre sur la terre quand
il exercera le seul métier qu'il sache faire, celui d'amoureux [4].

A ces propres à tout et à rien, Jean le Loup et Cholet [5], officieux personnages au service de la ville et du Châtelet, Villon
qui avait peut-être été leur compagnon de « repues franches »,
laisse un canard pris dans les fossés de la ville quand la nuit
tombe, un de ces longs manteaux qu'on nommait alors
« tabart », descendant jusqu'aux pieds comme les robes des
Cordeliers : voilà un vêtement bien commode pour dissimuler
ce qu'on a pu voler ; il ajoute ceci :

> Busche, charbon... et pois au lart.

Bûche et charbon peuvent faire allusion à la facilité avec
laquelle ces personnages, qui étaient chargés de surveiller le
port de Grève, s'appropriaient partie des marchandises qu'on y
déchargeait : ce sont au surplus des matières nécessaires à préparer la cuisson d'un bon repas. Quant aux pois au lard, c'était
un plat succulent par excellence, l'existence assurée, une façon
d'ailleurs proverbiale de parler [6]. Et Villon d'ajouter encore le

---

1. Cf. ch. V, § III. On aurait pu citer la glose de Marot « une des chambres du
Chastellet ». — 2. Voir à l'appendice. — 3. Byvanck, *op. cit.*, p. 181.
4. Les chambrettes des prostituées étaient jonchées de paille.
5. Voir t. I, p. 189 et s., et la notice à l'appendice.
6. Je suis, ce dis je, de no ville — Tout nourri de pois et de lart...
   (*Mystère de la Passion*, v. 4820).
   Qui a des pois en sa maison — Du pain festis et du bacon — Il est bien fol si se guermente
   — De mieulx avoir si n'a grant rente.
   (Bibl. de l'Arsenal. 3059, fol. de garde). Cf. *Recueil général de fabliaux*, éd. A. de
Montaiglon, l. p. 15 :
   Li bossus n'ert avez ne chiches, — Ainz assist bien ses compaignons : — Pois au lart orent
et chapons... — Onc lard es pois n'eschut si bien.   (Pathelin).

don de ses vieilles bottes, qui n'ont plus d'empeignes, de ses
« houseaulx sans avant-pieds », tels que ceux que l'on criait
alors dans Paris : *houseaulx vieux !*[1]

Il faut être pitoyable dans la vie. La pensée du railleur se
tourne donc vers « trois petis enfans tous nus[2] » :

> Povres orphelins impourveus,
> Tous deschaussiez, tous despourveus,
> Et desnuez comme le ver ;
> J'ordonne qu'ilz soient pourveus,
> Au moins pour passer cest yver :

> Premierement, Colin Laurens,
> Girart Gossouyn et Jehan Marceau,
> Despourveus de biens, de parens,
> Qui n'ont vaillant l'ance d'ung seau,
> Chascun de mes biens ung fesseau,
> Ou quatre blans[3], s'ilz l'ayment mieulx.
> Ilz mengeront maint bon morceau,
> Les enfans, quant je seray vieulx !

Mais ces trois petits enfançons pitoyables sont trois riches et
vieux usuriers, entre les plus riches de France[4] !

Ils demeurent associés dans son esprit, ces richards, à deux
autres :

> Povres clercs de ceste cité,

---

1. « Houseaulx vieux ! », en général les habits des défunts, comme les vieux habits
d'aujourd'hui. Mais à considérer ces tristes personnages, il y a là une équivoque ou
une plaisanterie que nous n'entendons pas.

2. L. h., 25, 26.

3. La plaisanterie consiste à léguer ici une somme très petite à trois richards. Le
petit blanc valait 5 d. t. en 1452 (*Ordonnances*, 26 août). On se faisait faire la barbe
pour deux blancs (*Procès de Guillaume Mariette* dans Mathieu d'Escouchy, III, p. 268).

4. Voir à l'appendice. — M. A. Campaux a écrit : « Ces pauvres orphelins impour-
veuz faisaient partie, j'imagine, de cette jeunesse un peu friande que l'auteur des
Repues franches appelle les *Subjects François Villon*. Ils composaient son école avec
Guillaume Cotin et maistre Thibault de Vitry... » (*François Villon, sa vie et ses œuvres*,
p. 93). Je ne donne ceci que pour montrer combien la plaisanterie de Villon prête à
l'interprétation littérale et doit être entendue à contre-sens cependant. L'erreur de
Théophile Gautier, un grand artiste, est plus forte encore : « Certainement Villon
n'était pas né pour être un coupe-bourse ; il avait une belle âme, accessible à tous les
bons sentiments... Il soutenait trois jeunes orphelins... Il leur recommande de travailler... » (*France littéraire*, 1834, p. 49-50).

envers qui Charité et Nature incitent le poète à se montrer
pitoyable : car eux aussi sont tout nus. Or ceux-là encore, Guillaume Cotin et Thibaud de Vitry, sont deux vieux et riches
chanoines de Notre-Dame que nous connaissons bien [1]. Et
l'on a déjà expliqué comment, pour assurer leur existence,
Villon leur laissa d'abord ce titre vide qu'est « sa nomination de l'Université [2] ». Ce ne sont pas de paisibles enfants,
ces procéduriers ; ils ne sont pas humbles ; et si Villon
assure qu'ils chantent bien au lutrin, c'est parce qu'ils devaient
avoir la voix cassée quand ils venaient en station à l'église
Saint-Benoît où, d'ailleurs, on ne chantait pas les offices.
Comme ils possèdent beaucoup de biens, dans Paris et aux
environs, François leur lègue le cens sur une maison ruineuse,
celle de l'insolvable boucher, Guillaume Gueuldry. Puisque
tout chanoine peut être candidat à l'épiscopat, il joint à ce
don la *Crosse* [3], une enseigne de la rue Saint-Antoine. Quant
au billard qu'il y ajoute, c'est un bâton recourbé avec lequel
on poussait les boules à terre : cadeau équivoque, et qui ne
convient guère à des personnages vieux et de religion. Ils
pourront prendre aussi tous les jours un pot plein d'eau de
Seine.

Sa pensée est décidément inclinée vers la charité. Comme
dans les testaments véritables, François Villon se tourne vers
les pauvres [4]. Les prisonniers qui, tels des pigeons, sont enfer-
més dans une cage obscure, recevront son beau miroir, la faveur
de la geôlière qui leur sera bien utile, soit qu'elle se montre
pitoyable envers eux, soit qu'elle agisse en mégère [5]. Et,
comme on le faisait aussi dans la réalité, François lègue aux

1. Voir ch. VI ch. II.
2. Voir ch. III.
3. Cf. ch. VIII, § III.
4. On voit par exemple que Denis de Mauroy, procureur général, demande en 1411
que l'on mette un « petit blanc en chascun bassin des prisonniers du Chastellet et du
Palais » (A. Tuetey, *Testaments enregistrés au Parlement de Paris*, p. 300 et *passim*).
5. Voir ch. VIII, § II.

hôpitaux son lit [1] ; à ceux qui couchent sous les auvents des
boutiques [2], un coup de poing sur l'œil, « une grongnée [3] » qui
les réveillera en sursaut ; ils trembleront de tous leurs membres :

> Megres, velus et morfondus.

Il est vrai que François ajoute à son legs des chausses courtes,
c'est-à-dire une façon de chaussettes, et une robe rognée qui ne
fera pas leur affaire pendant les froids vifs de cet hiver [4].

Le tableau qu'il vient de tracer de ces misérables, qui
portent le poil hirsute, comme tous les pauvres, rappelle à
Villon qu'il a oublié son propre barbier, son tailleur et son
cordonnier. L'un recevra la coupe de ses cheveux, l'autre ses
vieux souliers, le troisième ses vieux habits :

> Pour moins qu'ilz me cousterent neufz
> Charitablement je leur laisse [5].

Et François Villon reprend la série de ses legs charitables en
faveur des ordres mendiants, des Filles-Dieu, des Béguines de
Paris [6] :

> Savoureux morceaulx et frians,
> Flaons, chappons et grasses gelines.

Ils pourront encore annoncer les Quinze signes du Jugement
final [7], thème dont ils abusaient ; recueillir des deux mains
le pain qu'ils quêtaient en errant à travers les rues : et si les
« Carmes chevauchent noz voisines », qu'est-ce que cela peut
nous faire [8] ?

Il semble que les legs devraient s'arrêter sur ces pieuses
considérations, comme on le voit dans les testaments. Mais

---

1. « Item, je lesse audit Hostel Dieu de Paris mon meilleur lit et ma meilleure
chambre de sarge... » A. Tuetey, *op. cit.*, p. 34 (Testament de Pierre du Chastel,
maitre des Comptes, *ad a.* 1394 et *passim*).

2. Cf. ch. V, § III — 3. Godefroy, *ad v.* groingnie.

4. L., h. 30. — 5. L., v. 247-248.

6. Voir ch. VI, § II. Cf. le Testament d'Eustache Deschamps, VIII, p. 30.

7. Cf. ch. VI, § II.

8. Cf. Byvanck, *op. cit.*, p. 191-192.

plusieurs personnages de sa connaissance ont été oubliés et reviennent à son esprit : d'abord Jean de la Garde, valet de chambre et épicier de la reine [1]. Il recevra un *Mortier d'or*, une enseigne fréquente chez les épiciers de Paris, qui vendaient toutes sortes de condiments pilés ; une potence de Saint-Maur, c'est-à-dire la béquille que les pèlerins allaient offrir au saint guérisseur de la goutte, lui servira comme pilon pour broyer sa moutarde. Quant à l'anonyme qui fit sur Villon de « griefs exploits », c'est-à-dire qui le mit en procès, il lui souhaite le feu Saint-Antoine, que l'on nommait aussi mal des Ardents, l'érésypèle. Et voici enfin Pierre Merbeuf et Nicolas de Louviers, deux riches Parisiens [2] : ils recevront l'écaille d'un œuf [3] :

> Plaine de frans et d'escus vieulx,

ce qui ne les enrichira pas ; quant à Pierre de Rousseville [4], François l'instituera gardien de cette ruine qu'est Gouvieulx, charge qu'il exerçait déjà, mais sans profit [5]. Or Villon, toujours pitoyable, y ajoute :

> Pour le donner entendre mieulx
> Escuz tels que le Prince donne.

Ces écus, Rousseville doit bien le comprendre, sont ceux que le Prince des Sots distribue [6].

Il était neuf heures et la belle cloche de Sorbonne sonnait le couvre-feu universitaire. Villon est tiré un moment de son rêve et prie [7] :

---

1. Voir à l'appendice. — 2. Voir à l'appendice.
3. C'est là raffiner puisqu'on disait le prix d'un œuf, pour dire rien, ou à peu près (*Recueil général de fabliaux*, éd. Montaiglon et Raynaud, III, p. 202, 215, etc.).
4. Voir à l'appendice.
5. Cf. E. Deschamps, VIII, p. 31 :
Et s'ai laissié pareillement — Au Roy le Louvre... — Le Lendit laisse à Saint Denis...
6. L. h., 34. Voir à l'appendice.
7. L., h. 35.

Finablement, en escripvant,
Ce soir, seulet, estant en bonne[1],
Dictant ces laiz et descripvant,
J'oïs la cloche de Serbonne,
Qui tousjours a neuf heures sonne
Le Salut que l'Ange predit ;
Si suspendis et mis cy bonne[2]
Pour prier comme le cuer dit.

Mais quand meurent les derniers battements de la cloche,
quand ses ondes sonores se sont perdues au loin, dans le froid
et dans la nuit, le poëte succombe à un nouvel assoupissement,
comme un homme ivre. Dame Mémoire lui apparaît, semblable
à l'une de ces roides figures allégoriques des tapisseries de ce
temps ; elle range dans son armoire à livres tout le jargon de
l'Ecole, les Espèces, le fatras du commentaire aristotélique[3],

Et autres intellectualles.

Le sens lui revient peu à peu. Mais l'encre a gelé dans son
encrier ; le cierge, qui éclairait faiblement la chambrette, vient
de s'éteindre sous le vent : trop tard maintenant pour aller chercher du feu chez un voisin et prolonger cette rêverie ! François
Villon va s'endormir. Il ne le fera pas, du moins, avant d'avoir
signé ses *Lais* : et de quelle magnifique et brève empreinte[4] !

Fait au temps de ladite date
Par le bien renommé Villon,
Qui ne menjue ne figue ne date,
Sec et noir comme escouvillon,
Il n'a tente ne pavillon
Qu'il n'ait laissié a ses amis,
Et n'a mais qu'ung peu de billon
Qui sera tantost a fin mis.

Tel est le sens de cette œuvre charmante, courte, légère et
espiègle. Tel est ce testament d'un écolier de turbulente jeunesse. François Villon n'y parla guère que des amis de son

1. En bonne humeur. — 2. Forme archaïque et courante de *borne*.
3. Byvanck, *op. cit.*, p. 176-197 n.
4. L., v. 40.

âge, et il avait vingt-cinq ans! Œuvre pleine du souvenir de ses promenades dans Paris, du jeu des enseignes que jadis les étudiants de la ville mariaient, et dont maintenant François Villon fait de plaisants legs équivoqués. Elle a la jeunesse des amours de Me François et de ses amis. Proche de ses études, elle fait une fine satire du jargon scolastique et abonde en calembours d'écolier. Comme François Villon s'y montre plein de reconnaissance pour la communauté de Saint-Benoît dont il soutient la querelle ! Facétie malicieuse plus que méchante : la plus grande amertume de ce petit poème apparaît dans cette violente attaque contre les vieux chanoines ennemis des religieux, ses protecteurs ; car l'on peut croire que les trois vieux usuriers gabeleurs étaient notoirement des personnages fort décriés [1].

Et cependant ces trois cent vingt vers nous présentent quelque chose de fort nouveau. Ils ne rappellent en rien, sinon dans une donnée extrêmement générale, les congés larmoyants et courtois qui furent de mode à Arras, où les trouvères avaient transplanté le rameau fleuri de la poésie des troubadours [2]. Ces huitains de Villon ont un accent de réalité, une impertinence juvénile, une rapidité qui fait contraste avec la prolixité niaise et courante de son temps: l'allégresse de leurs rimes nous surprend. On y entend vraiment parler le poète gouailleur, avec ses sous-entendus, ses incidences graves et comiques. Vers pleins de promesses, ils annoncent l'œuvre admirable que les épreuves de la vie, la misère et le mal mûriront âprement.

1. Je dois m'excuser d'avoir présenté ici un commentaire continu des poésies de Villon dont les éléments sont dispersés dans le cours de cet ouvrage. Mais il semble qu'il y ait intérêt à suivre le développement des idées, leur association dans les poèmes de Villon. Ces derniers paraissent, malgré l'autorité de G. Paris, avoir été réalisés très vite ; cependant chaque élément, tout de circonstance, se trouve fort à sa place, sauf quelques rares exceptions. On le constatera mieux encore dans le *Testament*.

2. Voir les congés de Jean Bodel, éd. G. Raynaud, dans *Romania*, IX, p. 216-247 ; ceux d'Adam de la Halle (*Œuvres complètes*, éd. E. de Coussemaker, 1872, p. 273-279).

Mais, il faut le dire aussi, ce petit poème est à la limite du bien. Car il y a lieu de douter de tant de beaux motifs amoureux que Villon mit en avant pour justifier son départ de Paris [1] :

En ce temps que j'ay dit devant,
Sur le Noel, morte saison,
Que les loups se vivent de vent
Et qu'on se tient en sa maison,
Pour le frimas, pres du tison,
Me vint ung vouloir de brisier
La tres amoureuse prison
Qui souloit mon cuer debrisier.

Je le feis en telle façon,
Voyant Celle devant mes yeulx
Consentant a ma desfaçon,
Sans ce que ja luy en fust mieulx ;
Dont je me dueil et plains aux cieulx,
En requerant d'elle venjance
A tous les dieux venerieux,
Et du grief d'amours allejance !

Et se j'ay prins en ma faveur
Ces doulx regars et beaux semblans
De tres decevante saveur
Me trespersans jusques aux flans,
Bien ilz ont vers moy les piez blans [2]
Et me faillent au grant besoing.
Planter [3] me fault autres complans
Et frapper [4] en ung autre coing.

1. L., h. 2-7.

2. « Mon parrain, mon parrain, ne me faillez pas au besoin ; ne faites pas comme le cheval au pied blanc », écrivait vers ce temps-là Louis XI, dauphin, au duc d'Alençon (De Beaucourt, *Histoire de Charles VII*, VI, p. 50). C'était une locution courante dont Cotgrave rend parfaitement compte (ad. v. blanc : c'est le cheval aux quatre piedz blancs — Such a one as fails his friend at a pinch). « Les pieds blancs étaient une expression dérivée de ce qu'un cheval avec quatre balzanes blanches ne payait pas de droits de péage » (Lettre de M. Schwob à M. J.-M. Bernard, *Revue critique des idées et des livres*, 1912, p. 435). — Cette image n'a rien à voir avec celle des *pieds poudreux* et des *pieds gris*, termes qui désignent les colporteurs, et plus tard les paysans qui marchent dans les champs, comme on ne cesse de le répéter dans les commentaires.

3 M. Byvanck (*op. cit.*, p, 137) a attiré l'attention sur la laide équivoque de ce mot (*Parnasse satyrique*, p. 146, l. 7).

4. Frapper forme également équivoque, surtout rapproché ainsi de *coing* (Byvanck,

Le regart de Celle m'a prins
Qui m'a esté felonne et dure :
Sans ce qu'en riens aye mesprins,
Veult et ordonne que j'endure
La mort, et que plus je ne dure ;
Si n'y voy secours que fouïr.
Rompre veult la vive souldure,
Sans mes piteux regrets oïr !

Pour obvier a ces dangiers,
Mon mieulx est, ce croy, de partir [1].
Adieu ! je m'en vois a Angiers,
Puisqu'el ne me veult impartir
Sa grace, ne me la departir [2].
Par elle meurs, les membres sains ;
Au fort, je suis amant martir
Du nombre des amoureux sains.

Combien que le depart me soit
Dur, si faut il que je l'eslongne :
Comme mon povre sens conçoit,
Autre que moy est en quelongne [3],
Dont oncques soret de Boulongne
Ne fut plus alteré d'umeur [4].
C'est pour moy piteuse besongne :
Dieu en vueille oïr ma clameur !

Ainsi notre bel amoureux finit par un sarcasme ! Au demeurant, François n'avait pas la conscience tranquille : il était déjà
sans doute un voleur.

---

op. cit., p. 138 *n.*). Le frère Frappart de Marot a un nom dérivé de ce sens mauvais : ce
joyeux compagnon figure déjà dans la *Farce des Brus* (Le Roux de Lincy, *Recueil*, II),
et dans un document daté de 1473 (Arch. Nat., X¹ᵃ 4814, fol. 136 v°) : « Dit que lad.
appellant, à ung soir, sortit de sa chambre et trouva ung frere frappart qui confessoit
bien tart Alison... ».

1. Suivant B F. Les autres sources donnent *fouir*, adopté par M. Longnon.

2. B *ne la me departir*. Les autres sources *il me convient partir*, adopté par M. Longnon. Cf. T., v. 605 608.

3. Si l'on regarde une image représentant des fileuses, par exemple le petit bois
qui figure sur l'édition originale de l'« Evangile des quenouilles » (Claudin, *Histoire
de l'Imprimerie*, III, p 313), on comprendra ce que veut dire Villon.

4. Car jamais un hareng saur de Boulogne ne fut plus avide d'eau que moi, etc.
(Cf. *Vie de saint Harenc*, ap. Montaiglon, *Anc. poés. françaises*, II, 328).

Le Portail du Collège de Navarre
Béguillet, Histoire de Paris T. III, p. 170

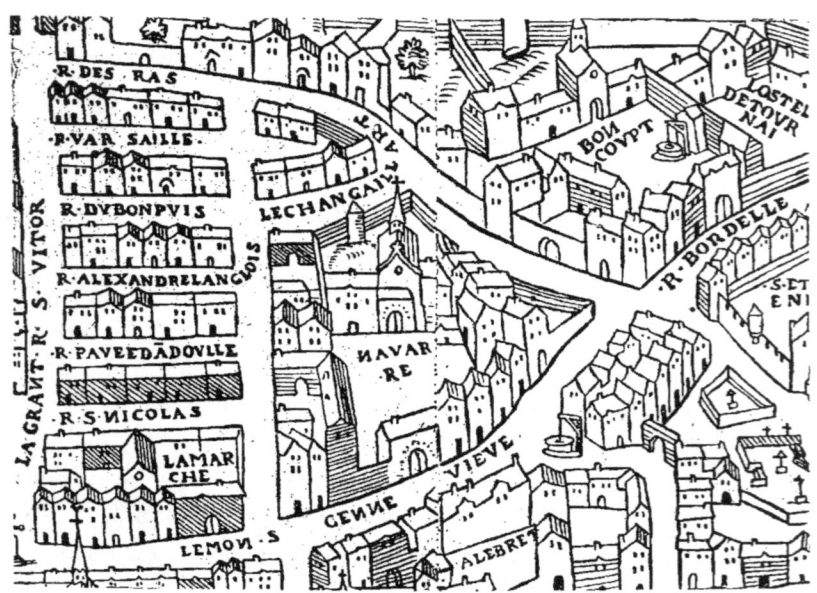

Le Collège de Navarre
Plan de Truschet et Hoyau vers 1551

CHAPITRE XI

LE VOL DU COLLÈGE DE NAVARRE

Navarre était le plus riche et le plus vaste des collèges parisiens[1]. Il s'étendait en haut de la montagne Sainte-Geneviève, dans le quartier des théologiens, près de l'enceinte de la ville, dans cette façon de polygone que dessinaient les rues de la Montagne-Sainte-Geneviève, Traversine, des Murs et Clopin[2]. Le portail du collège, orné des statues de Philippe le Bel et de Jeanne de Navarre, ouvrait sur la rue de la Montagne ; les trois grandes salles des artiens, des théologiens, des grammairiens régnaient le long de la rue Clopin ; la belle chapelle s'élevait au milieu de la cour et un cloître y était attenant ; des communs, des maisons louées à des particuliers, limitaient ailleurs le collège.

Les collèges étaient toujours des fondations charitables, analogues aux hospices, que des personnes pieuses et lettrées avaient établies pour loger de pauvres étudiants, originaires d'un même pays. Leur nombre était très restreint, en général, et les donations assez maigres. Le plus ordinairement le fondateur laissait sa maison pour servir de collège, avec les revenus dont il avait joui pendant sa vie. Le directeur du collège se nommait le maître : il était assisté d'un chapelain qui disait la messe, d'habitude trois fois par semaine, d'un procureur. Les écoliers occupaient un certain nombre de chambres ; on louait celles qui demeuraient vides afin d'augmenter les reve-

---

1. J. Launoi, *Regii Navarræ gymnasii parisiensis historia*, Parisiis, 1677, in-4°.
2. G. Pinet, *La grande salle de Navarre* dans la *Revue des Études Rabelaisiennes*, 1910, p. 173 et suiv.

nus de la maison. Chaque semaine, l'étudiant recevait une certaine somme destinée à sa nourriture, appelée *bourse* (de 2 s. p. à 8 s.) : on la prenait au coffre de la communauté, conservé la plupart du temps dans la chapelle, avec le sceau de la maison. Les règlements intérieurs étaient copiés à l'ordinaire sur la fondation de Robert de Sorbon [1].

La maison de Navarre tirait son importance du nombre de ses pensionnaires et de l'éclat de son enseignement. Le nom de Navarre lui venait de sa fondatrice, Jeanne, femme de Philippe le Bel, qui, par son testament de 1305, l'avait richement dotée sur la vente de son hôtel de la rue Saint-André-des-Arcs et sur les revenus de son douaire de Champagne. Ce collège devait recevoir 70 pauvres écoliers dont 20 écoliers enfants étudiaient la grammaire, 30 la logique et la philosophie, 20 la théologie. Le collège eut bientôt ses propres statuts ; et on y admit des externes, en grand nombre, pour profiter des leçons données aux boursiers [2]. Comme le collège de Sorbonne était ouvert à toute l'Europe, celui de Navarre le fut à toute la France [3].

L'étude de la théologie, mais surtout celle des belles-lettres, était très florissante dans cette maison [4]. Pierre d'Ailly, l'aigle de France et le marteau de ceux qui erraient en la vérité, y fut grand maître et lui avait légué sa bibliothèque tout entière. Gerson fit de même. Et Nicolas de Clamenges, le bon humaniste, y avait enseigné les élégances latines [5]. Il reposait alors au milieu du chœur, sous la lampe, le vénérable docteur en théologie :

Qui lampas fuit ecclesie sub lampada jacet [6] *!*

1. D'après les statuts du collège de Cambrai, Arch. Nat., M. 109, n° 22. Cf. Thurot, *De l'organisation de l'enseignement au moyen âge*, p. 122 et suiv.

2. J. Launoi, *op. cit.*, p. 7 et s.

3. Thurot, *op. cit.*, p. 131.

4. « Navarre... ou il y a trois sciences : de ars, de gramaire et de theologie. » (Guillebert de Metz, dans *Paris et ses historiens*, p. 119).

5. A. Franklin, *Les anciennes bibliothèques de Paris*, t. I, p. 394 et suiv. ; Launoi, *op. cit.*

6. Du Breul, *op. cit.*

Ainsi que toutes les fondations de ce genre, le collège de Navarre avait eu à souffrir de la guerre. En 1418, comme on y professait les opinions armagnaques et loyalistes, les Bouchers l'avaient mis au pillage, détruisant en partie sa belle bibliothèque [1]. Au temps de François Villon, il était assez déchu de sa grandeur : il demeurait cependant la première maison d'enseignement. Quand le jeune Fernand de Cordoue, musicien, peintre, escrimeur, maître ès arts, maître en médecine, docteur en lois, en décret, en théologie, et parlant toutes les langues, un puits de vaine science, passa à Paris en 1446, c'est encore au collège de Navarre qu'il argumenta avec les docteurs [2].

Quelques années plus tard les statuts de la reine étaient tombés en desuétude. Clercs et chapelains ne s'empressaient plus d'assurer fidèlement le service divin ; les maîtres des grammairiens et des artiens attiraient à leur volonté des élèves externes qui vivaient avec les boursiers, en plus grand nombre même que la maison n'en pouvait contenir, et qui logeaient dans les demeures voisines du collège. On avait ouvert dans les murs de nouvelles issues et des portes pour leur passage. Tel était alors l'état de cette vénérable maison, qui avait produit tant d'hommes lettrés et fameux pour la plus grande gloire de la foi catholique et du royaume [3].

Une enquête fut poursuivie sur ces faits. Elle amènera bientôt la grande réforme d'Elie de Tourettes, promulguée le 12 avril 1460 [4] : en ce temps-là, Jean de Conflans, sous lequel étudia Villon, dirigeait les théologiens ; Geoffroy le Normant, jadis pédagogue et curé de Saint-Benoît, les grammairiens [5]. Désormais, pour empêcher les écoliers de vagabonder, on n'usera plus que d'une seule porte à laquelle un portier sera attaché, le

---

1. Juvénal des Ursins, p. 528 ; Launoi, *op. cit.*, p. 126.
2. *Journal d'un bourgeois de Paris*, p. 381.
3. Lettre de Charles VII, du 31 octobre 1459, demandant la réforme du collège (Launoi, *op. cit.*, p. 165 et s. ; Arch. Nat., M. 180, n° 10).
4. Arch. Nat., M. 180 ; Launoi, *op. cit.*, p. 170 et s.
5. Arch. Nat., M. 180. — Sur Geoffroy le Normant, cf. Arch. Nat., S. 1648, fol. 6 v°, 53 v°, 56.

jour comme la nuit. La porte du haut, donnant sur la rue de Bordelles, ne sera plus ouverte que pour des causes raisonnables, pour les exercices des scolastiques, à la discrétion du maître du collège qui conservera les clefs de tous les huis donnant sur la rue, et par où on introduisait des victuailles. Si l'on doit s'en servir, il faudra les lui demander, comme c'était autrefois la coutume. Pour faire échec à cette multitude d'écoliers non boursiers, qui avaient amené une si grande confusion, ruiné les mœurs, la science, et les bâtiments même du collège, on devra boucher l'ouverture que le maître des grammairiens avait fait ouvrir dans le mur, il y avait quelque vingt ans, afin que les non boursiers pussent passer et se rendre dans les maisons voisines qu'ils louaient. Défense absolue était faite, même au maître des grammairiens et des artiens, d'introduire dans la maison aucun élève non boursier, aucun étranger, de recevoir à table un commensal plus de six jours. A l'avenir, chaque maître des artiens et des grammairiens payera pour le logement d'un écolier non boursier 48 s. : 24 s. pour le collège où il demeurera ; 24 s. pour le collège de Navarre. Le maître des grammairiens, suivant les anciens statuts, couchera dans la maison collégiale près des enfants, les formera fidèlement aux bonnes mœurs et à la science, leur dispensera le boire et le manger, pourvoira décemment au matériel. Les écoliers devront entendre diligemment les leçons, recevoir une nourriture saine et suffisante ; avoir des écuelles et des verres ; toucher au moins deux fois par semaine des serviettes blanches et propres : car beaucoup étaient sordides et maculées. Les boursiers entendront la messe, les dimanches et les jours de fêtes : dans la chapelle du collège, des sièges et des chaises seront réservés aux grammairiens et aux artiens boursiers. Et afin que les édifices du cloître, les verrières de la chapelle ne souffrent pas de dommages, pour éviter que l'étude soit désormais contrariée par le tumulte des jeux, les maîtres et sous-maîtres des grammairiens et des artiens empêcheront que les écoliers ne jouent dans le cloître, proche de la chapelle, et dans le préau. Aux

maîtres, on rappelait que les leçons et les disputes devaient
avoir lieu régulièrement. Ils assisteront aux repas communs.
On visitera les chambres des écoliers, afin de constater qu'ils
n'errent pas à travers la ville, donnant au jeu le temps qu'il
convient de consacrer à l'étude. Danses et mimes sont inter-
dits, sauf à la fête des Rois, suivant l'antique usage. Mais
après dix heures du soir, on ne pourra chanter ni danser à
aucune fête. Les membres du collège, hors de la maison, ne
porteront pas d'armes, afin d'éviter les dangers et scandale qui
en résultaient, comme on avait pu le vérifier cette année-là. Les
maîtres ne devront pas exiger plus de 2 s. *pro prima figura* ; à
la fin de l'explication d'un livre, plus d'un écu ; aux fêtes des
Nations, plus de 2 s. Le roi de la fève ne payera que de 2 écus.
Défense, à certaines fêtes, d'élire un empereur. Les grammairiens
demeureront avec les grammairiens, les artiens avec les artiens.
Les théologiens ne mangeront plus dans leur chambre et sui-
vront réellement le service divin : ils ne seront donc pas tenus
pour présents ceux qui disputent à cette heure-là ou se pro-
mènent en parlant dans la nef de la chapelle. On rappelait que
les argumentations théologiques étaient obligatoires. Enfin
clercs et chapelains devront assurer régulièrement les matines,
les messes et les heures [1].

Il y avait quelqu'un qui connaissait le désordre de cette vénérable demeure, le secret de ses portes ouvertes, le passage des
maisons voisines au collège ; il n'ignorait pas non plus que
dans la sacristie de la chapelle se trouvait un grand coffre où la
communauté déposait son argent [2]. Cet homme, si au courant
des choses universitaires, c'était François Villon. En ce temps-là
il avait de dangereuses relations : Mᵉ Guy Tabary, clerc comme
lui, un compagnon de ses farces de jadis, qui avait copié en
grosses lettres le Roman du Pet au Diable ; un moine picard,
damp Nicolas ; Colin de Cayeux, fils d'un serrurier parisien, un

1. Arch. Nat., M. 180 ; Launoi, *op. cit.*, p. 170-177.
2. Du Breul, *op. cit.*, p. 660.

clerc de vie mauvaise et tricheur, un *pipeur* enfin qui avait été plusieurs fois déjà rendu à l'évêque par le Châtelet en 1451, en 1452, en 1456 ; puis Petit Jehan. Ces deux derniers personnages passaient pour de redoutables crocheteurs ; et Petit Jehan était encore plus habile, s'il se peut, que le fils du serrurier à faire sauter les serrures des huis et des coffres [1]. Le procédé qui consistait à user du *rossignol* (le mot est du temps), à introduire dans les garnitures une tige de fer recourbé pour ouvrir les serrures, remontait un peu plus haut : mais il se généralisait dans le monde des malfaiteurs [2]. On n'entendait alors parler que de crocheteurs et de crocheteries [3]. Villon cependant devait servir seulement d'indicateur, diriger l'opération que réalisèrent surtout Colin de Cayeux et Petit Jehan.

A la Noël de 1456, François Villon avait rencontré l'ami Tabary et l'avait chargé d'aller acheter ce qu'il fallait pour dîner à la taverne de la *Mule*, devant Saint-Mathurin. Là ils soupèrent en compagnie de Colin de Cayeux, de damp Nicolas et de Petit Jehan. Or, après le repas, Me François, Colin et damp Nicolas demandèrent à Tabary de les suivre, sans rien révéler de ce qu'il pourrait voir et entendre. Ils gagnent tous la maison où demeurait Me Robert de Saint-Simon : l'un après l'autre, ils y pénètrent en franchissant un petit mur. Là ils quittent leurs vêtements de dessus et leurs robes. Ils se dirigent ensuite vers le collège de Navarre. En appliquant contre le mur un râtelier qu'ils avaient pris dans la maison où ils s'étaient dévêtus, ils franchissent le grand mur donnant sur la cour du collège. Tabary était resté dans la maison pour garder les vêtements et faire le guet.

Il pouvait être dix heures du soir quand les voleurs s'intro-

1. A. Longnon, *Etude biographique sur François Villon*, p. 139-150 (Arch. Nat., M. 181).

2. Pierre Champion, *Notes sur les classes dangereuses*, ap. Sainéan, *Les sources de l'argot ancien*, I, p. 379.

3. Il a été question des vols à Saint-Jean-en-Grève et à la Sainte-Chapelle. Aux crochetages audacieux mentionnés dans le présent chapitre, on peut ajouter celui du comptoir de l'Hôtel de Ville (Arch. Nat., KK. 408, fol. 240, Compte de 1456-1457).

duisirent dans le collège; ils firent retour dans la maison de Saint-Simon sur les minuit seulement. Tabary les vit rentrer; ils lui montrèrent un petit sac de grosse toile contenant les cinq cents écus d'or qu'ils avaient dérobés. Mais ils lui dirent avoir gagné cent écus seulement, le menaçant de le tuer s'il révélait jamais ce vol. Et afin qu'il tînt la chose plus secrète, ils lui donnèrent 10 écus d'or. Les complices l'accompagnèrent alors, lui annonçant que deux bons écus étaient mis de côté pour dîner le lendemain. Après quoi les voleurs se partagèrent leur butin, et chacun reçut 100 écus. Leur méfait resta ignoré un peu plus de deux mois.

Du 9 au 10 mars 1457 (n. st.), une enquête était menée à Paris par Jean Mautaint et Jean du Four, examinateurs du roi au Châtelet de Paris, au sujet de ce vol. Ils agissaient à la requête de la Faculté de Théologie : car, sur les 500 écus d'or dérobés au collège, 100 écus appartenaient à feu Mᵉ Rogier de Gaillon, en son vivant doyen de la Faculté de Théologie ; 60 écus à Mᵉ Laurens Poutrel, grand bedeau de la dite Faculté ; le reste à la communauté.

Les examinateurs se rendirent donc dans la belle chapelle du collège. On y voyait, au portail, trois statues peintes d'or et d'azur : celle de saint Louis, la gloire des rois, celles de Philippe le Bel et de son épouse Jeanne, fondatrice de la maison ; dans la chapelle, on apercevait un tableau représentant saint Louis, le cardinal d'Ailly avec une notice concernant sa vie et ses legs. Au milieu du chœur, sous la lampe, reposait Clamenges ; et dans la nef, à main droite, pendait le tableau où se lisaient les vers latins consacrés à la louange de la belle et sage fondatrice de la maison [1].

C'est là que les examinateurs trouvèrent vénérables et discrètes personnes Mᵉ Guillaume de Chasteaufort, principal,

---

1. Du Breul, *op. cit.*, p. 660. Cf. Troche, dans la *Revue archéologique*, 1844, 1ʳᵉ partie, p. 192-200, et G. Princt, *Histoire de l'Ecole Polytechnique*, 1887. — La belle chapelle servait il y a quelques années encore aux exercices d'escrime, de danse et de dessin, pour les élèves de l'Ecole Polytechnique. Elle a été sauvagement démolie.

Mᵉ Guillaume Evrard, Mᵉ Pierre Caros, Mᵉ Alain Olivier, tous docteurs en théologie, et Mᵉ Laurens Poutrel, le bedeau de la Faculté. Les examinateurs visitèrent les coffres et le lieu du vol, afin de faire leur rapport écrit. Sur les sept heures du matin, ils donnèrent l'ordre de fermer toutes les portes et entrées du collège. Alors les maîtres conduisirent les examinateurs dans le revestiaire de la chapelle ; là, en présence d'Etienne Paquot, le proviseur, de plusieurs maîtres du collège, de Michault du Four, de Jean de Tournai, de Casin Poret, sergents à verge, ils firent visiter les coffres par un serrurier. On ouvrit avec les clefs un grand coffre, barré de plusieurs bandes de fer, dans lequel se trouvait un autre petit coffre de noyer, fermant à trois serrures et à bandes de fer, enchaîné dans le grand coffre. Ce coffret fut également visité et on en tira un petit papier où étaient écrites les sommes déposées là pour les besoins de la Faculté de Théologie : on y voyait les signatures de Laurens Poutrel et des divers maîtres de la Faculté. On tira encore deux cédules en parchemin détaillant la quantité, les espèces de l'or mis en garde, signées également de leur main. Alors les maîtres de la Faculté, Laurens Poutrel et le proviseur du collège demandèrent à visiter les chambres de Mᵉ Simon Germain, de Mᵉ Guillaume de Campanes et d'Etienne Guerroys, qui avaient la garde des clefs de la chapelle et du revestiaire : ce qui fut fait en présence de Pierre Caros, d'Alain Olivier, docteur, et des sergents. Aucune charge ne fut relevée contre eux. Dans la chambre de Guillaume de Campanes, on trouva seulement 30 écus, tant d'or neuf comme de monnaie blanche de 8 d. p. pièce, somme qu'il avait répartie en deux coffres : car Mᵉ Guillaume de Campanes était prudent et n'entendait pas que de subtils voleurs prissent tout son argent d'un coup. Dans la chambre du proviseur on trouva 120 écus d'or neuf : 30 royaux venaient d'une somme qu'il avait reçue pour continuer de dire la messe de Mᵉ Guillaume Prenant, administrateur de l'Aumône de Tournai, il y avait environ quinze jours ; 15 écus d'or de Robert de Roches, sur les 30 qu'il faisait de rente annuelle audit collège ; de Colin Galet, épicier, demeurant en la rue Saint-Denis, il avait reçu, au nom de Mme de Baviére, 25 écus d'or. Un religieux Célestin lui avait donné deux nobles ; 28 florins d'or provenaient des revenus d'une chapelle que le proviseur avait à Trinquetailles, près d'Arles. Tout cela était fort correct.

On s'ajourna donc à quatre heures pour poursuivre l'enquête. Mais on estima alors qu'il y avait lieu de remettre cette séance au lendemain, car Jean Mautaint était absent, et les trois serruriers qui accompagnaient l'examinateur, semblaient insuffisants.

Le proviseur de Navarre réclamait en effet une enquête approfondie, pour l'honneur des écoliers et des habitants du collège. Le lendemain 10 mars, à 3 heures, les examinateurs revinrent donc avec neuf serruriers jurés qui prêtèrent un serment solennel sur l'Evangile. On fit alors sortir tout le monde du revestiaire, maîtres, proviseur, bedeau et écoliers, et l'on ferma la porte. Les examinateurs demeurèrent seuls avec le sergent Michault et les neuf serruriers : savoir Laurens le Brasseur, demeurant en la grand'rue Saint-Jacques, Perrin Cousinot, établi au cimetière Saint-Jean, Guillaume de Calles, demeurant en la rue de la Juiverie, Almet Flament, demeurant rue Saint-Jacques-la-Boucherie, Jean Tustehen, à la Croix du Tirouer, Thomassin de Calles, en la rue des Anglais, Lambin Longue-Espée, en la rue Saint-Antoine, Casin Poret, place Maubert, Loys l'Eschiquier, au Fossé Saint-Germain.

Ils regardèrent les serrures des deux coffres, les quatre du grand et les trois du petit ; puis ils les enlevèrent. Après délibération commune, ils déclarèrent techniquement, par la bouche de Cousinot, que les serrures du grand coffre avaient été crochetées : les deux serrures de la porte du revestiaire avaient, elles aussi, été faussées, mais sans succès ; on avait dû les forcer par une pesée. Quant au petit coffre, il avait été crocheté également. Ils déclarèrent en outre que ceux qui avaient opéré ne leur semblaient pas de très subtils voleurs : ils devaient donc se trouver en rapport avec des gens du collège, ou s'être servi des clefs du revestiaire; sans quoi il leur eût fallu beaucoup de temps pour faire tout cela. Ils avaient dû user de marteaux, de ciseaux, de turquoises. A leur avis, le vol pouvait remonter à plus de deux ou trois mois.

Ce qui n'était pas mal raisonné. Mais les voleurs couraient toujours. Et qui sait s'ils auraient jamais été découverts sans les déclarations imprudentes de Guy Tabary à un compagnon de rencontre ? Cela Villon l'apprit par la suite. Et c'est pourquoi, bien ironiquement, il nommera plus tard ce confiant compagnon un « homme véritable », un homme qui dit la vérité !

Le 17 mai 1457, Pierre Marchand, curé-prieur de Paray, au diocèse de Chartres, se présentait en effet au Châtelet. Là il déclarait à l'examinateur que, le samedi avant la Quasimodo, il était arrivé à Paris. Le dimanche ou le lundi suivant, il avait déjeuné à la taverne de la *Chaise*, au Petit-Pont, avec un nommé maître Guy, dont il ignorait le nom, et un autre qui se disait prêtre. Le bavard Tabary se prit à lui demander le récit de ses aventures et lui raconta ensuite les siennes, dont il n'avait cependant pas lieu de se vanter. Ainsi Guy lui rapporta qu'il avait été longtemps prisonnier dans les prisons de l'évêque de Paris; qu'on l'avait accusé d'être un crocheteur. Pierre Marchand, sachant qu'on avait dérobé cinq à six cents écus en la chambre de frère Guillaume Coiffier, religieux des Augustins, dressa l'oreille. Il se prit à interroger Me Guy sur le fait des crochets et la manière de s'en servir : car il désirait de savoir s'il n'apprendrait pas ainsi quelque nouvelle du larcin commis en la chambre de l'Augustin. Il feignit donc de converser comme s'il voulait devenir l'un de ses complices et partager le profit d'un vol. Or Guy Tabary parla abondamment des crochets. Il en avait eu plusieurs entre les mains, dont lui et ses compagnons usaient pour ouvrir les serrures : par eux, point de fermeture, si forte soit-elle, qu'ils n'ouvrissent. Marchand demanda alors la grâce de contempler ces merveilleux crochets : ce que Me Guy promit de faire, déclarant que récemment il en avait eu en sa possession; mais il les avait jetés dans la Seine de crainte qu'on ne les trouvât sur lui. Et Guy raconta, en outre, qu'un orfèvre, nommé Thibaud, savait forger de tels crochets; qu'il en faisait de diverses sortes. De plus, cet industrieux orfèvre fondait l'or et la vaisselle d'argent que les voleurs lui apportaient.

Le lendemain, Pierre Marchand rencontra encore Me Guy : il le mena boire à la *Pomme de Pin*, en la rue de la Juiverie, se donnant toujours comme un complice éventuel afin de lui arracher ses secrets. Après boire, Me Guy le conduisit à Notre-Dame où quatre ou cinq jeunes compagnons qui s'étaient échappés des prisons de l'Officialité se tenaient en franchise. Me Guy lui en désigna un : un petit homme, et jeune, dans les vingt-six ans, portant de longs cheveux par derrière. C'était, au dire de Me Guy, le plus subtil de toute la compagnie, le plus habile des crocheteurs, à qui rien ne semblait impossible dans son art. Me Guy s'approcha des compagnons en franchise et leur parla : il leur désigna Pierre Marchand qui désirait de devenir leur associé, leur complice. Sur quoi les compagnons firent bon accueil à Marchand, usant avec lui de beau langage, mais parlant en termes généraux, sans rien préciser de leur entreprise, ou de ce qu'ils avaient fait jadis. Après quoi Guy Tabary et Pierre Marchand sortirent de l'église.

Me Guy n'avait pas la prudence des jeunes voleurs en franchise. Il s'ouvrit à Marchand des opérations particulières auxquelles lui et ses complices se livreraient dès qu'ils pourraient sortir de Notre-Dame. Thibaud devait forger des crochets bien propres à ouvrir la chambre et les coffres de Me Robert de la Porte, alors absent de Paris. C'était un riche religieux demeurant au couvent des Augustins, un amateur de beaux livres qui faisait des cadeaux au duc Charles d'Orléans. Les crocheteurs n'attendaient plus que l'arrivée d'un certain Augustin, cousin de Thibaud, qui avait promis de les recevoir dans sa chambre du couvent; là il devait leur procurer des habits, les déguiser avec les robes des religieux. Et Guy de rapporter encore que lui-même venait de sortir des prisons de l'Officialité; que l'argent de frère Guillaume Coiffier avait bien aidé à sa délivrance. Le curieux Pierre Marchand l'interrogea sur ce vol ; or Me Guy lui apprit qu'on avait enlevé cinq ou six cents écus à Coiffier, et que, pour sa part, il en avait eu huit. Thibaud, cet homme subtil, les lui avait fait passer dans les prisons de la Cour-l'Evêque : il les donna à son geôlier.

Et Me Guy lui confia encore qu'il y avait peu de temps, lui et ses complices avaient pris dans un coffre du collège de Navarre cinq à six cents écus ; mais un de leurs associés les avait empêchés de crocheter une armoire près du coffre, qui pouvait en contenir quatre ou cinq mille : ce dont ses compagnons le maudissaient. A l'église Saint-Mathurin, ils avaient tenté de voler ; mais là les chiens les avaient dénoncés. Depuis, en plein jour, ils avaient dépouillé frère Guillaume Coiffier. Un des complices avait emmené ce religieux dire pour lui une messe en l'église Saint-Mathurin tandis que les autres pillaient sa chambre ! Ainsi ils avaient pris un petit coffret contenant cinq ou six cents écus et emporté la vaisselle d'argent du trop crédule frère. Un autre jour Tabary, qui aimait décidément à faire partager ses fâcheuses relations, présenta à Pierre Marchand un jeune compagnon d'une trentaine d'années, un petit homme très habile, portant une barbe noire, et court vêtu. On l'appelait Me Jehan. Tabary s'entretint avec lui. Ils donnèrent un rendez-vous pour le lundi, à Saint-Germain-des-Prés, à celui qu'ils tenaient pour un nouvel associé. Là ils devaient arrêter une opération, et Thibaud apporterait ses crochets. Mais le prudent Pierre Marchand leur faussa compagnie. Tabary vint à l'hôtellerie de ce dernier qui déclara avoir été ce jour-là occupé ailleurs. Marchand le retint à déjeuner en son auberge ; Me Guy lui rapporta que lui et Me Jehan s'étaient rendus à Saint-Germain-des-Prés surtout pour lui montrer les crochets : car le vol chez Me Robert de la Porte ayant été quelque peu éventé, il valait mieux attendre avant d'entreprendre une autre opération.

Et cet incorrigible bavard révéla à Pierre Marchand qu'ils avaient encore un autre complice, nommé Me François Villon ;

que ce dernier s'était rendu à Angers, dans une abbaye où il avait un sien oncle, religieux. Il allait là pour savoir des nouvelles d'un autre vieux religieux d'Angers qui pouvait posséder de cinq à six cents écus. A son retour, selon le rapport que François Villon ferait à ses compagnons, ils se mettraient tous en route vers cette région pour le « desbourser », en sorte qu'un beau matin les complices se partageraient tout son avoir. Et Me Guy répéta encore que Me Jehan était aussi habile que Thibaud à faire des crochets, qu'ils devaient un jour apprêter toute leur « artillerie » pour détrousser quelque homme, et qu'ils n'attendaient autre chose que de trouver un bon « *plant* » pour frapper dessus.

Cette déclaration était des plus graves. Elle signalait à la justice l'existence à Paris d'une bande de crocheteurs que François Villon orientait, dans ce quartier universitaire qu'il connaissait si bien. Elle dénonçait les voleurs du collège de Navarre qui ne pouvaient manquer d'être arrêtés maintenant. Elle révélait le véritable motif du départ de FrançoisVillon : un vol à organiser à Angers.

Le 25 juin 1458, le bavard Tabary tombait aux mains de la justice. Le 5 juillet, il avouait, avec certaines réticences, la série des vols commis aux dépens du collège de Navarre, de Guillaume Coiffier, de Robert de la Porte. On lui demanda s'il n'avait pas dit que Me François Villon s'était rendu à Angers pour voir un certain ecclésiastique, fort riche, et que ses complices devaient aller voler, suivant son rapport : il le nia. Au sujet du vol chez les Augustins, Tabary donna un alibi, prétendit s'être trouvé à cette époque dans les prisons de l'évêque : tout au plus savait-il que Colin de Cayeux avait baillé quatre écus à Petit Thibaud sur ce qui lui revenait de cette opération. Tabary ne voulut rien dire de plus. C'est pourquoi on le reconduisit dans sa prison en présence de Me Guillaume Sohier, de Jean Rebours, de Denis le Comte, de François de la Vacquerie, de Jean Laurens, de Jean le Fourbeur et du notaire Cruisy.

Le vendredi 7 juillet, Tabary était amené à l'endroit où se

donnait la question : il prêta serment sur les saints Évangiles de dire la vérité et fut admonesté charitablement de révéler ce qu'il savait du vol du collège de Navarre. On lui demanda aussi s'il connaissait un certain Pierre Marchand, prieur-curé de Paray, au diocèse de Chartres. Il déclara ne l'avoir jamais vu. Interrogé s'il n'avait pas bu avec lui dans une taverne, à l'enseigne de la *Chaise,* au Petit-Pont, il le nia. On lui demanda encore s'il ne lui avait jamais parlé, ni montré certains crochets : Tabary nia toujours et déclara s'en rapporter à Pierre Marchand. Peu après, il avouait cependant qu'un homme, qui se disait religieux de Saint-Augustin, lui avait dit que, s'il pouvait lui procurer certains crochets, il saurait bien dévaliser la chambre de Mᵉ Robert de la Porte ; à quoi Tabary aurait répondu qu'il connaissait un homme très habile à faire ces crochets : et il lui avait nommé Petit Thibaud.

Alors on lut à Guy Tabary la déposition de Pierre Marchand, comme l'avait recueillie l'examinateur au Châtelet, Jean du Four. Cette déposition accablante, Mᵉ Guy dut bien convenir qu'elle était la vérité même. Interrogé alors comment furent ouvertes les serrures dans le collège de Navarre, après qu'il eut plusieurs fois varié, Tabary confessa avoir appris de Mᵉ François Villon qu'elles furent ouvertes avec des crochets. Mais il maintenait qu'il n'avait pas été présent au vol : il se tenait dans la maison de Saint-Simon pour garder les robes des complices. Comme butin, il n'avait reçu que 10 écus : car François Villon et les autres lui avaient déclaré que c'était bien suffisant, puisqu'il n'avait pas pris part à l'opération.

Comme Tabary ne voulait rien avouer de plus, sur la délibération des assistants, il fut dépouillé de ses vêtements, mis en courte-pointe et posé sur le petit tréteau. Il n'ajouta rien à sa précédente déclaration. Il fut placé sur le grand tréteau et on lui demanda s'il n'avait pas été dans la confidence du vol commis aux Augustins, dans la chambre de Guillaume Coiffier : il répondit oui, par le moyen de Petit Thibaud ; mais il n'avait pu y prendre part puisqu'il était alors prisonnier.

Comme butin, il avait reçu les 4 écus qu'il remit pour sa délivrance au geôlier de l'official.

Guy Tabary, qui n'en pouvait plus, demanda alors qu'on
l'enlevât de la géhenne, assurant qu'il dirait toute la vérité. Sur
quoi, on le reconduisit en prison en présence de vénérables
personnes maîtres Etienne de Montigny et Robert Tuleu,
docteurs en décret, de François Ferrebouc et de François de la
Vacquerie, licenciés en droit canon, et de plusieurs autres.

Pour la Faculté de Théologie, l'essentiel était de rentrer
dans son argent [1]. Elle s'en inquiéta dès que le vol fut constaté.
On voit par exemple la Faculté faire réparer de suite la serrure
de son coffre déposé dans la chapelle de Navarre. Puis, sur des
indices que nous ignorons, au mois de septembre 1457, Laurens Poutrel, le grand bedeau de la Faculté, se rendait à Lyon
et à Montlhéry pour informer sur cette affaire, tandis que son
neveu Henri allait à Caen. Les déclarations de Pierre Marchand, l'arrestation de Tabary au mois de juin 1458, simpli-
fiaient beaucoup les recherches. Au mois d'août, Colin de
Cayeux était également interrogé au sujet du vol du collège de
Navarre.

A la fin de l'année 1458, Guy Tabary parvint à arranger
son affaire. La Faculté composa avec sa mère pour la somme
de cinquante écus d'or payables en deux termes : Laurens
Poutrel reçut donc 25 écus sur lesquels Roger de Gaillon et le
bedeau en récupérèrent dix. La mère de Tabary, la pauvre mère
de ce mauvais clerc, paya l'année suivante le complément de
la somme moyennant promesse de laquelle son fils avait été
mis en liberté!

Laurens Poutrel était alors un vieil homme, et fort expéri-
menté. Le 1er octobre 1428, on le dit déjà prêtre, curé de
l'église paroissiale d'Arnouville, au diocèse de Rouen, et notaire
apostolique [2]; en 1437, on le voit chapelain de Notre-Dame,

1. Bibl. Nat., ms. lat. 5657c, signalé par Marcel Schwob. Cf. *Conséquences du vol
au Collège de Navarre*, dans *François Villon, Rédactions et Notes*, p. 109-116.
2. Arch. Nat., M. 69a.

bedeau de l'Université, et il était autorisé à entrer dans la cathédrale, à la traverser pendant l'office divin, sans porter ses habits ecclésiastiques, pour le service de l'Université[1] ; en 1449, on le trouve chapelain de Saint-Benoît[2]. Il demeurait à Paris, rue des Noyers, au cœur de l'Université, dans sa maison à l'enseigne de la *Madeleine*, qu'il léguera à la Faculté de Paris, et où les grands bedeaux habiteront désormais[3].

Villon devait bien le connaître ; et Poutrel n'ignorait pas que ce jeune homme avait des protecteurs, une mère au moins aussi bonne que celle de Guy Tabary. Enfin Poutrel était à Saint-Benoît le confrère de Guillaume de Villon. Impossible donc à François de remettre les pieds dans Paris sans être immédiatement arrêté, sans être mis à rançon comme Tabary. Laurens Poutrel ne l'aurait pas souffert ; il aurait bien vite reconnu et dépisté Me François.

Ainsi Villon fut condamné à mener sur les routes la plus misérable et la plus dangereuse des existences.

Telles furent les conséquences déplorables de sa mauvaise action.

1. Arch. Nat., LL. 114.
2. Arch. Nat., LL. 116, p. 628.
3. Arch. Nat., M. 69, fol. 7.

CHAPITRE XI *(fin)*

LE VOYAGE DE FRANÇOIS VILLON A ANGERS

(Décembre 1456-1457 ?).

Parti de Paris, les derniers jours de l'année 1456, Villon avait dirigé ses pas sur Angers ; dans les jours froids et courts de janvier, il dut arriver en cette bonne ville assise sur la Maine.

Entrant par la porte Saint-Michel et les basses rues commerçantes, le voyageur qui, arrivé de Paris, gagnait les bords de la rivière, apercevait, comme on les voit encore, parmi beaucoup d'autres clochers, les tours carrées de Saint-Maurice et la masse pesante et sombre de l'antique château. Car la ville était pleine d'églises, de couvents ; et on y entendait sonner les cloches du matin au soir. Aussi disait-on proverbialement : « Les sonneurs d'Angers », ou encore : « Angers, basse ville et hauts clochers, riches putains, pauvres écoliers [1]. » Le désir de voir un oncle, moine dans l'un des couvents de cette ville sonnante, servait de prétexte à ce voyage : mais en réalité, on l'a vu, Me François entendait obtenir de lui des renseignements sur un autre religieux, très riche, que ses associés pourraient dévaliser un jour [2].

Villon retrouvait donc un parent dans cette ville, en plus des relations qu'il ne pouvait manquer de nouer rapidement avec les écoliers turbulents de la petite Université d'Angers [3].

---

1. Crapelet, *Proverbes et dictons du* XIIIe *siècle*, p. 68 ; Bourdigné, *Chroniques*, éd. de Quatrebarbes, p. 21.

2. A. Longnon, *Etude biographique*, p. 169.

3. Bourdigné, *op. cit.*, p. 21 ; II, p. 336 ; Arch. Nat., JJ. 199, p. 449.

Car il y avait là, comme à Paris, bien des étudiants qui n'étaient que des ribleurs et faisaient grand bruit la nuit ; on y rencontrait de même des vagabonds, qui se donnaient pour des écoliers, sans faire partie de l'Université [1]. Et l'on aurait trouvé à Angers des gens capables de jouer des farces aux carrefours, d'organiser de solennelles représentations de Mystères ou de la Passion de Notre Seigneur [2].

La ville était alors animée de la présence du roi René qui était venu s'y fixer après la perte de son royaume de Naples ; il y entretenait une cour composée de Provençaux, de Lorrains, d'Italiens, de seigneurs angevins, ses officiers [3].

Là René avait retrouvé ses petites chambres, ses petits retraits, ses petits jardins, ses galeries neuves, ses logis, ses pièces à huisseries et tendues de tapis. Or tout cela était posé comme la cage d'un oiseau sur les hautes courtines des grosses et noires tours du château, en partie du côté de la rivière, sur cette haute plate-forme d'où l'on voit surtout le ciel, les eaux si souvent débordées, la ville qui dévale, et dont les minuscules maisons de pierre sont couvertes de leurs chapeaux d'ardoise bleutée.

Le roi René était un homme de quarante-huit ans, dru et fort, grand amateur de tournois et de fêtes. A voir sa

1. Délibération du conseil du roi de Sicile du 25 octobre 1451 (Arch. Nat., P. 1334³, fol. 24 vᵒ) : en conséquence les hôteliers devront dénoncer au capitaine de la ville les gens vagabonds et inconnus qui logeraient dans les hôtelleries plus de deux jours. — Dans la réformation de l'Université, en 1494, on déclare que, depuis six ou sept ans, à l'occasion surtout des élections universitaires, il y avait eu de grands meurtres, des rixes, des scandales. Les étudiants portaient des dagues, des épées et des bâtons, et plusieurs « gens de bien » du pays d'Anjou hésitaient à envoyer leurs enfants à Angers (Arch. du Maine-et-Loire D. 7). — En 1459, on trouve des crocheteurs à Saumur ; Jean le Loup, né à Chinon, était le chef ou le grand Can des Coquillards ; Jean le Sourt, de Tours, un redoutable bandit. (Cf. Pierre Champion, *Notes pour servir à l'histoire des classes dangereuses en France*, ap. Sainéan, *op. cit.*).

2. Célestin Port, *Inventaire analytique des archives anciennes de la mairie d'Angers*, 1861, p. 347 et suiv. — On sait que Jean Michel, qui rajeunit le célèbre *Mystère de la Passion*, après les Greban, était un scientifique docteur en médecine, régent de l'Université d'Angers († 1495).

3. Cf. Lecoy de la Marche, *Le Roi René*, II (Itinéraire) ; I, p. 496 et s. — M. V. Godard-Faultrier, *Le château d'Angers au temps du roi René*, Angers, 1866.

figure paysanne, sa face large et rase avec un nez court et un gros menton [1], on aurait eu quelque peine à imaginer qu'il pouvait être l'un des princes les plus cultivés et les plus artistes de son temps : mais il eût fallu prendre garde à ses yeux, petits et vifs, à ses lèvres gourmandes. René aima beaucoup les constructions, les chapelles, les bois ouvragés, les livres, les belles armes d'Orient, les grandes tapisseries, les petits jardins bien dessinés, toutes les femmes et même ses deux épouses. Il se plaisait au milieu de ses tableaux, de ses cartes, de ses toiles peintes, de ses livres parmi lesquels on distinguait Platon, Hérodote, Virgile, Tite-Live, Cicéron, Boèce, Dante, Boccace, et aussi un alphabet de toutes les langues, y compris la sarrasine. René aimait les horloges, les instruments de musique, les carquois de Turquie, les objets de cuir rouge et ceux de cuivre de l'Orient, les verres de Venise, les pupitres et les coffres de chez nous. Il composait des poésies fort précieuses, comme le faisait le duc Charles d'Orléans, son ami, son hôte et son correspondant [2] ; et René savait encore peindre de sa main sur des volets de bois, à la manière des Flamands [3].

On rimait, on écrivait autour de lui, comme il le faisait lui-même. Antoine de la Salle, le charmant auteur du *Petit Saintré*, avait été attaché à sa maison et avait fait l'éducation de son fils, Calabre. Louis de Beauvau, son chambellan, grand sénéchal d'Anjou et de Provence, avait mis en rimes pour lui une relation du Tournoi de Tarascon, donné en 1449, et traduit le *Philostrate* de Boccace : ainsi ce chevalier italianisé, admis dans le petit comptoir, derrière la chambre et près du retrait de son maître, à la lecture de ses livres et de ses romans, avait trouvé un soulagement aux chagrins d'amour qui le « séchaient alors

---

1. Il y a beaucoup de portraits du roi René (Cf. Couderc, *Album de portraits*). Voir surtout le petit volet du Louvre attribué à Nicolas Froment, le *Buisson ardent* de la cathédrale d'Aix, et la belle médaille de Fr. Laurana.

2. Pierre Champion, *Vie de Charles d'Orléans*, p. 342-347, 611-612 ; voir Quatrebarbes, *Œuvres complètes du roi René*, Angers, 1845, 4 vol. in-4°.

3. Lecoy de la Marche, *op. cit.*, II, p. 71.

sur pied [1] ». Ce poëte était capitaine de la ville d'Angers [2]. Bertrand de Beauvau, qui sera également capitaine du château, puis grand maître de l'hôtel, avait la passion des chants et des beaux livres, pour lesquels il se ruinait. Et le jeune évêque de la ville, Jean de Beauvau, son fils, fut de même un lettré et un bibliophile [3].

Mais ce que René aimait surtout, en ce pays d'Anjou, c'était de s'ébattre à la campagne, dans une de ses maisons des champs, comme la Reculée, sur la rive droite de la Maine, où il se plaisait à tendre le filet aux petits poissons, aux jolis gardons qu'il nourrissait ensuite dans ses viviers. Qui n'aurait partagé ce simple goût d'un roi, dans ce pays coupé de haies et d'eaux vives, en vérité un jardinet de France, avec ses tapis d'herbes semés de fleurettes, ses précieuses et petites cultures de vignes, où toute maison semble château, où la vie demeure si douce, dans cette région dévote à Saint-Maurille qui s'est fait lui même jardinier [4] ?

Quant au roi René, nous savons qu'en ce temps-là il était aussi fort occupé de poésie. La mièvre allégorie qu'il composa sous le titre du *Livre du cuer d'amours espris* est datée de 1457, et fut certainement écrite sous l'influence du duc Charles d'Or-

1. Lecoy de la Marche, t. II, p. 177.

2. Arch. com. de la ville d'Angers, CC 4, compte de 1455-1456; Quatrebarbes, *Œuvres complètes du Roi René*. II, p. 47.

3. Troisième fils de Bertrand, baron de Précigné : dès l'adolescence il jouit de la dignité épiscopale (Bibl. Nat., lat. 8577, Lettre de Machet à Majoris, *ad. a.* 1448) ; il pouvait avoir des attaches parisiennes, comme chanoine de Notre-Dame, dès 1445 (Bibl. Nat., lat., 17740, fol. 223). Son ordination épiscopale, différée sans doute jusqu'à son entrée dans les ordres, n'eut lieu que le 30 décembre 1450, et sa réception solennelle à Angers, le 26 septembre 1451 (Célestin Port, *Dictionnaire historique de Maine-et-Loire*, I, p. 275-276). On sait qu'en 1466 il fut débouté de l'évêché et supplanté par son ancien serviteur, enrichi à son service, le très subtil Jean Balue, alors grand favori de Louis XI (Cf. Arch. Nat., X¹ᴬ, 4809, 23 janvier 1466 n. st.). Beauvau recouvra son évêché, dix ans plus tard, et mourut en 1479. — Il a traduit en français l'*Image du monde* qu'il dédia à Louis XI (Bibl. Nat., fr. 612) et, d'après le latin de Philelphe, l'*Histoire de Troie* de Dion Chrysostome (Bibl. Nat., fr. 24442, fol. 3) : un Saint Thomas, qui lui avait appartenu, fut légué par son neveu, Lenoncourt, au collège de Navarre (Bibl. de l'Arsenal, 441).

4. Voir une belle tapisserie de ce temps à l'Évêché d'Angers.

léans [1]. C'est entre l'année 1454 et cette date qu'il avait produit
le meilleur, le plus charmant de ses poèmes, *Regnault et Jehan-*
neton [2]. René était alors tout aux amours de sa seconde femme,
Madame Jeanne de Laval, qu'il avait imaginé, dans un doux
et fol transport, de célébrer comme une bergère, « une bergeronne », tandis que lui, roi de Sicile, se donnait pour Regnault
le berger.

Dans cette pastorale, on respirait comme l'odeur du printemps, de l'herbe fraîche et des buissons fleuris ; on y entendait
chanter l'alouette et la grenouille ; il y avait des abeilles et des
papillons qui voltigeaient sur des fleurs ; des prés mouillés
remplis de violettes, où trottinaient les lapins ; un ruisseau
transparent qui découvrait tous ses cailloux, tous ses poissons
d'argent que pêchait le martinet. Et l'on y voyait aussi des
bœufs qui tiraient la charrue dans la terre grasse. Or Regnault
était assis sur une souche, auprès de Jehanneton qui lui tendait
un morceau de fromage tiré de sa panetière ; et ils se promettaient de s'aimer toujours, en s'embrassant. Ils mangeaient
dans leur écuelle de bois des oignons, leur petit fromage avec
du sel, des noisettes, des pommes sauvages. Et Briquet, leur
grand chien, achevait les reliefs de ce festin. Après quoi berger
et bergeronne avaient contemplé les tourterelles amoureuses.

Il serait bien étonnant que François Villon, habile à feindre
et charmant, n'ait pas essayé d'entrer en relations avec des
seigneurs aussi délicats, et qui pouvaient le protéger : en fait
de poésie, il n'avait guère de rival à redouter parmi les rimeurs
amateurs de la cour du roi de Sicile. Mais ce n'est là qu'une hypothèse ; tout ce que l'on peut affirmer, c'est que le roi René se
trouvait bien à Angers, avec toute sa cour, quand François
Villon y séjourna dans les premiers mois de l'année 1457 [3].
Et peut-être aussi notre fugitif entra-t-il alors en relations

1. *Œuvres complètes*, éd. Quatrebarbes, III, p. 195.
2. *Ibid.*, II, p. 185-150.
3. Lecoy de la Marche, *op. cit.*, II, p. 457.

avec Louis de Beauvau, qui avait combattu jadis dans ce
pas d'armes présidé par Madame Ambroise de Loré[1]. Un
personnage, tout désigné pour avoir rempli ce rôle d'intermé-
diaire ou d'introducteur, ne serait-il pas Andry Couraud, le
procureur du roi René à Paris? Villon le connaissait bien, et
comme conseiller du roi au Trésor, et aussi parce qu'il demeurait rue Saint-Jacques [2].

Or, plus tard, dans le *Testament*, nous verrons que Villon
léguera à Me Andry Couraud une contre-partie de ce tableau
de la vie champêtre, une forte réponse à ce berger par excellence qu'était alors « Franc Gontier [3] » ; et comme François
s'adresse à un homme de droit, il appellera cette réplique « les
Contrediz Franc Gontier ».

Franc Gontier, c'était le type de l'honnête et simple homme,
qui gagne sa vie à travailler dans les champs. Une poésie
célèbre de Philippe de Vitry avait rendu ce personnage proverbialement connu : et l'on savait alors par cœur ce morceau du
riche chanoine prébendé, en qui Pétrarque avait salué le seul
poète de la France de ce temps-là [4] :

> Soubz feuille vert, sur herbe delitable,
> Lez ru bruiant et prez clere fontaine,
> Trouvay fichée une borde portable.
> Ilec mangeoit Gontier o dame Helayne,

---

1. Voir ch. VII, § 11. — Il est bien curieux de lire sur le ms. de Stockholm
contenant les œuvres de Villon (fr. LIII, fol. 123 v°) le nom de B. BEAUVAU, sous
lequel irrévérencieusement on a écrit : *Belle Vache.* — Bertrand de Beauvau, seigneur
de Précigné, 2e fils de Jean, conseiller et grand maître d'hôtel du roi René, capitaine
d'Angers et sénéchal d'Anjou, fut président de la Chambre des Comptes en 1462 : il
mourut en 1474 (Bibl. Maz., notes de du Fourny). Cet homme très riche paraît avoir été
fort jovial (Dom Béthencourt, *Noms féodaux*, 1826, I, 84) : marié quatre fois, de ses
trois premières femmes il eut 17 enfants (Voir le très curieux procès qu'il eut contre
Yde Chastellet, sa troisième femme, qu'il avait prise sans le sou, et qui lui volait son
argent. Arch. Nat., X1a, 8310, fol. 162). Sur toute cette famille, voir la *Chronique
d'Anjou* de Bourdigné et Célestin Port, *Dictionnaire historique de Maine-et-Loire*, I,
p. 274-275.

2. Voir à l'appendice.

3. Voir à ce sujet une excellente note de A. de Montaiglon à la réimpression du
Banquet du Boys (Rec. de poésies françaises, X, p. 193 et s.).

4. A. Piaget, dans *Romania*, 1898, p. 64-65.

Fromage frais, laict, burre, fromaigée,
Craime, matton, pomme, nois, prune, poire,
Aux et oignons, escaillongne froyée,
Sur crouste bise, au gros sel, pour mieulx boire.

Les oisillons harpaient pour réjouir les deux amis qui se baisaient sur la bouche et le nez. Après quoi Gontier entre dans la forêt pour abattre du bois. Il déclare qu'il n'a jamais vu des piliers de marbre, des murs revêtus de peinture ; mais aussi il ne craint ni la trahison, ni de boire du poison dans une coupe d'or :

Je n'ay la teste nue
Devant thirant, ne genoïl qui s'i ploye !

Pour le même motif, Franc Gontier demeure à l'abri de la verge des huissiers, de toute convoitise, de toute ambition. Son travail est sa seule joie :

Moult j'aime Helayne et elle sans moy faille,
Et c'est assez. De tombel n'avons cure.

Et Philippe de Vitry, le riche homme d'église, de conclure :

Lors je dis : « Las ! serf de court ne vault maille,
Mais Franc Gontier vault en or jame pure. »

Tel était ce morceau célèbre, que développa plus tard Pierre d'Ailly, et qui fut controversé pendant tout le xvᵉ siècle. On était pour ou contre Franc Gontier, partisan ou ennemi de sa vie [1] : les uns, comme le roi René, ne voyaient rien de plus beau que l'existence d'un berger ; d'autres, comme ce pauvre diable qui n'avait pas quatre deniers de rente, déclareront que l'essentiel est de se contenter de peu [2].

1. Le pain soubz l'esselle — La belle bouteille — Fourmaige en foisselle. — Vie du Franc Gontier.
(Martial d'Auvergne. *Vigilles de Charles VII*, éd. Coustelier, p. 85).
2. J'ai meilleur temps que n'ot oncq Franc Gontier — Qui se pena à servir dame Helene — D'entretenir ne Martin ne Gaultier — Il ne m'en chault : je n'ay pas ceste peine. — Qu'a passer temps d'aultres riens ne me peine. — Oncq ne plaiday ne n'y mis mon entente — Je n'ay pas soin de cueillir mon demaine — Et si n'ai pas quatre deniers de rente !... — Je chante et riz quand j'ay la teste plaine — Ne de mourir je n'ay jamais entente — Plus aise suis que

Il est certain que François Villon savait par cœur la poésie fameuse de Philippe de Vitry : on retrouvera dans sa ballade le tableau de la douce vie de Franc Gontier et de dame Hélène, celui de leur festin d'oignons et de fromage. On y reconnaîtra aussi le « tirant séant en hault » à qui le libre paysan refuse son hommage.

Mais il n'y a guère de danger qu'un pauvre homme comme Villon se risque à lutter contre un puissant. Il ne faut rien demander à de tels personnages : l'Ecclésiaste l'a dit : *Non litiges cum homine potente, ne forte incidas in manus illius... Non contendas cum viro locuplete* (VIII, 1-2).

Et cependant, ce Gontier, il est pauvre tout comme lui, Villon ; ce n'est pas un seigneur tenant des hommes dans son fief : or il loue la pauvreté que François tient pour un malheur. Qui a tort de moi ou de Gontier, pense Villon ? Et le poète compose sur ce beau sujet une admirable et sensuelle ballade dont tous les mots sont une volupté. Cyniquement il expose à Andry Couraud quel est, selon lui, l'idéal d'une vie qui n'a rien à voir avec les travaux et la misère de l'honnête bûcheron :

> Item, a maistre Andry Courault,
> « Les Contrediz Franc Gontier » mande ;
> Quant du tirant seant en hault,
> A cestuy la riens ne demande.
> Le Saige ne veult que contende
> Contre puissant povre homme las,

oncq ne fust Charlemaigne — Et si n'ay pas quatre deniers de rente !... — Prince, chascun ne dit pas ceste entaine — D'avoir argent aussi pas ne me vente, - Mais aise suis plus qu'un brochet en Seine — Et si n'ay pas quatre deniers de rente !

(Ms. fr. LIII de Stockholm, fol. 6 v°). Voilà une antienne que ne récitera pas Villon ! — Les sources de cette querelle remontent sans doute au *Roman de la Rose*, à la description de l'Age d'or, et on pourrait en suivre l'évolution jusqu'à Marot (*Au bon vieux temps, un train d'amour regnoit*... II, p. 194). Mais Villon a bien visé le poème de Ph. de Vitry et la réponse de Pierre d'Ailly, pièces très répandues parmi les clercs par la traduction latine de Nicolas de Clamenges (On imprima ces trois pièces dès 1490). — Je signalerai quelques pièces se rapportant à cette querelle : Bibl. Nat., fr. 2264, fol. 48 : *Par un matin au frez de la rousee*..., le rondeau de Henri Baude (Bibl. Nat., fr., 12490, fol. 126 v° : *J'aime mieulx être franc bergier*..., le *Débat de l'omme mondain et du religieux* (Montaiglon, XIII, p. 211).

Affin que ses fillez ne tende
Et que ne trebuche en ses las.

Gontier n'est craint : il n'a nuls hommes
Et mieulx que moy n'est herité ;
Mais en ce debat cy nous sommes,
Car il loue sa povreté,
Estre povre yver et esté,
Et a felicité repute
Ce que tiens a maleureté.
Lequel a tort ? Or en dispute.

BALLADE [1]

Sur mol duvet assis, ung gras chanoine [2],
Les ung brasier, en chambre bien natee [3],
A son costé gisant dame Sidoine [4],
Blanche, tendre, polie et attintee,
Boire ypocras, a jour et a nuytee,
Rire, jouer, mignonner et baisier,
Et nu a nu, pour mieulx des corps s'aisier,
Les vy tous deux, par ung trou de mortaise :
Lors je congneus que, pour dueil appaisier,
Il n'est tresor que de vivre a son aise.

Se Franc Gontier et sa compaigne Helaine
Eussent ceste doulce vie hantee,
D'ongnons, civotz, qui causent fort alaine,
N'acontassent une bise tostee [5].
Tout leur mathon [6], ne toute leur potee,
Ne prise ung ail, je le dy sans noysier.
S'ilz se vantent couchier soubz le rosier,
Lequel vault mieulx ? Lict costoyé de chaise.
Qu'en dites vous ? Faut il a ce musier ?
Il n'est tresor que de vivre a son aise.

1. Elle a été très heureusement imitée par Henri Baude : Les lamentations Bourrien (*Les vers de maître Henri Baude*, p. p. J. Quicherat, 1856, p. 29 et s.).

2. C'est le chanoine de la tradition ; Villon se souvient, entre autres, de l'avoir rencontré chez Deschamps (*Œuvres*, VII, p. 140 : Aujourd'hui n'est vie que de chanoingne).

3. Et ung natier, en vérité, — Vouldroit qu'il eust tous diz gelé, — Afin que nate bas e hault — Ses chambrez pour avoir plus chault.

(Bibl. de Stockholm, ms. fr. LIII, fol. 143 v° : les Souhaits).

4. Ce nom paraît être celui de l'amante de Pontus dont les aventures étaient populaires au xvᵉ siècle (Cf. Claudin, *Histoire de l'Imprimerie*, III, p. 392).

5. Cf. Taillevent, p. 262. C'était le pain grillé, trempé parfois dans le vin, la nourriture la plus commune. Valoir une tostée se disait proverbialement pour valoir rien.

6. Lait caillé.

De gros pain bis vivent, d'orge, d'avoine,
Et boivent eaue tout au long de l'anee.
Tous les oyseaulx d'ici en Babiloine
A tel escot une seule journee
Ne me tiendroient, non une matinee.
Or s'esbate, de par Dieu, Franc Gontier,
Helaine o luy, soubz le bel esglantier :
Se bien leur est, n'ay cause qu'il me poise ;
Mais, quoy que soit du laboureux mestier,
Il n'est tresor que de vivre a son aise.

Prince, jugiez, pour tous nous accorder.
Quant est a moy, mais qu'a nul n'en desplaise,
Petit enfant, j'ay oy recorder :
Il n'est tresor que de vivre a son aise.

Il reste à se demander pourquoi Mᵉ Andry Couraud devint l'héritier de cet admirable morceau.

On n'en peut douter : c'est bien une réponse à la pièce célèbre de Philippe de Vitry ; l'allusion au tyran, le mot même, ont été pris là, ou dans la très médiocre paraphrase du théologien Pierre d'Ailly [1]. Certes Andry Couraud a pu dire à Villon : Travaillez Mᵉ François, au besoin travaillez de vos bras ; menez une vie simple et honnête, soyez sage. Mais on ne comprendrait toujours pas comment ce procureur citadin devint légataire de la parodie d'une bergerie. Si l'on pense qu'Andry Couraud était procureur à Paris du roi René, en relations journalières avec le Conseil d'Anjou, on commence à deviner, à induire, ce qui a pu se passer entre eux. Et cette hypothèse donne alors toute sa valeur de grâce et d'ironie à la belle ballade de Villon.

Tandis qu'il partait pour Angers, Andry Couraud a pu adresser François Villon au cercle de sa clientèle ; il a dû le recommander au roi René ou à ses amis comme un homme d'esprit, un poète de ses connaissances. C'est ce que la bonhomie de cette époque autorise à penser. Mais, pour des rai-

---

1. « Je n'ai la teste nue devant thirant : court de thirant riche maleurté » (A. Piaget, dans *Romania*, 1898, p. 64-65).

sons que nous ignorons, Villon n'aura pas eu le succès qu'il
espérait auprès du roi René : peut-être n'a-t-il pas approché le
roi, le « tirant » comme on disait alors dans la langue du
théâtre et des Mystères. Et qui nous assure qu'il était facile
d'accès, ce chevaleresque et maniaque roi René, quand nous
voyons son beau pays d'Anjou si fort pressuré [1] ? Les officiers
de ce troubadour attardé étaient du moins fort exigeants, ses
coffres souvent vides. Dépité, François écrira que le pauvre
doit se résigner, qu'il n'a rien à demander « à cestuy là ». Mais
Villon dans son voyage a appris ce qui était un émerveillement
pour tous les gens d'alors. Le bon Chastellain nous rapporte
ainsi ce prodige [2] :

> J'ai un roi de Sicile
> Vu devenir berger,
> Et sa femme gentille
> Faire mesme mestier,
> Portant la pannetiere
> Et houlette et chapeau,
> Logeant sur la fougere
> Auprès de son troupeau.

Bien ironiquement alors Villon composa les « Contrediz Franc
Gontier » ; il les adressera en remerciment au procureur du roi
berger, celui-là qui venait de se réprésenter avec sa bergeronne
mangeant sur l'herbe des oignons et du fromage. Fi d'une telle
haleine, fi d'une telle vie !

Les sentiments du roi sont gracieux et honnêtes : ils lui
inspirent une médiocre poésie. Ceux de Villon sont mauvais :
ils lui dictent une ballade d'un incomparable éclat. On n'y peut
rien. Cette belle pièce, Villon la reprendra plus tard pour
l'insérer, comme quelques autres, dans son *Testament*.

1. En 1457, la ville d'Angers envoye vers le roi de Sicile, à Lyon, pour lui faire
connaître les « charges insupportables » qui pèsent sur le pays d'Anjou (Arch. Com.,
la ville d'Angers, CC. 4). Sur l'insurrection populaire des « pauvres gens de
mestiers », les Tricoteurs, en 1461, voir Célestin Port, *Dictionnaire historique de
Maine-et-Loire*, I, p. 38.

2. Recollection des merveilles (*Œuvres*, éd. Kervyn de Lettenhove, VII, p. 200).

Ayant quitté Paris pendant les derniers jours de l'année 1456, avec un si étrange dessein, Villon eut-il le temps de rentrer dans cette ville, avant son grand exil ? C'est peu probable. Mais ce qui est certain, c'est qu'il n'aurait pu y rester que fort peu de temps. Dans tous les cas on a expliqué comment François Villon n'était plus à Paris au mois de mai 1457, date à laquelle Pierre Marchand dénonça aux examinateurs du Châtelet les voleurs du collège de Navarre. Car l'écolier, fort connu par son esprit, ses frasques, ses belles relations, eût été immédiatement arrêté dans son domicile du cloître Saint-Benoît.

D'ailleurs François Villon, à ce qu'il nous semble, n'aurait pu séjourner à Paris en ce temps-là pour un autre motif.

On se rappelle l'attitude d'amoureux transi que le poète a choisie délibérément à la fin de ses *Lais*. Elle ne doit pas faire illusion ; c'est là un rôle que Villon aimera tenir le reste de sa vie. Mais on aurait tort de le croire faux entièrement, comme on l'a dit jusqu'à ce jour. Un si rigoureux jugement ne tendrait qu'à rendre incompréhensible une grande partie du *Testament*. Certes Villon faisait ici de la littérature ; il ne faut pas le suivre à la lettre ; on doit se mettre en garde contre les petits mensonges qui coloreront sa vie mauvaise. Mais il est difficile d'admettre qu'il nous trompait absolument. A une raison inavouable de son existence errante, il substituait une raison excusable, mais que nous devons, semble-t-il, tenir pour réelle, d'un bannissement :

> Rigueur le transmit en exil,
> Et luy frappa au cul la pelle,
> Non obstant qu'il dit : « J'en appelle ! »
> Qui n'est pas terme trop subtil [1].

Or ces vers se lisent dans le *Testament*, au verset que doivent réciter les amants à son intention. Cette rigueur ambiguë, on pourrait donc la tenir pour la rigueur d'amour ; cet exil, pour

---

1. T., v. 1899-1902. Cf. l'Epitre à ses amis, Poés. div. X, v. 4. *En cest exil ouquel je suis transmis.*

la conséquence d'avoir été chassé « de ses amours hayneusement[1] ». N'empêche que cette correction, le fait d'avoir été fessé de la pelle de bois, nous remémore immédiatement la punition légale que Me Henry lui administra, et où il fut battu comme le linge au ruisseau, précisément avec un battoir de bois. On se rappelle l'histoire du page Jean le Fèvre condamné, pour des libelles diffamatoires, à être battu tout nu de verges, et qui fut menacé en outre d'être banni[2]. Pourquoi Villon n'aurait-il pas été banni en réalité à la suite d'une affaire avec une femme, lui qui a été corrigé comme le page diffamateur ? L'expression de style : « J'en appelle », nous montre assez que tout cela eut un caractère juridique. Rigueur peut désigner aussi raisonnablement la justice de Me Henry que la rigueur d'Amour.

Il semble donc que les amours de François Villon aient eu pour conclusion un exil légal. Mais du moins, le voyage qu'il entreprit à Angers n'avait pas pour unique raison des chagrins d'amour. Là est son mensonge. Et l'on sent que Villon se rattache à ce prétexte ; on a l'impression qu'il veut nous tromper sur ce point : mensonge touchant à sa façon, désaveu de la vie mauvaise qu'on lui connaît! Un pauvre petit écolier amoureux, cela fait une autre figure qu'un voleur, même sur les routes de France. Mais ce qui est certain, c'est que l'exil et l'appel dont il vient d'être question n'ont rien de commun avec l'appel et l'exil que nous rencontrerons plus tard en 1463.

Quoi qu'il en soit de notre induction, et de la double raison qui retenait Villon loin de Paris, la dénonciation du vol du collège de Navarre fut pour lui la retraite coupée, un inconnu redoutable, une menace d'arrestation toujours suspendue sur sa tête, la misère. Les routes de France s'ouvraient devant Villon sans qu'il pût entrevoir la fin de son dur pèlerinage. Il lui faudra marcher sans cesse.

1. T., v. 2006.
2. Voir plus bas.

Qu'en cet instant, comme un mirage illusionne le voyageur
exténué, l'idéal de la vie ait été pour lui d'habiter une chambre
bien tiède, tendue de nattes, de boire du vin chaud et épicé,
de tenir dans ses bras une douce et tendre fille, de la posséder
dans un lit bordé de chaises, c'est ce dont nul n'aura le cœur
de le blâmer rigoureusement [1].

1. On lira avec curiosité la glose de Clément Marot au morceau dont le commentaire a fait l'objet de ce chapitre : *Du temps de Villon (lecteurs) fut faicte une petite
œuvre intitulée* Les dictz de Franc Gontier, *la où la vie pastourale est estimée. Et pour y
contredire fut faicte une autre œuvre intitulée* Les Contredictz Franc Gontier, *dont le
subgect est pris sur ung tyrant, et auquel œuvre la vie de quelque grant seigneur d'icelluy
temps est taxée : mais Villon, plus sagement, et sans parler des grons seigneurs, feit
d'autres* Contredictz de Franc Gontier, *parlant seulement d'ung chanoyne, comme verrez
cy après.*

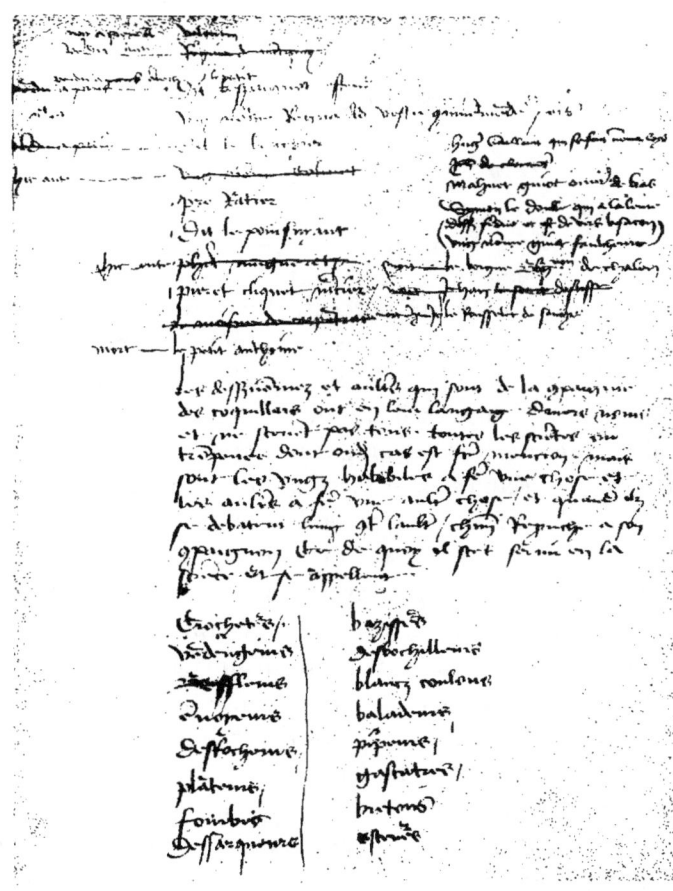

L'information de Jean Rabustel au sujet des Coquillards, octobre - décembre 1455
(Archives Départementales de la Côte-d'Or, B. 360. VI)

Crochet figurant sur le dernier feuillet de l'information

CHAPITRE XII

Quand François Villon quitta Paris, il y avait sur les routes de France les plus mauvais garçons qu'on pût rencontrer [1].

Le traité d'Arras de 1435, la trève anglaise de 1444, l'organisation des Compagnies d'ordonnance, n'avaient pas fait l'affaire des hommes d'armes qui, cassés aux gages, devinrent aussitôt larrons. Décimés en Alsace, en Bourgogne, les écorcheurs, les bandes de mercenaires étrangers, Espagnols, Lombards et Ecossais, avaient laissé un peu partout des enfants perdus. Des gens d'armes, qui savaient ne pouvoir être admis dans les Compagnies régulières, se firent voleurs et épieurs de chemin. De mauvais ouvriers qui n'aimaient pas à travailler, des désespérés lièrent connaissance avec eux. Des paresseux qui vivaient dans des maisons de fillettes, passaient leur temps à jouer, à faire de la dépense, et se montraient dans de riches habits ; de faux pèlerins de Saint-Jacques de Compostelle arborant à leurs larges chapeaux des coquilles pour attester leur voyage supposé ; de faux quêteurs qui promenaient à travers les campagnes et les villes des reliques tru-

---

1. Je n'ai guère ici qu'à renvoyer à mes *Notes pour servir à l'histoire des classes dangereuses en France*, appendice à L. Sainéan. — Je rappelle qu'on doit à feu Joseph Garnier, archiviste de la Côte d'Or, d'avoir signalé, dès 1842, le document qui est la source principale de ce que nous savons sur les Coquillards (*Les compagnons de la Coquille, chronique dijonnaise du* XVe *siècle*. Dijon, 1842, in-8°) ; mais en réalité, c'est Marcel Schwob qui en a dit l'importance linguistique et littéraire, et l'a partiellement publié et commenté (*Mémoires de la Société de Linguistique*, VII ; *François Villon, rédactions et notes*, p. 65-86). On en trouvera le texte complet et un commentaire nouveau dans L. Sainéan, *les Sources de l'argot ancien*, Paris, 1912.

quées, parfois des indulgences, ces porteurs de « rogatons » ; des merciers qui allaient de foire en foire, vendant des denrées suspectes et des jeux de cartes usagées ; des clercs vagabonds en mal d'argent, tels furent les éléments douteux de la société de ce temps qui lièrent spontanément partie pour l'exploitation des simples.

Ces gens se prirent à répandre de la fausse monnaie, des chaînes dorées que des orfèvres, leurs associés, fabriquaient ; à décevoir les nigauds dans les foires en jouant avec des dés plombés ou en trichant aux cartes : mais surtout ces malfaiteurs crochetèrent les portes des maisons et des coffres en employant une tige de fer recourbée, un crochet qu'ils nommaient *rossignol*, et surtout *daviel* ou *daviot*. Ils s'attaquaient principalement aux églises où les particuliers déposaient parfois leur fortune dans des coffres ; ils y trouvaient aussi un butin très apprécié comme les calices qu'on pouvait fondre, les bréviaires qui se vendaient toujours un bon prix. Ces malfaiteurs n'agissaient jamais isolément. Il y avait parmi eux des indicateurs, des gens qui avaient la pratique des crochets, de nombreux recéleurs. Paris venait d'éprouver l'audace de tels gens : des clercs dévoyés comme François Villon, Colin de Cayeux et Regnier de Montigny furent leurs adeptes. Et c'est pour préparer un mauvais coup de cette sorte que François Villon, après le vol du collège de Navarre, avait pris le chemin d'Angers.

Or régnaient en ce temps-là dans la Bourgogne, en Champagne, autour de Paris et d'Orléans, les membres d'une puissante bande de malfaiteurs qui se nommaient indifféremment *Coquillars* ou *Compaignons de la Coquille*, et qui avaient pour chef un *roy*. Ils formaient une association pouvant comprendre de cinq cents à mille individus avec les indicateurs, les recéleurs et les complices de tous genres. Car les uns étaient des crocheteurs de serrures et de coffres ; les autres répandaient de la fausse monnaie ; d'autres encore dérobaient les marchands, tandis qu'ils logeaient dans la même chambre, et portaient plainte avec leur dupe ; d'autres enfin jouaient avec des dés avantagés ou trichaient aux cartes et aux marelles ; plusieurs n'étaient que des brigands de grand chemin. Mais tous menaient une vie dissolue, dépensant généreusement l'argent qui leur coûtait si peu. Ils apparaissaient dans une ville, dans une province, et s'éclipsaient presque aussitôt.

On les avait vus, aux environs de 1453, se répandre à travers la Bourgogne, commettant de nombreux forfaits sur les routes, dans les foires et les bourgs où ils s'introduisaient déguisés en marchands. La ville de Dijon elle-même ne fut pas à l'abri des atteintes de ces bandits que le grand prévôt n'avait pas su détruire sur les chemins. Malgré la garde bourgeoise et la police municipale, ils venaient y opérer des vols audacieux ; et le soir, la cloche de Saint-Jean sonnée, nul n'osait plus s'aventurer dans les rues. C'est pourquoi le procureur syndic, Jean Rabustel, reçut l'ordre d'informer sur ces délits et d'en traduire les coupables devant son tribunal.

Ce procureur était un homme énergique et d'expérience ; il pouvait adresser son rapport aux juges sur la situation, dès le mois de février 1455 (n. st.).

Bien que depuis un an, disait-il, la commune de Dijon eût enjoint aux compagnons de métier de travailler les jours ouvriers, sous peine de prison, plusieurs d'entre eux vivaient comme des rufians, jouant aux dés et hasardant de grosses sommes. Ils disparaissaient pendant une semaine ou deux et rapportaient de l'argent à foison pour jouer comme devant. Les uns distribuaient de faux écus, les autres répandaient des chaînes de cuivre qu'ils donnaient comme d'or. Parmi eux se signalait un certain Christophe Turgis, né à Paris, tavernier, qui ne faisait que jouer dans les tavernes, la nuit et le jour ; un certain Johannes ; Antoine de Bonneval, tavernier picard, qui semait comme Turgis de la fausse monnaie. Mais quand ils se sentirent épiés, les filous s'absentèrent : dans la chambre de Turgis on découvrit seulement tout un matériel de faux-monnayeur.

Au mois de juin 1455, une information était faite au sujet d'un nommé Mayot qui avait battu Etienne Rolin, chaussetier, dans la maison des filles communes. On le tenait pour un rufian, ne quittant guère la maison publique, toujours en compagnie d'un nommé Bar-sur-Aube, lui même crocheteur : c'est ce que déclara une fille, appelée Colette.

Il ne s'agissait plus pour Jean Rabustel que de coffrer les bandits, maintenant qu'il savait leur rendez-vous à la maison des fillettes, dont le tenancier, Jacot de la Mer, sergent de la Mairie, paraissait être leur associé. Rabustel ordonna, sous prétexte de bruits de guerre, de doubler le guet qui reçut l'avis d'avoir à se trouver, à une heure de la nuit, aux environs de la rue des Grands-Champs. Au moment fixé, la troupe s'avance, investit la maison. Rabustel frappe à la porte : tout s'éteint. Le tenancier, au bout d'un instant, vient ouvrir l'huis, pensant que c'était la visite du guet : le procureur l'arrête et ordonne une perquisition générale. Elle amène la découverte d'un butin considérable, enfoui dans une cachette ; on trouve aussi douze individus de fort mauvaise mine qui s'étaient réfugiés dans les *arches* (coffres) garnissant la chambre : on conduit tout ce beau monde à la prison de la ville, rue des Singes.

La Mairie, voulant faire un exemple capable d'intimider le reste de la bande, instruisit rapidement le procès des voleurs : mais la question et le cachot ne purent ébranler leur constance. Ils ne parlèrent pas. C'est pourquoi le tribunal décida de rendre à la liberté le plus jeune d'entre eux, Dimanche le Loup, s'il consentait à faire des révélations ; Perrenet le Fournier, barbier, les compléta.

Ce sont ces deux dépositions qui forment le fond du rapport que Jean Rabustel rédigea, entre le 3 octobre 1455 et le 2 décembre : document que l'on désigne parfois sous le titre d' « Enquête sur les Coquillards [1] ». Elles lui permirent de dresser une liste de malfaiteurs affiliés à la Coquille, liste que

---

1. Arch. dép. de la Côte-d'Or, B. 360, VI.

le zélé Rabustel annota et compléta par la suite, au fur et à mesure des renseignements qu'il recueillit sur ces bandits. Grâce à ce document surtout nous sommes renseignés sur le jargon que ces malfaiteurs parlaient entre eux.

Car Perrenet le Fournier, barbier, connaissait bien les Coquillards qui venaient se faire raser et coiffer dans son ouvroir ; parfois il avait joué aux tables et aux dés avec eux. Le barbier était prévoyant ; il estimait bon de savoir le secret pour gagner aux dés et aux cartes, afin de n'être pas déçu là où la mauvaise semence était jetée. Et quand il eut remarqué que l'un des tricheurs lui paraissait moins malicieux que les autres, il lui paya à boire, à manger, s'ouvrit à lui comme un initié : le Fournier avait su jadis quelques mots du jargon ancien. Alors deux des Coquillards lui apprirent les opérations de la bande.

Perrenet révéla à son tour à la justice que les Coquillards usaient entre eux d'un « langage exquis » et secret : chacune de leurs opérations avait un nom dans cette langue inconnue du profane. Et le barbier dévoila les vols que les Compagnons de la Coquille avaient perpétrés en Lorraine. Il déclara que Regnault Dambourg, tailleur de pierres du duc de Bourgogne, était le « père conduiseur » des Coquillards ; il dénonça Christophe Turgis comme un redoutable faux-monnayeur. Il donna enfin au curieux Rabustel une liste de soixante-deux affiliés à la Coquille.

Elle ressemble à quelque montre de gens de guerre de ce temps, à en juger par les noms de ces malfaiteurs qui attestent une origine étrangère au pays où ils opéraient, et parfois même à notre nation ; parmi eux on rencontrait des ouvriers, des clercs dévoyés, des fils de bonne famille, un notable marchand, un orfèvre, un mercier, d'anciens hommes d'armes. Et Perrenet le Fournier révéla également les noms qu'ils se donnaient entre eux, quand ils se disputaient, et qui répondaient chacun à une spécialité des Compagnons de la Coquille : *crocheteurs, vendengeurs, beffleurs, envoyeurs, desro-*

cheurs, planteurs, fourbes, dessarqueurs, bazisseurs, desbochilleurs, blancs coulons, baladeurs, pipeurs, gascatres, bretons, esteveurs. Le barbier définit ces termes, en expliqua d'autres que le greffier de Dijon recueillit tout ébaubi. Quant à Dimanche le Loup, il éclaira surtout le juge sur ce qui était sa spécialité : les tromperies au jeu.

On arrêta plusieurs de ces malfaiteurs, et parmi eux le carrier Regnault Dambourg qui, le 16 janvier 1456 (n. st.), fut condamné à dix ans de bannissement hors de la ville de Dijon. Le 12 juillet 1457, Jacot de la Mer, tenancier de la maison publique, était arrêté à son tour comme leur complice. Le 20 du même mois, la municipalité faisait bouillir dans une chaudière, au Morimont, Jacot, André de Durax, dit le Gascon, et Guillemin Maillot, bourrelier à Dijon, comme faux-monnayeurs : après quoi on les pendit.

Cette exécution ne devait pas amener la fin des opérations des Coquillards. Il y eut pendant longtemps, en Bourgogne, des tricheurs, des voleurs d'églises, des crocheteurs. Au mois de juillet 1459, on dira seulement que la plupart des sacrilèges et des larrons se sont éloignés de la ville de Dijon : « et en y a eu des mis au darrenier supplice, et si en y a eu des bannis. »

Ils se répandirent à travers la France, surtout dans le centre, région que parcourut alors François Villon. Ils étaient fort nombreux dans le Languedoc, où on les appelait surtout *rufians* ; dans l'Orléanais ; dans l'Ile-de-France ; à Paris, où eurent lieu de nombreuses exécutions ; à Saumur, où l'on prit le *grant Caym* de la crocheterie. En 1464, une bande de crocheteurs organisée ayant un roi, usant d'un jargon, et pouvant comprendre quatre cents personnes, reparut encore dans le midi de la France [1].

Tels étaient les compagnons qu'on pouvait, en ce temps-là, rencontrer sur les routes du royaume. François Villon a-t-il été l'un d'eux ? Les a-t-il trouvés sur son chemin et fréquentés ?

1. On trouvera toutes ces références dans mes *Notes sur les classes dangereuses*, op. cit.

Sur la première de ces questions, il y a malheureusement contre Villon de graves présomptions. Son nom ne se rencontre pas cependant sur la liste que Perrenet le Fournier dicta au juge de Dijon. Mais le vol du collège de Navarre est bien un crochetage, analogue aux opérations des Coquillards dans les églises, et Villon y joua, comme ils auraient dit entre eux, le rôle d'un *dessarqueur* (*c'est celluí qui vient le premier ou l'en veult mettre. 1. plant et enquiert s'il est nouvelles*) ou d'un *maistre* (*c'est celluy qui contrefait l'homme de bien*). Le voyage à Angers pour préparer un coup contre un parent religieux (un de ceux qu'ils nommaient un *lieffre* ou un *ras*), est tout à fait dans la manière des Coquillards. En outre, sur la liste de Dijon, nous trouvons le nom de Regnier de Montigny, le vieil ami de François ; et il se peut aussi que le Christophe Turgis, dit tavernier parisien, bouilli comme faux-monnayeur, ait quelque chose à voir avec les Turgis propriétaires de la *Pomme de Pin*, que Villon connaissait bien. Quant à Colin de Cayeux, complice de Villon dans le vol du collège de Navarre, son surnom de « l'Escalier » permet de croire qu'il fut, lui aussi, affilié à la bande de la Coquille.

Nous avons rencontré déjà ce fils de bonne famille, Regnier de Montigny, un peu plus âgé que Villon qui partagea avec lui les distractions de sa turbulente et noble jeunesse. Nous l'avons vu rosser les sergents à l'huis de la Grosse Margot. C'est un fait qu'il fréquentait alors de mauvaises compagnies, qu'il se prit à jouer pour corriger l'injustice de la fortune à son égard [1]. A la fin de l'année 1455, Montigny était signalé à Dijon comme l'un des Coquillards [2]. Il se fit prendre à Paris vers le milieu de l'année 1457 : le 24 août, l'évêque de Paris le réclamait comme clerc, avec un nommé Jacquet Le Grand, orfèvre, tous deux prisonniers au Châtelet [3]. Cette fois, il ne s'agissait plus d'une lourde frasque, mais bien du vol sacrilège d'un

1. Voir ch. V, § II ; VII.
2. Voir le fac-similé du rapport de Rabustel.
3. A. Longnon, *Etude biographique*, p. 150-151 (d'après Arch. Nat., X²ᵃ 28).

calice commis en l'église Saint-Jean en Grève, que Montigny avait crochetée.

Montigny avait opéré avec Nicolas de Launay qui, lui, avait fracturé l'armoire renfermant le calice ; ils avaient en outre visité deux ou trois coffres où ils rencontrèrent un calice de laiton qu'ils n'emportèrent pas, une autre armoire contenant un livre d'Heures.

Nicolas de Launay et Montigny s'en furent alors trouver Jacquet Le Grand, l'orfèvre, qui leur acheta la burette et des morceaux du calice. Mais avant que le marchand eût tout fondu, le clerc de Saint-Jean en Grève était venu le prévenir qu'un calice avait été volé. L'orfèvre, estimant qu'il allait perdre son argent en révélant à la justice qu'il venait d'acquérir un calice en pièces, avait continué sa fonte. Sur quoi on le fit prisonnier, en raison aussi d'autres peccadilles, comme d'avoir surfait le prix d'un anneau de cuivre doré garni d'une pierre vermeille et la valeur de bagues en laiton [1].

Le procureur du roi, Barbin, chargea à fond ce mauvais fils qu'était Montigny. Par trois fois déjà, il avait été mis au Châtelet et rendu à l'évêque de Paris sans qu'on le vît jamais s'amender. Il avait été emprisonné à Tours, à Rouen, à Bordeaux. Le procureur le dénonçait comme un *pipeur*, c'est-à-dire un dangereux tricheur au jeu, un « goliard » tombé au plus profond du mal. Et Jacquet Le Grand, lui aussi, n'était qu'un recéleur de *pipeurs*.

La requête de l'évêque, en pareil cas, était formelle. Montigny, répliqua l'avocat Luillier, était clerc, non marié, portant habit et tonsure. La connaissance de ses méfaits appartenait donc à l'évêque, malgré son lourd passé ; et même comme incorrigible, il devait comparaître devant la juridiction ecclésiastique. Mais le conseil décida que Montigny et Le Grand ne

1. Arch. Nat., JJ. 189, p. 200 (Rémission pour Jacquet Le Grand du mois de septembre 1457) ; le 21, Eustache de la Fontaine, prêtre, s'opposait à l'entérinement de cette lettre de rémission délivrée à la requête de la femme et de la fille de Le Grand, qui allait se marier ; elles avaient promis à Saint-Jean un calice de 10 l. (Arch. Nat., Xⁱᵃ 28).

seraient pas rendus à l'évêque : ils demeureront justiciables du tribunal laïc « pour leur fere leur proces et administrer bon et brief accomplissement de justice [1] ». Le 9 septembre, le Parlement confirmait la sentence du prévôt qui condamnait Montigny à être « pendu et étranglé [2] ».

Quel scandale, quelle douleur pour la famille de ce « noble homme » ! Ses oncles de Canlers, ses cousins les Braque, les Breban, les Saint-Benoît, les Saint-Amand, les Danes, les Chartrain, les Claustre, les Montigny, ceux-là que nous avons trouvés dans des charges si honorables de l'administration des finances, de la justice, de l'église ! Sa sœur cadette, Jeanne, qui était enceinte, eut seule le courage d'élever la voix au nom des parents et amis de Montigny, « dont la plupart sont gens d'estat et nos officiers » dira la rémission royale qui intervint après l'arrêt de mort, le même jour : mais ils se gardaient bien de se nommer, en cette triste affaire. La bonne Jeanne allégua qu'elle mourrait sûrement de voir son frère exécuté ; qu'une autre de ses sœurs allait bientôt se marier. Elle demandait grâce, au nom de l'enfant qui allait naître, en faveur de cet enfant perdu, son frère [1]. Et les parents de Montigny témoignaient de son repentir, assuraient qu'il se conduirait désormais à l'honneur de ses amis, « ainsi que ung enffant de bien, yssu de notable generacion doit faire ». La prison, la question qu'il avait endurées lui serviraient de leçon ; désormais on le verrait mener vie bonne et honnête, et ferme dans son propos de persévérer dans le bien. Sur ce, le roi lui accordait ses lettres de rémission, moyennant qu'il tiendrait étroite prison basse, par l'espace d'un an, au pain et à l'eau : après quoi il devra aller en pélerinage à Saint-Jacques de Compostelle et rapporter un certificat du maître de l'église. Or, dans cette lettre de grâce, on énonçait le vol du calice de Saint-Jean en Grève ; Montigny y était déclaré complice d'un crochetage en l'église des Quinze-Vingts où deux burettes d'argent avaient été enlevées. A Poi-

1. Bibl. Nat., Dupuy 250.
2. *Ibid.*

tiers, en compagnie de Jean le Sourt, Regnier était allé trouver
un marchand drapier, comme s'il devait acheter chez lui pour
20 écus de drap : les deux compagnons lui donnèrent une petite
boîte dans laquelle ils firent semblant de mettre 20 nobles ;
mais il n'y avait rien qui valût quelque chose dans cette
cassette. A Paris, en l'hôtel de la *Mouffle,* Montigny avait joué
au jeu de marelles et gagné, en trichant, jusqu'à 65 écus [1].

Le Parlement n'entendit pas entériner cette lettre de rémission [2]. Simon, pour le procureur du roi, la déclarait subreptice,
ne mentionnant pas le nombre de faux anneaux que Regnier
avait forgés. Il n'y était pas question, non plus, des variations
de Montigny devant la prévôté de Paris, où il n'avait confessé
ses méfaits que sous l'application de la question. Le clerc
s'était gardé aussi de parler du meurtre commis sur la personne
de Thévenin Pensete, en l'hôtel du *Mouton,* au cimetière Saint-
Jean, de toutes ses piperies. La rémission enfin était « incivile »,
puisqu'elle avait été obtenue après l'arrêt de la Cour. Et malgré
que l'avocat Popaincourt alléguât l'antériorité, peu vraisemblable, de la grâce, le Parlement confirma la sentence de mort,
le 15 septembre 1457 [3].

Ainsi finit ce noble homme, Regnier de Montigny, suspendu
au gibet de Paris : et la septième partie de ses biens, des vignes
et des terres autour de Vanves [4], fut mise en la main du roi :

> Montigny y fut par exemple
> Bien attaché au halle grup
> Et y jargonnast-il le tremple
> Dont l'amboureux luy rompt le suc [5] !

Quant à Colin de Cayeux, le fils du serrurier parisien, le
complice de Villon dans le vol du collège de Navarre, c'était

1. A. Longnon, *Etude biographique,* p. 152-155.
2. *Ibid.,* p. 156-160 (d'après Arch. Nat., X:a 28, 10 et 12 septembre).
3. Bibl. Nat., Dupuy 250. — Le 16, on entérina par contre la rémission de Jacquet
Le Grand (*Ibid.*).
4. Arch. Nat., S. 1648, fol 66 v⁰.
5. Jargon, ball. II.

un clerc incorrigible, un pipeur, un larron, crocheteur, pillard et sacrilège, maintes fois déjà rendu à la justice de l'évêque par le Châtelet de Paris. On le tenait aussi pour un « goliard, » fréquentant tavernes et bourdeaux. Mais, malgré sa vie mauvaise, Colin n'avait eu garde de quitter son habit de clerc et de laisser disparaître sa précieuse tonsure. A Paris, outre le vol du collège de Navarre, il avait dérobé chez les Augustins cinq ou six cents écus et de la vaisselle d'argent. Dénoncé, comme le reste de sa bande, il dut se donner de l'air. Colin parcourut alors la Normandie [1] (c'est là peut-être la raison du voyage qu'entreprit Laurens Poutrel dans cette région) : il s'évada des prisons de l'évêque de Bayeux, crocheta celles de l'Officialité de Rouen. Colin travailla avec les Coquillards autour de Montpipeau en Orléanais, à Rueil, non loin de Paris. Il devait bientôt se faire arrêter par le prévôt de Senlis dans l'église de Saint-Leu d'Esserent, où il s'était réfugié. Or Colin de Cayeux le suivit volontiers, assuré qu'on le menait aux prisons de l'évêque de Senlis, une de ces geôles dont il avait la pratique, et d'où il espérait sortir facilement par quelque ruse connue de lui.

Mais on le conduisit de suite à Paris, à la Conciergerie, pour lui faire son procès, tandis que les évêques de Senlis et de Beauvais le réclamaient comme clerc arrêté dans leur diocèse. Malgré ce que cette procédure pouvait avoir d'irrégulier, l'affaire ne traîna pas : l'appel du clerc voleur ne fut pas admis. On dénia même le privilège de cléricature à Colin de Cayeux comme à un être incorrigible, tombé dans l'abîme du mal [2]. Chargé de *piperies* et *d'esteves* (c'est-à-dire de vols dans le jargon des Coquillards), malgré la réclamation des deux

---

1. Dans une lettre de rémission accordée au mois de mai 1459 à Colin Martin, praticien en cour laïque de Saint-Père du Chemin, en Poitou, on voit qu'il avait reçu l'ordre de prendre Hector Rousseau et ses complices, Jean Raillon, Guillaume Palma, Guillaume Ortault, Paulet et « ung autre nommé l'Escalier, pour nombreux vols et pillages », remontant au mois d'avril 1458 (Arch. Nat., JJ, 188, p. 89. Cf. p. 90, 93, 94, 118, 119).

2. A. Longnon, *Etude biographique*, p. 171-173 (d'après Arch. Nat., X2a 28, 23 février 1460).

évêques, Colin fut condamné à être « pendu et étranglé », le
26 septembre 1460 [1].

Ainsi vécurent et finirent deux compagnons de François
Villon.

Il y a lieu de croire que l'existence de Me François ne différa
guère de celle de ses tristes amis. C'est du moins cette dangereuse société que fréquenta le poète après le meurtre de
Philippe Sermoise, qui semble bien avoir mis fin à sa vie
régulière. Et si l'on songe que Villon a connu le supplice de
Montigny (septembre 1457), qu'il a mentionné celui de Colin
de Cayeux dont il savait le détail (septembre 1460), on voit
que, pendant trois ans au moins, il fut en relations avec des
membres de la Coquille : et Villon ne pouvait rentrer à Paris
durant ce temps [2] :

> Coquillars, aruans a Ruel,
> Menys vous chante que gardez
> Que n'y laissez et corps et pel
> Com fist Colin L'Escailler.
> Devant la roe a babiller,
> Il babigna pour son salut ;
> Pas ne sçavoit oingnons peller,
> Dont l'amboureux luy rompt le suc.

Mais il y a plus. Villon a usé de la langue secrète dont les
associés de la Coquille se servaient entre eux [3].

Un fait des plus importants pour l'histoire de la linguistique, révélé par le procès des Coquillards, est l'existence d'un

1. « Dit a esté qu'il ne sera rendu et ne joyra du privilege de clerc. Et le lendemain
fut par les presidens condempné à estre pendu et estranglé » (Bibl. Nat., Dupuy, 250,
25 septembre 1460). Le 22 novembre 1460, on voit que le roi mandait au bailli de
Senlis de faire régler les frais de l'arrestation de Colin de Cayeux, qui avait été condamné à mort par le Parlement pour ses démérites (Arch. Nat., X²ᵃ 30, fol. 16).

2. Jargon, ball. II. — Coquillards, qui allez à Rueil, moi je vous avertis par mes
chants que vous preniez garde de ne pas y laisser le corps et la peau, comme cela
arriva à Colin de la Coquille. Devant la justice il parla pour son salut : il ne savait
pas peler les oignons (tromper les juges par des pleurs simulés ?) : c'est pourquoi le
bourreau lui a rompu le cou.

3. C'est ce qu'a mis parfaitement en évidence Marcel Schwob (*François Villon,
rédactions et notes*, p. 65-86). Cf. L. Sainéan, *Les Sources de l'argot ancien, op. cit.*

jargon à l'usage de cette bande de malfaiteurs. Il demeure le premier en date que nous connaissions (1455) : et telle était l'habitude des Coquillards de parler ce jargon qu'un des accusés ne put s'empêcher de « jargonner » dans son interrogatoire. Cet argot n'était pas une langue ; il ne comprenait guère que quelques mots secrets répondant aux besoins journaliers du métier des voleurs. Quelques-uns de ces termes avaient été laissés par les routiers du Midi ; d'autres appartenaient à un jargon plus ancien ; d'autres encore provenaient de la langue générale mais étaient employés métaphoriquement ; plusieurs, en usage dans le bas langage, se retrouvent, par exemple, dans la bouche des bourreaux des Mystères ; d'autres enfin semblent des archaïsmes.

Quand l'un des Coquillards parlait un peu plus qu'il ne fallait, là où des gens pouvaient l'entendre et le dénoncer, un compère crachait, à la façon d'un homme enrhumé qui ne peut avoir sa salive : les Compagnons de la Coquille se taisaient alors, ou usaient de leurs mots secrets. Mais tous n'étaient pas initiés. Villon l'était certainement [1] :

> Je congnois quand pipeur jargonne…
> Je congnois tout fors que moi mesme.

Or, sous le titre de *Jargon et Jobelin*, l'éditeur parisien, Pierre Levet, a publié en 1489, parmi les poésies de Villon, six pièces qui constituèrent longtemps le monument le plus ancien et le plus impénétrable de l'argot français [2]. Dès 1533, Clément Marot n'y entendait goutte et écrivait : « Touchant le jargon, je le laisse à corriger et exposer aux successeurs de Villon en l'art de la pinse et du croq ». Mais depuis que nous possédons l'enquête sur les Coquillards, nous ne sommes plus tenus aux mêmes réserves.

La langue mystérieuse des six petits poèmes imprimés

---

1. Poés. div., II, v. 13, 16.
2. Cf. la notice que j'ai jointe aux ballades jargonnesques *ap.* Sainéan, *Les Sources de l'argot ancien*, p. 116-121.

par Levet est le jargon même que Perrenet le Fournier révéla au juge de Dijon. Nous avons donc une clef pour lire ces vers, sinon pour entendre cinq autres ballades jargonnesques du manuscrit de Villon conservé à Stockholm, dont l'une, signée de son acrostiche, doit enrichir, si l'on peut dire, ce triste bagage de Me François.

Ainsi, lorsque dans son jargon François Villon nous parle de *duppe*, il faut entendre l'homme simple qui ne connaît pas la science des Coquillards ; le *beffleur* est celui qui amène les compagnons à jouer ; le *vendengeur*, celui qui coupe les bourses. Les *ances* sont les oreilles que l'on rogne aux voleurs ; un *sire*, autant dire un homme sans défiance ; les *arques*, ce sont les dés à jouer ; la *roue* désigne la justice ; la *jarte*, la prison ; *piper*, c'est tromper au jeu ; un *long*, c'est le compagnon bien subtil, et par antiphrase un imbécile ; du *caire*, de l'argent ; les *quilles* sont les jambes ; *blanchir*, c'est échapper à la justice ; *feuilles* ou *feuillouse*, ainsi nommaient-ils les bourses ; le *fourbe* est celui qui porte les faux lingots, joue le rôle d'un marchand, ou bien fait le recéleur ; du *ruffle*, cela veut dire du feu ; *David*, c'est le daviet, le daviot, le crochet du Coquillard.

Nous pouvons comprendre maintenant, à peu près, ballades et chansons jargonnesques où Villon a nommé Montigny et Colin de Cayeux. Le poète voleur y donne à ses compagnons de métier peut-être, de rencontre sûrement, des conseils pratiques. Il les avertit par exemple que dans Paris, la grand'ville joyeuse, cinq ou six Coquillards viennent d'être arrêtés par les sergents et pendus ; il leur dit d'éviter la prison, de marcher dans la campagne. Villon s'adressait aux Coquillards, alors autour de Rueil, et leur faisait connaître la fin de Colin de Cayeux qui parla devant la justice : changez souvent d'habits afin d'esquiver la prison ; redoutez le sort de Montigny qui fut pendu au gibet ; faites-vous raser chez les barbiers ; craignez d'être pris et pendus deux à deux par la main du bourreau, le *marieur* [1] ;

---

1. Cf. t. I, p. 320.

trompez tout le monde et soyez sur vos gardes. Attention !
attention ! la Coquille va mal et les sergents courent après [1] !

Telle est cette littérature, curieuse seulement, mais dont on
ne peut négliger l'étude pour connaître la psychologie de notre
poète, les tristes conditions de l'existence à laquelle son exil de
Paris le condamna.

Ce qui nous étonne, ce qui est à la fois admirable et incompréhensible, c'est de voir comment, pendant cinq ans, sur les dou-
teuses routes de France, tour à tour dormant dans les champs,
abrité dans une demeure seigneuriale ou dans une prison, sans
ressources, en relations, vraisemblablement, avec les plus dangereux des compagnons, François Villon a conservé dans son
corps minable une âme si forte, si charmante, la plus joyeuse
et la plus désolée, repentante et insolente à la fois ? Comment
pouvait-il porter en lui l'œuvre la plus haute, la plus humaine,
de la poésie de ce temps ?

Possédait-il à ce point l'art de tromper ? Se trompait-il lui-
même, tout simplement ? La première de ces hypothèses
suppose une telle perversité d'esprit et de pensée qu'elle est
insoutenable, à mon sens du moins. François Villon était
faible, mais clairvoyant ; bon sans doute avec les bons, mauvais
avec les pires. Sûrement il n'avait rien, absolument rien pour
vivre. Mais pouvons-nous connaître cette âme sincère et rusée,
inconstante surtout, perverse et repentante tout ensemble, et
ne devons-nous pas lui pardonner pour toutes ses misères, pour
tant de fatigues, de chemin sans but, de faim et de soif, pour
les admirables vers enfin qu'il adressa lui, le clerc dévoyé,
aux autres fils perdus ? Qu'ils chassent de notre mémoire ses
méchantes productions jargonnesques :

> Item, riens aux Enfans Trouvez [2] ;
> Mais les perdus faut que consolle.

---

1. Il est question, le 21 avril 1449, (Arch. N., X²ª 25) d'une chanson qui avait pour
refrain : *Gardez vous de Savary*, au sujet d'un bandit qui se donnait pour un chevalier
à qui les Sarrasins avaient coupé les pieds.
2. De Paris.

Si doivent estre retrouvez,
Par droit, sur Marion l'Ydolle.
Une leçon de mon escolle [1]
Leur liray, qui ne dure guere.
Teste n'ayent dure ne folle ;
Escoutent ! car c'est la derniere.

« Beaulx enfans, vous perdez la plus
Belle rose de vo chappeau [2] ;
Mes clers pres prenans comme glus [3],
Si vous allez a Montpipeau [4]
Ou a Rueil [5], gardez la peau :
Car, pour s'esbatre en ces deux lieux,
Cuidant que vaulsist le rappeau [6],
La perdit Colin de Cayeux.

« Ce n'est pas ung jeu de trois mailles [7],
Ou va corps, et peut estre l'ame [8].
Qui pert, riens n'y sont repentailles
Qu'on n'en meure a honte et diffame ;
Et qui gaigne n'a pas a femme
Dido la royne de Cartage [9].

1. Il dit de son école, car cette Marion tenait aussi une autre école, qui était celle de l'amour. (Voir ch. V, § 11).

2. Cette jolie façon de parler était courante : « Et commença le roy à dire : « Haa ! Conte de Dampmartin, vous perdrés en moy la plus belle rose de vostre chappeau, car apres ma mort vous aurez bien affaire... » (Chronique Martiniane, éd. P. Champion, p. 112).

3. On a vu qu'un clerc voleur se servait d'une ficelle enduite de glu pour tirer les offrandes du tronc de Notre-Dame. On disait de Paris que c'était l'endroit le plus gluant du monde (Marot, Dialogue nouveau, Œuvres, éd. Guiffrey, II, p. 120).

Encore je croy, si j'en envoyois plus, — Qu'il le prendroit (le procureur) : car ils ont tant de glus — Dedans leurs mains, ces faiseurs de pipée — Que toute chose où touchent est agrippée.

(Ibid., Epitres, III, 984).

4. Non loin de Meung : il y avait là, à l'orée des bois, un château dont le capitaine fut souvent redoutable aux paysans qu'il rançonnait (Cf. René de Witte, Une vieille châtellenie de l'Orléanais, 1099-1794, Monpipeau. Nice, 1911).

5. Près de Paris.

6. Rappel : la formule complète est lectres de rapeau (Bibl. Nat., Dupuy 250, 21 octobre 1461).

7. Monnaie de peu de valeur.

8. On a vu plus haut le sens de cette distinction théologique. Il ne faut pas surtout y chercher une déclaration de libre pensée.

9. Elle passait au moyen âge pour le type accompli de la beauté.

L'homme donc est fol et infame
Qui, pour si peu, couche [1] tel gage.

« Qu'ung chascun encore m'escoute !
On dit, et il est verité,
Que charretee [2] se boit toute,
Au feu l'yver, au bois l'esté.
S'argent avez, il n'est enté ;
Mais le despendez tost et yiste.
Qui en voyez vous herité ?
Jamais mal acquest ne prouffite. »

Il l'a éprouvé, le pauvre Villon ; il le sait cruellement. Où sont aujourd'hui les cent écus du collège de Navarre ? Mais plutôt Me François va nous le dire joyeusement où sont allés ces écus, et tant d'autres. Moralement, gravement, vous l'entendrez conclure :

Car ou soies porteur de bulles [3],
Pipeur [4] ou hasardeur de dez,
Tailleur de faulx coings, tu te brusles,
Comme ceulx qui sont eschaudez [5],

1. *Coucher*, c'est littéralement mettre au jeu. Cf. Eustache Deschamps, t. X, glossaire.

2. Tout ce que porte une charrette de vin *soit bon ou mauvais* (ajoute Marot dans sa glose).

3. Les porteurs de bulles, de rogatons, avec les faux pèlerins, les porteurs de reliques, les quêteurs, ont formé une catégorie des classes dangereuses (Pierre Champion, *op. cit.*, *ap.* L. Sainéan, I, p. 372). Le 26 mars 1457 (n. st.) Charles VII avait fait rendre une ordonnance au sujet des abus commis par certains quêteurs sous prétexte d'indulgences. Ils publiaient de fausses lettres, rassemblaient le peuple sans autorisation, et levaient sur lui parfois beaucoup d'argent. Le roi déclare que pour quêter il faudra de nouvelles lettres délivrées par sa chancellerie et qu'on ne pourra plus user de vieilles indulgences. Parmi ces porteurs de vieilles bulles, on remarquait des gens mariés et même des étrangers. Ils sont dits aller de ville en ville, d'église en église, de château en château. Ils se servaient d'habits de religieux du St-Esprit, de la Trinité Notre-Dame, de la Merci, de St Antoine. Et parfois aussi ils se faisaient faussement appeler maîtres ès arts ou en théologie. Leurs discours n'étaient pas trop catholiques, et beaucoup avaient commis de grands crimes, abus, larcins et faussetés : en conséquence le roi ordonnait de prendre au corps les porteurs de bulles (Arch. Nat., P. 1334 [3], fol. 209).

4. « Ung pipeur c'est .1. joueur de dez et aultres jeux où il y a advantaige et deception », traduit l'enquête sur les Coquillards.

5. Ce sont les faux-monnayeurs, tels que ceux qui furent en effet bouillis au Morimont de Dijon en 1457 ; le 17 décembre 1456 Christophe Turgis, le coquillard, avait été bouilli à Paris au Marché aux Pourceaux (Bibl. Nat., Dupuy 250).

Traistres parjurs, de toy vuydez ;
Soies larron, ravis ou pilles,
Ou en va l'acquest, que cuidez ?
Tout aux tavernes et aux filles.

Ryme, raille, cymballe, luttes,
Comme fol, fainctif, eshontez ;
Farce, broulle, joue des fleustes ;
Fais, es villes et es citez,
Farces, jeux et moralitez ;
Gaigne au berlanc[1], au glic[2], aux quilles.
Aussi bien va, or escoutez !
Tout aux tavernes et aux filles.

De telz ordures te reculles,
Laboure, fauche champs et prez,
Sers et pense chevaux et mulles,
S'aucunement tu n'es lettrez ;
Assez auras, se prens en grez.
Mais, se chanvre broyes ou tilles,
Ne tens ton labour qu'as ouvrez
Tout aux tavernes et aux filles[3] ?

Chausses, pourpoins esguilletez,
Robes, et toutes voz drappilles,
Ains que vous fassiez pis, portez
Tout aux tavernes et aux filles.

A vous parle, compaings de galle,
Mal des ames et bien du corps,
Gardez vous tous de ce mau hasle
Qui noircist les gens quant sont mors[4] ;
Eschevez le, c'est ung mal mors ;
Passez vous en mieulx que pourrez ;
Et, pour Dieu, soiez tous recors
Qu'une fois viendra que mourrez.

1. Jeu de cartes. Cf., t. I, p. 81 et s.
2. Jeu de cartes très fréquemment cité.
3. La pensée de Villon change ici. D'où qu'il vienne, du travail ou du vol, l'argent ira toujours aux tavernes et aux filles. Le dernier membre de phrase semble donc une question, ou une constatation amère, à laquelle l'envoi répond joyeusement. M. Jean-Marc Bernard tient pour ce premier sens.
4. Allusion qui revient fréquemment chez Villon : il avait beaucoup regardé les pendus qui restaient exposés jusqu'au jour où ils tombaient à terre ; il savait la couleur que leurs figures prenaient à l'air, au soleil et à la pluie.

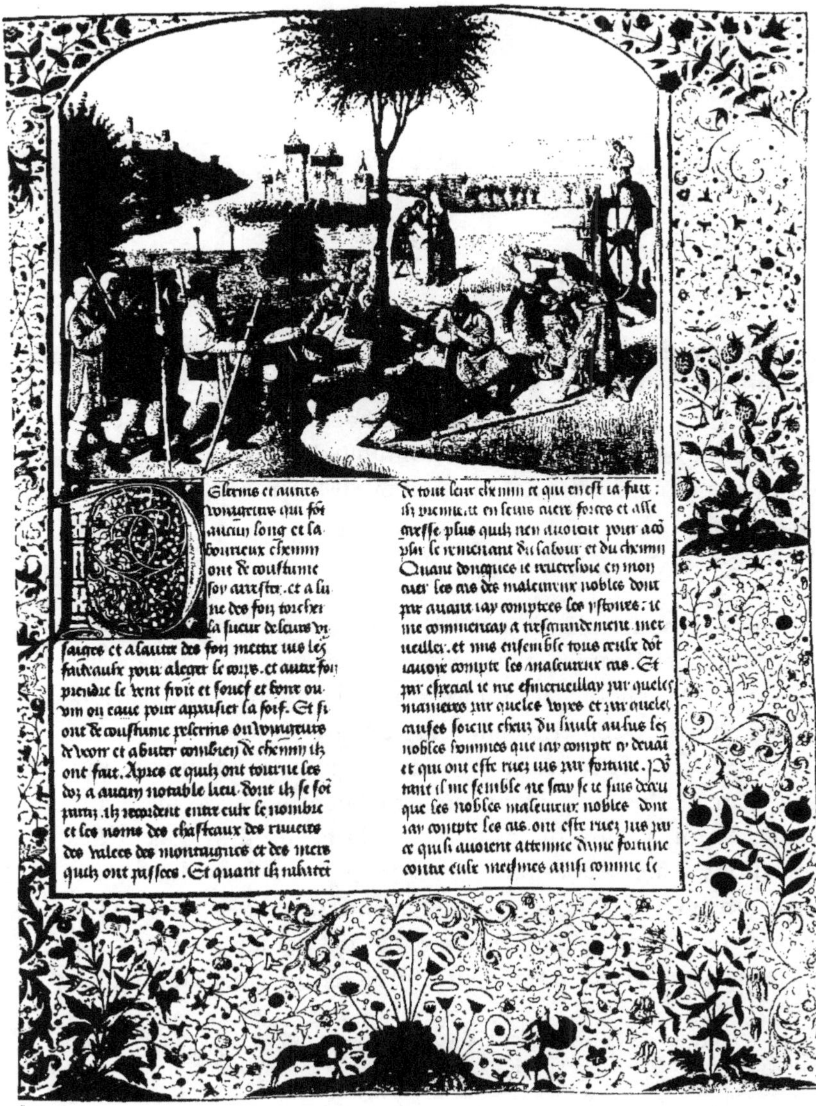

Les Pèlerins de la vie et la Fortune
(Bibl. Royale de Munich, Codex Gallicus 369, Boccace)

CHAPITRE XIII

LA VIE ERRANTE

Au moyen âge on a beaucoup vagabondé sur les routes. La vie nomade n'avait pas ce caractère d'exception qu'elle a maintenant chez nous [1]. C'était l'existence normale de tous les voyageurs ; on les rencontrait fort nombreux à cette époque où, pour le moindre prétexte, on se mettait en route à travers le monde :

> On ne voit rien qui ne va hors [2].

Il suffisait pour cela de revêtir un gros manteau, de prendre un bâton. Les femmes et les gens à leur aise montaient à mule ; les soldats, à cheval ; les princesses roulaient dans ces chariots suspendus qui constituaient alors un luxe fabuleux.

On aurait tort de croire, surtout à l'époque où Villon se mit en marche, que les chemins appartenaient exclusivement aux routiers ou à leurs successeurs, les brigands des bois [3]. Les relations étaient devenues assez fréquentes de ville à ville, surtout après la paix anglaise, et même depuis les trêves [4] ; si les fleuves continuaient à tenir lieu de grandes routes commerciales, à servir au transport du blé et du vin, c'était autant

---

1. C'est ce qu'a déjà noté M. J. J. Jusserand dans son bel ouvrage, *La vie nomade et les routes d'Angleterre au* xive *siècle.* Paris, 1884, in-12.
2. *Le Pèlerin passant* (fin du règne de Louis XI) dans Leroux de Lincy, *Recueil de Farces*, III.
3. Pierre Champion, *Notes pour servir à l'histoire des classes dangereuses*, ap. L. Sainéau.
4. Mathieu d'Escouchy, éd. de Beaucourt, I, p. 6.

pour des raisons d'économie que de sécurité. D'ailleurs on marchait rarement seul ; on allait par groupes et en armes. Certes, on pouvait encore, surtout dans la traversée des bois, rencontrer de ces bandits, épieurs de grands chemins, qui dévalisaient principalement les marchands, et portaient parfois des masques, de « faux visages » ; mais les voleurs ne risquaient plus volontiers de ces dangereuses opérations : les malfaiteurs étaient alors, comme on l'a vu, surtout des faux-monnayeurs et des crocheteurs. On pense bien qu'un homme comme Villon n'avait rien à redouter d'eux ; il était de leurs amis, et léger d'argent :

> Qui porte argent porte sa mort [1].

On rencontrait donc en ce temps-là sur les routes de France beaucoup de monde : on y voyait parfois des seigneurs, des hérauts qui portaient leurs missives ; de « maigres poursuivants » ayant sur leur cotte le blason aux émaux de leur maître ; des juges enquêteurs ; on y croisait beaucoup de marchands, un très grand nombre de pèlerins chantant des cantiques pour écarter les larrons [2] et, parmi eux, de pauvres gens, des femmes, qui allaient surtout au Puy-en-Velay ; des religieux montrant des reliques, vraies ou fausses ; des quêteurs qui promenaient des indulgences suspectes ; des condamnés, libérés sous condition de leur prison, à qui on imposait un pèlerinage à Saint-Jacques ou à Notre-Dame de Liesse, portant un cierge à la main et récitant des prières pour le roi et la prospérité du royaume [3] ; des charlatans qui vendaient de la thériaque ; des merciers qui déballaient leur pacotille et débitaient des écritoires, des chapelets, des dés à jouer, des cartes ; des ménétriers, et parmi eux des aveugles con-

---

1. *Le Pelerin passant, op. cit.*
2.   Pelerin qui chante
                Larron espouvante
(Le Roux de Lincy, *Le Livre des Proverbes français*, I, p. 26).
    3. Bibl. Nat., Dupuy 250. 1er août 1459. — Voilà ce qui serait arrivé à Regnier de Montigny si sa lettre de rémission avait été entérinée (Voir ch. XII).

servant encore quelques souvenirs des chansons de geste ;
des étudiants qui se rendaient souvent dans des facultés loin-
taines pour suivre les études spéciales qui y florissaient, comme
le droit à Orléans ou la médecine à Montpellier [1] ; des mendiants, tels ces *caymands* qui volaient des petits enfants et leur
crevaient les yeux avec des épingles pour les préparer à tendre
eux-mêmes la main ; et d'autres qui savaient contrefaire des
maladies caduques, des plaies sanglantes, des gales, avec du
safran, de la farine et du sang : ceux-là, on les rencontrait surtout à la porte des églises et aux grands pèlerinages du
royaume ; parfois aussi des Bohémiens tout noirs, avec des
cheveux laineux, qui étaient surtout des voleurs de chevaux [2].

Les plus riches de ces voyageurs, comme les moins fortunés, couchaient le soir dans de très mauvaises auberges où les
plus favorisés trouvaient un lit ; les autres étaient abrités dans
une chambre commune, ou à l'écurie [3]. Car il y avait toujours
presse aux *Ecus de France*, *d'Orléans*, *de Calabre*, à l'*Etoile*, au
Dauphin ou aux *Trois Rois* [4] ; encombrement de valets et de
pages ; des chariots étaient arrêtés devant la porte. On y appréciait la qualité du vin, la blancheur et la douceur des draps [5].
Dans les villes, les pauvres rencontraient des hospices qui
existaient en grand nombre en France, les uns pour recevoir
les hommes, les autres pour les femmes.

Mais souvent aussi on campait la nuit dans les champs, en
se groupant quand les gens d'armes rôdaient par le pays [6] ; et
là on demeurait exposé à toutes les intempéries de la saison.
Cela, paraît-il, faisait partie de l'éducation et formait le caractère, puisqu'un poète du XVe siècle l'a dit [7] :

1. Voir à ce sujet les si curieux mémoires de Félix Platter.
2. Sur tous ces personnages voir Pierre Champion, dans l'appendice à L. Sainéan,
op. cit.
3. Cf. Francisque-Michel et Edouard Fournier, *Histoire des hôtelleries, cabarets...*
Paris, 1851, in-8, p. 183 et suiv.
4. Voir *Le Pèlerin passant*, *op. cit.*
5. Eustache Deschamps, VII, p. 59 et *passim*.
6. *Mémoires de Philippe de Vigneulles*, p. 8-9.
7. Bibl. Nat., fr. 2375, fol. 51 v°.

Qui n'a couché au vent et à la pluye,
Il n'est digne d'aller en compagnie.

Et voici comment un autre poète errant, le pauvre Michault
Taillevent, nous raconte sa « destrousse » par les gens d'armes
dans le Beauvaisis [1]. Il est surpris par la nuit et il lui faut
coucher sur le sol, car il n'y a là ni chambre ni porche : Michault
considère alors son lit « tout fait en ung buisson » :

> Ainsi comme povre esgaré,
> Estrenné de dures estraines,
> Regarda lors son lit paré ;
> Duquel estoient les courtines
> Toutes de chardons et d'espines,
> Et la couche de terre dure,
> Le chevet de grosses racines,
> Et de ronces la couverture.

Or, bien qu'aucun bruit ne vînt jusqu'à lui, Michault allon-
geait son cou, comme la grue :

> Et avoit l'oreille tendue
> A tout lez pour la peur des loupz.

Il écoutait s'il n'entendrait point sonner les cloches des villages
voisins, ou le chant du coq au matin, ou les aboîments des
chiens ; car ils étaient nombreux alors pour garder les maisons
et les villages : c'est surtout pour se défendre d'eux que les
voyageurs portaient des bâtons [2].

Ainsi, tout en transes, Michault attendait l'aurore pour se
remettre en route avec ses compagnons d'infortune, des marchands et des charretiers que le poète assure grands et gros.
Mais après cette mauvaise nuit, des brigands armés de fer et de
vieux jaques devaient enlever tout le monde.

Quant au petit Platter [3], qui alla de Bâle à Montpellier sur sa

---

1. Bibl. de Stockholm, ms. fr. LIII, fol. 157 v°.
2.   Qui va par les champs sans baston
                        Il est a la mercy des chiens
(Dictons moraulx dans les *Bons et tres utiles enseignemens*).
3. *Mémoires de F. Platter*, p. 35-36.

quinzième année, portant deux chemises dans sa toile cirée, quelques mouchoirs et quatre couronnes d'or cousues dans son pourpoint, il se rappela longtemps une certaine nuit passée au milieu d'un bois, dans une méchante auberge, à une longue table autour de laquelle des mendiants et des paysans savoyards étaient assis devant des châtaignes rôties, du pain noir et de la piquette : suspects personnages qui, après avoir inspecté les armes des voyageurs, se prirent heureusement à boire et allèrent, chancelants, s'endormir hors de la salle commune, devant un feu qui flambait en plein air.

Mais le voyage n'offrait pas que des suprises désagréables. On y courait des aventures galantes, et c'était là le vrai moyen de s'instruire [1]. Une femme pouvait devenir votre compagne, déguisée en homme [2]. Il y avait des jours de printemps, ni trop longs, ni trop courts, qui incitaient à cheminer en riant et en chantant ; de beaux jours d'été où le soleil vous réchauffait le cœur ; des nuits tièdes pleines de lune ; des couchers de soleil rougeoyants ; des matins lumineux qui annoncent le beau temps :

> Le rouge soir et blanc matin
> C'est la joye du Pelerin [3].

On n'a malheureusement encore que des renseignements très vagues sur la vie nomade que mena Villon pendant cinq ans. Il fut alors ce que pouvait être, ce qu'a toujours été, un pauvre homme errant sur les routes. Il devait ressembler beaucoup à ce jongleur de Sens [4] :

1. Eustache Deschamps, VII, p. 69.
2. *Registre du Châtelet*, II, p. 524.
3. *Le Pelerin passant, op. cit.*, p. 7 ; *Adages et proverbes communs* dans les *Bons et tres utiles enseignemens* : il y a une autre variante de ce dicton :
> Rouge vespre et blanc matin
> Rend joye au cœur des pelerins.
4. *De Saint Pierre et du Jongleur* dans le *Recueil général des fabliaux*, éd. de Montaiglon et G. Raynaud, V, p. 65 et suiv.

> Qui moult ert de povre riviere,
> N'avoit pas sovent robe entiere.
> Ne scai comment on l'apela,
> Mais sovent as dez se pela ;
> Sovent estoit sanz sa viele,
> Et sanz chauces et sanz cotele,
> Si que au vent et à la bise
> Estoit sovent en chemise...

Ses souliers étaient crevés et on y voyait de grands jours. Comme Villon, il hantait trop la taverne et la « puterie ». Il dépensait son argent au jeu de dés et aurait voulu que tous les jours fussent fériés ; car il n'aimait rien tant que le dimanche, la folle vie, les disputes et le péché. Et ce pauvre clerc qui avait abandonné Paris à cause de sa misère et regagnait son pays, sans avoir « gote d'argent », ressemblait à Villon comme un frère. Il marchait souvent sans manger ni boire. Bien des portes se fermaient à son passage ; et rares étaient les bourgeois qui l'hébergeaient pour entendre, tandis que cuisait le dîner,

> ... une escriture
> O de chancon et d'aventure [1].

Mais on ne sait guère que le peu que Villon nous a dit à ce sujet. Le pays où il erra s'étendait depuis Angers, les marches de Bretagne et du Poitou, jusqu'en Dauphiné vraisemblablement. Et il résulte de ses confidences qu'il parcourut surtout la France centrale, en particulier le bassin de la Loire.

Or cette région de la Loire a été par excellence le pays des écoliers, avec ses deux vieilles universités d'Orléans et d'Angers ; au temps même du voyage de Villon une troisième sera établie à Nantes (1460). Terre des Vierges miraculeuses ; pays élu des pèlerins, de ceux-là surtout qui se rendent à Saint-Jacques et jetteront au passage des ponts, suivant la coutume païenne, ces petites enseignes de plomb que l'on retrouve un

---

1. *Le povre clerc*, dans le *Recueil général des fabliaux*, V, p. 192 et suiv.

peu partout dans les sables du fleuve [1] ; pays des colporteurs ;
paradis des organisateurs de représentations théâtrales : car
frais de farces, de Mystères, de Passions sont consignés de façon
ininterrompue dans les comptes des municipalités de cette
région [2] : bon pays, bon peuple, belle noblesse enfin [3] !

Angers était alors un des passages les plus fréquentés de
France pour se rendre en Bretagne, et aussi pour gagner le
Poitou. Les marchands bretons et poitevins se rendaient souvent dans cette cité, ainsi qu'à Tours. C'est vraisemblablement
d'une de ces deux villes que Villon partit pour faire une pointe en
Bretagne où il nomma Saint-Julien de Vouvantes (Loire-Infé-
rieure, arr. de Châteaubriant) : peut-être même a-t-il gagné
Rennes, qui n'est pas très loin, où il y avait des colporteurs et
des merciers ? Car Villon se dira lui-même un « povre mercerot
de Rennes ». Sans qu'on puisse l'affirmer, il n'est pas impossible qu'il ait porté la balle en Bretagne.

Or si les grands merciers ont formé à Paris, dans la rue
Quincampoix, dans les galeries du Palais [4], une riche corporation, il faut reconnaître que ceux-ci avaient peu de rapports
avec les petits merciers errants qui portaient la balle et vendaient surtout chausses et bonnets de laine [5]. Toujours sur les
grandes routes pour gagner les foires, ils devaient souvent
rencontrer des vagabonds et des voleurs. Ils portaient un bâton
pour se défendre contre les attaques des chiens, dérobaient de
la volaille pour vivre, s'abritaient la nuit dans les carrières et
dans les fours. Ils seront, au cours du siècle suivant, les grands

---

1. Musées d'Orléans, de Notre-Dame de Cléry.
2. C'est ce qu'a noté très justement à ce sujet G. Cohen, *Revue des Etudes Rabelaisiennes*, 1911, p. 4.
3. Gilles le Bouvier, *Le Livre de la description des pays*, éd. E. T. Hamy, p. 50.
4. Franklin, *Dictionnaire historique des arts et métiers*, ad. v. *merciers* et *nouveautés*.
5. « Poulain dit que ledit appellant est povre marchant et a acoustumé vendre
chausses et bonnetz de laine, ainsi que les petiz merciers ont acoustumé de fere parmy
les villaiges. Dit que la foire en ceste année séant ou mois de decembre ou village de ?
pres le Mans, apres que le roy des merciers eust veu la marchandise dudit appellant il
s'en ala à lad. foire oudit village » (Arch. Nat., Xʲᵃ 57, 20 mars 1487 n. st.).

propagateurs du jargon en France [1]. Mais, dès le temps de
Villon, il y eut de mauvais merciers, des *foucandeurs*, que l'on
dit « trompeurs et cabuseurs », et qui vendaient à Paris,
malgré les défenses faites à ce sujet, « denrées de merceries »,
couteaux, anneaux, épices, peignes d'ivoire [2]. On en voit
d'autres devenir voleurs [3] ; et parfois ils débitaient des marchandises très suspectes, comme des jeux de cartes usagées. Sur
la liste des Coquillards on trouve deux merciers [4]. Or tout ce
monde n'était pas riche : l'un d'eux dira :

> Et ainsi nous mourrons de fain,
> Entre nous chetiz merciez [5] !

Quant au bon Charles d'Orléans, il riait de ces petits merciers, portant paniers, qui déballaient leur marchandise au
château de Blois, et à qui il achetait tablettes à écrire, écritoires
de corne, images de saint Jacques, cordes pour sa harpe,
patenôtres de verre, petits couteaux, signets d'ambre. L'un d'eux
se nommait « Argent mi fault » !

> Je gagne denier a denier
> C'est loing du tresor de Venise [6] !

Enfin, au temps de Villon, il y avait une corporation de
merciers établie à Rennes [7]. Mais que François y ait exercé un
temps ce petit métier, cela demeure une hypothèse.

Dans le cas où Villon eût porté la balle dans cette région,

---

1. Péchon de Ruby.
2. Pierre Champion, dans l'appendice à L. Sainéan, *op. cit.*, 1, p. 389-390.
3. Mercier voleur à Marmande, en 1457. Bertrand Ebraud autrement dit le Mercerot (*Ibid.*)
4. *Ibid.*
5. *Farce de la Pippée* dans les *Poésies gothiques françaises* de Sylvestre.
6. P. Champion, *Vie de Charles d'Orléans*, p. 439-440.
7. M. André Lesort, archiviste d'Ille-et-Vilaine, a bien voulu m'écrire : « Mes
recherches dans la série E (confréries et corporations de Rennes) n'ont pas abouti ;
mais j'ai trouvé à la série F (papiers de feu Paul de la Bigne-Villeneuve) une copie
de fragments de statuts non datés de cette confrérie transcrits en tête d'un registre
de lad. confrérie dont le feuillet de garde portait la mention : « L'an mil IIIJᶜ XXXVIJ
fut ce papier trestout neuff fayt... »

il aurait eu l'occasion d'errer en Poitou, où les foires de
Niort étaient fréquentées par les marchands et par les colporteurs. En Poitou, François Villon a nommé Saint-Generoux
(Deux-Sèvres, arr. de Parthenay). Il dit avoir connu dans cette
localité, qu'il situe justement dans les marches de Bretagne et
de Poitou, deux dames qui lui avaient appris un peu le « parler
poitevin. » Il s'amusa à imiter ce langage, sans révéler propre-
ment où elles passaient leurs jours [1] :

> Elles sont tres belles et gentes,
> Demourans a Saint Generou
> Pres Saint Julien de Voventes,
> Marche de Bretaigne ou Poictou.
> *Mais i ne di proprement ou*
> *Yquelles passent tous les jours ;*
> *M'arme ! i ne seu mie si fou,*
> *Car i vueil celer mes amours.*

Evidemment ces dames se cachaient, et lui aussi ; car ce
spécimen de patois, François Villon nous le donna à la suite du
legs qu'il fit de son droit d'échevin de Paris à Robin Turgis,
tavernier, à qui Me François avait négligé de payer le vin dû à
son départ. Et il ajoutait [2] :

> Combien s'il treuve mon logis
> Plus fort sera que le devin.

Il était d'usage alors de consulter le devin pour retrouver
les objets perdus. Mais il se peut aussi que le parler poitevin
soit l'équivalent de l'expression qu'on trouvera un peu plus
tard : *aller à Niort*, c'est-à-dire *nier* [3]. Dans ce cas le clerc fugitif
n'aurait pas reconnu sa dette envers Turgis.

1. T., h. 94. — 2. T., v. 1056-1057.

3. « Mais Eutrapel, comme fin et bien avisé, sceut bien repartir, prendre le
chemin de Niort, et maintenir qu'il estoit d'un trop couart naturel » (*Contes d'Eutrapel*, 1585, p. 117 vo). — Il y a quelque chose d'analogue dans Eloi d'Amerval, *Grant
Diablerie*, c. 98) :

Car ilz sont si faulx passans — Que quant il leur demanderont — Et les termes venus
seront — Ilz s'en iront, scez tu bien où ? — Au gentil pays de Poitou : — Dieu te doint bon
jour à Nyort.

Cf. une équivoque parallèle dans les *Cent nouvelles nouvelles*, LXXVIJ : « Elle estoyt

Nous en savons un peu plus long sur les rapports de François Villon et de Charles d'Orléans. Mais le temps où ils se rencontrèrent demeure encore incertain [1]. Tout ce que l'on peut dire, c'est que notre vagabond vint au moins deux fois à Blois ; et, lors de son premier voyage, il fut momentanément attaché à la petite cour du prince poète et toucha à ce titre des gages. Il est certain aussi que Villon a bien connu le cercle des rimeurs qui enchantaient le vieux duc, qu'il fut au courant des jeux d'esprit formant leur subtile distraction : l'influence de ce milieu paraît assez visible dans l'œuvre du clerc parisien [2].

Le duc Charles d'Orléans était alors un homme de soixante-trois ans, tout grisonnant, un peu lourd et dur d'oreille. Il avait une bonne figure rase, de gros traits, et portait ordinairement des robes de velours noir et fourrées. Sa vie avait été extrêmement malheureuse ; il s'était beaucoup ennuyé. On l'avait ramassé dans la boue d'Azincourt, tout frêle adolescent, enivré de gloire et d'amour. Il avait dû demeurer prisonnier des Anglais pendant vingt-cinq ans, moisissant dans leur pays humide, privé du soleil de France ; là, Charles d'Orléans avait connu un grand désespoir. Pour se distraire il s'était pris à rêver et à écrire des poésies, de fraîches ballades, de courtoises

---

couchee, tant oppressée de mal qu'on cuydoit bien qu'elle allast à Mortaigne ». — « Tricherie est en Poitou » est aussi un vieux dicton que l'on trouve déjà développé dans le *Songe d'Enfer* de Raoul de Houdenc.

1. Pierre Champion, *Vie de Charles d'Orléans*, p. 636-640.

2. Il est toujours dangereux d'affirmer ces choses-là : car Charles d'Orléans devait aussi beaucoup à Alain Chartier qui inspira certainement les vers tendres et amoureux de Villon. Cependant je note dans la manière de Charles d'Orléans le *lai* célèbre : *Mort j'appelle de ta rigueur* (on le retrouve entre autres parmi des pièces imitées de Charles d'Orléans dans le ms. fr. 1719, fol. 71), et surtout les deux développements sur la Fortune, un thème très en honneur à Blois (la bergeronnette : *Au retour de dure prison* et la ballade *Fortune fus par clers jadis nommée*). Enfin il est assez remarquable de trouver dans Charles d'Orléans :

> Mais ma bouche fait semblant que je rie
> Quant maintes fois je sens mon cueur pleurer.

(Ce que Villon saura dire beaucoup mieux : *Je riz en pleurs*) ; de voir que l'évocation des dames anciennes, faite par le bon duc à propos de la mort de sa femme, est comme la *ballade des dames des temps jadis* construite sur la précieuse rime *aine*.

chansons où il disait sa vie passée et présente, la douceur de sa
jeunesse, le chagrin d'être séparé d'une femme qu'il aimait ; et
pour représenter chacun des états de son âme, il avait inventé
des allégories, des symboles : en sorte que, dans sa solitude, il
vivait accompagné de Tristesse, de Désir, de Mélancolie et
d'Amour.

Rentré dans ses pays, Charles avait éprouvé que le monde
était bien changé : l'esprit chevaleresque n'existait plus et la
France demeurait serrée autour de son roi victorieux. Le duc
d'Orléans n'avait plus qu'un ami, Philippe de Bourgogne ; et
celui-ci, maintenant l'ennemi du roi de France, était le fils du
duc Jean qui avait assassiné son père Louis !

Charles d'Orléans comprit alors qu'il n'avait plus grand'chose
à faire ici-bas ; il avait épousé une jeune femme et n'en avait
pas d'enfants. Il résolut d'arranger sa vie le mieux possible,
en jouissant de tous les agréments que procurait le charmant
séjour de Blois ; de vivre doucement, avec des amis qu'il
aimait bien, dans ce grand château qui était aussi une campagne. Il lisait des livres, jouait aux tables et surtout aux échecs,
et parfois il se promenait sur la rivière ou chassait. Mais le
plaisir le plus vif et le plus secret dont il jouissait alors était de
s'enfermer dans un petit retrait où se trouvait sa librairie. Le
duc avait là une chaufferette, un pupitre de bois sur lequel on
pouvait fixer des chandelles ; et, parmi ses livres, de gros
ouvrages ennuyeux, de vieilles histoires latines et des Sommes
de théologie, il possédait un tout petit volume de parchemin
que nous avons conservé [1] : des scribes de sa maison avaient
commencé d'y transcrire ses premières productions. Le duc le
reprenait souvent, y écrivait très calme, d'une main soigneuse,
ses dernières inventions, et même celles de ses serviteurs ; car
il était fort bon homme en vérité. La vie, qui lui avait été si
dure, l'avait rendu parfaitement honnête ; et, malgré son âge,
il restait très gai d'esprit, aimait les plaisanteries. Il savait aussi

---

1. Bibl. Nat., ms. fr. 25458.

être grave et décent; mais, s'il pensait à la mort, cela ne durait
vraisemblablement que le temps de composer un charmant
rondeau.

Beaucoup de monde vivait autour de lui, car les existences
princières de ce temps étaient grevées de l'entretien de presque
toutes les autres. Pourvu qu'on eût de l'esprit, on devenait son
ami, surtout si l'on entrait dans sa manie qui était de faire
de tous ses serviteurs des poètes; rien ne le divertissait plus
que ces sortes de parties poétiques où, sur un thème donné,
chacun rivalisait de zèle plutôt que d'inspiration. Et non seulement il entretenait dans sa demeure des serviteurs, des gens
qui administraient ses finances, son médecin qui s'ingéniait à
le satisfaire, mais Charles d'Orléans avait encore hors de Blois
des correspondants qui lui adressaient des épîtres en vers; et il
leur répondait. Les jeunes seigneurs qui étaient reçus dans sa
maison étaient tenus d'écrire quelque morceau pour payer leur
écot; il n'y eut guère de poète en son temps qui n'ait été hébergé
à Blois. Peut-être n'ignorait-il pas que ses propres poésies
étaient supérieures à celles des autres ? Quoique prince, c'était
le premier poète de son époque : mais Charles n'en tirait vanité
que pour envoyer quelques copies de ses productions à de
nobles amis ou à des dames dont il désirait peut-être d'être
aimé. Car bien qu'il restât fidèle aux vieilles modes et portât de
larges chaperons noirs, il appréciait la jeunesse ; et Charles
ne riait des jeunes seigneurs qui revêtaient des habits étroits
et des toques à l'italienne, que parce qu'il ne pouvait les imiter,
étant lui-même trop lourd et ancien.

François Villon pouvait avoir alors vingt-six ans ; il était
maigre et noirci, vieilli prématurément et très pauvre. Mais il
avait un charmant esprit, de la verve, du génie, et savait se
tenir dans le monde. Il connaissait aussi bien les riches que les
pauvres [1], ayant beaucoup réfléchi sur la vie, et vu manier de
l'argent autour de lui. Le voisinage de la grandeur ne le rendait

1. T., v. 305 ; Poés. div., III.

pas emprunté : et d'ailleurs on menait à Blois, et en général chez les princes de ce temps-là, une existence toute familière et très chrétienne.

Un des débats qui eurent le plus de succès à Blois fut celui des propositions contradictoires dont la première présentait l'image d'un homme mourant de soif auprès d'une fontaine. C'était là un jeu fort ancien pour dépeindre le trouble d'esprit d'un homme amoureux ; les troubadours comme les trouvères usèrent de ce procédé. Charles d'Orléans lui-même avait dit dans une ballade antérieure à 1451, mais très proche de cette date :

> Je meurs de soif en cousté la fontaine,
> Tremblant de froid ou feu des amoureux.

Plus tard encore le duc d'Orléans, reprenant et modifiant ce thème, avait confessé son existence mêlée de bien et de mal :

> Je n'ay plus soif, tarie est la fontaine,
> Bien eschauffé sans le feu amoureux,
> Je vois bien clair, ja ne fault qu'on me maine,
> Folie et Sens me gouvernent tous deux...

Or il y avait à Blois, comme dans toutes les résidences féodales, un puits qui devait d'abord servir en cas de siège à alimenter d'eau les défenseurs du château. Puits assez rudimentaire sans doute, puisque l'hôte du *Lion d'argent* fournissait en 1448 une corde pour tirer l'eau de ce puits, désigné comme celui de « l'ostel de Monseigneur ». Le 15 mars 1457, Jacob Landreni, menuisier, le visitait et établissait un devis « pour certain ouvrage de charpenterie que mondit seigneur veut faire » ; au mois de mai, ce charpentier recevait 4 l. 2 s. 6 d. pour le salaire d'un travail de trois semaines et « pour visiter certain ouvrage et engin que ledit seigneur veut faire au puits du château de Blois pour tirer l'eau plus aisément. »

Charles d'Orléans était curieux de mécanique et d'horlogerie ; il s'intéressait donc en ce temps à un système faisant

monter commodément l'eau de son puits. Contemplant cette
eau qu'il était difficile d'atteindre, il aura pensé qu'elle offrait
l'image de sa propre vie, pleine de désirs si peu satisfaits et
apaisés. Ainsi une association d'idées lui avait remis dans la
tête le thème autrefois développé : et c'est un fait qu'en ce
temps-là, il fut repris par Montbeton et Robertet, par Me Bertaut
de Villebresme, licencié en lois et conseiller du duc, par Me Jean
Caillau, son médecin, par Gilles des Ormes, son jeune écuyer
tranchant, par Simonnet Caillau et par cinq autres rimeurs
dont nous n'avons plus les noms. Sur cette dispute, qui peut se
placer entre 1458 et 1460, François Villon composa certainement la meilleure des ballades. Comme il était fait lui-même
de contradictions, il n'eut pas de peine à y mettre tout son
cœur. C'est là qu'on lira les mots qui le peignent mieux que
tout portrait :

> Je riz en pleurs !

Et, cette fois, il faut bien reconnaître que le bon Charles
d'Orléans avait trouvé son maître en poésie [1] :

> Je meurs de seuf au près de la fontaine,
> Chault comme feu, et tremble dent a dent ;
> En mon païs suis en terre loingtaine [2] ;
> Lez ung brasier frissonne tout ardent ;
> Nu comme ung ver, vestu en president [3] ;
> Je ris en pleurs et attens sans espoir ;
> Confort reprens en triste desespoir ;
> Je m'esjouys et n'ay plaisir aucun ;
> Puissant je suis sans force et sans povoir,
> Bien recueully, débouté de chascun.
>
> Rien ne m'est seur que la chose incertaine ;
> Obscur, fors ce qui est tout evident ;
> Doubte ne fais, fors en chose certaine ;
> Science tiens a soudain accident ;
> Je gaigne tout et demeure perdent ;

1. Pierre Champion, *Vie de Charles d'Orléans*, p. 651-654.
2. Allusion à son exil.
3. C'est-à-dire portant une robe fourrée.

Au point du jour dis « Dieu vous doint bon soir ! »
Gisant envers [1], j'ay grant paour de cheoir ;
J'ay bien de quoy et si n'en ay pas ung [2] ;
Eschoitte attens [3] et d'omme ne suis hoir,
Bien recueully, debouté de chascun.

De riens n'ay soing, si mectz toute ma paine
D'acquerir biens et n'y suis pretendent ;
Qui mieulx me dit, c'est cil qui plus m'attaine [4],
Et qui plus vray, lors plus me va bourdent [5] ;
Mon amy est, qui me fait entendent
D'ung cigne blanc que c'est ung corbeau noir ;
Et qui me nuyst, croy qu'il m'ayde a povoir ;
Bourde, verté, au jour d'uy m'est tout un ;
Je retiens tout, rien ne sçay concepvoir,
Bien recueully, debouté de chascun.

Prince clement [6], or vous plaise sçavoir
Que j'entens moult et n'ay sens ne sçavoir :
Parcial suis, a toutes loys commun [7].
Que sais je plus ? Quoy ? Les gaiges ravoir,
Bien recueully, debouté de chascun.

Les termes de l'envoi sont ici fort remarquables et permettent d'affirmer que cette ballade date du second séjour de Villon
à Blois : car ce qu'il attendait du clément prince, c'est « ravoir »
les gages qu'il avait obtenus une première fois.

Est-ce le seul morceau qu'il ait composé à la cour de Charles
d'Orléans ? Il semble bien qu'il faille restituer encore à Villon
une ballade, qui suit celle des propositions contradictoires dans
le manuscrit personnel du duc [8]. Cette petite pièce macaro-
nique, bien rimée et spirituelle, nous montrerait François

1. Couché sur le dos.
2. Sous-entendre par exemple un denier.
3. J'attends un héritage.
4. Celui qui me dit les meilleures paroles est celui-là qui me tourmente le plus.
5. Celui qui me dit la vérité est celui-là qui se moque le plus de moi.
6. Charles d'Orléans.
7. Je suis en dehors de toutes les règles et cependant soumis à toutes les lois.
8. C'est ce que M. W. Byvanck a induit très ingénieusement (Pierre Champion,
Vie de Charles d'Orléans, p. 639).

 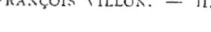

Villon connaissant aussi les amis du duc, au courant des plaisanteries spéciales à leur cercle littéraire ; et François aurait
feuilleté l'album même des poésies du « doulx seigneur »
qu'il nomme plaisamment « ce saint livre ». Car la ballade
« Parfont conseil *eximium* », dirigée contre ceux qui abusent
des plaisirs du mariage, n'a de sens que si on la rapproche des
rondeaux où Fradet et le duc d'Orléans traitèrent cette question. Or il faut avouer que les plaisanteries sur « l'écusson
de Vénus » et l'équivoque « bourdon » sont bien dans l'esprit
de Villon [1].

On ne sait pas non plus exactement à quel moment placer
le voyage que François Villon fit à Moulins. Mais il est certain
que dans la requête qu'il adressa au duc de Bourbon, Villon
fait allusion à la Beauce qu'il avait traversée antérieurement.
Or ces campagnes plates, que hantèrent longtemps les gens
d'armes pillards, comme le font aujourd'hui les corbeaux, ne
sont que des labours sans fin. A travers ces plaines lisses de la
grande Beauce, l'œil glisse jusqu'à l'horizon sans rien rencontrer d'autre que la ligne du ciel qui semble encore agrandi.
Les nuées s'y forment et s'y déforment du matin au soir, ces
nuées auxquelles Jeanne imaginait plaisamment les Anglais
accrochés [2] ; et leur ombre chemine doucement sur cette terre
séculaire du grain. De loin en loin quelques villages craintifs,
groupés autour de clochers carrés en façon de petites forte-
resses ; des moulins à vent tournant furieusement quand
l'aigre bise balaie l'étendue ; des meules à chapeau pointu.

---

1. M. Jean-Marc Bernard, (*François Villon à la cour de Blois*, dans la *Revue d'histoire littéraire de la France*, 1908, p. 497-500), s'est demandé si l'on ne devait pas
restituer à Villon une autre ballade sur le thème de la « Fontaine tarie » (éd.
J. M. Guichard, p. 129-130). Gardons-nous de trouver des éléments de biographie
dans une pièce faite de contradictions. Elle est l'œuvre d'un clerc : mais « l'une
et l'autre bande » ne désigne pas nécessairement les Coquillards : *bande* se disait de
toute société. Quant à l'allusion au délai de payer l'amende, elle prouverait plutôt que
Villon ne peut être l'auteur de cette ballade. C'est en 1462 seulement qu'il signa la
promesse de rendre les écus volés au collège de Navarre.

2. *Procès*, éd. J. Quicherat, III, p. 98.

Pl. XXXI

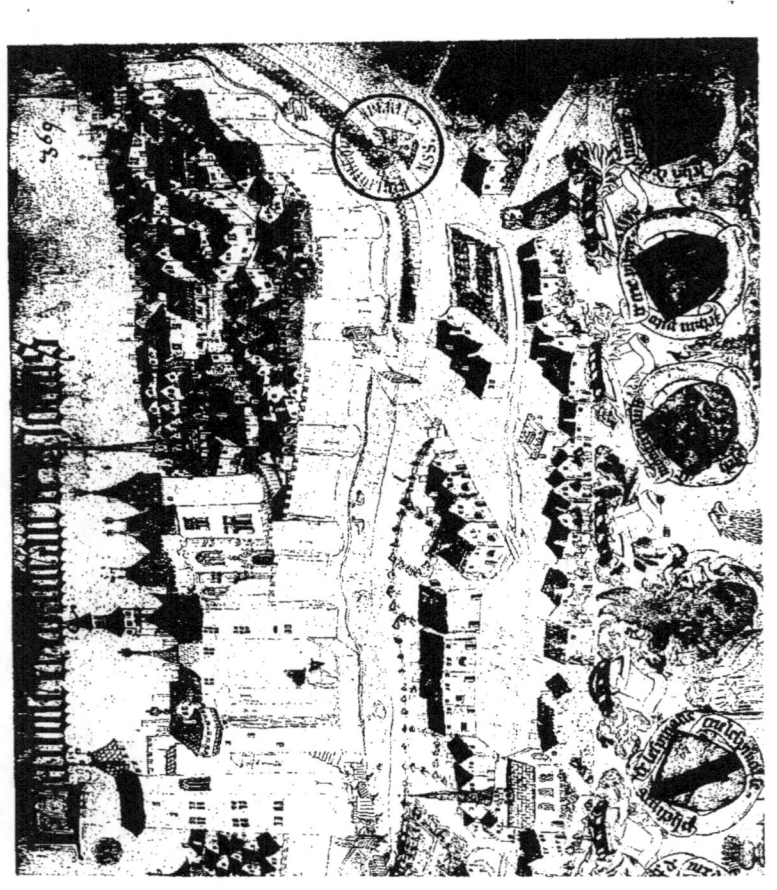

Vue des Moulins au temps de François Villon
Registre d'armes de Guillaume Revel, par Charles VII
(Bibl. nat. fr. 22297, fol. 369)

Mais bien que les gens d'alors tinssent cette morne région pour
un « bon pays », seulement trop foulé par la guerre [1], Villon
qui l'avait parcouruc savait bien qu'autour de Patay, ce qu'on
n'aurait su trouver, c'était une forêt, l'une de ces forêts de
chênes dont les gens de son temps estimaient fort et le bois
et le gland, ou bien des châtaigniers [2], si communs en Bourbonnais et en Limousin où ils fournissent partie de la nourriture du peuple.

Combien il en vit de petites villes serrées dans la ceinture de
leurs murailles, à toits de tuiles rouges et à clochers d'ardoise ;
de châteaux à tours rondes ou carrées portant sur leurs épis
coqs, écus fleurdelisés, armes et oriflammes, avec poternes,
hourdages et lices palissadées ; de fermes fortifiées qui sont
les seigneuries des parvenus ; d'abbayes guerrières et de prieurés
belliqueux [3] ! Mais le pauvre poète cheminait alors sans croix
ni pile ; et il était bien malheureux dans ce pays plaisant coupé
d'étangs et de bois [4]. Il contemplait avec mélancolie les calvaires
qui jalonnaient sa longue route : *O vos omnes qui transilis per
viam attendite et videte si est dolor sicut dolor meus!* Il éprouvait
une semblable douleur à marcher sans argent : à toutes les
croix du Christ, il aurait préféré de contempler quelques écus
marqués de la croix des monnayeurs. Aussi vit-il avec bonheur
apparaître la bonne ville de Moulins.

C'était une jolie petite cité, groupée autour du château des
ducs de Bourbon, et dévalant jusqu'aux grèves de l'Allier. Les
serviteurs des ducs y avaient élevé de nombreuses maisons de
pierre avec des girouettes armoriées, comme de petits seigneurs [5].

Certes la joie de Villon fut grande, d'autant que le duc de

1. Gilles le Bouvier, *Le Livre de la description des pays*, éd. E. T. Hamy, p. 50.
2. Poésies div., IX, v. 17-18.
3. Bibl. Nat., fr. 22297 (Arm. XIII. Registre d'armes de Guillaume Revel pour le roi Charles VII).
4. J. Quicherat, *Les vers de maître Henri Baude*, p. 69.
5. Pierre Champion, *Vie de Charles d'Orléans*, p. 622.

Bourbon, qui avait pour devise *Espérance* [1], se montra généreux [2] :

> Combien qu'au plus fort de mes maulx,
> En cheminant sans croix ne pille,
> Dieu, qui les pelerins d'Esmaus
> Conforta, ce dit l'Evangile [3],
> Me monstra une bonne ville
> Et pourveut du don d'Esperance ;
> Combien que le pecheur soit ville,
> Riens ne hayt que perseverance.

Le duc de Bourbon était, depuis l'année 1456, Jean II, qui
n'avait guère que trois ans de plus que François Villon [4]. Jeune
homme, il fut bien souvent l'hôte de Charles d'Orléans, qui
aimait à le plaisanter : il nourissait pour lui une vive affection
et les maisons de Bourbon et d'Orléans avaient des intérêts
communs que de communs malheurs créèrent [5]. Ce jeune
prince, on le nommait Clermondois ; et Charles le disait le
« droit héritier » de Bourbon et de la goutte paternelle ; or
ce bon jeune homme était aussi affligé d'un « estomac de
papier ». Clermondois composait des rondeaux langoureux et
parfois il faisait le moraliste, ce dont s'amusait le vieux Charles
d'Orléans : mais cela n'avait pas empêché le jeune homme de
se conduire comme un héros à Formigny, où il avait provoqué
la déroute des Anglais, ainsi qu'à Castillon.

A la mort de Charles de Bourbon, son père (4 décembre 1456),
Jean avait quitté la Guyenne, où il était lieutenant-général du

1. La Mure, *Histoire des ducs de Bourbon*, 1868, II, p. 253. « Apres que le susdit
prince conte de Foix eut fait ses xij coursses, vint sur les rencs monsieur de Clermont... le quart [cheval houssé] de velours cramoisy à grandes lectres grecques de
fil d'or en escriteaulx de sa devise, c'est à savoir : *Esperance* de Bourbon..... Et en faisant ses douze venues rompit viij lances contre Monsieur de Saint Pol et messire Pierre
de Braizé ». Description des fêtes de Nancy, en 1444, dans l'*Histoire de Gaston IV*,
éd. H. Courteault, I, p. 16.

2. T., h. 13.

3. Luc, ch. 24.

4. Pierre Champion, *Vie de Charles d'Orléans*, p. 617-624.

5. En 1412 Charles d'Orléans avait prêté au duc de Bourbon 12.000 écus ; l'année
suivante 200 livres. On plaidait encore au sujet de ces créances le 28 avril 1477
(Arch. Nat., X¹ª 4818, fol. 182).

roi, et vint visiter ses états. En 1457, une nouvelle tentative des Anglais en Guyenne le rappelait dans son gouvernement : mais, l'année suivante, il sera de retour à nouveau dans son Bourbonnais.

Bourbon resta le rimeur qu'avait été Clermondois. Il se donnait toujours pour inconsolable. Charles d'Orléans le réconfortait, et tous deux plaisantaient suivant les formes de l'hommage féodal ; enfin Jean de Bourbon, comme Charles d'Orléans, aimait les beaux livres et les rhétoriqueurs. Ainsi Moulins était devenu, comme Blois, un autre « séjour d'honneur » dont les lettrés apprirent le chemin. On y rencontrait Jean Robertet, secrétaire du duc de Bourbon, et son bailli d'Usson, qui avait plus de bonne volonté que de talent ; Guillaume Cadier, clerc des comptes, qui devint gentilhomme ; Fraigne, un Bourbonnais de mince noblesse, qui versifiait avec charme. On trouvait donc autour du duc de Bourbon une petite cour littéraire, un cercle où un homme comme maître François pouvait parler.

D'ailleurs, en Bourbonnais, François Villon était en quelque sorte dans son pays, celui du moins d'où les Montcorbier avaient tiré leur origine. Dans la charmante requête qu'il adressa au duc Jean de Bourbon, il ne manqua pas de lui rappeler qu'il était « son seigneur ». Déjà le duc lui avait prêté six écus ; qu'il fasse encore un effort en faveur du pauvre, prêt à s'obliger pour cette nouvelle dette devant toutes les juridictions que l'on voudra : le généreux duc n'y perdra seulement que « l'attente », suivant la formule même que les grands seigneurs employaient bien souvent quand ils délayaient de payer leurs serviteurs [1]. Mais il était impossible de se montrer plus fin, plus spirituel, plus courtois, que le fut Villon en cette circonstance envers un prince du lys [2] :

---

1. Cf. à l'appendice la notice sur Andry Couraud. — « L'argent sera seur et bon ; et n'y aura, Dieu aydant, que la pascience de l'attente » lit-on dans une lettre de Mathieu Beauvarlet à Jean Bourré (Bibl. nat., fr. 6602, p. 126).

2. La fortune de cette ballade fut considérable, bien que nous ne la possédions plus que par la source I (dont P et R paraissent dérivées), et par un ms. poétique ayant appartenu au Cardinal de Rohan dont les variantes n'ont pas été relevées

Le mien seigneur et prince redoubté,
Fleuron de lys, royalle geniture [1],
Françoys Villon, que Travail a dompté
A coups orbes [2], par force de bature,
Vous supplie par ceste humble escripture
Que lui faciez quelque gracieux prest.
De s'obliger en toutes cours est prest,
Si ne doubtez [3] que bien ne vous contente :
Sans y avoir [4] dommaige n'interest,
Vous n'y perdrez seulement que l'attente.

A prince n'a ung denier emprunté,
Fors a vous seul, vostre humble creature.
De six escus que luy avez presté,
Cela pieça il meist en nourriture.
Tout se paiera ensemble, c'est droiture,
Mais ce sera legierement [5] et prest ;
Car, si du glan rencontre en la forest [6]
D'entour Patay, et chastaignes ont vente [7],

(Bibl. Nat., Rés. Yᵉ 169, notice à la suite du *Jardin de Plaisance*.) Cf. l'épître de Crétin
à François Iᵉʳ (*Œuvres*, Paris, 1527, fol. 134 vᵒ) :

Jadis Villon gagna le jeu pour bon — En recevant par un duc de Bourbon — Certains
escutz soubz asseurée entente — Ne debvoir riens perdre fors attente — Se la forest de Pas-
tay rencontroit — Et gland l'annee en vente bonne entroit... · A ce propos si ce gentil
Villon, etc.

et la charmante imitation de Marot, épître 29ᵉ à un sien ami :

Puis que le roi a désir de me faire
A ce besoin quelque gracieux prest
J'en suis content, car j'en ai bien affaire,
Et de signer ne fuz oncques si prest.
Pourquoi vous pri, scavoir de combien c'est
Qu'il veut sedule, affin qu'il se contente :
Je la feray tant seure (si Dieu plaist)
Qu'il ne perdra que l'argent et l'attente !

1. La maison de Bourbon tirait son origine de Robert, sixième fils de saint Louis ;
trois fleurs de lys figurent dans l'écu de Bourbon.

2. Contusions, par opposition aux coups formant des « navrures », des plaies.
Cette formule est de style et se rencontre fréquemment dans les lettres de rémission,
entre autres.

3. *Se doubte avez* (Variante du ms. du cardinal de Rohan).

4. *Ne d'y avoir.* — 5. Vite. — 6. *Car si de glan rencontre la forest.*

7. « Entour Patay n'y a aucune forest et n'y vend on chastaigne ». Glose de
Marot. — Une plaisanterie analogue se trouve dans le legs à Jacques Cardon du
gland d'une saussaie. Il y a lieu aussi d'en rapprocher l'expression « attendre le
gland qui tombe » que l'on voit dans Eutrapel (*Contes*, 1585, p. 93) : « Eutrapel donc
alla à la cour, où il vit bien du rosti et du bouilli : il y en avoit une douzaine de
contens et bien à leur aise, le reste attendant le gland qui tombe ».

Paié serez sans delay ny arrest :
Vous n'y perdrez seulement que l'attente.

Se je peusse [1] vendre de ma santé
A ung Lombart, usurier par nature,
Faulte d'argent [2] m'a si fort enchanté [3]
Qu'en prendroie, ce cuide, l'adventure [4].
Argent ne pens a gippon n'a sainture [5] ;
Beau sire Dieux ! je m'esbaïs que c'est,
Car [6] devant moy croix ne se comparoist,
Si non de bois ou pierre, que ne mente [7] ;
Mais s'une fois la vraye m'apparoist [8],
Vous n'y perdrez seulement que l'attente.

Prince du lys, qui a tout bien complaist,
Que cuidez vous [9] comment il me desplaist,
Quant je ne puis venir à mon entente ?
Bien entendez [10] ; aidez moy, s'il vous plaist :
Vous n'y perdrez seulement que l'attente.

SUSCRIPTION DE LADICTE REQUESTE [11]

Allez, lettres, faictes ung sault ;
Combien que n'ayez pié ne langue [12],
Remonstrez en vostre harangue
Que faulte d'argent si m'assault.

1. *Se je povoie.*
2. *Faulte d'argent !* C'est là une plaisanterie ancienne qu'on trouve en germe chez
Eustache Deschamps (V, 93) et qui fit fortune après Villon (Cf. une note de Marcel
Schwob, *Parnasse satyrique*, p. 302-306).
3. Rendu fou. — 4. *Que j'en prendroy, se croy bien, l'aventure.*
5. On portait en effet son argent dans une aumônière suspendue à la ceinture. Les
avares sont représentés en ce temps-là, comme l'a indiqué Villon, les mains sur leur
ceinture.
6. Je corrige *que* suivant la version inédite.
7. Equivoque sur la croix frappée sur les monnaies et les croix si nombreuses que
l'on voyait jadis sur les routes.
8. Il n'est guère utile d'aller chercher là un trait d'esprit fort. C'est une allusion à
l'apparition de la croix blanche à Bayonne en 1451, événement connu de tous,
(Chartier, II, p. 320) et en particulier du duc de Bourbon qui avait fait cette campagne. Ce miracle a été l'objet d'une épître latine d'Antonio d'Asti adressée à
Charles VII (Bibl. de Grenoble, ms. 873). — Il est déjà question de la *sainte croix*
(nous disons *sainte galette*) dans Eustache Deschamps, IX, p. 153.
9. *Que pansés vous.* — 10. *Bien m'entendés.* — 11. *Au dos de la lectre.*
12. *Quoy que n'ayez ne pié ne langue.*

Sur le chemin qui l'amena vraisemblablement de Blois à Moulins, Villon a pu passer par Saint-Satur que dominait Sancerre, où il y avait sans doute un monument phallique qu'il remarqua[1] :

> Si m'en desmetz aux hoirs Michault[2],
> Qui fut nommé le Bon Fouterre ;
> Priez pour luy, faictes ung sault :
> A Saint Satur gist, soubz Sancerre

Quant à la plus lointaine étape de son long voyage, ce fut Roussillon (Isère, arr. de Vienne), une enclave que possédait précisément la maison de Bourbon[3]. Parcourut-il le bassin tourmenté de la Loire, ou suivit-il le chemin plus fréquenté qui longeait la Saône, puis le cours du Rhône ? Impossible de le savoir. Il est certain du moins que le paysage qu'il eut alors sous les yeux devait surprendre assez un Parisien qui avait erré à travers l'Orléanais ou la Sologne. Il dut regarder avec quelque étonnement, sous cette lumière heureuse, qui est déjà celle de la Provence, les clochers carrés, les terres grises et blondes coupées de cultures et de vignes, le fleuve immense et rapide ouvrant son chemin vitreux à travers ces larges falaises que dominent les hautes et sombres montagnes du Vivarais. Mais nous savons surtout que François Villon

---

1. Il y avait dans tous les cas des ruines romaines à Saint-Satur (Buhot de Kersers, *Histoire et statistique monumentale du département du Cher*, Bourges, 1893, 27e fasc., p. 42 et suiv.). Là s'élevait l'antique *Castrum Gordonis*, où l'on apporta des reliques de saint Satire à la fin du VIIe siècle. On a retrouvé, tout près, des ruines, des mosaïques, des statuettes, à la Folie et à Saint-Thibaud. Villon a-t-il cru voir là le tombeau du Fouteor légendaire ? Il y avait de ces cultes étranges, en Bourbonnais : St Foutin au Veurdre (Cf. St Foutard, dans Eustache Deschamps, IV, p. 280), St Greluchon à Bourbon-l'Archambault (Cf. A. Dulaure, *Histoire abrégée des divinités génératrices*, 2e éd. Paris, 1825, II, p. 270 ; E. Le Brun, *Le Veurdre*, 1913, p. 24). Mais il y a lieu de remarquer aussi que le type du Fouteor était classique dans la littérature populaire (*Recueil général de fabliaux*, I, p. 304 et suiv.) ; que le « saut Michelet » désignait l'acte du bon « fouteor ».

2. Il y avait une équivoque fréquente au XVe siècle sur le *saut Michel ou Michelet* (Montaiglon, *Anc. poésies françaises*, III, p. 239, 242).

3. Dans son testament, de décembre 1456, Charles duc de Bourbon avait laissé cette terre à son bâtard Louis (Arch. Nat., P. 1370 [1], cote 1870). M. Jean-Marc Bernard a bien voulu m'écrire qu'il a fait « de vaines recherches dans les archives du château ».

laissa à de nombreux buissons et à beaucoup d'épines les morceaux de son pauvre habit; que ce pays, accidenté, présentait quelque chose d'hostile à un contemporain berrichon qui tenait ses habitants pour de « rudes gens, vestus de gros bureaulx, comme sont gens de toutes montaignes [1] » :

> Tant que, d'icy a Roussillon,
> Brosse n'y a a ne brossillon
> Qui n'eust, ce dit il sans mentir,
> Ung lambeau de son cotillon,
> Quant de ce monde voult partir.
>
> Il est ainsi, et tellement,
> Quant mourut n'avoit qu'ung haillon [2]...

Nous ignorons pour quelle cause François Villon était dans les prisons d'Orléans, au cours de l'été de 1460. Mais on se rappelle qu'il y eut des voleurs en ce temps dans l'Orléanais : Colin de Cayeux, qui fut pendu au mois de septembre, avait opéré à Montpipeau ; on y avait vu aussi rôder des bandes de « caymands. » Car ces vendeurs de chaînes dorées, ces pèlerins d'amour qui « baillent leurs coquilles », ces « coquins », ces « caymands », assimilés aux beaux yeux qui ravissent le cœur dans les poésies de Charles d'Orléans, semblent bien des figures inspirées par la réalité [3]. Tout ce que nous pouvons savoir, c'est que l'affaire de Villon était fort grave et qu'elle devait déterminer une sentence de mort [4].

Or il arriva que le 17 juillet 1460, le duc Charles, la duchesse et Mademoiselle Marie, leur fille, se rendirent à Orléans. La petite princesse avait trois ans et faisait sa première et joyeuse entrée en la ville. Cette « belle fille », alors la seule héritière du duc, attendue depuis si longtemps, on la fêta comme une jeune

---

1. Gilles le Bouvier, *Le livre de la description des pays*, O. E. T. Hamy, p. 39.
2. T., 2007-2013.
3. Pierre Champion, *Vie de Charles d'Orléans*, p. 651 ; l'appendice à L. Sainéan, *op. cit.*, I, p. 348.
4. Princesse, ce loz je vous porte — Que sans vous je ne feusse rien — Cy, devant Dieu, fais congnoissance — Que creature fusse morte...

reine. La cité lui faisait présenter 1.000 livres, afin que Monseigneur son père eût la ville d'Orléans pour recommandée, et
sa gouvernante recevait 10 écus pour qu'elle fût « plus encline
à la servir ». On lui réserva une belle réception : les habitants
allèrent au-devant de leur bon duc lui tirer la révérence ; les
petits enfants crièrent : Noël ! et se partagèrent pour cela des
poires ; et les hauts ménestrels cornèrent à l'arrivée de ce
brillant cortège. Le soir, au Châtelet, qui était la résidence
ducale, un bal fut donné dans la cour jonchée de fleurs, et les
dames orléanaises dansèrent avec Mademoiselle au son du
tambourin [1].

Quelqu'un qui eut lieu de se réjouir de cette venue, ce fut
François Villon, tiré miraculeusement de la prison et de la
mort. S'il était enfermé, comme c'est vraisemblable, dans la
prison municipale qui se trouvait au Marché à la Poulaille,
derrière le Châtelet, entre Saint-Hilaire et Saint-Augustin, il
n'eut qu'un saut à faire pour saluer sa bienfaitrice et participer
à l'allégresse générale.

Avec quelle joie il fit l'éloge de l'enfant, dans cette pièce
ambiguë et prétentieuse [2] à laquelle il donna pour épigraphe
le vers de la IV[c] églogue où Virgile annonçait au monde le
retour de l'âge d'or :

Jam nova progenies celo demittitur alto [3]

---

1. Pierre Champion, *Vie de Charles d'Orléans*, p. 552-554, 638-640.

2. Poés. div., VIII. — Le titre de *Dit* lui a été imposé par son premier éditeur,
l'abbé Prompsault, qui avait identifié la petite Marie avec la fille d'Isabelle de Bourbon
et de Charles le Téméraire, née le 13 février 1457 (*Le Dit de la naissance Marie de
Bourgogne, poème inédit de maistre François Villon, extrait de ses œuvres*... Paris, 1832).
On a fait justice de cette opinion, depuis longtemps, et M. A. Longnon a introduit
avec raison ce morceau parmi les œuvres authentiques du poète (éd. de 1911). Les
lapsus, et l'insertion saugrenue de la double ballade, prouvent que la transcription de
cette pièce dans le ms. fr. 25458 n'est pas un autographe de Villon, comme on l'a dit.
Mais il se peut qu'un secrétaire inattentif ait copié ses propres manuscrits en les
brouillant (Cf. la graphie *seuf* avec le vers 729 du T., la manière de noter le participe
présent : *ent, lian* pour *lien*, comme dans la rime du h. 136 du T., et quelques autres
graphies.)

3. Ecl., IV, v. 7.

Villon disait la petite Marie envoyée des cieux, le digne
rejeton du noble lys, le don de Jésus au monde, la fontaine de
pitié et de grâce, la paix des riches et le soutien des pauvres,
conçue comme Marie « hors le péché originel ». A ce propos,
Me François n'oubliait pas de célébrer le bon Charles d'Orléans :

> Du doulx seigneur premiere et seule
> Fille, de son cler sang extraicte,
> Du dextre costé Clovis traicte.

Et il la déclarait encore :

> Es nobles flans Cesar conceue.

Certes François Villon ne se faisait faute d'avoüer hautement les raisons de son bonheur, à celle-là qui était venue au
monde

> Pour les discordez ralier,
> Et aux enclos donner yssue,
> Leurs lians et fers delier.

Il se montrait ingénieux dans sa flatterie. Les princes ont
coutume de se souhaiter un hoir mâle. Tel avait pu être, pendant bien longtemps, le vœu du duc d'Orléans vieillissant : telle
n'était pas, en cette circonstance, la pensée de Villon :

> Aucunes gens, qui bien peu sentent [1],
> Nourris en simplesse et confis,
> Contre le vouloir Dieu attentent,
> Par ignorance desconfis,
> Desirans que feussiez ung fils ;
> Mais qu'ainsi soit, ainsi m'aist Dieu,
> Je croy que ce soit grans proufis.
> Raison : Dieu fait tout pour le mieulx.

> Du Psalmiste je prens les dis :
> *Delectasti me, Domine,*
> *In factura tua* [2], si dis :
> Noble enfant, de bonne heure né,

---

1. *Vir insipiens non cognoscet et stultus non intelliget hæc* (Ps. 91, 7).
2. Ps. 91. *Bonum est confiteri Domino : et psallere nomini tuo, Altissime. Ad annun-
tiandum mane misericordiam et veritatem tuam per noctem. In decachordo, psalterio,
cum cantico in cithara. Quia delectasti me, Domine, in factura tua : et in operibus ma-
nuum tuarum exsultabo.*

> A toute doulceur destiné,
> Manne du Ciel, celeste don,
> De tous bienfais le guerdonné,
> Et de noz maulx le vray pardon !

D'un ton plus vif et plus joyeux que cet honnête fatras est la double ballade où se reconnaît le cri du poète. Non, malgré le dit de Caton[1] qui nous enseigne à tenir pour ennemi celui qui fait notre éloge devant nous :

> *Inimicum putes, y a,*
> *Qui te presentem laudabit,*

il ne peut plus se contenir ! Villon publiera l'éloge de la princesse Marie, comme le Précurseur clama dans le désert la venue de l'Agneau divin :

> Envoiee de Jhesuschrist,
> Rappellez ça jus par deça
> Les povres que Rigueur proscript
> Et que Fortune betourna.
> Si sçay bien comment il m'en va :
> De Dieu, de vous, vie je tien.
> Benoist celle qui vous porta !
> On doit dire du bien le bien.
>
> Cy, devant Dieu, fais congnoissance
> Que creature feusse morte,
> Ne feust vostre doulce naissance,
> En charité puissant et forte,
> Qui ressuscite et reconforte
> Ce que Mort avoit prins pour sien.
> Vostre presence me conforte :
> On doit dire du bien le bien.
>
> Cy vous rans toute obeyssance,
> Ad ce faire raison m'exorte,
> De toute ma povre puissance ;
> Plus n'est deul qui me desconforte,
> N'aultre ennuy de quelconque sorte.
> Vostre je suis et non plus mien ;
> Ad ce, droit et devoir m'enhorte :
> On doit dire du bien le bien...

---

1. Cato, *Disticha de moribus*.

> Princesse, ce loz je vous porte,
> Que sans vous je ne feusse rien.

Et Villon semble alors avoir ajouté une manière de post-scriptum intéressé à l'éloge de la petite princesse. Voulant être aimable envers tous, François n'oubliait pas sa mère, la bonne et douce Marie de Clèves, qui était sensible à la poésie :

> De saige mere saige enfant.

Mais, comme le pauvre homme faisait des efforts pour être gracieux et savant ! Car c'est vraiment une idée singulière de célébrer le « port assuré » d'une si petite fille, même quand elle est l'unique héritière d'un duché, danse à la fête avec les dames orléanaises et sera bientôt fiancée. La nommer sage Cassandre, belle Echo, digne Judith, chaste Lucrèce et noble Didon, n'est-ce pas étrange ? Il faut dire que Mc François avait un bien grand désir de devenir son domestique, de recouvrer les « gaiges » qu'il avait eus jadis dans la maison d'Orléans. Il n'est peut-être pas mauvais, pour cela, de montrer qu'on a de l'érudition et des lettres : enfin c'était la mode !

> En priant Dieu, digne pucelle,
> Que vous doint longue et bonne vie ;
> Qui vous ayme, ma damoiselle,
> Ja ne coure sur luy envie.
> Entiere dame et assouvie,
> J'espoir de vous servir ainçoys,
> Certes, se Dieu plaist, que devie.
> Vostre povre escolier : FRANÇOYS [1]

[1]. A lire et à relire cette mauvaise poésie, comme je l'ai fait tant de fois, on se demande toujours avec anxiété si Villon a entendu célébrer la « douce naissance » de la petite Marie (19 décembre 1459), plutôt que sa joyeuse entrée à Orléans, comme l'a induit récemment Auguste Longnon. Evidemment Villon était assez poète pour dire en vers qu'il chantait l'entrée de Marie au lieu de louer sa naissance ; et les comparaisons mythologiques dont il use paraissent presque aussi déplacées, qu'il s'agisse d'une enfant de quelques jours ou d'une petite fille de trois ans. N'empêche que dans l'éloge de la naissance de Marie, le vers 112 : *Enfance en riens ne vous demaine*, est fort étrange, ainsi que le vœu d'entrer à son service. Ce qui me paraît le seul élément certain pour résoudre cette question, c'est que la délivrance de prisonniers avait toujours lieu à la suite des joyeuses entrées. Et l'on peut croire que l'idée d'une naissance, miraculeuse en quelque sorte, demeurait toujours associée à la petite personne de Marie, venue au monde après dix-huit ans de mariage. La double ballade est-elle antérieure au *Dit* ?

Mais il paraît bien que tant de louanges, tant de bonne vo-
lonté se manifestèrent en vain. Le séjour de François Villon à
Blois fut de peu de durée : c'est encore dans une geôle que
Villon devait passer l'été suivant, à Meung-sur-Loire !

Quel nouveau délit le fit enfermer dans la dure prison épiscopale de Meung, cette « mauvaise et dure prison » où jadis
Nicolas d'Orgemont avait si rapidement succombé[1] ? Nous
l'ignorons encore. L'origine de la tradition d'après laquelle son
arrestation fut motivée par le vol d'un calice à l'église de
Baccon, n'a jamais été éclaircie[2] ; il se pourrait qu'elle fût simplement une conséquence du vol commis à Montpipeau par
Colin de Cayeux, dont Villon aurait été l'associé : car Montpipeau, à trois lieues d'Orléans, dépendait en partie de Meung,
où les évêques avaient justice et seigneurie[3].

Dans la solitude où jadis saint Liphard, juge et comte d'Orléans, né de parents illustres, avait cultivé les marécages et
mené sainte vie, une petite ville s'était formée, ceinte de
murailles, autour d'une grande église, d'un pont de pierre et du
château. Sur les hauteurs dominant les prairies, les îles et
l'immense Loire, les évêques habitaient une grande demeure ;
comme seigneurs féodaux, ils jouissaient de bons revenus
sur les moulins banaux des Mauves, les pâturages, les herbages

---

1. Juvénal des Ursins, p. 532.

2. Prosper Marchand, *Dictionnaire historique*, La Haye, 1758, *ad. v.* Villon, suppose
que le crime dont Villon s'était rendu coupable était un vol de sacristie. « Et cela
assez vraisemblablement, comme il me paroit, pour quelque vol d'église, de sacristie,
ou quelque autre cas ecclésiastique, ou pour *avoir dérobé les ferremens de la messe et de
les avoir mussez soubs la manche de la paroesce*, ainsi que s'exprime plaisamment le satirique Rabelais (l. IV, ch. xvi). Plus heureux que sage, il fut délivré de cette nouvelle
prison au bout d'environ trois mois, l'an 1461 (G. T., h. XI. Pasquier et autres) ». —
L'abbé Patron, d'après un renseignement à lui fourni en 1859 par l'abbé Léveillé, a
précisé ceci : « Le poète Villon, pour avoir volé l'église de Baccon, fut mis en prison
à Meung... » (*Recherches historiques sur l'Orléanais*, 1871, I, p. 482. Cf. A. Longnon,
Étude biographique, p. 87-88). Il y a lieu de remarquer que Baccon est bien sur l'ancien
chemin de Paris à Blois. Mais l'abbé Patron était, à ce qu'il paraît, d'une religion facile
à surprendre.

3. Voir aux Arch. du Loiret, série G. 156, le mémoire sur cette terre (xviiie siècle).
— Il y avait là un étang poissonneux, des vignes qui rapportaient le « meilleur vin du
pays », de grosses fermes, de grands bois et des prés.

des îles, les vignes qui étaient nombreuses, et des droits de
pêche. Il semble bien que Villon fût enfermé dans un étage
inférieur de la vieille tour en contre-bas, dite de Manassès [1],
engagée dans le clocher carré de l'antique et spacieuse église
dédiée au saint confesseur. Car le château de l'évêque, can-
tonné de grosses tours rondes entourées de douves, et qui se
dresse un peu plus haut, ne paraît pas avoir servi de prison [2].
Mais il est certain que Villon eut beaucoup à souffrir dans
cette geôle, où les murs lui faisaient un « bandeau de pierre »;
dans cette fosse, il s'estimait par trop à l'abri de l'orage et des
éclairs. Il avait les dents bien longues : or l'évêque Thibaud
d'Auxigny lui assignait, chichement, une petite miche de pain
et un peu d'eau fraîche. Et pourtant, telle était sa force d'âme
que, si près de la mort, Villon y trouvait encore les accents les
plus forts, les traits les plus joyeux pour demander à ses amis,
et aux nouveaux princes, des lettres de grâce qui le rendraient
à la lumière [3] :

> Aiez pitié, aiez pitié de moy [4],
> A tout le moins, si vous plaist, mes amis !
> En fosse gis, non pas soubz houx ne may [5],
> En cest exil ouquel je suis transmis
> Par Fortune, comme Dieu l'a permis.
> Filles, amans, jeunes gens et nouveaulx,
> Danceurs, saulteurs, faisans les piez de veaux [6],
> Vifz comme dars, agus comme aguillon,

1. Dans un inventaire de 1790 il est question de « fermetures tant en bois qu'en
fer des prisons » à l'article : Basse-court (Marcel Charroy, *Etude historique sur le
château de Meung-sur-Loire*, Orléans, 1908, p. 115 et s.). Binet a mentionné au
xvie siècle la « tour des prisons » (*ibid.*).

2. On montre cependant une de ces tours comme étant la prison. Mais cette tradition paraît récente ; il semble que la pièce ait plutôt servi de cellier.

3. Poésie div., X.

4. Souvenir du *Miserere mei, Deus, miserere mei*, chanté à l'office des morts (Ps. 56, 2).

5. Je suis dans une basse-fosse et non pas couché sous l'épine fleurie ou le mai,
comme les amants de toutes les pastorales, près de leur bonne amie. Cf. la ballade du
Franc Gontier, et la bergerie du ms. fr. 2264, fol. 48 :

Par un matin au prez de la rousée — Ce moys de may en un lieu de plesance — Soubz
un rousier je vi une asemblée — De pastoureaulx vestuz de toille blanche...

6. C'était une sorte de danse. Cf. Eutrapel, 1585, fol. 58 v° : « tandis que ce vene-
rable bailleur de feves à mycroist cabrioloit, faisoit le pied de veau et gambades » ;

Gousiers tintans cler comme cascaveaux [1],
Le lesserez la, le povre Villon ?

Chantres chantans a plaisance, sans loy,
Galans, rians, plaisans en fais et dis,
Courens, alans, francs de faulx or, d'aloy,
Gens d'esperit, ung petit estourdis,
Trop demourez, car il meurt entandis [2].
Faiseurs de laiz, de motetz et rondeaux,
Quant mort sera, vous lui ferez chaudeaux [3] !
Ou gist, il n'entre escler ne tourbillon :
De murs espoix on lui a fait bandeaux.
Le lesserez la, le povre Villon ?

Venez le veoir en ce piteux arroy,
Nobles hommes, francs de quart et de dix [4],
Qui ne tenez [5] d'empereur ne de roy,
Mais seulement de Dieu de Paradis :
Jeuner lui fault dimenches à merdis [6],
Dont les dens a plus longues que ratteaux ;
Après pain sec, non pas après gasteaux,
En ses boyaulx verse eau a gros bouillon ;
Bas en terre, table n'a ne tresteaulx.
Le lesserez la, le povre Villon ?

« dansant, cabriolant , et troussant le pied de veau élégamment tout autour » (ibid.,
fol. 179 v°). Des poursuites avaient lieu, en 1483, contre Jean Jacot de Creney qui
dans l'église, buvait à la bouteille durant les vêpres, « faisoit le pié de veau et dansoit »
(Arch. de l'Aube, Officialité de Troyes, G. 4181).

1. Gosiers qui sonnez clair commes des clochettes (Prov., cascavel).

2. Pendant ce temps-là.

3. Vous lui présenterez ce bouillon chaud et réconfortant, comme celui que l'on
porte aux époux le lendemain du mariage, ou aux accouchées (Cf. Taillevent).

4. Vous qui êtes exempts de la dîme et du quartelage. Eusèbe de Laurière (Glossaire du Droit) dit : « C'est un droit injuste, en vertu duquel les seigneurs voloient
ou usurpoient la quatrième partie des blez ou des vins recueillis par leurs habitans ».
Cf. Du Cange, ad. v. : Quartagium. — Il va de soi que ces nobles hommes sont des
gueux.

5. Tenir des fiefs : c'est l'expression même du droit féodal. Cf. la ballade jargon-
nesque ap. L. Sainéan, op. cit., p. 133.

Vous qui tenez voz terres et voz fiefs
Du gentil roy, Davyot appellé (pince du crocheteur).

6. Le ms. unique C donne la leçon : Dimenches et merdis, que j'ai corrigée. Il
faut entendre tous les jours puisque, pour les personnes très religieuses et les ecclésiastiques, la seconde partie de la semaine (depuis le mercredi) ne comptait que des
jours d'abstinence, et même de jeûne.

Quittance avec signature autographe de Thibaud d'Auxigny

(Archives Départementales du Loiret, Série G.)

Princes nommez, anciens, jouvenceaux,
Impetrez moy graces et royaulx seaulx [1],
Et me montez en quelque corbillon [2].
Ainsi se font, l'un a l'autre, pourceaux,
Car, ou l'un brait, ils fuyent a monceaux [3].
Le lesserez la, le povre Villon ?

Cet inflexible justicier qui tint Villon dans sa dure prison, c'était, on l'a dit, Thibaud d'Auxigny : le poète lui voua une haine atroce.

Non, le prélat qui fait dans les rues le signe de la croix et bénit la foule, celui-là n'est pas son évêque : Villon n'est pas l'esclave, le serf de ce grand seigneur et propriétaire terrien [4]; mais il n'est pas non plus sa biche, insinuant peut-être par là que Thibaud d'Auxigny avait de mauvaises mœurs, ou commettant un de ces jeux de mots qu'il affectionnait. Il ne lui veut pas de mal : que Dieu le traite seulement comme l'évêque a traité Villon ! Et si François consent à faire pour lui une prière, il récitera le « verset escript le septiesme » du psaume *Deus laudem :* Thibaud d'Auxigny, qui devait savoir sa Bible, y aura trouvé cette oraison : *Fiant dies ejus pauci, et episcopatum ejus accipiat alter* [5] (que ses jours soient peu nombreux et qu'un

1. Obtenez moi des lettres de grâce ou de rémission faites sous le sceau royal.

2. Montez-moi dans la lumière à l'aide de quelque petite corbeille où je prendrai place.

3. Ils accourent en bandes.

4. Deschamps a signé une épitre à Louis d'Orléans « Vostre serf EUSTACHE » (*Œuvres*, VIII, p. 347). *Vostre esclave ou serf ou que je soye*, avait dit Charles d'Orléans à René d'Anjou (éd. M. J. Guichard, p. 260).

5. Ps. 108, v. 8. M. A. Guérinot a publié la trouvaille « d'un ami lettré » déclarant que le verset 7 du Psaume est : *Cum judicatur exeat condemnatus et oratio ejus fiat in peccatum ;* or celui que nous alléguons traditionnellement est le 8e (*Note sur une interprétation erronée du Grant Testament* dans la *Revue de Philologie*, 1908). Villon s'est seulement trompé de numéro et a fait cette citation par cœur : car c'était là une plaisanterie courante parmi les clercs et les ecclésiastiques. Marot ne s'y est pas trompé. Cf. Bibl. Nat., fr. 10988, fol. 277 v° (Manuel de P. Amer, 1475-1479) : Psalmo *Deus laudem meam ne tacueris Fiant dies ejus pauci et episcopatum accipiat alter,* MCCCCLXXVIIJ par les lettres du nombre dud. metre...; « Ego non spero quod Papa erit tam stultus quod faciet. Si faciet, volumus per universum nostrum ordinem contra ipsum legere istum psalmum : *Deus laudem* » (Lyra Buntschuchmacherius ordinis prædicatorum Theol. Guillermo Hackineto etc., dans les *Epistolæ obscurorum virorum*, éd. 1557, fol. 8.)

autre recueille son évêché !) Plus loin encore, cet évêque
Thibaud [1], il le nommera Tacque Thibaud, du nom d'un favori
du duc de Berry détesté du peuple, un valet faiseur de chausses,
douteux personnage que le duc avait porté dans son cœur,
mauvais garçon enrichi par lui de joyaux et de deux cent
mille francs que les pauvres gens d'Auvergne et du Languedoc
avaient payés en quatre tailles [2] :

> En l'an trentiesme de mon aage,
> Que toutes mes hontes j'eus beues,
> Ne du tout fol, ne du tout sage,
> Non obstant maintes peines eues,
> Lesquelles j'ay toutes receues
> Soubz la main Thibault d'Aussigny...
> S'evesque il est, seignant [3] les rues,
> Qu'il soit le mien je le regny.

> Mon seigneur n'est ne mon evesque,
> Soubz luy ne tiens, s'il n'est en friche [4] ;
> Foy ne luy doy n'hommage avecque,
> Je ne suis son serf ne sa biche.
> Peu [5] m'a d'une petite miche
> Et de froide eau tout ung esté ;
> Large ou estroit [6], moult me fut chiche :
> Tel luy soit Dieu qu'il m'a esté !

> Et s'aucun me vouloit reprendre
> Et dire que je le mauldis,

1. Teobaldus episcopus, etc., comme on lit dans ses actes.

2. Froissart, éd. Kervyn de Lettenhove, XIII, p. 313 ; XIV, p. 373.

3. Bénissant.

4. Je ne tiens sous lui (sous-entendu aucune terre), à moins qu'elle ne soit de
nulle valeur : ce qui n'était pas le cas de la seigneurie de Thibaud, une des terres
les plus riches de l'Orléanais. (Cf. l'inventaire du chartrier de l'évêché d'Orléans au
mot : Meung. Arch. du Loiret, G. 6 ; Du Cange, ad. v., *Friscum, Frescheia, Fres-
ceium* : terre inculte propre seulement à paître les animaux). — Le sens d'évêque des
champs faisant la bénédiction du pied (le mot se rencontre dans les *Actes des Apostres*,
II, 43) est inacceptable. *Evêque en friche* n'est pas *évêque des champs : il* ne se rapporte
pas à *évêque.*

5. Il m'a nourri, repu.

6. Généreux ou avare, et mieux, suivant une expression « le large contre l'estroit »
qui se rencontre dans les évaluations des comptes, *dans son ensemble, constamment*
(Cf. Arch. Nat., KK. 408, p. 223).

Non fais, se bien le scet comprendre ;
En riens de luy je ne mesdis.
Vecy tout le mal que j'en dis :
S'il m'a esté misericors,
Jhesus, le roy de Paradis,
Tel luy soit a l'ame et au corps !

Et s'esté m'a dur et cruel
Trop plus que cy ne le raconte,
Je vueil que le Dieu eternel
Luy soit donc semblable a ce compte...
Et l'Eglise nous dit et compte
Que prions pour noz ennemis ;
Je vous diray : « J'ay tort et honte,
Quoi qu'il m'ait fait, a Dieu remis ! »

Si prieray pour luy de bon cuer,
Par l'ame du bon feu Cotart !
Mais quoy ? ce sera donc par cuer [1],
Car de lire je suis fetart [2].
Priere en feray de Picart [3] ;
S'il ne la scet, voise [4] l'aprendre,
S'il m'en croit, ains [5] qu'il soit plus tart,
A Douai ou a l'Isle en Flandre !

Combien que s'il veult que l'on prie
Pour luy, foy que doy mon baptesme !
Obstant qu'a chascun ne le crye,
Je ne fauldrai pas a son esme [6].

---

1. Machinalement, sans y penser. Cf. Charles d'Orléans :

> Par cueur retiens ce que j'en ay appris
> Car plus ne scay lire ou livre de joye.

et cet autre rondeau (éd. J. M. Guichard, p. 413) :

Dedens la maison de douleur — Où estoit tres piteuse dance, — Soussy, Vieillesse et desplaisance — Je vy dancer comme par cueur.

2. Car je suis paresseux de lire.

3. On nommait parfois Picards les hérétiques Vaudois qui rejetaient l'usage de la prière (Cf. Du Cange, ad. v. Picarda). Ces *Picards* parurent en Hongrie au xve siècle et furent exterminés par Jean Ziska, chef des Hussites (Note de P. Lacroix, *Œuvres complètes de François Villon*, 1854, p. 41-42).

4. Qu'il aille. — 5. Avant.

6. Je ne tromperai pas son espérance (*Faillir à son esme* est une vieille locution toute faite. Cf. Godefroy, ad. v. Esme).

> Ou Psaultier prens, quant suis a mesme,
> Qui n'est de beuf ne cordoen [1],
> Le verselet escript septiesme
> Du psëaulme *Deus laudem !*

Thibaud d'Auxigny a-t-il été le mauvais homme que nous dit Villon ? Il est difficile de le savoir : mais il est certain que Thibaud était un prélat noble [2], riche, avare, et d'une force de caractère peu commune.

Ainsi nous le montre par exemple l'histoire de son élévation à l'évêché d'Orléans, où les chanoines l'avaient élu, en 1447, suivant les constitutions de la Pragmatique Sanction [3]. Or Charles VII avait un candidat à cette place, Pierre Bureau, jeune parent de Jean et de Gaspard, son maître des Requêtes et son grand maître de l'artillerie ; et Nicolas V n'avait pas tardé à expédier la bulle que le roi demandait pour son protégé, nommé lui aussi évêque d'Orléans. Thibaud d'Auxigny montra en cette circonstance qu'il avait l'âme à la fois tenace et respectueuse d'un prêtre. Devant l'autorité du pape, du roi, et le crédit des Bureau, un autre se fût résigné ; fort de la légalité de son élection, Thibaud s'opposa à l'exécution des bulles pontificales, remit sa cause aux mains du Parlement, attendit l'issue du procès en conservant modestement le titre d'archidiacre de Sologne. Charles VII avait joint à la bulle du pape des lettres adressées aux procureurs de la ville, leur enjoignant de reconnaître Pierre Bureau, tandis que le duc d'Orléans

---

1. Les Psautiers, généralement assez volumineux, étaient le plus souvent couverts de cuir, et surtout de cuir de rouge (cordouan) (Cf. par exemple L. Delisle, *Recherches sur la librairie de Charles V*, II, nos 36 et suiv.). C'est donc une formule de style dont Villon se moque : un psautier habillé autrement n'existait pas, ou se rencontrait rarement.

2. On le dira, en 1472, « noble prelat et extrait de noble maison » (Arch. Nat., X¹ª 39, 21 août 1472). Il était parent de Guy d'Auxigny, chevalier, seigneur de Trèves.

3. Mlle A. de Foulques de Villaret, *Election de Thibaut d'Aussigny au siège épiscopal d'Orléans* (1448-1450) dans les *Mémoires de l'Orléanais*, t. XIV, p. 65 et suiv. — Thibaud était licencié en lois et chevecier de Jargeau en 1427 (Bibl. Nat., fr. 11991, p. 180. Extrait du cartulaire de l'évêché d'Orléans) ; en 1428, il est dit archidiacre de Sologne (Bibl. Nat., P. orig. 150, Auxigny).

protégeait plutôt Thibaud. Défense fut faite aux habitants de
se réunir pour parler de cette affaire ; et le roi envoyait bientôt
un commissaire en Parlement prendre possession de l'évêché
en son nom. Rien ne fléchit Thibaud d'Auxigny dans sa lutte
contre le soi-disant évêque. La sentence du Parlement fut,
par déférence pour le roi et le pape, rendue au mois de septembre 1450, au bout de trois ans de procédure. Bureau recevait
la possession de l'évêché sous la forme temporaire d'un fidei-
commis. Et seulement après 1452, quand Nicolas V eut tiré
d'Orléans Bureau pour lui confier l'évêché de Béziers, Thibaud
fut enfin appelé à occuper le siège où il avait été élu le
8 novembre 1447. Il fit sa joyeuse entrée et reçut les présents
d'usage : deux luz, quatre quarreaulx, douze grandes carpes,
douze lamproies, douze anguilles. Cet homme rigide inaugura
cependant son épiscopat en usant du privilège qui lui confé-
rait le pouvoir de délivrer les criminels détenus dans les prisons d'Orléans. Car saint Aignan avait jadis, en prenant
possession de son évêché, obtenu du gouverneur Agrippin
licence de « donner issue » aux criminels : ce que le gouverneur lui ayant contesté par la suite, Dieu permit qu'une grosse
pierre lui tombât sur la tête du faîte d'une maison ; il fut porté
chez lui tout sanglant et comme mort ; mais saint Aignan ayant
fait le signe de la croix sur sa plaie, il arrêta le sang et guérit
miraculeusement le dur gouverneur qui s'empressa d'accorder
aux prisonniers la liberté qu'il leur avait refusée [1].

Or, tout ce que nous savons de la vie de l'évêque Thibaud
ne dément pas ce début difficile. Il ne fut pas un grand évêque,
mais un bon administrateur, entendant user de tous ses droits,
et même de celui de clémence. Thibaud fut l'homme de la
discipline. Une des premières mesures qu'il prit, un mois après
son entrée à Orléans, fut rigoureuse à ces chanoines qui
venaient précisément de l'élire : il interdit l'entrée du chœur de
Sainte-Croix à ceux d'entre eux qui ne revêtaient pas les marques

---

1. *Vie de Saint Aignan*, dans le Bréviaire d'Orléans. Cf. Arch. du Loiret G. 22. Geôle
d'Orléans (17 février 1723).

de leur dignité ; car ils les faisaient alors porter par leurs
domestiques en s'excusant de les avoir oubliées [1]. Thibaud
défendit encore aux prêtres de son diocèse de mettre des souliers pointus à la poulaine [2]. Il réglementait tout minutieu-
sement, fixant, par exemple, avec exactitude la forme des vêtements du clergé, la coiffure, la nourriture [3] ; et on le vit, dans
la cathédrale, établir un buffet d'orgue, restaurer la musique
du chœur, donner des règlements pour la bibliothèque du
chapitre, alors placée dans le cloître, et dont les livres les plus
précieux étaient enchaînés [4].

Pendant les vingt-cinq ans qu'il administra son diocèse,
Thibaud d'Auxigny réforma les monastères, fonda des confréries ; il construisit l'église et ce couvent des Cordeliers de
Meung où il choisit sa sépulture : car il était dévot à saint
François [5]. C'est lui qui accorda, le 4 mai 1452, cent jours de
pardon à ceux qui assisteraient au service et à la procession en
l'honneur de la levée du grand siège d'Orléans ; sous son pontificat aussi eut lieu l'enquête pour la révision du procès de
Jeanne d'Arc [6]. N'empêche que cet ancien licencié en lois était
procédurier [7], et notoirement avare [8]. Ses sujets le détestaient

1. Lottin, *Recherches sur la ville d'Orléans,* I, p. 305.

2. *Ibid.,* p. 311.

3. *Ibid.,* p. 324.

4. *Ibid.,* p. 310, 324. — On lit la signature de Thibaud d'Auxigny sur un ms.
de Sénèque que Jean Caillau donna à Charles d'Orléans (Bibl. Nat., lat. 7796. Cf.
Pierre Champion, *La librairie de Charles d'Orléans,* p. 101).

5. Lottin, *op. cit.,* I, p. 326.

6. *Procès de Jeanne d'Arc,* éd. J. Quicherat, V, p. 302.

7. Bibl. Nat., fr. 5300 fol. 60 v° ; Arch. Nat., X¹ᵃ 8305, fol. 63 v°, 1452 ; Arch.
Nat., X²ᵃ 39, 21 août 1472. — Pierre Couraud était son procureur au Parlement
(Arch. Nat., X³ᵃ 1, 22 février 1458, n. st.)

8. Le 1ᵉʳ septembre 1462 (Arch. Nat., X³ᵃ 3), il est condamné à payer au chapitre de
Saint-Liphard de Meung les arrérages de 40 l. p. de rente dûs depuis qu'il a joui paisi-
blement de l'évêché d'Orléans. Lors d'un procès en 1466 (Arch. Nat., X¹ᵃ 4809, fol.
269 v°), on le dit très malade. Le roi lui aurait envoyé son chirurgien pour le soi-
gner : car il ne pouvait, assure son avocat Simon, ester en justice. A quoi Popaincourt,
avocat de la partie adverse, répliqua : « A ce qu'il n'a argent etc., dit qu'il n'est à
croire, car il est evesque, et seul, et allègue sa turpitude, et ne demande delay sinon
pour éviter cestui Parlement ».

et l'accuseront d'avoir voulu introduire les Bourguignons dans sa ville, bien qu'il fût fidèle au roi [1] ; et de même, les chanoines de Sainte-Croix, mécontents de la discipline qu'il avait rétablie parmi eux, firent saisir et déraciner les vignes de ce prélat tandis qu'il se refusait à payer les sommes qu'il leur devait : sur quoi Thibaud ouvrit sa bourse si bien fermée [2].

C'était en somme un esprit rigide et sérieux, ayant le goût des études, des livres ; et on ne peut savoir s'il faut donner un grand crédit aux vers vengeurs de Villon qui assurèrent sa renommée [3]. Il n'est pas sûr qu'il ait été vicieux ; mais il avait certainement un caractère indomptable : et l'on peut observer souvent dans la vie qu'il y a un esprit d'ordre et de discipline plus cruel que la cruauté elle-même. Pour un tel homme, une prison sera toujours une fosse obscure ; le pain de douleur et l'eau d'angoisse dévolus aux clercs prisonniers demeureront toujours et littéralement du pain sec et de l'eau ; un prisonnier ne peut être qu'un homme « enferré ».

Mais l'évêque Thibaud n'est pas le seul personnage que Villon poursuive de sa haine. Il n'épargne pas les officiers de sa justice épiscopale. Dieu les aime, assure le poète, comme il aime le lombard, l'usurier damné et maudit du peuple [4] :

> Dieu mercy et Tacque Thibault,
> Qui tant d'eau froide m'a fait boire,
> Mis en bas lieu, non pas en hault,
> Mengier d'angoisse mainte poire [5],

1. Arch. Nat., X²ª 39, 21 août 1472.
2. Lottin, *op. cit.*, p. 319.
3. Mlle de Villaret parle de Thibaud d'Auxigny comme d'un « grand évêque » et note « la paternelle administration dont le diocèse tout entier goûta les fruits pendant le cours des années qu'il le gouverna » (*Op. cit.*, p. 93). Mlle de Villaret est ici l'écho du vieil historien d'Orléans, Symphorien Guyon (*Histoire d'Orléans*, p. 274, 294) : « La mémoire de ses vertus, gravée dans l'histoire, demeurera plus forte que la pierre, le marbre et les plus magnifiques monuments ! » C'est exactement le contraire qui est arrivé puisque Thibaud doit sa célébrité à la dureté dont il usa envers Villon. — Thibaud d'Auxigny mourut en 1473 et son corps fut inhumé dans l'église des Cordeliers de Meung (Lemaire, *Histoire et vies des evesques d'Orléans*, p. 80-81 ; Lottin, *op. cit.*, p. 326).
4. T., h. 63-64.
5. Équivoque extrêmement fréquente au xve siècle sur une espèce de poire célèbre qui tirait son nom du village d'Angoisse (Dordogne). *Tâter des poires* (*Mystère de la*

Enferré... Quant j'en ay memoire,
Je prie pour luy *et reliqua*,
Que Dieu luy doint, et voire, voire !
Ce que je pense... *et cetera*.

Toutesfois, je n'y pense mal
Pour luy, ne pour son lieutenant,
Aussi pour son official,
Qui est plaisant et avenant ;
Que faire n'ay du remenant.
Mais du petit maistre Robert ?...
Je les ayme, tout d'ung tenant,
Ainsi que fait Dieu le Lombart.

Mais pourquoi Villon trouve-t-il l'official « plaisant... et avenant » [1] ? C'est que l'official devait être en ce temps-là Me Etienne
Plaisance, chanoine de Saint-Aignan, docteur en lois et en décret [2], que l'on trouvera plus tard archidiacre de Beaugency,
doyen du chapitre de Troyes et exécuteur testamentaire de
Thibaud d'Auxigny. Or nous avons de bonnes raisons de
croire qu'il n'était pas tendre. Ainsi un nommé Cirot Rose,
sergent de la ville d'Orléans, lieutenant du guet et geôlier des
prisons, se trouvait détenu quand le roi vint dans cette ville où

Passion, v. 20201), cela voulait dire recevoir des coups (Comparez l'expression : *mâcher* ou *croquer des groseilles*). Manger des poires d'angoisse se disait aussi au moral et
signifiait éprouver du chagrin, de l'angoisse. L'équivoque paraît sans rapport avec la
façon d'administrer la question. (Cf. par exemple Montaiglon, *Rec. de poésies françaises*,
I, p. 278 ; Viollet le Duc, *Anc. théâtre français*, II, p. 314 ; Picot, *Recueil de farces*,
p. 164 ; Guillaume Alecis, II, p. 18 ; Jean Molinet, *Les Faitz et Dits*, 1537, fol. 115).

1. L'ung est plaisant, l'autre avenant (Collerye, p. 70).

2. Etienne Plaisance, chanoine de Saint-Aignan d'Orléans en 1440, doyen de Saint-
Avit en 1444 ; il est dit docteur en lois et en décret et recteur de l'Université d'Orléans en 1451 (Arch. Nat., Xıa 8304, fol. 499), et représente Thibaud d'Auxigny
au Concile de Sens, en 1460 (Chanoine Hubert, *Histoire du pays orléanais*, Bibl. de la
ville d'Orléans, M 436, II, fol. 107 ; Cuissard, *Les chanoines et les dignitaires de la
cathédrale d'Orléans d'après les nécrologes*, p. 142 ; Arch. d'Orléans, G. 169). En 1465 il
est toujours recteur de l'Université d'Orléans (Arch. Nat., Xıa 4809, fol. 72) ; en 1468,
archidiacre de Beaugency ; en 1473, on le trouve grand vicaire et chargé de la juridiction volontaire de l'évêché : il fut l'exécuteur testamentaire de Thibaud d'Auxigny,
avec Guillaume Compaing, l'avocat fiscal du duc d'Orléans (Bibl. Nat., fr. 20342).
Le 7 mars 1476 n. st., il est dit official du nouvel évêque d'Orléans tandis que Jean
Cotereau était son promoteur (Arch. Nat., Xıa 4817, fol. 126 vº). Il mourut en 1479
et est qualifié de docteur *in utroque jure*.

il délivra tous les prisonniers : Cirot, ayant omis de prendre une lettre de rémission en règle, fut arrêté de nouveau et l'évêque le réclama comme son clerc. Le prévôt le rendit et il fut mené devant l'official qui lui déclara qu'il avait occasionné à l'évêque une dépense de plus de 50 francs. Cirot allégua qu'il n'était pas son sujet ; mais l'official le fit mettre par trois fois à la géhenne de la poulie, tellement qu'il rendait le sang : il avait l'intention de le faire questionner une quatrième fois si l'un des sergents n'était intervenu. Sur quoi Cirot se voua à saint Liénard et lui adressa sa prière ; grâce à l'intervention du saint libérateur il trouva les portes de sa prison ouvertes. Mais l'official ne paraît pas avoir partagé la foi du prisonnier ; il le fit à nouveau citer devant lui et le déclara, de plus, excommunié [1].

Quant au petit Me Robert, il a vraisemblablement quelque chose à voir avec Me Pierre Robert, exécuteur de la haute justice du duc d'Orléans, que l'on trouve mentionné dans un acte du 14 octobre 1420 [2] ; et l'on sait que les bourreaux se succédaient de père en fils [3].

Il semble que le cri pitoyable et joyeux poussé par Villon dans la prison de Meung ait eu la valeur d'une prophétie. Un prince nouveau venait de succéder au « grant Charles » : c'était le roi Louis XI. Bientôt las des fêtes de Paris, et défiant de nature, il désirait de gagner son cher pays de Touraine. Louis

---

1. Arch. Nat., X²ª 41, 26 mars 1476. n. st.

2. « Andry Marchant, chevalier, conseiller et chambellan du roy nostre sire, gouverneur du duchié d'Orliens, à Jehan le Barbier, commis à recevoir les exploits de la prevosté d'Orliens, salut. Nous vous mandons que des deniers de vostre recepte vous paiez et baillez à Maistre Pierre Robert, executeur de la haulte justice de Monseigneur le duc d'Orliens, la somme de cinq sols parisis que deue lui est pour ung exploit de haulte justice fait en la personne de Jehan du Bourc qui, pour ses desmerites, a esté par nous nagueres condempné a estre pendu ; laquelle sentence ledit Me Pierre a mise à execution... Donné soubz le contreseel du bailliage d'Orliens le xiiije jour d'octobre l'an mil CCCC et vint. » (Arch. du Loiret, A. 2165). Dans un compte de la Prévôté de 1434-1435, il est encore question d'une exécution faite par Pierre Robert (ibid., A 2010).

3. Toutefois en 1439 le bourreau d'Orléans se nommait Jean Gouldry ; en 1441, Gilet de Faverolles. (Ibid.)

chemina avec le vieux duc d'Orléans ; et le roi entra dans la capitale de son duché, le 30 septembre 1461 [1].

La route qui menait à Tours passait par Meung [2]. Comme le voulait la coutume, en signe de joyeux avènement, lors de la première entrée d'un souverain dans une ville, on rendit les prisonniers à la liberté. La chose était de droit, et il y avait dans le protocole de la chancellerie de cette époque une formule prévue pour ce genre de délivrance. On donnait au prisonnier un brevet, et il jouissait d'un délai déterminé pour obtenir ses lettres de rémission. Pendant ce temps, défense était faite à tous les juges de l'inquiéter, soit dans son corps, soit dans ses biens [3].

Avec quelle joie Villon se vit hors de la fosse de Meung, rendu à la lumière du jour, en cette tiède saison d'automne, là-haut, sur cette plate-forme d'où il est si doux encore de regarder le ciel, les prairies, la rivière et ses moulins, le fleuve et ses grèves, le vieux et robuste clocher ! L'entrée de l'église est à deux pas : bien sincèrement il dut y dire sa prière pour le roi Louis, « le bon roi de France », un titre qui n'a pas été donné souvent à ce prince si dur à lui-même et aux autres !

Car François lui souhaitait de vivre autant que Mathusalem, mort dans sa 969e année, de procréer immédiatement douze beaux enfants tous mâles, ce qui commence à compter [4] :

> Si prie au benoist fils de Dieu,
> Qu'a tous mes besoings je reclame,
> Que ma povre priere ait lieu
> Vers luy, de qui tiens corps et ame,
> Qui m'a preservé de maint blasme
> Et franchy [5] de ville puissance.

1. Pierre Champion, *Vie de Charles d'Orléans*, p. 558-560.
2. Le 2 octobre 1461 Louis XI séjourna dans cette ville (Itinéraire par J. Vaesen et B. de Mandrot, au T. XI de la *Correspondance*).
3. Bibl. Nat., fr. 5909, fol. 350 vº (Brevet pour ung prisonnier). — On lit par exemple sur le registre de la justice de Saint-Germain des Prés, le 31 août 1461, à l'occasion de l'entrée de Louis XI à Paris « Et delivra ce jour et mit hors de prison plusieurs et grant quantité de prisonniers » (Arch. Nat., Z² 3267).
4. T., h. 7-11.
5. Délivré.

Meung-sur-Loire
La Tour de Manassés (geôle) et le clocher de S. Liphard

Loué soit il, et Nostre Dame,
Et Loys, le bon roy de France !

Auquel doint Dieu l'eur de Jacob [1]
Et de Salmon l'onneur et gloire ;
Quant de proesse, il en a trop,
De force [2] aussi, par m'ame ! voire ;
En ce monde cy transitoire,
Tant qu'il a de long et de lé [3],
Affin que de luy soit memoire,
Vivre autant que Mathusalé !

Et douze beaux enfans, tous masles,
Voire de son chier sang royal,
Aussi preux que fut le grant Charles [4],
Conceus en ventre nupcial,
Bons comme fut sainct Marcial [5] !
Ainsi en preigne au feu Dauphin [6] !
Je ne luy souhaitte autre mal,
Et puis Paradis a la fin [7]...

Escript l'ay l'an soixante et ung,
Que le bon roy me delivra

1. A qui Dieu donne le bonheur de Jacob.
2. Louis XI était grand chasseur et il demeurait le jeune chef victorieux qui avait conduit la campagne de Bâle. Comparez ce qu'un rimeur lui disait en 1444 (Bibl. de Stockholm, ms. fr. LIII, fol. 151 r°), *Ethimologie de Loïs propre nom de tres hault et tres puissant prince Monseigneur le Daulphin de Viennois conquerant les Allemaignes l'an mil iiij° xliiij* :

> Lys odorant, jeunesse souveraine
> Entre les preux en vertu florissant...

3. Autant qu'il a de longueur et de largeur.
4. Charlemagne.
5. Valeureux comme fut saint Martial de Limoges. On équivoquait sans doute sur le nom de ce saint évêque, qui n'eut rien d'un soldat.
6. C'est-à-dire au nouveau roi.
7. Formule courante de la conversation d'alors : « Mon tres honoré seigneur, je prie nostre Seigneur qu'il vous doint bonne vie et longue et à la fin sa gloire de Paradis. Escript à Paris le xxe de may de la main de vostre tres humble servante GILLETTE HANNEQUIN ». (Lettre à Bourré pour demander un office de clerc pour son cousin. Bibl. Nat., fr. 20429, fol. 15). Cf. le rondeau du *Jardin de Plaisance* :

> Bonjour, bon an, bonne sepmaine — Honneur, santé, joye prochaine, — Perseverer de bien en mieulx — Et joyes d'amours vous doint Dieux — Ce jour present en bonne estraine --- Dame belle trop plus que Heleine. -- Tousjours d'argent la bourse plaine · - Vivre long-temps sans estre vieulx... — Apres ceste vie mondaine — Avoir la joye souveraine - de Paradis, lassus aux cieulx...

De la dure prison de Mehun,
Et que vie me recouvra,
Dont suis, tant que mon cuer vivra,
Tenu vers luy m'humilier,
Ce que feray tant qu'il mouvra :
Bienfait ne se doit oublier.

Après quelques formalités d'usage, au terme de cinq ans d'exil, Villon pouvait enfin rentrer à Paris.

François était bien changé, vraisemblablement. Le séjour en prison l'avait fait réfléchir. Et nous devons connaître cet état d'âme d'un prisonnier, si nous voulons comprendre les méditations qui s'imposèrent à son esprit : elle demeurent très visibles dans le *Testament* qu'il écrira bientôt.

Il faut se représenter une de ces rigoureuses prisons du xv⁰ siècle, par exemple celle des prisonniers d'Etat à Loches, où nous pouvons lire encore un certain nombre de graffites de ce temps, pour imaginer ce qu'a pu être l'affreuse situation de François Villon. Les Lamentations d'un « Prisonnier Desconforté », que l'ennui rendit rimeur, nous sont précieuses pour cela. Enfermé dans une demi-obscurité, enferré, mis au pain et à l'eau, dévoré par la vermine, les membres déformés par l'humidité des sous-sols et des murs énormes, les excès du froid et du chaud amenaient pour lui prématurément la vieillesse et la mort. Et ceux qui, exerçant l'œuvre de miséricorde, visitaient dans leurs liens les prisonniers, les voyaient roides de froid, enragés de faim, hennissant de soif, pourris de vermine, basanés, bouffis ou chétifs, n'ayant que le bec et les ongles [1].

Les prisonniers qui pouvaient le faire obtenaient parfois de lire leurs Heures, d'entendre la messe, de se confesser. La lecture la plus répandue était celle des Psaumes dont les versets se rencontrent surtout dans les graffites des prisons :

---

1. Pierre Champion, *Le Prisonnier Desconforté* du château de Loches, poème inédit du xv⁰ siècle... Paris, 1909, introduction.

In omnibus tribulationem patimur, sed non angustiamur... Dejicimur sed non perimus (II Cor. IV, 8-9) ; *Dixit insipiens in corde suo : non est Deus* (Ps. XIII, 1) ; *Initium sapientie timor Dei* (Ps. CX, 10) ; *Clamavi ad Dominum cum tribularer* (Ps. CXIX, 1) ; *Multum incola fuit anima mea* (Ps. CXIX, 6). Le « Prisonnier Desconforté » citera saint Paul, Pierre, Jean et Mathieu ; il commentera de la sienne la désolation de David ; il se récitera les Prières des Morts.

De cette misère naquit une littérature, sinon un art, et l'on pourrait dire, presque sans exagération, qu'en ce temps la prison fit des poètes.

N'est-ce pas par excellence l'industrie secrète du prisonnier que cet enchâssement ingénieux des mots dans un nombre et une harmonie ? cette combinaison syllabique, l'art suprême de patience qui, calmant et exaltant tour à tour, fait paraître plus courtes des heures éternelles ? Le malheur inclinait des fronts trop fiers, affinait des corps toujours prompts à l'action, disciplinait les âmes révoltées, provoquait chez tous ce retour sur soi, source de la poésie. Dans une telle extrémité, la vie, si proche de la mort, apparaissait elle-même sous l'aspect d'un poème : car la lecture d'un livre d'Heures, la visite d'un confesseur, l'audition de la messe, formaient toute la récréation d'une existence monotone. Dans cette solitude le battement du cœur s'entend mieux et s'achève en rythme. Le soliloque, le dialogue d'une âme et d'un cœur, la prière et l'imprécation en étaient les formes les plus naturelles. Ici des mains durcies s'usèrent contre des murs à graver des sentences ; là, des rêves de délivrance, le vœu d'être meilleur, furent vécus. Un Charles d'Orléans doit peut-être à sa prison l'attendrissement de sa poésie, un Villon, la véhémence de la sienne, un Philippe de Commynes, sans doute, la gravité de son jugement.

C'est dans la prison, à coup sûr, que les images et les idées du Psautier se sont imposées à l'esprit de Villon, comme à celui du *Prisonnier Desconforté*. Comme lui, il s'est érigé en

maître en théologie, il a eu l'idée d'une façon de colloque
avec son cœur et Dieu. Comme lui, il se tournera vers Celui
qui a pardonné à Marie-Madeleine, au bon larron, au clerc
Théophile ; il s'en remettra à la miséricorde de Celui qui ne
veut pas la mort du pécheur. L'excès de son malheur lui a fait
retrouver Dieu et le chemin mystique de la grâce [1].

C'est là le miracle ordinaire de Charité, peut-être le résultat
d'un enseignement que les curés devaient répéter bien souvent
à leurs simples ouailles, et qu'elles tenaient pour la vérité
même. L'amour de Dieu se manifeste dans la personne qui
« prent en gré et pacience tous maulx, adversités, painès,
angoisses et tribulacions qui leur surviennent et que l'on lui
fait... » : effusions de larmes, oraisons, tribulations et maladies,
tels étaient alors les remèdes les plus propres à purger l'homme
du péché [2]. Une doctrine toute semblable se rencontrait déjà
chez Christine de Pisan, qui écrivit cependant pour de riches
amateurs. La bonne et douce veuve exhortait les pauvres à
la patience, leur montrant la couronne qui leur est promise.
Elle les réputait bien heureux, suivant la sentence de l'Evangile, ceux-là qui attendaient de posséder le ciel par le mérite
d'une pauvreté doucement supportée. Elle leur disait : Vous
avez reçu la promesse de joie qui n'a pas été faite aux rois, aux
princes et aux riches, s'ils ne sont pas de votre rang en esprit,
à savoir pauvres de volonté, très chers amis de Dieu ! Vous
souffrez la faim, la soif, le froid, de mauvais abris, une affreuse
vieillesse, la maladie sans réconfort, le mépris du monde,
comme si vous étiez une autre espèce de gens, et non pas des
chrétiens ! Ne perdez pas du moins par impatience les trésors
qui vous sont promis ! — Le pauvre nu était vêtu de la robe du
Roi des Rois : accroupi sur un petit fumier, il attendait le logis
béni du Paradis [3].

---

1. *Le Prisonnier Desconforté*, *op. cit.*, p. IV, V.
2. Doctrinal des simples gens (Bibl. Nat., ms. fr. 17088, fol. 12 v°).
3. Le Livre des Trois Vertus (Bibl. Nat., ms. fr. 1177, fol. 205 v°).

Ecoutons encore le pathétique début du « truand spirituel »
parlant à son âme, dans ce beau *Secret parlement contemplatif*
que l'on rencontre souvent sous le nom de Jean Gerson :

« Ma pauvre, ma malade, ma chartriere ¹, ma miserable ame, hors mise
en hostage loing de son pays ! Tu, qui n'as riens, et par ton labeur ne
pœulz et ne scez quelque chose acquerir, croiz mon conseil. Aprens le
mestier de mendier et de truander, et que ton pourchas soit en lieu de
rentes. Pourquoy morroyes tu de faim, de soif et de froidure ? A blamer
seroit une telle honte et paresse.

Response de l'ame desconfortée.

Homme, mon hostellain, qui avec moy es jetté hors de ton premier pays,
et sommes ensemble en la chartre ² obscure et douloureuse de ce
present exil, je congnois bien, hélas, que je suis povre, malade, emprisonnée,
blecée et navrée, nue, sans vesture, et si n'ay riens... Puisque j'ay doncques
mon droit mestier perdu, doresnavant que feray-je ? que laboureray-je ?
à quoy gaigneray-je ? Mais tu me dis que je mendie et pourchasse ma vie :
c'est bien dit. Mais ou vray, je qui suiz emprisonnée et enlassée dedens
l'ospital de ton corps, en la grande prison de ce monde mortel ? Comme
eschaper ou eslongier et eslever me porroie à demander ayde ? qui me orroit
aussi ? qui me regarderoit ou secourroit ? Tu vois, partout ou nous sommes,
nous sommes en indigence et povreté, et n'a celluy qui puist aider soy
meismes. De quoy feroient ilz bien à autrui ou que donront ceulx qui n'ont
riens ? Si ne me semble outre ma fortune, fors de soy desesperer et en deses-
perant finer...

[L'homme].

Desesperer ! Que dis tu ame de desesperer ? Non feras, voir ! Point ne te
desespereraz, ains croiras mon conseil. Je te monstreray ung lieu plein de
charité et de misericorde, ou touz les povres sont secouruz qui la vont
demander : car la sont les piteux et larges aumosniers de Dieu à tres grant
habondance. Ce lieu est l'église de Paradis : les aumosnes sont les saints et
les saintes ; illec est la tresoriere de grace, la royne de misericorde, la mere
des povres et des orphenins ; et, qui plus est, la est trouvé le redempteur de
l'humain lignage, nostre sauveur Jhesus Crist ³... »

N'est-ce pas malgré tout un problème étonnant que,
parmi tant d'aventures, dans une existence précaire et si

1. Prisonnière.
2. Prison.
3. Bibl. Nat., ms. fr. 190, fol. 1-3.

triste, Villon ait pu porter en lui la grande œuvre poétique qu'il allait produire tout à coup ? Comment, au milieu de sa triste vie, et des pires relations, a-t-il su être courtois dans les milieux raffinés où il passa ? car il a conservé envers lui-même, sinon une conscience nette, du moins un jugement lucide et très juste de ses actions, bonnes ou mauvaises.

A Blois, par exemple, on a dit que Villon avait pu connaître un débat sur le sujet de la Fortune, qui fut l'une des dernières méditations du duc d'Orléans : autour du noble et vieux duc, comme lui, on la maudissait, on la trouvait ennemie et amère. Au milieu de son chemin, alors qu'il pouvait travailler de ses mains et coucher dans les carrières à plâtre, cette même Fortune était présente à l'esprit de Villon. Le pauvre malheureux se consolait ainsi doucement, en pensant à tant de rois morts : lui, qui n'était qu'un « souillon », il se sentait, puisqu'il jouissait encore de la vie, de pair avec les vaillants hommes de jadis, plus heureux même que tous les plus grands héros de la Bible et de l'Antiquité. La Fortune lui conseillait de se résigner, de prendre tout en gré, comme les humbles et les pauvres gens de ce temps-là devaient le répéter [1] :

> « Fortune fus par clers jadis nommee,
> Que toy, Françoys, crie et nomme murtriere [2],
> Qui n'es homme d'aucune renommee.
> Méilleur que toy fais user en plastriere,
> Par povreté, et fouÿr en carriere ;
> S'a honte vis, te dois tu doncques plaindre ?
> Tu n'es pas seul ; si ne te dois complaindre.
> Regarde et voy de mes fais de jadis,
> Mains vaillans homs par moy mors et roidis ;
> Et n'es, ce sçais, envers eulx ung souillon.
> Appaise toy, et mets fin en tes dis.
> Par mon conseil prens tout en gré, Villon !
>
> Contre grans roys me suis bien anymee,
> Le temps qui est passé ça en arriere :

1. Eustache Deschamps, Michault Taillevent, Jeanne d'Arc. Voir t. I, p. 310.
2. Les savants m'ont nommée la Fortune, c'est-à-dire l'heureuse divinité qui distribue le bonheur, et toi, François, tu m'accuses et me nommes meurtrière, etc.

Le truand parlant à son âme
(Bibl. nat., fr. 190 fol. 1.)

Priam occis et toute son armee,
Ne luy valut tour, donjon, ne barriere ;
Et Hannibal demoura il derriere ?
En Cartaige [1] par Mort le feis attaindre ;
Et Scypion l'Affriquan feis estaindre ;
Julles Cesar au senat je vendis ;
En Egipte Pompee je perdis ;
En mer noyé Jason en ung bouillon [2] ;
Et, une fois, Romme et Rommains ardis [3].
Par mon conseil prens tout en gré, Villon !

Alixandre, qui tant feist de hemee [4],
Qui voulut veoir l'estoille pouciniere [5],
Sa personne par moy fut envlimee [6] ;
Alphasar roy, en champ, sur sa baniere [7],
Rué jus mort, cela est ma maniere ;

. . . .

. . . . [8]
Holofernes, l'ydolastre mauldis,
Qu'occist Judith (et dormoit entandis !)
De son poignart, dedens son pavillon ;
Absalon, quoy ? en fuyant le pendis.
Par mon conseil prens tout en gré, Villon !

Pour ce, Françoys, escoute que te dis :
Se riens peusse sans Dieu de Paradis,
A toy n'autre ne demourroit haillon,
Car, pour ung mal, lors j'en feroye dix.
Par mon conseil prens tout en gré, Villon ! »

Enfin, il date encore de ce temps, cet examen de conscience
d'un homme aussi mauvais que bon, mais surtout très faible,
que Villon intitula le « Débat du Cueur et du Corps », suivant
un thème que l'on rencontre développé par, d'autres poètes

1. En réalité, à la cour de Prusias en Bithynie.
2. Dans un tournant d'eau.
3. Et d'un seul coup j'ai détruit par le feu Rome et les Romains.
4. Qui livra tant de batailles.
5. Les Pléiades.
6. Envenimée. On sait qu'Alexandre mourut d'une fièvre intermittente.
7. Sans doute Arphaxad II, roi des Mèdes, défait par Nabuchodonosor (Hist ,
Judith, ch. 1). — 8. C donne ici deux vers grossièrement refaits.

avant lui [1]. Il y a là vraiment un cœur mis à nu, et l'on ne saurait trouver rien au monde de plus émotionnant. Chacun a son faix dans la vie : l'influence de Saturne [2], qui était tenue pour mauvaise, avait chargé celle de Villon d'un lourd fardeau :

> Qu'est ce que j'oy ? — Ce suis je. — Qui ? — Ton cuer,
> Qui ne tient mais qu'a ung petit filet :
> Force n'ay plus, substance ne liqueur,
> Quant je te voy retraict ainsi seulet,
> Com povre chien tappy en reculet [3]. —
> Pour quoy est ce ? — Pour ta folle plaisance. —
> Que t'en chault il ? — J'en ay la desplaisance. —
> Laisse m'en paix ! — Pour quoy ? — J'y penseray. —

1. *Romania*, 1892, avril. — Il y a un Débat de la tête et du corps par Deschamps, V, p. 344 ; du corps et de l'âme, dans Viollet le Duc, *Ancien théâtre*, III, p. 325 (xvie siècle) ; un développement analogue par Charles d'Orléans sur la 'Querelle des yeux et du cœur (éd. J. M. Guichard, p. 16). Cf. des imitations du mouvement de la pièce de Villon dans Campaux, *op. cit.*, p. 361, 363.

2. Cf. le *Calendrier des Bergers*, le *Propriétaire des choses*, et les considérations physiologiques qui précèdent tous les livres d'Heures. — Martin Le Franc, dans son *Estrif de Fortune et de Vertu*, venait de discuter l'influence des planètes sur le cours de la vie humaine (Bibl. Nat., fr. 1153, fol. 26) :

Vertu... Mais ainçois que ce pas actaignons, s'il vous plaist, nous verrons comme les fortunes se changent par le regard des diverses planetes. *Fortune.* Ainsi soit. *V.* Ne tenez qu'en sa nativité homme prent commancement de bonne ou de male fortune et que la planete dominant le beneist ou mauldit ? *F.* Et puis ? *V.* Ung an apres ou deux ou troys ou vingt, peut elle estre muée par une autre estoille de contraire impression ? *F.* Pourquoy non ? *V.* Trop contrediriés aux astrologiens qui les destinées bonnes ou males prennent dès la nativité et veulent que homme soit appelé bien ou mal fortuné selon que la planete le regardoit naissant et venant en ce monde ; ce non maintenir conviendroit qu'il eust en sa vie C^M continuelles destinées : car plus de C^M estoilles le regardoient sur terre, etc.

Fol. 27 v°. *V. Item* se voulenté humaine est subjecte aux planetes, je demande comment on peut vouloir et non vouloir, et si c'est par une planete ou diverses ? Par une estre ne peut : car toute chose naturelle est déterminée à propre effect. Se par diverses, inferer fault que ce que l'une fait est empeschié par l'autre. Ainsi ne estat ne fermeté n'y a. *Item* se les planetes, ou seules ou ensemble, saulvent ou destruisent les hommes, je demande pourquoy ung aura VI^{xx} ans vescu sens nulle male adventure, et neantmoins aura passé soubz tres male influence ? Les choses propres et naturelles toujours empraignent leur povoir quand est en elles. Que se les planetes sont choses actives, propres et necessaires, comme l'en cuide, pourquoy n'ont esté traistres et homicides et tuez comme Alixandre tous ceulx qui depuis ont vescu soubz le point de celle influence ? Que se on respond que chascun n'est Alixandre, ne Antipater, ne Thessalus, donc en ce cas convient assigner autre cause... etc. »

3. Dans un petit coin.

Quant sera ce ? — Quant seray hors d'enfance. —
Plus ne t'en dis. — Et je m'en passeray. —

Que penses tu ? — Estre homme de valeur. —
Tu as trente ans. — C'est l'aage d'ung mullet [1]. —
Est ce enfance ? — Nennil. — C'est donc folleur
Qui te saisist ? — Par ou ? — Par le collet ;
Riens ne congnois. — Si fais : mouches en let ;
L'ung est blanc, l'autre noir, c'est la distance [2]. —
Est ce donc tout ? — Que veulx tu que je tance ?
Se n'est assez, je recommenceray. —
Tu es perdu ! — J'y mettray resistance. —
Plus ne t'en dis. — Et je m'en passeray. —

J'en ay le dueil ; toy, le mal et douleur.
Se feusses ung povre ydiot et folet,
Encore eusses de t'excuser couleur :
Se n'as tu soing, tout t'est ung, bel ou let.
Ou la teste as plus dure qu'ung jalet [3],
Ou mieulx te plaist qu'onneur ceste meschance !
Que respondras a ceste consequence ? —
J'en seray hors quant je trespasseray. —
Dieu, quel confort ! — Quelle sage eloquence !
Plus ne t'en dis. — Et je m'en passeray. —

Dont vient ce mal ? — Il vient de mon maleur.
Quant Saturne me feist mon fardelet,
Ces maulx y meist, je le croy. — C'est foleur :
Son seigneur es, et te tiens son varlet.
Voy que Salmon escript en son rolet :
« Homme sage, ce dit il, a puissance
Sur planetes et sur leur influence. » [4] —
Je n'en croy riens ; tel qu'ilz m'ont fait seray. —
Que dis-tu ? — Dea ! certes, c'est ma creance. —
Plus ne t'en dis. — Et je m'en passeray.

---

1. La pièce date donc de 1461. — Voir les considérations sur la trentaine dans Christine de Pisan et le calendrier des livres d'Heures surtout. On disait, dans la langue populaire, un singe de trente ans, pour désigner un vieux rusé : « *Vidistis ne ces escornifleux de bona dies qui sunt ita innocentes sicut simia triginta annorum* ». (Michel Menot, *Sermones*, 1530, fol. 96 r°. Il parle des accapareurs).

2. Cette pièce est vraisemblablement postérieure à la Ballade des menus propos : *Je congnois bien mousches en let.*

3. Galet.

4. Cf. Sap. 7, 19.

Veulx tu vivre ? — Dieu m'en doint la puissance ! —
Il te fault... — Quoy ? — Remors de conscience ;
Lire sans fin. — En quoy ? — Lire en science ;
Laisser les folz ! — Bien j'y adviseray. —
Or le retien ! — J'en ay bien souvenance. —
N'atens pas tant que viengne a desplaisance.
Plus ne t'en dis. — Et je m'en passeray.

C'est dans une telle disposition d'esprit, sur la voie du bien
et du remords, désespéré et joyeux, que François Villon
chemina vers son cher Paris.

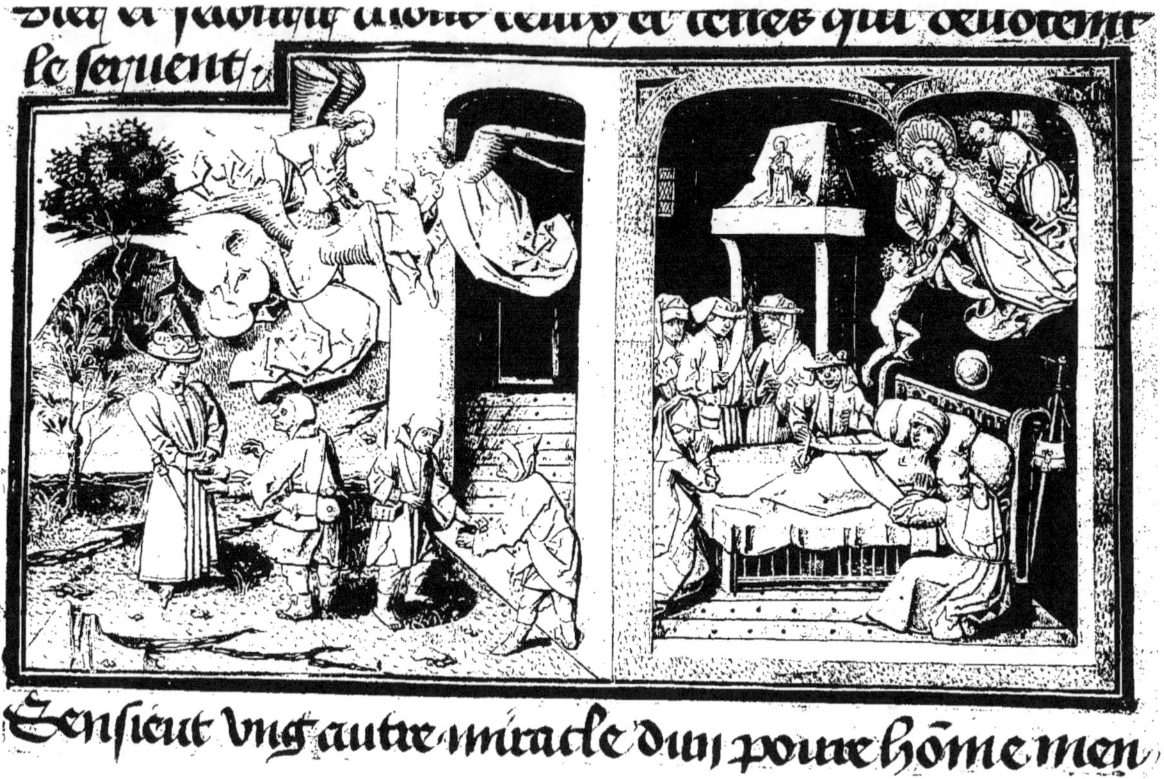

La mort d'un povre homme mendiant
(Bibl. nat., ms. fr. 9198. Miracles de Notre-Dame)

CHAPITRE XIV

LE TESTAMENT

Bien qu'il y ait quelque audace, de l'impiété aussi, à traduire en prose la plus pathétique des poésies, il faut cependant le tenter si nous voulons jouir pleinement de la beauté du *Testament*, ou profiter des leçons que nous dispense l'art de Villon.

Il a trente ans ; il a bu toutes ses hontes, et vient de rentrer à Paris où il se cache encore. Sa santé n'est plus bonne : le poète a échappé plusieurs fois à la mort dont la méditation l'obsède sans répit. François est au lit, quelque part ; il se trouve dans un instant de très grande lucidité par rapport à son passé et il voit clairement dans sa conscience. Frémin l'étourdi, son clerc, l'écoute, assis près de lui ; il écrit rapidement sous sa dictée. Le cœur de François s'affaiblit et sa voix tombe [1]. C'est une heure grave et lyrique dans laquelle la vérité seulement a une valeur : il n'y a pas ici de mensonge, le poète n'a rien à farder :

> Qui meurt a ses loix de tout dire [2].

Ses premiers mots sont vengeurs : Villon maudit de façon implacable l'évêque d'Orléans, Thibaud d'Auxigny, qui l'a si durement traité, et demande à Dieu sa mort [2]. Mais il souhaite vie, santé, bonheur au « feu dauphin », à Louis le bon roi de

1. T., h. 1, 67, 68, 69.
2. T., h. 1-6.

France, dont le passage à Meung l'a tiré de sa dure prison :
François priera toute sa vie pour lui [1]. Or, comme il se sent
faible, surtout de biens, Villon a résolu cette fois de faire son
testament, qu'il date de l'année 1461 [2].

Car il est le fils de la douleur et de l'expérience ; et le « travail », c'est-à-dire la peine, l'a plus instruit que tous les commentaires d'Averroès sur Aristote [3]. Sur quoi François donne
un regret à cette bonne ville de Moulins, où le duc de Bourbon
l'a secouru. Vagabond, il n'a pas su y demeurer [4] :

> Je suys pecheur, je le sçay bien ;
> Pourtant ne veult pas Dieu ma mort [5],
> Mais convertisse et vive en bien,
> Mieulx tout autre qu'en pechié mort.
> Combien qu'en pechié soye mort,
> Dieu vit, et sa misericorde,
> Se conscience me remort,
> Par sa grace pardon m'accorde.

Pour son excuse, Villon citera de mémoire le début du *Testament* de Mc Jean de Meung qu'il tient pour le commencement
du *Roman de la Rose* [6] :

> Et, comme le noble *Rommant*
> *De la Rose* dit et confesse
> En son premier commencement
> Qu'on doit jeune cuer en jeunesse,
> Quant on le voit viel en viellesse,
> Excuser, helas ! il dit voir ;
> Ceulx donc qui me font telle oppresse
> En meurté ne me vouldroient veoir.

Si la chose publique devait y gagner, Villon s'estimerait bien
digne de mourir comme un homme inique ; mais quelle

---

1. T., h. 7-9. Cf. ch. XIII. — 2. T., h. 11. — 3. T., h. 12. Cf. ch. III. *Icy commence Villon à entrer en matière pleine d'érudition et de bon sçavoir* (Marot).

4. T., h. 13. Cf. ch. XIII.

5. T., h. 14. — *Vivo ego, dicit Dominus Deus : nolo mortem impii, sed ut convertatur impius a via sua et vivat* (Ezech., 33, 10). Cf. *Le Prisonnier Desconforté*, h. 176.

6. T., h. 15. Cf. t. I, p. 158 n. 3.

Il y a au commencement du *Roman de la Rose* un développement sur la jeunesse et la vieillesse qui a pu faciliter cette confusion.

importance cela a-t-il quand il s'agit d'un misérable tel que
lui ?

> Les mons ne bougent de leurs lieux [1],
> Pour ung povre, n'avant n'arriere.

Au fond, ce qui lui a manqué dans la vie, c'est de n'avoir
pas rencontré un homme pitoyable et magnanime, un de ces
héros dont la largesse était proverbiale, tel Alexandre le
Grand [2], le type par excellence du seigneur féodal qui n'amasse
point pour lui, mais distribue libéralement à ses hommes terres
et richesses ; et Villon nous conte l'historiette de ce pirate
nommé Diomède, que l'on amena devant Alexandre, les pou-
cettes aux mains, pour être condamné à mort [3] :

> L'empereur si l'araisonna :
> « Pourquoi es tu larron en mer ? »
> L'autre responce luy donna :
> « Pourquoi larron me faiz nommer ?
> Pour ce qu'on me voit escumer
> En une petiote fuste [4] ?
> Se comme toy me peusse armer,
> Comme toy empereur je feusse !
>
> « Mais que veux-tu ? De ma fortune,
> Contre qui ne puis bonnement,
> Qui si faulcement me fortune,
> Me vient tout ce gouvernement.
> Excuse moy aucunement
> Et saiche qu'en grant povreté,
> Ce mot dit on communement,
> Ne gist pas trop grant loyauté. »

Or, quand l'empereur eut écouté le discours de Diomède, il
déclara : « Je changerai ta mauvaise fortune en bonne » ; et
depuis, le pirate ne fit plus de mal à personne [5].

---

1. T., h. 16. Cf. les passages bien connus du Psautier (113) qui se chantent à
vêpres : *Montes exultaverunt ut arietes, et colles,* etc.

2. Cf. Paul Meyer, *Alexandre le Grand dans la littérature française du moyen âge,*
1886, II, p. 373 et s.

3. T., h. 18, 19. — 4. Dans une petite galère de bois.

5. T., h. 20.

Tel est l'exemple qu'à titre d'excuse, Villon alléguera d'après Valère Maxime. Mais, là encore, le poète cite de mémoire ; car cette historiette, il a dû la lire dans le *Policraticus* de Jean de Salisbury, ou bien dans la traduction française par Jean de Vignay du *Liber scacorum* de Jacques de Cessoles, qui l'emprunta lui-même à la *Cité de Dieu* de saint Augustin [1] :

> Se Dieu m'eust donné rencontrer
> Ung autre piteux Alixandre
> Qui m'eust fait en bon eur entrer,
> Et lors qui m'eust veu condescendre
> A mal, estre ars et mis en cendre
> Jugié me feusse de ma voix.
> Necessité fait gens mesprendre
> Et faim saillir le loup du bois [2].

Et Villon jette ici un regard très mélancolique sur sa jeunesse flétrie, sa misère, l'abandon où ses parents l'ont laissé [3] :

> Je plaings le temps de ma jeunesse,
> Ouquel j'ay plus qu'autre gallé [4]
> Jusques a l'entree de viellesse
> Qui son partement m'a celé.
> Il ne s'en est a pié allé
> N'a cheval : helas ! comment don ?
> Soudainement s'en est vollé
> Et ne m'a laissié quelque don.
>
> Allé s'en est, et je demeure,
> Povre de sens et de savoir,
> Triste, failly, plus noir que meure,
> Qui n'ay n'escus, rente, n'avoir ;
> Des miens le mendre, je dis voir,
> De me desavouer s'avance,
> Oubliant naturel devoir
> Par faulte d'ung peu de chevance.

Ce ton grave ne durera pas ; c'est bien parce qu'il a dépensé le peu qu'il possédait [5],

---

1. Sur ces faits, voir L. Thuasne, *Villon et Rabelais*, appendice I, p. 418-430.
2. T., h. 21. *Notez ceste hystoire bien appropriée* (Marot).
3. T., h. 22-23. — 4. Fait la noce. — 5. T., h. 24.

Par friander et par leschier,
Par trop amer ...

que Villon assure ironiquement ne l'avoir pas fait ; ses amis
du moins ne doivent pas le lui reprocher. Ils en ont usé
comme lui ; et son plaisir, au demeurant, ne leur a pas coûté
très cher. C'est vrai qu'il a aimé : mais avoir faim et le cœur
triste ne sont pas des conditions favorables à l'amour [1] :

Car la dance vient de la pance !

A la plaisanterie que contient ce trait final, succède un cou-
plet du plus touchant repentir [2] :

Hé ! Dieu, se j'eusse estudié
Ou temps de ma jeunesse folle,
Et a bonnes meurs dedié,
J'eusse maison et couche molle.
Mais quoy ? je fuyoie l'escolle,
Comme fait le mauvais enfant.
En escripvant ceste parolle,
A peu que le cuer ne me fent.

Vraiment, son destin était de rire au milieu de ses larmes !
Entendons aussitôt François justifier son inconduite par les
paroles de l'Ecclésiaste [3] :

Le dit du Saige trop le feiz
Favorable, bien n'en puis mais,
Qui dit : « Esjoys toy, mon filz,
En ton adolescence... »

C'est encore à la Bible, au livre de Job [4], que Villon emprun-
tera l'image de la rapidité des jours comparée à la toile
coupée par le tisserand. Il ne craint plus rien, tout s'apaise à
la mort.

1. T., h. 25. — Cf. une pièce de Louis d'Orléans dans les *Cent Ballades*, éd.
G. Raynaud, p. 205.
2. T., h. 26. *Notez jeunes gens* (Marot). — Cf. Eustache Deschamps, VI, p. 37 :
Plourons, chetis, nostre folle jeunesse.
3. T., h. 27. Cf. t. I, p. 31.
4. Job, VII, 6. *Très belle comparaison* (Marot). — Cf. Bristish Museum, ms.
Lansdowne, 380 :
Ma vie est trop plustot coppée
Que la toille du tissèrant.

Et François se demande où sont les gracieux compagnons de
sa jeunesse : les uns sont morts, d'autres sont devenus de
grands seigneurs et « des maîtres » [1] ; il y en a qui mendient
tandis que d'autres sont entrés dans les riches couvents des
Célestins et des Chartreux. Au sujet des « grands maîtres »
Villon n'a rien à dire : ils vivront toujours en paix et en repos ;
mais, à un misérable comme lui, le mieux est que Dieu accorde
le don de patience. Les religieux au surplus ne manquent
vraiment de rien : ici le pauvre au ventre affamé renifle bons
vins et bonnes viandes [2].

Au fond cette digression ne le concerne pas [3] : Villon n'est
pas leur juge, lui, le plus imparfait de tous ; passons à un autre
sujet, et comme on disait alors proverbialement :

> Laissons le moustier ou il est [4].

Car la parole du pauvre ne saurait être qu'amertume ; et
Villon nous l'affirme :

> Povre je suis de ma jeunesse !

Mais François entend aussitôt la voix de son cœur qui le
réconforte : « Tu n'as pas la fortune proverbiale de l'argentier et
banquier du roi, Jacques Cœur [5] ; mais il vaut mieux vivre sous
de gros habits de bure que de pourrir sous un riche tombeau,
ou avoir été seigneur ». Cette pensée lui remet en mémoire les
paroles du Psalmiste [6] : « L'homme, ses jours sont comme
l'herbe ; il fleurit comme la fleur des champs. Lorsqu'un vent

---

1. Cf. *Cent Nouvelles*, I, 52 : « or sont venuz maistre Pierre, maistre Jehan,
maistre cy, maistre là... »
2. T., h. 29-32. Cf. ch. vi (fin). — 3. T., h. 33.
4. T., h. 34. Cf. ch. xiv (suite).
5. Mathieu d'Escouchy assure qu'il gagnait dans un an « plus que ne faisoient
ensemble tous les autres marchands du royaume ». Il ne fut pas plus heureux pour
cela. Mis en procès en 1450, condamné en 1453, Jacques Cœur s'évada du couvent
de Beaucaire ; il mourut en 1456, comme un preux, devant Chio, combattant l'infi-
dèle et au service du pape.
6. Ps. CII, 15, 16.

passe sur elle, elle meurt. Et le lieu qu'elle occupait ne la reconnaît plus... »

> Quant du surplus je m'en desmetz [1] :
> Il n'appartient a moy, pecheur ;
> Aux theologiens le remetz
> Car c'est office de prescheur.

Alors les Frères prêcheurs, les Dominicains, en raison de leurs fonctions d'inquisiteurs, touchaient, en effet, des receveurs du roi des gages annuels pour leur « office » [2].

Non, François Villon n'est pas le fils immortel d'un ange ou d'une étoile : son père est mort, sa mère mourra [3] :

> Et le scet bien la povre femme,
> Et le fils pas ne demourra.

Or le poète évoque, de la plus poignante manière, une sorte de danse macabre où la mort entraîne à sa suite pauvres et riches, prêtres et laïques, nobles et vilains, et les dames aussi. Il dit, comme on ne l'a jamais fait, la douleur et le spectacle terrible de la mort : il se demande, de la plus mélodieuse façon, où sont les belles et nobles dames de jadis, les seigneurs d'autrefois, ceux d'hier que la mort venait de faucher ? Et pour donner encore plus de saveur archaïque à cette précieuse évocation, le poète use de vieux langage pour rappeler ces disparus d'antan, vêtus comme des prêtres et dorés comme les images des tombeaux [4]. Mais Villon, qui n'entendait guère mieux que nos écoliers la grammaire de l'ancien français, dira *li* pour *le*, ajoutera partout l'*s* final qui distinguait jadis le cas sujet du cas régime [5].

Lui, pauvre mercier de Rennes [6], il se console ainsi en pensant à tant d'illustres disparus, papes, rois et fils de roi : une

---

1. T., h. 37.
2. Voir par exemple une quittance de frère Barthélemy Moreau, Dominicain, docteur en théologie et inquisiteur, à Colin Martin, receveur des finances en Saintonge, 25 novembre 1451 (Bibl. Nat., Clair. 220, p. 62).
3. T., h. 38. — 4. Cf. ch. xiv (suite). — 5. G. Paris, *François Villon*, p. 100.
6. T., h. 42. — Cf. ch. xiii.

mort honnête ne lui déplaît pas, pourvu qu'il ait fait ses « es-
trenes [1] ». Ce monde ne dure pour personne ; et Villon exhorte
le pauvre vieux désespéré à trouver un réconfort dans cette
idée [2]. Qu'elles se consolent aussi ces misérables vieilles
femmes, dont les griefs sont si justes et les regrets si amers
que Dieu même ne saurait alléger leur douleur, ni réfuter leurs
plaintes. Alors François nous rapporte l'admirable monologue
de la « belle qui fut heaulmière », au temps du roi Charles VI ;
et il adresse cette lamentation, en manière de leçon, aux belles
filles et aux belles marchandes de son temps : qu'elles profitent
donc de leur jeunesse [3] !

Sa vie amoureuse lui apparaît lointaine. Le poète voit bien le
grand danger qui menace l'homme qui aime, celui auquel il n'a
pas échappé. Mais, comme il n'a peut-être pas le cœur de se le
dire à lui-même, il suppose un interlocuteur qui le moralise :
« Ecoute, Villon, ce sont des femmes mauvaises ; elles n'en
veulent qu'à ton argent ; elles aiment tout le monde, et vite ;
elles rient lorsque ta bourse pleure ; aime donc là où est le
bien [4] ! » A ce sage discours, François répondra par des plaisanteries. Les femmes qu'il aima furent d'honnêtes dames. A
leur début seulement elles prirent chacune un ami secret pour
éteindre des flammes plus chaudes que le feu Saint Antoine :
elles se conformèrent en cela au décret de Gratien : « La
faute est plus excusable si elle se cache [5] ». Mais dans la suite
elles partagèrent leur amour. Il le sait bien, lui : il a éprouvé
que celle qui n'en aimait qu'un l'a quitté (c'était lui !) et cette
mauvaise femme aime tous les hommes aujourd'hui ! Qui
pousse les femmes à se conduire ainsi ? Nature féminine. Et

1. L'abbé Prompsault entend « pourvu que j'aie été *étrenné* comme le marchand qui
vend la première pièce de ses marchandises ». — Le sens est pourvu que j'ai bien joui
de la vie, locution en usage dans le vocabulaire amoureux. Cf. un passage des *Arrêts
d'amours* de Martial d'Auvergne, XXII : « Cy devant gist le corps d'un vaillant amoureux, jadis bien renommé, qui fut piteusement *estrainné* de sa dame et qui reçut, elle,
si bonnes *estrainnes*, qu'il en est piteusement mort xv jours apres... ».

2. T., h. 45. — 3. T., v. 445-568. Cf. ch. v, § 2. — 4. T., h. 48, 49.

5. Secunda pars, causa XXXII. Cf. t. I, p. 44 n.

Me François citera à l'appui de cette opinion, en équivoquant, le proverbe qui assure que six ouvriers font plus que trois[1]. Il en va de même dans une partie de paume : les amoureux ont le bond de la balle, les dames la volée, qu'elles prennent souvent aussi[2]. C'est la récompense de l'amour : toute foi y est violée, malgré les baisers et les caresses. Chacun le dit, suivant la chanson ancienne :

> De chiens, d'oyseaulx, d'armes, d'amours
> Pour ung plaisir mille doulours[3].

Comme il venait de tirer sa consolation de l'idée de la mort, en pensant aux illustres disparus, Villon songe maintenant à tous ces personnages de la légende et de l'histoire qui souffrirent de folles amours : Salomon, Samson, Narcisse, Sardanapale, David, Ammon, saint Jean-Baptiste. Avec une humilité, qui peut sembler n'être pas exempte d'orgueil, François marque sa place dans la suite de ce cortège.

Il parlera de lui, le pauvre Villon qui fut battu tout nu : ainsi les lavandières frappent leur linge au ruisseau. Qui lui valut cette correction ? qui lui fit, comme il l'écrit, « mâcher ces groseilles » ? Catherine de Vausselles, cette volage amie. Noël Jolis, qui fut le « tiers », le confident de ses amours, attrapa en cette circonstance quelques « mitaines de noces », c'est-à-dire des coups de poing[4]. C'est égal, il est bien heureux celui que n'atteint pas le fol amour !

Et le pauvre poète nous décrit tous les manèges de la coquette qu'il a si tendrement aimée, le pouvoir qu'elle avait de lui faire croire tout ce qu'elle voulait. De ce temps-là il a conservé un surnom cruel : *L'amant remys et renyé*[5]. Aujourd'hui, Me François maudit l'amour et renonce à suivre les amants : il

---

1. T., h. 50, 51, 52, 53. Cf. ch. v, § 2. — 2. Cf. ch. v, § 1.

3. Cf. Bibl. Nat., fr. 2375, fol. 130 v°. — Ce refrain a été fort célèbre au xve siècle. Voir *Les sept marchans de Naples* dans Montaiglon, *Anc. poésies françaises*, II, p. 110-111.

4. Voir à l'appendice la notice sur Noël Jolis et les ch. v, § 3, ix. L'explication de Marot « arrière de là » est à rejeter.

5. T., h. 55-59. Cf. ch. ix.

a déposé sa vielle sous le banc, comme on disait ; il a abandonné au vent la plume qu'il ne suivra pas [1]. D'ailleurs comme il est changé ! Il tousse, il crache, il a l'apparence et la voix d'un vieillard ; Jeanneton, ou telle autre, ne le prendrait plus pour un jeune garçon, un « valeton [2] », mais plutôt pour un vieux cheval fourbu, un « roquart [3] » :

> De vieil porte voix et le ton,
> Et ne suys qu'ung jeune coquart [4].

Il faut qu'il ait beaucoup souffert, puisque le souvenir de l'évêque Thibaud, qui lui a fait boire tant d'eau froide et manger, comme on disait en équivoquant, de si nombreuses « poires d'angoisse » [5], s'impose de nouveau à son esprit ; Villon maudit aussi son official et le petit Me Robert, qui paraît avoir été son tourmenteur [5].

Il lui souvient qu'avant son départ, en 1456, il avait fait certains legs que, sans son consentement, on nomma *Testament* : tel a été le plaisir de ses amis, mais non pas le sien [6].

Loin de lui l'intention de les révoquer, même si toute la terre dont il se prétend le seigneur était imposée ! Ainsi il prend encore en pitié le sergent du Châtelet, Perrinet Marchand, le bâtard de La Barre : aux trois bottes de paille qu'il lui a laissées, il ajoute ses vieilles nattes, c'est-à-dire la paille tressée dont on tendait alors les murs et le plancher ; et François assure que cela fera à ce débauché personnage une bonne ceinture pour le redresser sur ses jambes [7]. Si quelqu'un

---

1. T., h. 60-61. Cf. ch. IX.

2. T., h. 62. — Peut-être ironiquement, dans le sens où on trouve ce mot si souvent dans les chansons de geste, opposé à chevalier (*N'iert mie chivaler, ert encore valletun*. Wace).

3. Voir Godefroy, ad. v. Roquart. — Cotgrave définit ainsi ce mot « Un vieux cheval fourbu qui ne peut ni hennir ni remuer la queue ». Un vieux qui ne peut plus agiter la langue, dit Duez (1559).

4. Cf. ch. XIII. — 5. T., h. 63-64. Cf. ch. XIII. — 6. T., h. 65.

7. T., h. 66. Cf. Molinet, *Dialogue du gendarme et de l'amoureux* :

A grant peine je me soubstien — Sur mes pattes pour moy estendre : — La basse notte doulce et tendre — Est hors de mon commandement.

même n'avait pas reçu ses legs, il pourra les réclamer à ses héritiers : Villon nomme Robin Turgis le tavernier, Provins le pâtissier, et Moreau le rôtisseur, trois personnages à qui le poète devait sans doute de l'argent [1] puisqu'il assure qu'ils ont eu quelque chose de lui, alors même qu'il gisait dans son lit. N'est-il pas vrai qu'avec du rôti, du vin et des gâteaux on peut composer un succulent repas, divin à qui n'est pas toujours rassasié au tiers, voire même une franche repue [2] ?

François demande à son clerc d'écouter avec attention : au début de cette œuvre de vengeance, il déclarera ne détester personne !

Frémin, qui s'est assis auprès de son lit, écrit rapidement [3].

François Villon se signe et invoque les trois personnes de la Trinité, comme il était d'usage au début des testaments réels [4]. Il rappelle que Dieu a sauvé les hommes perdus par la suite du péché d'Adam ; qu'il a donné pour ornement au ciel l'homme voué auparavant à la damnation. Car, depuis le péché de notre premier père, tous les hommes étaient censés avoir habité en commun, après leur mort, un triste séjour souterrain, jusqu'au jour où le Christ descendit parmi eux et ouvrit aux justes les portes du ciel. Celui qui tient pour ferme cette croyance, savoir que depuis l'ascension du Christ, les morts vertueux ont pu devenir des saints (Villon les nomme de petits dieux), celui-là sera bien payé de retour. Donc, avant le Christ les morts étaient damnés, leurs corps pourrissaient en terre et leurs âmes brûlaient dans les feux de l'enfer. Cependant, suivant Villon, une exception a dû être faite en faveur des patriarches et des prophètes : comme le poète le dira vivement :

Oncques n'eurent grant chault aux fesses.

Ils ne furent pas brûlés, mais bien recueillis dans le sein d'Abraham [5]. Si un interlocuteur demandait pourquoi, lui,

1. T., h. 67. — 2. Cf. ch. xvi. — 3. T., h. 68-69.
4. T., h. 70. Cf. ch. xiv (suite).
5. T., h. 71. — Une image et un texte du *Miroir d'humaine salvation*, un livre

maître ès arts, qui n'a pas fait ses études de théologie, soutient cette opinion, il répondra : c'est en m'appuyant sur la parabole de Jésus concernant le mauvais riche et le pauvre Lazare. Le mauvais riche fut enseveli dans le feu souterrain de l'enfer, tandis que le pauvre ladre fut porté par les anges dans le sein d'Abraham, au ciel [1].

Elle était bien populaire alors l'histoire rapportée par Luc au sujet de ce Lazare [2], patron des pauvres, des mendiants, de tous ceux qui souffrent d'ulcères ; elle est bien significative, au début d'une œuvre qui poursuivra surtout les mauvais riches, ceux qui ont été durs à cet autre Lazare, à ce pauvre homme que fut François Villon : mais il a foi dans le « doulx Jesus Christ » et, à cause de sa patience et de sa résignation, peut-être jouira-t-il de la récompense éternelle. Si le doigt du ladre avait brûlé comme le corps du mauvais riche, ce dernier n'aurait pas demandé, en grâce, au père Abraham que Lazare trempât dans l'eau le bout de son doigt pour lui tendre la goutte d'eau qui eût rafraîchi sa langue (sa mâchoire, dira Villon). En cet enfer, les bons buveurs, les « pions », qui jouent comme lui pourpoints et chemises, feront triste figure,

---

très populaire au xvᵉ siècle (je cite l'exemplaire qui a dû être exécuté pour Charles d'Orléans, Bibl. Nat., fr. 188, fol. 33 vᵒ), fixent bien le sens de la pensée de Villon. On y voit quatre enfers superposés, dont trois seulement sont remplis de flammes. L'enfer inférieur, « le quart enfer », est le lieu des damnés ; au-dessus est figuré « le tiers enfer », qui est « le limbe des enfans » ; au-dessus encore le « second enfer », qui est le purgatoire ; enfin, sans flammes, est « le premier enfer [qui] est le limbe des perez ». Autour du Christ sont les « saints ». Sur deux banderolles on lit : *Tu es venu tres désiré*, puis : *Tu es celui que atendismes* : « Encores au dessus de ce infer purgatoire est l'enfer ou le lieu des saints peres, qui s'apelle par aultre nom les cours d'Abraham, ou s'apelle le limbe. Et en ce infer entrerent devant l'avenement de Nostre Saulveur Jhesucris tous les saints qui lors estoient ou morroient. Ce fut l'infer ouquel nostre Saulveur entra et descendi. Et, tous ceulx qui dedens estoient, il tira et mist dehors, et les deliura et mena puissamment avecq luy ».

1. T., h. 72-73.

2. Luc, XVI, 19-31. On trouvera cette parabole dialoguée dans les sermons populaires du cordelier Michel Menot (Paris, 1530, fol. 114 et s.). Les conclusions de Menot sont à retenir « *Quid fiet de vobis, qui habetis bona defunctorum... vos domini, qui habetis bona per cavillationes, qui exheredastis pauperem*, le bon homme, *posuistis filios suos ad panem querendum ! Domini de justicia qui tenetis homines* à l'aboy, etc. ».

puisque la boisson y coûte si cher. Elle y est à un prix inaccessible, surtout au mauvais riche, puisque Abraham répondit à ce dernier qu'un grand abîme, et infranchissable, séparait le ciel de l'enfer. Plaisanterie à part, Dieu nous garde de ce triste séjour[1] !

Telle est tout simplement dans sa foi, et dans son irrévérence plutôt formelle, la pensée de François Villon ; notre écolier se montre ici l'écho de discussions théologiques fort en honneur en son temps.

François ajoute maintenant une invocation à la Vierge : puis il commence de tester.

Sa pauvre âme, il la laisse à la « benoîte » Trinité, ce qui convient bien à un enfant adoptif de Saint-Benoît, église qui était sous le titre de la Trinité ; mais Villon la recommande encore à Notre-Dame en priant toute la hiérarchie angélique, qui comprend neuf ordres, de la porter devant le trône précieux de Dieu[2]. Son corps, il l'abandonne[3] :

> A nostre grant mere la terre[4] ;
> Les vers n'y trouveront grant gresse,
> Trop luy a fait fain dure guerre.
> Or luy soit delivré grant erre[5] :
> De terre vint, en terre tourne ;
> Toute chose, se par trop n'erre,
> Voulentiers en son lieu retourne.

Or, avant même qu'il vienne à parler de sa mère, François inscrit parmi ses héritiers Me Guillaume de Villon[6], qui l'a élevé, et se montre encore aujourd'hui si triste des aventures de son protégé :

> Si luy requier a genouillon
> Qu'il m'en laisse toute la joye.

---

1. T., h. 74. — 2. T., h. 75. — 3. T., h. 76.
4. Ce beau vers n'est cependant qu'un lieu commun : Deucalion dit dans le *Roman de la Rose* :
> Notre grant mere, c'est la terre.
5. Rapidement. — 6. T., 77.

A cet homme sérieux, il laissera ses livres [1] ; et parmi eux ce « Rommant du Pet au Deable », qui ne doit pas être du goût du pieux chapelain. Quant à sa mère, la pauvre femme qui souffrit tant de douleurs à cause de lui, elle recevra, puisqu'elle est si pieuse, une prière à la Vierge sous la forme d'une ballade [2].

Immédiatement après ces deux personnages, Villon nommera sa bonne amie, sa « rose » comme on disait. Elle tint donc une place importante dans sa vie, cette Marthe sans cœur et sans foi, la sœur en cruauté de Catherine de Vausselles, la rusée qui ne tenait qu'à l'argent. François ne l'aime plus ; et c'est bien pour remplir tout son devoir envers Amour qu'il lui adresse, pour la maudire, une ballade se terminant tout en R (en *erre*, c'est-à-dire en errant, en se trompant), suivant une équivoque assez commune sur les lettres de l'alphabet. Mais le grossier et amoureux sergent, Pierre Marchand, saura bien la retrouver et l'insulter [3]. Cet amour lui revient à l'esprit évidemment associé au souvenir d'un compagnon de sa jeunesse : le riche Ythier Marchand, à qui Villon a laissé jadis une épée. Sans doute ils avaient chanté ensemble des chansons amoureuses : il lui lègue maintenant un lai de dix vers et un *De profundis* pour ses amours anciennes, à chanter au lutrin [4] ! Et François rivalisait ici de courtoisie avec Alain Chartier et Charles d'Orléans [5] :

> Mort, j'appelle de ta rigueur,
> Qui m'as ma maistresse ravie,
> Et n'es pas encore assouvie
> Se tu ne me tiens en langueur :
> Onc puis n'eus force ne vigueur ;
> Mais que te nuysoit elle en vie,
>   Mort ?

1. T., 78. — 2. T., 79. Voir ch. II. — Le titre *Ballade que Villon feit à la requeste de sa mère pour prier Nostre Dame* est de l'invention de Marot.

3. T., 80-83, v. 942-969. *Ballade de Villon à s'amye* dit Marot. Cf. ch. IX et, à l'appendice, la note sur Perrinet Marchand.

4. T., 84. Cf. ch. V (suite), VII, et la note sur Ythier Marchand à l'appendice.

5. T., v. 978-989. Cf. Charles d'Orléans, éd. J. M. Guichard, p. 66 ; Chartier, éd. Duchesne, p. 795 et *passim*. — Mon ami, M. W. G. C. Byvanck a bien voulu me faire savoir qu'un ms. de La Haye donne ce rondeau avec quelques variantes.

> Deux estions et n'avions qu'ung cuer ;
> S'il est mort, force est que devie,
> Voire, ou que vive sans vie
> Comme les images, par cuer,
>   Mort !

Ythier Marchand, on l'a dit, était clerc des finances. C'est dans ce cercle, où François vécut, que se fixe maintenant la pensée du testateur. Car Jean le Cornu fut également secrétaire du roi et homme de finance [1] : puisqu'il n'a pas secouru son pauvre ami, il aura ce litigieux et ruineux jardin de Pierre Baubignon, s'il veut bien y faire établir une porte [2]. Là Villon allait parfois coucher le soir ; et il y avait mis un douteux crochet pour enseigne [3]. Toujours dans ce milieu de financiers, voici Pierre de Saint-Amand, clerc du Trésor [4], dont la femme a traité le pauvre Villon comme un mendiant. Jadis il a donné à cet homme riche, pour chevaucher dans la rue pompeusement, un cheval blanc et une mule (François équivoque ici sur des enseignes de tavernes bien connues) : au tranquille cheval blanc, il entend substituer aujourd'hui une jument amoureuse et, à la mule, un âne enragé, un « âne rouge » comme on disait. Quant à l'élu de Paris, Denis Hesselin, un autre financier [5], il recevra quatorze muids de vin d'Aunis qui seront pris aux dépens de Villon chez Turgis le tavernier [6] ! Voilà un legs qui ne se réalisera pas, certes, ou bien nous devons tenir Turgis pour un vrai nigaud [7].

François a dû avoir une affaire dans laquelle Guillaume Charruau fut son avocat et Fournier, son procureur [8]. Les gens de lois sont rapaces. Charruau recevra un équivoque réau pris aux changes de cet endroit de Paris où poussent seulement

---

1. Cf. ch. VII, et la notice à l'appendice.
2. Voir la notice à l'appendice.
3. T., h. 85-86. Cf. ch. XVI.
4. T., h. 87. Cf. ch. VII, et la notice à l'appendice.
5. Cf. ch. VII. Voir la notice à l'appendice.
6. Voir la notice à l'appendice.
7. T., h. 88.
8. T., h. 89-90.

quelques légumes, la Couture du Temple ; Fournier mettra de
même dans sa bourse quatre « havées » équivoques[1].

Quant à Jacques Raguier, l'ivrogne[2], il recevra le *Grand
Godet* de Grève (Villon joue ici sur le nom d'une taverne de
Paris), à condition de payer quatre plaques, c'est-à-dire une
très petite somme de cette monnaie flamande, décriée depuis
1436 et toujours en baisse[3]. Il est bien étonnant que pour cela
Raguier, qui appartient à une riche famille, doive vendre ses
braies et sa chemise ! Et Villon d'ajouter : qu'il aille sans
chausses, en escarpins, s'il se rend, pour boire sans moi, à la
taverne de la *Pomme de Pin* !

Et il lui souvient de Merbeuf et de Nicolas de Louviers, qui
font métier de drapiers et veulent suivre les façons des nobles.
C'est vrai qu'ils sont gens à porter l'épervier à la chasse : mais
seulement pour prendre le gibier mis en vente chez la Machecou, marchande de volailles près du Châtelet[4].

De cette chambre, où il demeure encore caché, Villon songe
aux dettes qu'il a faites chez Robert Turgis, le propriétaire de la
Pomme de Pin. — Je lui payerai son vin s'il trouve mon logis,

---

1. Voir sur ces deux personnages les notices à l'appendice. — Il y a vraisemblablement ici un calembour sur le sens de *havée* qui signifie la poignée, la pincée de
marchandise que les collecteurs d'impôts prenaient, et le mot latin *ave*, *salut*. (Cf.
à la table, *Ave, Salus* ; et le legs d'un *bonjour*).

2. T., h. 91. Voir à l'appendice.

3. Chartier, I, p. 219 ; *Journal d'un bourgeois de Paris*, p. 206 et note. — Les plaisanteries sur la monnaie sont fréquentes chez Villon : il a beaucoup pensé à l'argent
qu'il n'avait pas (Voir plus loin, p. 224 n.). Or on lit dans le ms. fr. 2365 fol. 150 v°
(Equivoques sur les monnaies) :

   Placques voit on sur jambes fort rongneuses.

Cette équivoque nous explique l'association d'idées de Villon :

   Deust il vendre, quoy qu'il luy griefve,
   Ce dont on cueuvre mol et greve.

(Cf. *Parnasse satyrique*, p. 175).

   Voir aussi le legs du *Testament de Pathelin* :

   A tous chopineurs et ivrognes — Noter vueil, que je leur laisse — Toutes goutes, crampes
et rognes — Au poing, au costé, à la fesse.

(A la suite de la Farce, éd. Coustellier, p. 141).

4. T., h. 92. — Voir à l'appendice les notices sur Nicolas de Louviers et Pierre
Merbeuf.

pense-t-il ; et je lui donne encore, à lui Parisien, ce droit vide, qu'ont tous les Parisiens, de pouvoir être élu échevin. Je le fais comme enfant de Paris : mais en enfant de Paris qui a erré sur bien des routes, retenu bien des patois. Car Villon, qui a peut-être l'intention de nier la dette de Turgis, et vit alors si mysté-rieusement, donnera un échantillon de sa connaissance du langage poitevin que deux dames lui enseignèrent discrètement sur les marches de Bretagne et de Poitou [1].

La pensée du poète se tourne ensuite vers une juridiction avec laquelle il a eu affaire sans doute, et où il connaît tant de monde : le Châtelet de Paris [2]. Voici Jean Raguier, un des douze sergents attachés à la personne du prévôt. C'est un glouton, qui mange salement et bave : il recevra donc un de ces soufflés au fromage (une talmouse), pris à la table de Jean de Bailly, le greffier du Trésor, et bien propre à cacher son museau. Comme les Raguier boivent ferme, Jean n'aura, pour faire sa digestion, qu'à descendre arroser sa gorge à la fon-taine Maubué, au coin de la rue Saint-Denis, proche la maison de Bailly (et l'on peut croire qu'il n'appréciait pas une telle boisson) [3]. Guillaume Gueroust, qui est alors le Prince des Sots et organise pour le compte de la ville les divertissements de son office, pourra prendre, comme fou supplémentaire, cet autre sergent du Châtelet, Michault du Four, un imbécile qui fait des jeux de mots stupides et chante des niaiseries. Gueroust recevra avec cela le bonjour : ce qui est peu. — C'est là, ajoute Villon, un fou de tout repos : mais que cet organisateur de la gaîté officielle soit plaisant, je le conteste [4].

Quant aux deux cent vingt sergents de la Prévôté, ces douces gens qui sont de bonnes brutes, Denis Richier et Jean Valette, ils recevront ce qu'ils portaient déjà, suivant la mode d'alors : la grande cornette d'un chaperon pour l'accrocher à

1. T., h.93-94. Voir pour l'explication de ce legs le ch. XIII.
2. Cf. ch. VIII (suite).
3. T., h. 95. — Cf. ch. VII, VIII, § 2, et les notices à l'appendice.
4. T., h. 96. — Voir à l'appendice les notices sur Pierre de Rousseville et Michault du Four.

leur chapeau de feutre[1]. Car on ne la laissait plus pendre dans
le dos, comme la queue d'un diable : on l'enroulait autour de la
tête, à la façon d'un turban[2], ou bien on la laissait tomber sur
l'épaule. Mais cornette surtout fait équivoque[3], et Villon désignera ainsi toute la police[4] :

> Cornette court, nul planteur ne s'y joue.

Naturellement François ne s'intéresse qu'aux sergents à pied
qui opèrent dans Paris, et avec qui il avait affaire. Il pense
encore à Pierre Marchand, l'un des douze sergents, ce dégoûtant personnage[5]. Dans son écu, au lieu de la barre de bâtar-
dise, il portera trois dés plombés[6], comme ceux dont usent les
tricheurs, et un joli jeu de cartes. Mais qu'on entende vesser ce
« beau filz et net », Villon ajoutera à son legs les fièvres
quartes que l'on souhaitait par manière de malédiction.

Se rattachant encore au milieu du Châtelet, voici Casin
Cholet, l'officieux propre à rien et bon à tout, présenté ici
comme exerçant la profession de tonnelier : qu'il aille échanger
ses outils contre une épée lyonnaise[7], en gardant seulement
le maillet de son métier qu'on nommait *butinet* (et Villon équivoque sur le mot *butin*, signifiant querelle, car ce personnage
aime évidemment le bruit et la dispute)[8]. Jean le Loup[9],
qui fut aussi sergent, ne vaut pas mieux : c'est un mauvais
homme et un voleur (homme de bien et bon marchand, dira

---

1. T., h. 97. — Voir ch. VII (suite). Les archers du roi portaient la cornette sur
leur salade (Mathieu d'Escouchy, cité par V. Gay, *Glossaire*, p. 432).

2. « Or doiz encore porter la cornete de veloux dessus l'espaule et au chappeau le
beau cordon... et en ceste maniere t'en viens deviser avec les dames » (René d'Anjou, l'*Abuzé en court*, 1473, éd. Quatrebarbes, IV, p. 109). Dans ces cornettes on mettait parfois son argent (Arch. Nat., JJ. 201, p. 85).

3. Avec la cornette de chanvre, qui est la corde de la potence, voir t. I, p. 300 n.
Cf. *Les souhaitz des hommes*, dans Montaiglon, *Anc. poésies françaises*, III, p. 145. Cf.
Le Testament de Fin Ruby (Ibid., XIII, p. 7) ; une autre équivoque du *Grant Testament
de Taste vin*, dans Montaiglon, *Anc. poésies françaises*, III, p. 80.

4. Jargon, Ball., VII, 5. — 5. T., h. 98. — Voir la notice à l'appendice.

6. Cf. *Le Grant Testament de Taste vin* dans Montaiglon, *Anc. poésies françaises*, III,
p. 80.

7. Les épées de Lyon étaient célèbres. — 8. T., h. 99. — Voir ch. VII (suite) et
la notice à l'appendice. — 9. T., h. 100. — Cf. t. I, p. 189-190

Villon) [1] : or le poète, qui a peut-être partagé avec lui quelque
franche repue, lui laissera un petit chien couchant pour chasser
les poules qu'il rencontrera sur son chemin (Cholet cherche
si mal), et un long manteau pour dissimuler ses rapines.

Quant à l'Orfèvre de bois, c'est Jean Mahé, l'exécuteur.
Comme il frappe de verges les gens tout nus, une image
érotique passe dans l'esprit du poète : Villon lui lègue des
condiments, des clous de gingembre, non pas pour remplir ses
boîtes, mais pour réunir « culz et coetes », coudre d'équivoques
jambons à d'autres équivoques andouilles [3].

Il demeure aussi à la disposition du prévôt ce capitaine
des archers parisiens, Jean Riou, qui commande une sorte de
petite garde nationale [4]. Puisqu'il est fourreur de son métier,
Villon lui lègue six hures de loups, dont on préparait parfois la
peau. Ce n'est pas là une viande de rebut, une viande pour les
porchers, arrachée à ces gros chiens qui gardent les bouche-
ries : cuites avec du vinaigre, voilà un morceau délicat pour
lequel on ferait des folies : ainsi l'assure l'espiègle Villon [5].
N'empêche que la chair du loup était tenue alors pour
immonde. François s'amuse de cette idée et il insiste : voilà une
viande aussi légère que la plume et le duvet. Oh! excellente
en vérité pour des soldats affamés. Mais si ces loups étaient
pris au piège et que les chiens de Riou n'eussent pas l'habitude
de courre à la chasse (Riou n'était pas noble pour les mener
chasser ainsi), moi, qui suis son médecin (et Villon joue ici
sur le mot *ordonner* signifiant aussi laisser par testament),
j'ordonne à ce fourreur de se faire un manteau doublé de ces
peaux de loups, convenables seulement pour éloigner les puces.

---

1. *Le Journal d'un bourgeois de Paris* nomme des fripons « gens d'honneur », p. 71.
Le 9 décembre 1479 on dit ironiquement d'une jeune fille, Agnès, « qu'elle s'estoit
esbatue à de gens de bien de ceste ville de Paris qui lui avoient donné une robe »
(Arch. Nat., X²ª 43).

2. *Mal cherchant, qui ne scet rien chercher et desrober* (Marot).

3. T., h. 101. — Cf. la notice à l'appendice.

4. T., h. 102. — Cf. la notice à l'appendice. — 5. *Notez que friandise incite à mal
faire*, note Marot, qui n'a pas compris ce legs.

La pensée de Villon laisse là les gens du Châtelet. Elle se porte sur Robinet Trascaille, clerc du Trésor [1]. Il est, comme Pierre de Saint-Amand, un de ces gros personnages, enrichis dans leur office, qui ne marchent pas à pied dans les gluantes rues de Paris, mais montent de gros et beaux chevaux, ou de douces mules. Or, suivant M⁰ François, Trascaille use d'un gros rouan, une pauvre bête, peu appréciée, à la robe mêlée, qu'un maquignon a remise en forme. Que manque-t-il donc à sa riche maison ? Une jatte, l'humble vase de terre ou de bois que les plus pauvres possèdent, et que Trascaille n'ose *emprunter* au malheureux Villon ! (ce qui donne à croire que Trascaille a éconduit le poète) ; mais ce dernier est généreux : il complétera par le don d'une jatte la maison d'un clerc du Trésor.

Ce ménage, cette jatte, lui remettent en mémoire deux bassins et un coquemart (une marmite), que François va léguer à un barbier de Bourg-la-Reine, Perrot Girart [2]. Les deux bassins ne font pas mal, puisqu'ils sont les enseignes parlantes du barbier [3] ; le coquemart est un témoignage de reconnaissance : car il y a une douzaine d'années, Perrot a nourri Villon, pendant une semaine, de cochons gras, aux dépens, et peut-être en compagnie de l'étonnante abbesse de Port-Royal, madame Huguette du Hamel.

Cochons gras, religieuse en goguette, sont aussi associés à ces farceurs de religieux Mendiants que les curés de Paris et les Parisiens honnissent [4] ! Le monde clérical que Villon a trop connu se présente maintenant à son esprit : les frères Mendiants et les Béguines, ceux de Paris et d'Orléans qui se nourrissent de ces « grasses soupes », que l'on appelait irrévérencieusement *jacobines* : de telles soupes, voilà le legs que leur fera Villon, avec des flans (des tartes à la crème) :

1. T., h. 104. — Cf. ch. VII et la notice à l'appendice.
2. T., h. 105. — Cf. ch. IX.
3.   Tel pent à son huis le bassin
                      Qui ne sauroit traire une chievre.
(*Faintises du Monde*).
4. T., h. 106-110. Voir ch. VI (fin). Cf. Eustache Deschamps, VIII, p. 30

Et puis apres, soubz les courtines,
Parler de... contemplation.

Ce n'est pas lui qui donnerait jamais rien à ces quêteurs, bien qu'ils soient, comme l'on disait ironiquement, les mères, ou plutôt les pères de tous les enfants de Paris : Dieu les récompense ainsi, puisqu'ils souffrent en son nom beaucoup d'amertumes. Si notamment ceux de Paris font tant de plaisir à nos commères, c'est leur façon de leur montrer l'amour qu'ils ressentent pour leurs époux ! Rien à faire contre ces Mendiants. Jadis, le docteur de l'Université, Jean de Poullieu, les a combattus : il a été contraint d'en faire publiquement amende honorable. Jean de Meung, dans son *Roman de la Rose,* s'est moqué d'eux ; le bigame Matheolus fit de même dans le *Liber Lamentionum.* Après quoi Villon déclare gravement qu'il convient de respecter ce que l'église de Dieu a honoré. Moi, leur serviteur, ajoute-t-il avec ironie, je me soumets à eux ; je veux les révérer et leur obéir. C'est fou de médire de tels personnages, à part soi ou dans les prêches : car ils sont gens à tirer de vous une éclatante réparation. Et l'opinion publique de ce temps-là tenait en effet les Mendiants pour très capables de se venger, ou par eux-mêmes ou par leurs protecteurs, des violentes attaques dirigées contre eux.

Toutefois, avant de quitter cet édifiant sujet, Villon nous fera l'étonnant portrait de ce vieux Carme, amoureux comme un diable, qui est bien vraisemblablement frère Baude de la Mare : il lui léguera deux pièces d'armes, un casque et une pique équivoque à deux tranchants[2]. Ainsi ce vieillard, à la face hardie, pourra défendre son plaisir, cette jeune amie que Villon, jouant sur le nom d'une mauvaise maison du quartier, nomme sa *Caige vert*[3].

---

1. *Mendians sont gens pour eulx revanger* (glose de Marot).
2. Cf. le proverbe recueilli encore par Sauval : « La Parisienne n'ayme armes que la picque » (Bibl. Nat., ms. Baluze, 213). Cf. *Parnasse satyrique*, p. 177.
3. Cf. ch. VIII, § 1.

La pensée du poète se porte maintenant sur une affaire qu'il eut, et que nous ignorons, devant l'Officialité de Paris. Il maudit d'abord le scelleur de l'Evêché qui a mâché tant « d'étrongs de mouches [1] » (ainsi François Villon nomme la cire jaune dont on scellait les actes à l'Officialité) : il lui laissera son sceau encore plus couvert de crachats qu'il n'est lorsque le scelleur l'applique sur la cire chaude, et il lui souhaite aussi d'avoir le pouce écrasé (ce qui doit être fort gênant lorsqu'on a pour fonction d'*empreindre* le sceau sur la cire molle [2]).

Le souvenir de cette affaire malheureuse lui en remémore alors une autre qu'il eut devant les auditeurs des Comptes. Là un juge provincial, Macé d'Orléans, un homme bavard et procédurier dont Villon parle pour cela comme d'une femme, et qu'il nomme la petite Macée, le mit en procès : il eut sa ceinture, ou plutôt ce qu'on portait dedans, le peu qu'il y avait, son argent. Que messeigneurs les auditeurs infligent à ce Macé, lui « taxent » à son tour une lourde amende [3] ! Et comme il pleut dans l'ancienne salle où ils jugent [4], François leur souhaite une de ces chambres à plafond de bois, à lambris, qui sont la gloire des constructeurs du temps, et ornent en particulier les auditoires de justice : pour ces vieilles gens, au lieu des bancs durs et antiques qu'on supprime alors partout, une chaise percée ne sera pas mal non plus.

Mais Villon revient bien vite à cette Officialité de Notre-Dame, dont il fut justiciable comme clerc parisien, et contre laquelle il nourrissait bien des haines [5].

François de la Vacquerie [6], le promoteur des procès, aura de sa part un « hault gorgerin d'escossoys » sans orfèvrerie : c'est, sans aucun doute, la corde qu'on passait alors au cou des Ecossais pillards. Pourquoi ce don ? Le promoteur est un personnage

1. *Estront de mousche, de la cire* (Glose de Marot).
2. T., h. 111. Cf. ch. VIII § 2. — Sur quelques-unes de ces pratiques de la chancellerie voir O. Morel, *La Grande Chancellerie royale*, Paris, 1900.
3. T., h. 112. — Cf. ch. VIII § 2.
4. Cf. ch. VIII § 2. — 5. Cf. ch. VI (fin), VIII § 2.
6. Voir la notice à l'appendice.

détesté des clercs qu'il met en procès ; on le rosse quand on
l'attrape dans un coin. Pris par quelques vauriens, et corrigé,
cet homme d'église s'est mis à jurer par saint Georges, comme
le faisaient les pillards d'Ecosse. Qui ne s'en est amusé à Paris ?
Et l'on trouve encore à l'Officialité ce vieil ivrogne, Jean
Laurens [1], également promoteur, celui-là qui instruisit l'affaire
du vol du collège de Navarre. Pour essuyer les yeux si rouges [2]
qu'il doit au péché d'ivrognerie de ses parents (ce n'est donc pas
sa faute), François Villon lui laisse charitablement le fond de
ses bouges, c'est-à-dire de ce sac de cuir où s'entassait tout ce
qu'un voyageur emportait : Dieu sait ce qu'on pouvait trouver
au fond ! Ce n'est pas là une matière aussi douce que le soyeux
et coûteux cendal pour se frotter les yeux : mais aussi Jean Laurens n'est pas archevêque de Bourges, comme ce magnifique et
jeune prélat, Jean Cœur, le fils de l'argentier du roi Charles VII
qui, lui, peut bien se vêtir de cendal. Et l'on rencontre encore
à l'Officialité celui qui fut le procureur de François, le bon Jean
Cotard [3], à qui il avait négligé de payer ce qu'il lui devait, un
patard, quand Denise le fit « chicaner » devant cette juridiction. Le
pauvre ivrogne vient de mourir (9 janvier 1461, n. st.). François,
sous forme de prière, adjurera donc tous les bons buveurs de la
Bible et de l'Evangile d'intercéder en faveur de son âme auprès
du Très-Haut !

Villon s'est donné jadis pour un chevalier : il va parler
maintenant comme un riche changeur du Pont [4]. Certes il
n'exerce pas personnellement : il délègue quelqu'un à sa place,
pour « gouverner son change », tenir l'échoppe, comme le fait
par exemple Jacques Cœur. Son garçon sera le jeune Marle,
avec qui François a pu faire la fête, jadis [5]. Voici les conditions
de son change : pour trois écus Marle donnera trois équivoques

---

1. Voir la notice à l'appendice.
2. Cf. *Parnasse satyrique*, p. 142 ; *Anc. théâtre français*, II, p. 198-199.
3. Voir la notice à l'appendice.
4. T., h. 116.
5. Voir la notice à l'appendice.

targes bretonnes (des pièces de monnaie et aussi des pièces du tournoi d'amour... [1]), et pour un grand ange (monnaie d'or), deux de ces petits fromages qu'on vend dans les rues de Paris, les angelots [2]. Voilà qui fera bientôt la fortune du riche fils de Marle :

> Amans si doivent estre larges !

La pensée du riche Marle amène Villon à parler de trois autres richards, qu'il se garde de nommer autrement que ses trois pauvres orphelins : Jean Marcel, Gossouyn et Colin Laurens [3]. Il a su de leurs nouvelles en arrivant à Paris, sans doute : car François constate d'abord que ces pauvres enfants, qui sont déjà des hommes âgés, ont encore quelques années de plus sur les épaules. Oh ! ils apprennent bien, ils n'ont pas la tête dure [4] : de Paris jusqu'à Salins [5] (c'est là un joli trait s'adressant à de vieux usuriers qui spéculent sur le sel), personne ne connaît mieux qu'eux leur tour d'école. Par l'ordre des Mathurins (ces fols Mathelineux, comme on disait [6]), ils sont bien sages! Qu'ils aillent étudier chez Pierre Richer le pédagogue [7]. Le *donat*, toutefois, est trop difficile pour ces vieux avares, (et Villon équivoque ici sur le titre de la grammaire latine que l'on mettait alors entre les mains des jeunes enfants, dont l'auteur était Ælius Donatus, le *Donat* ou *Donet*, et le verbe donner) [8] : ils préfèrent épeler *Ave salus tibi decus* (je vous salue,

---

1. *Targes, escus sont chez les fourbisseurs* (Bibl. Nat., fr. 2375), les équivoques *fourbisseurs de harnois* (*Parnasse satyrique*, p. 156). Cf. *Le tournoi amoureux* du ms. fr. LIII de Stockholm.

2. *Parnasse satyrique*, p. 156. — 3. T., h. 118-120. Cf. les notices à l'appendice.

4. « Testes de belins », têtes de moutons ironiquement. Les diables s'appellent souvent ainsi (Eloi d'Amerval, l. I, ch. 23).

5. On tirait des eaux de Salins, qu'on faisait évaporer dans des chaudières de fer, de grandes quantités de sel. Cf. Le Dialogue de Michault Taillevent sur son voyage à Saint-Claude (Bibl. de Stockholm, ms. fr. LIII, fol. 159) :

> De Salins, de Salins, quel pars
> As tu point veu la saunerie ?

6. Cf. ch. VIII, § 1. — 7. Voir à l'appendice la notice sur ce personnage.

8. On disait proverbialement : *Donat* est mort, et *restaurat* dort (Cf. Le Roux de Lincy, *Proverbes français*, II, p. 33).

bons saluts d'or ; à toi la gloire, les écus) [1]. Ils s'arrêteront
à ces rudiments ; Villon ne veut pas qu'ils aillent plus avant : ce
serait trop dur pour eux de savoir le *grant Credo* [2] (ces vieux
usuriers ne donnaient rien en effet à long crédit). Mais puisque la jeunesse est gourmande, comme un autre saint Martin,
le pauvre poète, qui a eu à souffrir de ces richards, coupera
en deux son long manteau et il en vendra la moitié : ce
sera pour leur acheter des flans, c'est-à-dire des tartes à la
crème (Villon équivoque sur le mot « flaon », qui désignait aussi le disque de métal servant à frapper la monnaie) [3]. Et
François demandait encore, comme les parents le faisaient insérer
dans les contrats qu'ils passaient avec les pédagogues, que ces
pauvres enfants fussent bien formés aux bonnes mœurs [4], au
besoin par les coups ; qu'ils missent des « chaperons enfor-
més [5] », c'est-à-dire encapuchonnés, tels que les portaient les
plus pauvres gens, les jours de froid et de pluie ; ils tiendront
sagement leurs pouces sur la ceinture, comme on représentait
les avares désirant empêcher leur argent de s'envoler [6] ; ils se

1. Et les *salutz* aux piedz des nobles princes (*Parnasse satyrique*, p. 156).

2. « Ou se je l'ay eu a credo » (*Moralité de Tout le Monde* dans Le Roux de Lincy,
Recueil de Farces, III, p. 11). Cf. Collerye, p. 238 :
Prendre a credo les marchans font un groing — Mesgre et plus sec qu'ung viel boyteau de
foing — S'argent content on ne leur donne ou baille.
On rencontre déjà cette vieille plaisanterie dans Rutebeuf, éd. Jubinal, p. 4.

3. C'était une pièce de métal propre à monnayer, coupée de la grandeur du dia-
mètre, et à peu près de l'épaisseur des pièces à fabriquer. (Arch. Nat., JJ. 110, p. 215,
ad. a. 1376 ; *Ord.*, IX, 88, ad. a. 1405 ; X, 406, ad. a. 1487 ; Arch. Nat., Z¹ᵃ 30,
14 mai 1480). Aujourd'hui à la Monnaie on découpe à l'emporte-pièce les flans
d'argent ou disques destinés à être convertis en francs.

4. Voir à l'appendice la notice sur Pierre Richer.

5. Cf. Godefroy *ad. v.* Enformer ; V. Gay, *Glossaire archéologique*, p. 276.

6. Voir la *Danse macabre* dans *Paris et ses historiens*, p. 306 :
Las, preste l'on plus à usure ? — Çà, de l'argent. Prens ma ceinture.
(*Le grup* de Clément Marot, éd. Guiffrey, II, p. 442). Cette lourde ceinture, pour
qu'elle ne pressât pas le ventre, on la portait parfois sur les fesses. Cf. Eloi
d'Amerval, *Grant Deablerie*, l. II, ch. 33 :
Plus le regarde et plus me fache — Qui porte ses mains sur son cul — Et ne prend en luy
plaisir nul — N'esbatement ne joye aucune — Que de songer à sa pécune...
et plus loin, ch. 38 :
Il n'est bruit que de tel gent — Sont bien garnis d'or et d'argent — Et pour mieulx voir
leur pomperie — Ne vont portant par fringuerie — Leurs gibessieres sur leur cul — Toutes
plaines de beaux escus...

montreront, eux qui étaient orgueilleux de leur fortune, humbles envers tous. Ils diront « Hein ? Quoy ? Il n'en est rien ! », comme les gens qui nient toujours lorsqu'il faut acquitter leurs dettes [1] : et tout le monde pensera alors : « voici des enfants de lieu de bien », c'est-à-dire des coquins [2] !

Ce sont évidemment trois personnages détestés de Villon, détestés de son temps : le poète qui les a flagellés dans ses *Lais* [3], d'où la haine est absente, sait ici les frapper de nouveau [4].

Et nous retrouvons encore, comme en pendant, les deux chanoines exécrés de Notre-Dame qui reviennent aussi sans être nommés, eux non plus, par Villon : Thibaud de Vitry et Guillaume Cotin [5].

Car François les désigne seulement comme de pauvres clergeons, auxquels il a laissé autrefois ses titres vides, sa nomination de l'Université. Ils sont alors vieux et tout courbés ces pauvres enfants que Villon a peints jadis droits comme joncs, et à qui il a assigné un cens à percevoir sur un personnage insolvable, Gueuldry Guillaume (une rente, un *cens* sûr comme si on l'avait en main). Bien qu'ils soient jeunes (et les chanoines de Notre-Dame sont alors très vieux), Villon affirme qu'ils seront tout autres dans trente ou quarante ans (hélas ! ils seront sous terre) : ces gentils enfants, ne les battez pas ! Cette fois il donne à ces richards les bourses de ce pauvre collège des Dix-huit Clercs où ils délivrent d'ailleurs eux-mêmes des bourses. Or, à l'office, ils doivent dormir comme des loirs, puisque Villon affirme le contraire : il développe à leur sujet une sentence du *Testament* moral de Jean de Meung [6]. Et François

---

1. Tel cuide bien ravoir son gaige — A qui on dit : « Je vous le nye » (*Faintises du Monde*, v. 547) et surtout ce passage des *Menus Propos* : J'o tres bien quant on me dit : *tien*   Mais au presté je n'y o goutte.
2. Voir ce qui a été dit plus haut au sujet de Casin Cholet.
3. L., h. 25, 26. Voir plus haut, p. 27-28. -- 4. Voir ch. XIV (fin).
5. T., h. 121-124 ; Marcel Schwob, *François Villon, Notes et rédactions*, p. 95-108. Cf. ch. VI (fin), VIII, § 2, X.
6. T., h. 125.
Bien doit estre excusez jeunes cuers en jeunesse -- Quant Dieux li donne aage d'estre vieil en vieillesse — Mais moult est grant vertu et tres grande hautesse — Quant cueurs en jeune aage a meurté s'adresse.

déclare encore que pour assurer à ces pauvres clergeons de tels bénéfices, il va écrire au collateur. Mais pourquoi s'intéresse-t-il à ce point à ces enfants ? Voilà qui est curieux en effet, puisqu'il n'a jamais vu leurs mères, ces mères toujours si empressées à recommander leurs fils : mais les pauvres femmes étaient mortes sans doute avant la naissance de François Villon.

A Michel Culdoe et à sire Charlot Taranne, qui sont de gros bourgeois parisiens et appartiennent tous deux à des familles de changeurs [1], Villon léguera de l'argent. De l'argent à ces riches ! D'où viendra-t-il ? Du ciel, comme la manne. D'où qu'il tombe, d'ailleurs, il sera le bienvenu. Mais le rusé garçon ajoutera à ces cent sous une paire de bottes en basane, un cuir mince et jaune [2], comme celles que l'on enfile pour parader ou chevaucher galamment [3], ou bien une de ces vieilles bottes que l'on crie dans les rues de Paris [4]. Les voilà bien équipés, dans les deux cas, pour aller saluer « Jehanne », ou telle autre (il doit y avoir autant de Jeanne que de filles) ; et, sans doute, bien empêchés aussi de le faire [5].

Or il lui souvient de Philippe Brunel [6], ce pauvre seigneur

1. Cf. les notices à l'appendice.

2. Les « fauves bottes » dont il est si souvent parlé dans la littérature amoureuse du XVe siècle (Martial d'Auvergne, *Arrests d'amours*, IV). C'est une question de savoir si les cordonniers parisiens pouvaient fabriquer des semelles en basane ? Cf. Arch. Nat., X1a 4814, fol. 208 et s.

3. Je soloie estre un ramboreux de bas — Housseur de cuyr, fourbisseur de cuirasses — Je me toulloye avec vieux cabas... — Reposons nous entre nous amoureux. (*Parnasse satyrique*, p. 143). Cf. *Jardin de Plaisance*, fol. 71 :
Querrez ailleurs paille ou estrain — Garde n'avez que je vous housse...
Collerye, p. 114 (Sermon pour une noce) :
Tout soudain chaussa ses houseaux — Puis apres monta à cheval.

4. Quant la femme vieille sera — Et qu'on n'en soit plus amoureux — Que dira le mary ? LE SOT. — Housseaulx vieux !
(*Farce des Cris de Paris* dans *Ancien théâtre français*, II, p. 310).

5. Cf. Taillevent, *Le Passe Temps Michault* (Bibl. de Stockholm, ms. fr. LIII, fol. 244 v°) :
En viellesse qui voir retrait — Vieux homes n'a plus cure de jeux — Il est tout mouillé et retrait — Et s'a tout vendu son vert jus. — Pour monter, n'aler sus ne jus, — Ne rompera jamais la chausse... — Son beau cuir lui devient basane.

6. Voir la notice à l'appendice et le ch. VIII, § 3.

de Grigny, auquel jadis Villon a laissé la ruine de Bicêtre. Cette
fois il lui léguera la ruineuse tour de Billy, précisément dans
le quartier où Philippe habite ; mais Brunel prendra les réparations à sa charge, ce qui doit être pénible à un homme à
court d'argent, comme il l'était. C'est encore une autre vieille
connaissance de Villon que Jean de la Garde, riche épicier de
Paris, qui appartient à une famille de notaires et de secrétaires
du roi[1]. Si Villon l'appelle Thibaud, ce n'est pas qu'il ignore
son prénom de Jean ; mais Thibaud ou Jean c'est tout un : car
saint Thibaud, avec saint Arnoul, était le patron des maris
trompés, que l'on nommait aussi des « Jehan » ou des « Jen-
nin »[2]. Jadis, en raison de son métier, Villon avait laissé à
l'épicier le *Mortier d'or* ; mais, cette année, Me François est bien
pauvre : il a tant perdu ! Une idée lui vient cependant tout à
coup : il lui léguera le *Barillet,* une enseigne de taverne du
quartier Saint-Martin (équivoque facile à entendre puisqu'il
s'agit d'un buveur[3] et qui se trouve suggérée peut-être par le
fait que Jean de la Garde est paroissien de Saint-Merry). Mais
si Thibaud se console de ses malheurs conjugaux en buvant
(il ne sera ni le premier ni le dernier à le faire), Villon pense
tout à coup à un autre ivrogne : Genevoys, le vieux procureur
au Châtelet, qui a, comme on disait, « un plus beau nez »,
un nez plus rouge encore pour boire dans ce baril[5].

1. T., h. 127. — Voir la notice à l'appendice.
2. Pourrait il estre vray ou fainte. — Que ma femme m'ayt faict Jenin ?
(Viollet le Duc, *Ancien théâtre français,* I, p. 132) ; cf. Montaiglon, *Anc. poésies
françaises,* X, p. 138. — Sur saint Thibaud, voir Eustache Deschamps, VIII, p. 176
[C'est une femme trompée, et qui se vengera, qui parle] :

Prince, puisque mon mari fault — Et que mon chatel m'emble et fault — Et autre pertuis
en estouppe — Oultre mon gré, il ne m'en chault : — Par saint Arnoul et saint Thiebault —
Je luy feray d'autel pain souppe.

Un passage des *Présomptions des femmes* est péremptoire (Montaiglon, *Anc. poésies
françaises,* III, p. 242) :

Peut estre qu'elle a nom Denise — Et son mary Jean ou Thibaut...

3. Cf. Rabelais, *Pantagruel,* l. II, ch. 1 : « Et de ceulx la sont venuz les géans, et
par eulx Pantagruel... Qui engendra Offot, lequel eut terriblement beau nez à boire
au baril... »

4. Sur la variante *Augenoulx,* donnée uniquement par I, et déjà corrigée par Marot,
voir à l'appendice.

5. Nous avons là un exemple, entre beaucoup d'autres, de l'antique courtoisie qui

Cette image du procureur ramène Villon au Châtelet, où il a mentionné seulement des personnages subalternes.

A Pierre Basanier [1], le notaire et greffier criminel, François laissera un panier de girofle, c'est-à-dire de ces épices que l'on acquittait aux juges : épices qui seront levées d'ailleurs aux frais de Jean de Rueil, lui-même auditeur au Châtelet, et riche, dont le frère était un grand épicier. Jean Mautaint et Nicolas Rosnel [2], examinateurs au Châtelet, partageront ce même don de girofle : mais ces derniers, qui avaient des difficultés que nous ignorons avec leur seigneur et maître, Robert d'Estouteville, devront de plus servir gracieusement le prévôt de Paris, dévot à saint Christophe [3].

A ce prévôt, qui a conquis sa dame au pas d'armes que tint René, roi de Sicile, et où il parut comme un Hector ou un Troïlus, Villon donne une ballade courtoise ; en acrostiche, on y lit le nom de sa gracieuse épouse, Ambroise de Loré [4]. Le prévôt a donc obligé le poète : ce que ne firent pas les deux légataires qui suivent [5].

Car il faut bien que ces riches Perdrier, qu'il a connus dans sa jeunesse, Jean et François, lui aient refusé de l'argent, puisque Villon assure qu'ils ont voulu l'aider tous les jours et le rendre « confrère » de leurs biens ; mais le poète en veut surtout à François, qui fut son ami particulier et a sans doute exercé l'office, recherché par un jeune homme, d'écuyer de cuisine. Or François Perdrier s'est montré très désobligeant vis-à-vis de son

régnait entre les bons et sérieux buveurs. Cf. à ce sujet le *Sermon de la Choppinerie* (Bibl. Nat., fr. 4518) :

Je desmens et vueil regnier — Ceux qui tenoient Martin premier. — Il est double priorité ; — *Temporis prioritate* — Martin est premier et plus vieulx ; — Car, par priorité d'onneur, — Colin est premier choppineur...

1. T., 128. Voir sur ce personnage, ch. VII (*suite*) et la notice à l'appendice.
2. Sur tous ces personnages, le ch. VII (*suite*) et les notices particulières à l'appendice.
3. Voir t. I, p. 230.
4. T., 129, v. 1373-1405. Cf. ch. VII (*suite*). — La rubrique *Ballade que Villon donna à ung gentil homme nouvellement marié pour l'envoyer à son espouse par luy conquise à l'espée* est de l'invention de Marot.
5. T., h. 130-131. — Cf. la notice à l'appendice.

ami : au lieu de le recommander, il l'a desservi auprès du riche archevêque de Bourges, le jeune Jean Cœur. Que pourrait-il bien lui léguer ? François Villon ouvre alors ce livre de cuisine qui jouissait d'une grande autorité : le « Viandier » de Guillaume Tirel, premier écuyer de cuisine du roi Charles VI, dit communément le *Taillevent* [1]. Villon a parcouru tout le chapitre qui traite des fricassées ; il n'y a rien trouvé à son goût. Mais Macquaire, un mauvais et légendaire cuisinier [2], qui faisait rôtir le diable avec tout son poil, donna à Villon une recette que celui-ci s'empresse de transmettre à son compère François : suit une ballade, rappelant la forme des imprécations antiques, où Perdrier trouvera un *recipe* pour faire frire les langues envieuses, avec tous les corrosifs et toutes les ordures que l'imagination féconde du poète lui fournit [3].

Quant à Me Andry Couraud, le procureur à Paris du roi René, le voisin de François Villon [4], lui non plus n'a pas été bon pour le poète, ou bien sa recommandation ne lui a pas servi auprès de son patron ; car François fait à son propos des réflexions assez amères : il traduit les paroles de l'Ecclésiaste recommandant au pauvre de ne pas entrer en conflit avec l'homme puissant [5]. Mais Villon ne peut estimer sa pauvreté ; il ne saurait non plus s'accommoder du rôle de héros pastoral que joue en ce moment le roi René : à cette vie de Franc Gontier, il oppose sa propre conception du bonheur, et il envoie ce « Contrediz » à Me Andry, procureur du roi berger.

Villon se rappelle encore cette vieille veuve parisienne, Mademoiselle de Bruyères [6], qui possédait l'hôtel du Pet-au-

---

1. Ce traité célèbre de cuisine a été imprimé dans le cours du XVe siècle (G. Brunet, *La France littéraire*, p. 196-197). Cf. l'édition de J. Pichon et G. Vicaire, 1892.
2. Déjà raillé par Geoffroy de Paris, *Martire de S. Bacus*, p. 217-218 (il parle du *Keu Macaire, qui tousjours œuvre par contraire*) Cf. *Romania*, XXX, p. 380, note de G. Paris. Mais il se pourrait aussi que Villon fît confusion avec S. Macaire dont Jacques de Voragine assure qu'il était « puissant sur les démons » (*Légende dorée*).
3. Cf. ch. XIV (*suite*).
4. T., h. 132, 133, v. 1473-1506. Cf. ch. XI (*fin*) et la notice à l'appendice.
5. Eccl., VIII, 112.
6. T., h. 134, v. 1515-1542. Cf. ch. VIII, § 3.

Diable, et dont le souvenir est lié à ses plus anciennes frasques. Elle est fort pieuse, doit avoir la langue bien pendue, et cherche à ramener dans le droit chemin les filles égarées. Inutile à cette dame de prêcher au cimetière des Innocents, où les filles sont nombreuses : qu'elle se rende au marché de la lingerie, aux Halles, et adresse ses remontrances à ces gracieuses et légères marchandes qui ont la répartie si prompte ! Ce sera évidemment une belle lutte ; et François fait, à cette occasion, l'éloge du vif langage des Dames de Paris.

Sa pensée se tourne maintenant vers ce sujet qu'il connaissait si bien. Villon décrit les charmantes Parisiennes que l'on voit à l'église, et cite très irrévérencieusement à leur propos un passage de Macrobe [1]. Ces femmes lui en remettent d'autres en tête, particulièrement les dames de l'abbaye de Montmartre, couvent où l'on s'amusait et où les hommes entraient parfaitement [2]. Mais il pense aussi à ces chambrières de grandes maisons, avec lesquelles on soupe sans bruit tandis que dorment leurs maîtres, et à qui jadis François enseigna le jeu d'amour, « le jeu d'asne » [3]. Aux honnêtes filles de famille, Villon ne saurait rien donner puisqu'il a tout laissé aux servantes. Il faut donc qu'elles se contentent de peu : et cependant elles seraient bien soulagées, les pauvres filles gracieuses, si elles avaient tous ces bons morceaux qui se perdent chez les Jacobins [4]. Or c'est vrai que les Célestins et les Chartreux étaient trop riches de ce qui manquait aux pauvres filles ! Et Villon cite Jacqueline, Perrette et Isabeau qui jurent par « enné », comme les filles le faisaient alors ; elles pourraient bien l'attester [5] ! Puisqu'elles sont forcées

1. T., h. 135. Cf. t. I, p. 44 n.
2. T., h. 136. Cf. ch. VIII, § 3.
3. T., h. 137. Voir t. I, p. 100. Cf. sur les chambrières le *Parnasse satyrique*, p. 115, et notre ch. V (*suite*).
4. T., h. 138. Cf. ch. VIII, § 1. — Cf. *Droits nouveaux sur les femmes* dans Montaiglon, *Anc. poésies françaises*, II, p. 125 :

Voire mais vont aux Jacobins — Qui sont très dévotes personnes — Ilz y menguent de bons lopins — Et pensez qu'ilz en font de bonnes.

5. « *Enne est un juron des filles* ». Glose de Clément Marot.

d'endurer ces privations, il me paraît difficile qu'elles soient damnées avec moi, déclare Villon.

François connaît aussi, parmi elles, cette Grosse Margot, dont le nom, très répandu parmi les filles, était tenu pour synonyme de ribaude, et servait parfois d'enseigne à des maisons mal famées. Mais la Grosse Margot était une personne, sans aucun doute, bien vivante et fort en chair ; si Villon la nomme « pourtraicture », c'est probablement parce qu'elle avait la face enluminée, peut-être aussi à cause de son goût très vif pour équivoquer sur les enseignes [1]. Et l'on trouve encore parmi les filles cette Marion l'Idole, qui, elle aussi, a bien existé ; une certaine « Jehanne de Bretaigne » à qui le poète laissera le droit de tenir des écoles d'amour. Or il ajoute amèrement : ce commerce se tient partout dans le monde, sauf dans la prison de Meung ; mais comme il faut bien mépriser ce dont on ne peut jouir, François Villon s'écriera : « Fy de l'enseigne [2] ! »

On ne peut douter que l'image de la dure Catherine de Vausselles ne soit désormais liée au souvenir de ces filles. Elle aura mal tourné. Noël Jolis, à qui Villon laissa une poignée d'osier cueillie dans son jardin et deux cents coups administrés par la main de Henry Cousin, bourreau de Paris (Me Henry, comme on disait), n'est autre que Noël, le « tiers » de ses malheureuses amours, l'ami à qui Villon aura peut-être confié sa Catherine suivant l'usage admis quand on partait en voyage. Noël a vu Villon battu tout nu ; qu'il soit à son tour roué de coups [3] !

C'était l'habitude, à la fin des testaments réels, de faire des legs aux établissements de charité, aux hôpitaux [4].

A l'Hôtel-Dieu Villon ne sait que donner : ce n'est pas ici le lieu de faire des plaisanteries ; et les pauvres gens sont assez malheu-

---

1. T., h. 140, v. 1591-1627. Cf. ch. V (suite), XIV (suite).
2. T., h. 141. Cf. ch. V (suite). — Satan raconte qu'un mari ayant demandé à un apothicaire une drogue pour être plus dispos, celui-ci lui donna une pilule purgative :
LUCIFER. — Et fy, de par le diable, fy — Sathan, je dy fy de l'enseigne !
(Eloi d'Amerval, *Grant Deablerie*, ch. 114).
3. T., h. 142. — Cf. ch. V, § 3.
4. Cf. le ch. XIV (suite).

reux. Les riches ont coutume de leur envoyer ce qui reste sur leur table, les reliefs, les « os », les carcasses des volailles [1]. Au fait, les frères Mendiants ont eu « mon oye », pense François qui leur a légué de grasses « souppes jacobines » et aussi de « grasses gelines » : les hôpitaux en auront les « os », la carcasse. Et il conclut : « à menue gent, menue monnoye », équivoquant sur ce don d'une oie et la « monnoie » dont les riches Mendiants ne manquaient pas, en effet [2].

Mais François a oublié de laisser quelque chose á Colin Galerne, son barbier, qui demeurait non loin de l'Hôtel-Dieu, rue de l'Herberie : jouant encore sur son nom de « galerne », qui désignait le vent froid de la glace, Villon lui laisse un gros glaçon qu'il devra conserver comme emplâtre sur l'estomac, tout un hiver : l'été suivant Galerne n'aura plus à souffrir de la chaleur. En effet il sera mort, entre temps, d'une fluxion de poitrine [3]. Après cette incidence, François revient à ses legs aux pieuses communautés.

Parmi elles, les « Enfants Trouvés » n'auront rien ; Villon ne s'intéresse qu'aux enfants perdus, comme lui [4]. On les retrouvera facilement d'ailleurs dans l'une de ces écoles d'amour que tient la fille Marion l'Idole. Qu'on leur lise tout de même cette leçon : et Villon leur adresse des conseils, où il évoque la triste fin de Colin de Cayeux.

L'enfer se présente certainement à son esprit, car François se dit sagement : ce n'est pas un petit enjeu (un jeu où l'on

---

1. Aux Mendiens qui ne prennent monnoye — Mais pain et vin, aussi leur en donnoye... — Qu'on leur baille la granche de mon oye.

(*Testament fin Ruby*, dans Montaiglon, *Anc. poésies françaises*, XIII, p. 8).

2. T., h. 143. — G. Paris (*Romania*, XXX, p. 392) a adopté le point de vue de Marcel Schwob qui trouvait dans ce legs un souvenir du trait bien connu de *Pathelin* (antérieur dans ce cas à 1461) : Et si mangerez de mon oye (v. 300). J'avoue ne pas partager cette opinion. Faire *manger de l'oe* est ailleurs employé par l'auteur de *Pathelin*, comme une façon proverbiale de dire : berner quelqu'un (Ed. Schneegans, v. 1577. Cf. *Les oisons mainent les oes paistre*, v. 1587). Et il y a par contre dans le *Pathelin* des souvenirs du *Testament* (v. 367, 747). L'admirable farce paraît bien dater de la seconde partie du règne de Louis XI et n'a rien à voir avec Villon.

3. T., h. 144. — Cf. ch. VIII (*suite*) et la notice à l'appendice.

4. T., h. 145, v. 1667-1691. Cf. ch. XI, XII.

engage trois mailles) que de risquer de mettre son corps dans les flammes, et peut-être son âme [1]. Le repentir alors ne sert à rien ; il n'empêche pas de mourir ignominieusement. Celui qui gagne, qui a toutes les joies de la terre, ne possède pas pour cela la reine de Carthage, la beauté elle-même [2]. En somme on perd toujours à ce jeu. Il faut être fou et infâme pour risquer sa damnation contre des joies si illusoires. Mais on dit que tout le chargement du charretier qui transporte des tonneaux de vin doit se boire, l'hiver au coin du feu, l'été dans la campagne, au bois : c'est vrai. Si vous avez de l'argent, il n'est pas fixé pour toujours ; vous le dépenserez : or, s'il est mal acquis, où va-t-il [3] ?

> Tout aux tavernes et aux filles.

Compagnons de plaisir, méditez bien cela ; évitez aussi d'être exposés à ce mauvais air qui rend les pendus tout noirs !

Sur quoi François revient à ses legs aux hôpitaux [4]. Aux Quinze-Vingts aveugles, il laissera ses lunettes [5]. Comme ils ont le privilège de se tenir au cimetière des Innocents, pour y faire la quête, les jours de fête, ces non-voyants auront loisir d'en user afin de reconnaître, parmi les défunts, les bons des mauvais ! Que de têtes dans ces charniers, combien de morts tombent en poussière ! Que Dieu les absolve tous : tel est le legs que Villon fait aux pauvres trépassés. Or François le fera connaître à toutes les juridictions du royaume (cours, sièges, palais), à tous ces juges qu'il assure, ironiquement, abhorrer l'avarice et

---

1. On a vu là un trait d'esprit fort ! Villon n'est cependant que l'écho de la doctrine de tous les théologiens, depuis saint Thomas jusqu'aux pères du Concile de Trente (*Somme*, III, question 59, art. 5). A l'heure de la mort, Dieu juge seulement l'âme. Au jour du jugement final, le corps sera jugé aussi (Cf. E. Mâle, *L'art de la fin du moyen âge*, p. 477).

2.
> Dido la royne de Carthage,
> En beaulté et en bien heureuse,

a dit Martin le Franc, dans son *Champion des Dames* (fol. 173 v°). Il cite comme une façon de proverbe : « Impossible d'épouser Didon ».

3. T., v. 1692-1719. Cf. ch. VIII, § 3, XII. — Mais il semble aussi à l'inconstant Villon que l'argent procuré par le travail doive prendre le même chemin.

4. T., h. 147-151. — 5. Cf. ch. VIII, § 3. — Cf. le *Testament de fin Ruby*, dans Montaiglon, *Anc. poésies françaises*, XIII, p. 7.

devenir tout secs pour le bien de la chose publique. Oui, qu'ils
soient absous de Dieu quand ils seront morts ! Mais c'est là en
quelque sorte, pense Villon, une absolution secondaire, celle
de Dieu : le plus important, n'est-ce pas d'obtenir celle des fils
de saint Dominique, de ces chiens du Seigneur qui fourrent
leur nez partout [1] ?

Nous étions au cimetière, entre l'enfer et le ciel ; nous voici
tout à coup sur la terre de l'amour et des chansons.

Ainsi, à cet honorable et gras drapier, Jacques Cardon [2], « pour
qui il n'a rien d'honnête », Villon léguera une bergeronnette
ou une bergerette, une sorte de rondeau : car ensemble ils
ont chanté jadis des refrains à la mode, comme ce chant
« Marionnette » composé au sujet de Marion la Peautarde, ou
celui d' « Ouvrez vostre huys, Guillemette ».

Et grâce au pouvoir qu'il tient de la fée qui l'a mis au monde,
Villon laissera à maître Lomer [3], sans doute Pierre Lomer
d'Airaines, le religieux, le don d'être bien aimé : mais qu'il n'ait
jamais la tête échauffée à l'idée d'aimer filles ou femmes
portant coiffes (comme toutes les femmes portent de telles
coiffes, on se demande à qui s'adressera l'amour de Me Lomer ?) ;
que cela non plus ne lui coûte rien, pas même une noix [4] (ce
qui est magnifique, puisque Villon assure que tout l'argent va
aux filles, que les femmes n'en veulent qu'à notre bourse). A
ces conditions, Me Lomer aura le loisir de faire cent fois la
« faffée », c'est-à-dire l'acte d'amour [5], la folie, en dépit du
valeureux Ogier le Danois [6] !

---

1. Voir ce qui a été dit plus haut de l' « office de prêcheur ». Marot, en publiant la
leçon « Cerchent bien les os et les corps », a fait un contresens.

2. T., h. 153, v. 1784-1795. — Cf. ch. V (fin) et la notice à l'appendice.

3. T., 154. — Voir la notice à l'appendice.

4. On disait alors, dans le même sens, une prune, un oignon, un ail, une tostée, etc.

5. Cf. Romania, t. XVI, p. 423-424 n.

6. La suite féerique d'Ogier le Danois a été publiée par Antoine Vérard en 1498
(Bibl. Nat., Vélins 1125). C'est une grande folie, en vérité. On y voit, entre autres,
Ogier soutenir la querelle de la belle Gloriande, fille de l'amiral ; car, dira-t-il, « pour
les dames, je ne fuz onques las d'abandonner mon corps pour leur faire honnorable
service ». Or, Ogier n'avait pas son pareil en vaillance. Il passe la nuit près d'elle,

Aux pauvres amants infirmes, comme ceux de *l'Hôpital d'amour* [1], Villon laisse le lai de Mᵉ Alain Chartier, qui peut être le *Lai de Plaisance*, mieux encore le *Livre de la belle dame sans mercy* que quelques manuscrits intitulent *lai* [2]. Au chevet de leur lit, ces tristes amants auront un bénitier rempli de pleurs et de larmes ; un petit brin d'églantier leur servira de goupillon : cela, à charge de dire un psautier pour l'âme du poète.

Toujours dans le même ordre de plaisanteries amoureuses, Mᵉ Jacques James [3], le fils du maître des œuvres de la ville de Paris, qui vient d'hériter de son père de nombreuses maisons, entre autres de celle de la rue aux Truies et d'une maison à étuves qui n'est peut-être pas bien famée, recevra la permission de se fiancer avec autant de femmes qu'il voudra, mais de n'en épouser aucune : or il y a là-dessus un proverbe : « tel fiance qui n'épouse point ». Sans doute Jacques James ne cherche guère à se marier. Pour qui amasse-t-il donc ? Pour les siens. Mais il ne regrette que ce qu'il mange. Et Villon de conclure, en équivoquant vraisemblablement sur la maison qu'il possédait : ce qui a été aux truies doit revenir aux pourceaux ; ce qui vous est venu par la débauche doit y retourner.

François pense au « Sénéchal » qui paya un jour ses dettes et qui maintenant s'ennuie bien [4]. Pour le distraire, Villon lui adresse ses sornettes [5], c'est-à-dire ses dernières compositions. Si elles ne lui plaisent pas, il pourra en allumer son feu, en faire des allumettes. Or ce sénéchal, que Villon crée maré-

---

« la resconfortoit tousjours de toute sa puissance. Si passa cette nuyt le plus joyeuse-ment que ilz peurent jusques au matin ». A la fin du roman, la fée Morgue lui dit : « Et vous ai laissé longuement faire voz vaillances en guerre et faire voz soulas avec les dames... » — Cf. Eloi d'Amerval, *La Grant Deablerie*, ch. 49 :

Car ilz (*les dames*) ont la belle frontière — De velours noir nouveau prise — Que je loue beaucoup et prise — Cela fait tant bien la fafée, — que Madame semble une fée.

1. T., h. 155.

2. Alain Chartier y avait dit :

Je laisse aux amoureulx malades — Qui ont espoir d'allegement — Faire chansons, dits et ballades, — Chascun en son entendement...

(Ed. A. Duchesne, p. 503). Cf. Piaget, *Romania*, 1892, p. 430.

3. T., h. 156. Cf. ch. VIII (*suite*) et la notice à l'appendice.

4. T., h. 157. — Cf. la notice à l'appendice. — 5. *Ce present livre* (Marot).

chal, un maréchal-ferrant qui mettra des fers aux pieds des
oies et des canards, suivant une plaisanterie très courante,
et qui s'ennuie si fort à chanter comme un oiseau dans sa
cage, est bien vraisemblablement un poète, un grand seigneur :
Pierre de Brézé, grand sénéchal de Normandie, serviteur dévoué
de Charles VII, que Louis XI vient de faire enfermer à Loches [1].

Peut-être cette idée d'un prisonnier ramène-t-elle encore une
fois la pensée de Villon vers le Châtelet ? Toujours est-il qu'au
chevalier du guet, Jean de Harlay [2], François donne deux petits
pages, un certain Philibert et le gros Marquet, qui ont très mal
servi le prévôt des maréchaux, Tristan l'Hermite, et qui viennent
d'être cassés aux gages [3]. Quant à Chappelain [4], ce ne doit pas
être un personnage ecclésiastique, mais bien un sergent de
la douzaine du Châtelet ; seulement en raison de son nom
Villon lui laissera « sa chapelle à simple tonsure », c'est-à-dire
un bénéfice destiné à des clercs étudiants, et qu'il ne possède
d'ailleurs pas, à charge d'expédier une messe sèche (une de ces
messes où le prêtre ne consacrait pas, mais disait en hâte
quelques oraisons, et que les conciles avaient interdites comme
de simples simulacres de messes : on les réservait pour les
défunts ; on les tolérait parfois dans des cas exceptionnels,
en mer par exemple [5]). Volontiers Villon lui eût laissé sa cure,
qui a la même valeur que sa chapelle ; mais Chappelain
n'entend pas avoir charge d'âmes, c'est-à-dire la juridiction du
for intérieur : il ne se soucie pas de confesser d'autres personnes
que les chambrières et les dames.

---

1. Cf. la notice à l'appendice.
2. T., h. 158. Cf. ch. V (*fin*).
3. Sur ces personnages, voir ch. V (*suite*), VII (*suite*).
4. T., h. 159. Cf. ch. VII (*suite*). — Il est question, le 3 septembre 1488, (Arch.
Nat., Y. 5266) d'un Bernard Chapelain, prêtre, demeurant au presbytère de Saint-
Jean en Grève, fait prisonnier à la requête de Pierre Mallesart « pour ce que ledit
messire Benard fortroit sa femme et luy bailla en mariage, disant par ledit messire
Benard que c'estoit sa messe ; et ladicte Jehanne, laquelle ne bouge ordinairement
d'avecques icelluy messire Benard ; et fut trouvé en son hostel les habillemens et
sainctures de ladicte Jehanne. »
5. Du Cange *ad. v.* Missa sicca.

Comme il peut y avoir quelques difficultés au sujet de l'interprétation de son testament, François Villon laissera le soin de le gloser à Jean de Calais [1], qui ne devait guère le connaître : mais c'était bien le notaire du Châtelet chargé de l'interprétation des testaments.

Il ne reste plus qu'à régler la question de sa sépulture et de ses funérailles [2]. Villon demande à reposer à Sainte-Avoye, parmi les vieilles filles de ce couvent de quinquagénaires, rue du Temple. Si cela ne coûte pas trop cher, que l'on trace son portrait à l'encre. De monument funèbre, au fait, il n'a guère besoin, puisque la chapelle Sainte-Avoye se trouve au premier étage, « au solier » ; cela chargerait trop le plancher : et voici, entre plusieurs autres assez plaisantes [3], la raison qui l'a déterminé à choisir sa sépulture à Sainte-Avoye [4]. Autour de sa fosse on écrira seulement, en assez grosses lettres, avec du charbon ou de la pierre noire, mais sans entamer le plâtre, l'épitaphe plaisante du bon « follastre », du pauvre petit écolier qui parodie alors le *requiem æternam* [5] :

> Il fut rez, chief, barbe et sourcil [6].

François désire maintenant arrêter le détail de la sonnerie de son service [7].

---

1. T., h. 160-2. Cf. ch. XIV (*suite*). — 2. T., h. 163.

3. *La chapelle Saincte Avoye estoit lors et de nostre temps eslevée d'un estaige* (Marot). — Cf. Eustache Deschamps, IV, p. 279 ; l'*Evangille des Quenouilles*, p. 24. G. Alecis (éd. Picot, I, p. 358) a dit :

> Me transportay gorrier vers Sainte Avoye.

4. Voir t. I., p 290-292. Le sens de la plaisanterie n'est pas douteux. Et sans doute Villon s'est souvenu du Testament de Deschamps (VIII, p. 29) :

> J'ay esleu ma biere — En l'air pour doubte de perir.

5. T., v. 1892. Cf. *Le grant Testament de Taste Vin,* dans Montaiglon, *Anc. poésies françaises,* III, p. 78.

6. On a expliqué ce vers en disant que la misère et une vieillesse prématurée avaient amené la perte de ses cheveux, etc. Mais il pourrait peut-être s'agir d'un châtiment légal, tel que celui qui était infligé aux clercs bigames, à ceux qui usaient de tonsures contre le droit, aux indignes, etc. Cf. *Registre du Châtelet,* I, p. 152, p. 204 ; II, p. 303. L'expression dans tous les cas est de style « Rez tout jus comme, etc. ».

7. T., h. 166-7.

C'était alors un dicton commun qu'on ne sonnait pas les cloches pour les pauvres [1]. On sonnera pour Villon le gros beffroi de la tour de Notre-Dame ; et, pour leur peine, les carillonneurs recevront quatre ou six miches, ce que donnaient alors les riches : mais les miches de Villon seront celles qu'à Paris on nomme miches de saint Etienne, c'est-à-dire des cailloux ronds en forme de petits pains, tout semblables à ceux dont le diacre fut lapidé [2]. Et nous savons encore qu'en ce temps-là, il y avait eu un assez grand désordre dans les sonneries de Notre-Dame ; que des misérables faisaient le travail qu'auraient dû assurer les gras et riches marguilliers [3]. Ces gens de rien que sont alors les sonneurs, Villon les choisira parmi les personnages les plus fortunés et les plus considérables de Paris : et il nomme Guillaume Volant, un puissant marchand, et Jean de la Garde, le très riche épicier [4]. Des avares, évidemment, que les moralistes de ce temps représentent toujours lapidés, comme le diacre, mais dans l'enfer [5].

Il lui reste maintenant à déterminer les exécuteurs responsables de son testament [6]. Ceux que Villon va nommer possèderont « bien de quoi » : ses légataires auront lieu d'être satisfaits. François en désignera six : trois sont de très puissants personnages, trois autres, des fripons ou des gens de rien. Or Frémin, le clerc, écrit les noms de Martin de Bellefaye, lieutenant criminel du Châtelet, du puissant et riche sire Guillaume Colombel, de Michel Jouvenel, le receveur des Aides, un homme très fortuné [7]. Ces trois-là, François les charge d'agir au nom de tous : ils en ont bien les moyens. Toutefois Villon

1. « Pour pauvre personne guères on ne sonne » (Gabr. Meurier, *Trésor des sentences* dans Le Roux de Lincy, *Proverbes français*, I, p. 35).

2. T., h. 167. — Il y a, au musée de Cluny, une charmante statuette de saint Etienne qui commente parfaitement ce passage. (Salle des Emaux, XIVe siècle) Marot en avait la tradition « *Miches de Saint Estienne, des pierres.* »

3. Cf. ch. VIII, § 2.

4. Voir les notices à l'appendice.

5. Voir A. Claudin, *Histoire de l'imprimerie*, t. III, p. 184 (*Le procès de Belial à l'encontre de Jhesus*).

6. T., h. 168. — 7. Voir les notices à l'appendice.

insinue malicieusement qu'ils pourraient peut-être redouter les
premiers frais de l'exécution de son testament, et se récuser :
dans ce cas-là, il institue pour exécuteurs ces gens de bien, Philippe Brunel, le noble écuyer, Me Jacques Raguier, qui ne vaut
pas mieux que lui, et Me Jacques James, qui n'est qu'un débauché [1]. Ce sont des personnages très soucieux de sauver leurs
âmes (on pense si c'était le fait d'un Philippe Brunel qui
fut poursuivi pour n'avoir pas reçu la communion) ; et je sais,
ajoute Villon, qu'ils mettraient du leur plutôt que de ne pas
accomplir mes volontés. Ceux-là n'ont pas besoin non plus
d'être contrôlés :

A leur bon seul plaisir en taillent [2].

Ce qui fut rigoureusement vrai de Philippe Brunel, un tyran
de village, n'entendant rendre des comptes à personne [3].

Villon a déjà désigné le notaire du Châtelet chargé d'examiner les testaments des laïques ; mais, comme écolier, et
pourvu d'une lettre universitaire de nomination, il a, on se
le rappelle, un caractère religieux. François pense à tout. Puisque
le côté comique de cette partie du *Testament* est précisément de
parodier les formes d'un acte réel, Villon nommera donc le
maître des testaments, qui était le juge ecclésiastique de l'Officialité chargé de recevoir les testaments des religieux [4]. De son
fait, il n'aura rien, « *quid* ne *quod* ». Le poète institue à sa place
un prêtre, un peu plus jeune que lui, Thomas Tricot [5], qu'il
a pu connaître dans le courant de ses études. Sans doute, par
la suite, ils ont bu ensemble à la taverne et joué ; car Villon
assure que volontiers il consommerait à sa table, « à son

1. T., h. 168-171. Voir les notices à l'appendice.
2. T., v. 1951.
3. Voir la notice à l'appendice
4. T., h. 172. Cf. ch. III, XIV (*suite*).
5. Thomas Tricot, du diocèse de Meaux, bachelier ès arts en 1452 (Bibl. de l'Univ.,
ms. no 1, fol. 150). Sa bourse est forte : 7 s. 4 d. — On trouve, au mois de mars 1461
n. st., (Arch. Nat., X ʲª 2) un certain Me Thomas Tricot, plaidant contre Guillaume
le Bouteiller, écuyer.

escot », dût-il lui en coûter « sa cornete » (c'est peu puisque
Villon ne portait pas de chaperon à cornette, mais le bonnet
des écoliers) [1] ; or il insinue que si Tricot savait jouer à la
balle, il lui aurait légué ce tripot qui se trouvait dans la Cité,
non loin de la *Pomme de Pin*, et qu'on nommait « le *Trou
Perrete* [2] ». C'est donc là qu'ils faisaient la partie.

Or Villon s'avise tout à coup qu'il a oublié de parler du
luminaire [3], c'est-à-dire des lampes et des cierges que l'on
allumait aux enterrements : question fort importante alors
pour les églises qui ne sont pas riches, et qui en tirent bénéfice [4].
Il y commettra donc un légataire spécial : ce sera Guillaume
du Ru, un des gros marchands de vin de Paris. Mais pourquoi
un marchand de vin assure-t-il le luminaire d'un mort ? Parce
que les clercs de ce temps appelaient le vin « l'huile de bon
saint », qu'il fallait avaler jusqu'au gosier afin que la lampe
de l'esprit ne s'éteignît pas [5].

Pour porter les coins du suaire, François s'en remet à ses
exécuteurs.

Car le moribond se sent de plus en plus mal. Il éprouve
des douleurs dans les cheveux, dans la barbe, dans les sourcils,
et ailleurs [6] ; il est bien malade : voici l'instant de demander
pardon à tout le monde [7] :

---

1. On mettait aussi son argent au fond de cette cornette du chaperon. Et peut-être
disait-on plaisamment cornette pour bourse ? (Voir ce qui a été dit au sujet du legs à
Denis Richier et Jean Valette, h. 97).

2. *Le trou Perete, un jeu de paulme à Paris* (Marot). On a vu qu'il devait y avoir sur
ce titre une sale équivoque à l'adresse du jeune prêtre Tricot, comme le montre la
Farce du vendeur de livres :

Trou du cul Perrette...

(Le Roux de Lincy, *Recueil de Farces*, II, p. 14. Cf. Collerye, p. 114). — Le mot
tripot prêtait également à une équivoque (Cf. *Parnasse satyrique*, p. 55, 244-5) :

Ça, ma mye, que je vous regente — En faisant l'amoureux tripot.

(*Ancien théâtre français*, I, p. 206).

3. T., 173.
4. Voir la notice sur Pierre Richer à l'appendice.
5. Cf. à l'appendice la notice sur Guillaume du Ru.
6. T., h. 173.
7. T., v. 1968-1995.

A Chartreux et a Celestins,
A Mendians [1] et a devotes,
A musars, a claiquepatins [2],
A servans, a filles mignotes [3]
Portans surcotz et justes cotes [4],
A cuidereaux d'amours transsis
Chaussans sans meshaing fauves botes [5],
Je crie a toutes gens mercis.

A filletes monstrans tetins
Pour avoir plus largement d'ostes [6],
A ribleurs [7], mouveurs de hutins [8],
A bateleurs traynans marmotes [9],
A folz, folles, a sotz et sotes,
Qui s'en vont siflant cinq et six [10],
A marmosetz [11] et a mariotes [12],
Je crie a toutes gens mercis.

Sinon aux traistres chiens mastins
Qui m'ont fait manger dures crostes
Et boire eau mains soirs et matins,
Qu'ores je ne crains pas trois crotes [13],

1. Aux ordres Mendiants.

2. Faire claquer et mieux « cliquer », en se promenant, son patin (c'est-à-dire la forte semelle qui vous grandissait). Tel était le fait des femmes ou des jeunes affectés de ce temps (Martial d'Auvergne, *Arrests d'amours*, IV). Ce geste était habituel aux filles de mauvaise vie, comme le prouve une ballade du ms. fr. LIII de Stockholm, fol. 19 v⁰ :

Puisque nonnains cliqueterent patin... — Ne furent culz de putain sans hutin.

3. On rencontre cette expression dans les actes officiels pour désigner les filles.

4. Suivant la mode la plus nouvelle de porter des habits serrés.

5. Chaussant sans blessure d'étroites bottes jaunes. C'était l'élégance suprême des amoureux de porter de telles bottes : *la belle chaussure d'olors* (Marot).

6. Il y a une gravure du XVIIIe siècle qui représente des filles à la fenêtre dans cette posture. Cf. Montaiglon, *Anc. poésies françaises*, III, p. 238.

7. Les mauvais garçons qui font du bruit la nuit, les voleurs (le mot se rencontre dans les actes officiels où les mauvais écoliers sont assimilés aux *ribleurs*). Cf. P. Champion, *Notes pour servir à l'histoire des classes dangereuses*, p. 51.

8. Querelleurs.

9. Jongleurs, montrant des marmottes, des ours, des singes.

10. Par bande de cinq et de six ?

11. Marmots, grotesques.

12. Des petites « Marie », des Marionettes, des petites filles.

13. Je suis la correction de Marot qui est seule intelligible. Villon a dit souvent qu'en prison il était naturellement au pain et à l'eau. (Cf. h. 2, 63 ; Poés. div., X)

Je feisse pour eulx petz et rotes ;
Je ne puis, car je suis assis.
Au fort, pour eviter riotes [1],
Je crie a toutes gens mercis.

Qu'on leur froisse les quinze costes
De gros mailletz, fors et massis,
De plombees [2] et telz pelotes [3].
Je crie a toutes gens mercis.

C'est la fin du Testament du pauvre Villon.

Mais il reste encore à faire les invitations [4]. Tel était l'office des crieurs de corps [5], qui annonçaient les décès par la ville, là où se portait la foule, proclamaient le jour et l'heure des enterrements, puis faisaient tinter la sonnette autour du défunt ; ils louaient aussi des robes et des manteaux noirs. — Quand vous entendrez le carillon, inutile, dira François, de revêtir de telles cottes de deuil ! Habillez-vous de rouge, car je suis mort martyr d'Amour : ce qui n'était pas tout à fait vrai [6].

Villon termine par un récit comique de sa fin : à l'instant de mourir, il se représente avalant un trait de vin rouge [7] :

Prince, gent comme esmerillon,
Sachiez qu'il fist au departir :
Ung traict but de vin morillon
Quant de ce monde voult partir !

Il faut l'avouer, ce trait bouffon, et qui fit fortune chez les médiocres imitateurs du poète [8], choque dans le *Testament* : il

1. Des querelles, des disputes.
2. De bâtons garnis de plomb.
3. Balles de plomb.
4. T., v. 1999. « Venez à son enterrement ! » : c'est donc le crieur qui parle et termine le récit de sa fin.
5. Cf. A. Franklin, *Dictionnaire historique des arts et métiers*, ad. v. crieurs de corps.
6. T., v. 2000.
7. T., v. 2020-2023.
8. PATHELIN. N'a il plus rien au pot carré — A boire avant que trespasser ? — GUILLEMETTE. Deussiez vous en ce point farcer — Où estes si pres de la mort.
(*Le Testament de Pathelin*, p. 143, à la suite de la Farce dans l'éd. de Coustelier).

n'est pas vrai, il n'est pas sincère. Il commandera la légende de Villon : c'est un mensonge, comme le fut en partie son attitude d'amoureux.

Invinciblement la pensée du lecteur attentif se porte ailleurs.

Car il semble bien plutôt qu'on ait devant les yeux une scène analogue à celles de ce grand et rude livre, qui vit le jour en ce temps, l'*Ars moriendi*, l'*Art de bien vivre et de bien mourir*, et que d'admirables figures rendront bientôt populaire [1]. Il y a là aussi un malheureux agonisant, les bras amaigris et la figure dolente, gisant au lit de sa dernière sueur. Un drame se noue dont le sujet est une pauvre âme, clairvoyante et en proie au vertige, autour de laquelle tournent les démons tentateurs, les chiens d'enfer. Ils livrent un premier assaut à la foi du mourant et lui cachent le ciel à l'aide d'une couverture; ils désespèrent son espérance. Un démon hideux présente à l'agonisant une grande charte scellée : c'est le rôle de tous les maux que la pauvre créature a commis ici-bas. Ses crimes prennent corps comme par l'effet d'une incantation maléfique : « Voici tes péchés ! » Le mourant revoit le tendre corps de la femme aimée : le démon la désigne du doigt et on lit sur son rôlet : « Tu as forniqué ! » ; et l'époux trompé se dresse, lamentable, devant lui. Le moribond reconnaît le pauvre tout nu que le diable revêt ironiquement de son manteau ; le cadavre de l'homme qu'il a tué et dont le flanc saigne : « *Occidisti* », dit le démon armé d'un coutelas. Puis il voit encore, assis sur une borne, appuyé sur son bâton, le misérable à qui il n'a pas fait l'aumône : « Tu as vécu comme un avare », aboie le démon. Et il lui montre aussi, pour le faire tomber dans le désespoir, son petit enfant, sa femme et ses amis, insinuant que ceux qui le soignent ne pensent qu'à son argent :

> Car enfant n'a, frere ne seur,
> Qui lors voulsist estre son plege [2].

1. E. Mâle, *L'Art religieux de la fin du moyen âge*, p. 413 et s.
2. T., v. 319-320.

Or l'agonisant, dont les cheveux se dressent sur la tête, s'agite, renverse la table et les tisanes, envoie un vigoureux coup de pied au derrière de l'héritier qui s'empresse à son chevet !

L'ironique *Testament* de Villon est bien éloigné de l'esprit dévot qui inspira ce pieux livret ; mais les figures qu'il évoque sont aussi vivantes. On croit voir au chevet du pauvre Villon, quand il imagina de rendre l'âme, la charmante et cruelle Catherine de Vausselles, Marthe, la simple mère du poète, son bon maître Guillaume, un cortège de héros de jadis et de nobles dames, des belles filles, de gracieux compagnons et de très mauvais enfants. Il semble qu'on ait connu l'évêque cruel, les riches bourgeois qui n'aimaient pas à délier les cordons de leur bourse et singeaient cependant les belles façons des nobles, les faux religieux, les riches chanoines détestés, les financiers remplis d'orgueil, tous ses héritiers enfin que le poète châtiait comme le pauvre moribond de l'*Art de bien mourir* frappait les siens. Autour de Villon hurlaient bien des vices à face d'animaux : Luxure, Gloutonnerie, Paresse, Mensonge, Désespoir, Envie et Violence ; mais au-dessus de son chevet, il voyait le ciel ouvert, des anges avec leurs ailes de plumes, prêts à porter sa pauvre âme (toute âme est précieuse) devant le trône du ciel, sous la forme d'un petit enfant nu, dans le rayonnement doré des neuf ordres. Ainsi advenait-il au moribond repentant, quand on passait dans ses doigts blancs le cierge de l'agonie et qu'il inclinait doucement le chef : alors, comme le montrent si souvent les miniatures de ce temps, il contemplait le Christ saignant, le benoît fils de Dieu qui ne veut pas la mort du pécheur et avait réconforté les pèlerins d'Emmaüs ; la Vierge, notre maîtresse, avocate de tant de larrons.

§ II. — *L'art de François Villon.*

Le moyen âge a surtout apprécié dans la poésie l'allégorie et la morale. Il a conservé les formes et les idées des auteurs de la décadence latine : le Songe de Scipion, la Psychomachie de Prudence ont fourni le cadre d'un nombre infini de compositions de ce temps. La fiction du Songe fut presque l'unique forme dont on usa en poésie jusque dans les premières années du XVIe siècle [1].

La forme du Testament demeura, elle aussi, un legs de la décadence latine, et l'on pourrait suivre, jusqu'au début de la Renaissance, la double évolution de ce genre : testament à la fois réaliste et burlesque, d'une part, testament tout moral et allégorique, de l'autre [2].

Il est de peu d'intérêt pour l'étude du *Testament* de François Villon de faire l'histoire d'un genre qu'il devait modifier complètement [3] ; d'ailleurs le pauvre écolier ne fut jamais un

---

1. E. Langlois, *Origines et sources du Roman de la Rose*, p. 55. La fin des *Lais* se présente encore sous la forme d'un songe.

2. W. G. C. Byvanck, *Spécimen d'un essai critique*, p. 115-122 ; Marcel Schwob, *François Villon, notes et rédactions*, p. 134-140 ; Campaux, *François Villon, sa vie et ses œuvres*, p. 16-32.

3. *Le grant Testament de Taste Vin roy des pions* (buveurs) [17 mars 1489] (Montaiglon, *Anciennes poésies françaises*, III, p. 77) ; *Le Testament de Pathelin*, à la suite de la *Farce* (éd. Coustelier, p. 109) [peu après 1489 ?] ; *Le Testament Fin Ruby de Turcquie maigre marchant* [1509-1514 ?] (Montaiglon, *Anc. poésies françaises*, XIII, p. 1-9) ; *Le Testament de Jenin de Lesche qui s'en va au mont Saint-Michel* [1514-1525 ?] (*Ibid.*, X, p. 372) ; *Le Testament du hault et notable homme nommé Ragot* [gueux] (*Ibid.*, V, p. 147, vers 1533) ; *Le Testament de Levrault* [pièce Bordelaise] (*Ibid.*, X, p. 128, fin XVIe s. ?). — *Le Testament de Monseigneur des Barres, capitaine des Bretons* [peu après 1488], qu'on allègue parfois, n'est vraiment qu'une complainte historique (*Ibid.*, p. 102), de même que le *Testament du gentil Coçois* (du gentil Ecossais, c'est-à-dire du pillard), Bibl. Nat., fr. 24315 ; au type de la complainte populaire appartient le *Testament du Vert Jannet qui fut pendu au Neuf Marché* [Rouen, 1537] ; ce n'est d'ailleurs qu'un discours. — *Le Testament de la Guerre* de J. Molinet se rattache plutôt à la tradition des Testaments moraux.

grand lecteur de librairie. Tout au plus dirons-nous qu'il a connu
le *Testament* moral de Jean de Meung (il le cite de mémoire et
croit se référer au *Roman de la Rose* [1]) : et cet ouvrage, très souvent copié et imprimé dans les dernières années du xvᵉ siècle
sous le titre de *Codicille et testament*, suggéra à Pierre Levet, le
premier éditeur de Villon, le titre qu'il imposa à ses œuvres :
*Le grant testament Villon, et le petit. Son codicille. Le jargon et
ses balades* [2]. Le *Petit Testament* se nommait en réalité les *Lais* [3], et
Villon ne composa jamais de codicille : testament et codicille,
c'était là au surplus une formule courante du style d'alors.

L'œuvre de Jean de Meung demeure sans rapport avec celle
de François Villon. Il n'en est pas de même du *Testament* que le
pauvre Eustache Deschamps écrivit sous forme de lettre, tandis
qu'il était malade [4]. Il laissait, par exemple, sa servante à son
curé, son coffre vide d'argent aux ordres Mendiants, aux Franciscains ses vieilles culottes, au roi de France, ce qu'il possédait déjà, le château du Louvre, le Palais et la Tour du Bois.
Quant à sa sépulture, Deschamps la choisissait, comme le fera
Villon, « en l'air ». Il est impossible de ne pas reconnaître dans
ces petits vers du Champenois l'esprit et déjà parfois la forme
du Parisien. Eustache Deschamps fut d'ailleurs son maître en
poésie ; Villon le connaissait parfaitement :

> Et s'ay lessié à mon curé
> Ma pucelle [5], quant je mourré...
> Je lesse aux Ordres Mandiens
> Mon grant escrin où il n'a riens,

1. T., h. 15.

2. Voir G. Brunet, *Manuel du Libraire.* — Sur cette formule. Cf. Rabelais, IV,
ch. 21. — « Et est codicile appellé une addition que fait le testateur avec l'ordonnance
du testament... il est de telle auctorité que par le codicille peult estre ung don en testament augmenté ou diminué sans ce corrompre le testament... et doit le codicile con-
fermer le testament en tous ses aultres termes » (*Somme Rural* de Jean Bouteiller).

3. Cependant le poète se plaignait déjà que ses contemporains eussent nommé *Testament* les *Lais* (T., h. 65). On lit dans le *Testament de fin Ruby* (Montaiglon, *Anc.
poésies françaises*, XIII, p. 9) :

> Depuis qu'ay fait mon testament et lays.

4. *Œuvres*, VIII, p. 29-32.

5. Ma servante. Cf. la note d'Anatole France dans la *Vie de Jeanne d'Arc*, t. I, p. 165.

Excepté le bois et le fer,
Car ilz gettent les gens d'enfer
Et font aler en purgatoire
Dès leur vivant qui les veult croire.

Item je laisse à l'Ordre Grise
Ma viez braie et ma viez chemise ;
Et a l'ordre de Premontré
L'esbatement dedanz mon pré,
Puisque l'erbe en sera ostée...
Le Lendit laisse à Saint Denis
Chascun an perpetuellement ;
Et s'ay laissé pareillement
Au Roy le Louvre et le Palays
Et la Tour du Bois : c'est beau lays...

Il se pourrait aussi que Villon ait connu, à cause des attaches de Guillaume de Villon avec Auxerre, le Testament, suivi d'adieux, que Jean Régnier, seigneur de Guerchy et bailli d'Auxerre, composa en 1433 dans la prison française de Beauvais : poème touchant, mais trop long et grave, où les beaux traits ne manquent pas cependant [1].

Toute forme de poésie, si ingrate, si usée qu'elle soit, vaut naturellement par ce qu'on y met. Villon, qui avait un sens si aigu de la réalité, y introduisit toute sa personnalité, ses souvenirs, ses haines. D'autre part, en exagérant à l'extrême le formalisme de ce cadre convenu, il en tira les effets les plus nouveaux et les plus comiques. Il fit vraiment la parodie d'un acte réel, d'un testament authentique ; peut-être même était-il malade, au lit, abandonné de tous et dénué de tout, lorsque cette vieille forme de poésie s'imposa à son esprit, avec l'obsession de sa fin prochaine ?

---

1. *Les Fortunes et adversitez de feu noble homme Jehan Regnier*, éd. P. Lacroix. L'ouvrage fut imprimé seulement en 1524, par Jean de la Garde : on en connaît quelques rarissimes exemplaires, mais aucun manuscrit. — Quant à l'auteur du *Prisonnier Desconforté* (éd. Pierre Champion, 1909), qui écrivit dans la dure prison de Loches, sous les troubles du règne de Charles VIII (aux environs de 1488), il a connu certainement le *Testament* de Villon qu'il imita avec liberté et quelquefois avec bonheur (Voir en particulier l'insertion des ballades dans les huitains).

Le *Grant Testament* est en effet calqué sur une formule de testament réel [1], comme il est facile de le constater en ouvrant une collection quelconque de testaments remontant au premier quart du xvᵉ siècle [2]. On y retrouvera les mêmes parties communes : recommandation de l'âme à Dieu, à la Vierge Marie; instructions au sujet de l'inhumation du corps, du payement des dettes, du convoi, du luminaire, de la sonnerie; puis viendront les legs particuliers, ceux aux ordres Mendiants, aux hôpitaux, à l'Hôtel-Dieu de Paris; enfin le testateur nommera l'exécuteur, avec les pouvoirs nécessaires pour « augmenter et diminuer » son testament. L'acte enfin sera daté pour avoir forme authentique. Or Villon ne manque pas de recommander le sien au notaire du Châtelet qui a précisément juridiction sur les testaments, Jean de Calais; d'autre part, on a expliqué comment sa nomination de l'Université et son titre d'écolier le font jouir du privilège de cléricature et lui permettent de postuler la collation d'une cure : aussi Villon ne néglige-t-il pas de mettre ses dernières volontés sous la protection « du maître des testaments ». Ce personnage était chargé auprès de l'Officialité d'examiner les testaments des clercs, et on le trouve bien souvent en conflit avec le notaire civil du Châtelet [3].

Il y a donc dans le *Testament* tout un côté de parodie que nous révèle l'étude d'actes réels. Quand Villon demande par exemple à Jean de Calais, cet honorable homme qu'il n'avait jamais vu de sa vie, de gloser, de commenter, de définir, de décrire, de diminuer, de canceller, de prescrire, d'interpréter son testament burlesque, qui comprend tant de legs imaginaires, il traduit gravement une formule latine en usage [4]; quand il

1. Marcel Schwob, *François Villon, notes et rédactions*, p. 142.
2. A. Tuetey, *Testaments enregistrés au Parlement de Paris*, 1880; U. Robert, *Testaments de l'officialité de Besançon*, 1902. — Bibl. Nat., Moreau 1161.
3. Voir à l'appendice la notice sur Jean de Calais. Sur le Maître des Testaments, cf. Du Cange, IV, p. 181; *Le grant coustumier de France*, Paris, Galiot du Pré, 1536, fol. 235, et ce qui a été dit aux ch. III, VIII § 2.
4. *Quibus dictis suis executoribus omnibus et singulis insimul si vacare voluerint aut possint, sinautem tribus aut duobus dedit... idem testator plenam potestatem... dictum testamentum suum adimplendi, complendi et perficiendi. Et si quid in eo reperiatur dubium vel*

prescrit qu'au-dessus de sa fosse on trace son portrait, qu'on écrive son épitaphe, là encore il ne fait que suivre la coutume vraie des testateurs, reproduire des formules de style courantes en son temps [1].

Certainement Villon imagine les legs les plus comiques, les plus invraisemblables, déterminés par la satire dont il veut marquer des gens qu'il déteste pour ne lui avoir pas été pitoyables. C'est pourquoi, lui qui n'a rien, il parlera comme un homme très riche ; lui, par excellence le pauvre homme du peuple, il fera des legs comme un chevalier. Mais il ne faut pas oublier non plus qu'on rédigeait alors un testament pour léguer une simple pièce d'habillement. Une pauvre femme laissait à sa paroisse sa robe de dimanche, son chaperon ; son lit à sa filleule ; un pelisson à celle qui l'avait gardée dans sa maladie ; le cotillon qu'elle portait tous les jours à une autre pauvresse qui avait eu le visage mangé par les loups ; et les 4 livres tournois, qui étaient presque toute sa fortune, avec sa meilleure robe et son meilleur chaperon, elle les donnait en aumône aux frères Mineurs [2]. Ne soyons donc pas étonnés de voir Villon léguer toutes les pièces de son costume, ses habits usés, ses vieux souliers, son pauvre mobilier d'écolier, son lit, des tables, des paniers, son pain, sa librairie. Un inventaire après décès des biens d'un écolier du collège d'Autun, Mc Guillaume Levavasseur (entre 1484 et 1513), nous fournira exactement les mêmes traits : et cette vérité du détail, qui se vérifie dans tous les passages du *Testament*, anime et fait le charme d'une œuvre qui aurait pu demeurer froide et conventionnelle [3].

---

obscurum, illud interpretandi et declarandi, augendique illud ac eidem addendi et corrigendi pro ut ac secundum quod ipsis executoribus suis visum fuit expedire (Bibl. Nat., Moreau, 1161, fol. 87 v°).

1. Cf. h. 164 ; « En l'espace de laquelle tumbe led. testateur ordonne estre ymaginé en estat de bourgois et qu'il soit intitulé autour : *Cy gist tel qui trespassa tel jour.* » 4 septembre 1407 (Bibl. Nat., Moreau 1161, fol. 94 v°). Testament de Jean d'Escouen, bourgeois de Paris.

2. Arch. Nat., LL. 784 (folio de garde); A. Tuetey et U. Robert, *op. cit.*, *passim*.

3. Arch. Nat., Z² 3405. Voir les pièces justificatives.

Ainsi, de la forme habituelle du testament, Villon a su
tirer un élément comique. Il fait mieux encore : il brise cette
armature raide ; il ajoute à ces legs fictifs ou réels des dons tout
poétiques, formés des lais et surtout des ballades intercalaires, soit qu'il les retrouve dans sa mémoire, soit qu'il les
forge pour la circonstance présente, mais qui, dans tous les
cas, se trouvent admirablement à leur place et amenés par des
transitions toujours habiles [1]. Ces ballades, enchâssées dans le
Testament, sont les purs joyaux que relient les huitains, comme
des chaînes d'or : ce sont elles, vraisemblablement, que les bons
vieillards du temps de Marot savaient par cœur [2], et qui con-
tinueront longtemps encore à résonner dans notre mémoire :
la plaintive ballade des Dames du temps jadis, la mystérieuse
ballade des Seigneurs, et celle en vieux langage français, avec
son refrain désolé : *Autant en emporte ly vens !*

Car Villon sait rappeler avec le plus grand art les « regrets »
de l'ancienne belle Heaulmière, la leçon que baille à ses jeunes
compagnes « la belle et bonne de jadis » : et comme à propos
est amenée la double ballade aux fols amants ! Quel don précieux, et si justifié lui aussi, que la ballade pour prier Notre-
Dame envoyée par Villon à sa mère, encore que la pauvre
femme n'ait jamais su lire [3] !

Au sujet de Marthe, François saura retrouver une ballade
affectée de sa jeunesse ; à propos d'Ythier Marchand, un lai charmant et précieux, où il surpasse en finesse les plus raffinés. Et
c'est encore une merveilleuse ballade que cette oraison, fort bien
amenée, pour demander le repos de l'âme du bon buveur, Jean
Cotard. Si la mauvaise et vieille ballade en l'honneur d'Ambroise de Loré est seulement insérée pour se rappeler au sou-

---

1. M. Jean-Marc Bernard dans un article sur *Villon et ses commentateurs* (la *Revue
critique des idées et des livres*, 1912, p. 423) a rectifié sur ce point ce qu'a dit G. Paris.
2. M. W. G. C. Byvanck a fait justice de l'idée d'une transmission orale du *Testament*. Par contre certains morceaux lyriques se rencontrent dans cette situation.
Voyez par exemple les variantes de la ballade de la Grosse Margot ajoutée à un ms.
des poésies de Charles d'Orléans (ms. fr. 1104).
3. Voir t. I, p. 16, 18, 19.

venir de Robert d'Estouteville, il faut avouer que celle des
Langues venimeuses, dédiée à François Perdrier, a bien de la
verve et de l'esprit ; que les Contredits de Franc Gontier, très
spirituels aussi, à considérer la situation d'Andry Couraud qui
en hérita, sont l'un des plus étonnants morceaux du *Testament*.
Il y a autant d'art, autant d'à-propos, plus de verve encore dans
la ballade des Femmes de Paris, mise sous l'invocation de Mademoiselle de Bruyères [1]. Bien qu'elle soit cynique, c'est un morceau magnifique que la ballade dédiée à la Grosse Margot.
Autant d'art et de meilleurs sentiments se montrent par contre
dans la belle leçon aux Enfants perdus et dans la ballade de
« bonne doctrine ». Celle de « mercy », très vraisemblablement
un souvenir des annonces que faisaient aux décès les crieurs
de corps, est d'une étonnante imagination.

Dans tous ces morceaux intercalaires, l'art de Villon n'a
jamais été surpassé. Un instinct, d'une merveilleuse sûreté, lui
a toujours suggéré le mot rare et juste que rien ne peut remplacer. Il a excellé à trouver un refrain plein de sens et sonore,
à user des rimes les plus riches et dans un juste rapport
musical avec ce qu'il veut évoquer en nous. Tout ce qu'a dit
Marot à ce sujet sera éternellement vrai : Villon a non seulement mérité le « chapeau de laurier » entre les poètes de son
temps, mais il restera, dans la ballade, le maître de tous les
poètes à venir.

Et quand on aura démontré cette vérité, que beaucoup
de ces ballades sont des morceaux en quelque sorte typiques,
que Villon y développa des thèmes traités bien avant
lui, on n'aura fait que prouver ce que l'esprit d'un grand
artiste peut tirer d'une matière banale.

Personne ne peut contester que Villon ne doive beaucoup à
cet excellent et rude poète que fut Eustache Deschamps. Parfois
aussi, dans l'esprit plus que dans la forme, il semble qu'il y ait

1. Cf. le *Dit des femmes de diverses nations* dans le recueil Robertet (Bibl. Nat.,
ms. fr. 1717, fol. 8 v⁰). Epoque de Charles VIII ; l'*Avocat des Dames de Paris*, dans
Montaiglon, *Anciennes poésies françaises*, XII, p. 8.

en Villon comme un écho de ce pauvre homme, Rutebeuf, le trouvère parisien du temps de saint Louis, haineux aux ordres, dévot à la Vierge, à Théophile, à l'Egyptienne, graveleux souvent, et qui a usé avec un art si sûr de la languepopulaire [1].

Mais Villon a-t-il lu Rutebeuf ? C'est peu probable : il était paresseux de lire et le vieil auteur semble avoir été bien délaissé. Pour Deschamps du moins la question n'est pas douteuse. On crut longtemps que les poésies du Champenois étaient tombées après lui dans l'oubli, sa grande œuvre nous ayant été conservée par un manuscrit que l'on tenait pour unique. C'est là un point de vue que des études plus récentes ont modifié [2]. Bon nombre de manuscrits de la fin du xve siècle contiennent encore les ballades les plus célèbres d'Eustache Deschamps ; un manuscrit de Villon nous prouve que le public les goûtait dans le même temps, malgré leur langue un peu dure et archaïque [3]. Villon apprécia mieux que personne ces vigoureuses ballades réalistes de son prédécesseur ; il eût signé très volontiers ce portrait du vieux prêtre montant un vieux cheval, et dont les paupières si rouges nous rappellent un trait de l'oraison pour Jean Cotard [4]. La ballade des Langues venimeuses est une imitation directe de la ballade des Langues

---

1. Ed. Jubinal. Voir, par exemple, l'admirable boniment du *Dit de l'Herberie.*

2. M. Gaston Raynaud (t. X), qui a terminé l'édition commencée par M. Queux de Saint-Hilaire, a corrigé très heureusement le point de vue de son prédécesseur, de Crapelet et de Tarbé (le ms. fr. 840 est seulement le manuscrit de Deschamps le plus complet). Cf. aussi E. Picot, *Notes sur quelques ballades d'Eustache Deschamps anciennement imprimées*, dans *Romania*, n° 54, p. 281.

3. Bibl. de Stockholm, ms. fr. LIII.

4. Ung vielx prestre dessus un viel cheval
   Par les costés cousu, pelé, de trayre,
   Sur vielx harnoiz, sanz culliere ou petral,
   Viz l'autre jour yssir d'un presbitaire.
   A son arson pendoit un breviaire,
   Et dessoubz ly unes grans vielles bouges :
   Bien eust semblé un doyen ou vicaire,
   S'il n'eust eu les paupieres sy rouges.

   Les yeulx avoit plus rouges que corail,
   Et son cheval tres malvais luminaire,
(*Œuvres*, t. X, p. XLII).

Et un huvel de bievre anciennal ;
   A son costé un grant vielz bazalaire,
   Un esperon du temps du roy Clotaire...
   Ilz me sembloient fourrés de cendal,
   Quant je les viz du premier au viaire...

Prince, sachiés que ce vielx commissaire
   Bust à disner de vin plaines deux courges ;
   Là eust tué le prévost de Beaucaire,
   S'il n'eust eu les paupieres si rouges !

envieuses de Deschamps [1]. L'idéal que les deux poètes se font du bonheur et de la vie, c'est-à-dire de jouir de la santé et d'un esprit juste, est bien équivalent [2] ; ils ont un goût semblable pour les équivoques [3], une même vision sinistre de la vieillesse et de la mort [4]. Deschamps a évoqué, lui aussi, les anciennes gloires de la France, les preux, les pairs, Du Guesclin [5] ; il sait faire un dialogue [6] ; il est enfin, nous l'avons vu, l'auteur d'un court testament burlesque, très analogue d'esprit à celui de Villon [7], et il a, comme lui, adoré Paris [8]. Mais, après avoir constaté tout cela, on aura appris peu de chose. Deschamps n'attache pas beaucoup d'importance à la beauté de la rime, et souvent aussi il use de doubles ballades, où, bien qu'énergique et verveux par nature, il se montre prolixe.

Et quand on se sera diverti à énumérer toutes les sources d'une ballade comme celle des Seigneurs et des Dames du temps jadis, qu'on aura cité les hymnes latines où Jacopone da Todi, saint Bernard ont chanté la fuite désolée du temps, la vanité des choses ; tous les pessimistes, depuis Job, qui se sont demandé un jour ce qu'étaient devenus les héros disparus, les

---

1. *Œuvres*, VII, p. 5, 33, 35 ; X, p. xxv, xxxi, xxxiv. — Cf. la ballade d'Eustache Deschamps :

De couperos, d'alun, de vers gris,	D'armoniac et de bol armenlque,
De sal gemme, de souffre vif saillant,	Avec foison de chair de basilique
De realgar, d'elbore blanc et bis,	Potage par morseles luysans
De sublimé, d'arsenic undoyant,	En my la mer, chacun sur une brique,
De salpestre, vitreol luisant,	Soient servis au disner, mesdisans, etc. ;

la ballade du ms. de Stockholm, fr. LIII, fol. 1 : *Es grans vallees obscures et sulphureuses ;* les ballades du *Jardin de Plaisance* : *Langue poignant plus qu'esguillon... D'une dague forte et ague* ; les « Langues esmoulues » dans le *Recueil de Farces* de Leroux de Lincy. Il y a une imitation par Guillaume Alecis, II, p. 296 et s.

2. *Ibid.*, II, p. 4 ; IV, p. 12, 24, 71 ; V, p. 3, 40, 204 ; VI, p. 10.

3. *Ibid.*, IV, p. 282 ; V, p. 9, 78, 132, 361 ; VI, p. 186, 224, 226, 227, 229, 235 ; VII, p. 24, 232 ; VIII, p. 12 ; IX, p. 153.

4. *Ibid.*, II, p. 52, 121, 130, 156, 248 ; III, p. 18, 113, 182, 186 ; VI, p. 40 ; VII, p. 1, 5.

5. *Ibid.*, II, p. 27 ; III, p. 100 ; IV, p. 111 ; VI, p. 26 ; VII, p. 79, 86 ; VIII, p. 149 ; X, p. lxxvi.

6. *Ibid.*, V, p. 344 ; X, p. xix.

7. *Ibid.*, VIII, p. 29.

8. *Ibid.* I, p. 301 ; V, p. 51 ; VI, p. 93 ; X, p. lxxxiii.

Salomon, les Samson, les César, les Aristote, que saura-t-on vraiment de plus [1] ?

N'est-il pas évident que dans la ballade des Dames, par exemple, la beauté du morceau réside surtout dans la légèreté bruissante des rimes *aine* et *is* (un bon poète comme Charles d'Orléans l'a déjà prouvé) [2], dans ce mystère des sons propre à suggérer des figures imprécises (on y rencontre même un homme, Alcibiade, tenu d'ailleurs communément pour une femme) [3], dans ce raccourci où un seul mot évoque toute l'antiquité grecque et romaine, toutes les héroïnes des chansons de geste ? Et ces délicieuses et équivoques figures sont en quelque sorte mises en valeur par deux personnages historiques : Héloïse et Jeanne d'Arc, « Jeanne la bonne Lorraine » qui fut brûlée l'année même où Villon vint au monde :

> Dictes moy ou, n'en quel pays,
> Est Flora la belle Rommaine,
> Archipiades, ne Thaïs,
> Qui fut sa cousine germaine ;
> Echo parlant quant bruyt on maine
> Dessus riviere ou sus estan,
> Qui beaulté ot trop plus qu'humaine.
> Mais ou sont les neiges d'antan ?
>
> Ou est la tres sage Helloïs,
> Pour qui fut chastré et puis moyne
> Pierre Esbaillart a Saint Denis ?
> Pour son amour ot cest essoyne.
> Semblablement, ou est la royne
> Qui commanda que Buridan
> Fust geté en ung sac en Saine ?
> Mais ou sont les neiges d'antan ?

---

1. Sainte-Beuve s'est piqué à ce jeu (*Causeries du Lundi*, XIV). — Voir Wilmotte, *La tradition littéraire*, p. 162-163.

2. Ou vieil temps grant renom couroit   Mais, au derrain, en son demaine
   De Creseide, Yseud, Elaine   La Mort les prist piteusement ;
   Et mainte autres, qu'on nommoit   Parquoy puis veoir clerement
   Parfaictes en beaulté haultaine.   Ce monde n'est que chose vaine !

(Ed. Guichard, p. 69).

3. *Archipiada* par E. Langlois dans les *Mélanges de Philologie Romane dédiés à Carl Wahlund*, Mâcon, 1896 ; L. Thuasne, *op. cit.*, p. 22 et s.

La royne Blanche comme lis
Qui chantoit a voix de seraine [1],
Berte au grant pié, Bietris, Alis,
Haremburgis qui tint le Maine [2],
Et Jehanne la bonne Lorraine
Qu'Englois brulerent a Rouan ;
Ou sont ilz, ou, Vierge souvraine ?
Mais ou sont les neiges d'antan ?

Prince, n'enquerez de sepmaine
Ou elles sont, ne de cest an,
Que ce reffrain ne vous remaine :
Mais ou sont les neiges d'antan [3] ?

Plus encore que la ballade des Dames, celle des « Seigneurs
de jadis » n'est qu'un lieu commun. Que de fois nous les
avons lus ces développements sur le sort des héros du passé [4] !
Eustache Deschamps n'avait-il pas, lui aussi, indiqué le procédé
dont usera Villon, mêlant les personnages de l'antiquité aux
preux du moyen âge ?

Prince, et ou est Oliviers et Rolans,
Alixandre, Charles li conquerans,
Artus, Cesar, Edouart d'Angleterre ?
Ilz sont touz mors, et si furent vaillans.
Et se tu es bien ce considerans,
Toy mort, n'aras fors que vij piez de terre !

1. Chanter comme une sirène était une façon de dire proverbiale (Roman de la
Rose).
2. Arembourg, fille unique d'Hélie, comte du Maine, qu'épousa Foulques d'Anjou
en 1104. (A. Longnon estime que Villon l'a trouvée mentionnée dans les Gesta
pontificum Cenomanensium : « Aremburgis, filia Comitis Heliæ, quam paterno jure
comitatus Cenomanensis contingebat »).
3. Voir des imitations de ce beau morceau dans le ms. de la Bibl. Nat., fr. 1719,
fol. 166 v° ; d'Octovien de Saint-Gelays, ms. fr. 12783, fol. 104 r° (Henry Guy, dans
la Revue d'Hist. litt., 1908, p. 217).
4. Nota de vanitate mundi... — Dic ubi Salomon, olim tam nobilis, — Vel Sampson ubi
est, dux invincibilis, — Et pulcher Absalon, vultu mirabilis, — Aut dulcis Jonathas, multum
amabilis ? — Quo Cesar abiit, celsus imperio ? — Quo dives splendidus totus in prandio ? —
Dic ubi Tullius, clarus eloquio, — Vel Aristotelis, summus ingenio ?
(Jacopone da Todi : Cur mundus militat sub vana gloria).
5. Œuvres, III, p. 66.

Pl. XXXVI

/IE DE FRANÇOIS VILLON

Les Pairs
à la suite de l'Armorial du Héraut Berry
(Bibl. nat. fr. 4985)

Ailleurs, dans une ballade que connaissait certainement Villon, Deschamps disait la mort égale pour tous [1] :

> Ou est Artus, Godeffroy de Buillon,
> Judith, Hester, Penelope, Arrien,
> Semiramis, le poissant roy Charlon,
> George, Denys, Christofle, Julien,
> Pierres et Pols, maint autre crestien,
> Et les martirs ? La mort à tous s'applique...
> Tuit y mourront, et li fol et li saige.

Mais Deschamps ne saura pas se borner ; il voudra montrer naïvement toute son érudition.

Ecoutons maintenant Villon. Ses héros, il va les prendre dans la réalité même, parmi ces grands, disparus entre 1456 et 1461 : le pape Calixte III Borgia (✝ le 8 août 1458), Alphonse V d'Aragon (✝ le 28 juin 1458), Charles, duc de Bourbon (✝ le 4 décembre 1456), Arthur, le connétable de Richemont (✝ le 26 décembre 1458), le roi Charles VII (✝ le 23 juillet 1461), le roi d'Ecosse, Jacques II (✝ le 3 août 1460), le roi de Chypre, Jean III de Lusignan (✝ le 26 juillet 1458), Ladislas, roi de Bohème (✝ le 23 novembre 1457), Du Guesclin (✝ le 13 juillet 1380) entré tout vivant dans la légende [2], le comte dauphin d'Auvergne [3], le

1. *Ibid.*, p. 183. — Jean Régnier, le bailli d'Auxerre, a dit de même (éd. P. Lacroix, p. 166) :
Ou est Artus, ou est Hector de Troye — Ou sont les preux qui crierent : Montjoye ! — Charlemaigne et sa grant seigneurie — Ou est Paris qui en amours eut joye — Ou est Helene, la belle simple et coye — Alexandre et sa chevalerie — Vespasian, qui conquesta Surie, — Et Facinquam qui fut en Lombardie — Sallisbury qui fut si vaillant conte — Ou est Boece et Chaton et Tobie — Ou sont ilz tous ? Leur puissance est faillie — Et somme neant à la fin de mon compte.
2. On a vu que Louis d'Orléans, dans la grande salle du château de Coucy, avait fait représenter les Preux (t. I, p. 145). Trois appartenaient à la race juive : Josué, Judas Macchabée et David ; trois étaient de sang païen : Hector, Jules César et Alexandre : aux trois preux chrétiens, le roi Arthur, Charlemagne et Godefroy de Bouillon, il fit ajouter Du Guesclin (Astesan, dans *Paris et ses historiens*, p. 559-563). Sur les images populaires, représentant les neuf preuses, on verra bientôt Jeanne d'Arc (Voir t. I, p. 145 n.)
3. Béraud III, dauphin d'Auvergne, mort en 1426 ? Sa fille Jeanne épousa, cette année-là, Louis de Bourbon, comte de Montpensier, et lui apporta le titre de dauphin d'Auvergne (Anselme et Moréri) ; Gilbert, fils de Louis, porta aussi du vivant de son père le titre de « comte dauphin d'Auvergne ». Voir, le 13 octobre 1451, une opposition du comte de Montpensier et du duc de Bourbon à un jugement du Parlement relatif au comté dauphiné d'Auvergne (Arch. Nat., X¹ᵃ 8304, fol. 552). — Villon a

bon « feu duc d'Alençon », Jean II, qui était bien en vie comme
le « feu dauphin » devenu le roi Louis XI, mais que l'on considérait comme mort, en tant que pair et duc, puisqu'il avait été
condamné comme traître à Vendôme, le 10 octobre 1458 :

> Qui plus, ou est le tiers Calixte,
> Dernier decedé de ce hom,
> Qui quatre ans tint le papaliste ?
> Alphonce le roy d'Arragon,
> Le gracieux duc de Bourbon,
> Et Artus le duc de Bretaigne,
> Et Charles septiesme le bon ?
> Mais ou est le preux Charlemaigne ?
>
> Semblablement, le roy Scotiste
> Qui demy face ot, ce dit on,
> Vermeille comme une amatiste
> Depuis le front jusq'au menton ?
> Le roy de Chippre de renon,
> Helas ! et le bon roy d'Espaigne
> Duquel je ne sçay pas le nom ?
> Mais ou est le preux Charlemaigne ?
>
> D'en plus parler je me desiste ;
> Ce monde n'est qu'abusion.
> Il n'est qui contre mort resiste
> Ne qu'y treuve provision.
> Encor fais une question :
> Lancelot le roy de Behaigne,
> Ou est il ? Ou est son tayon ?
> Mais ou est le preux Charlemaigne ?
>
> Ou est Claquin le bon Breton ?
> Ou le conte Daulphin d'Auvergne
> Et le bon feu duc d'Alençon ?
> Mais ou est le preux Charlemaigne [1] ?

Villon a-t-il eu conscience qu'un monde chevaleresque finissait avec la génération de ces disparus ? Vers le même temps,
Chastellain le suggère, quand il évoque emphatiquement, à la

---

pu nommer ce personnage non seulement comme Parisien (t. I, p. 221), mais
encore parce que G. de Villon avait du bien à Sancerre (Marguerite de Sancerre fut
la belle-sœur de Béraud II).

1. Les imitations de ce beau morceau sont nombreuses. Cf. *Le Pas de la Mort* de
Chastellain ; un sermon de Menot, cité par A. Campaux, *op. cit.*, p. 154.

suite de Boccace, ces mêmes princes, pleins de gloire et d'infortune [1]. Mais il importe d'admirer avec quel art Villon sait, par l'épique refrain de sa ballade, rejeter dans le lointain le plus poétique ces défunts illustres dont le monde vient de s'entretenir. On n'ignore pas qu'Alphonse, le roi d'Aragon, ce grand homme de guerre, si riche, était mort à Naples au milieu de prodiges, tandis que sa longue galère s'abîmait dans le port et que sa grande salle couverte de peintures croulait sur son trône [2]. Ladislas de Bohème, c'était le lointain et puissant vainqueur des Turcs, qui trépassa alors que ses étranges ambassadeurs étaient venus à Tours pour chercher Madeleine, la fille du roi, et l'emmener comme épouse à leur maître [3] ; Calixte, le prédicateur de la croisade [4] ; le roi Charles VII, le grand Charles, le victorieux Charles, mort de faim dans la solitude, la mélancolie, la terreur des poisons [5] ; et Jacques II, qui avait bien le visage en feu, « the kyng of Scotts with the rede face », celui-là qui avait péri devant Roxburgh Castle, emporté par l'éclatement d'un gros canon [6]. On voyait dans Bourbon, vieux martyr de la goutte [7], un autre Pâris ou un Absalon ; dans Arthur, le grand connétable, tout camus et lippu, qui n'avait régné sur la Bretagne que quinze mois [8], un nouveau Du Guesclin. François Villon sait cela, comme tout le monde : mais est-il un trait plus charmant, plus désolé, plus ironique que celui-ci ?

> Helas ! et le bon roy d'Espaigne
> Duquel je ne sais pas le nom ?

1. Ed. Kervyn de Lettenhove, II, p. 151 ; Le Temple de Boccace, t. VII, p. 75 et s.
2. Voir la chronique de J. Du Clercq, éd. de Reiffenberg, II, p. 320-322.
3. Chartier, III, p. 75-77.
4. Bourdigné, Chronique d'Anjou, II, p. 209.
5. Chronique Martiniane, p. 111-112.
6. J. Gairdner, Three fifteenth century chronicles, p. 70 ; J. H. Ramsay, Lancaster and York, II, p. 194, 242.
7. Chastellain, II, p. 164.
8. Meschinot, qui l'a cependant bien connu, dira :

Mort de nouveau a fait bien grand effort... — Et Richemont qui tant fut bel et fort.

(Lunettes des Princes). C'est là l'image idéale du mort, comme sur les vieux tombeaux.

La partie la plus originale, la plus pathétique sans doute du *Grant Testament*, est formée par l'étonnante peinture de la belle Heaulmière, par le discours qu'elle tient aux filles de joie. Or on ne saurait douter que ce beau passage ne soit autre chose qu'un rajeunissement des Regrets de la Vieille, comme Villon a pu les lire dans le *Roman de la Rose;* et peut-être savait-il ce long morceau par cœur[1]. Mais qu'est-ce que cela prouve encore? Quand on aura montré que ce type de la vieille femme, décrépite et maquerelle, se trouve déjà dans le poème latin qui rapporte les amours d'Ovide[2], que l'on voit des traits semblables dans plusieurs romans d'aventures[3], que le vieux Jean Le Fèvre avait donné une paraphrase singulièrement forte du pseudo Ovide[4], que l'on rencontre aussi des accents de ce genre chez Eustache Deschamps[5], qu'aura-t-on fait, sinon montrer une fois de plus le parti merveilleux qu'un grand artiste sait tirer des développements communs qu'il rencontre autour de lui ?

Il est impossible de rapporter ici l'interminable discours que tient la vieille dans le *Roman de la Rose* : car elle n'est pas que vieille, et se montre fort radoteuse. Mais c'est miracle à Villon d'avoir su résumer dans quelques strophes tout son poignant désespoir. Et lorsqu'on aura dit encore que l'image de la beauté, opposée par la belle Heaulmière à sa décrépitude présente, nous offre un type convenu[6]; quand on aura réuni

1. L. Thuasne, *Villon et Rabelais*, p. 46 et s.
2. *La Vieille ou les dernières amours d'Ovide*, éd. H. Cocheris.
3. Wilmotte, *La tradition littéraire*, p. 166.
4. Ed. H. Cocheris, p. 153.

Le coul nerveux, la pointe ague — Des espaules la vielle argue, — Sa dure et paresceuse poitrine, — Sans mammelles et sans tetine, — Ses peaulx fronciés et soillées, — Vuides comme bourses moilliées. — Le ventre dur com terre crue — Arée au soc de la charrue, — Les rains seics par grant maisgresse, — Les cuisses caves par destresce, — Et les genoulx enflez et durs — Comme pierres dont l'en fait murs.

5. *Œuvres*, VI, p. 40, 211. — Dans les *Mystères*, publiés par Jubinal (I, p. 292), il y a un très beau portrait de la Vieille.
6. Pour en citer un exemple, entre mille, on pourra lire la description de la dame de Guillaume au Faucon *(Recueil général de Fabliaux,* éd. Montaiglon et Raynaud, II, p. 95).

tous les exemples où ce type se rencontre dans tous les romans du moyen âge (Villon ne va pas le chercher là et le trouve simplement dans le *Roman de la Rose*), on n'aura pas fait œuvre fort utile.

A qui fera-t-on croire que le vrai poète, celui que l'émotion transporte, qui veut user envers nous de ses sortilèges, de ses charmes, rythmes et mots enchanteurs ; que celui qui est tout frémissant et bruit comme la feuille au vent, retrouve froidement dans sa mémoire les mots et les exemples de ses devanciers ? Il ne serait qu'un rimeur, ou un érudit. Villon n'était ni l'un ni l'autre. Il avait au moins autant de mots dans son cœur que dans sa tête :

> « Qu'est devenu ce front poly [1],
> Ces cheveulx blons, sourcils voultiz,
> Grant entroeil, le regart joly,
> Dont prenoie les plus soubtilz ;
> Ce beau nez droit, grant ne petiz,
> Ces petites joinctes oreilles,
> Menton fourchu, cler vis traictiz,
> Et ces belles levres vermeilles ?
>
> « Ces gentes espaulles menues,
> Ces bras longs et ces mains traictisses,
> Petiz tetins, hanches charnues,
> Eslevees, propres, faictisses
> A tenir amoureuses lisses ;
> Ces larges rains, ce sadinet,
> Assis sur grosses fermes cuisses,
> Dedens son petit jardinet ?
>
> « Le front ridé, les cheveux gris [2],
> Les sourcilz cheus, les yeulx estains,
> Qui faisoient regars et ris
> Dont mains marchans furent attains ;
> Nez courbes de beaulté loingtains,
> Oreilles pendans et moussues,
> Le vis pally, mort et destains,
> Menton froncé, levres peaussues :

---

1. T., v. 493-532. Pour l'explication des quelques mots difficiles, voir ch. V, § 2.
2. Ce grand art n'échappe pas à Marot : *Villon (avecques grant artifice) reprent icy par contraires tout ce qu'il a dit aux deux coupletz precedens.*

« C'est d'umaine beaulté l'issues !
Les bras cours et les mains contraites,
Les espaulles toutes bossues ;
Mamelles, quoy ? toutes retraites ;
Telles les hanches que les tetes ;
Du sadinet, fy ! Quant des cuisses,
Cuisses ne sont plus, mais cuissetes
Grivelees comme saulcisses.

« Ainsi le bon temps regretons
Entre nous, povres vielles sotes,
Assises bas, a crouppetons,
Tout en ung tas comme pelotes,
A petit feu de chenovotes
Tost allumees, tost estaintes ;
Et jadis fumes si mignotes :
Ainsi en prent a maint et maintes. »

Ces mots-là, où qu'il les ait pris, appartiennent bien à Villon.
Un simple exemple montrera encore l'usage qu'il sait faire du
Roman de la Rose :

Mieulx me vaulsist en une tour
Estre a tousjours emprisonnée
Que d'avoir *esté si tost née,*

dit la vieille désespérée. Villon s'emparera de cette idée. Quand
ces pauvres femmelettes, qui n'ont rien, en voient de plus jeunes
qu'elles se donner aux hommes pour de l'argent :

Ilz demandent a Dieu pourquoy
Si tost naquirent, n'a quel droit :
Nostre Seigneur se taist tout quoy,
Car au tencer il le perdroit [1].

Peut-on rien imaginer de plus tragique que ce silence de
Dieu aux plaintives questions d'anciennes débauchées ?

La ballade à la Grosse Margot n'est, elle aussi, qu'une imitation de ces ballades grotesques des pays du Nord, que l'on
nommait « sottes chansons » [2]. Certaines de ces pièces remon-

---

1. T., v. 449-452.
2. Sur tout ceci, voir Marcel Schwob, *Le Parnasse satyrique,* p. 10-15.

taient au xive siècle, et l'une d'elles présente des rapports évidents avec la ballade de la Grosse Margot. Il s'agit d'une dame,

> Orde et punaise,
> Torte, bossue, borgne, naine et enquaise.

L'amant se plaint :

> Mais a le fie, pour ce que ne l'encroque,
> De ses gros puings qu'elle a hideus et fors
> M'ahert...

Elle l'égratigne et le mord ; sitôt qu'il a quelque répit, il s'en va, joyeux, se cacher dessous la clôture, pour réparer sa mauvaise cotte. Ils mènent tous deux une triste existence :

> En tel deduit m'a fait jusqu'à la cloque
> Vivre maint jour.

Elle a faim, et son amant aussi ; ils bâillent :

> Lors me maudit, et dit que je la moque,
> Et je luy donne, ainsi que j'ay amors,
> Du puing sur l'ueil et de mon panth à broque.
> Et quant je dy que c'est jeux et depors,
> Elle respont que c'est bien ses acors.
> Lors me dit : « Doulx amis, or me baise. »
> Et quand je l'oy, je suis tout aussi aise,
> Que s'un charron venoit à tout son mail
> Qui me deist : « Defens toy, je t'assail ! »

Une autre de ces pièces, qui peut dater de 1415, nous offre des gentillesses analogues [1] :

> Face meselle, atout teste tengneuse,
> Yeux renversez et le menton rongneux,
> Les dens puans, la narine morveuse,
> Le col flestry, langaige desdaigneux,
> Le sain ridé plus que tripe de vaque
> Porte la dame en qui mon cuer se flaque,

---

1. *Parnasse satyrique*, p. 134-135. Cf. E. Langlois, *Recueil d'arts de seconde Rhétorique*, p. 38 ; P. Champion, *Rondeaux, ballades et autres pièces joyeuses*, p. 7.

Et s'est encor maistraisse du bordel,
Si m'est adviz que roy suis, par saint Jaque,
Quant je me puis logier en son hostel...

Elle me fiert sur le chief d'une maque
Et je li dis : « Suer, tu faiz bien et bel ! »
Ainsi convient que d'amour la raplaque...

Il y avait donc une tradition de grotesque que Villon a pu
recueillir, peut-être en Picardie ou en Flandre (il a nommé
deux fois Lille, Saint-Omer et Douai), ou bien à Paris dans
quelque manuscrit poétique, ou par quelque autre moyen
d'information. De ce cette forme convenue qu'était la sotte
chanson, Villon a fait sa ballade à la Grosse Margot.

Mais qu'il s'agisse de la Grosse Margot, de la belle Heaulmière, de n'importe quel sujet, Villon transforme toute convention par le sens exceptionnel qu'il a de la réalité, par ce
besoin qu'il éprouve de parler seulement de lui, et de ce qu'il
a vu. Ainsi la belle Heaulmière, c'est bien la Vieille du *Roman
de la Rose* ; mais c'est certainement aussi une ancienne belle
marchande de Paris qu'il a pu connaître, toute chenue : la
Grosse Margot, c'est la paillarde des sottes chansons du Nord,
ou l'équivoque enseigne parisienne ; mais c'est surtout la fille
qu'il a aimée [1].

Voilà la grande nouveauté de Villon : de la réalité, il tire
l'accent vrai et touchant de sa poésie. C'est par ce côté qu'il
rejoint le vieux Rutebeuf ; qu'il reste une anomalie dans un
temps où la poésie fut très rarement l'expression lyrique de
sentiments individuels [2].

Tout est vrai chez Villon : aussi, chez lui, tout est-il
passionné, pathétique et violent.

On a vu que cette forme artificielle du Testament existait
avant lui et qu'il l'a renouvelée par le goût qu'il eut de la réalité.
Car Villon n'a nommé dans cette fiction que des légataires

1. Voir ch. V *(suite)*.
2. Marcel Schwob, *François Villon, notes et rédactions*, p. 135.

réels, des gens qu'il a fréquentés, qu'il aima ou qu'il détesta. Au fur et à mesure qu'il les évoquera, ils nous apparaîtront avec leur vrai visage, leur geste, leur langage, comme ils se montraient à l'esprit du pauvre poète. Et ils se présenteront à lui groupés, suivant le milieu où il les a connus : en sorte que la place où Villon les nomme fournit déjà une indication dont il y a lieu de tenir compte pour les identifier. François les bafoue, les maudit ; par antiphrase il les caresse et les griffe.

Nous suivons la pensée du poète, ses associations d'idées, en quelque manière la direction de son regard.

Mais, de ce testament, Villon fera surtout une confession : il y mettra toute sa vie passée, le Paris qu'il a connu jadis et perdu depuis cinq ans qu'il erre à travers la France. Avec la même acuité de vision qu'il porte sur les choses, le poète lit clairement dans sa conscience. Rien n'égale en mouvement, en passion, en vérité, en beauté pathétique, cette sorte de grand soliloque qui forme le préambule du *Testament*, et dans lequel Villon maudit l'évêque cruel, célèbre le roi qui l'a délivré, dit son repentir et sa misère, nous parle de la mort et de la volupté, et insulte à nouveau l'évêque qui l'a enferré. Jamais tant de sincérité n'avait été mise au service de tant d'art : jamais une forme raide et convenue de poésie ne servit à exprimer autant de liberté.

On éprouve encore un grand et secret plaisir à feuilleter l'un de ces nombreux manuscrits poétiques où sont conservées les compositions de la seconde partie du XVᵉ siècle, un peu avant l'âge des odieux rhétoriqueurs et de leur ennuyeuse érudition[1]. Des vers, des ballades, des rondeaux, pense avec dédain le grave historien ! Et cependant ces poésies, bonnes ou mauvaises, nous disent les rêves, les opinions collectives ou les idées particulières d'une génération, d'une époque, d'une race même quand ce

1. Par exemple à la Bibl. Nat., les ms. fr. 1719, 2375 (présentant des rapports avec le ms. fr. LIII de Stockholm), 2206, *Le Jardin de Plaisance*, etc. Cf. Marcel Schwob, Introduction au *Parnasse satyrique*.

sont des chansons historiques : elles nous instruisent de ce que les chroniqueurs ont négligé de nous apprendre. Leurs auteurs osent y parler d'eux-mêmes, rire, moraliser, prophétiser. Et ces vers forment souvent le meilleur tableau que nous possédions de la société de ce temps, les romans d'aventure n'étant alors que des féeries, la farce existant à peine encore.

Quand nous ouvrons un de ces recueils, postérieurs de quelques années à Villon, nous remarquons bientôt que la poésie de cette époque reflète deux aspects de la société. Ces manuscrits nous offrent presque toujours deux collections distinctes et souvent même juxtaposées : nous y entendons deux voix bien différentes.

La tradition courtoise est exprimée par l'amant classique, le charmant, le dolent, le loyal amoureux. Il demeure fidèle au printemps, à la rosée, à la nature, aux oiseaux qui chantent, aux buissons fleuris, aux ruisseaux qui baignent les prés, aux fêtes de mai. Il est triste, malheureux, victime d'une dame sans merci qui le regarde de ses yeux froids et lui sourit de ses lèvres menteuses, et à qui, l'imprudent, il a donné en garde son cœur ! Il rit et il pleure tout ensemble ; il tombe en langueur et feint d'impossibles douleurs ; tour à tour las, mélancolique, il est le banni de Plaisance, de Tristesse, la victime de Fortune et de Danger. Il meurt à chaque soupir, fait le guet sous la fenêtre de la chambre de sa maîtresse et rend des dévotions étonnantes à la serrure de sa porte ; il va, il vient, trotte, déraisonne, met sa robe à l'envers ; il rit des yeux et pleure du cœur. Mais, de ses grands malheurs, il se console toujours par de petites chansons, à la façon de maître Alain Chartier ou de Charles d'Orléans.

Un monde nouveau fait entendre sa voix âpre et réelle par la bouche du pauvre homme orgueilleux et du clerc. Eux, ils vantent l'amour franc, la santé, la jeunesse, le bonheur d'avoir de l'argent, et raillent au surplus les bourgeois parvenus qui supplantent alors les nobles. Leur parole n'est que trop vraie, et même cynique. Tout le bonheur d'ici-bas, c'est de tenir son amie dans ses bras, « entre deux draps sentans lavende et rose », d'avoir une chambre chaude. On s'y donne des baisers sur la bouche ; on regarde le beau teton de sa dame quand elle se lace le matin ; on fait l'amour, « corps contre corps ». Ce monde-là aime les équivoques, les obscénités aussi ; on y cariçature d'étonnantes filles de péché, des vieilles, des noires, des moricaudes. Et ces pièces sont bien dirigées contre l'idéal amoureux et chevaleresque, contre la loyauté : elles enseignent qu'avec de l'argent on arrive à tout, qu'en amour les réalités priment le sentiment.

Ce dualisme est ancien certes ; il rend les deux aspects de la nature humaine : la bête et l'ange. Le *Roman de la Rose,* qui fut vraiment la Bible poétique du moyen âge, nous a proposé tout cela avec les tendances esthétiques et morales si différentes de Guillaume de Lorris et de Jean de Meung. Les auteurs des *Cent Ballades,* Christine de Pisan, Alain Chartier, Martin le Franc, Charles d'Orléans dans les compositions de sa jeunesse, ont tenu pour cet idéal de courtoisie : Eustache Deschamps, Villon, Baude ont développé l'autre tendance, et mis à son service leur verve réaliste [1].

Moment poétique entre tous où l'on peut confondre les temps, les civilisations, mêler les héros de la Bible à ceux d'Homère, les Grecs et les Romains aux figures des chansons de geste, les preux et les preuses aux personnages de Boccace et même aux contemporains [2], où les morts d'hier et ceux du lointain passé fraternisent, où Virgile est tenu pour un prophète ! Les héros ne sont plus que des types, des miroirs de l'humanité : Samson c'est l'homme le plus fort, Salomon, le plus sage, Hector, le plus courageux, Absalon, le plus beau, Alexandre, le plus généreux, Octave, le plus riche et le plus heureux, Job, le plus patient, Aristote, le plus sûr des philosophes, Virgile, le meilleur astronome, Ovide, le plus expert

1. Pierre Champion, *Rondeaux, ballades et autres pièces joyeuses du XVe siècle,* tirage à part de la *Revue de Philologie française,* 1907, p. 6-7.
2. Astesan, dans *Paris et ses historiens,* p. 559-563.

dans l'art d'amour, Ulysse, le plus subtil, et Didon, la reine de
Carthage, la beauté elle-même [1] !

Il faut toujours avoir ces circonstances à l'esprit si l'on
veut comprendre toute la finesse des *Lais* et du *Testament*. Car
Villon, qui est cependant le meilleur représentant de cet esprit
nouveau et réaliste, demeure en même temps imprégné du
beau langage qu'Alain Chartier avait mis à la mode ; chaque
fois qu'il aura à parler d'amour, de ses anciennes amours surtout, de celles du temps de son adolescence, il prendra naturellement ce ton affecté [2]. Il dira, tout comme un autre [3] :

> Le regart de Celle m'a prins
> Qui m'a esté felonne et dure :
> Sans ce qu'en riens aye mesprins,
> Veult et ordonne que j'endure
> La mort...

Celui qui, dans le *Testament*, s'avoue « l'amant remis et
renié », s'écriera à propos d'une Catherine de Vausselles [4] :

> Je regnye Amours et despite ;
> Je deffie a feu et a sang !

La ballade à cette « faulse beauté », nommée Marthe, est du
plus maniéré et du plus précieux style ; mais là cependant
Villon saura trouver des accents forts et charmants [5] :

> Ung temps viendra qui fera dessechier,
> Jaunir, flestrir vostre espanye fleur...
> Las, viel seray ; vous, laide, sans couleur...

Et dans le *lai*, si célèbre en son temps, légué à Ythier Marchand, où le poète, après tant d'autres, maudit la mort qui lui
a ravi sa maîtresse, il y a un vers précieux comme le plus beau
des anneaux [6] :

> Deux estions et n'avions qu'ung cuer...

1. Bibl. de Stockholm, ms. fr. LIII, fol. 141 : ballade « De tous ceux qu'a créez
Nature... »

2. W. G. C. Byvanck, *Spécimen d'un essai critique*, p. 122-123.

3. L., h. 5. — 4. T., h. 60. — 5. T., v. 958-959.

6. T., v. 985. Cf. Deschamps, X, p. LXX.

Certainement Villon n'exprime pas là son tempérament ;
et peut-être aussi y a-t-il dans ces imitations d'Alain Chartier
une intention ironique [1] ? N'empêche que François a beaucoup
admiré ses poésies, qu'il laissera plus tard aux amants infirmes
pour les consoler.

Ainsi Villon, qui n'était ni de ce temps, ni de ce monde
chevaleresque, en demeura quand même influencé.

Il était du peuple de Paris dont il parla le langage. Plus que
Rutebeuf, Deschamps, Michault Taillevent, Villon excella dans
la juste peinture de la pauvreté et de la misère. Quand il
évoque la destinée de ses compagnons de jeunesse, il déclare
que les uns sont riches, et que :

> Les autres mendient tous nus
> Et pain ne voyent qu'aux fenetres [2].

François était de ces derniers : ce n'est pas là un trait que l'on
invente. Il dira plus loin la grande peine qu'on endure à
servir les maçons [3] : il vécut pauvre « de sa jeunesse »,

> De povre et de petite extrace [4].

Lui, qui fit un si riche testament, n'avait jamais posssédé
« vaillant plat ni escuelle » [5] ; ses habits tombaient par lam-
beaux [6], et, toute sa vie, il demeurera assailli de cette cruelle
entité : « Faulte d'argent [7] » !

La sagesse, dans ce cas, est de se soumettre à la destinée, à
la Fortune, à Dieu surtout :

> Mais aux povres qui n'ont de quoy,
> Comme moy, Dieu doint patience [8].

Villon répètera (n'en déplaise à nos esprits forts) ce dicton
du pauvre, que nous recueillons à la fois chez Deschamps et

---

1. W. G. C. Byvanck, *Spécimen d'un essai critique*, p. 131-133.
2. T., v. 235-236. — 3. T., v. 253.
4. T., h. 35. — Je suis de *paupere regno*, a dit Deschamps, V, p. 40.
5. T., v. 1894. — 6. T., v. 2010. — 7. Poésies div., IX, v. 39. — 8. T., v. 245-246.

le malheureux Michault Taillevent, ce mot de Jeanne d'Arc :
« Prenez en gré ! »[1]. Tel est le refrain de la ballade où la
Fortune est censée lui parler et le consoler au récit de la fin
pitoyable de tant de héros[2] :

> « Pour ce, Françoys, escoute que te dis :
> Se riens peusse sans Dieu de Paradis,
> A toy n'autre ne demourroit haillon,
> Car, pour ung mal, lors j'en feroye dix,
> Par mon conseil prens tout en gré, Villon ! »

Voilà le mot des résignés, des simples et des malheureux :
ils voient Dieu et Dieu les voit. Car François a la foi du
peuple. Il n'ignore pas qu'il est un pécheur ; mais d'un pauvre,
comme lui, on ne peut exiger qu'il soit homme de bien[3]. S'il
est triste, si faible, abandonné, c'est qu'il manque d'un peu
d'argent[4]. Villon sait bien qu'il demeure le plus imparfait de
tous, qu'il n'est pas maître en théologie[5] : mais cela ne l'empêche pas de voir le Paradis ouvert devant lui, et de louer,
comme il convient, le doux Jésus-Christ[6]. Il a la foi de sa
bonne femme de mère ; et le repentir sort de son cœur comme
les larmes jaillissent naturellement de ses yeux : Dieu absoudra tous les morts[7]. Il y a un prince Jésus, qui est notre
maître à tous, et peut sauver le pauvre frère humain suspendu
à la potence[8] :

> Prince Jhesus, qui sur tous a maistrie,
> Garde qu'Enfer n'ait de nous seigneurie :

1. Le Régime de Fortune de Michault Taillevent (Bibl. de Stockholm, ms. fr. LIII,
fol. 147 v°) ; Procès de Jeanne d'Arc, I, p. 114-116, 150 ; Deschamps, IV, p. 71 :
Pren donc en gré, fay ton retrait — A pacience debonnaire ; — Car qui de mort se veut
retraire — Il convient, maugré c'on en ait, — Prendre confort en son affaire, — Souffrir, dissimuler et taire !

2. Poésies div., XII, v. 37-41. — Cf. Bibl. de Stockholm, ms. fr. LIII, fol. 242 r° :
Passe temps Michault.
Povre et vil, s'il n'a pacience — En desespoir tous les jours vit... — De povre homme adez
povre songe, — De povre saint povre chappelle... — Povre homme, ce n'est pas mensonge,
— La mort huche, la mort appelle, — A tout sa houe, à tout sa pelle : — Mais la mort fait
l'oreille sourde ; — Mal n'est qu'en povreté ne sourde.

3. T., h. 19. — 4. T., h. 23. — 5. T., v. 811.
6. T., h. 33. — 7. T., h. 151, 152. — 8. Poésies div., XIV, v. 31-45.

La patience des pauvres
(Bibl. nat., fr. 9608)

A luy n'ayons que faire ne que souldre.
Hommes, icy n'a point de mocquerie ;
Mais priez Dieu que tous nous vueille absouldre !

Mais qui aurait le cœur de se moquer ici ? C'est pourquoi
Villon se confessa si librement à nous. Un homme de nos
jours y eût mis, sans doute, de la forfanterie, de l'orgueil ; il
serait intolérable. Le sentiment religieux seulement a fait les
hommes égaux ; par lui le mauvais pouvait toujours ressusciter
au bien : il n'était pas l'éternel failli.

Et Villon appartenait encore au peuple par la bonne langue
qu'il parla : une langue toute pleine de proverbes où l'expérience des simples s'était cristallisée. Quand on l'a constaté,
on peut laisser les pédants et les doctes maîtres en rhétorique
le regretter.

Les simples parlent par proverbes, parce qu'un proverbe
contient toute leur expérience, et souvent aussi toute la sagesse
des sages. François aima beaucoup les proverbes, comme il
appréciait ces dictons sentencieux qui formaient le ton de la
conversation des rues, des marchands, des bourgeoises [1] ; car il
ne méprisait pas tout ce qu'il entendait « communement » [2]. Il
ne dédaignera pas de répéter ce que chacun « dit à la volée » [3].
Pour signifier qu'il change de sujet, Villon dira : « Laissons le
moustier où il est [4] ». Vivre vieux, c'est « vivre autant que
Mathusalem [5] ». Pour justifier sa mauvaise vie, il alléguera un
proverbe [6] :

Necessité fait gens mesprendre
Et faim saillir le loup du bois.

François le sait du pauvre vieillard :

Tousjours veil cinge est desplaisant [7].

1. Wilmotte, La tradition littéraire, p. 174 ; Le Roux de Lincy, Le livre des Proverbes français, 1842, p. LXXVI-LXXVIII et passim.
2. T., v. 151, 759. — 3. T., v. 623. — 4. T., v. 265. — 5. T., v. 64.
6. T. v. 167-168. Cf. le Jouvencel, I, p. 27 : « car on dit communément que la faim
chasse le loup hors du bois. »
7. T., v. 439.

Il n'ignore pas qu'à Reims, à Troyes, on répète dans les rues marchandes que :

> Six ouvriers font plus que trois [1].

Il connaît bien le refrain de la chanson :

> Pour ung plaisir, mille doulours [2].

Et Villon nous dit aussi que les vers ne trouveront pas « grant gresse » dans son corps [3] ; que jamais le bien mal acquis ne profite [4] ; enfin, de ces proverbes, suivant une mode chère à son temps, il composera toute une ballade (vers 1460) [5] :

> Tant grate chievre que mal gist [6],
> Tant va le pot a l'eau qu'il brise,
> Tant chauffe on le fer qu'il rougist,
> Tant le maille on qu'il se debrise [7],
> Tant vault l'homme comme on le prise,
> Tant s'eslongne il qu'il n'en souvient,
> Tant mauvais est qu'on le desprise,
> Tant crie l'on Noel qu'il vient [8].

> Tant parle on qu'on se contredist,
> Tant vault bon bruyt que grace acquise,
> Tant promet on qu'on s'en desdist,
> Tant prie on que chose est acquise,
> Tant plus est chiere et plus est quise,
> Tant la quiert on qu'on y parvient [9],
> Tant plus commune et moins requise,
> Tant crie l'on Noel qu'il vient.

> Tant ayme on chien qu'on le nourrist,
> Tant court chanson qu'elle est apprise,
> Tant garde on fruit qu'il se pourrist,
> Tant bat on place qu'elle est prise [10],

1. T., v. 616. — 2. Cf. Bibl. Nat., ms. fr. 2375, fol. 130 v⁰.
3. T., v. 843. — 4. T., v. 1691. — 5. Poésies div., II.
6. La chèvre gratte tant la terre qu'elle finit par être très mal couchée. Cf. Ce proverbe est donné comme un dit de vilain dans le Commentaire de l'Art d'aimer (*Hist. litt. France*, XXIX, 474).
7. Ou le frappe si fort à coup de maillet qu'il se brise.
8. On chante tant de fois le cantique de Noël que la fête finit par arriver.
9. On recherche si longtemps telle chose [une femme ?] qu'on finit par l'obtenir.
10. On bat tellement [de traits ou du canon] une place de guerre qu'on s'en empare à la fin.

Tant tarde on que faut entreprise [1],
Tant se haste on que mal advient,
Tant embrasse on que chiet la prise [2],
Tant crie l'on Noel qu'il vient.

Tant raille on que plus on ne rit,
Tant despent on qu'on n'a chemise,
Tant est on franc que tout se frit [3],
Tant vault tient que chose promise,
Tant ayme on Dieu qu'on suit l'Eglise,
Tant donne on qu'emprunter convient,
Tant tourne vent qu'il chiet en bise [4],
Tant crie l'on Noel qu'il vient.

Prince, tant vit fol qu'il s'avise [5],
Tant va il qu'après il revient,
Tant le mate on qu'il se ravise [6],
Tant crie l'on Noel qu'il vient [7].

Villon enfin a été par excellence le peintre de la volupté, le
poète de la mort.

Certes, bien avant lui, on avait dit le « maintien rassis »
convenable au type que l'on considérait comme l'idéal de la
beauté. Que de fois les poètes avaient célébré, depuis nos vieux
trouvères, le clair visage de leur dame, sa chevelure blonde,
son front large, ses sourcils déliés, ses yeux verdelets, son nez
joli, sa bouche riante et mignonne, son cou élevé, ses bras longs
et ses doigts grêles, son maintien noble ! Peu à peu on avait
déshabillé cette poupée gothique : la gorge plaisante était
apparue, un corps souple et sinueux, des seins fermes et petits,
le ventre épais, la cuisse dure [8].

1. On tarde tellement que l'entreprise manque.
2. Variante du proverbe : qui trop embrasse mal étreint.
3. On est si libéral qu'on dépense tout son bien.
4. Le vent tourne à ce point que le froid survient.
5. Un vers que François Villon peut s'appliquer, avec les deux autres qui suivent.
6. On le corrige si bien qu'il s'amende.
7. Le *Prisonnier Desconforté*, p. 13, contient une ballade de proverbes imitée de
celle de Villon.
8. Bibl. Nat., fr. 1719, fol. 145 v° : « Une dame d'excellente beaulté » par P. Danthe.
Cf. Longnon, *Œuvres de Fr. Villon*, p. 195-196 ; la ballade des femmes (*Ibid.*, p. 197) ;

Hélène, Didon, Genièvre, Yseult, telles étaient les grandes amoureuses ; ou encore la noble Médée, Florence, Polyxène, Pallas, Junon, Vénus la souveraine, Amaryllis, Proserpine la Romaine, Sidoine qu'aima Ponthus, Bethsabée, Judith, Grisélidis, Esther, Mélusine, Penthésilée : ainsi les énumère un poète de ce temps pour la gloire de cette Antoinette qu'il leur préféra[1]. Car on faisait alors mentir le vieux dicton sur la beauté des Anglaises et leur visage angélique, et celui qui attestait la réputation des Flamandes : on estimait leur démarche mauvaise ; on les disait mal habillées. Un doux parler, des yeux gais, le nez joli, de belles jambes, des habits bien faits, une chemise toujours fine et blanche, tels étaient les agréments qu'on reconnaissait alors aux dames de France[2].

Dans la description que Villon fera de la beauté, il se souviendra de la poupée archaïque célébrée par les vieux poètes, type qu'il a tout simplement transposé d'après le *Roman de la Rose*[3]. Mais qu'on relise la description de ses charmes flétris que fait la belle Heaulmière, vite on y verra ce qui est de convention, les mots vrais et sensuels qui appartiennent à Villon : qu'on se récite l'admirable début des Contredits du Franc Gontier, et l'on aura bientôt la même impression. A quoi sert alors d'accumuler tous les exemples antérieurs à Villon où une dame est dite blanche ou tendre ! Quand on aura cité toutes les « épaules menues », les « sourcils voultys », le « grand entre œil », les « lèvres vermeilles » et les « longs bras » de tous les temps et de toutes les dames, tous les « mentons fourchus » et les « clairs visages », on n'aura pas rendu compte de la puis-

---

Marcel Schwob, *Parnasse satyrique*, p. 158-159 ; Montaiglon, *Anciennes poésies françaises*, VII, 299.

1. Bibl. Nat., fr. 1719, fol. 167 :

Pour hault louer dame de grant renom... — Prince, qui veult belle dame choisir, — Jeune, gente en bon point et reffaicte, — Il ne fault de nulle autre enquerir : — Je tiens plus belle sur toutes Anthoinette !

2. Cf. entre autres le dit célèbre : « Qui veut belle femme acquerre... » ; *L'advocat des dames de Paris*, dans Montaiglon, *Anc. poésies françaises*, XII.

3. L. Thuasne, *op. cit.*, p. 52.

sance qu'exerceront ces mots, ces banalités, là où les place
le poète.

> Blanche, tendre, polie et attintée...
> Rire, jouer, mignonner et baisier...

Ce ne sont ni des répétitions, ni des épithètes accumulées au
hasard. Car nul n'a parlé avec autant d'ardeur et de mélancolie
du corps féminin que Villon, sans doute parce qu'il l'aimait
en songeant à sa fragilité, à la déchéance de la vieillesse, à ce
condiment qu'était pour lui l'idée perpétuelle de la mort [1] :

> Corps femenin, qui tant est tendre,
> Poly, souef, si precieux,
> Te fauldra il ces maux attendre ?
> Oy, ou tout vif aller es cieulx.

Au déclin du moyen âge, la vision de la Mort fut la dure
leçon morale de la vie. Son image triompha partout [2].

La pensée de la mort, la préparation à mourir pour ressusciter
à la vie nouvelle furent par excellence l'objet des méditations
du chrétien. Hélinant, moine de Froidmont, avait écrit en français, dans les dernières années du XIIe siècle, un poème célèbre,
les *Vers de la Mort*, dont la rude beauté demeure encore sensible [3]. Avant son élévation au pontificat, Innocent III, dans
son *de Contemptu mundi*, renchérissait encore sur les pages
désolées du livre de Job ; il avait maudit la chair, montré en
nous le travail de décomposition de la mort [4]. A partir du
XIVe siècle les grandes pestes avaient exercé de terribles ravages
et exalté les sentiments de la foule. Les ordres nouveaux venus,
les Célestins, les Dominicains, les Franciscains allaient parler
à cette sensibilité, organiser des sermons mimés, des représentations théâtrales où la Mort triomphait du monde, entraînant

---

1. T., v. 325-328.
2. Voir ce qu'a dit là-dessus, de façon admirable, Émile Mâle, *L'Art religieux de la fin du moyen âge en France*, p. 375 et s.
3. Ed. Wulff et Em. Walberg, 1905 (*Soc. des anciens textes*).
4. Migne, *Patrologie latine*, t. CCXVII, col. 702.

à sa suite et dans sa danse les humains de toutes les conditions.
Ce fut une véritable émotion. Chacun vit ce qu'il ignorait, ou
ce que les formules magiques étaient censées faire apparaître
devant nous : sa destinée ; mais cette destinée, ce double de
l'homme, n'avait qu'une forme, une forme humaine momifiée :
c'était son propre cadavre [1]. La mort se dressait, dans la vision
qui frappait Louis d'Orléans, sous l'aspect du squelette bran-
dissant une flèche ; Jean duc de Berry faisait peindre au portail
des Innocents la scène où l'anachorète voit les trois morts
surgir devant les trois jeunes seigneurs chassant à l'oiseau [2].
Et bientôt ce sujet sera développé dans le cimetière par la
Danse Macabre, qui fut sans doute la représentation peinte de
quelque sermon mimé d'un religieux exalté.

Jadis, sur les tombes de cuivre émaillé, de pierre et d'albâtre,
qui remplissaient les églises, les monastères, débordaient les
chapelles des cloîtres, les salles capitulaires, sur ces dalles qu'on
piétinait, on avait vu des rois, des chevaliers, des religieux,
des bourgeois, couchés, les mains jointes, les yeux ouverts, le
visage jeune et vivant tourné vers l'Orient, attendant avec séré-
nité la lumière éternelle du jugement. Dès les dernières années
du XIIIe siècle, on avait moulé la figure et les mains du défunt.
A la fin du siècle suivant apparut le cadavre desséché, la fragile
figure de momie dont la pauvre nudité surpasse toute élo-
quence : car il est bien inutile que le mort nous parle encore,
qu'on lise sur des banderolles : « Tu n'es que cendre et tu seras
bientôt comme moi un cadavre fétide, pâture des vers », ou « Je
suis ce que tu seras... » Dans les livres d'Heures de ce temps, il
y avait toujours une brutale et magnifique image représentant
la scène de l'enfouissement. La figure de la mort était familière
à tous : elle illustrait les prières de chaque jour [3].

Ces idées et ces spectacles lugubres, Villon les trouva autour
de lui quand il commença de sentir.

---

1. M. Mâle a été parfois un peu rigoureux dans cette interprétation, à mon sens.
2. *Paris et ses historiens*, p. 265 et s.
3. E. Mâle, *op. cit.*, p. 423 et s.

Eustache Deschamps, entre autres, avait résumé le traité d'Innocent sur notre pauvre corps, cette « charogne à vers » [1]. Il avait dit la mort égale pour tous, pour les sages et pour les fous, la vanité des grandeurs humaines [2] :

> Qu'est devenu David et Salemon,
> Mathussalé, Josué, Machabée,
> Olofernes, Alixandre et Sanson,
> Julles Cesar et Hector et Pompée ?
> Ou est Crises à tout sa renommée,
> Artus li roys, Godeffroy, Charlemaigne,
> Daires le grans, Hercules, Tholomée ?
> Ils sont tous mors, le monde est chose vaine !
>
> Qu'est devenuz Denys, le roy felon,
> Job le courtois, Thobie et leur lignée,
> Aristote, Ypocras et Platon,
> Judich, Hester, bonne Penelopée,
> Royne Dydo, Pallas, Juno, Medée,
> Guenievre, Yseult et la tres belle Heleine,
> Palamides, Tristan à tout s'éspée ?
> Ils sont tous mors, le monde est chose vaine !

Plus près de Villon encore, Pierre de Nesson avait fait entendre de réalistes et lamentables plaintes que notre poète a vraisemblablement lues [3] :

> Héllas, on enterre le pape,
> A toute sa grant rouge chappe,
> Et le roy couronné, en ceptre,
> En leurs cloz cymentez charniers
> Pour les cuider garder entiers !
> Mais je voy que l'en ni peult mectre
> Nulle, tant soit soudée, biere
> Que la charongne on treuve entiere :
> Car les vers d'elle meisme issent,
> Qui la decirent et deveurent ;
> Les vers, qui en terre demeurent,
> N'y attoucheront ja qu'ilz puissent.

---

1. *Œuvres*, V, p. 204-205.
2. *Ibid.*, III, p. 113.
3. Bibl. Nat. fr. 1889, fol. 120 v⁰ (*Les Vigilles des mors*).

Pour nulle riens n'y toucheroient :
Car ilz leur semble qu'ilz seroient
Mors de poisons et puantises,
Tant est de grant infection
L'homme mort. Quel perfection
A Nature en corps humain mise !...
Et les prebstres qui chanteront
En criant *Requiem*, penseront
Combien ilz en aront d'argent :
Et voz hoirs mectront tous en peine
Leurs serviteurs, qu'on leur ameine
Tost ung notaire ou ung sergent !...
De vous ne sera plus memoire :
Il fauldra faire l'inventoire
De tout ce qu'aquesté avés,
Soit argent, maison ou vaisselle :
Mais n'y aura cellui ne celle
Qui chaille lors ou vous serés !...
Ypocras et Galien, qui furent
Si bons medicins, et tant sceurent
Entre les maistres anciens,
Si n'ont il sceu eulx secourir,
Qu'il ne leur ait faillu mourir,
Et eulx et tous leurs paciens...

Il y a là certainement des accents d'une violente poésie.
Dans cette matière, tragique et banale, Villon surpassera
Deschamps qui ne sait pas se borner, Nesson qui nous soulève
le cœur, à la fin [1]. Il triomphe une fois de plus par le miracle
de son art, par la vision puissante et rapide qu'il a de la réalité.
Quelques vers de Villon sur la mort ont fait négliger tous ceux
de ses prédécesseurs, comme les petits pleurants de Claus
Sluter ont fait oublier les pleurants de tous les tombeaux. Et

1. Je citerai encore une belle ballade de la Mort (Bibl. Nat., fr. 1707, fol. 26) :

Moy qui suis Mort, à tous humains,
Fais assavoir, comme Deesse,
Que je tieng leur vie en mes mains.
Fi de leur orgueil et richesse !
Ou est Arthus, ou est Gauvains,
Hector qui tant eult de proesse ?
Chasteaulx, villes ne forteresse,
Contre moy ne leur peult valoir :
Qui que je veulx, prins et delesse
En terre pourrir et manoir.

Fuyent fort, soient pres ou loings,
Dansent, chantans, menans liesse,
Voisent chasser aux cerfz, aux daings,
Prennent perdris, mainent en lesse
Chiens et levriers, cela n'opresse
Ma grant vertu...
Prince, comme dame et mestresse,
Autant m'est le blanc que le noir
Au pas, quant l'ame le corps lessa
En terre pourrir et manoir.

peut-être Villon n'a-t-il parlé si fortement de la mort que parce
qu'il avait beaucoup aimé la vie ?

> Se tu n'as tant que Jacques Cuer
> Mieux vault vivre soubz gros bureau
> Povre, qu'avoir esté seigneur
> Et pourrir soubz riche tombeau [1] !

Ce qui fait la beauté de sa triste vision, c'est qu'elle est toute
réelle, mais d'une vérité si générale cependant que chacun de
nous peut la vérifier. Voici d'abord le souvenir donné aux
camarades disparus (or nous avons tous pleuré de jeunes amis
défunts) [2] :

> Ou sont les gracieux gallans
> Que je suivoye ou temps jadis,
> Si bien chantans, si bien parlans,
> Si plaisans en faiz et en dis ?
> Les aucuns sont mors et roidis,
> D'eulx n'est il plus riens maintenant :
> Repos aient en paradis,
> Et Dieu saulve le demourant !

Nous l'avions entendu trop de fois ce développement banal
sur la mort inéluctable : mais est-il une façon plus saisissante
de dire que le fils suivra le père, que la mère aussi y passera,
tendant le bras à l'enfant [3] ?

> Si ne suis, bien le considere,
> Filz d'ange portant dyademe
> D'estoille ne d'autre sidere.
> Mon pere est mort, Dieu en ait l'ame !
> Quant est du corps, il gist soubz lame.
> J'entens que ma mere mourra,
> Et le scet bien la povre femme,
> Et le filz pas ne demourra.
>
> Je congnois que povres et riches,
> Sages et folz, prestres et laiz,
> Nobles, villains, larges et chiches,
> Petiz et grans, et beaulx et laiz,

1. T., h. 36. — 2. T., h. 29. — 3. T., h. 38-39.

> Dames a rebrassez colletz,
> De quelconque condicion,
> Portans atours et bourreletz,
> Mort saisit sans exception.

On avait abusé du cadavre, du spectacle de la pauvre momie dévorée par les vers. Au surplus ce n'est pas là le drame de la mort. Avec un sûr instinct, un sentiment juste que nous retrouverons dans l'admirable livret populaire de *l'Ars moriendi*, Villon transpose cette scène au lit de l'agonisant : ce trait réaliste, qu'on a prodigué avant lui et après, Villon le réserve pour ce qu'il avait le plus aimé, pour ce qu'il trouve de plus aimable dans ce monde, le tendre corps de la femme[1] :

> Et meure Paris ou Helaine,
> Quiconques meurt, meurt a douleur
> Telle qu'il pert vent et alaine ;
> Son fiel se creve sur son cuer,
> Puis sue, Dieu scet quelle sueur !
> Et n'est qui de ses maux l'alege :
> Car enfant n'a, frere ne seur,
> Qui lors voulsist estre son plege.

> La mort le fait fremir, pallir,
> Le nez courber, les vaines tendre,
> Le col enfler, la chair mollir,
> Joinctes et nerfs croistre et estendre.
> Corps femenin, qui tant es tendre,
> Poly, souef, si precieux,
> Te fauldra il ces maux attendre ?
> Oy, ou tout vif aller es cieulx.

Enfin s'il doit évoquer, lui aussi, la scène du cimetière, la représentation rituelle de tous les livres d'Heures, c'est dans un vrai cimetière que Villon nous transportera, aux Innocents ; ces émouvants charniers, il les évoquera pour nous, là même où il a pu voir le *Dit des Trois Morts* et la grande Danse Macabre qui enseignaient le néant de toutes grandeurs[2] :

---

1. T., h. 40, 41.
2. « *Hec pictura decus, pompam luxumque relegat...* En ce miroir chascun peut lire. » Texte de la danse Macabre.

Icy n'y a ne ris ne jeu [1].
Que leur vault avoir eu chevances,
N'en grans lis de parement jeu,
Engloutir vins en grosses pances,
Mener joye, festes et dances,
Et de ce prest estre a toute heure ?
Toutes faillent telles plaisances,
Et la coulpe si en demeure.

Quant je considere ces testes
Entassees en ces charniers,
Tous furent maistres des Requestes,
Au moins de la Chambre aux Deniers,
Ou tous furent portepanniers :
Autant puis l'ung que l'autre dire,
Car d'evesques ou lanterniers
Je n'y congnois riens a redire.

Et icelles qui s'enclinoient
Unes contre autres en leurs vies,
Desquelles les unes regnoient
Des autres craintes et servies,
La les voy toutes assouvies,
Ensemble en ung tas, peslemesle.
Seigneuries leur sont ravies ;
Clerc ne maistre ne s'y appelle [2].

Or sont ilz mors, Dieu ait leurs ames !
Quant est des corps, ilz sont pourris.
Aient esté seigneurs ou dames,
Souef et tendrement nourris
De cresme, fromentee ou riz,
Leurs os sont declinez en pouldre
Auxquels ne chault d'esbatz ne ris.
Plaise au doulx Jhesus les absouldre !

Cette vision serait pour nous un peu forte. Mais dans son
amertume résident la consolation et l'espérance du pauvre :

Si ne crains plus que rien m'assaille
Car a la mort tout s'assouvit [3].

1. T., h. 148-151.
2. Villon se souvient des *Vigilles des mors* de Pierre de Nesson, Bibl. Nat., fr. 1889,
fol. 128 : Regarde es os d'ung cimetiere ... — Tu les trouveras tous pareulx. — Ceulx
des povres et des grans maistres. — 3. T., v. 223-224.

Villon s'apaisera à la pensée que tant de papes, de rois, de seigneurs ont disparu avant lui [1] : ce chemin sans issue, s'il vit repentant, n'est autre que la Voie de Paradis.

Nous n'avons pas de portrait de Villon. L'image qui est censée le représenter, figurant dans l'édition de 1489, n'est qu'un passe-partout [2]. Le même personnage, rasé et à longs cheveux, vêtu d'un court manteau, portant chapeau, bourse et dague à la ceinture, chaussures carrées, se retrouve dans le *Compost des Bergers* [3] : ce n'est ni un clerc, ni même un contemporain de Villon. En tête d'une ancienne édition des *Repues Franches* on voit bien un clerc à figure rase, à cheveux courts, coiffé d'un bonnet, portant robe longue et écritoire à la ceinture : il tient un livre d'une main et de l'autre une banderolle où se lit le nom de *F. Villon* [4]. Mais ce n'est là encore qu'une image banale employée ailleurs pour représenter Virgile [5] !

A défaut aussi de cette facétieuse représentation à l'encre qu'il avait demandé à ses héritiers de tracer au-dessus de sa

---

1. T., h. 34, 38, 40, 41-42. — Il y a, dans un poème important, *Le Mirouer de la Mort* (British Museum, ms. Lansdowne 380, fol. 95), un souvenir des beaux vers de Villon :

Ou sont les princes de la terre ?
Ou est Alixandre Dalier,
Celui qui tant voulut conquerre,
Ou est le bon roy d'Engleterre
Artur et son courage fier,
Et Lancelot, bon chevalier,
Qui fut garde de son honneur ?
Ils sont mors comme ung laboureur !
Charlemaigne, roy des François...
Ils ont logis aussi petit
Et aussi bien par dedens terre
Que celui qui va son pain querre.
Et le grant renommé Pompé
Qui aux Romains fict tant de biens...
Celui qui les [Alpes] passa
Hannibal, le duc de Cartaige,
Douloureusement devia
Par le venin qu'on lui donna...

Ou sont les preuses de jadis ?
Ou est d'Elaine le beaulté ?
Tu n'as donjon, chasteau ne fort
Qui te puisse garder...
Damp abbé ne sera laissié
Avec la dame de ses biens...
La face est taincte et apallée,
Et les yeulx crevez en la teste ;
La parolle lui est faillie,
Car la langue ou pallaiz se lie ;
Le poulx se tressault et hallecte :
La vie fuit, la mort est preste...
Il n'a nerf qu'a rompre ne tende...
Tu n'as dame ne mignon
A qui gaires de toy chaura...
Tu n'as parens ne fils ne fille...
Tu es seul, le mallureux !

2. Bibl. Nat., Rés. Ye 245 ; A. Claudin, *Histoire de l'Imprimerie*, I, p. 440. — Il semble cependant que ce dessin ait été fait spécialement pour le Villon de Levet.

3. *Ibid.*, p. 395.

4. *Catalogue des livres composant la bibliothèque de feu M. le baron James de Rothschild*, I, p. 158-260. — 5. G. Paris, *François Villon*, note additionnelle, p. 190.

Pl. XXXVIII

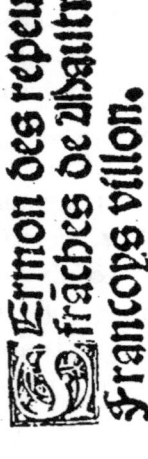

Sermon des repeus
Et des frasches de Ubaultre
Francoys villon.

Le recueil & hystoires des trepasse frasches

(Catalogue de la Bibliothèque James de Rothschild, I.)

Le conseau que feist
ledit Villon quant
il fut iugie

Je suis francois dont ce me poise
Ne de paris empres pontoise
Qui dune corde dune toise
Saura mon col que mon cul poise

Grant Testament
ed. de Pierre Levet, 1489
(Bibl. nat. Rés. yᵉ 245)

tombe [1] (ç'eût été dans la réalité une de ces pierres plates que
les ouvriers parisiens du faubourg Saint-Marcel expédiaient dans
toute la France et où l'image d'un clerc aurait représenté tous les
clercs) [2], nous pouvons cependant entrevoir quelques traits de
François Villon, au moment où il composa son *Testament* :
nous pouvons surtout, et c'est ce qui nous importe, tracer de
lui un portrait moral.

Villon n'a guère parlé que de lui-même. Il se connaissait
bien, encore qu'il eût affirmé le contraire [3] :

> Je congnois bien mousches en let,
> Je congnois a la robe l'homme,
> Je congnois le beau temps du let,
> Je congnois au pommier la pomme,
> Je congnois l'arbre a veoir la gomme,
> Je congnois quant tout est de mesmes,
> Je congnois qui besongne ou chomme,
> Je congnois tout, fors que moy mesmes.

> Je congnois pourpoint au colet,
> Je congnois le moyne a la gonne [4],
> Je congnois le maistre au varlet,
> Je congnois au voille la nonne,
> Je congnois quant pipeur jargonne [5],
> Je congnois fols nourris de cresmes [6],
> Je congnois le vin a la tonne,
> Je congnois tout, fors que moy mesmes.

> Je congnois cheval et mulet,
> Je congnois leur charge et leur somme,
> Je congnois Bietris et Belet,
> Je congnois get qui nombre et somme [7],
> Je congnois vision et somme [8],
> Je congnois la faulte des Boesmes [9],

1. T., h. 164. — 2. Guillebert de Metz, p. 222; Mâle, *op. cit.*, p. 462.
3. Poésies div., III. — 4. A la robe. — 5. Quant le tricheur parle en jargon.
6. Ceux qui tiennent l'office de fou et sont délicatement nourris.
7. Je connais le jeton avec lequel on fait des additions.
8. Vision et songe.
9. L'erreur des Bohémiens sectateurs de Jean Huss, les Hussites que Jeanne d'Arc
menaçait d'aller châtier si elle n'avait été retenue par la guerre avec les Anglais
(*Procès*, V, p. 156).

Je congnois le povoir de Romme,
Je congnois tout, fors que moy mesmes.

Prince, je congnois tout en somme,
Je congnois coulourez ou blesmes,
Je congnois Mort qui tous consomme,
Je congnois tout, fors que moy mesmes.

C'est là un jeu : Villon se connaissait parfaitement, et nul n'a jamais lu plus clairement au livre de sa conscience. Il savait bien qu'il ne pouvait se trouver d'excuses, comme à « ung povre ydiot et follet » [1].

François Villon était alors bien différent du « povre petit escollier », de l'écolier de jadis, sec, noir, mais amoureux et rempli de légère gaîté. Il était plus pauvre encore, plus noir que mûre, plus maigre que la chimère [2] ; sur ses trente ans, vieux, tousseux, il avait perdu cheveux et sourcils [3]. Il n'avait pas toujours mangé sur sa route ; il était demeuré de longs mois en prison, au pain et à l'eau : il y avait laissé presque la vie [4], et son cœur ne tenait plus qu'à un fil [5]. François avait erré sans gîte comme un chien [6], couché dans les carrières [7], porté la balle [8] ; il était dompté par le travail [9], ayant sans doute servi les maçons [10], pansé les chevaux, fauché dans les champs, aidé à broyer le chanvre [11]. Une telle santé, qui avait résisté à tant d'épreuves, Villon pouvait bien désirer de l'engager à un lombard usurier, encore qu'elle fût atteinte [12] ! Et bien

---

1. Poésies div., XI, p. 23.
2. T., h. 16, 19, 23, 64, 76.
3. T., h. 22, 62 ; v. 1896. — Sur le fait que les fatigues de l'amour font tomber le poil du corps, Cf. *Recueil général de Fabliaux*, éd. Montaiglon et G. Raynaud, III, p. 191. Cf. p. 170 n.
4. T., h. 14, 25, 76 ; v. 1785.
5. Poésies div., XI, v. 2.
6. Poésies div., XI, v. 5. — 7. *Ibid.*, XII, 4-5.
8. T., v. 417.
9. Poésies div., IX, v. 3.
10. T., v. 1709. — 11. T., v. 1713.
12. T., h. 10, 62, 76 ; Poésies div., IX, v. 21.

des morceaux de sa robe étaient demeurés aux épines de son chemin [1].

Mais François a maintenant l'âme repentante du bon prisonnier, la résignation des humbles, le désir de s'amender. Sa foi est vive : le doux Jésus-Christ le sauvera, comme il a sauvé Lazare, le bon pauvre, comme il absoudra tous les pauvres morts [2]. Il n'ignore pas qu'il est un pécheur et un malheureux : mais un pauvre ne peut être loyal [3]. Et puis il n'a pas rencontré de pitié, un autre Alexandre comme le pirate Diomède [4] : Charles d'Orléans, qu'il a traité de César, de « doux prince », et qui était bon, cependant, n'a pas été pour lui cet Alexandre. La vérité, Villon nous la confesse : il n'était pas persévérant. Ce fut là son malheur [5]. Il n'avait pas d'argent et aimait trop le plaisir [6]. De quelle expérience François devait payer ses erreurs, ses fautes ; de quelle misère, on l'a vu ! Aussi, à l'idée de ses persécuteurs, au souvenir des gens qui ne l'ont pas aidé, Villon devient sur l'heure fou de haine. Quand il les rappelle à sa pensée, c'est pour les bafouer, les insulter, les maudire, lui qui vient de nous parler à l'instant comme le doux pauvre de Dieu.

Cette haine a martelé de puissante façon les huitains du *Testament* ; mais par le repentir qu'il y exprime, le poète a su nous attacher à lui.

La contradiction de sa nature, à la fois bonne et mauvaise, les circonstances extraordinaires dans lesquelles il créa son poème, sont pour beaucoup dans le pathétique du *Testament* : un art souverain en fait cependant tout le prix. Dans cette œuvre de vengeance, Villon a su traduire, comme l'art religieux et populaire de son temps, le meilleur de la tendresse et de l'inquiétude humaines ; mais, par un miracle de son génie, il l'a parée des sortilèges d'une impérissable beauté.

---

1. T., v. 2010.
2. T., h. 33 ; Poésies div., XII, v. 38.
3. T., h. 19. — 4. T., h. 21. — 5. T., v. 104. — 6. T., h. 23.

§ III. — *Le sens du Testament.*

Le *Testament* est-il un poème ayant une « portée sociale »,
comme on le dit ? Est-ce une satire, un pamphlet dirigé contre
des gens de finance ? Pourquoi de si violentes attaques ont-
elles pu être produites contre de puissants personnages, comme
furent certains des légataires de Villon ?

Pour répondre à ces questions, il est utile de jeter un coup
d'œil sur la société en France au moment de l'apparition du
Testament.

Le premier aspect qui frappe notre regard est un grand
trouble. La France victorieuse de l'étranger[1], la France enfin
sortie de sa misère, et riche, nous présente le spectacle du
renversement de toutes les valeurs morales. Nous assistons à la
fin d'un monde chevaleresque, que la guerre n'entretient plus,
et qui d'ailleurs, à la guerre, était déjà failli. Le *Petit Saintré* se
charge de faire son oraison funèbre très joyeusement : quant à
ce personnage de roman, le beau jouteur et l'amoureux Lalaing,
qui semble bien le Petit Saintré vivant, il est interrompu dans
sa noble carrière par un boulet de canon. Ce n'est donc plus
le temps de tournoyer, de vivre largement comme un autre
Alexandre, de porter l'écharpe des dames et de recevoir d'elles
des cadeaux, de se croiser. Il n'y a plus de féodalité ; il n'y a
plus qu'un roi tout-puissant, qui paie bien ses serviteurs et
entend être servi par eux : chacun ne vaut désormais que par
l'argent ou l'esprit qu'il possède. L'honneur et la loyauté sont
choses mortes ; l'union n'est plus en sainte Église, et depuis
longtemps ; si la foi demeure toujours très vive, le clergé du

---

1. Voir entre autres le passage de Michel Menot « *Nunc in tota Francia regnat tanta
superbia quod non cognoscetis statum inter statum.* » *Sermones*, Paris, 1533, fol. 36 v°.

Le grant Testa
mét maiſtre frã
coys Uillon ⁊ le petit ſon codi
cille. Auec le iargon et ſes Ba
lades.

Titre d'une édition publiée à Paris entre 1515 et 1520
(Bulletin de la Librairie D. Morgand, 1905 p. 138)

moins est décrié et simoniaque. Il faut voir dans les documents ce que sont devenus les bénéfices, et qui les fait obtenir ! Les Turcs ont pu s'établir en Europe : les exhortations des pontifes à la croisade ne furent que des déclamations littéraires n'intéressant guère que Philippe le Bon, qui se tenait pour un pair de roman, mais se garda bien d'ailleurs de bouger. Un pessimiste se demande ce que vaut le monde :

> Quant les nobles usent de marchandises,
> Quant les armes ne veullent plus servir,
> Quant laboureurs veullent porter devise,
> Quant le commerce si veult enorgueillir,
> Quant les marchands commencent à mentir,
> Quant robeurs ont reigne en terre et en mer,
> Quant chascun veult son voisin surmonter,
> Quant en conseil faveur est essaulcié,
> Quant les prescheux font mal et dient bien,
> Quant advocatz ont tout en leur baillie,
> Que vault le monde ? — Hélas, il ne vault rien [1] !

Partout on entend les mêmes plaintes : il n'y a plus de noblesse, il n'y a plus de foi, il n'y a plus ni loyauté, ni modération, ni honneur [2]. On n'estime que l'argent : sauf santé, jeunesse et Paradis, qu'est-ce qu'il ne procure pas [3] ? La sagesse alors est de :

> Taire, souffrir, faindre et dissimuler [4],

ou bien de jouir cyniquement de l'existence. On avait déjà entendu dans la société les craquements précurseurs de la naissance d'un monde nouveau : il triomphera à l'avènement du règne de Louis XI :

1. Cf. la ballade : *Quant Union n'est plus en sainte Eglise* (British Museum, ms. Lansdowne, 380).
2. Cf. la ballade : *Combien que homme soit de grande noblesse* (Bibl. Nat., fr. 1719, fol. 168 v°).
3. *Ibid.*, fol. 180.
4. Bibl. de Stockholm, fr. LIII, fol. 7. Cf. Deschamps, I, p. 186 ; V, p. 38, 83, 364, 365 ; VI, p. 196 ; X, p. xviii, xix.

> On voit le monde bestourner [1],
> On voit aller tout au rebours,
> On voit justice peu regner,
> On voit les maulvais avoir cours,
> [On voit en grief mains chiefs de cours]
> On voit maulx croistre, somme toute,
> On voit tout et ne voit on goute.

Le meilleur représentant de ce monde qui disparaît, c'est le bon et noble Charles d'Orléans ; en poésie il n'a guère fait que suivre les traditions élégantes et amoureuses qui ont régné à la suite d'Alain Chartier. François Villon connaissait bien Mᵉ Alain [2] ; et l'on a vu qu'il s'est moqué de son affectation dans le legs qu'il fit aux amants infirmes [3], après avoir lui-même usé de son beau langage, fardé ses vrais sentiments comme le vieux maître courtois. Alain avait jadis composé une célèbre ballade en l'honneur de Noblesse et de Loyauté :

> Il n'est dangier que de villain [4],
> N'orgueil que de povre enrichy,
> Ne si seur chemin que le plain,
> Ne secours que de vray amy...
> Ne chiere que d'homme joyeulx.

Et Mᵉ Alain avait continué sur ce ton moral, vantant tour à tour le service du roi, la fréquentation des bons, l'agrément d'une maison bien garnie, ce trésor qu'est « Prudhomie » :

> Que voulez vous que je vous dye ?
> Il n'est parler que gracieux,
> Ne louer gens qu'apres leur vie,
> Ne chiere que d'homme joyeulx.

1. Bibl. de Stockholm, fr. LIII, fol. 11 v° ; pièce attribuable à Deschamps, suivant G. Raynaud, X, p. xxvii-xxviii.

2. C'est là un point admirablement mis en lumière par M. W. G. C. Byvanck (*Essai sur le Petit Testament*, p. 131 et s.).

3. T., h. 155.

4. Cette pièce fut très répandue au xvᵉ siècle. On la rencontre entre autres dans le *Jardin de Plaisance* (Campaux, p. 357). Cf. G. Alecis, éd. Picot, I, p. 303. — Une parodie, autre que celle de Villon, mais dans le même esprit, a été publiée par Marcel Schwob, *Le Parnasse satyrique*, p. 177 : *Il n'est aise qu'avoir argent... Ne jeu que de cul et de pointe.*

Il faut l'avouer, elles sont bien différentes les contre-vérités de
François Villon [1] :

> Il n'est soing que quant on a faim,
> Ne service que d'ennemy,
> Ne maschier qu'ung botel de foing,
> Ne fort guet que d'homme endormy,
> Ne clemence que felonnie,
> N'asseurence que de peureux,
> Ne foy que d'homme qui regnie,
> Ne bien conseillé qu'amoureux.

> Il n'est engendrement qu'en baing [2],
> Ne bon bruit que d'homme banny [3],
> Ne ris qu'après ung coup de poing,
> Ne lotz que debtes mettre en ny [4],
> Ne vraye amour qu'en flaterie [5],
> N'encontre que de maleureux,
> Ne vray rapport que menterie,
> Ne bien conseillé qu'amoureux.

> Ne tel repos que vivre en soing,
> N'honneur porter que dire : « Fi ! » [6],
> Ne soy vanter que de faulx coing [7],
> Ne santé que d'homme bouffy,
> Ne hault vouloir que couardie,
> Ne conseil que de furieux,
> Ne doulceur qu'en femme estourdie,
> Ne bien conseillé qu'amoureux.

> Voulez vous que verté vous die ?
> Il n'est jouer qu'en maladie,
> Lettre vraye que tragedie [8],

---

1. Poésies div., IV. — Cette pièce a été restituée à Villon par M. W. G. C. Byvanck
(*Essai sur le Petit Testamant*, p. 219-220). Source : Ms. de Stockholm, fr. LIII,
fol. 3 v°.

2. Il faut se rappeler que les étuves étaient parfois des maisons de rendez-vous.

3. Villon ne doit pas faire allusion à son bannissement légal, mais à son exil
volontaire.

4. Rien ne nous attire plus de louanges, meilleure renommée, que de nier nos
dettes.

5. Cf. par contre le dit de Caton allégué à propos de l'éloge de Marie d'Orléans.

6. *Fy de l'enseigne*, avait dit jadis Villon. Il y a, à la suite d'Alain Chartier, un bon
nombre de poésies sur ce thème de *Fy*. — 7. Que de fabriquer de la fausse monnaie.

8. Il n'est rien de si vrai que les affabulations de théâtre.

Lasche homme que chevalereux,
Orrible son que melodie,
Ne bien conseillé qu'amoureux.

C'est là un jeu verbal, sans doute. Mais que Villon ait parodié Mᶜ Alain, voilà qui prend quelque valeur quand l'on rapproche ces contre-vérités de la pensée qui inspira les Contredits du Franc Gontier. S'il nous fallait d'un mot résumer l'esprit du temps où vécut l'auteur du *Testament*, nous dirions qu'au lieu de chevalerie il n'y avait plus au monde qu'une puissance : l'argent :

Fy de bonté, fy de fiance [1],
Fy d'onneur, fy de leaulté,
Fy de force, fy de sapience,
Fy de cueur plain de charité,
Fy aussi de debonnaireté,
Fy de tout cousin et parent,
Fy de tous ceulx que j'ay nommé,
Fors que de ceulx qui ont argent !

Digne de toute reverence
Sont ceulx qui ont or à planté,
Et boys, et près, et fief et cense,
Il ne m'en chault s'ilz ont emblé !
Telz doyvent bien en vérité
Estre appelés en jugement :
Car on ne fait solempnité
Fors que de ceulx qui ont argent !

Prince ne sçay se saulvé
Seront à la fin pauvre gent,
Ou se Dieu n'aura ja pitié
Fors que de ceulx qui ont argent ?

Dans cette mesure très générale, le *Testament* a certainement quelque portée sociale. Il suffira de rappeler les legs de chiens

---

1. British Museum, ms. Lansdowne 380, fol. 254 (Après une imitation de Charles d'Orléans sur le thème de la Fortune et avant une *Vie sainte Katherine, faicte et composée en forme d'oroison*). — Il y a déjà sur cette idée bon nombre de poésies d'Eustache Deschamps. Sur ce point-là, comme sur tant d'autres, Deschamps est un précurseur et il traduit le sentiment populaire (IV, p. 128 ; VIII, p. 76).

que fait Villon à ces pauvres diables de gentilshommes ruinés, les Montigny, les Brunel ; les dons ironiques d'oiseaux qu'il adresse à des marchands ; cette façon implacable de noter chez les parvenus la grossièreté des façons et des mœurs ; la manière désinvolte qu'il a d'endosser l'armure du chevalier, de léguer son heaume, son épée, ses tentes, son pavillon, son diamant, semblable à celui que les dames passaient au doigt des hardis jouteurs. Enfin il n'est pas douteux que Villon ne parodiât maintenant le vieux poète Alain Chartier, qu'il avait admiré certainement (la *Belle Dame sans Mercy*, le traité de l'*Espérance*, entre autres) [1].

Parmi les gens qui furent le plus odieux au sentiment populaire, il faut compter les officiers de finance [2] chargés de recueillir les impôts, devenus permanents au temps de Charles VII : ce furent surtout des fils de marchands enrichis, sortis de leurs échoppes, qui se feront anoblir, et formeront la haute classe bourgeoise et la noblesse de finance qui apparurent vraiment avec le règne de Louis XI [3].

La victoire avait coûté très cher, puisqu'elle avait nécessité, pendant des années, les frais de la guerre et l'entretien d'une armée que le roi venait même de rendre permanente. Quand ils étaient entrés à Paris, en 1436, les Français n'avaient pas manqué de dire aux grands bourgeois que le roi demeurait très pauvre, qu'il fallait faire un emprunt, lever une taille [4]. Ces tailles que les Parisiens payaient jadis aux Anglais et aux Bourguignons, ils les acquittèrent désormais au roi. Pendant longtemps ce furent les seules nouvelles qu'ils eurent de lui :

1. W. G. C. Byvanck, *Essai critique sur le Petit Testament*, p. 131 et s.
2. On les voit déjà attaqués dans Deschamps (Contre les commis aux finances, I, p. 121 ; contre les financiers, I, p. 143 ; contre les impôts, III, p. 178 ; contre les généraux des finances, IV, p. 303 ; même sujet, V, p. 405 ; contre les contrôleurs des baillis, VI, p. 18).
3. Voir ce qui s'est passé par exemple à Blois autour de Charles d'Orléans (J. de Croy, *Cartulaire de la ville de Blois*, p. XXVIII); l'histoire de la famille Cadier à Moulins.
4. *Journal d'un bourgeois de Paris*, p. 323.

et les anciens partisans des Bourguignons ne manquèrent pas
de dire que les seigneurs de France étaient devenus comme des
femmes, qu'ils n'avaient de hardiesse que contre les pauvres
laboureurs et les marchands. Pour comble de malheur, la nouvelle administration refusait d'accepter les pièces anglaises,
bourguignonnes, flamandes et bretonnes, qui étaient cependant
la seule monnaie que le peuple eût alors entre les mains [1]. Il
fallut donc se procurer de nouvelles pièces : ce fut le beau
temps pour les changeurs qui spéculèrent sur l'émission des
monnaies [2]! Or depuis longtemps, dans le sentiment populaire,

1. « Ne de reyne... ne que se ilz fussent à ij[e] lieues, mais que les gouverneurs
soubz leurs umbres faisoient tailles sans cesser, disant que le roy et ses subgectz, mais
qu'ilz eussent l'argent, qu'ilz yroient conquester toute Normendie ; mais quant la
taille estoit cuillie et qu'ilz l'avoient par devers eulx, plus ne leur en challoit que de
jouer aux dez, ou chacer au boys, ou dancer, ne ne faisoient mais, comme on soulloit
faire, ne joutes, ne tournois, ne nulz faiz d'armes pour paour des horions... Et quant
ilz virent que le povre peuple n'avoit plus de quoy paier la taille, ilz firent crier que
nulz ne prinst plus quelque monnoye que ce fust, ne de Bourgongne, ne d'Angleterre, ne de Flandres, ne de quelque autre païs, que celle qui auroit ung chappellet
autour de la croix ou de la pille. Hélas ! le pouvre peuple n'avoit pour cellui temps que
celle monnoye qui fut deffendue à prendre, dont il fut tant grevé que c'est grant pitié à
panser » (*Ibid.*, p. 370, ad a. 1444). M. Tuetey note que seules les monnaies suivantes
furent reconnues : les deniers d'or appelés *écus* ; les deniers *grands blancs* ayant cours
pour 10 d. ; les *petits blancs* de 5 d. ; les *doubles* petits deniers tournois et les *parisis*
noirs (Cf. aussi les *Ordonnances*, XIV, p. 325, 357, 380 ; Dieudonné, dans la *Bibliothèque de l'Ecole des Chartes*, 1912). — Cette question du change de la monnaie a
frappé beaucoup les pauvres gens. Il y a nombre de plaisanteries de cet ordre dans
les équivoques de Villon ; leur tradition sera encore vivante chez Jean Molinet
(*Parnasse satyrique*, p. 292-293). L'*angelot* est une équivoque sur la monnaie de ce
nom et le petit fromage que les fromagiers criaient à Paris (Bibl. Nat., fr. 2375) ;
Targes et escus sont chez les fourbisseurs, dit le même texte : ce sont des pièces du
tournoi amoureux (le *fourbisseur de harnoys* est celui qui fait l'amour) et aussi des
monnaies (la *targe* figure sur les écus de Bretagne) ; les *plaques* nous présentent une
équivoque nouvelle : *plaques voit on sur jambes fort rongneuses* (*Ibid.*). Voir ch. XIV.

2. Bibl. Nat., fr. 5909, fol. 166. — Cette règlementation, qui parut si rigoureuse au
peuple, avait été pourtant prise dans son intérêt. Le roi dénonçait les spéculateurs qui
avaient fait passer en France du billon, de l'argent et de l'or pour les convertir en
pièces étrangères dont ils faisaient monter le cours, « tellement que de present ne
court en la pluspart de nostre dit royaume que lesd. monnoies et autres qui ne sont
de nosd. monnoies, ou grant dommage de nous et de tous noz subgetz » (Ordonnance du mois d'octobre 1443). — Sur les pratiques des changeurs, voir aussi Michel
Menot, *Sermones*, 1530, fol. 87 r°.

usurier et changeur étaient d'une même engeance [1]. Pour entretenir une armée régulière, on avait établi des aides permanentes qui furent données à ferme à ces nouveaux collecteurs, les élus sur le fait des Aides. Ceux-ci devaient vivre de leurs gages et ne commettre aucune exaction, après avoir acquitté leur charge : mais en fait ils en usèrent très librement, et il n'y eut pas de personnages plus méprisés que ces officiers de finance à qui on souhaitait le gibet [2].

Une autre classe d'officiers également détestés furent les grenetiers des greniers à sel. Depuis que ce commerce avait été confisqué par le roi (1372), le grenetier achetait sa charge comme l'élu des finances. Tout le sel devait être amené au grenier pour y être vendu ; mais, suivant la demande, selon les besoins de la consommation, les grenetiers agissaient comme des spéculateurs et s'entendaient avec les marchands [3]. Il ne faut pas oublier non plus que les pratiques de l'usure, c'est-à-dire du prêt à intérêt, n'étaient reconnues ni par l'Eglise [4], ni par les petites gens qui en souffraient et ne pouvaient cependant s'en passer. Les gros marchands enfin vendaient de tout : ce qui paraissait abominable dans un temps où l'on ne devait exercer qu'un commerce ; ils usaient souvent de contrats déceptifs au sujet des hypothèques, des achats de rentes [5] :

1. *Recueil général de fabliaux*, éd. Montaiglon et Raynaud, IV, p. 212 : *N'estoit useriers ne changiere*.

2. Soient riches gens dissolus, — Trainés au gibet les eslus, — Soient en gloire les damnés, — En enfer les bons amenés, — Quant Dieu fera son jugement — A l'huis de Paradis. Amen. (Bibl. Nat., fr. 2375, fol. 158 : Fatras).

3. A. Franklin, *Dictionnaire historique des arts et métiers*, p. 635. — On voit qu'en 1440, l'abbé de Saint-Maur, général des Aides, fait monter le cours du sel, une grande quantité de porcs ayant été introduite à Paris. Sans sel, on ne pouvait en effet conserver les porcs (*Journal d'un bourgeois de Paris*, p. 350).

4. Michel Menot, qui traduit si bien le sentiment populaire de ce temps, s'est élevé maintes fois contre l'usure et les usuriers. C'était pour lui le plus grand des péchés et il ne distinguait pas un usurier d'un diable (*Sermones*, 1530, fol. 17, 18, etc.)

5. Ces pratiques étaient si répandues, parmi les marchands et même parmi les gens d'église, que Louis XI dut les dénoncer (Bibl. Nat., fr. 2494) dans une lettre donnée pour le bailliage de Mâcon. On y voit que ces usuriers « seuflrent et laissent encourir

« De tous les péchés qui règnent par le monde, il n'en est
pas qui conduiront plus vite les pécheurs à la damnation que
les péchés d'usure, d'avarice, de fraude et dol. Les gendarmes,
dans les villages, causent certes beaucoup de maux aux pauvres
gens dont ils mangent les biens et les poules. Mais vous, usuriers, vous vous emparez de tous leurs biens et de leurs maisons. Car vous avez fait de ce monde votre Paradis. Vous atten-
dez la cherté des vivres pour avoir payement de vos dettes et
de vos cens. Et je ne dis rien là que je ne sache par moi-
même... Tu n'as pas de quoi payer : l'usurier te fera ajourner
devant la justice, car il faut qu'il ait ta maison, ton champ, ton
pré, tes terres, ton lit, tes chevaux, tout enfin. Et toi tu auras
licence de garder ton épouse, tes petits enfants et d'aller mendier ton pain, avec un bâton blanc à la main. Voilà à quoi sont
réduits les pauvres par ces très méchantes gens ! » Ainsi le
dénoncera dans la chaire le cordelier Michel Menot [1].

On ne saurait cependant douter que la nouvelle organisation des finances n'ait amené de l'ordre en France. Et
Charles VII, qui était au surplus un grand travailleur,

plusieurs années desdictes pensions affin que par cessation et retardacion de payement
desd. pensions, promesses et autres obligations, ilz facent obliger lesd. manans et
habitans en plusieurs et diverses sommes et pensions ; et à la fin s'efforcent d'avoir,
et de fait ont tous les jours et font vendre leurs dis biens et heritaiges pour moins
de juste pris ; et tellement que par telz deceptifs et frauduleux contratz, et usuraires,
nosd. subgietz viennent à pouvreté ; et les autres les prennent à eulx pour moins de
juste pris et de plus de la moité, et puys doubtans en estre pugniz, ou que les con-
trahans les rachaptent, les mettent et transportent en autres mains et en ont argent
tant content, à paie que autrement, qui vault troys foys autant que monte le principal ; et d'autres, qui ont charge de justice, par force de menasse se font vendre les
heritaiges de noz pouvres subgietz, leurs justiciables, tant pour amendes qu'ilz leur font
gaiger, leur faisant renoncer qu'ilz ne puissent appeller, provoquer, ne reclamer à nous
ne à noz officiers que pour autres menues debtes, lesquelz ilz baillent apres à pension
à nos d. subgietz, et leur en ostent la propriété ou les vendent entierement et en
ostent et mettent entierement la joyssance hors de leurs mains ; et par ce moyen
nostre dit pays demeure inhabitable, et noz droiz et succedes ne se peuvent payer ne
exiger, à la grant foulle et destruction totalle de nosd. subgietz, diminucion de nos
droiz, interestz de nous, et de toute la chose publique... »

1. *Sermones*, Paris, 1550, fol. 180 r° et v°.

s'occupait lui-même de l'administration des deniers publics, signait de sa main les rôles des officiers généraux [1].

Peut-être aussi qu'une extension plus grande du commerce, des rapports plus fréquents entre les provinces et les villes, avaient créé ces puissants marchands dont Jacques Cœur est demeuré le plus illustre représentant. Mais il n'est pas moins vrai qu'on avait beaucoup à se plaindre de ces gens de finance qui s'enrichissaient si vite. De ceux-là, d'autres encore, Michel Menot dira que ce sont des chats à qui l'on a confié la garde d'un fromage pour le soustraire aux dents des souris [2]. « N'est-il pas évident que si le chat y porte une fois les dents, d'une seule morsure il causera plus de dommage que les souris qui y reviendraient à vingt reprises ? » Un homme, très riche lui-même, comme Jean Jouvenel des Ursins, l'archevêque de Reims, l'avait déjà fait observer au roi : les finances qu'on lève pour la guerre n'y sont pas employées ; les officiers du roi mènent trop grand train et sont trop nombreux ; il n'y a plus qu'eux en France qui puissent construire : « On voit evidamment que se ung compaignon est recepveur ou se mesle en aucune maniere de finances, voire clerc des clercs d'un homme de finance, il acquestera et ediffiera. Hélas ! ce n'est pas à leurs despens — c'est de celluy du peuple ; et le voient et congnoissent evidamment : et est leur faire une grant injustice que vous devez congnoistre et bien adviser... » L'archevêque de Reims signalait encore le trop grand nombre de secrétaires qui divisaient leur office en deux, les uns jouissant des gages, les autres des bourses, et qui n'étaient au surplus que des ignorants. Ils faisaient rédiger toutes leurs lettres par leurs clercs, par des procureurs en Parlement, ou des clercs du Palais. Jadis ils prenaient peu de chose pour ces écritures, ou simplement du vin

---

1. « Continuellement pensoit aux affaires de son royaume et soulaigement de son peuple. » — L'office d'un élu valait de 3 à 400 écus. Voyez tout ce que nous dit Henri Baude à ce sujet (Vallet de Viriville, *Nouvelles recherches sur Henri Baude*, p. 8, 9, 11).

2. *Sermones*, Paris, 1530, fol. 7 v°.

pour leurs scribes; et maintenant ils se faisaint payer autant et plus que jamais[1]!

Il faut lire dans le *Journal d'un Bourgeois de Paris*, non parce qu'il nous rapporte l'exacte vérité sur ce sujet, mais parce qu'il exprime vraiment le sentiment populaire, l'infinie kyrielle de plaintes des Parisiens au sujet de ces tailles et de ces aides; la liste de toutes ces « becquées » prises sur le pauvre peuple[2]. Les quatre élus sur le fait des Aides font la loi à tous, à l'Université même, et ils osent, en 1445, porter la main sur le recteur[3]. Il y eut, aux environs de 1460, de si grandes plaintes au sujet des tailles, que ce mode de lever l'impôt dut être amendé[4]. On disait même dans le peuple que les tailles avaient disparu, que les mandements publiés par les élus étaient faux. A Reims, en 1461, on se précipita sur les enchérisseurs de gabelle, et on brûla dans la rue les contrats qu'ils avaient avec le roi. Le menu peuple se souleva contre les élus sur le fait des Aides : les insurgés menaçaient d'incendier toutes les maisons que les bourgeois avaient à la campagne si les nouveaux impôts étaient publiés ; Louis XI dut envoyer le maréchal de Rouhault assiéger la ville[5]. Au mois de septembre 1461, pendant deux jours, éclatait à Angers l'insurrection populaire de la Tricoterie. Les pauvres gens de métier de la ville et des champs, écrasés d'impôts, se rendent armés de triques et de bâtons dans les maisons des officiers du roi, de l'élu, des receveurs et des chanoines, et les pillent ; mais « bien peu de temps après, plusieurs furent bien punis, les uns noyez, les autres décolez, bras et jambes coupez, et les corps au gibet ou en la rivière[6] ».

Cette année-là précisément François Villon écrivit le *Testament*.

---

1. Remontrances à Charles VII (Bibl. Nat., fr. 2701, fol. 99 v°, 105 v°.)

2. *Journal d'un bourgeois de Paris*, p. 323, 333, 334, 349, 359, 368, 369, 370, 375, 379. — 3. *Ibid.*, note de M. Tuetey, p. 375.

4. *Ordonnances*, XIV, p. 484.

5. Bibl. Nat., Coll. Legrand, fr. 6968, p. 351, 353, 354 ; Arch. Nat., JJ. 198, p. 354 ; Legeay, *Histoire de Louis XI*, I, p. 271-272.

6. Célestin Port, *Dictionnaire historique de Maine-et-Loire*, I, p. 38.

Si l'on jette maintenant les yeux sur la situation des victimes du poète, on sera frappé de ce fait que le plus grand nombre a quelque chose à voir avec l'administration des finances. A ce milieu des clercs de finance appartiennent Ythier Marchand, Jean le Cornu, receveur des Aides de la guerre à Paris, Pierre de Saint-Amand, qui fut clerc du Trésor, Pierre Baubignon, clerc du clerc du Trésor, Jean de Bailly, greffier de cette justice et procureur du collège des secrétaires du roi, Robinet Trascaille, clerc de Jean le Picart. Et, parmi d'autres gens de finance, nous trouvons encore Denis Hesselin, élu sur le fait des Aides, Guillaume Colombel, également élu, Guillaume Charruau, qui appartient à une autre famille de receveurs, Nicolas de Lou-viers et Pierre Merbeuf, élus de Paris, les Perdrier, qui sont fils d'un changeur, les Raguier, parents du trésorier des guerres. Jean de Marle était le plus riche banquier de Paris ; Charlot Taranne, fils de changeur ; Michel Culdoe, Jean de la Garde et Guillaume du Ru faisaient le commerce en grand et trafi-quaient comme des banquiers. Enfin, la satire la plus violente du *Testament* est dirigée contre trois personnages que Villon a déjà nommés dans les *Lais*, Jean Marcel, Colin Laurens et Girart Gossouyn, mais qu'il désigne maintenant comme ses trois pauvres orphelins. Or ces personnages sont des spécu-lateurs sur le sel, des usuriers, de puissants marchands [1].

Ces constatations suffisent-elles pour établir que le *Testament* est un pamphlet dirigé contre les financiers [2] ?

Cela paraît invraisemblable. Tout ce qu'on en peut raison-nablement déduire, c'est que Villon a passé sa jeunesse parmi de jeunes clercs de finance, qu'il a travaillé peut-être à leurs côtés, qu'il connaît parfaitement ce milieu. Il n'a pas traduit la plainte du peuple contre les élus, les receveurs de taille, les gabeleurs, les usuriers, même dans la mesure où un homme

---

1. Voir à l'appendice pour tous les détails biographiques qui les concernent.

2. Marcel Schwob, *François Villon, rédactions et notes*, p. 125-129. — Je crois son interprétation trop rigoureuse ; mais Marcel Schwob a eu le très grand mérite d'avoir posé le premier cette question, de l'avoir résolue en partie.

du peuple, comme Deschamps, a pu le faire avant lui. Il était
beaucoup trop égoïste pour cela, et aussi trop poète. Mais aux
jours malheureux de sa difficile existence, François s'est retourné
vers ces gens riches qu'il a connus autrefois ; il leur a demandé
vraisemblablement des secours ; les uns ont été généreux pour
lui, d'autres n'ont pas répondu à son appel. Il estime les uns
honorables, les autres malhonnêtes. C'est là toute sa morale,
apparemment.

Et si même il a été clerc, scribe copiant des manuscrits, Villon
fut surtout poète. Jadis, un poète ne vivait qu'en entrant parmi
la domesticité ou dans un office chez quelque seigneur. Ainsi
arrivait-il à Blois, quand Charles d'Orléans rencontrait un
rimeur dont l'esprit lui plaisait ; et même pendant ses voyages
le duc récompensera ceux qui lui diront des ballades [1] :
quand le breton Meschinot récite ses compositions devant le
connétable de Richemont, il en va de même [2]. Mais alors les
bourgeois, les financiers tiennent à peu près partout ce grand
état qu'avaient autrefois les seigneurs. Ces grands bourgeois,
depuis le commencement du siècle, on les appellera des « roi-
telets » [3] ; ils reçoivent, à Paris, dans leurs belles demeures,
font copier des manuscrits par des scribes. Plus modestement
Colin Galerne, que le poète a nommé son barbier, transcrira
les *Vigiles* de Pierre de Nesson [4]. Il est donc vraisemblable que
Villon se sera efforcé par tous les moyens de pénétrer chez ces
gens riches, qui pouvaient bien le récompenser : ainsi nous
connaîtrions une autre raison de ses amours et de ses haines.

Nous n'avons pas la preuve que les choses se soient passées
de la sorte : on peut du moins le présumer. Roger de Collerye,
quelques années après Villon, nous dira, à ce sujet, ses vœux
et ses espérances [5] :

---

1. En 1449, à Chalon, Baudet Harenc reçoit 3 écus d'or pour « avoir fait » des ballades devant le duc (Pierre Champion, *Vie de Charles d'Orléans*, p. 374).
2. Pour un rondeau, il recevait 5 écus (A. de la Borderie, *Jean Meschinot*, p. 12).
3. « Grant foison de riches bourgois avoit [à Paris], et d'officiers que on appeloit
petitz royetaux de grandeurs. » Guillebert de Metz p. 200.
4. Bibl. Nat., fr. 1889, fol. 147 v°. — 5. Ed. Charles d'Héricault, p. 224.

S'il m'advenoit que pour rhetoriquer
En ryme et prose, et le communiquer
A gens qui sont de bien riche maison
* Et avoir d'eux argent, peu ou foison,
Le plus du monde m'y vouldrois appliquer
De composer, et ne rien pratiquer,
Et de mes yeulx veoir l'or, l'argent cliquer,
Sans en avoir, il n'y auroit raison...

Mais ce qu'il nous faut surtout retenir, c'est qu'en somme de nombreuses victimes de Villon furent des gens tarés. Car enfin il demeure incroyable que des satires aussi fortes aient pu être produites, alors que l'on poursuivait très rigoureusement devant les tribunaux les mauvaises paroles et les diffamations[1] : Villon l'a bien éprouvé au sujet de Denise qui le mit en procès devant l'Officialité[2]. On avait certainement des tolérances pour les clercs joueurs de farces, et ceux du Châtelet faisaient ouvertement la charge des gens du Parlement[3] ; mais parfois aussi ils allaient en prison : quelques années plus tard Henri Baude pourra y réfléchir sur l'opportunité de savoir retenir sa langue[4]. Les satiristes n'ont jamais poursuivi que des gens perdus dans l'opinion, à tort ou à raison : ce fut le cas de beaucoup de victimes de Villon. Enfin son œuvre a pu jouir de l'immunité que l'on accorde aux choses amusantes : elle était joyeuse et nombre de traits plaisants ont pu faire passer bien des traits cruels.

Le *Testament* n'a donc pas une « portée sociale » ; il n'est qu'un miroir de son temps : Villon ne fut ni un altruiste ni un

1. Au mois de décembre 1451, à la suite d'injures verbales, on voit un foulon être privé de l'exercice de son métier et condamné à faire amende honorable, une torche à la main (Bibl. Nat., Dupuy 250). Le 1er juin 1457, pour avoir mal parlé de feu Arnauld de Marle, président du Parlement, Antoine Lescuier est condamné à faire amende honorable au procureur, à sa veuve et héritiers, à garder la prison pendant 15 jours au pain et à l'eau (Bibl. Nat., Dupuy 250). Cf. ce qui a été dit à propos de Catherine de Vausselles ; la vie de Philippe Brunel à l'appendice.

2. T., v. 1234.

3. Voyez la notice sur Martin de Bellefaye à l'appendice ; Arch. Nat., X1a 1484, 5 juillet 1460.

4. *Les vers de Me Henri Baude,* éd. J. Quicherat, p. 77.

réformateur. Il manquait seulement d'argent; ayant désiré beaucoup d'en avoir il a maudit ceux qui lui en avaient refusé.

Cependant, sans exagérer la conséquence de cette constatation, il faut reconnaître que bien des lecteurs de Villon ont pu trouver satisfaction à leurs rancunes particulières dans ces attaques que le poète avait dirigées contre certains spéculateurs et les officiers de finance; et il n'est pas impossible que, jusqu'au milieu du xvie siècle, la tradition de cette interprétation du *Testament* se soit conservée à Paris. Tous ces riches, tous ces avares, tous ces usuriers, on les maudissait traditionnellement. Le vieux Deschamps l'avait dit[1] :

> Ja riches homs n'yra en Paradis.

Il faut voir, dans les livrets populaires imprimés pendant les dernières années du xve siècle et au début du xvie, avec quelle vigueur ils furent attaqués! On goûtait, plus que jamais, l'apologue du mauvais riche dont l'histoire se voyait dans tous les livres d'Heures[2]. On y représentait, avec un grand luxe de raffinement, la punition des avares[3] ; le vilain geste de ceux qui refusent de l'argent aux pauvres[4]. Les religieux fulminaient contre les usuriers. Nul doute que, lorsqu'il errait aux Innocents ou dans un des nombreux cimetières où se voyait quelque copie de la *Danse des morts*, le pauvre homme ne se sentît bien vengé : car la mort y tirait par le bras l'usurier, portant son argent dans sa ceinture, et qui lui tournait le dos pour trafiquer jusqu'à sa minute dernière. L'usurier répondait à la mort :

> Me convient il si tost morir?
> Ce m'est grant peine et grevance ;
> Et ne me pourroit secourir
> Mon or, mon argent, ma chevance.

1. *Œuvres*, I, p. 73.
2. Voir les Heures de Pigouchet dans A. Claudin, *Histoire de l'imprimerie*, II, p. 41 ; III, p. 164.
3. *Ibid.*, III, p. 184.
4. *Ibid.*, II, p. 229, 446.

> Je vois morir, la mort m'avance.
> Mais il me desplaist, somme toute ;
> Qu'est ce de male acoustumance ?
> Tel a beau yeux qui ne voit goute.

Et l'on voyait le pauvre petit homme, portant chapeau pointu et manteau rapiécé, tendre la main au grand usurier :

> Usure est tant maulvais pechié,
> Comme chascun dit et raconte !
> Et cest homme qui approché
> Se sent, de la mort ne tient conte :
> Mesme l'argent que ma main compte
> Encore à usure me preste !
> Il devra de retour au compte :
> N'est pas quitte qui doit de reste [1].

On contait enfin l'histoire de ce prêtre qui avait refusé d'enterrer au cimetière le corps de l'usurier. Sur l'insistance de ses amis, il résolut de s'en remettre à la volonté de Notre-Seigneur. On convient donc de hisser le corps de l'usurier sur le dos d'un âne : là où l'âne le portera, fût-ce au cimetière ou à l'église, le prêtre enterrera le défunt. L'âne est laissé en liberté : il va droit au gibet, sous les fourches patibulaires où l'on suspend les larrons ; et c'est là qu'il le dépose, sur un fumier : « Avisez la sentence de Notre-Seigneur contre les usuriers dont nous avons dessus parlé et faites mention », ajoute le dévot conteur. En considération des biens qu'il légua aux religieux, on enterra un autre usurier dans le cloître d'une abbaye. Or, toutes les nuits, il sortait de son tombeau pour tourmenter les moines : il leur demandait de le mettre hors de terre sainte, car il n'était pas digne d'y reposer. Les religieux donnèrent satisfaction à son désir et le mort les laissa désormais en paix [2]. C'était enfin une croyance générale que les prêteurs à intérêt devaient restituer partie de leur fortune [3] :

---

1. *Paris et ses historiens*, p. 306.
2. Doctrinal des simples gens (Bibl. Nat., fr. 17088, fol. 54).
3. « Ils sont aucuns usuriers qui prestent leur argent, c'est assavoir tant et tant

en fait, ils furent bien souvent traités comme les juifs de jadis, et légalement pillés à leur décès, sous le prétexte d'inventaires.

Dans ce sens, mais dans celui-là seulement, on peut dire que François Villon a traduit « la plainte du peuple ». Et c'est sans doute pourquoi, dans une édition du *Grant Testament* qui parut entre 1515 et 1520 à l'*Ecu de France,* en la rue Neuve Notre-Dame, non loin de la cathédrale dont il avait exécré les riches chanoines, on verra sur le titre des poésies de Villon deux personnages devant un coffre rempli de pièces de monnaie [1] : l'un d'eux peut être l'usurier, l'autre celui qui emprunte ou acquitte sa créance [2].

par sepmaine ou pour moys, ou prennent leurs terres, possessions, rentes et revenus en gaige desquelles ilz prennent les usuffruiz jusques ilz soient paiez du principal, sans en rendre compte ni desconter sur ledit principal : ce sont usuriers villains... Autres sont qui prestent sans faire aucune paction ni traité... Tous usuriers sont tenuz de restituer tout ce qu'ilz ont de usure, ou tout le moins ils doivent faire leur devoir et povoir, ou au moins en avoir au cueur doleur et grant desplaisir... » (Doctrinal des simples gens, Bibl. Nat., fr. 17088, fol. 110 v°).

1. Catalogue D. Morgand, novembre 1905, nouv. série, n° 4, p. 138. — J'adresse tous mes remerciements à M. Edouard Rahir qui m'a autorisé à reproduire ce petit bois.

2. Ce bois n'est d'ailleurs qu'un passe-partout, puisqu'il figure dans une édition de Guillaume Alecis (Cf. l'édition E. Picot).

CHAPITRE XV

Ainsi François Villon était rentré à Paris où il avait composé, surtout de ses souvenirs et de ses dures expériences, le *Testament*. Peut-être y fut-il malade et, de cet état, a-t-il tiré l'idée de son poème ? Il est certain que sa santé n'était plus bonne ; il était bien vieilli et tousseux, avait perdu cheveux et sourcils et ressemblait exactement à un navet qu'on vient de peler. Il se cachait enfin puisque, assure-t-il, celui qui aurait découvert son abri, et le lit où il était alors couché, se serait montré plus fort que le devin auquel on s'adressait de son temps pour retrouver les objets perdus.

Mais aussi Villon avait beaucoup réfléchi ; il s'était promis de vivre désormais en sagesse, en paix, en piété. Son existence passée ne lui paraissait plus qu'une suite d'ordures, une longue folie ; et surtout il s'était dit qu'il ne serait plus voleur, comme il l'avait été, par faiblesse, par « lascheté ». Il méditait sur la sagesse de l'épître de saint Paul aux Romains [1]. Ses mauvais compagnons de plaisir, François ne les nommait plus de « beaux enfants » [2], des gens d'esprit légèrement étourdis : ce sont de malheureux fous à qui il parle gravement [3] :

---

1. Paul, *Ep. ad R.*, 5, 1. *Pacem habeamus ad Deum*, etc.

2. Belle leçon aux enfants perdus ; Poés. div., X, v. 14.

3. Poés. div., I. Cette belle pièce a été restituée à Villon par M. W. G. C. Byvanck (*Essai sur le Petit Testament*, p. 217, 221). On la rencontre parmi les œuvres d'Alain Chartier, à la fin d'un manuscrit de ce poète. Cf. A. Piaget, dans *Romania*, 1892, p. 429.

Hommes faillis, despourveuz [1] de raison,
Desnaturez et hors de congnoissance,
Desmis du sens, comblez de desraison,
Fols abusez, plains de descongnoissance,
Qui procurez [2] contre vostre naissance,
Vous soubzmettans a detestable mort
Par lascheté, las ! que ne vous remort
L'orribleté qui a honte vous maine ?
Voyez comment maint jeunes homs est mort
Par offencer et prendre autry demaine.

Chascun en soy voye sa mesprison,
Ne nous venjons, prenons en pacience ;
Nous congnoissons que ce monde est prison
Aux vertueux franchis d'impacience ;
Battre, touiller [3], pour ce n'est pas science,
Tollir, ravir, piller, meurtrir a tort.
De Dieu ne chault, trop de verté se tort [4]
Qui en telz faiz sa jeunesse demaine,
Dont a la fin ses poins doloreux tort
Par offencer et prendre autruy demaine.

Que vault piper [5], flater, rire en trayson,
Quester [6], mentir, affermer sans fiance,
Farcer [7], tromper, artifier poison [8],
Vivre en pechié, dormir en deffiance
De son prouchain sans avoir confiance ?
Pour ce conclus : de bien faisons effort,

1. *Bersaudez* suivant l'édition de Chartier de 1489 (frappé de coups).
2. Travaillez.
3. Frapper, renverser dans la boue. Ces deux mots vont souvent ensemble (Cf. Godefroy, *ad. v.* Tooiller). Mais on disait aussi *touiller un cornet de dès* (Ms. fr. LIII de Stockholm, fol. 238 v°). — *Rouiller* suivant les éditions de 1489 et de 1494 (rouler les yeux, à la façon des Coquillards ? Ms. fr. LIII de Stockholm, fol. 238 v°).
4. Se fourvoyer (Cotgrave). — Il s'éloigne trop de la vérité celui qui passe sa jeunesse dans de telles actions ; à la fin il en tord ses poings douloureusement, etc.
5. Tricher au jeu. — 6. Comme les porteurs de bulles. — 7. Jouer des farces.
8. Préparer des poisons, comme le faisaient sans doute les vendeurs de thériaque, à coup sûr les nécromanciens, tous les dévoyés qui usaient d'art magique. Il suffira de rappeler les pratiques de Gilles de Rais, de Jean d'Alençon dont on venait de faire le procès. Charles VII ne mangeait plus dans ses derniers jours, craignant le poison. — Ythier Marchand, l'ami de Villon, sera accusé d'avoir fait empoisonner Louis XI ; en 1481, le roi fera faire le procès d'un marchand de bonnets empoisonnés qui travaillait pour le duc de Bretagne (Bibl. Nat., fr. 18442, fol. 119).

Reprenons cuer, ayons en Dieu confort,
Nous n'avons jour certain en la sepmaine ;
De noz maulx ont noz parens le ressort
Par offencer et 'prendre autruy demaine. '

Vivons en paix, exterminons discort ;
Ieunes et vieulx, soyons tous d'ung accort :
La loy le veult, l'apostre le ramaine
Licitement en l'epistre rommaine ;
Ordre nous fault, estat ou aucun port.
Notons ces poins ; ne laissons le vray port
Par offencer et prendre autruy demaine.

Mais il avait beau être repentant, s'écrier à tout propos : « Loué soit le doulx Jesus-Christ », voir clair dans sa conscience, tout cela n'empêche que Villon se sentait très faible :

Riens ne hais que perseverance.

Et au demeurant il restait bien pauvre.

Toujours est-il qu'après ces belles protestations d'honnêteté, nous retrouvons François Villon prisonnier au Châtelet « pour un certain vol dont il était chargé », le 2 novembre 1462 [1]. Sans doute l'affaire n'était pas grave, puisqu'il est question, presque immédiatement, de sa mise en liberté. Mais cette arrestation eut pour Villon une conséquence qu'il redoutait sans doute, et qui était, vraisemblablement, la raison pour laquelle il se cachait : elle réveilla la vieille affaire du vol du collège de Navarre et rendit patente sa présence à Paris. On l'ignorait alors : car le bedeau de la Faculté de Théologie, qui appartenait à la communauté de Saint-Benoît et demeurait non loin du cloître, rue des Noyers, à l'enseigne de *Sainte-Marie-Madeleine*, aurait bien su l'y découvrir. Et si François Villon avait pris une lettre de rémission après sa sortie du cachot de Meung, cette grâce ne le mettait pas à l'abri des conséquences matérielles de son vol ; peut-être ne concernait-elle que l'affaire qui l'avait fait emprisonner par Thibaud d'Auxigny ?

1. Bibl. Nat., lat. 5657ᶜ. Cf. Marcel Schwob, *Conséquences du vol au collège de Navarre*, dans *François Villon, rédactions et notes*, p. 109 et s. ; Pièces justificatives.

Quoi qu'il en soit, au moment où il allait être élargi, la Faculté de Théologie fit opposition à la délivrance du voleur de son argent ; elle délégua Mᵉ Laurens Poutrel pour négocier avec le prisonnier, qui fut interrogé au sujet de cette vieille affaire. François Villon dut faire alors des aveux complets.

L'important, aux yeux de Laurens Poutrel, était que la Faculté recouvrât l'argent volé. Il s'y trouvait doublement intéressé puis-qu'il avait perdu lui-même 60 écus d'or et qu'il était l'héritier du doyen défunt, Mᵉ Rogier de Gaillon. Sans doute aussi le vieux légiste qu'était Laurens Poutrel savait que François Villon trouverait à Paris des protecteurs et des amis, dès que sa présence serait publiée. Poutrel connaissait bien Guillaume de Villon, qui avait déjà tiré son protégé de maints bouillons ; la mère du poète vivait encore (celle de Guy Tabary, qui n'était peut-être pas beaucoup plus riche que la mère de François, avait dû précédemment, on l'a vu, prendre un engagement envers la Faculté quand son fils, le voleur, fut mis en liberté conditionnelle). Ce qui est certain, c'est qu'avant le 7 novembre 1462, Laurens Poutrel obtint de François Villon la pro-messe que celui-ci rendrait les 120 écus d'or dans le délai de trois ans : moyennant quoi il fut élargi.

Ainsi le pauvre Villon devait payer 40 écus par an à la Faculté sous peine de se voir emprisonné de nouveau ! Sans doute il pouvait arriver à trouver cette somme, puisque Laurens Poutrel lui faisait ce crédit ; le vieux bedeau, qui le connaissait bien, n'entendait pas être sa dupe. Mais il faut avouer aussi que pour un homme qui commençait à se reprendre, c'était là une charge écrasante, qui pouvait bien le décourager. Ce vol du collège de Navarre fut le plus grand malheur de Villon, comme il reste sa plus lourde faute : jamais le poète ne pourra échapper aux conséquences de cette lamentable affaire.

Le pauvre François retourna vraisemblablement demeurer dans sa chambre d'écolier, au cloître Saint-Benoît : il ne devait jouir encore que d'un mois de liberté.

Il faut bien reconnaître que dans l'affaire qui l'amena une

fois de plus devant le Châtelet, François Villon n'avait joué presque aucun rôle [1].

François avait en ce temps-là lié connaissance avec un certain Robin Dogis, qui demeurait rue de la Parcheminerie, à l'enseigne du *Chariot*, presque au coin de la rue de la Harpe. Ce Robin Dogis avait pour ami un nommé Hutin du Moustier, qui n'était pas plus mauvais qu'un autre, et qu'on retrouvera plus tard sergent à verge au Châtelet [2]. Mais parmi les fréquentations de Dogis, on remarquait un clerc querelleur et violent, Rogier Pichart, un de ceux-là qui avaient l'insulte prompte et en venaient facilement aux coups [3].

Quant à la rue de la Parcheminerie, c'était une ruelle étroite, s'étendant entre la rue du Petit-Pont et la grand'rue de la Harpe. Elle était occupée surtout par des parcheminiers, des échoppes de scribes et d'écrivains [4].

Or, un soir, François Villon gagna la rue de la Parcheminerie pour demander à Robin Dogis s'il ne lui donnerait pas à souper : certainement il n'avait pas de quoi manger ce soir-là. Robin Dogis se montra disposé à satisfaire à sa demande ; avec eux vinrent souper Rogier Pichart et Hutin du Moustier. Quand le repas fut fini, il pouvait être sept ou huit heures du soir : on quitta la maison de Dogis pour se rendre dans la chambre de Me François, bien vraisemblablement cette chambre d'écolier qu'il avait au cloître Saint-Benoît, car, avec ses trois compagnons, Villon monta la rue Saint-Jacques.

Il y avait là, à main gauche, touchant à la taverne de la *Mule*, et presque en face de l'entrée du couvent des Mathurins,

1. Sur tout ce qui suit cf. A. Longnon, *Œuvres complètes de François Villon*, 1892, p. LXXI-LXXII.

2. Arch. Nat., S. 1036, fol. 26 (3 août 1474) ; Y. 5266, fol. 3 (16 juin 1488).

3. Le 13 mai 1461, il comparaissait devant l'official pour avoir insulté, et frappé d'un coup de poing sur la figure, un nommé Hennequin, demeurant rue des Lombards (Arch. Nat., Z 10/1) ; le 29 mai Rogier Pichart, « famulus cridans », paya l'amende pour avoir appelé l'épouse de Lorin Laignelet ribaude, paillarde mariée, après que lad. épouse l'eut traité de fils de putain (*Ibid.*). — Des Pichart possédaient deux maisons rue Saint-Jacques en 1411 (Arch. Nat., S. 897b).

4. Au moment où je relis ces lignes on jette bas partie de cette curieuse ruelle.

l'écritoire de Mᵉ François Ferrebouc, notaire pontifical [1]. C'était l'un de ces nombreux notaires qui exerçaient en France leur office par privilège du pape, au dam des notaires royaux et du Châtelet, et qui authentiquaient leurs actes en y dessinant la croix de Saint-Pierre. Malgré le règlement du couvre-feu, ils étaient autorisés à travailler le soir ; et souvent on voyait dans la nuit des lumières briller à leur auvent, éclairant de jeunes scribes penchés sur leurs rouleaux.

Vénérable et discrète personne Mᵉ François Ferrebouc était d'ailleurs un homme assez considérable, qui pouvait bien connaître Villon, puisqu'il était venu s'établir dans la rue Saint-Jacques en 1451. Etudiant à Paris, licencié en décret, bachelier ès-arts, et prêtre, Ferrebouc jouissait des bénéfices de plusieurs chapellenies et possédait diverses maisons à Paris. Il figure parmi les notaires qui transcrivirent le procès de réhabilitation de Jeanne d'Arc ; comme scribe de l'official de Paris, il avait assisté à l'interrogatoire de Guy Tabary, le voleur du collège de Navarre. François Ferrebouc semble au demeurant avoir été un lettré, puisqu'on le voit entretenir commerce d'amitié avec l'humaniste Robert Gaguin, qui l'estimait un « homme parfait ». Mais surtout Ferrebouc était l'ami de ces familles parisiennes de bouchers exerçant au Châtelet de grandes charges, comme les Thibert, les Boucher et les Marcel : et Jean Ferrebouc, son frère, marchand mercier, était parent de Pierre Chouart, notaire au Châtelet.

Or, Rogier Pichart, ce clerc querelleur, voyant de la lumière à l'auvent de l'écritoire de Ferrebouc, s'arrêta à la fenêtre, commença à se moquer des scribes qui travaillaient, cracha dans leur chambre. Les clercs sortirent dans la nuit, avec la chandelle allumée, interrogeant : « Quels paillards sont-ce là ? » Mais Pichart leur demanda s'ils voulaient « acheter des flûtes » : sans doute il entendait leur montrer de quel bois ces flûtes-là étaient faites, puisqu'il s'apprêtait à les battre.

1. Voir la notice à l'appendice.

Il y eut mêlée, et, au cours de la rixe, les clercs de Ferrebouc s'emparèrent de Hutin du Moustier, le traînèrent dans
l'hôtel aux cris de : « Au meurtre ! on me tue ! je suis
mort ! » Alors on vit Mᵉ François Ferrebouc sortir de sa maison
et pousser si rudement Robin Dogis qu'il le fit rouler par
terre ; mais, dès qu'il se fut relevé, Dogis frappa d'un coup de
dague la discrète et vénérable personne du notaire. Après quoi
il rejoignit Rogier Pichart, qui s'était enfui devant l'église
Saint-Benoît-le-Bétourné, où l'avait déjà sans doute précédé
Villon : là Dogis lui fit de sanglants reproches, déclarant au
clerc querelleur, cause de cette affaire dont il prévoyait toutes
les funestes conséquences, qu'il n'était qu'un très mauvais pail-
lard. Sur quoi Robin Dogis s'en retourna coucher en sa maison
de la rue de la Parcheminerie, tout confus et bien marri de son
aventure.

Qu'advint-il des quatre compagnons au lendemain de cette
rixe nocturne ?

François Villon et Hutin du Moustier durent être arrêtés de
suite et emprisonnés au Châtelet ; les autres s'absentèrent,
vraisemblablement[1].

Cette prison du Châtelet fut très rude pour François Villon.
Ce n'était plus là le Châtelet dont il avait connu jadis le
personnel. Tout avait changé avec le nouveau roi. Le 20 août

1. Le 12 janvier 1463 (n. st.) Hutin du Moustier, prisonnier à la Conciergerie, est
condamné à 10 l. p. d'amende pour avoir mal appelé d'une sentence du prévôt de
Paris (Arch. Nat., Xᵃ 31, fol. 13 vᵒ). Robin Dogis, prisonnier à la Conciergerie, fut
gracié au mois de novembre 1463 à l'occasion du séjour à Paris du duc de Savoie,
beau-père de Louis XI. Sans doute il était sujet savoyard (Arch. Nat., Xᵃ 30,
fol. 294 vᵒ). Le 7 mai 1464, on voit que Rogier Pichart s'était mis en franchise chez
les Cordeliers à Paris : le lieutenant du prévôt l'avait fait déguerpir sans appeler
le gardien du couvent, et même il avait porté la main sur un religieux et menacé les
autres. Les frères Mineurs le mirent en procès affirmant que Pichart « n'est *aggressor
itinerum neque populator agrorum nec deliquit in ecclesia* » (Arch. Nat., Xᵃ 33) ; le
16 mai, la cour déclare que Pichart devra être remis dans l'église des frères Mineurs
(Bibl. Nat., Dupuy 250). On le retrouve, peu de temps après, devant le Parlement.
Cette fois la cour juge qu'il a mal appelé de la sentence du prévôt « par laquelle
il a esté condempné a estre pendu et estranglé au gibet de Paris » ; elle ajoute à
la condamnation une amende de 60 livres (Arch. Nat., Xᵃ 31, fol. 29 vᵒ,
1ᵉʳ février 1465 n. st.).

1461, le prévôt de Paris, Robert d'Estouteville, avait été « désappointé », ainsi que la plupart des serviteurs de Charles VII, et Jacques de Villiers, seigneur de l'Isle-Adam, créé garde de la prévôté à sa place, office où il demeurera jusqu'au 31 octobre 1465 [1]; Martin de Bellefaye [2], le lieutenant criminel indulgent aux joueurs de farces, était devenu conseiller au Parlement, et Pierre de la Dehors l'avait remplacé dans sa charge, le 26 février 1462 [3]. Enfin le Châtelet avait à cœur de venger la blessure du notaire pontifical Ferrebouc, qui comptait des relations dans cette juridiction [4]. Et Pierre de la Dehors, l'un des maîtres jurés de la Grande-Boucherie et parent des bouchers les Haussecul, n'était pas tendre. Il fit mettre durement François Villon à la question de l'eau [5] : car La Dehors était l'ennemi né des clercs. Quant au seigneur de l'Isle-Adam, près Pontoise, il n'avait aucune raison d'être pitoyable au pauvre écolier qu'avait protégé son prédécesseur, Robert d'Estouteville. Pour avoir été le témoin d'une rixe où Ferrebouc reçut une blessure légère, François Villon fût condamné à mort, à être « étranglé et pendu au gibet de Paris ». Allait-il être lui-même un de ces pendus dont la vision terrible l'a sans doute hanté depuis son enfance ?

C'était là une injustice, une « tricherie » [6] comme Villon dira. Il prit d'abord froidement la chose et rédigea joyeusement son dernier adieu au monde [7] :

> Je suis Françoys, dont ce me poise,
> Né de Paris emprès Pontoise,
> Qui, d'une corde d'une toise,
> Sçaura mon col que mon cul poise [8].

1. Sauval, III, p. 365, 370, 383 ; *Journal de Jean de Roye*, I, p. 18, 138.
2. Voir la notice à l'appendice. — 3. Voir la notice à l'appendice.
4. Voir la notice à l'appendice.
5. Poésies div., XVI, 11-12. — 6. *Ibid.*, v. 15.
7. Sur ce quatrain, sa correction inintelligente (*Natif d'Ausoir emprès Pontoise*), la refaçon postérieure en huitain, avec la forme *Auvers*, voir la lucide explication de Marcel Schwob (Introduction à la *Reproduction fac-simile du manuscrit de Stockholm*, p. 13-16).
8. Voir l'admirable commentaire de Marcel Schwob (*Ibid.*). — Les éditions gothiques font précéder le quatrain du titre suivant : *Le rondeau que feist ledit Villon*

Epitaphe dudit Villon
Freres humains qui apres no⁹ viues
Nayez les cueurs contre no⁹ endurcis
Car se pitie de no⁹ pouurez auez
Dieu en aura pluftoft de vous mercis
Vous nous voies cy ataches cinq fix
Quãt de la char q̃ trop auõs nourrie
Elleft pieca deuouree et pourrie
et no⁹ les os deuenõs cẽdres et pouldre
De noftre mal perfonne ne sen rie
Mais pries dieu que tous nous vueil
le abfouldre   g iii.

Les Pendus
Édition princeps du Grant Testament
publiée à Paris par Pierre Levet en 1489
(Bibl. nat., Rés. y⁰ 245)

(Je suis François[1] Villon, et c'est ce qui me désole, car il vaudrait mieux que je fusse un autre, moi qui suis né dans cette petite ville qui s'appelle Paris, située près de Pontoise, ce qui vous aidera facilement à la reconnaître. C'est dommage d'ailleurs que je ne sois pas né à Pontoise, où je serais justiciable du roi, et non pas de ce méchant seigneur de l'Isle-Adam près de Pontoise, aujourd'hui prévôt de Paris[2]. Car bientôt, à l'aide d'une petite corde, mon cou connaîtra le poids de mon derrière[3].)

Mais, un instant après, François était tout indigné à la pensée de la cruauté, de l'injustice de l'arrêt du prévôt. Il se débattait comme une bête qui défend sa peau ; bien qu'il y eût quelque risque à le faire (en général le Parlement confirmait les peines de la Prévôté en y ajoutant une amende[4]), Villon en appela de la sentence prévôtale devant le Parlement de Paris. Le 5 janvier 1463 (n. st.) la Cour cassait le jugement en ce qui

quant il fut jugié ; Marot ajoute *a mourir.* Les mss. ne donnent rien. Rabelais, l. IV, ch. 67, a cité une variante orale du quatrain.

1. Marcel Schwob dit que Villon joue sur son nom de François, *français,* estimant que s'il était Savoyard, par exemple, il pourrait recourir à son prince, comme Robin Dogis. Mais comment savait-il, à cette date, que le duc de Savoie devait venir à Paris ?

2. Cf. Arch. Nat., X¹ᵃ 4830, fol. 150 v°. 2 mars 1489, n. st. « Entre Jehan lé Fevre appellant du prevost et autres officiers de l'Isle Adam et du vicaire de Pontoise d'une part, et Colin Galoys, intimé d'autre part, Brison, pour l'appellant, dit que l'appellant est bon laboureur, de bon gouvernement et n'a commis aucun espece de delict, et est subject du roy en la chastellenie de Pontoise et n'est de la chastellenie de l'Isle-Adam. Neantmoins ung nommé Perrot Troussel, en aoust dernier, accompaigné de XX ou XXX hommes, se transporta en l'ostel du frere de l'appellant, ou lieu de Nesle, estant de ladicte chastellenie de Pontoise, et meist la main à lui, le voulant mener prisonnier à l'Isle-Adam. L'appellant lui remontra qu'il n'avoit rien fait et qu'il n'estoit subject de l'Isle-Adam... »

3. Ce dernier trait était fort ancien. Ach. Jubinal l'a relevé dans le Dit Moniot de Fortune, xiii° s. (Bibl. Nat., ms. fr. 837, fol. 248 r°) :

Bien tost pourra sa goule — Savoir que son cul poise.

« J'ay trouvé une ancienne pièce de poésie dont Villon a imité ce vers :

Sa goule sot — Combien son cul pesant li fu.

Cette pièce est intitulée de Renart et de Piau d'oue, fol. 77 du ms. de la Bibl. du roy, n° 7218 » [aujourd'hui, fr. 837, fol. 77.] (Note sur l'exemplaire de l'édition de Galiot du Pré, 1532, conservé à la B. N., Réserve Yᵉ 1295).

4. En général de 60 l. (Arch. Nat., X¹ᵃ 31).

concernait la pendaison ; mais elle maintenait qu'à cause de sa
« mauvaise vie », en raison de son existence antérieure, de son
passé chargé de condamnations, François Villon devait être
banni pour dix ans de la ville et prévôté de Paris[1]. Il y
avait en ce temps-là trois personnes qui purent présider les
assises criminelles : Nanterre, Boulenger et Thiboust[2]. Peut-
être que Henri Thiboust, chanoine de Saint-Benoît, fut pour
quelque chose dans l'adoucissement de la peine qui frappait le
malheureux poète ?

Mais, ce qui est certain, c'est que François Villon fut fort
heureux : il adressa au clerc du guichet, Etienne Garnier[3],
un personnage de moralité douteuse et qu'il devait bien connaître, une des plus joyeuses ballades qu'on puisse lire :

> Que vous semble de mon appel,
> Garnier ? Feis je sens ou folie ?
> Toute beste garde sa pel ;
> Qui la contraint, efforce ou lie,
> S'elle peult, elle se deslie.
> Quant donc par plaisir voluntaire
> Chantee me fut ceste omelie[4],
> Estoit il lors temps de moy taire ?

> Se feusse des hoirs Hue Cappel,
> Qui fut extrait de boucherie,
> On ne m'eust, parmy ce drappel,
> Fait boire[5] en ceste escorcherie.
> Vous entendez bien joncherie ?
> Mais quant ceste paine arbitraire
> On me jugea par tricherie,
> Estoit il lors temps de moy taire ?

> Cuidiez vous que soubz mon cappel[6]
> Y eust tant de philosophie

1. Bibl. Nat., Dupuy 250, fol. 59. Voir Pièces justificatives (Document découvert
et commenté par Marcel Schwob, *François Villon, notes et rédactions*, p. 117 et s.).
2. Arch. Nat., X²ᵃ 32.
3. Voir la notice à l'appendice.
4. La lecture de la sentence du prévôt.
5. On ne m'eût appliqué la question de l'eau entonnée à travers un linge.
6. Mon bonnet.

Comme de dire : « J'en appel » ?
Si avoit, je vous certiffie,
Combien que point trop ne m'y fie.
Quant on me dist, present notaire [1] :
« Pendu serez ! », je vous affie [2],
Estoit il lors temps de moy taire ?

Prince, se j'eusse eu la pepie [3],
Pieça je feusse ou est Clotaire [4],
Aux champs debout comme un espie [5].
Estoit il lors temps de moy taire ?

Or, en vérité, Garnier entendait bien *joncherie*, en jargon du temps, tromperie [6] ; et si François Villon avait été un descendant de Hugues Capet, que l'on réputait fils d'un boucher de Paris [7], d'un boucher comme l'était ce cruel La Dehors, lieutenant criminel, on ne l'eût pas mis à la question dans ce Châtelet où il y avait tant de bouchers que cette prison semblait plutôt une écorcherie [8].

Et François adressait aussi à la cour souveraine, avec tous ses remerciements, une requête afin d'obtenir un délai de trois jours qui lui semblait nécessaire pour dire adieu aux siens et recueillir un peu d'argent [9] :

Tous mes cinq sens : yeulx, oreilles et bouche,
Le nez, et vous, le sensitif [10] aussi ;
Tous mes membres ou il y a reprouche [11],
En son endroit ung chascun die ainsi :

1. Les notaires du Châtelet étaient également greffiers.

2. Je vous assure.

3. Si, comme les oiseaux, j'avais eu sur la langue cette petite peau blanche qui les empêche de chanter et de boire.

4. Voir t. I, p. 215-216.

5. Pendu dans les champs comme un épieur de chemins.

6. *Joncherie est un mot jargon* nous dit Clément Marot (1533).

7. Cette tradition se rencontre déjà dans Dante, *Purgatorio*, ch. 20 : Chiamato fui di là Ugo Ciapetta.., — Figliuol fui d'un beccajo di Parigi...

8. Sur tout ceci le subtil et puissant commentaire de Marcel Schwob.

9. Poésies div., XV.

10. Le toucher.

11. Il semble qu'il y ait ici comme un souvenir de la liturgie qui accompagne le sacrement de l'Extrème-Onction : *per visum, auditum, odoratum, gustum et locutionem, tactum, gressum, lumborum dilectationem*, etc.

« Souvraine Court, par qui sommes icy,
Vous nous avez gardé de desconfire.
Or la langue ne peut assez souffire
A vous rendre souflisantes louenges ;
Si parlons tous, fille du souvrain Sire [1],
Mere des bons et seur des benois anges ! »

Cuer, fendez vous, ou percez d'une broche,
Et ne soyez, au moins, plus endurcy
Qu'en ung desert fut la fort bise roche
Dont le peuple des Juifs fut adoulcy [2] :
Fondez lermes et venez a mercy ;
Comme humble cuer qui tendrement souspire,
Louez la Court, conjointe au saint empire [3],
L'eur des Françoys, le confort des estranges [4],
Procreee lassus ou ciel empire [5],
Mere des bons et seur des benois anges !

Et vous, mes dens, chascune si s'esloche [6] ;
Saillez avant, rendez a tous mercy,
Plus hautement qu'orgue, trompe, ne cloche,
Et de maschier n'ayez ores soussy ;
Considerez que je feusse transsy [7],
Foye, pommon, et rate qui respire ;
Et vous, mon corps, qui vil estes et pire
Qu'ours ne pourceau qui fait son nyt es fanges,
Louez la Court, avant qu'il vous empire,
Mere des bons et seur des benois anges !

Prince, trois jours ne vueillez m'escondire [8],
Pour moy pourveoir et aux miens « a Dieu » dire ;

---

1. La cour de Parlement, comme l'Université, était dite fille des rois. (Cf. M. Aubert, *Le Parlement de Paris*).

2. Exod., XVII, 6 : *En ego stabo ibi coram te, supra petram Horeb : percutiesque petram et exibit ex ea aqua, ut bibat populus. Fecit Moyses ita coram senioribus Israel.*

3. A l'empire du ciel. Le Parlement n'avait pas d'attache avec le Saint-Empire.

4. Le bonheur des Français et l'appui des étrangers, dit-il. Le Parlement était une juridiction d'appel pour toute la France. Les étrangers de passage venaient y entendre des jugements. Ainsi le fit l'Empereur en 1415 (Religieux de Saint-Denys, V. p. 745).

5. Dans le ciel supérieur, l'empyrée.

6. S'ébranle, se déplace.

7. En proie au froid de la mort (Montaigne a dit : *Quant la frayeur de la mort le transira*).

8. Refuser d'entendre ma requête. Le mot est de style.

> Sans eulx, argent je n'ay, icy n'aux changes.
> Court triumphant, *fiat,* sans me desdire,
> Mere des bons et seur des benois anges !

Si cette requête fut accordée (il est tout à fait vraisemblable qu'elle l'a été), Mᵉ François dut quitter Paris le 8 janvier 1463, muni du peu d'argent que put lui procurer, par exemple, Guillaume de Villon.

Il disparut dans le mystère. Car on n'a jamais su comment il vécut pendant cet exil qui n'avait rien de volontaire et lui interdisait de séjourner dans la région s'étendant depuis Poissy jusqu'aux environs de la Ferté-Alais [1] ; comment aussi il se fait que nous possédions les dernières compositions du poète, appelées improprement le « codicile ».

Quoi qu'il en soit, Villon n'aurait pu rentrer à Paris qu'en 1473 ; et, jusqu'à cette date, il demeura dans la condition juridique d'un banni, qui était assez précaire. Partout il devait être tenu par les loyaux sujets du roi, prélats, gens d'église ou autres, comme un rebelle ; s'il pénétrait dans le territoire qui lui était interdit, il pouvait être immédiatement mis à mort. Bien plus, un clerc banni n'aurait su être réclamé par l'évêque. Il demeurait toujours justiciable du roi, dans une sorte de prison tacite [2].

Que devint François Villon pendant cet exil de dix années ? Il faut bien avouer que nous n'en savons absolument rien, pas plus que nous ne savons la direction qu'il choisit. Sans doute il suivit la route du sud, celle qu'il avait prise plusieurs fois.

Les seuls témoignages que nous possédions au sujet de l'exil du poète nous sont fournis par François Rabelais, qui les rapporte sous la forme de deux anecdotes. L'une, d'une invraisemblance qui ne supporte guère l'examen, atteste seulement qu'on mettait alors dans la bouche de François Villon

---

1. A. Longnon, *Les limites de l'Ile-de-France* dans les *Mém. de la Soc. de l'Histoire de Paris,* I.

2. Bibl. Nat., lat. 12811, fol. 29 (Réunion d'arrêts relatifs surtout aux conflits des justices ecclésiastique et royale, de la fin du xivᵉ et du premier tiers du xvᵉ siècle).

toutes les calembredaines traditionnelles qui se donnaient pour des traits d'esprit ; l'autre mérite de retenir notre attention.

La première historiette se lit au l. IV, ch. 67 de *Pantagruel* : elle illustre l'effet bien connu de la peur [1] :

« Exemple autre ou roy d'Angleterre, Edouart le quint. Maistre Françoys Villon, *banny de France*, s'estoit vers luy retiré : *il l'avoit en si grande privaulté* repceu que rien ne luy celoyt des menues negoces de sa maison. Un jour le roy susdict, estant a ses affaires, monstra a Villon les armes de France en painctures, et luy dist : « Voyds tu quelle reverence je porte a tes roys Francoys ? Ailleurs n'ay je leurs armoiryes que en ce retraict icy, pres ma scelle persée ». — « Sacre Dieu (respondist Villon) tant vous estez saige, prudent, entendu, et curieux de vostre santé ? Et tant bien estes servy de vostre docte medicin *Thomas Linacer*. Il, voyant que naturellement sus *vos vieulx jours* estiez constippé du ventre, et que journellement vous failloit au cul fourrer un apothecaire, je diz un clystere, aultrement ne povyez vous esmeutir, vous a faict icy aptement, non ailleurs, paindre les armes de France, par singuliere et vertueuse providence. Car, seulement les voyant, vous avez telle vezarde, et paour si horrificque, que soubdain vous fiantez comme dix huyct bonases de Pæonie. Si painctes estoient en aultre lieu de vostre maison, en vostre chambre, en vostre salle, en vostre chapelle, en vos gualleries, ou ailleurs, sacre Dieu, vous chiriez partout sus l'instant que vous les auriez veues. Et croy que, si d'abondant vous aviez icy en painctures la grande Oriflamme de France, a la veue d'icelle vous rendriez les boyaulx du ventre par le fondement. Mais hen, hen, *at que iterum* hen,

> Ne suys je Badault de Paris ?
> De Paris, diz je, aupres Pontoise :
> Et d'une chorde d'une toise
> Sçaura mon coul, que mon cul poise.

Badault, diz je, mal advisé, mal entendu, mal entendent, quand, venent icy avecques vous, m'esbahissoys de ce qu'en vostre chambre vous estez faict vos chausses destacher. Veritablement je pensoys qu'en ycelle, darriere la tapissserie, ou en la venelle du lict, feust vostre scelle persée. Aultrement, me sembloit le cas grandement incongru, soy ainsi destacher en chambre, pour si loing aller au retraict lignagier. N'est ce ung vray pensement de Badault ? Le cas est faict pour bien d'autre mystere, de par Dieu. Ainsi faisant, vous faictez bien. Je diz si bien, que mieulx ne sçauriez. Faictez vous a bonne heure, bien loin, bien a poinct destacher. Car, a vous entrant icy, n'estant destaché, voyant cestes armoyries, notez bien tout, sacre Dieu, le fond de vos chausses feroit office de lasanon, pital, bassin fecal, et de scelle persée ».

---

1. *Le Quart Livre*, éd. Michel Fezandat, 1552, fol. 142 v°.

Il faut l'avouer, cette historiette de pot de chambre demeure médiocrement divertissante, encore que Rabelais ait cru devoir lui faire crédit de sa verve. Tous les termes en sont faux. Le roi Édouard V ne fit pas de vieux jours : né en 1470, il fut mis cruellement à mort en 1483 dans la Tour de Londres ; c'est l'un de ceux que nous nommons les enfants d'Édouard. Thomas Linacre (en latin *Lynacer*), le savant médecin et helléniste anglais, qui naquit en 1460 et mourut le 20 octobre 1524, ne fut jamais attaché à la personne d'Édouard V : il servit Henry VII et Henry VIII. Rabelais devait savoir quand avait vécu ce savant confrère ; et l'on arrive à se demander s'il ne se moque pas de nous, si de telles confusions ne sont pas, dans son esprit, volontaires ?

Rabelais connaissait certainement Villon, dont il cite de mémoire le quatrain ; il savait par cœur bien d'autres vers de notre poète ; il ne pouvait pas être insensible, lui qui était si parfait styliste, à la magie de l'art du pauvre écolier. Mais, l'anecdote qu'il nous rapporte prouve surabondamment que Rabelais n'avait pas pénétré son esprit. Villon y tient le langage d'un soudard ; il sacre comme un grognard. Il est tout moderne ce type ; ou plutôt il est fort ancien, puisqu'on a prouvé que la source de ce conte remontait au xiiie siècle au moins. On l'a retrouvé dans un recueil d'historiettes, au chapitre des *exempla clericorum* : il est question d'un certain jongleur, Hugues le Noir, célèbre pour ses bons mots [1].

Notre jongleur, banni de France, s'était réfugié à la cour d'Angleterre. Un soir, aux chandelles, le roi l'avait fait conduire vers ses chambres : il y avait fait peindre, sur une porte, le roi Philippe-Auguste avec un seul œil, à la façon d'un grotesque. Or le roi anglais dit au jongleur de France : « Vois, Hugues, comment j'ai arrangé ton roi. — Voire, répondit le Français, vous êtes sage. — Et pourquoi dis-tu cela ? — Parce que vous l'avez fait peindre ici. — Pourquoi encore ? — Parce qu'il est admirable que, le regardant, vous n'ayez pas tous la colique » !

1. Léopold Delisle, *Notes sur quelques manuscrits de la Bibliothèque de Tours*, 1868, in-8.

Encore qu'il maudissait les médisants de France [1], comme Eustache Deschamps, et qu'il eût aimé sans doute la rapide réplique du vieux jongleur, malgré son goût si vif pour l'équivoque, François Villon était bien incapable de tenir le discours, sentant à la fois le corps de garde et l'hôpital, que lui prêta Rabelais. Il faut être très savant, avoir hanté les librairies, être un bon philologue pour se plaire à ces développements-là. Villon avait peu lu ; il ignorait toute rhétorique laborieuse, toute érudition, tout scepticisme. Il avait la foi chrétienne ; il savait seulement lire dans son cœur, aimer et haïr, non pas des idées, mais des personnes, et toujours pour des motifs fort connus de lui. Rabelais n'entendait pas Villon, bien qu'il l'ait lu dévotement. Il le tenait, avec tout son temps, pour un bon fou sur le dos duquel il est licite de mettre n'importe quelle plaisanterie, si périmée, si peu vraisemblable soit-elle. Et quelle raison aurait jamais eue Villon de passer en Angleterre à une époque où tous les Français y semblaient des traîtres, où notre langue était presque complètement oubliée ? Enfin Me François Villon n'a pas été banni de France, mais seulement de la prévôté de Paris.

La seconde historiette pourrait dériver d'une tradition, bien qu'invraisemblable dans certains de ses détails *(Pantagruel, l. IV, ch. 13)* :

Comment a l'exemple de maistre François Villon, le seigneur de Basché loue ses gens.

Chiquanous issu du chasteau, et remonté sus son esgue orbe (ainsi nommoit il sa jument borgne), Basché, soubs la treille de son jardin secret, manda quérir sa femme, ses damoiselles, tous ses gens ; feist apporter vin de collation, associé d'ung nombre de pastez, de jambons, de fruictz, et fromaiges, beut avecques eulx en grande alaigresse : puys leur dist : Maistre François Villon, *sus ses vieulx jours*, se retira a Sainct Maixent en Poictou, soubs la faveur d'un homme de bien, abbé du dict lieu. La, pour donner passetemps au peuple, entreprint faire jouer la Passion en gestes et languaige Poictevin. Les rolles distribuez, les joueurs recollez, le théatre préparé, dist

---

1. Poésies div., v. — Cette pièce a été contestée, sans raison suffisante, par M. A. Piaget (*Romania*, 1892, p. 427). L'imprimé gothique, que M. Longnon dit perdu, est à la Bibl. Nat., Rés. Ye 1372. Cf. les ms. fr. 2206, fol. 181 vo et 2375 fol. 42.

au Maire et eschevins que le mystere pourroit estre prest a l'issue des foires
de Niort : restoit seulement treuver habillemens aptes aux personnaiges. Les
Maire et eschevins y donnerent ordre. Il, pour un vieil paisant habiller qui
jouoyt Dieu le pere, requist frere *Estienne Tappecoue*, secretain des Cordeliers
du lieu, luy prester une chappe et estolle. Tappecoue le refusa, alleguant
que par leurs statutz provinciaulx, estoit rigoureusement defendu rien bailler
ou prester pour les jouans. Villon replicquont que le statut seulement
concernoit farces, mommeries, et jeuz dissoluz : et qu'ainsi l'avoit veu
practiquer a *Bruxelles* et ailleurs. Tappecoue, ce non obstant, luy dist
peremptoirement, qu'ailleurs se pourveust, si bon luy sembloit ; rien n'espe-
rast de sa sacristie. Car rien n'en auroit sans faulte. Villon feist aux joueurs le
rapport en grande abhomination, adjoustant que de Tappecoue Dieu feroit
vengence et punition exemplaire bien toust. Au sabmedy subsequent Villon
eut advertissement que Tappecoue, sus la poultre du convent (ainsi nomment
ilz une jument non encores saillie), estoit allé en queste à Sainct Ligaire, et
qu'il seroit de retour sus les deux heures apres midy. Adoncques feist la
monstre de la Diablerie parmy la ville et le marché. Ses diables estoient
tous caparassonnez de peaulx de loupz, de veaulx, et de beliers, passementées
de testes de mouton, de cornes de bœufz, et de grands havetz de cuisine :
ceinctz de grosses courraies, esquelles pendoient grosses cymbales de vaches,
et sonnettes de muletz a bruyt horrificque. Tenoient en main aulcuns bastons
noirs pleins de fuzées ; aultres portoyent longs tizons allumez, sus lesquelz
a chascun carrefour jectoient plenes poignées de parasine en pouldre,
dont sortoit feu et fumée terrible. Les ayant ainsi conduictz avecques conten-
tement du peuple et grande frayeur des petitz enfans, finablement les mena
bancqueter en une cassine, hors la porte en laquelle est le chemin de Sainct
Ligaire. Arrivans a la cassine, de loing il apperceut Tappecoue, qui retournoit
de queste, et leur dist en *vers Macaronicques :*

> *Hic est de patria, natus de gente belistra,*
> *Qui solet antiquo bribas portare bisacco.*

Par la mort Dieu (dirent adoncques les diables), il n'a voulu prester à Dieu
le pere une paoure chappe : faisons luy paour ! — C'est bien dict (respond
Villon). Mais cachons nous jusques a ce qu'il passe, et chargez vos fuzées et
tizons. Tappecoue arrivé ou lieu, tous sortirent ou chemin au davant de luy,
en grand effroy, jectans feu de tous coustez sus luy, et sa poultre : sonnans
de leurs cymbales, et hurlans en Diable. Hho, hho, hho : brrrourrrs,
rrrourrrs, rrrourrrs. Hou, hou, hou. Hho, hho, hho : Frere Estienne, faisons
nous pas bien les Diables ?

La poultre, toute effrayée, se mist au trot, a petz, a bonds, et au gualot,
a ruades, fressurades, doubles pedales, et petarrades : tant qu'elle rua bas
Tappecoue, quoy que il se tint a l'aube du bast de toutes ses forces. Ses
estrivieres estoient de chordes : du cousté hors le montouoir son soulier
fenestré estoit si fort entortillé que il ne le peut oncques tirer. Ainsi estoit

traisné a escorchecul par la poultre, tousjours multipliante en ruades contre luy, et fourvoyante de paour par les hayes, buissons, et fossez. De mode qu'elle lui cobbit toute la teste, si que la cervelle en tomba pres la croix Osanniere, puys les braz en pieces, l'un ça, l'aultre la, les jambes de mesmes ; puys des boyaulx feist ung long carnaige, en sorte que la poultre au convent arrivante, de luy ne portoit que le pied droict, et soulier entortillé.

Villon, voyant advenu ce qu'il avoit pourpensé, dist a ses Diables : « Vous jourrez bien, messieurs les Diables, vous jourrez bien, je vous affie. O que vous jourrez bien ! Je despite la Diablerie de Saulmur, de Doué, de Mommorillon, de Langés, de Sainct Espain, de Angiers : voire, par Dieu, de Poictiers, avecques leur parlouoire, en cas qu'ilz puissent estre a vous parrangonnez. O que vous jourrez bien !... » [1]

Ainsi, d'après Rabelais, suivant une tradition locale qu'il a pu recueillir dans un pays qu'il connaissait parfaitement, François Villon se serait fait organisateur de représentations théâtrales ; il aurait trouvé un refuge à Saint-Maixent. Et cette information serait venue à la connaissance de Rabelais entre 1545 et 1552 : car c'est dans la rédaction du *Quart livre* de cette dernière date qu'on la trouve en effet pour la première fois.

Présentée sous cette forme, l'anecdote mérite certainement d'être prise en considération. Le poète vagabond avait déjà parcouru les marches du Poitou ; il était passé par Saint-Generoux où deux dames lui avaient enseigné à parler un peu le poitevin. Il aurait donc pu, non pas, comme on l'a dit, composer une Passion dans ce patois, mais comme le fait connaître d'ailleurs Rabelais, mettre en scène la Passion à Saint-Maixent [2].

Les clercs joueurs de farces ne manquaient pas en son temps : et l'on se rappelle que, dans la région qu'il a parcourue d'abord, de nombreuses représentations théâtrales ont eu lieu. Que de -fois on les rencontre dans les juridictions criminelles ces clercs organisateurs de farces ! tel par exemple ce mauvais clerc, Poncelet de Monchauvet, qui fut accusé d'avoir assassiné Madame

---

1. *Le Quart livre*, 1552, éd. Michel Fezandat, fol. 30 v°. Cf. la 29e *Serée* de Bouchet.
2. Tout ceci a été exposé avec autant de soin que d'ingéniosité par M. Gustave Cohen dont l'étude nous semble définitive (*Rabelais et le théâtre* dans la *Revue des Etudes Rabelaisiennes*, 1911, p. 1-72).

de Boissy et sa chambrière, et que l'évêque de Paris s'obstinait à réclamer, le 6 octobre 1416[1].

Car, depuis son enfance, on l'avait vu enclin au mal, jouer aux dés et à la paume, hanter les tavernes et les fillettes diffamées. Il s'était fait carme, puis chevaucheur, puis homme d'armes, puis vagabond. Il gagnait un beau jour le Dauphiné ; on le retrouvait à Paris où il mimait des farces. Il donnait des représentations aux Halles, portant bannière et enseigne; au demeurant traître, meurtrier et larron. Mais l'évêque répliquait en sa faveur « qu'il n'est *buffo* ne gouliart, ne jongleur ou basteleur; et s'il a esté à jouer à aucunes farces, comme ont acoustumé faire escoliers et jeunes gens, ce a esté par esbatement et sans gain, et n'a point esté maistre jongleur ; et avant que ce lui préjudiciast, fauldroit qu'il eust esté jongleur *ad questum*, portant banieres, menant bestes, comme ours, singes et *hujus modi*, qui sont infames, et ceulz dont entendent les droiz et vont par le païs; et s'il a esté aux Hales voir les joueurs en lieux cloz et chambres, et qu'il y eust joué pour esbatement, encores ne lui tost rien de privilege... »

Certes Villon aurait pu, comme Poncelet de Monchauvet, organiser des représentations de farces. Dans la ballade de « bonne doctrine », où il parle à ses mauvais compagnons, François nous dit :

> Ryme, raille, cymballe, luttes[2],
> Comme fol, fainctif, eshontez ;
> Farce, broulle, joue de fleustes ;
> Fais, es villes et es citez,
> Farces, jeux et moralitez ;
> Gaigne au berlanc, au glic, aux quilles.
> Aussi bien va, or escoutez,
> Tout aux tavernes et aux filles !

Villon se demandera encore[3] :

> Que vault... farcer ?

1. Arch. Nat., X²ª 17.
2. T., v. 1700-1707.
3. Poés. div., I, v. 23.

il dira dans la ballade des contre-vérités qu'il n'est « lettre vraye que tragedie » [1]. Enfin nous voyons que dans ses Mémoires, le Messin Philippe de Vigneulles parle en 1503 d'un certain Jean Mangin, « ung second Françoys Villon en l'art de bien rimer, de *bien juer fairxe* et de tout embaitement ».

Dans sa cruauté, la plaisanterie tragique faite à Tappecoue a un grand accent de vérité : du moins est-elle bien dans les mœurs du xvᵉ siècle [2].

Mais il y a quelques difficultés à admettre absolument la vérité de ce récit. Quel est cet « homme de bien », abbé de Saint-Maixent, qui serait devenu le protecteur de notre poète ? L'abbé de Saint-Maixent fut entre 1461 et 1475 Jacques Chevalier, neveu de Jean Chevalier, également abbé [3]. On ne voit pas les relations que François Villon aurait pu avoir avec ce personnage. Il est plus difficile encore de penser que Villon ait fait de « vieux jours » sans avoir produit quelque œuvre où sa personnalité si forte n'apparaîtrait pas, où il ne nous parlerait pas encore et toujours de lui-même ? Or on ne connaît rien, absolument rien de Villon qui soit postérieur à son départ de Paris. Et comment imaginer qu'il ait vécu longtemps, alors qu'il semblait déjà si malade, épuisé par tant de privations ? Suivant le récit de Rabelais, Villon fait allusion à un séjour à Bruxelles, bien invraisemblable aussi. Mais surtout il est fort dommage

1. Poés. div., IV, v. 27.

2. Cf. par exemple la « finesse » que Jacques Jereys et Jean Robert, dit Regnier, clercs, jouent à un prêtre de Lyon, Glaude. Celui-ci désirait fort de posséder une jeune femme, nommée Perrette, logée en l'hôtellerie des *Trois Roys*. Ils habillent un jeune garçon en femme pour le substituer à Perrette. Glaude devait prendre son amie le soir, en bateau, sur la Saône : il rencontre des compagnons qui viennent assister à la « finesse » ; il y a rixe. Glaude veut rejoindre le bateau qui l'a amené pour éviter d'être battu et se noie (Arch. Nat., JJ. 181, p. 163-172, juillet-août 1452).

3. *Gallia Christiana*, II, coll. 1260. On trouve ensuite Philibert, cardinal, évêque de Mâcon, puis Jean Rousseau entre 1483 et 1499. — Toutefois, le 2 décembre 1500, on voit que deux notaires parisiens faisaient l'inventaire des biens trouvés après le décès de Pierre Chauvin, protonotaire apostolique, abbé commendataire de l'abbaye de Saint-Maixent, mort dans la chambre d'Étienne Migeis, praticien en cour d'église, rue du Clos-Bruneau (Coyecque, *Quatre catalogues de livres*, dans la *Revue des Bibliothèques*, 1895).

qu'une des *Repues franches*, la septième, faite auprès de Montfaucon [1], nous fournisse des traits analogues à la farce tragique
dont Tappecoue fut la victime. On y voit deux galants qui
avaient résolu un soir d'aller coucher près du gibet de Montfaucon, de s'empiffrer de pâté, de boire et de s'amuser avec des
filles. Surviennent deux écoliers qui ont décidé, eux, de dîner
d'une franche repue. Ils ont revêtu des habits de diables, l'un
portant un croc, l'autre une massue : ils fondent sur les galants,

> Disant : « A mort ! à mort ! à mort !
> Prenez, à ces chaisnes de fer,
> Ribaulx, putains, par desconfort,
> Et les amenez en enfer ;
> Ils seront, avec Lucifer,
> Au plus parfond de la chauldiere,
> Et puis, pour mieulx les eschauffer,
> Gettez seront en la riviere ! »

Or nos galants de prendre la fuite tandis que les écoliers dévo-
rent leurs provisions.

Que faut-il donc retenir de l'anecdote rabelaisienne ? Peu de
chose. Sans doute elle est inspirée par une tradition orale qui
mérite quelque respect [2]. Il est probable que Villon s'est retiré
en Poitou ; il est possible qu'il ait mis en scène une Passion à
Saint-Maixent. Mais au temps où Rabelais a pu recueillir
cette tradition, il n'y avait plus sur François Villon qu'une
légende : c'était un fou disant de bons mots. Les *Franches Repues*
représentaient alors tout ce que l'on savait de notre poëte.

Il est donc plus que vraisemblable de penser que Villon
disparut de bonne heure, dans le mystère, ruiné de santé et
accablé de misère.

Ce qui est hors de doute, c'est qu'il ne rentra jamais à Paris ;
qu'il n'existait plus en 1489, au moment où l'imprimeur
Pierre Levet donna la première édition de ses œuvres qui fut
suivie rapidement de beaucoup d'autres. Il n'y prit aucune part.

---

1. Éd. P. Jannet, p. 215-219. — 2. Cf. Henri Clouzot, *L'ancien théâtre en Poitou*,
1901, p. 20 ; *Nouveaux documents*, 1912, p. 4. Un fief du « Moyne mort » était de la
mouvance de l'abbaye de Saint-Maixent.

Il n'aurait pas été bien vieux cependant : Villon n'aurait guère eu que cinquante-neuf ans [1].

On peut croire du moins que la pensée du pauvre vagabond, devenu voleur à la suite de mauvaises fréquentations, cruellement condamné en somme et interdit de séjour dans le seul endroit habitable pour lui, dut se porter maintes fois sur le cloître Saint-Benoît où il avait connu l'exemple de la sagesse et si longtemps joui d'un abri. Comme tout cela était loin maintenant! Ah! s'il avait su, s'il avait sagement travaillé! Il est trop tard. Vieilli, tousseux, amaigri, plus hâlé que jamais, François souffrira du froid et de la faim, de toutes les déchéances d'un errant et d'un banni [1] :

> Hé ! Dieu, se j'eusse estudié
> Ou temps de ma jeunesse folle,
> Et a bonnes meurs dedié,
> J'eusse maison et couche molle.
> Mais quoy ? je fuyoie l'escolle,
> Comme fait le mauvais enfant.
> En escripvant ceste parolle,
> A peu que le cuer ne me fent.

Le cœur lui aurait fendu davantage s'il avait appris que Me Guillaume de Villon, cet homme de bien dont il portait le nom, à qui si plaisamment il avait laissé jadis sa mauvaise renommée, était décédé, dans l'année 1468 vraisemblablement. Comme lui, François aurait pu avoir « couche molle », une petite maison dans le cloître, semblable à celle de la *Porte Rouge*,

---

1. Le 13 octobre 1499, il est question parmi les titres de propriété de Saint-Benoît d'un hôtel où pend pour enseigne le *Gril,* assis dans la grand'rue Saint-Jacques, tenant d'un côté à Guillemin Baillet, boulanger, et de l'autre à l'hôtel du *Chevalier au Cygne,* aboutissant par derrière « aux hoirs et ayans cause de feu maistre François Willon ». Cette maison du Gril est dite, le 21 mai 1467, touchant à la *Heuze,* à la maison du *Chevalier au Cygne,* par derrière aux jardins de Sorbonne et d'autre côté à « maistre Guillaume Villon ».(Arch. Nat., S. 889[A] ; F. Bournon, *Rectifications et additions à l'abbé Lebeuf,* p. 95, n.). N'est-il pas évident qu'on a confondu par la suite, qu'on a mis le prénom alors célèbre de François quand il faut lire celui de Guillaume ?

2. T., h. 26.

Le rêve du clerc
(Bibl. nat. fr. 1664, fol. 149)

au milieu des jardins et des arbres ; vivre dans cette cité très calme, donner des leçons, dire l'office, prier au son des cloches, épouser, comme il l'avait déjà fait dans son adolescence, la cause et les intérêts de l'église.

La disparition de Guillaume fit un vide dans le petit cercle de ses bons amis. Jean le Duc, bénéficié de Saint-Benoît, son confrère et disciple, fut son exécuteur testamentaire, avec son neveu, le barbier Jean Flastrier, lui-même beau-frère de Jean le Duc. Guillaume de Villon lui laissait sa maison de la *Porte Rouge* que Pierre d'Origny, conseiller au Parlement, viendra bientôt habiter. Et Jean le Duc, avant de mourir, augmentera l'obit de son bon maître Guillaume. Quant au barbier Jean Flastrier, dévot à la Vierge et à saint Benoît, il fera son testament en 1481. A treize ans de distance, sa pensée demeurait encore fidèle à son oncle Guillaume. Il demandera que son corps soit inhumé sous la tombe du chapelain, dans la nef de Saint-Benoît, auprès de celui qui fut l'orgueil de la famille. Mais il n'oubliera pas pour cela le curé de Saint-Benoît, ni son clerc, ni l'œuvre du chœur, ni celle de la confrérie, ni la corporation des barbiers qui se réunissait dans l'église du Saint-Sépulcre. Après eux, seulement, il songera à Germain Vasline et à sa femme, Huguette Flastrier, filleule et nièce du barbier ; à sa sœur Etienne, demeurant à Villon près de Tonnerre. Il laissera à son beau-frère Jean le Duc, prêtre et bénéficié de Saint-Benoît, sa vigne de Piquehoe, au delà du territoire de Notre-Dame des Champs, et le jardin du cloître faisant partie de l'*Ostel de la Biche*, sa vie durant. Après lui cette maison devait servir à loger les enfants de chœur que le barbier Flastrier établit à Saint-Benoît : car il n'y en avait pas avant la fondation du barbier et l'on ne chantait pas dans sa chère église. Ils étaient tenus de dire sur sa tombe, et aussi sur celle de son oncle Guillaume, le premier de chaque mois, aussitôt après la grand'messe, les sept Psaulmes, avec la litanie : *Libera me, Domine*, les versets et les oraisons : *Deus qui inter apostolicos sacerdotes... Inclina... famuli famuleque tuorum et fidelium*, pour leur salut, celui de l'âme de sa femme, de ses parents et amis trépassés[1].

Oui, François aurait pu, comme ces braves gens, être d'église, consacrer le corps de Dieu pour réjouir sa simple et pieuse mère, professer les belles-lettres au collège de Navarre, enseigner le décret pour la gloire de son protecteur! Il aurait pu avoir des maisons et des rentes ; au lieu d'un testament fictif faire un vrai et honnête testament, comme le barbier Flastrier. Enfant gâté, impressionnable, dévoré par la recherche des plaisirs et de la joie, ayant pris de bonne heure des habitudes de paresse et fait de tristes connaissances, Saturne lui avait réservé un autre fardeau ! François était né sous une planète néfaste. Déchu, désordonné, joueur, débauché, humble et rempli d'orgueil, sensible toujours, mauvais et pitoyable tout à la fois, lisant cependant si clairement dans sa conscience, le pauvre regretta souvent l'existence bourgeoise d'un de ces habitants du cloître :

Hé ! Dieu, se j'eusse étudié.

Son idéal sera leur couche molle, un lit avec des draps et des chaises, une chambre nattée où il fait tiède.

Mais il est une chose qui eût bien surpris ces honnêtes personnes, qui aurait fort étonné Villon lui-même (car bien ironiquement François assure que sa renommée, sa mauvaise renommée *bruit* en l'honneur de Me Guillaume), c'est que son nom, célèbre alors parmi des vauriens, des rimeurs de tavernes, des enfants perdus, des escrocs, ferait passer à la postérité celui du bon et riche chapelain de Saint-Benoît; que l'histoire d'une petite communauté parisienne, dont il ne reste aujourd'hui que quelques pierres éparses, de vieux papiers et des parchemins jaunis, nous passionnerait encore afin d'entendre mieux quelques vers qu'elle inspira ; qu'elle revivrait seulement par les œuvres étincelantes, narquoises et attendries d'un pauvre enfant qui y fut recueilli.

1. A. Longnon, *Etude biographique*, p. 191-198.

Tel est le miracle du génie, le pouvoir divin de créateur qui demeure le privilège mystérieux de l'artiste et du poète. C'est pourquoi, oublieux de la vie mauvaise de Villon, nous resterons éternellement charmés par la musique joyeuse de ses rimes, émus des accents pitoyables qu'il tira de sa misère et de son repentir, tout mélancoliques aussi de sa vision, qu'il nous a imposée, de la fuite des choses et de la mort.

CHAPITRE XVI

LA LÉGENDE DE FRANÇOIS VILLON

Un des phénomènes les plus remarquables que nous présente l'histoire des personnages du moyen âge, est la rapidité avec laquelle ils passèrent dans la légende. A la mort de Du Guesclin on voit un chroniqueur, presque un trouvère, rimer en son honneur une façon de chanson de geste : et ce héros de la ballade des Hommes du temps jadis, « Claquin le bon breton », est introduit aussitôt par Louis d'Orléans comme dixième preux dans les sculptures de la grande salle du château de Coucy. Au lendemain du sacre de Reims, des légendes fleurissent sous les pas mêmes de la Pucelle et se répandent jusqu'en Italie et en Allemagne : et bientôt l'imagerie populaire fait de « Jehanne, la bonne lorraine » une sybille, la dernière des preuses [1].

Il s'est passé quelque chose d'analogue au sujet de François Villon. Il avait disparu dans le mystère. L'imprimerie répandit à Paris son œuvre, qui fut lue avidement après 1489. Comme Villon n'avait fait que parler de lui-même, il n'était pas difficile de lui prêter la physionomie qu'il avait adoptée. On le tint donc pour un fou émérite, un grand farceur, un buveur légendaire, pour le pauvre par excellence, le roi et le type des escrocs,

---

1. Voir t. I, p. 145 et n. — On notera que dans les extraits du Parlement (vers 1500) où M. Schwob a retrouvé la date de la condamnation à mort de François Villon, l'auteur a écrit dans la marge en grosse capitale : VILLON. Il a fait de même pour le nom de Jeanne d'Arc, quand il a transcrit la nouvelle de sa prise devant Compiègne (Bibl. Nat., Dupuy 250).

Le grant teſtament billon/et le petit.
Son codicille.Le iargon ꝫ ſes balades

Titre de l'édition originale des Poésies de Villon
publiée à Paris par Pierre Levet en 1489
(Bibl. nat., Rés. yᵉ 245)

ce que confirme cette belle rime de *billon* et de *Villon*. Sa
légende se répand, s'amplifie chaque jour : on lui prête alors,
pour les rajeunir, des finesses qui remontaient jusqu'aux fabliaux.

Un livre commande en quelque sorte cette tradition, toute
la légende villonesque : les *Repues Franches*.

On nomme ainsi un petit recueil qui circula aux environs
de l'année 1500, peut-être un peu avant, tantôt avec l'invocation de François Villon et le titre de *Sermon*, tantôt sous le
nom de *Recueil des hystoires de Repues Franches* [1], *Le Recueil des repues
franches de maistre Françoys Villon et ses compaignons* [2], et qui
reparut, en 1532, sous celui de *Plusieurs Gentillesses de maistre
Françoys Villion*. Ce livret était vendu à Paris, et surtout à
Lyon, aux foires, où il pouvait bien intéresser les marchands [3].

Et d'abord on entend l'acteur convoquer tous ceux-là qui
vivent de *Repues franches*, c'est-à-dire d'escroqueries et de
finesses : les jeunes avocats, les clercs, les héritiers de feu Pathelin qui savent le parler « jobelin », un de ces trompeurs, sur-
nommé le capitaine du « Pont à billon », c'est-à-dire du Pont-
au-Change : enfin

> Tous les subjets Françoys Villon.

Parmi eux l'acteur énumère « messire chascun Poicdenaire »,
les chevaucheurs d'écurie, les sots et les sottes, les bigots, les
Turlupins (que nous reconnaissons au passage, ainsi que les
Cordeliers et les Jacobins) ; tous les farceurs, les maquereaux
et les maquerelles, les pardonneurs ; les valets et chambrières
qui festoient quand leurs maîtres sont couchés (ceux-là non
plus nous ne les avons pas oubliés), et les bonnes commères
qui trompent leur mari.

---

1. Bibl. Nat., Rés. Ye 260 ; 255.

2. Bibl. Nat., Rés. Ye 1305 ; Pye 29.

3. Voir Brunet, *Manuel du Libraire* ; Picot, *Catalogue des livres composant la bibliothèque de feu M. le baron de Rothschild*, 1, p. 258-261. — Le texte se trouve à la suite
des éditions de P. Jannet, du bibliophile Jacob, etc.

Or on voyait d'abord un pauvre diable, qui arrivait à Paris sans « croix ne pille », se rendre à l'auberge où il devait laisser en gage une épée d'acier et son fourreau (ce qui ressemble étrangement aux legs, mal compris d'ailleurs, des h. 11 des *Lais* et 89 du *Testament*). C'est pour de telles gens que sont faites les *Repues franches*. Puis, sans que cela ait quelque lien avec ce qui précède, l'acteur nous raconte comment il errait dans la Grand'salle du Palais, à Paris, où se pressaient en effet les oisifs de la ville, les procéduriers qui se ruinaient croyant détruire leurs voisins. Ils feront bien, ceux-là, de lire les *Franches Repues !*

Tout à coup parlent les compagnons de Maître François :

> « Qui n'a or, ny argent, ny gaige,
> Comment peult il faire grant chere ?
> Il fault qu'il vive d'avantaige :
> La façon en est coustumiere.
> Sçaurions nous trouver la maniere
> De tromper quelqu'ung pour repaistre ?
> . . . .
> Qui le fera sera bon maistre ! »

> Ainsi parloyent les compaignons
> Du bon maistre Françoys Villon,
> Qui n'avoient vaillant deux ongnons,
> *Tentes, tapis, ne pavillon.*
> Il leur dit : « Ne nous soucion,
> Car, aujourd'huy, sans nul deffault,
> *Pain, vin, et viande à grant foison* [1]
> Aurez, avec du rost tout chault. »

François Villon demande ensuite à ses compagnons ce qu'ils désirent de mâcher : l'un souhaite un bon poisson, l'autre du rôti :

> Maistre Françoys, ce *bon archer*,
> Leur dist : « Ne vous en souciez ;
> Il vous fault voz pourpointz lascher,
> Car nous aurons viandes assez. »

---

1. Les deux vers imprimés en italique sont des refaçons évidentes de vers de Villon.

Il se rend alors à la Poissonnerie du Châtelet, comme les étudiants de ce temps le faisaient, pour acheter les éléments d'un festin, et il laisse ses compagnons delà les ponts. François marchande un panier de poissons, déclare qu'il payera comptant au porteur qui le suit; puis ils passent devant Notre-Dame où le pénitencier confessait. François s'avise de lui demander d'entendre celui qu'il nomme son neveu, le porte-panier : il est tombé, assure-t-il, dans la folie, car il ne parle que d'argent. M⁼ François prend alors le panier de poissons et dit au gagne-denier de s'approcher du pénitencier. Le pauvre diable ne l'entretient naturellement que du payement de son panier de marée, qui le préoccupe. Mais Villon a disparu pendant ce temps. Ainsi :

> Maistre Françoys, par son blason,
> Trouva la façon et maniere
> D'avoir marée à grant foyson,
> Pour gaudir et faire grant chere.
> C'estoit la mere nourriciere,
> De ceulx qui n'avoyent point d'argent ;
> A tromper, devant et derriere,
> Estoit ung homme diligent.

C'est dommage seulement que ce beau trait reproduise l'historiette que conta le vieux Cortebarbe dans son fabliau des *Trois avugles des Compiengne* !

Désirez-vous de connaître comment il se procure des tripes ? Villon demande à un de ses compagnons de se laver soigneusement le derrière qu'il devra montrer à la vendeuse, comme on le faisait par raillerie, tandis que lui-même marchandera à l'ouvroir de la tripière. A ce vilain geste de railleur, François feint d'entrer en furie et de soutenir l'honneur de la dame : il frappe des tripes qu'il tient à la main le compagnon sans pudeur. Or la marchande ne veut plus reprendre les tripes dans son baquet : elle préfère les abandonner. Ainsi François acquit des tripes à peu de frais.

Il manque encore du pain aux bons compagnons. Villon se

rend chez un boulanger, à qui il se donne pour un écuyer ou
quelque maître d'hôtel, très pressé d'obtenir cinq ou six dou-
zaines de pains pour son seigneur. Quand la moitié du pain
est chapelé, il demande qu'on l'apporte aussitôt. Le valet
le suit, portant la hotte qu'on décharge près d'une grande et
vieille porte. Alors François le renvoie, tout courant, chercher
le reste de la commande : mais lui, il s'empresse de disparaître
avec les pains. Le boulanger crédule ne retrouva jamais son
maître d'hôtel affairé.

Et voici comment Villon procure du vin à ses compagnons.
Il se rend à la taverne de la *Pomme de Pin*, portant deux brocs
de bois dont l'un est rempli d'eau : là, tendant son broc, il
demande si l'on a quelque bon vin :

> Et qu'on luy emplist du plus fin,
> Mais qu'il fust blanc et amoureux.

Le valet de taverne verse dans le broc un très bon vin blanc
de Bagneux. Alors Villon pose les deux brocs l'un près de
l'autre et demandé au valet : « Quel vin est-ce là ? »

> Il luy dist : « Vin blanc de Baigneux.
> — Ostez cela, ostez cela,
> Car, par ma foy, point je n'en veulx.
>
> Qu'esse cy ? Estes vous bejaulne ?
> Vuidez moy mon broc vistement.
> Je demande du vin de *Beaulne*,
> Qui soit bon, et non aultrement. »
> Et, en parlant, subtillement
> Le broc qui estoit d'eaue plain
> Contre l'aultre legierement
> Luy changea, à pur et à plain !

Pour avoir le rôti, les compagnons conviennent de se rencontrer devant l'étal d'un rôtisseur. Villon marchande. Un
compère survient, lui flanque une gifle : furieux, François
attrape une broche, avec le rôti qu'elle porte, et poursuit le
donneur de soufflet :

Ainsi, sans faire long procès,
Ils repeurent, de cueur devot,
Et eurent, par leur grant exces,
Pain, vin, chair et poisson, et rost.

Villon n'intervient plus dans les autres « repues ».

La seconde rapporte la finesse d'un galant dont fut victime un ambassadeur débarqué nouvellement à Paris, et trop porté vers le « bas mestier ». Un galant lui propose des femmes ; il est retenu de suite par lui comme valet de cuisine. Notre ambassadeur amoureux désire de donner un grand repas et lance aussitôt ses invitations. En ce temps-là régnait à Paris une épidémie, une peste qui enlevait rapidement les gens. Les invités se pressent dans la maison de l'étranger quand, sur les midi, le valet de cuisine déclare se sentir subitement malade. On va chercher un prêtre : tout le monde se sauve. Dans la maison demeurée vide les compagnons ont alors loisir de dévorer les viandes, de s'enivrer pendant trois jours. La troisième « repue » rapporte la finesse de trois aigrefins du Limousin qui vécurent cinq mois à l'hôtel du *Pestel*, rue de la Mortellerie, en se donnant pour des gentilshommes venus plaider un procès. Ils abusaient l'hôtelier par leurs manières nobles, leur gros sac, et aussi parce qu'ils offraient à tout instant de payer. Ils disparurent un beau matin, laissant seulement leur sac à procès qui ne contenait que des torcheculs. La quatrième raconte le beau trait du « souffreteux » qui paya son dîner d'une chanson : « *Faut payer ton hoste, ton hoste !* » La cinquième traite du pelletier qui, ayant épousé une belle femme, préférait de boire du vin au « coucher dedens ung beau lict » : un curé, amoureux de la femme, profitera de cette situation ; et le pelletier aussi. La sixième « repue » se passe au *Plat d'Estain*, près de Saint-Pierre-des-Arcis, en la Cité, où sont rassemblés les compagnons nommés les *Gallans sans soucy*. Quand arrive le moment de payer l'écot au clerc de la taverne, ils se disputent cet honneur : ne pouvant se mettre d'accord sur ce beau sujet, ils décident qu'on bandera les yeux du clerc de la taverne, comme on le fait au jeu du Colin-Maillard : le premier saisi par le bandé payera l'écot. Ce fut le patron de la maison ! La septième et dernière « repue » a trait aux écoliers et se déroule non loin du gibet de Montfaucon. Deux écoliers, vêtus en diables, mettent en fuite deux galants et des filles venus là pour manger sur l'herbe leur pâté et boire du vin. On a reconnu le trait prêté à Villon par Rabelais, alors qu'il aurait organisé une représentation du mystère de la Passion à Saint-Maixent.

Que faut-il retenir de cette geste des aigrefins ? On a l'impression, à lire les *Repues franches*, que bien des détails de ces farces sont un peu postérieurs à Villon ; que leur rédaction ne remonte pas beaucoup plus haut que 1495-1500.

La première « repue », la seule où paraît Villon, est-elle plus ancienne ? Nous présente-t-elle quelque souvenir des exploits parisiens de la jeunesse turbulente de maître François ?

Certains traits de sa vie peuvent bien prêter aux développements donnés par les *Repues franches*. Il est certain que lorsque Villon parle du vin pris « à ses perils » chez Turgis, le propriétaire de la *Pomme de Pin*, pour être offert au riche Denis Hesselin, il n'entend pas le régler [1]. Villon a des dettes chez ce personnage ; il ne tient pas à se montrer dans sa taverne, puisqu'il assure qu'il « payera son vin » si Turgis est assez malin pour découvrir l'endroit où Me François s'était caché à son retour à Paris [2]. Enfin, si le poète institue ses héritiers [3] Robin Turgis le tavernier [4], Moreau, qui ne peut être que Moreau le maître juré des rôtisseurs de Paris [5], Provins, que nous identifierons avec Jean de Provins, pâtissier en la rue du Chaume dite du Grand-Chantier [6]; s'il dit que ces personnages ont reçu quelque chose de lui « jusqu'au lit où il git », il faut bien comprendre cela par antiphrase : Villon leur doit de l'argent

---

1. T., v. 1017. — 2. T., h. 93. — 3. T., h. 67.

4. Voir à l'appendice.

5. Créé maître juré du métier des rôtisseurs à Paris, le 10 mai 1454 (Arch. Nat., Y 5232).

6. Arch. Nat., MM. 135, fol. 31 (1457-1458) ; MM. 136, fol. 18, 19 (1458-1459).

pour des frasques passées ; il a des dettes chez eux remontant
à son exil de 1456. Un tavernier, un rôtisseur, un pâtissier,
nous avons là certainement les victimes ordinaires d'une
« repue franche ».

Mais enfin Turgis, Moreau et Provins faisaient à Villon le
crédit qu'il valait. A la taverne on laissait des gages ; et il
semble difficile d'admettre qu'on y baillât aussi facilement des
brocs d'eau pour des brocs de vins. On voit bien qu'à Poitiers, Regnier de Montigny, en compagnie de Jean le Sourt,
un coquillard, se rendit chez un drapier et lui acheta pour
20 écus de drap : il fit semblant, devant lui, de mettre les
20 écus dans une petite boîte en bois, tandis qu'il lui en passait une autre dans laquelle il n'y avait rien qui vaille [1]. Au
demeurant ces plaisanteries méritaient la prison, sinon la
potence.

S'il y a vraiment une tradition fondée dans les *Repues Franches*, elle doit se rapporter à des faits de la vie d'écolier de
François Villon, entre les années 1450 et 1455 environ, et que
nous ignorons. On se rappelle d'ailleurs que dans la saison
des fruits et des vendanges les écoliers se répandaient hors de
Paris pour marauder. Certains clercs pillaient par exemple les
pommes, les cerises, les poires, les raisins du collège de Sorbonne. On délibéra, dans cette grave maison, sur le fait du clerc
de Guillaume Baudin, coupable d'une « franche repue ». Il
s'était présenté aux maîtres de Sorbonne, demandant le vin de
son maître, et il l'avait bu avec ses compagnons ! On décida
que ce clerc bien buvant, du nom de Henry, serait chassé du
collège à cause de ses fautes énormes [2]. Les sergents et les
massiers devaient surveiller à l'automne les vignes du Clos-aux-
Bourgeois où se répandaient les étudiants, armés de pierres et
de frondes [3]. En ce temps-là, dans les environs de Paris surtout,

---

1. A. Longnon, *Etude biographique*, p. 153.

2. Bibl. Nat., lat. 5494 A , fol. 40-41, 15 septembre 1459.

3. Voir Eutrapel, ch. XXV ; Arch. Nat., Z³ 3267, 24 août 1461, et ce qui a été dit
au sujet des vignes de Guillaume de Villon, t. I, p. 85-86.

ils en imposaient par leur nombre et leur insolence ; et ils laissaient parfois derrière eux des pièces fausses [1].

A Paris, on voit aussi trois jeunes gens pénétrer dans des maisons qu'ils connaissaient par des portes de derrière : des femmes ou des chambrières de mauvaise renommée les aidaient parfois. Ainsi procédaient Jacquet de Tirement, Simon Fayne et Thibaud Michel dans la maison de Guillemin Marier, rue de la Huchette ; et là ils prirent vingt et un pigeons dont ils firent faire deux pâtés. A l'aide d'une corde ils s'introduisaient dans les celliers par des soupiraux ; de la sorte ils volaient chez un chandelier de suif, demeurant au bout du Petit-Pont, six fromages, un pot de terre plein de beurre, et des chandelles. Rue de la Harpe, en l'hôtel de la *Heuze*, le plus mince des compagnons passait par la fenêtre d'une étable ; et là ils prenaient cinq pots de beurre ; rue Saint-Jacques, à l'hôtel de la *Cloche Rouge*, ils entraient par le soupirail de la cave et enlevaient des fromages et des vêtements ; et dans l'hôtel de Gervaise, le bedeau de la Nation de France, ils dérobaient de vieilles chapes, un chaperon, plusieurs livres d'Heures, des couvre-chefs, des pièces de drap pers et deux coins de fer. Le drap pers fut teint en noir : voilà le moyen de se procurer gratuitement des chausses. Par deux fois ils s'introduisaient chez un cordonnier de la place Maubert, en entrant par le soupirail et en sortant par la porte : là ils enlevaient des souliers et du cuir. A l'hôtel du *Berceau*, rue de la Harpe, avec l'aide d'une *turquoise* (c'était une façon de ciseau qui, avec le *rossignol* et le *davict*, constituait l'outil du larron), ils faisaient sauter la serrure d'un coffre et de l'huis d'un cellier, où ils enlevaient des draps de lit, six setiers de vin blanc doux, six œufs, deux quartiers de fromage. Chez Etienne Genevoys, procureur au Châtelet, ils pénétraient, toujours par un soupirail, dérobaient une cassette, un plat d'étain, trois quarterons d'oignons, quatre morceaux de bœuf, des tripes et des boudins. Chez Me Guillaume Fromont, ils

---

1. Arch. Nat., X²ᵃ 43 (28 février 1480 n. st.)

prenaient des pots d'étain et deux quartes de vin blanc ; chez
Mᵉ Jean du Breuil, ils trouvaient des fromages, des œufs, et un
quarteron de poires. En l'hôtel d'un barbier, faisant le coin de
de la rue de la Calandre, devant le Palais, ils volaient des
pièces de lard, six jambons, quatre pots de graisse, des châtaignes, une chopine de taverne, trois quarterons de pommes,
et un *havet*, c'est-à-dire un de ces crochets de cuisine qui
servaient à tirer la viande du pot. Ils descendaient chez Jean de
Longueil, toujours par le soupirail du cellier : mais ils n'enlevaient rien, faisant réflexion que c'était un homme de justice et
de grande autorité. Rue Sacalye, Michel franchissait le mur d'une
masure appartenant à Bernard Nyvete : il y trouvait plusieurs
pièces de vin, mettait l'une en perce, recueillait le vin dans un
seau qui fut monté à l'aide de la corde que tirait Simon. Le jour,
les compagnons voleurs étudiaient les lieux où ils pourraient
s'introduire. Ils allaient, armés de dagues et de becs de faucons,
et n'opéraient jamais avant minuit. Ils portaient une lanterne
avec eux, ou fixaient une chandelle au fond d'un pot. Et parfois
ils erraient la nuit à l'aventure, ne trouvant rien à faire ; car,
le plus souvent, les soupiraux étaient treillissés de fer et de
bois. Ils n'avaient aucun outil pour crocheter les serrures, sauf
ce ciseau à froid nommé *turquoise*[1].

Voilà, si l'on veut, de vraies « repues franches » contempo-
raines de Mᵉ François. Il faut bien reconnaître qu'elles ne res-
semblent que de loin aux facéties littéraires que nous possédons sous ce titre. Mais ces vols nocturnes donnent à penser
sur certains aveux que François Villon nous a faits. On ne peut
s'empêcher par exemple de songer à ce jardin, à cette maison
litigieuse que Pierre Baubignon[2] était censé avoir loués à
Villon[3] :

> Par faulte d'ung uys, j'y perdis
> Ung grez et ung manche de houe.
> Alors huit faulcons, non pas dix,
> N'y eussent pas prins une aloue.

1. Arch. Nat., JJ. 188, p. 159. (Juillet 1459). — 2. Voir à l'appendice. —
3. T., h. 86.

L'ostel est seur, mais qu'on le cloue.
Pour enseigne y mis ung havet ;
Qui que l'ait prins, point ne l'en loue :
Sanglante nuyt et bas chevet !

Ainsi, dans la nuit noire, François Villon s'y glissait pour venir reposer, alors que les faucons n'eussent pas distingué une alouette. Par faute d'une porte, il y avait perdu, assure-t-il, ces objets de valeur : une pierre, un bâton, un manche de bêche. Cet hôtel si sûr, on fera bien de clouer sur ses portes et ses fenêtres des palissades, comme on le faisait dans les maisons abandonnées : et, comme il manquait d'enseigne, ce pauvre hôtel au pignon incliné, Villon, qui les aime, a vite fait de lui en donner une : il a fiché dans le mur un *havet* de cuisine, un de ces grands crochets de fer dont on usait pour happer la viande du pot. Cette enseigne suspecte (ce croc peut devenir bien vite un instrument d'effraction), quelqu'un l'a fait disparaître. Villon le maudit, comme il maudit la nuit mauvaise passée à la dure sur le chevet trop bas, sur le rude plancher de cette maison désertée[1]. Mais que faisait-il là à cette heure ? Qu'était exactement ce crochet qu'il avait entre les mains ? Peut-être que les trois compagnons voleurs qui s'introduisaient dans les maisons par les soupiraux des caves, les portes des celliers, qui avaient des accointances avec les femmes, et qui, eux aussi, enlevèrent un havet, l'entendaient mieux que nous.

On ne voit rien de tel dans les *Franches Repues* ; il apparaît, avec évidence, que François Villon n'est guère coupable de ces platitudes, de ces grosses facéties sans finesse. Le poète ne s'est pas copié ; il n'a pas repris, à contre-sens, les traits et les mots des *Lais* et du *Testament*. Il n'eût pas risqué des farces vieilles de trois siècles, usé de plaisanteries aussi périmées. Les *Franches repues* ne sont que littérature, et mauvaise littérature, propre seulement à ébaubir de simples écoutants, des

1. Voir t. I, p. 122.

marchands qui vont à la foire, des commerçants qui rêvent de voleurs [1].

Enfin les *Repues Franches* ne nous apprennent rien que nous ne sachions déjà. Elles commandent toute la tradition, la légende villonnesque : mais elles reproduisent seulement les traits hilares et de bon buveur sous lesquels François Villon avait désiré de passer à la postérité. Traits que nous avons peu de raison de tenir pour véritables et qui masquent le douloureux visage du poète.

Villon avait terminé en effet son *Testament* par un trait burlesque, une grosse forfanterie de chopineur [2] :

> Prince, gent comme esmerillon,
> Sachiez qu'il fist au departir :
> Ung traict but de vin morillon,
> Quant de ce monde voult partir

C'est exactement l'aspect qui sera donné à Villon dans les *Franches Repues* :

> Maistre Françoys, ce bon archer [3],

c'est-à-dire ce joyeux buveur.

Villon avait encore demandé qu'on écrivît autour de sa fosse, sur le plâtre de Sainte-Avoye, l'épitaphe suivante [4] :

> CY GIST ET DORT EN CE SOLLIER [5],
> QU'AMOURS OCCIST DE SON RAILLON [6],
> UNG POVRE PETIT ESCOLLIER,
> QUI FUT NOMMÉ FRANÇOYS VILLON.

---

1. Cf. *La Médecine de Maistre Grimache* dans Montaiglon, *Anc. poésies françaises*, I, p. 173 : *Pour avoir des poussins huppez* :
Quant vous mettez couver les œufs, — Mettez un sac à coquillon — Sur vostre teste, comme ceux — Qui vont au marché à Villon...

2. T., v. 2019-2023. Cf. M. Schwob, *François Villon, rédactions et notes*, p. 147.

3. Cf. t. I, p. 244 et n. — 4. T., v. 1884-1903.

5. Étage, chambre supérieure. (Cf. Godefroy *ad v.* Solier) : « Le *solier* de la maison cheut, qui accraventa tous ceulx qui la estoient » (Boccace, *Cas des nobles malheureux*). Toute la plaisanterie de Villon est là. Cf. t. I, p. 291. On aurait pu citer la glose de Marot (éd. de 1533) : *la chapelle Saincte Avoye estoit lors et de nostre temps eslevée d'un estaige.*

6. Du trait de son arbalète.

ONCQUES DE TERRE N'OT SILLON.
IL DONNA TOUT, CHASCUN LE SCET :
TABLES, TRESTEAULX [1], PAIN, CORBEILLON [2].
AMANS, DICTES EN CE VERSET :

REPOS ETERNEL DONNE A CIL,
SIRE, ET CLARTÉ PERPÉTUELLE,
QUI VAILLANT PLAT NI ESCUELLE
N'EUT ONCQUES, N'UNG BRAIN DE PERCIL.
IL FUT REZ, CHIEF, BARBE ET SOURÇIL [3],
COMME UNG NAVET QU'ON RET OU PELLE.
REPOS ETERNEL DONNE A CIL.

RIGUEUR LE TRANSMIT EN EXIL,
ET LUY FRAPPA AU CUL LA PELLE [4],
NON OBSTANT QU'IL DIT : « J'EN APPELLE » [5] !
QUI N'EST PAS TERME TROP SUBTIL.
REPOS ETERNEL DONNE A CIL.

Villon a donc pensé à tout : il a souhaité qu'on conservât de lui le souvenir d'un bon fou [6] :

Au moins sera de moi memoire
Telle qu'elle est d'ung bon *follastre*.

Son vœu fut exaucé, au delà peut-être de ses espérances. C'est sous les traits d'un bouffon qu'il paraîtra maintenant dans la tradition. L'attitude qu'il a choisie délibérément pour passer à la postérité est celle précisément que la postérité lui accorda.

Un « bon follastre », un farceur, François Villon, lui qui a écrit les vers les plus cruellement vengeurs, les plus désolés sur le plaisir et sur la mort, lui qui interrogea si douloureu-

---

1. Son lit. — 2. Coufin.

3. Il fut rasé, tête, barbe et sourcils : il perdit ses cheveux, ou il demeura dans le plus complet dénûment. Cf. cependant p. 170 n., p. 216 n.

4. Et le frappa au derrière d'un coup de pelle, comme les gens qu'on bannissait (Cf. Littré, *ad. v.*, pelle).

5. François Villon n'en a pas appelé à propos du meurtre de Philippe Sermoise ; mais il l'a fait certainement au sujet de l'affaire où intervint Me Henry (Cf. t. I, p. 120-121 ; t. II, p. 6, 62-63).

6. T., v. 1882-1883.

Le fou et la folle
sur le titre d'une édition de Villon publiée par Michel Le Noir
à Paris à l'Image Notre-Dame devant Saint-Denis de la Charte, vers 1503
(Catalogue de la Bibliothèque James de Rothschild, t. I)

sement sa conscience, lui qui a vécu à la peine et qui a dit dans ce portrait, plus vrai que toute peinture : « je riz en pleurs » ? Un « bon follastre », voilà ce qu'on connaîtra désormais de sa personne et de son caractère !

C'est presque tout ce qu'en savait déjà Eloi d'Amerval qui, dans sa *Grant Deablerie*, nous fournit le premier témoignage sur François Villon :

Comment les juges sont aveugles et exemples du testament Villon joyeulx (ch. LXVIIJ).

> Maistre Françoys Villon jadis,
> Clerc expert en faictz et en ditz,
> Comme fort nouveau qu'il estoit
> Et a *farcer* se delectoit,
> Fist a Paris son testament :
> Ouquel de ses biens largement
> Ca et la a plusieurs donna.
> Et de son bon gré ordonna,
> Pour mieulx bailler de ses sornettes,
> Qu'on donnast toutes ses lunettes,
> Apres sa mort, aux Quinze-Vingtz
> Pourtant qu'ilz furent ses voisins :
> En se farsant d'eulx, enten bien..
> Que leur valoit ce don ? De rien,
> Veu qu'ilz ne veoyent nullement.
> Mais il faillit bien grandement.
> Noz juges, tu le peulz sçavoir,
> En doyvent leur part avoir :
> Car sont aveugles, comme eulx.
> Les aultres, croy moy si tu veulx,
> Ne voyent huy ne grain ne goutte.

Ainsi aux yeux de son contemporain, un moraliste qui l'avait connu peut-être, et qui l'imita, François Villon n'aurait été qu'un « farceur ». C'est encore le souvenir d'un fou, et d'un joueur de farces, que l'on trouve de lui dans les Mémoires du gentil Messin Philippe de Vigneulles, lui aussi un poète. On y lit cette histoire à l'année 1503 [1] :

1. Ed. Michelant, p. 145-146. (Bibl. Nat., n. acq. fr. 6720, p. 208. On a suivi le texte de ces mémoires autographes).

« Ung peu apres fut acuzé Jehan Mangin, le filz Mangin le tailleur,
lequelle avoit fait marveille en son tampts : car ce fut ung second Fransoy
Willon de bien rimer, de bien juer fairxe et de tout embaitement, tellement
c'on ne cuide point avoir veu son pareille en Mets. Et le mairiait son pere
richemant a la fille maistre Hannes de Ranconnauld, le maisson, qui fist le
grand clochez de meutte de la grande église de Mets. Mais ledit Jehan Mangin ce gouvernait tellemant qu'il fist powre son pere et luy meisme. Et fist
de sy grant follie qu'il fust raicheté iij ou iiij fois de grant dangier, comme
d'estre pandus ou d'aultrement. Et n'y avoit presque enneiz qu'il ne fust ij
ou trois fois en prison en l'ostelz de la ville. Mais son bien faire et son bien
dire le faisoit tousjour achapper. Et qui vouroit acripre sa vie, ce ceroit une
Bible : pour ce m'en tais a presant, et vous dirés seullement la cause de son
ailliez et baignissement. Il est vray que nouvellement avoit esté en la maison de la ville pour aulcune cause que je laisse. Cy fut remis hors a la
requeste dez jonne seigneurs. Mais ung peu aprez il enfoursait uune jonne
fille en l'eaige de xij ans et la mist en ung piteulx point. Et aincy c'on le
cuidaist pranre, il c'en fuist au Cairme. Et furent fait lez huchement sus lui,
cellon la coustume de Mets pour ce venir excuses ; mais il ne c'y avoit guere
de trower. Il eust peur c'on ne l'aillait pranre aux Cairme, comme il estoit
conclus ; cy c'en fuit par ung mattin en abist de femme avec dez
drappiaulx sus sa teste, faignant ailler lez lavez en Muzaille ; et c'en
aillait par le pon Tieffroy, nonostant c'on avoit mis gairde par toutte
lez pourte. Cy trowist il la manier d'eschaiper par la manier dessus
dicte : dont lez pourtiez en furent en malz ens. Et c'il eust esté tenus,
a celle fois on eust fait cruelz justice. Et pour ce il fust baignis et fourjugiez
dez adonc a tousjours maix. Il mourut ledit ans a Rome a l'ospiteaulz du
saint Esperit [1]. »

Un fou qui dit de bons mots et joue de bonnes farces, tel
apparaîtra encore Villon à Rabelais, qui connaissait bien son
œuvre [2].

Car Rabelais a mentionné le poëte au moins quatre fois. Il a
cité le refrain : « *mais ou sont les neiges d'antan ?* c'estoit le plus
grand souci de Villon, poete parisien... » ; il le retrouve dans les
enfers (Pantagruel, l. II, ch. 30) : « Je veids maistre Françoys
Villon qui demanda a Xerces combien la denrée de moustarde.
Ung denier, dit Xerces : a quoy dist ledict Villon : Tes fiebvres
quartaines, villain ! la blanchée n'en vault que ung pinart, et
tu nous surfaicts ici les vivres ! Adonc pissa dedans son

---

1. Cette dernicre phrase en surcharge, au-dessus de la ligne.
2. Cf. Louis Thuasne, *Villon et Rabelais, notes et commentaires.* Paris, 1911, in-8.

bacquet, comme font les moustardiers de Paris ». Et nous avons étudié déjà les anecdotes relatives au soi-disant séjour de François Villon en Angleterre, à la Passion de Saint-Maixent. Tous ces témoignages attestent un état avancé de la légende du bon « follastre ». Le terme extrême de cette évolution nous sera donné par Brantôme, qui placera résolument Villon parmi les fous célèbres : « Je crois que si l'on fust esté curieux de recueillir tous les bons mots, contes, traits et tours dudit Brusquet, on en eust fait un très gros livre, et n'en déplaise à Pivan, Arlod, ny à Villon, ny à Ragot, ny à Moret, ny à Chicot, ny à quiconque a jamais esté. »

Villon devint aussi rapidement le type populaire de l'escroc, comme Pathelin [1]. Il est remarquable de voir que l'imprimerie répandit dans le même temps l'admirable farce et le *Testament* [2]. On écrira bientôt le *Testament de Pathelin* : ces deux œuvres seront confondues dans une même personnalité. On dira les hoirs Pathelin, les hoirs Villon ; Paucquedenaire complètera ce trio légendaire, cité dans presque toutes les facéties de la première moitié du xvie siècle [3]. Ce type de l'escroc, emprunté aux *Repues Franches*, nous le trouvons déjà dans la *Vie et trespassement de Caillette* (26 août 1514). Jean Carrelin, dit Caillette, c'était le bon fou, prédécesseur de Triboulet, l'innocent qui ne savait dire que « papa, maman » : or nous lisons à son sujet [4] :

---

1. Le seul trait que j'aie rencontré offrant une conception différente de la légende se rencontre dans Guillaume Alecis. Le moine de Lyre connaissait bien Villon à qui il emprunta, entre autres, le refrain : *Bien est heureux qui rien n'y a.* Villon passe plus justement à ses yeux pour un rufian, dans son *Contreblason des faulses amours :*

Quant les gallans — Vites, qui allans — Vous ont deceptes, — Lors dos et flans — Vous sont sifflans — Com s'estiés putes, — Garces pollutes — Tres dissolutes — Or et argent vous postulans. — Francois Villon maintes imbulles — En a ; par quoy cloyez voz bulles — A telz rufians multilans.

Villon est aussi le type du pauvre homme :

Aussi demeure pouvre comme Villon

lit-on dans le *Débat de l'amoureux et de la dame* (*Jardin de Plaisance,* éd. Vérard, fol. 128 v°).

2. Voir Claudin, *Histoire de l'Imprimerie, op. cit.*

3. Cf. Guillaume Alecis, *Crontreblason...* 1512.

4. Montaiglon et J. de Rothschild, *Recueil de poésies françaises,* X, p. 377-386.

Et ne visoit a acquerir billon ;
Si fin ne fut qu'estoit Françoys Villon,
Ce neant moins il monstroit, par maniere,
Qu'il aymoit mieulx du vin que de la biere.

La *Légende de Maistre Pierre Faifeu* par Bourdigné [1], qui date
de 1532, nous donne un développement assez original de ce
type :

De Pathelin n'oyez plus les canticques,
De Jehan de Meun la grant jolyveté,
Ne de Villon les subtilles trafficques,
Car pour tout vray ils n'ont que nacquetté.
Robert le Dyable a la teste abolye,
Bachus s'endort et ronfle sur la lye,
Laissez ester Caillette le folastre,
Les quatre Filz Aymon vestuz de bleu,
Gargantua qui a chepveulx de plastre :
Voyez les faits Maistre Pierre Faifeu.

C'était un écolier d'Angers, qui a certainement existé, et
dont Charles Bourdigné, prêtre, avait résolu de conter les
gestes héroïques et équivoques pour notre divertissement et
celui de Me Jean Alain, chanoine de la vieille église Saint-Laud
près d'Angers.

Il se nommait Pierre Faifeu : un jeune gars, bien découplé,
de subtil esprit, qui devait jouer à sa mère, la Faifeu, ainsi
qu'à ses chambrières, tous les tours possibles. A l'école,
il savait s'oublier à propos quand le régent le fessait ; et plus
tard, quand il étudia le décret à Angers, personne ne s'entendait mieux que lui à soutirer adroitement l'argent de la
Faifeu. En fait d'études, Pierre se rendit surtout habile à pratiquer tous les jeux ; il lia connaissance avec des pipeurs et de
bons ivrognes. C'était un maître écornifleur, qui volait les
oies de sa mère, avalait des lamproies pour la joie du populaire,
buvait de l'hypocras tout bouillant à la façon d'un chien, en

---

1. Ed. Coustelier, 1723. — On doit à M. Abel Lefranc (Introduction à la grande édition critique des *Œuvres de Rabelais*, 1912, p. xxxii) d'avoir mis en lumière cette
date.

lapant. Il enfermait une fille amoureuse chez la vieille bigote, la Macée ; il blasonnait publiquement dans les rues d'Angers le boulanger qui avait fait un enfant à sa chambrière. Quel plaisir de le voir danser, un beau jour d'hiver, avec sa chemise pailletée de glaçons, agitant les sonnettes qu'il portait aux bras et aux jambes ! Enfin nul n'aurait surpassé Me Pierre dans l'art de tirer de l'argent des religieux, de s'emparer du souper des chanoines, de les désarmer en les faisant rire aux éclats de ses gentillesses. Or Pierre Faifeu exerçait aussi toutes sortes de métiers sur les routes de l'Anjou et de la Bretagne. A Baugé, il se donnait comme un bateleur, en enfermant de gros chiens hurleurs dans la chambre de son hôtel : le public s'assemble à ce bruit ; mais Faifeu fait la quête avant de montrer ses animaux féroces et s'esquive aussitôt. Il marchandait sur sa route un cheval mis au vert, sur le pré, y transportait nuitamment une charogne, puis allait dire au propriétaire que son cheval avait été dévoré par les loups, tandis que Faifeu l'avait dérobé. Il commandait une paire de bottes chez deux cordonniers, rendait à l'un la droite, à l'autre la gauche, leur déclarant qu'elles le serraient par trop : puis Faifeu disparaissait avec sa paire de bottes neuves. En Bretagne, Me Pierre contrefaisait le vendeur de thériaque, débitait de la poudre aux puces ; à Nantes, il singeait le devin qui retrouve les objets égarés ; à Rennes, il se donnait pour un médecin ; puis on le voyait se dire marchand de porcs. Car Faifeu savait retrouver les bagues perdues, simuler le lutin pour amuser les chambrières, revêtir à propos l'habit de diable qu'il avait acheté à Paris, pour terroriser et faire taire les bavardes lavandières de Blois (c'est là une farce analogue à la « repue franche » des écoliers à Montfaucon, et qui nous remet encore en mémoire le tour que, selon Rabelais, Villon aurait joué à Tappecoue). Chez une tante, Me Pierre visitait un coffre rempli d'argent et y renfermait un renard. Enfin, quand François Ier se rendit à Angers, en 1518, Faifeu fit la joie d'un des plus grands seigneurs de la cour, dont on ne saurait douter de l'extrême bon goût : car il s'amusa

comme un fou à le voir dévorer un plat de mouches. On
trouve bien que, par suite de ses talents, Mᵉ Pierre Faifeu
eut quelques histoires avec les sergents et la justice ; mais il
allait toujours à propos se mettre en franchise dans une église.
Quand, à Saumur, il fut emprisonné pour certaine folie,
Mᵉ Pierre sut bien faire appel de la sentence et s'aviser qu'il y
avait un vice de procédure dans son affaire. Ainsi ce subtil
esprit aurait pu vivre de longs jours, ajouter des farces à ses
farces, s'il ne s'était laissé « pateliner » par ses parents. On le
maria : le pauvre garçon mourut presque aussitôt de chagrin
et de douleur.

C'est presque le seul trait plaisant de cette histoire qui
s'efforce à être comique : car il n'est pas donné à tout le monde
de prendre plaisir au style cocasse de Bourdigné, précurseur
des grotesques.

Pour nous, Mᵉ Pierre n'est plus fort divertissant. Mais il
faut retenir que, dans la pensée de Bourdigné, cet écolier
vagabond, farceur et voleur, était un autre Villon, surpassant
le premier dans ses « subtilles traficques ». Ainsi nous le
présente l'épitaphe que le vieux chanoine écrivit au sujet de cet
insigne « gaudisseur » :

> SOUBZ LE FARDEAU DE CESTE DURE PIERRE,
> VOYEZ GESIR LE PLAISANT MAISTRE PIERRE,
> QUI EN SES FAITZ PASSA PARTOUT VILLON,
> ET PATHELIN. POURTANT A REVEILLON
> TOUT BON COMPAING *De Profundis* LUY DONNE,
> PRIANT A DIEU QUE SES MAULX LUY PARDONNE.

Certes Villon, comme Faifeu, fut un écolier ; il erra dans
cette même région, autour d'Angers, en Bretagne, en Orléanais,
sans ressources autres que celles de son esprit et de sa main de
clerc. Mais aurait-il trouvé des religieux pour le protéger et rire
de ses frasques, comme Faifeu, à Angers et dans les environs ?
Il est permis d'en douter : et, dans tous les cas, il ne faudrait
pas compter parmi eux le dur Thibaud d'Auxigny.

François Villon a pu sur sa route faire des écritures dans des tavernes, réciter des monologues, mimer des farces, servir les maçons, conduire et panser les chevaux, faucher dans la belle saison, broyer le chanvre, porter la balle en Bretagne, coucher dans des carrières et des fours à plâtre, voler avec les voleurs, rimer avec les amateurs de poésie, crocheter avec les crocheteurs, tricher aux dés ou aux cartes, sans que l'on puisse l'identifier avec ce grand et robuste garçon, l'écolier paysan avaleur de lamproies, ce gaudisseur dont la fin fut à la fois triste et sage, cet époux d'une riche veuve. Mais on ne saurait douter qu'on voyait sous ces traits, en 1532, et Villon et le légendaire Pathelin.

Il semble bien que vers ce temps-là les *Repues Franches*, dont le succès fut considérable, données comme les gentillesses mêmes de François, ont fixé la légende de Villon qui sera décidément celle d'un écornifleur joyeux.

Entendons, par exemple, ce que Pierre Grognet dira de François Villon dans sa « louange et excellence des bons facteurs qui ont composé en rime », comme on la rencontre dans les *Mots dorez du grand et saige Cathon* (Paris, D. Janot, 1533) :

> Maistre Françoys, nommé Villon,
> Bien sçavoit rimer sur billon,
> Tant jours ouvriers comme dimenches
> Quant il cerchoit ses repues franches.

Vers ce temps-là, ou à peu près, vécut à Paris un « noble gueux », Jean Ragot, le plus subtil qui se pût rencontrer pour contrefaire l'estropié, pratiquer l'art de mendier et de tromper : on lui fera dire, dans le préambule d'un Testament imité du *Grant Testament* [1] :

> Pour attrapper souventes foys billon
> J'ay excédé maistre Françoys Villon.

Ragot, c'est le bélître qui jargonne ; Villon, le jargonneur, un type odieux aux amateurs de langue pure, à la génération

---

1. Montaiglon, *Anc. poésies françaises*, V, p. 147.

humaniste et italianisante de la première partie du XVIᵉ siècle.

« Tout pareillement, quant jargonneurs tiennent leurs propos de leur malicieux jargon et meschant langage, me semblent qu'ilz ne se montrent seulement estre dediez au gibet, mais qu'il seroit bon qu'ilz ne fussent oncques nez. Jaçoit que Maistre François Villon, en son temps, y aye esté grandement ingenieux, si toutefois eust il myeulx fait d'avoir entendu à faire plus bonne chose. Mais au fort *Fol qui ne follie perd sa raison...* ». Ainsi s'exprime Mᵉ Geoffroy Tory, libraire de Bourges, dans la préface de son *Champfleury* [1529], où il critique ces corrupteurs de la langue : les écumeurs de latin, les plaisanteurs et les jargonneurs. Même dédain de la part de Clément Marot : « Touchant le jargon, je le laisse à corriger et à exposer aux successeurs de Villon en l'art de la pinse et du croq » [1533]. Le distique de Marot, qui sert d'épigraphe à son édition, est fort clair alors :

> Peu de Villons en bon savoir,
> Trop de Villons en decevoir !

Marot connaissait admirablement Villon, et sans doute depuis l'enfance : car Jean Marot, son père, l'avait déjà imité, par exemple dans la ballade qu'il avait adressée au trésorier Robertet[1] :

> Necessité, qu'on dit mere des arts,
> M'a tant lardé de ses flesches et dards,
> Mon cher seigneur, que contrainct suis vous dire
> Que d'or, d'argent, je n'ay once ne marcs ;
> Plus maigre suis que n'est karesme en mars...
> Du mal que j'ay argent est medicine.

> Et, comme dit Villon en ses brocars,
> De ma santé je vendrois aux lombards,
> Voire mes ans, se argent vouloient produire...

Clément aima François de toute la clairvoyance du talent, de l'intelligence et de l'amour. Il avait beaucoup appris à le lire en corrigeant le texte du meilleur poète parisien qui fut ; il

---

1. Bibl. Nat., ms. fr. 1721, fol. 7 vᵒ.

lui avait prodigué les soins qu'un chirurgien donnerait seulement à l'ami le plus cher dont il panserait les blessures ; et
Marot proposait aux jeunes poètes d'alors de cueillir les belles
fleurs de ses sentences, d'apprendre à écrire sur les traces de
celui qui avait « emporté le chapeau de lauriers devant tous
les poètes de son temps. » Il admirait certes son art[1], son
« érudition », c'est-à-dire son expérience de la vie. Mais par
contre Marot estimait qu'il avait manqué à son langage d'être
poli à la cour d'un prince. Le courtisan se montrait-il plus
sévère que son roi, « seule cause et motif de son emprise » ?
Car François Ier écoutait volontiers réciter des vers de Villon
dont il estimait les bons passages. Et Clément, au surplus, ne
tient pas à expliquer ce qu'il juge incompréhensible : l' « industrie des lays », le sens du Testament. Un homme de bonne
compagnie, comme lui, ne se mêlera pas, on l'a vu, de corriger
le jargon. Peut-être a-t-il soupçonné la vie mauvaise de
François ? Peut-être a-t-il adopté, à son sujet, la tradition des
Franches Repues ?

Ce que l'imagination a été impuissante à nous donner, ce
type de Villon, le bohême idéal, nous le trouverons bientôt réellement incarné dans la maigre personne de Roger de Collerye.
Roger a certainement lu et aimé Villon sans qu'on puisse dire
pour cela qu'il ait imité sa vie : des conditions analogues d'existence ont produit vraisemblablement des traits semblables.

Ce fut un frère de Villon, mais un frère rustique et bon, que le
pauvre Roger de Collerye, secrétaire de Monseigneur d'Auxerre,

---

1. Etienne Pasquier, *Recherches sur la France*, l. 8, ch. 60, lui en fera grief :

« Marot estoit un bel esprit, nourry en la cour de nos roys, né dès le ventre de sa
mère pour faire des vers françois : mais homme qui n'eut plus de sçavoir acquis que
ce qu'il en falloit pour sa portée ! C'est pourquoi il admira en Villon un sçavoir qui
ne gisoit qu'en apparence... Car Villon fut un escolier de Paris, doué d'assez bel
esprit, mais un maistre passé en friponneries. On dit en commun proverbe, de telle
vie, telle fin ; cela se trouve presque vérifié de luy... Qu'il ait esté un bon fripon, qui
en friponnant faisoit profession expresse de tromperie et larcin, il n'en faut meilleur
tesmoignage que cestuy. D'autant que la postérité a nommé un *Villon*, celuy qui
eshontément se mesloit du mestier de trompeur, dont nous fismes *Villonner* et *Vil-
lonnerie* : mots qui tombent aussi souvent en nos bouches pour tel subject, comme *le
Patelin*, *Pateliner*, et *Patelinage*, celuy qui par beaux semblans et douces paroles
enjeaule quelqu'un. » (Etienne Pasquier, *Œuvres*, II, éd. de 1723, col. 873-876).

et dont les œuvres furent publiées à Paris en 1536[1]. Or, bien qu'il sût tourner mieux que tout autre en ce temps, à l'exception de Mᵉ Clément, des épîtres, des rondeaux d'amour, des moralités, des monologues, des sermons, des ballades, des cris de Basoche, des épitaphes de chanoines notables ou bons buveurs, qu'il chantât la simple et vieille chanson de chez nous tandis que ses contemporains s'habillaient lourdement à l'antique ou singeaient les belles manières d'Italie, Roger demeura pauvre et sans gloire. Tel Villon, il était maigre et sec, tremblant comme la feuille, et ne mangeait pas son saoûl. Le froid et le vent lui livraient de rudes assauts. Il allait, mince, pâle et défait, peu vêtu, car ses habits demeuraient entre les mains de ses créanciers ; sa bourse était plate et il n'y portait pas de « croix » : comme Villon aussi il dira : « Faulte d'argent est douleur nompareille ». Son idéal fut alors tout semblable à celui de Mᵉ François :

> Plus sain qu'en l'eau n'est le poisson,
> Frians morceaux, bonne boisson,
> Voila le point que je souhaicte,
> Et jouyr d'une mignonnette
> Quant je lui lième son plisson.
>
> L'accoller, en ung verd buisson,
> Au temps d'esté qu'on se delecte,
>   Plus sain qu'en l'eau...
> Et d'escus la plaine bougette
> Pour tousjours gaudir nous eusson...

Ah ! s'il avait pu gagner quelque chose avec sa rhétorique, en envoyant sa prose ou ses vers à des gens de riche maison : car tout son plaisir consistait à tourner des rondeaux ou des ballades. Mais, hélas ! Collerye le confessera :

> J'ay beau courir, troter, venir, aller,
> Songer, resver, ou dormir sur la paille,

---

1. *Œuvres de Roger de Collerye,* éd. Charles d'Héricault, 1855 [Bibl. Elzévirienne].

cela ne lui servait de rien. Roger était délaissé comme une pauvre bête. Tout ce qu'il demandait alors à Dieu, et à ses protecteurs, c'était un prieuré avec quelque revenu. Car il n'y a pas d'amertume dans sa misère ; et Collerye diffère en cela de Villon qu'il fut vraiment un honnête homme. Il aimerait mieux, par exemple, être un pauvre berger que d'être mis au nombre des méchants ou mourir mal. Dans l'idéal qu'il se fait de la vie, il joint les plaisirs du chanoine aux joies du Franc Gontier : il y a des oiseaux qui chantent tandis qu'il embrasse son amie dans le buisson feuillu. Roger de Collerye, c'est Roger Bontemps, dans sa jeunesse, gai, gaillard et souple ; un véritable enfant de Turluton :

> Qui serche sa bonne aventure,
> Ainsi qu'un povre valeton :
> J'ay pour mon appuy ung baton,
> Et le ciel pour ma couverture...
> Simple je suis comme ung mouton,
> Qui prent en un pré sa pature ;
> Et si n'ay pour toute vesture
> Qu'un petit meschant hocqueton.

Au contraire de Villon, Roger vivra de vieux jours : il moralisera presque. Collerye, c'est le bohême parisien comme l'a fait la vie simple et rustique d'Auxerre ; Villon, qui avait cependant des attaches avec la province, fut le mauvais dévoyé, l' « enfant perdu » de la grande ville [1].

Mais Villon n'a pas été que le folâtre, le buveur, l'escroc joyeux de sa légende : il fut pire que cela, meilleur aussi.

---

[1]. La dépravation des villes est un lieu commun cher aux moralistes. On ne saurait manquer toutefois de remarquer que le cordelier Michel Menot, qui suivit de près Villon, a développé maintes fois ce thème : « *Ubi est quod invenietis grossa et enormia peccata nisi in civitatibus ? Ubi sunt comestores pauperum et excoriatores eorumdem ? Profecto ibi. Raptores et violatores pucellarum, grossa adulteria, homicidia, gulositates, ebrietates et dissolutiones ? Certe in civitatibus. Ubi hodie lusores ad chartas et taxillos ? Ubi sunt grosse blasphemie, proditiones, invidie, detractationes, usure patentes, fraudes, deceptiones et cautele in mercantiis,* etc. » *Sermones*, Paris, 1530, fol. 7 r°.

Gardons-nous toutefois de voir seulement en lui un voleur, un douteux personnage, le mauvais, le pauvre rempli d'orgueil qu'a maudit l'Ecclésiaste. Villon était faible surtout, comme il arrive à un être trop sensible, et il ne haïssait rien tant que « perseverance ». On n'a pas été pitoyable pour lui. Il a souffert la faim et la soif sur les routes ; il a vu, par les fenêtres des maisons, le pain qu'il ne devait pas manger. Il a connu l'exil, les chemins qui s'allongent toujours. Il s'est terré comme un « povre chien [1] » : comment n'aurait-il pas aboyé et mordu ?

Or, dans une situation abominable, Villon a conservé une conscience clairvoyante, le cri pur de la foi et du repentir, le sentiment populaire de la patrie. Sur de durs chemins, il a porté dans son esprit l'œuvre la plus personnelle et la plus haute de poésie. Elle dépasse en beauté, en humanité, tout ce que la lyrique française avait jusqu'alors produit. La ballade de Villon résonne comme rien n'avait encore sonné : elle est la perfection même. Sa poésie fut toute joie et toute tristesse : elle est le miroir sincère du double visage de François :

> Je ris en pleurz !

La légende a grossi ce rire évident : nous avons remarqué les vraies larmes qui montaient aux yeux du poète.

Est-ce à dire que nous connaissions beaucoup mieux Villon que ceux-là qui forgèrent immédiatement sa légende ? Certainement.

Mais un homme moderne peut-il pénétrer sa conscience et le juger avec quelque impartialité ? En dehors de sa poésie sans pair, pouvons-nous lui accorder notre estime, notre indulgence ? Pouvons-nous le comprendre, enfin ? Je ne le crois pas.

Un moraliste de cette époque, un de ces bons prédicateurs libres, un être à la fois croyant, simple, rude, comme un Michel Menot, serait beaucoup plus habile à nous révéler l'âme du pauvre poète. Et comment apprécier un homme hors du temps qui lui a imposé sa vie, ses idées et sa langue ?

---

1. *Poés. div.*, XI, 5.

Le retour de l'Enfant Prodigue
Livre d'Heures de Philippe Pigouchet

Involontairement la pensée du lecteur de Villon se reporte à la parabole de l'Enfant prodigue, dont l'aventure pitoyable est bien propre à faire déplorer l'état d'une vie remplie de péchés et de maux. Elle fut par excellence la moralité typique de la fin du quinzième siècle, l'histoire de tous les gueux et de tous les affamés d'alors, de tous ceux qui, comme Villon, perdirent leur « couche molle » et couchèrent à la belle étoile. Quand nous la voyons si souvent dessinée dans les livres d'Heures, peinte au vitrail des églises, sculptée par nos vieux imagiers, si populaire en un mot, ne sommes-nous pas en droit de penser qu'elle était présente à l'esprit des dévoyés de ce siècle, de tous ceux qui vagabondèrent, qu'elle était leur propre histoire à tous ? Le Cordelier Menot nous l'a contée à peu près dans ces termes [1] :

C'était un enfant plein de sa volonté, un volage, un mignon, un vert galant : or, quand il eut éprouvé qu'il était riche, jeune, audacieux, le sang lui monta au front. C'était un enfant perdu qui n'avait pas assez longtemps connu la verge du maître ; et son père craignait de le contrister. — Se tournant vers son auditoire, le prédicateur le déclarait : « Combien en voyons nous aujourd'hui d'enfants, comme ce fils prodigue, à qui les pères lâchent sur le cou la corde dont ils seront pendus, tôt où tard ! Ils donnent à ces beaux fils l'argent qu'ils vont jouer aux cartes, aux dés, dissiper avec les filles ou aux tavernes. Bon Dieu, vaudrait-il pas mieux que de tels pères n'eussent pas de fils ? » — Or voilà que ce fol enfant, mal conseillé, dépense tout son argent en beaux habits : il porte la belle chemise froncée, le pourpoint de velours et la toque de Florence. Il vole de ses propres ailes ; il prend la clef des champs, se met en route, tient table ronde à ses amis, s'acoquine avec ces filles qui rongent les paillards jusqu'à l'os, se nourrit grassement chez les rôtisseurs. Maintenant sa bourse est vide : il n'a plus rien à frire. Et voici mon galant plumé, tout nu, abandonné de tous.

(Ou sont les gracieux galants ?)

1. Michel Menot, *Sermones*, Paris, 1530, fol. 119 et s.

Or partout on lui a fait visage de bois, on lui a tourné le dos. Il n'a rien à se mettre sous la dent, et il ne connaît pas de métier. C'est bien par pitié qu'un bon riche l'emploiera à garder ses porcs dans une ferme lointaine. Oui, la jeunesse est folle, pense-t-il maintenant! Mais cependant il a résolu humblement de retourner vers son père : « Peut-être qu'il aura de moi plus grande pitié que des autres pauvres qui se tiennent à sa porte ». Il a pris son bâton, chemine sec comme un hareng, et seulement vêtu d'un petit roquet qui lui vient aux jarrets. Ainsi il va de buissons en buissons, de haies en haies, vers le château de son père. Il tombe à ses pieds et l'embrasse : il est sauvé.

« O blasphémateurs, usuriers, ravisseurs, entremetteurs, lubriques, filles, et vous tous qui avez été semblables au fils prodigue en votre vie, soyez semblables à lui en sa conversion! Après avoir bu son saoûl toutes les hontes de l'état de péché, il a été las, et il est revenu vers son père. Ne voulez-vous pas ô pécheurs, retourner vers Votre Père, lui qui vous a si doucement attendu au temps passé ? »

Il est curieux de trouver dans ce récit de la parabole les termes mêmes dont Villon s'est servi pour nous dire sa propre misère.

Comme l'Enfant prodigue, Villon n'eut pas à dévorer de grands héritages. Mais il a perdu, dans une vie trop courte, sa jeunesse et son génie. Il a cheminé, comme le fils prodigue, sec et noir, fleurissant de ses habits les buissons de sa route ; il a bu ses hontes et trouvé bien des portes fermées sur son passage. Villon n'avait pas de père très riche pour le recevoir dans son château. Il n'a pas vu, au jour de son repentir, les cheminées flamber, le banquet dressé, ni entendu les bruits de la fête. Mais François s'est tourné vers Notre Père à tous : il a connu :

Remords de conscience

Et, bien qu'il ne fût pas « maître en théologie », Villon a éprouvé le besoin de nous dire que, lui aussi, sera sauvé. C'est ce qu'un prédicateur d'autrefois, comme Michel Menot, eût pensé. Sans partager cette foi, impossible d'apprécier les élans et les chutes de notre poète ; notre jugement est trop rigide, notre cœur trop sec. Villon demeure pour nous une énigme. Nous ne pouvons le comprendre, lui et tant d'autres esprits de son temps, aussi pervers que candides.

PIÈCES JUSTIFICATIVES

1462, entre le 2 et le 7 novembre,

François Villon, prisonnier au Châtelet, s'engage à rembourser l'argent qu'il a volé au collège de Navarre : il est alors élargi.

Item tradidit dictus Poutrelli graffario criminali curie Castelleti pro registrando oppositionem factam per Johannem Colet [tanquam] procuratorem Facultatis expedicioni magistri Francisci Villon alterius depredatorum peccuniarum Facultatis in carceribus dicti Castelleti auctoritate justicie tunc detenti pro certo latrocinio quod tunc sibi imponebatur . . . . xvi d.

Item predicto graffario criminali pro dupplo confessionis facte per dictum ma. Franciscum Villon coram locum tenenti criminali tangentem modum quem tenuerunt dictus Villon et sui complices in furendo peccunias Facultatis . . . . . . xi s. p.

Item pro littera condempnationis passate per dictum Villon de summa sex viginti scutorum auri quam promisit solvere Facultati et execucioni ma. Rogeri de Gaillon ac dicto Poutrelli infra tres annos proxime venturos usque ad quod tempus elargitus est a dictis carceribus . . . . v s. p.

> Bibliothèque Nationale, lat. 5657ᶜ, comptes des recettes et dépenses de la Faculté de Théologie de Paris, de novembre 1449 jusqu'au 17 mars 1465, registre écrit de la main de Laurens Poutrel, grand bedeau).

Publié sur la copie de MARCEL SCHWOB.

5 janvier 1463.

La peine de mort, prononcée par le Châtelet contre François Villon, est commuée par le Parlement en dix ans de bannissement hors de la prévôté.

Vᵉ janvier [1463, n. st.].

Veu par la court le proces fait par le prevost de Paris ou son lieutenant à l'encontre de maistre François Villon, appellant d'estre pendu et estranglé, *finaliter* ladicte appellaction et ce dont a esté appellé mise annéant et eu regard à la mauvaise vie dudit Villon, le bannist jusques à dix ans de la ville, prévosté et vicouté de Paris.

(Bibliothèque Nationale, Dupuy 250, fol. 59).

Publié sur la copie de MARCEL SCHWOB.

INVENTAIRE DES BIENS D'UN ÉCOLIER ENTRE 1489 ET 1513

Inventaire des biens demourez du decez de feu m^e Guillaume le Vavasseur, en son vivant escollier demourant ou colleige d'Ostun, à Paris, rue Sainct Andry des Ars.

S'ansuit les biens mis par yvanthoere par Jehan Herault, prieurs de Saint Germain des Prez apartenant à feux mestre Guillaume de Vasseue... à la requeste de mestre Pierre Couellet, prestre etc. premierement

Item fut trouvé ungne table tournisse guarnie de son pié de quatre piés et demi de lonc ; prisée   V s. p.

Item ungne aultre table guarnie de ses tretiaulx avec ung bout d'es et ungne chesze de blant boas et ungne essequabelle taillée auvec plusyex aultrez es et ung mechant chalit, tout tel quel, auvec ungne celle à quatre piés et ung mechant ciau et dus petitez jates ; tout prissé   VI solz p.

Item ung lit de dus lez guani de son travarsain guarni de troas ragez de cottil de Bourguoene auvec ung ladier auvec ungne couverture de legne bariaaulée ; prissée ansanble   XXXV s. p.

Item ung banquier d'ungne aulne et demie bariaulé auvec ung tour de cheminée et ungne mechant couverture telle quelle ; tout prissée ansanble   IIIJ s. p.

Item trouvé ungne couchette guarne d'ung coetil de Bourguoegne auvec son tra · varsain ; prissé   XV s. p

Item dus cors de pourpoint avec dus manchez ; prissé   XVIII s. p.

Item ung mechant chapiau noer   VI s. p.

Item sis dras touls tel quel ; prissé ansanble   VIII s. p.

Item dus chenez dont il n'i a ung crausé (crossé ?) et l'autre tel quel auvec ung gril à sainc branchez ; prissé   IIJ s. p.

Item trové ung caufre de dus piez ou anviron fermant à clé ; prissé   IIJ s. VI d. p.

Item fut trouvé oudit caufre an ungne bourse de cuir blanc an laquelle fut trouvé XXXVII s. t. et XXII s. p. au Karolus

Item fut trouvé un grant pouale à cue de fer et ungne aultre petite pouale de fer ; prissé ensanble   IIIJ s. p.

Item ung pot d'etain tenant troas chaupinez ou anviron et ung petit broc d'etin et dus ecuellez pezant cinc lievres ; prissé ledit etain   X s. p.

Item ung voarer (verrier) à boutes lex verez (verres) ; prissé   V. s. p.

Item ungne raube noeré fouré de pane blanch à huzage d'omme doublé de blan-ché par an hault ; prissée   quarante s. p.

Item ung chaperon noer à huzage d'omme, tel quel   II s. p.

Item ungne raube de gris tanné retournée fourée de pane blanche par à bas et par an hault de blanchet ; prissée   XX s. p.

Item ung hauqueton de tané et ungne mechant petite raube tanée et ungne pere de chauses noeres tellez quellez ; prissé ansanble   VI s. p.

Item fut trové ungne brache à routis auvec son pié an l'étude ; prissé   XII s. p.

Item fut trouvé an laditte étude XXII livres que grans que petis touls reliez ; non prisez.

Item ungne table d'ung es guarnie de dus tretiauls de sainc piez ou anviron ; prissé   XII d. p.

Item dus paupitrez tel quel et ungnez vegerz (?) auentagez ungne pere de braudequis ; prissé   II s. p.

Item ung caufre de troas [] ou anviron fermant à clé ; prissé   V s. p.

Item fu troué oude caufre quatre chemizez à huzage d'ome dont illianna unge neufve et les aultrez telle quelez ; prissé ansanble   IIII s. p.

Item ung petit drap rapiecé et ungne nape et quatre servietez, les dus hovrez et les dus aultrez plenes, tout tel quel ; prissé ansanble   IIIJ s. p.

Item cors de pourpoint d'oustadine noere doublé de futene blanche et ung bonnet noer et un gris ; prissé ansanble   II s. p.

Somme XI livrez XVI s. p.

(Archives Nationales, Z² 3405.)

Publié sur la copie de MARCEL SCHWOB.

De Buridano et Noverra historia Johannis Jenc̨ incipit feliciter.

Buridanus, nacione Picardus, perspicacis vir ingenii, dum in alma universitate Parisiensi degeret in collegio Naverre, quod omnium collegiorum ibidem est maximum, quamvis varios libros composuerat ceteraque preclara facinora sequentibus posterisque ad sui sempiternam memoriam statuendum reliquit, tunc aliis suis preclaris factis dimissis solum unum memorie tradere visum est, qualiter nephandam mulieris libidines cedem, stultorumque adolescentum ac amatorum miserandam cladem et oppressionem mira calliditate prohibuerit. Nam quodam tempore ad Buridani aures loquax fama rumorque pervenit de regina Francie, Navarra nomine, qualiter plerosque adolescentes Parisiensis universitatis studentes successive ad se jusserat accersiri, quorum nullus ab ea reverti visus est. Buridanus vero erat vir magna preditus solertia : ex regine palatii situ, quod super aquam Secanam jacet, studentum perdicionis causam apud se recte rimatus est. Ut ergo ulteriorem miserorum amancium submersionem impedire posset, ad hoc opportune vestimentorum ornatu regine curiam lusum ingreditur. Dum autem scophi ludo pluribus secum vario cursu laborantibus certaret, ipse cunctis celerior, cunctisque agilior et in corporis multiplici flexibilitate cunctis expeditior visus. Regina vero Navarra de pallacio versus eandem curiam ad ambitum egressa, Buridani celeritatem miratur ; totiusque ludi jocunda celebritas non tantum quantum solius Buradani gracile corpus ejusque veloces saltus reginam delectare videbantur. Nullum autem majus solacium Navarra in regis mariti sui absencia posse habere credidit ut quanto citius velocis saltatoris potiretur amplexibus. Nam qui corea veloces sunt, eciam in amoreis amasiis expediciores esse creduntur. Nec fit mora. Misso nunccio, Buridanus vocatur ad regine pallacium. Quo veniente, stratis per cuncta sedilia tapetibus atque celatis vasis multo auro argentoque fulgentibus, per mense ambitum pro cena ducenda ordine locatis, optatus amator gaudenter suscipitur. Cena vero vario cibi potusque apparatu, multiplici sermone, diverso joco, citharis resonantibus, in multam noctem splendide ac solenniter deducitur. Dum vero longe dulcis Bachi indulti blanda Venus utriusque amantis corpore surripere visa est, innumeris osculis ultro citraque datis seecretiora (?) sacra ingredi moliuntur. Sed ubi Naverra talibus gaudiis trium dierum atque noctium spacio perusa fuisset atque libidinis ardore minuto et communis insanie [de]crescente, ne ejus scelere patefacto publicum sibi scandalum atque dedecus oriretur, feminee fraudis vero expers, Buridano ut plerisque dudum consueverat, necis horam hiis verbis nunciavit : « Non te conturbet, mi amator, quod post talia gaudia ultimum spiritum reddere debeas. Nam tu non solus hanc viam iturus es ; sunt etenim nonaginta novem juniores te adolescentes, qui post meos amplexus Secane fluctus non potuerunt evadere. » Buridanus vero hujusce malicie non ignarus jamdudum per suos discipulos navim foeno onustam disposuerat, que geometrica altitudine ad foramen illud, quo Buridanus de regine pallacio ad Secanam precipitandus esset, poterat attingere. Tali itaque auxilio fretus ad regine minas lete ac hilariter hiis verbis respondisse : « O serenissima domina, o mea flamma, o meus amor, tuus roseus aspectus, tuus dulcissimus amplexus, tuum tenerum corpus meum animum tam ardenti cupiditate, tam firmissimis kathenis sibi ad perpetuam dilectionem colligavit ut nulla mors tam aspera tamque dura esse possit quin eam tui amoris causa libentissime subire paratus sim. Ymmo si vivus a te separari debeam, nullam futuram vitam scio michi amplius fore jocundam. Ut ergo in tuo amore gaudenter mori valeam, de triplici prece, inclitissima domina, me securum digneris efficere : pro quibus tuis preclaris beneficiis iis altero seculo incessabilem amorem eternis obsequiis velim rependere. » Regina autem, quamvis crudelem sibi cepisset animum, Buridani tam verbis mitigata ita respondit : « O dulcissime amator, ex mille amatorum numero nullus unquam tam amasium tamque fidele cor michi habere visus, nullus unquam tibi similis repertus est. Ea de causa quicquid postulabis, excepta vita, impetrabis, si saltem michi quoquo modo possibile fuerit retribuere. » Ad hec Buridanus : « O clementissima domina, ut meum corpus, ymmo non meum sed tuum, quo tu perusa es, si unquam in ripis Secane repertum fuerit, honorifice sepulture constitui possit vigiliarum atque missarum celebracionibus pro anima tuo amore sauciata consequentibus, quatenus pecuniam ad hec necessariam sub brachio michi alligare velis primam oracionem offero devotissime. » Ad hanc peticionem regina magnum auri sacculum ejus camisie assuisse asseritur. Secunda petit ut auream cathenam, quam regina in collo gestabat, sue cervici velit ponere, ut torques ipsa in futuro seculo Buridani anime appensa, velut memoriale quoddam, ipsum in pristinos Naverre amplexus posset reducere. Qua impetrata, nec terciam sibi regina peticionem recusare potuit, dum orat ut ante omnia dextram manum liberam habere posset. Qua per foramen inclinatus aque Secane benedixit, ne quis sibi malignus spiritus nocendi vim quousque modo habeat. Dum sic, terna vice, expressa mediocre voce, aquam benedixit in Nomine Patris et Filii et Spiritus Sancti, sui discipuli navim predictam foramini appropinquantes ejus dextram firmiter arripuerunt. Dum regina ipsa tradit, ipsi trahunt atque ingens saxum aquam injiciunt, itaque magnus sonus in aqua auditus regine satisfaceret affectibus. Hoc cum non contenta adhuc, majorem desuper lapidem misit projicere, ut, si vellet surgere Buridanus, non posset. Sed fideles discipuli jocunda magistri liberacione vigilantissime potiti, dulci quieti eorum trahunt corpora. Postera vero die Buridanus in summa secretorum suorum congratulatione discipulorum, non levium personarum more, scelus regine revelare, sed subtili quadam versucia patefacere et dubiam suspicionem ponere curavit. Nam emptis ferme omnibus aviculis que in pontibus Parisius haberentur, scripsit hec verba : *Reginam Naverram interficere nolite timere quia bonum ; si quis consenserit ego non contradico.* Hiis verbis rotulis inscriptis et collo avium assutis et alligatis, omnes volare dimisit. Quas cum iterum aucupes unacum rotulis cepissent atque doctoribus, magistris, ceterisque universitatis suppositis, verba rotularum ostendissent, quisque legencium se dubitare asserebat utrum dicta verba reginam interimandam an interfectionem ejus metuendam affirmarent. Cum dubia de rotulis avium fama vago rumore vario per omnem non modo universitatem, sed et civitatem Parisiensem volitaret, illud quod diu erat in dubio factum est in ore omnium fere populo, quod Buridanus debeat ille fuisse qui predicta scripserat. De quorum verborum intellectu et construccione interrogatus dicitur respondisse : « Lucide scriptum est, ut quisque acciperet prout suo liberet arbitrio. »

Hec Buridani solercia ex communi fama cepi Parisius, et presertim a quodam centenario qui senio confectus adhuc vivebat anno Domini 1460. Is dicebat se, dum adhuc adolescens esset, Buridanum matura etate jam vidisse. In ecclesia vero ubi sepultus est Buridanus, ut fecerunt Picardi studentes, de predicta pecunia usque in hodiernum diem perpetuum censum fecisse narratur pauperibus. Itaque omni die Veneris unus albus francigenus, qui quatuor valet denarios, cuilibet venienti pauperi pro ejus anima in elemosinam datur. Regine vero Francie Naverre meretricis silencio populi obliteratus nichil reliquit aliud unquam in collegio Naverre pro predicto scelere perpetuus census quibusdam studentibus regina institueret, qui horas canonicas pro ea in evum decantare astricti sunt.

Hec et tanta de Buridano ad postulacionem commendabilis bonarum arcium sectatoris magistri Petri de Gottingen ex vago rumore in unum colligere conatus sum alma in universitate Lipczensi anno Domini 1470 : quorum Buridani et regine anime requiescant in pace. Amen.

(Ms. Univ. Leipzig, publié par M. Hermann Leyser, *Zeitschrift für Deutsches Alterthum*, t. II, 1842, p. 362-370.

APPENDICE

I. — L' « AMY JAQUET CARDON »

Il appartenait à une riche famille bourgeoise de Paris, ayant rempli des charges au Châtelet, alliée aux le Cornu et aux Basanier.

Le père des Cardon se nommait Jacques; il fut examinateur au Châtelet et lieutenant du prévôt[1]. Il possédait plusieurs maisons à Paris, les étuves à femmes de la rue de la Huchette, où pendait l'*Image Nostre-Dame*[2], une maison rue Neuve-Saint-Laurent[3], la maison de l'*Asne Rayé* rue Michel-le-Comte[4] ; une autre, rue des Gravilliers, qui passa à Me Guillaume de Culant[5] ; une autre encore devant la Croix-Neuve, proche la rue Jean-le-Mire[6]. Jacques mourut de bonne heure, laissant six enfants ; sa veuve, Guillemette le Riche, épousera Thomas Robert, examinateur au Châtelet.

Le 7 novembre 1436, au décès de Jacques[7], on voit ses quatre plus jeunes enfants recevoir pour tuteurs Guillaume Widerue, Noël Boulenger, Raoul Crochetel et Jean du Ru, examinateur au Châtelet, et les deux aînés des Cardon, Jean et Pierre ; le 26 juin 1447, Laurens, Jacques ou Jacquet, Jacotin et Marguerite Cardon sortaient de la tutelle de leurs parents et amis : on nomme parmi ceux-ci Pierre Beson, Jean de Haverelle, Denis Capel et Andry Lyote.

Les trois aînés des Cardon furent d'église[8] ; 1° Jean, que l'on trouve chapelain de Saint-Benoît en 1449, puis curé de Montmartre, chanoine de Saint-Marcel, et qui mourut en 1478[9] ; 2° Pierre qui fut curé[10] ; 3° Laurens, que l'on voit chapelain de Notre-Dame à l'autel Saint-Louis, en 1437[11].

1. Arch. Nat. Y, 5227, 19 juin 1409; Bibl. Nat., Dupuy 250, 2 août 1419; Sauval *op. cit.*, III, p. 332.
2. Arch. Nat., S. 4287. — 3. Arch. Nat., S. 1461^2; LL. 1385.
4. Arch. Nat., S. 1461^2. — 5. *Ibid.*
6. Bibl. Nat., Clair. 763, 26 janvier 1445, n. st. — Une masure rue Plastrière (Arch. Nat., KK. 407, fol. 122).
7. Il était mort avant cette date (Bibl. Nat., Clair., 763).
8. Bibl. Nat., Clair., 763.
9. Bibl. Nat., Clair., 764, 6 juin 1478 ; Arch. Nat., LL. 116, p. 628.
10. Bibl. Nat., ms. lat. 17740, fol. 71 ; Arch. Nat., Z^1 H 11, fol. 23.
11. Bibl. Nat., ms. lat. 17740, fol. 71 ; Arch. Nat., LL. 287, p. 300.

Jacques et Jacotin, que l'on nommait à Paris les Cardon, furent drapiers ;
quant à Marguerite, leur sœur, elle épousa Jean Lombart, et mourut avant le
11 janvier 1474 (n. st.) [1].

Le légataire de Villon est Jacques plutôt que Jacotin [2]. Il était un peu
plus âgé que Villon, puisqu'il naquit en 1423 [3]. Comme son frère Jacotin, le
drapier, il avait du bien à Paris, des maisons, des rentes. Jacotin, drapier et
chaussetier, était établi en 1458 place Maubert, sans doute dans la même
maison que son frère Jacques, tenant à l'hôtel d'Isoré [4]. Le 26 juin 1461,
on voit qu'il est ensaisiné d'un hôtel sur cette place, ayant issue rue de
Bièvre, à l'enseigne des Champions, maison qui lui fut vendue par Pierre
de La Dehors, avocat au Châtelet [5] ; quant à Jacques, il avait en outre une
maison à Petit-Pont [6] ; d'autres dans le quartier du Temple [7]. Il vivait encore
en 1488 [8], date à laquelle on voit Jean, son fils, également drapier, demeurer
en son hôtel de Petit-Pont [9].

Comment Villon entra-t-il en relations avec ces personnages ? Bien vraisemblablement par leur frère aîné et leur tuteur, Jean Cardon, que l'on trouve
chanoine de Saint-Benoît en 1449 [10].

Jacques Cardon, drapier, avait donc trente-trois ans au moment où Villon
composa ses Lais. Ils étaient amis et s'étaient amusés ensemble. C'est ce qui
résulte à la fois des allusions des Lais et du Testament. On lit dans les Lais [11] :

> Item, laisse et donne en pur don [12]
> Mes gans et ma hucque de soye
> A mon amy Jaquet Cardon,
> Le glan aussi d'une saulsoye [13]
> Et tous les jours une grasse oye
> O ung chappon de haulte gresse,
> Dix muys de vin blanc comme croye, [14]
> Et deux procès, que trop n'engresse.

1. Bibl. Nat., Clair., 764, 11 janvier 1474, n. st. -- 2. Cf. Longnon, Étude biogr., p. 115-116.
3. Bibl. Nat., Clair., 763, 26 juin 1447. — 4. Arch. Nat., S. 1648, fol. 32 v°.
5. Arch. Nat., S. 1648, p. 108. — 6. Arch. Nat., Y. 5266, 6 août 1488.
7. Arch. Nat., MM. 135, fol. 6 ; le 9 mars 1467 (n. st.), il est ensaisiné de deux maisons
rue Michel-le-Comte, tenant d'une part au jardin de Jean Loison, drapier, d'autre à une
nommée la Saulcissière (Arch. Nat., S. 1448⁵, fol. 51 v°) ; il avait d'autres biens rue au Maire
et rue des Gravilliers (LL. 1383) ; des rentes sur deux maisons devant le Palais (Bibl. Nat.,
Clair., 764, 26 sept. 1474).
8. Mentionné comme bourgeois de Paris et drapier le 22 avril 1476 (Arch. Nat., Z 10/4.)
9. Arch. Nat., Y. 5266, 6 août 1488.
10. Arch. Nat., LL. 116, p. 628. On voit aussi les frères Cardon vendre, en 1442, une rente
de 13 écus d'or à Me Andry Couraud, une autre connaissance de Villon (Arch. Nat., S. 1648,
fol. 133).
11. L., h. 16. — 12. C'est là une formule de style.
13. Le gland était le droit de recueillir le fruit du chêne, et mieux, de pouvoir faire paître les
porcs dans les forêts. Dans tous les cas, c'est là un revenu dérisoire quand il s'agit d'une
saussaie, c'est-à-dire d'un bas-fond planté de saules. Est-ce une façon d'insinuer que le gros
Cardon est comme le porc « qui guette quand le gland cherra ? » (Moralité de Charité dans
Viollet le Duc, Ancien Théâtre Français, III, p. 404). Et ce proverbe : « attendre le gland
qui tombe », Cotgrave l'applique à un homme qui vit toujours dans l'attente d'un profit.
14. Comme de la craie.

Plus tard, dans le *Testament*, Villon dira encore qu'il ne possède rien d'honnête pour cet honorable commerçant [1] : mais, comme il lui souvient de certaines nuits où ils durent chanter des chansons d'amour ou satiriques, à l'huis des maisons de leurs dames [2], François léguera à l'ami Jacquet ces refrains à la mode qu'ils fredonnèrent ensemble. Legs dont se serait bien passé cet honorable drapier, et propriétaire, dont trois frères sont curés !

II. — NOTE SUR YTHIER MARCHAND

Tout ce qu'il importe de connaître sur ce légataire de Villon, c'est que François et Ythier furent ensemble de jeunes hommes, que Villon connaissait le secret des amours de Marchand. Mais Ythier Marchand joua par la suite un rôle politique considérable et finit très mal.

En 1460, tandis que le roi est à Beauvais, Me Ythier Marchand tend à rapprocher Jean de Calabre, fils du roi René, et Charles de Guyenne, frère de Louis XI [3]. En 1461, il figure parmi les officiers de ce dernier [4] ; et il est pensionné, en 1463, comme maître de sa Chambre aux deniers [5]. Le 4 mars 1465, Marchand contresigne une lettre de Charles de Guyenne à son chancelier, lui faisant connaître le bon vouloir du duc de Bretagne [6] ; et de même en 1471 [7]. Ythier avait travaillé à l'alliance de Louis de Luxembourg, comte de Saint-Pol, avec le duc de Bourgogne [8] : Charles de Guyenne songeait alors, disait-on, à s'emparer de Louis XI [9]. Ythier Marchand fut l'âme de toutes ces intrigues. Louis XI déclarait en ce temps que c'était l'homme du monde qu'il haïssait le plus : il le faisait surveiller et connaissait son écriture [10]. Le roi résolut cependant d'acheter cet intrigant personnage. Ythier Marchand ne figure plus, du 1er octobre 1471 au mois de septembre 1472, sur l'état des gages des serviteurs du duc de Guyenne [11]. Le 10 mai 1473, Louis XI « pour le grand désir qu'il avoit », disait-il, de l'avoir en son service, avait fait donner au maître de la Chambre aux deniers de son frère 1000 l. t. de rente par an ; il lui promettait, en outre, le premier office ordinaire de maître des Comptes qui serait vacant ; ses gages devaient lui être payés alors même qu'il s'absenterait [12]. C'était là, pour Louis XI, une façon de tenir cet homme dangereux dans sa main.

1. T., h. 153.
2. Voir le commentaire de ce h., t. I, p. 75.
3. Bibl. Sainte-Geneviève, ms. 848 fol. 1.
4. Arch. Nat., P. 13 n° 316.
5. Bibl. Sainte-Geneviève, ms. 848, fol. 43.
6. Bibl. Nat., fr. 2811, p. 67. — 7. *Ibid.*, p. 170.
8. Bibl. Nat., fr. 3869.
9. Arch. Com. de Lyon BB. 11.
10. Bibl. Nat., fr. 20600. Rapport d'un espion, 17 mars 1472, n, st.
11. Bibl. Nat., Clair., 834. — 12. Bibl. Nat., fr. 6964, fol. 32.

Au mois de septembre 1474, Ythier Marchand était impliqué dans le procès fait à son clerc, Jean Hardy, qui avait résolu, à ce qu'il paraît, d'« administrer des poisons » au roi [1] : Jean Hardy agissait, disait-on, sur les suggestions d'Ythier Marchand [2], ce dernier travaillant pour le compte de la maison de Bourgogne. Jean Hardy fut écartelé à Paris, le 31 mars 1474, en Place de Grève, et Ythier Marchand mourut bientôt, mystérieusement, dans sa prison [3].

Que n'avait-il continué de chanter d'amoureuses chansons !

III. — BLARRU, Changeur de François Villon

Ce Blarru n'a rien à voir avec Pierre de Blaru, étudiant à Paris au temps de Villon, qui mourut chanoine de Saint-Dié, le 23 novembre 1510, et écrivit le poème latin de la *Nancéide* [4]. Si François Villon lui laisse son diamant, c'est simplement parce que ce don était en rapport avec sa profession. Or on trouve précisément un Jean de Blarru, orfèvre, qui est cité devant l'Officialité de Paris au sujet d'un anneau garni d'un diamant, au mois de mars 1460 [5]. Ce Blarru devait être un personnage considérable puisqu'il était élu Prince de la Confrérie des Orfèvres à Notre-Dame, en 1461 [6] : et on lui connaît plusieurs maisons à Paris, rue de la Bretonnerie et rue du Temple [7].

Jean de Blarru avait épousé Denise Canteleu, fille de Pierre Canteleu, secrétaire du roi et maître des Comptes ; il était donc allié aux familles Haussecul, La Dehors et Chanteprime, que Villon connaissait bien [8]. Sans doute aussi il était le parent de Michelle de Blarru qui, le 1er février 1473 (n. st.), est dite veuve de Jean de Valengelier, notaire et secrétaire du roi : elle avait été mariée d'abord à Jean Fournier, élu sur le fait des Aides, et à Jean Langlois, greffier criminel du Châtelet [9].

1. Bibl. Nat., fr. 20685, fol. 612 vº.
2. Arch. Nat., K. 72 ; P. 10².
3. Arch. Nat., Z¹ H 16, 13 janvier 1474, n. st.; 26 février, *ibid·* ; 31 mars, *ibid.* ; Bibl. Nat., Dupuy 250, 31 mars 1474; *Chronique Scandaleuse*, I, p. 118 et suiv. ; Gaguin, *Compendium*, 1497, fol. 103 vº.
4. Cf. Jules Rouyer, le *Testament de Pierre de Blaru*, Nancy, 1888 ; C. Couderc, *Œuvres inédites de Pierre de Blaru et documents sur sa famille*, dans le *Bibliographe Moderne*, Besançon 1900, nº 2.
5. Arch. Nat., Z 10/₄, fol. 10.
6. Arch. Nat., KK. 1014 b.
7. Arch. Nat., MM. 135, fol. 6, 23 (Censier du Temple de 1457-1458).
8. Bibl. Nat., Clair., 764, 23 septembre 1482.
9. Arch. Nat., X¹ᵃ 4814, fol. 71.

1465.

67

I. — Note autographe de Jean de Bailly Arch. Nat., V⁶ 76)

II. — Signature autographe d'Ythier Marchand (Bibl. Nat. fr. 2811, p. 67)

IV. — VIE DE PHILIPPE BRUNEL, Seigneur de Grigny

Ce fut un tyranneau de village, un homme violent, querelleur avec ses voisins, alors même qu'ils étaient tout puissants, un procédurier et un impie.

Philippe Brunel était fils d'Etienne Brunel, trésorier de la reine Isabeau de Bavière, et de Huguette de Vielzchastel [1]. Philippe pouvait donc être dit fils de famille, « issu de noble lignée [2] ». Or Etienne Brunel s'était montré loyaliste, avait joué un certain rôle lors de la réduction de Paris [3] ; et l'on voit qu'un Pierre de Vielzchastel fut maître d'hôtel du roi Charles VII [4]. Le 28 janvier 1437 (n. st.), Etienne Brunel est nommé parmi les tuteurs donnés à Jean des Friches et Gentien : Etienne comptait donc parmi ses parents les Chanteprime, les Nesson, les Raguier, les Longuejoue, les Thumery, les Le Picart, les Canteleu, les Villequier, les Marcadé, familles parisiennes très connues, exerçant des charges au Parlement et dans l'administration des finances. Etienne mourut de bonne heure, avant l'année 1440 ; Guillaume Gentien, de la famille du prévôt des marchands, fut donné comme tuteur à ses enfants mineurs [5].

Philippe Brunel pouvait donc avoir le même âge que Villon. Comme lui, il était demeuré avec sa mère, une personne pieuse qui donnera des rentes sur ses terres de Grigny aux Religieux des Blancs-Manteaux de Paris, église où son mari avait été enterré devant le grand autel : elle avait l'intention de le rejoindre là un jour ; et elle faisait chanter son obit, le jour des saints Côme et Damien [6]. Huguette vécut ancienne [7].

C'est vraisemblablement dans le milieu des clercs de finance que Villon connut Philippe Brunel, qui se faisait appeler le seigneur de Grigny, du nom de la seigneurie paternelle, située entre Longumeau et Corbeil. Mais au demeurant Philippe devait tirer le diable par la queue : il était dénué d'argent, se disputait avec tout le monde, et sa pieuse mère vivra fort longtemps ! Philippe Brunel avait d'abord appartenu à la domesticité de la dauphine, Marguerite d'Ecosse († 1444), comme écuyer de cuisine ; puis il suivit ses sœurs : ainsi Philippe avait accompagné Eléonore lorsque celle-ci fut mariée au duc d'Autriche. Plus tard on le voit au service de Pierre de Brézé, le

---

1. Arch. Nat., X²ᵃ 92, fol. 35, 6 mars 1462, n. st.
2. Arch. Nat., X²ᵃ 43, 24 mars 1480.
3. Arch. Nat., X²ᵃ 92, fol. 35.
4. Bibl. Nat., Clair, 220. p. 90.
5. Bibl. Nat., Clair., 763, 27 janvier 1440 (n. st.) et 8 janvier 1446 (n. st.).
6. Arch. Nat., LL. 1423, fol. 5 v°.
7. Elle mourut peu avant le 30 mai 1476 (Arch. Nat., X¹ᵃ 4817, fol. 254), date à laquelle Philippe Brunel appelle du prévôt de Paris contre Gérard Boisserie et de sa femme, Marie Brunel (sœur de Philippe), qui se donne comme exécutrice du testament de Huguette de Vielzchastel : Philippe prétendait que dans le contrat de mariage de sa sœur, il y avait une clause de renonciation à l'héritage de leur mère.

grand sénéchal de Normandie ; dans cette condition notre aventurier fut blessé à Formigny. Puis on le voit passer en Ecosse, à la suite de l'ambassadeur Guillaume Cousinot. A son retour, Philippe fut arrêté par les Anglais, fait prisonnier et mis à rançon. Ainsi Philippe Brunel avait suivi la guerre et les aventures, selon la coutume des nobles[1].

Mais, en temps de paix, le « seigneur de Grigny » se gouvernait mal : il aimait trop les querelles et les procès[2]. Ainsi, en 1465, on le voit se disputer avec Etienne Tillart, son beau-frère, qui lui interdisait sa maison, au sujet d'un petit fief nommé Tillet, dépendant de Cocatrix près Corbeil : car Philippe estimait qu'on ne lui avait pas donné assez d'argent sur la vente des bois[3]. Et, malgré qu'il eût du bien après la mort de sa mère, qu'il possédât la terre de Grigny, plusieurs maisons à Paris, rue des Blancs-Manteaux et rue de Paradis[4], non loin de la tour de Billy, une autre fort belle maison avec des vignes et des jardins au pont de Charenton[5], Philippe Brunel se laissait poursuivre pour de très petites sommes[6].

Enfin, le 14 juillet 1472, l'archidiacre de Josas, dans son Journal de visites, rapporte avec horreur que Philippe n'avait pas communié une seule fois depuis quatre ans ! Cela lui valut d'être cité[7].

C'est naturellement à Grigny, où Philippe Brunel avait de beaux droits, toute justice, prévôt, tabellion, sergents, censives, rentes, et de puissants et périlleux voisins comme le premier président du Parlement, Jean le Boulenger, que ce difficile personnage rencontra un champ étendu pour ses exploits, et aussi de grands ennuis. Il avait des démêlés avec le prévôt du roi à Corbeil[8]. Un nommé Jean le Picart avait été commis à Grigny comme tabellion par Philippe Brunel. Le 15 mai 1468, se trouvant à la taverne, le seigneur de Grigny l'invitait à venir souper avec lui. Mais le tabellion remarqua que Philippe le regardait avec colère. Il se garda bien d'aller s'asseoir à sa table et demeura en compagnie d'autres gens. Or, après le souper, le seigneur de Grigny lui donna l'ordre de lui apporter tous ses rôles, et le papier des amendes de la prévôté. A quoi le tabellion objecta que le prévôt du roi lui avait fait défense de les lui donner : sur ce arriva le lieutenant qui confirma cette défense. Tout cela n'intimide pas Philippe Brunel : il se rend de nuit chez le tabellion, allume la chandelle, prend, malgré les protes-

1. Arch. Nat., X²ª 43, 24 mars 1480.

2. Voir Lais, v. 142. — Le 6 février 1453, Philippe est élargi des prisons de la Conciergerie pour raison des cas à lui imposés par Jean Luillier et Mᵉ Louis Luillier, son fils, jusqu'au lendemain de la Chandeleur (Arch. Nat., X¹ª 1483, fol. 67 v°) ; le 5 mars 1454 (n. st.), il est condamné à l'amende de 60 l. pour avoir mal appelé d'une exécution que s'efforçait de faire contre lui Jean Mautaint, examinateur au Châtelet, à la requête de Raymond Gascon (Arch. Nat., X¹ª 8854) ; le 26 avril 1462, il est en procès, avec Huguette de Vielzchastel, contre Jean Budé (Arch. Nat., X¹ª 4807, fol. 247).

3. Arch. Nat., X¹ª 4823, fol. 137 v° (28 février 1483, n. st.).

4. Arch. Nat., KK. 408 ; Z¹ H 11, fol. 86 ; Bibl. Nat., fr. 11686.

5. Arch. Nat., X¹ª 4822, fol. 188.

6. Bibl. Nat., Clair., 764, ad. a. 1477.

7. Ed. abbé J. M. Alliot, 1902, p. 142, 172.

8. Arch. Nat., X²ª 27, 4 mai 1457.

tations de la femme de le Picart, les rôles et le papier des amendes ; en
outre, il rosse l'épouse du tabellion. Après quoi Philippe eut le front de
retourner à la taverne pour demander une déclaration des frais occasionnés
au sujet d'un homme qu'il avait fait exécuter sur la justice de Grigny, pièce
que le Picart refusait de signer. Alors Philippe Brunel réunit les couteaux
sur la table et fit le simulacre de frapper le tabellion. Il commanda enfin à
un sergent de l'arrêter [1].

Le 9 août 1479, le seigneur de Grigny était prisonnier à la Conciergerie
du Palais et sollicitait d'être élargi [2]. Car Philippe, s'il possédait de beaux
droits sur la terre de Grigny, les faisait durement peser sur les habitants qui
le détestaient ; et ceux-ci savaient s'en venger, à l'occasion.

Un vol avait été commis dans l'église Saint-Antoine de Grigny, où l'on
avait pénétré en brisant les verrières. Or, le 4 octobre 1478, on aurait vu
Philippe se promener dans l'église pendant la grand'messe et soulever les
coffres qui y étaient déposés, afin de connaître les plus pesants. Après
la messe Philippe aurait été vérifier où les marguilliers mettaient calices et
burettes. Et comme on lui demandait ce qu'il désirait, Philippe répondit
qu'il voulait consulter le Missel afin de connaître le jour de la dédicace de
l'église ! On rapportait encore que le 8 octobre, malgré les défenses qui lui
avaient été faites de se rendre à Grigny, Philippe était arrivé de Paris,
accompagné de son page et de maître Jean Gombault [3]. On les accusait
d'avoir crocheté le coffre renfermant les calices et les burettes de l'église,
et volé le chaperon et le bonnet du curé, plus la somme de 30 francs ; dans
un autre coffre, ils auraient enlevé deux robes de femme, des anneaux, un
couvre-chef et quelque argent [4].

Le tabellion, menacé jadis, trouva là une bonne vengeance : Jean le Picart,
et d'autres marguilliers, imputèrent ce vol sacrilège à leur rude seigneur.
On déclara l'avoir vu passer la Seine à Champrosay ; et, à leur requête,
Philippe Brunel fut mis en la grosse tour de la Conciergerie, avant même
qu'on pût prouver sa participation au vol. Mais alors on le tenait pour un
« homme mal famé », déjà plusieurs fois poursuivi et condamné par le
prévôt de Paris et par le Parlement. Car, à son sujet, les habitants de
Grigny faisaient des plaintes continuelles.

Ce procès était grave : le 14 mai 1479, le chancelier écrivait au Parlement de conduire cette affaire avec diligence, que les habitants de Grigny et
de Corbeil se plaignaient fort. Ainsi Philippe Brunel, perclus de rhumatismes,
demeura détenu quatorze mois à la Conciergerie, où il fut interrogé et
gehenné ! Il dut éprouver combien il est dangereux d'être notoirement de
vie mauvaise, de manquer de respect à un voisin comme le premier président, quand il convoite vraisemblablement vos terres. Brunel donna un alibi

1. Arch. Nat., X2a 35, 2 août 1468.
2. Arch. Nat., X2a 43, aux dates citées.
3. Il fut emprisonné et on lui fit son procès (Bibl. Nat., Dupuy 250, 16 mars 1479, n. st.).
4. Arch. Nat., X1a 9318.

montrant qu'il était à Paris le soir où l'on cambriola l'église de Grigny, assura qu'il y avait soupé et couché en son hôtel. Mais il eut aussi l'imprudence de dire qu'il se défiait de Jean le Boulenger, qui le connaissait mieux que personne ; de calomnier, de récuser le premier président, chef de toute la cour, de s'emporter contre lui, de dire qu'il subornait des témoins, etc. : injures atroces qui retombaient sur la cour entière ! Il était bien temps maintenant pour Philippe Brunel d'invoquer, pour son excuse, l'historiette de ceux qui avaient bu et injuriaient l'empereur ! Le 4 février 1480, Boulenger vient à la rescousse des habitants de Grigny : il déclare que Philippe Brunel a semé contre Guillaume de Longueil, Chasteaupers et plusieurs notables de Paris, les plus sinistres calomnies ; qu'à son sujet, Philippe avait osé dire qu'il était « ung faulx traistre chevalier et président ; qu'il ne mourroit que de sa main » ! Patelinement, pour ces injures affreuses, le premier président demandait que la cour fixât une bonne amende, à sa discrétion, applicable aux pauvres prisonniers de la Conciergerie ou du Châtelet (le seigneur de Grigny venait de faire quatorze mois de prison !) ; et Jean le Boulenger requérait aussi que les biens que Philippe possédait à Grigny fussent soustraits à sa justice et mis en la main du roi [1].

Le 14 juillet 1481, [2] Pierre Emery, avocat au Châtelet, poursuivait les criées de ses héritages. En 1491, on retrouvera cependant Philippe Brunel fermier du péage de Charenton, de Maumoulin et de la prévôté de Tournan en Brie [3].

Quoi qu'il en soit, Philippe Brunel était mort avant le 18 février 1504 (n. st.), date à laquelle la seigneurie de Grigny était passée aux mains de sa veuve de Me Jean le Boulenger, dame Marie Chevalier [4].

V. — CATHERINE DE VAUSSELLES

Toutes les recherches faites à la suite de M. A. Longnon [5], pour retrouver la personnalité de Catherine de Vausselles, sont demeurées vaines. Toutefois, il y a lieu de remarquer que ce nom de Vausselles n'a rien à voir avec celui de Pierre du Vaucel, chanoine de Saint-Benoît le Bétourné.

On constate bien qu'un certain Jacques de Vausselles, écuyer, seigneur de Noe, héritier par sa mère de Guillaume le Bouteiller, avait des intérêts à Paris [6] ; l'on trouve en ce temps-là deux jeunes écuyers de Touraine,

1. Arch. Nat., X²ᵃ 43, 4 février 1480 (n. st.).
2. Bibl. Nat., Clair., 764.
3. Sauval, III, p. 502.
4. Arch. Nat., S. 3683.
5. *Etude biographique*, p. 41 et s.
6. Bibl. Nat., Clair., 763, 24 janvier 1463, n. st. ; 2 décembre 1463 ; Arch. Nat., Xlᵃ 4807, fol. 66, 16 février 1461, n. st. ; X²ᵃ 35, 18 novembre 1462 ; 26 mai 1463.

François et Jean de Vaucelles [1] ; et l'on voit encore un Simon de Vaucelles, appelant du bailli de Touraine en 1476 [2]. Il n'y a pas lieu de s'arrêter à ces noms.

Voici par contre une indication topographique et chronologique qui doit attirer notre attention. On la lit dans une description des rentes appartenant à l'Aumône de Sainte-Geneviève, entre 1440 et 1450 [3] :

« L'ostel, comme il se comporte et extant de toutes pars, qui dernierement fut à feue Jehanne la Rabigoyse, tenant audit hostel dessus dit et à l'ostel de la *Rose*, d'autre part, qui fut maistre Guillaume de Neauville et fut à Perrin François, et d'autre à Gilles de Vaucelles, assis devant ledit puis... pour ledit terme, xviii d. » On y a ajouté une note, au xviiie siècle : « La rue n'est pas désignée, mais cet hôtel était voisin de celui situé dans la ruelle qui va à Navarre » : or, il s'agit du Puits de la Boucherie. On voit donc qu'au temps de la jeunesse de Villon, il y avait une famille de Vaucelles qui habitait non loin de Saint-Benoît, dans un quartier que hanta beaucoup le jeune étudiant.

VI. — NOEL JOLIS

Noël Jolis et « Noël le tiers » ne peuvent être qu'un seul personnage.

Il assistait, en qualité de confident, à la correction que Catherine de Vausselles fit administrer à son ami, et il s'en est réjoui, comme ces gens qui se tapent amicalement le jour des noces (T., v. 662-663) :

> Noel le tiers, ot, qui fut la,
> Mitaines a ces nopces telles.

C'est pourquoi, en retour, Me Henry Cousin, le bourreau, lui allongera deux cent vingt coups d'osiers fraichement cueillis dans le jardin de Villon (h. 142).

> Item, et a Noel Jolis,
> Autre chose je ne luy donne
> Fors plain poing d'osiers frez cueillis
> En mon jardin. Je l'abandonne.
> Chastoy est une belle aulmosne,
> Ame n'en doit estre marry [4] :
> Unze vings coups luy en ordonne
> Livrez par la main de Henry.

1. Arch. Nat., JJ. 203, p. 22 ; X1a 4819. fol. 68 vo, 1477.
2. Arch. Nat., X1a 4817, fol. 196.
3. Bibl. Sainte-Geneviève, ms. 1683, fol. 7 vo, 16 vo, 26.
4. Il y a là sans doute une allusion à la littérature pieuse du temps de Villon, où est si singulièrement exaltée la salutaire influence du châtiment.

Or on rencontre un Noël Jolis, à Paris, qui est très vraisemblablement le légataire de Villon. Le 29 avril 1461, Colette la Cherette, demeurant rue des Gravilliers, paroisse de Saint-Nicolas des Champs, comparaissait devant l'Officialité et payait l'amende pour avoir commis plusieurs fois l'adultère avec lui depuis deux ans [1]. Le 7 janvier 1465 (n. st.), Noël Jolis et sa femme vendaient leurs droits sur leur maison de la rue au Maire [2].

VII. — LA FAMILLE RAGUIER

Les deux Raguier, Jacques et Jean, sont nommés à la fois dans les *Lais* et le *Testament*. Jacques est présenté comme un ivrogne, que l'abreuvoir Popin est seul capable de désaltérer, le pilier des célèbres tavernes de la *Pomme de Pin* et du *Grand Godet* en Grève ; un homme de mauvaise réputation, au demeurant, puisque Villon le désignera aux côtés de Philippe Brunel et de Jacques James *(trois hommes de bien et d'honneur)*, parmi ses exécuteurs [3]. Quant à Jean Raguier, c'était un homme riche (Villon lui lègue 200 francs pris sur ses biens, sans compter ce qui pourra lui échoir à l'avenir), mais qui ne l'avait pas obligé : Villon le dit attaché au service personnel de Robert d'Estouteville, le prévôt de Paris, l'un des sergents de la douzaine. Mais tout comme Jacques, Jean n'était qu'un goinfre et se tenait fort mal à la table de Jean de Bailly : qu'il aille, lui aussi, arroser sa gorge à la fontaine Maubué, toute proche [4] !

Qui étaient ces deux Raguier ? A coup sûr des membres de la famille d'un émigré allemand qui suivit Isabeau de Bavière en France et qui fut son trésorier ; car ce nom germain était inconnu en notre pays. Et, pour dîner chez Bailly, il faut bien que notre Jean ait quelque attache avec ce monde de la finance, dans lequel nous avons rencontré tous les amis d'enfance de François Villon.

L'émigré allemand se nommait Hémon [5] et avait amené avec lui deux fils et une fille : Hémon II Raguier, qui sera comme son père trésorier des guerres et argentier de la reine ; Raymond, que l'on trouvera maître de la Chambre aux deniers du roi, seigneur d'Orsay près Palaiseau ; Isabeau, qui épousera Guillaume Toreau, maître des Requêtes.

Hémon, anobli avant 1408, mourut à Tours, où il avait suivi le roi, au mois de novembre 1433. De Gillette de la Fontaine, son épouse († en 1404), et de Guillemette de Vitry, sa seconde femme, il ne laissait pas moins de seize enfants qui eurent pour parrains les personnages les plus en vue de la cour de Charles VI, et furent tous mariés avantageusement dans le milieu des

---

1. Arch. Nat., Z 10/1, fol. 111. — 2. Arch. Nat., S. 1448⁵, fol. 25 v°.
3. L., v. 145 ; T., v. 1038-9, 1943. — 4. L., v. 131 ; T., v. 1070.
5. Bibl. Nat., fr. 18661, fol. 224, Généalogie de la maison des Raguier.

officiers exerçant des charges de finance. C'était un homme d'ordre : avant
de se remarier, Hémon tint registre de ses enfants[1]. Aussi nous savons qu'il eut
de sa première épouse : 1° Jacques, né en 1393 ; 2° Charlot, né en 1400 ;
3° Louis, né en 1401 ; 4° Jean, né en 1403 ; 5° Nicolas, né en 1404 ; 6° Jeannette, née en 1394 ; 7° Isabelle, née en 1396 ; 8° Girarde, née en 1397 ;
9° Charlotte, née en 1399. De Guillemette de Vitry, la veuve de Pierre
Blanchet, qu'il épousa le 5 mai 1405, Hémon eut encore :

10° Antoine, trésorier des guerres en 1436 ; 11° Louis, conseiller au Parlement de Paris en 1438, président de la Cour des Aides, évêque de Troyes
en 1459, qui fit son testament en 1485 et mourut en 1488 ; 12° Michel qui
épousa, en 1439, Alix de Biencourt, veuve de Denis de Paillart ; 13° Denise,
femme de Jean Didier, dit Canat, secrétaire du duc de Bourbon ; 14° Marguerite qui épousa le sieur de Champgirault ; 15° Jeannette qui épousa Philippe de Marle, fils du chancelier de France ; 16° Isabeau, femme de Jean de
Rochechouart, chevalier.

Antoine fut un personnage considérable, que l'on trouve trésorier des
guerres, en 1436 ; en 1441, commis à la recette générale des finances du roi.
Il demeurait rue des Blancs-Manteaux, dans une maison tenant à l'église, où
son père avait son tombeau[2]. Il mourut, en 1479, laissant plusieurs enfants
qui remplirent des charges importantes :

Jean, né en 1445, qui fut trésorier des guerres au duché de Normandie en
1468, et épousa Marie Beauvarlet, la dame d'Esternay ; Dreux, qui épousa
Hélène de Marle ; Louis, conseiller clerc en Parlement, qui fut élu évêque
de Lisieux en 1455 ; Jacques, abbé de Provins, licencié en 1480, qui succéda
à son oncle Louis, comme évêque de Troyes, et mourut en 1518.

Jusqu'à présent on a identifié les deux légataires de Villon, l'un avec Jean,
le fils d'Antoine, l'autre avec Jacques, l'évêque de Troyes[3]. Or ce Jean
aurait eu dix ans au moment où François Villon le donne comme un rude
buveur[4], et Jacques, qui devint évêque, était plus jeune encore.

Il faut donc chercher les légataires du poète parmi d'autres membres, et
moins riches et plus âgés, de cette immense famille des Raguier.

Il semble que l'on puisse reconnaître Jacques Raguier dans un fils de Lubin
Raguier, un membre de la famille des trésoriers des guerres, peut-être le
frère de Hémon ou son cousin. On voit que, dès 1405, lui et sa femme jouissaient de rentes constituées par Philippe des Essarts[5]. En 1417, Lubin exerçait l'office de gruyer des forêts d'Eruye et de Fresnes[6]. En 1423, il est dit

---

1. « Sensuyt les jours que feurent nez les enfans de moy, Hemon Raguier, tresorier des
guerres du roy notre sire et argentier de la royne... » Bibl. Nat., fr. 20233 (copié sur l'original autographe).
2. Épitaphier du vieux Paris, éd. Raunié, II.
3. A. Longnon, Étude biographique, p. 118-119.
4. Arch. Nat., Y. 5232, 28 décembre 1454 ; Bibl. Nat., Clair. « Honorable homme et sage
Mᵉ Anthoine Raguier, tresorier des guerres, a émancipé Jehan... aagé de 9 ans... »
5. Bibl. Nat., Clair. 763, 5 juin 1451.
6. Bibl. Nat., fr. 20684, fol. 75.

queux ou gentilhomme de cuisine, et recevait 200 l. du roi Charles VII « en
considération de ce que le dit Lubin avoit presté par l'ordonnance des chancelier et conseillers du roi à l'évêque de Laon (intendant général des
finances) la somme de 1000 l. pour remettre à Louis Boyaux, chevalier,
chambellan, tant pour lui que pour certains gens d'armes à Baugency [1]. » En
1436, on trouve qu'il possédait des terres à Gonesse en Brie [2] ; en 1447, il
est dit premier queux du roi [3], et, en 1452, premier queux de bouche [4]. Lubin
figure régulièrement dans les comptes royaux, préparant par exemple le
dîner traditionnel des treize pauvres du Jeudi-Saint ; et on le voit remboursé,
pendant le Carême, de ses avances pour l'achat d'huile, d'amandes, d'épices,
etc. [5]. En 1452, il bénéficia de diverses gratifications [6] ; on le dit, en 1455,
« ancien homme [7] », et il recevait 80 l. tournois, au mois d'août, « pour s'en
aller à Paris ou autre part qu'il luy plaira retraire de tous poins, parce qu'il
ne peut plus servir, obstant sa vieillesse. » En fait il acquit cette année-là le
fief de Montigny, non loin du moulin de Bures, que lui vendit le malheureux
ami de Villon. Ainsi Lubin Raguier dut s'installer près du château d'Orsay lez
Palaiseau qu'avait fait construire Raymond Raguier, le maître de la Chambre
aux deniers du roi, le frère du trésorier des guerres Hémon [8]. Un Guillemin Raguier, qui est dit enfant de cuisine en 1453, lui succéda, sinon dans
son office de queux, du moins dans celui de « hasteur » des cuisines royales :
il surveillait donc la cuisson des viandes et au besoin tournait la broche [9].

     Quant à son fils Jacques, il requérait, le 21 mars 1452 (n. st.), l'entérinement
des lettres du don de l'office de garde des fours de Champagne et de Brie, à
la place de son père [10]. C'est vraisemblablement là le personnage visé par
François Villon, et non pas Jacques, fils d'Antoine le trésorier des guerres,
qui n'aurait guère eu qu'une dizaine d'années au temps du Testament, et qui
est dit licencié en 1480 [11]. Le légataire de Villon ne peut pas être cet abbé de
St-Jacques de Provins, qui succéda dans l'évêché de Troyes à son oncle Louis,
en 1483, et mourut en 1518 [12]. Ce grand personnage aima les livres, et il
achetait ces nouveautés que l'imprimerie commençait à répandre [13]. S'il lut

1. Vallet de Viriville, Histoire de Charles VII, I, p. 374 (l'auteur dit dans une note que Lubin
Raguier appartenait à la famille d'Hémon).
2. Bibl. Nat., Clair. 763, 10 oct. 1436.
3. Bibl. Nat., fr. 32511 (6e compte d'Et. de Bonney).
4. Bibl. Nat., fr. 20771. fol. 453.
5. Bibl. Nat., fr. 32511 (6e compte d'Et. de Bonney ; 9e et 10e compte de Jean de Xaincoius).
6. Ibid.
7. Bibl. Nat., fr. 32511 (6e comte de Mathieu Beauvarlet).
8. Jules Lair, La seigneurie de Bures dans les Mém. de la Soc. de l'histoire de Paris, II, p. 202.
9. Bibl. Nat., fr. 32511, 8e compte de Mathieu Beauvarlet ; Godefroy, Dictionnaire... ad. v.
hasteur.
10. Arch. Nat., X1a 4803, fol. 189 v°.
11. Bibl. Nat., Clair. 764, 6 mai.
12. Gallia Christiana, XII, 516.
13. Il achète un pourpoint et des chausses pour un nommé Martial, prisonnier de l'évêché, qui
lui copie un : de Lyra ; des imprimeurs de la ville, il acquit, entre 1486 et 1487, les Décrétales,
Sixiesme, Clementines, un Perse, un Térence, un Juvénal, un Catholicon : le livre de « Ratio et
modus » (Arch. de l'Aube, G. 247, 317).

les attaques contenues dans le *Testament* de ce mauvais garçon, François Villon, qu'un libraire parisien édita en 1489, il n'eut pas à se formaliser au sujet de critiques qui atteignaient ses parents éloignés, grands buveurs et mangeurs [1].

Les traits de la satire de Villon conviennent assez au fils altéré d'un maître queux, comme l'était Jacques Raguier, et que le poète assure « voisin de Philippe Brunel.

Quant à Jean Raguier, il est également impossible de le reconnaître dans la personne de Jean, fils d'Antoine Raguier, trésorier des guerres, et de Jacquette Budé, né en 1445 [2]. D'ailleurs, François Villon nous le dit : c'est l'un des douze sergents du prévôt. Certes, Villon n'entend pas confondre cet office avec celui du vulgaire sergent au Châtelet [3] : mais ses fonctions ne sont pas à comparer en importance avec celles de Jean, fils d'Antoine, que l'on trouvera, en 1468, prenant part aux joûtes de la Tournelle [4]. Ce Jean Raguier grenetier de Soissons, trésorier des guerres du duché de Normandie, remplira, en 1476, l'office de receveur général des finances, au même pays, et sera qualifié de conseiller du roi et de maître des Comptes, en 1485 et en 1495 [5]. Le légataire de Villon ne peut pas être non plus Jean Raguier, le fils du trésorier des guerres Hémon et de Gillette de la Fontaine, qui naquit en 1403, personnage également considérable, que tinrent sur les fonts du baptême la duchesse de Bretagne, fille de Charles VI, et le grand maître d'hôtel, Jean de Montaigu [6]. Celui-là on le trouve, en 1449, receveur des barrages de la ville de Paris [7] ; en 1461, grenetier à Laon [8] ; propriétaire, en 1463, d'une maison à Paris, rue de la Vieille-Tixeranderie, contiguë au Pet au Diable [9] ; il est dit, en 1481, procureur en Parlement et procureur du roi au bailliage du Palais [10].

Le Jean Raguier visé par Villon doit être un jeune homme. C'est sans doute le sergent à verge de 1472, contre qui appelait un prisonnier de la Conciergerie, Yvon Geoffroy [11] : mais à coup sûr il appartenait à cette puissante et riche famille des Raguier. Sans doute, il faisait valoir que de grands biens pourraient lui revenir un jour, puisque Villon, qui n'a rien, lui lègue ironiquement la somme de 100 francs, sans compter ce qui pourra lui échoir à l'avenir : mais, conclut-il sentencieusement, il ne faut pas trop prendre des siens, ni son ami « surquérir. »

1. Cf. Longnon, *Etude biographique*, p. 120.
2. Bibl. Nat., Clair. 763, 28 déc. 1454.
3. Qui est sergent, *voire* des Douze (T., v. 1071).
4. *Chronique Scandaleuse*, I, p. 202.
5. A. Longnon, *Etude biographique*, p. 119,
6. Bibl. Nat., fr. 20233.
7. Bibl. Nat., lat. 18347, fol. 33 v°.
8. Bibl. Nat., fr. 20684, fol. 655 ; fr. 32511 (1er compte de P. Jobert).
9. Sauval, III, p. 367.
10. Bibl. Nat., Clair. 764, 16 octobre.
11. Arch. Nat., X²ª 39, 17 décembre 1472.

Ce qui donne encore à entendre que ce Raguier appartenait bien à cette famille exerçant des charges de finance, c'est le legs que Villon fait à Jean, d'une *talmouze* prise sur la table de Bailly. La talmouze était une sorte de gâteau au fromage, où entraient des œufs et du beurre, dont la fabrication était célèbre, entre autres à Lagny ; et ce mot désignait encore une gifle ou un coup de poing [1]. Or ce Bailly, c'est Jean Bailly, notaire et secrétaire du roi, et greffier du Trésor. Et puisque nous avons vu que Bailly demeurait tout près de la fontaine Maubué, on comprend que Villon ait légué à Jean Raguier cette fontaine pour « arroser sa gorge » alors qu'il venait de manger à la table du greffier comme un goinfre.

VIII. — LES DEUX BAILLY

Jean de Bailly, procureur en Parlement et greffier de la Justice du Trésor, était fils de Nicaise de Bailly, lui même greffier du Trésor [2].

Nicaise, qui demeurait rue de la Colombe en la Cité, en 1451 [3], exerça la charge d'échevin de Paris en 1450 [4], et mourut avant le 17 mai 1454. Il était allié aux familles parlementaires des Tueleu, des Luillier, des Capel [5].

Jean de Bailly, qui est dit en 1452, procureur en Parlement, et exerçant l'office de greffier du Trésor sous son père [6], s'opposa le 11 juillet 1454 à l'institution de tout autre greffier du Trésor; et il élut domicile en son hôtel, rue de la Colombe [7]. On le trouve, en 1466, notaire et secrétaire du roi [8] : en 1472, comme procureur de la Communauté du collège des notaires du roi, il signa plusieurs fois les comptes des dîners que cette association donnait aux Célestins [9].

C'était un personnage considérable que cet « honorable homme et sage Me Jehan de Bailly », et fort actif. Il transcrivit de sa main les registres de la Justice du Trésor depuis 1454 [10]. Sa position le mettait en rapport avec tous les gens d'affaires et d'argent de son temps.

---

1. Godefroy, *Dictionnaire...* ad. v. *Talmouze*.
2. Arch. Nat., Z¹F 17.
3. Arch. Nat., Z¹F 15, 3 février 1451 n. st. — Cette maison fut mise en criées le 12 octobre 1454 à la requête de Jean du Four, examinateur au Châtelet, qui voulait être payé de son salaire (Arch. Nat., Y. 5232).
4. Arch. Nat., KK. 1009, fol. 6 v°. Il vérifia cette année là le compte de la ville (Arch. Nat., KK. 406, fol. 112).
5. Arch. Nat., Y. 5232. Jean de Bailly et Denis Capel furent élus procureur de sa veuve, Jacquelote Nicaise.
6. Arch. Nat., Z¹F 17, 19 mai 1452 — le 28 février 1453 (n. st.), il fut reçu par les trésoriers de France à l'office de greffier (*Ibid.*).
7. *Ibid.*
8. Arch. Nat., Z¹F 27, fol. 97 v°.
9. Arch. Nat., V² 76. — On voit que son père, en 1427, avait exercé le même office (*Ibid.*).
10. Arch. Nat., série Z¹F .

I. — Lettre autographe de Michel Jouvenel (Bibl. Nat., Dupuy 673)
II. — Lettre autographe de Jean le Cornu (Bibl. Nat., fr. 20488)

Sans doute il recevait à dîner dans sa maison, qu'occupera encore sa veuve en 1488, rue de la Baudroirie, à côté de la fontaine Maubué dont les tuyaux longeaient sa demeure [1].

IX. — NOTE SUR ROBINET TRASCAILLE

Ce Robinet Trascaille était clerc de Jean le Picart, conseiller du roi au Trésor. En 1450, avec Pierre Jouvelin et Nicolas Martineau, il partage la somme de 75 l. t. pour « avoir grossoyé plusieurs commissions » [2] ; en 1452, il est dit clerc [3] et, l'année suivante, il recevait en don, ainsi que Thomas Tudert, la somme de 100 l. t. [4]. En 1454, Robinet était locataire de l'*Omme Armé,* rue Pernelle-Saint-Pol, et plaidait contre ses propriétaires, Guillaume Cousinot, chevalier, bailli de Rouen, et l'évêque de Troyes [5]. En 1457, on le trouve receveur de l'aide pour l'armée à Château-Thierry ; de même en 1458 [6]. En 1462, Robinet Trascaille est dit secrétaire du roi et recevait 20 l. pour un voyage fait à Lyon « devers les gens de l'ambaxade de Milan [7]. » En 1464, on voit qu'il est remplacé à Château-Thierry par Franco de Castillio [8].

X. — NOTICE SUR JEAN LE CORNU

Jean le Cornu appartenait à une famille financière.

On le trouve receveur des Aides pour la guerre à Senlis en 1446 [9], puis à Paris, de 1449 à 1452 [10]. Le 12 décembre 1454, il est dit secrétaire du roi [11] et, le 5 octobre 1463, clerc civil de la prévôté [12] : Jean avait donc acquis en ce temps l'office de greffier que vendait alors le prévôt, et qui formait l'un de ses

---

1. « La place ou est la fontaine Maubué assise en lad. rue S. Martin au coing de la rue Baudroyrie. [Il s'agit d'un payement fait à Jean Coffry, paveur, demeurant à Paris]. *Item,* plus en la rue des Bauldrayeurs, pres et contre la maison de la veufve de feu maistre Jehan de Bailly, sur et au long des tuyaux de la fontaine Maubué, une autre pièce de pavement avalluée à IIJ toises ». Bibl. Nat., fr. 11686 (compte de Denis Hesselin, 1489). — Cette rue, dite plus tard de la Corroierie, était située entre les rues Saint-Martin et Beaubourg.

2. Bibl. Nat., fr. 32511, 9ᵉ compte d'Etienne de Bonney.

3. *Ibid.* — 4. *Ibid.,* 12ᵉ compte d'Etienne de Bonney.

5. Arch. Nat., Y. 5232, 27 juin 1454 ; Bibl. Nat., Clair., 763.

6. Bibl. Nat., fr. 32521, 1ᵉʳ et 2ᵉ compte de Robert de Molins.

7. *Ibid.,* 1ᵉʳ compte de Pierre Jobert.

8. *Ibid.,* 3ᵉ compte de Mathieu Beauvarlet.

9. Bibl. Nat., fr. 32511. — 10. *Ibid.*

11. Bibl. Nat., Clair., 763. — 12. Bibl. Nat., Clair., 764.

bons revenus [1]. Le 29 octobre 1467 [2], par lettres datées du 26, il joint au greffe l'office du notaire Jean de Calais, chargé de la vérification des testaments ; en 1467, Jean le Cornu est dit également clerc criminel du greffe [3], c'est-à-dire greffier criminel.

Toutes ces charges cumulées, qui rapportaient de beaux émoluments, ne furent pas obtenues sans de grandes protections, sans l'aide aussi d'une fortune assez considérable. On voit d'ailleurs que Jean le Prévost écrivait pour le recommander à Jean Bourré, général des finances, et qui fut un véritable ministre de Louis XI [4] : Ermenonville, cousin de Bourré, le sollicitait de son côté : « C'est un homme de bien et de qui la chose publique est bien servie [5]. » Mais les bénéfices, attachés à ces offices, devaient exciter encore l'envie de « plusieurs compétiteurs haultains et oultraigeux » : ils travaillèrent auprès du roi afin qu'il mit en vente les greffes du Châtelet. Le 26 février 1474 (n. st.), Hugues Regnault était mis en possession du greffe du Châtelet et le Cornu fut nommé conseiller et prévôt de l'hôtel du Roi [6]. Jean le Cornu mourut de la peste, en 1476, et nul n'osa entrer chez lui [7]. Il laissait comme exécutrices de son testament sa veuve Jeanne de Thumery, d'une famille de financiers, et la veuve de Culant [8].

Les affaires de Jean le Cornu étaient alors embarassées. Sa veuve dut renoncer à la succession des Thumery, ne pouvant rembourser ses frères et sœurs de la somme de 500 l. p. qui avait formé sa dot [9]. Et, d'autre part, Olivier le Daim poursuivait Jean le Cornu au moment de son décès pour la somme de 100 francs. Les sergents s'emparèrent de ses biens, d'une valeur de 200 l. ; et Jean le Cornu devait encore 80 l. au receveur de Paris pour l'acquisition des greffes. Le roi remit à sa veuve ce qu'elle pouvait devoir, soit 40.000 francs [10]. Elle vivait encore en 1485 [11].

1. Bibl. Nat., Fontanieu, portefeuille 132 (lettre de Robert d'Estouteville du 19 mars 1465.) Cf. l'ordonnance du 4 décembre 1454, déclarant que dorénavant le receveur du roi donnerait à ferme le greffe civil (Bibl. Nat., n. acq. fr. 3651, fol. 210. Livre noir du Châtelet).

2. Bibl. Nat., Clair., 764.

3. Sauval, III, p. 396.

4. « Pour le fait des greffes de Chastellet pour maistre Jehan le Cornu, vous le congnoissez : il est bon homme et croy que on fauldra bien à y pourveoir mieulx. Sy vous plaist, lui aiderez à faire son fait, autrement il est taillé que aucuns ses envieulx lui donnent beaucoup d'empescher ; et il le congnoistra envers vous. Et, de ma part, je vous le recommande tant que je puis » (Bibl. Nat., fr. 20487, fol. 25)

5. Bibl. Nat., fr. 6603, fol. 30. Cf. la lettre qu'écrivit personnellement Jean le Cornu à Jean Bourré (Bibl. Nat., fr. 20488, p. 6), dans laquelle il annonce que les échevins viennent de le recommander au roi : il lui fait part de sa reconnaissance et de son dévouement. C'est Bourré qui lui avait déjà obtenu « la clergie de la prévosté de Paris » ; la lettre de recommandation de Nicolas Malingre (Bibl. Nat., fr. 6603, fol. 159) ; celle des échevins de Paris (Bibl. Nat., fr. 6602, p. 101).

6. Bibl. Nat., Clair. 764.

7. Arch. Nat., X1a 4818, fol. 75 v°; X1a 4819, fol. 192 v°.

8. Le 8 mars 1474 (n. st.) Jacqueline de Thumery est dite veuve de Jacques, l'élu de Paris, et Marguerite de Culant, veuve de Guillaume de Culant, examinateur (Bibl. Nat., Clair., 763).

9. Bibl. Nat., Clair. 764, 9 janvier 1479, n. st.

10. Arch. Nat., X1a 4818, fol. 75 v° et 4819, fol. 192 v°.

11. Sauval, III, p. 474.

Gilles le Cornu, qui fut changeur au Trésor à la place de Guillaume Ripaut en 1457 [1], et que l'on voit, en 1461, retenu comme notaire et secrétaire du roi [2], était vraisemblablement son frère. Il mourut en 1482, laissant pour veuve Alips Ripaut, sans doute la fille du changeur. Il eut un fils, Jean le Cornu, qui est dit, le 19 novembre 1477, écolier à Paris, âgé de 14 ans [3], et qui reçut pour curateur Jean Guyon, clerc du Trésor. On le retrouve en 1482 notaire et secrétaire du roi [4].

Un autre parent de Jean était Denis le Cornu, marchand bourgeois de Paris, demeurant en 1457 à l'enseigne du *Barillet*, rue Saint-Martin hors les murs [5], qui mourut le 31 janvier 1463 [6] : il avait épousé 1° Julienne de Rueil, d'une famille du Châtelet ; 2° Raouline Herbelot, famille alliée à Olivier le Daim, et qui poursuivit Jean le Cornu pour un prêt d'argent non remboursé.

Enfin Marie la Cornue épousa Pierre Parent, secrétaire du roi et clerc des Comptes [7].

XI. — NOTES SUR LA FAMILLE DE THUMERY

C'était une famille de financiers, alliée à la famille de Bruyères, aux le Cornu, aux Hesselin [8].

Un Regnaud de Thumery fut changeur à Paris en 1428 [9] : il avait épousé Isabeau de Bruyères, qui était veuve en 1445 [10] et se remaria avec Thomas Corneille, le changeur. Enguerrand de Thumery fut curateur de Denis Hesselin [11] : on le trouve élu de Paris en 1452, puis, en 1459, collègue de Denis Hesselin et de Guillaume Colombel dans ce même office [12]. Jeanne de Thumery avait épousé Jean le Cornu, d'abord receveur des Aides, puis greffier de la prévôté de Paris [13]. On rencontre encore, en 1474 [14], Jacqueline de Thumery, veuve de l'élu de Paris ; Jacques de Thumery, élu de Paris ; Marguerite de Thumery, veuve de Guillaume de Culant, examinateur au Châtelet.

1. Bibl. Nat., fr. 32511.
2. Bibl. Nat., P. orig. 860; fr. 6754, fol. 1. — En 1465, il signait avec Jean de Bailly la dépense du dîner de la confrérie des notaires du roi ; de même en 1474 (Arch. Nat., V² 76).
3. Bibl. Nat., Clair., 764. — 4. *Ibid.*, 14 novembre.
5. Arch. Nat., S. 1461².
6. Bibl. Nat., Clair., 764.
7. Bibl. Nat., Clair., 764, 9 juillet 1479.
8. Bibl. Nat., P. orig. 2840 — 9. *Ibid.*
10. Bibl. Nat., Clair., 763, 8 août. — Il laissa pour enfants Jacquet de Thumery et Denis, marchand bourgeois de Paris.
11. Bibl. Nat., Clair., 763, 12 juillet 1445.
12. Bibl. Nat., P. orig., 2840.
13. Bibl. Nat., Clair., 764, 20 juillet 1478 et 9 janvier 1479, n. st. — Elle vivait encore en 1485 (Sauval, III, 474).
14. Bibl. Nat., Clair., 764, 8 mars, 8 mai.

Le 24 février 1501 (n. st.), on voit que Jean de Thumery, écuyer, demeurait à Paris, rue du Temple, près de Sainte-Avoye, dans une maison qui tenait d'une part à Me Bertrand Ripaut, de la famille du changeur, d'autre à Jacques de Thumery, son trère, et aboutissait par derrière aux Dormans [1].

XII. — NOTE SUR ANDRY COURAUD

Nous rencontrons ce personnage comme procureur en Parlement de René d'Anjou, roi de Sicile, dès 1441 [2] ; il touchait de ce fait 50 l. t.

Andry Couraud demeurait à Paris et exerçait donc une charge d'avoué, comme nous dirions aujourd'hui : on élisait chez lui domicile pour ester en droit. Et Andry avait des clercs qui faisaient les écritures nécessaires pour ses procès [3]. C'était bien vraisemblablement un angevin [4], en relations avec tout ce que cette province comptait d'illustre. Ainsi, en 1445, on le voit procureur de Jean de Beauvau, reçu chanoine de Paris [5] ; le 23 janvier 1461, il représente à la justice du Trésor James Louet, trésorier d'Anjou [6] ; il est procureur, en 1462, de Thibaud d'Auxigny, l'évêque si dur à Villon, un angevin d'origine [7] ; cette année là, on le trouve encore procureur du comte du Maine [8]. Enfin Andry Couraud demeurait en relations constantes avec le conseil d'Anjou, qui lui recommandait les affaires de René, roi de Sicile, et parfois de faire diligence dans son office : mais Couraud se plaignait, de son côté, de n'être pas régulièrement payé. On lui répondait alors, selon la formule de ce temps, celle-là dont usera Villon quand il se déclara prêt à rembourser les écus qu'il dut à la générosité du duc de Bourbon : « Nous savons que vous, et les autres conseillers de nostre dit maistre, avez aucunement cause de vous plaindre de voz pensions ; mais, venu ung messaige que avons envoyé devers nostre dit maistre, espérons y donner provision par manière que tout sera content, et *n'y perdré chacun autre chose que l'attente* [9]. »

---

1. Bibl. Nat., P. orig. 2840.

2. Bibl. Nat., fr. 32511.

3. Arch. Nat., KK. 262.

4. En 1433 on voit que Jeanne Couraude est dite femme d'Etienne Moreau, trésorier d'Angers (Bibl. Nat., fr. 22450).

5. Bibl. Nat., lat. 17740, fol. 223.

6. Arch. Nat., Z[1a] 23, fol. 171 v°.

7. Arch. Nat., X[3a] 3, 1er sept. 1462.

8. Arch. Nat., KK. 262 (Compte 1er de Guillaume du Bec); le 24 janvier 1469, procureur du comte du Maine, Couraud plaidait contre la duchesse d'Orléans (Arch. Nat., X[1a] 4811).

9. Mai 1454 (Arch. Nat., P. 1334[3], fol. 104). — On voit encore qu'Andry Couraud fut curateur de François de Montlaur, le 7 février 1453 (Arch. Nat., X[1a] 1483, fol. 68) ; procureur des enfants de feu Jean de Langhac, le 17 août 1456 (Arch. Nat., X[1a] 4805, fol. 157) ; du couvent de Bourg de Déols, le 9 janvier 1461, n. st. (Arch. Nat., X[1a] 4807, fol. 59) ; de Pons de Langhac, le 3 mars 1468 (Arch. Nat., X[1a] 4810) ; de Jeanne de Mannonville, le 5 mars 1471 (Arch. Nat., X[1a] 4813, fol. 84).

Or Andry Couraud exerçait aussi une charge dans ce monde de la finance que Villon connut particulièrement. Ainsi on voit que, dès le 20 février 1455 (n. st.), il était conseiller du roi au Trésor [1]. Andry Couraud demeurait non loin de Saint-Benoît, dans la rue Saint-Jacques, à l'enseigne du *Lyon d'Or* [2] : un peu plus tard, on le retrouve, toujours dans le même quartier, rue du Bon Puits, derrière le collège de Navarre [3].

Ce procureur en Parlement, qui sera bientôt conseiller, fut un homme influent [4], ayant du bien à Paris et aux environs.

On le voit ensaisiné d'une rente par les frère Cardon (l'un d'eux est le légataire de Villon), en 1442 [5] ; le 3 juillet 1454, il était en procès contre Jean le Coq, marchand et bourgeois de Paris, qui lui avait acheté des héritages à Noisy-le-Grand : Couraud se contentera de 120 écus d'or et de 7 l. 4 s. pour les réparations [6]. Il a des vignes à Moncivry (Villejuif) en 1455 [7]; le 6 octobre 1459, les Prieurs de la Sorbonne lui accordent de payer en tournois au lieu de parisis (on gagnait le change ainsi) la maison de défunt Me Jean Collas, qu'il avait achetée [8] ; et, chaque année, Andry Couraud prenait 4 écus d'or de rente sur les terres de Jouy-en-Brie [9].

Il était mort au mois juillet 1479 [10], laissant pour veuve Benoîte des Roches qui lui avait donné pour enfants Bertrand [11], Jean l'aîné et Jean le jeune [12].

XIII. — LE JARDIN DE PIERRE BAUBIGNON

Pierre Baubignon était le frère et l'héritier de Me Jean Baubignon, conseiller et maître des Requêtes, mort en 1450 [13]. Quant à Me Pierre Baubignon,

---

1. Arch. Nat., Y. 5232. — On le trouve mentionné dans cet office, le 30 octobre 1459 (Arch. Nat., Z¹ H 13) ; en 1460 (Bibl. Nat., P. orig. 882, dossier Couraud); 1467, le 7 novembre (Bibl. Nat., Clair., 764).

2. Arch. Nat., Z ¹ᴮ/4, 4 mai 1463.

3. Arch. Nat., JJ. 195, p. 507.

4. Richard Oudry, hôtelier du *Cheval Blanc,* rue de la Harpe, avait été accusé d'injures contre la Cour : le procureur du roi requit qu'il fût mis à l'amende de 2000 l. et pilorisé. Or Oudry aurait seulement dit « qu'il ne bailleroit point à maistre André Couraud le vin qu'il vouloit avoir, car c'estoit son gaige pour argent que lui devoient Jacques de la Barre et sa femme, et ne fut oncques parlé de la court... » (Arch. Nat., X²ᵃ 25, 9 mars 1450).

5. Arch. Nat., S. 1648, fol. 133.

6. Arch. Nat., Y. 5232.

7. Arch. Nat., S. 1648, fol. 149 vᵒ.

8. Bibl. Nat., ms. lat. 5494, fol. 48 vᵒ.

9. Arch. Nat., Z¹ᵃ 23, fol. 164, 28 avril 1461.

10. Bibl. Nat., Clair. 764.

11. On le voit, en 1473, parmi les domestiques du comte du Maine (Bibl. Sainte-Geneviève, ms. 848, fol. 27).

12. Un Jean Couraud succéda à son père dans la charge de procureur du comte du Maine (Arch. Nat., Z¹ᶠ 27, 20 mars 1467, n. st.).

13. Arch. Nat., X¹ᵃ 8304, fol. 493, 18 juin 1451. — On voit que ce personnage recevait 75 l., en 1422, pour des services rendus comme ambassadeur (Bibl. Nat., fr. 32511). Envoyé en Lan-

il était procureur au Châtelet[1], et semble s'être conduit comme un personnage procédurier et très avare[2]. Il eut de grands démêlés au sujet de l'héritage de son frère : car il se refusait à payer certaines dettes, alléguant que les exécuteurs du testament, Jean du Drac et Martin de Fresnes, ne lui rendaient pas leur compte. Il encourut de ce fait plusieurs condamnations.[3]. Le 3 janvier 1456, on voit que les religieux de Saint-Martin lui réclamaient « le fons de terre de trois petiz jardins, assis en la censive dudit Saint-Martin des Champs, et pour estre payé de neuf années d'arréraiges Anthoine de Vaubelon[4], pour raison de certaines réparacions qu'il se dit avoir fait faire en deux desdits jardins cloz de murs, assis à Paris en la censive dudit saint Martin » : le procureur du roi demandait le payment des 60 l. d'amende, auxquelles Pierre Baubignon avait été condamné, et qu'il ne voulait pas payer. La cour le condamna en outre aux dépens, aux réparations, et mit en criées les jardins et maisons pour prendre les 60 livres sur leur vente[5].

XIV. — LA FAMILLE PERDRIER
ET LA CHARGE D'ÉCUYER DE CUISINE

Jean et François Perdrier (ou Perdriel) appartenaient à une famille qui a donné beaucoup de ses membres à l'administration des finances du roi.

guedoc, il y tomba malade et le roi lui faisait payer 400 l. t. (6 septembre) : le 18 décembre 1430, il donnait quittance de 600 l. pour ce voyage (Bibl. Nat., P. orig. 214) ; le 27 août 1431, il était payé pour avoir rempli une mission auprès du comte de Foix (*Ibid*). Entre 1437 et 1438, il fait un voyage à Lille, reçoit 200 l. en 1445 (Bibl. Nat., fr. 32511). En 1446, on lui paye 300 l. sur 975 qui lui étaient dues, dès 1435, pour certains diamants qu'il avait engagés à la Couronne ; il reçoit encore 200 l. en 1448, et 600 l. en 1449. Il mourut en 1450 et Mᵉ Jean de Paris, licencié en droit et en décret, le remplaçait dans l'office considérable de rapporteur des lettres de la Chancellerie, charge qu'il exerçait depuis 1440 et qui lui rapportait 240 l. par an (Bibl. Nat., fr. 2836 ; lat. 18347). Le 24 juillet, Martin de Fresnes le remplaça dans son canonicat de Notre-Dame (Arch. Nat., LL. 241).

1. Arch. Nat., Y, 5232, 17 septembre 1454.

2. Le 3 janvier 1452, il supplie le chapitre de Notre-Dame de modérer la somme à laquelle il avait été condamné (50 écus) : le 12 janvier, on lui répond que le chapitre n'a pas l'intention de payer la dépense de ses chevaux. Baubignon déclare alors qu'il aime mieux payer 50 écus que 50 livres et racheter ses chevaux (Arch. Nat., LL. 117, p. 147-150). Le 20 janvier, Jean Dulac et Etienne de Vignon disent avoir servi longtemps Jean Baubignou et plaident contre Pierre, au sujet de l'exécution de certains legs et des sommes que le défunt leur devait, comme salaire (Arch. Nat., Xᴵᵃ 1483, fol. 10). Puis Pierre entre en procès avec Laurens Rasle (Arch. Nat., Z¹ F 16, 15 décembre 1452, 19 janvier et 6 juin 1453) ; avec Mᵉ Pinçon (Arch. Nat., Y. 5232, 20 février 1455, n. st. : Xᴵᵃ 8854, 5 juillet 1455).

3. Arch. Nat., Xᴵᵃ 8854, 23 décembre 1451 (amendes de 60 livres au profit de Jacques de Hacqueville ; au profit de Pierre du Tremblay, marchand et bourgeois de Paris).

4. L'échevin de Paris dont la famille était alliée à celle de Regnier de Montigny.

5. Arch. Nat., Xᴵᵃ 1483, 3 janvier 1456. — Le 1ᵉʳ février 1467, (n. st.), on voit que Denis Pinel, fripier, achetait un jardin dans la coûture Saint-Martin et dans celle du Temple, tenant aux héritiers Mᵉ Jean Baubignou et, d'autre part, à un nommé Badonvilliers, secrétaire du roi (Arch. Nat., S. 1448⁵, fol. 50 v°).

Un Hugues Perdrier fut sergent d'armes du roi Philippe de Valois en 1328 : c'était probablement le père de Guillaume Perdrier, clerc de la Chambre aux deniers, en 1365, qui reçoit 80 francs d'or pour sa livrée de Pâques. On le trouve maître de la Chambre aux deniers, en 1380, aux gages de 200 francs en 1383. Le 11 mars 1390, il était remplacé, sans doute à cause de son grand âge, par Hémon Raguier ; mais il demeura secrétaire du roi et on le retrouvera trésorier de France : il mourut entre 1408 et 1420. Un Jean Perdrier, clerc de la Chambre aux deniers en 1365, fut secrétaire du roi en 1383, maître de la Chambre aux deniers de la reine, entre 1386 et 1420 [1].

Quant à Guillaume Perdrier, qui avait tout son bien à Paris, il y demeura pendant la domination anglaise et exerça la profession de changeur. On voit qu'en 1435 il était exécuteur du testament de Henry Roussel, avocat au Parlement [2], avec le maître de l'Hôtel-Dieu, Guillaume Cotin, conseiller au Parlement, et Miles de Bray, clerc des Comptes. Il était locataire du 17e change sur le Pont [3]. Il mourut le 8 septembre 1475 et fut enterré sous le charnier, aux Innocents. On voyait sur sa tombe une épitaphe et un grand tableau avec ses armes parlantes, formées de perdrix [4].

Guillaume Perdrier laissa de nombreux enfants : Jean Perdrier, né en 1432, l'ami de François Villon ; François, son « second frère », dont il sera parlé plus loin ; Henri Perdrier qui épousa Etiennette Gaillard, de Blois, d'une famille financière que l'on trouve autour des ducs d'Orléans ; Nicolas Perdrier, marchand et bourgeois de Paris, épicier et apothicaire, mort en 1487 [5]; Guillaume, qui était clerc de Me Antoine Raguier en 1456 [6], exerça comme son père la profession de changeur, et qui mourut avant 1464, laissant comme exécuteur Jean, son frère [7] ; Jacques, maître de la Chambre aux deniers de la reine, mort avant 1484 [8]. Guillaume laissait aussi trois filles : Marguerite, morte en 1466 ; Catherine, femme de Me Jean Basanier, procureur au Châ-

1. Bibl. Nat., P. orig. 2233 (Mémoire généalogique de la maison des Perdrier).
2. Arch. Nat., X¹ᵃ 9807, 14 mars 1448 n. st. — La famille Roussel était alliée aux d'Orgemont, aux Boucher.
3. Bibl. Nat., fr. 22392; Arch. Nat., Z¹ᵇ 4, 21 juillet 1459.
4. « Cy gist Guillaume Perdrier en son vivant marchand et bourgeois de Paris qui trépassa le 8 octobre 1475. Et Margueritte Roussel sa femme qui trépassa le... Margueritte leur fille qui trépassa en septembre 1466. » (Epitaphier des Innocents, LL. 434ᴮ , xviiiᵉ s.).
5. On le voit fournir le luminaire de Saint-Pierre-aux-Bœufs, de 1470 à 1474 (Arch Nat., H. 4614, fol. 21, 68).
6. C'est dans l'exercice de cette fonction qu'il fut dérobé, entre Pons et Bordeaux, d'une partie de l'argent qu'il portait aux archers pendant l'occupation de la Guyenne. On consulta le devin, comme c'était l'usage, pour retrouver les objets perdus. L'épreuve du Psautier désigna l'hôtelier de Pons ; mais celle de la fouace lui fut favorable. Or Pothon de Saintrailles le fit brutalement arrêter. Ce fut l'occasion d'un long procès, où le ministère public protesta contre les pratiques divinatoires si en faveur parmi les gens de guerre (Arch. Nat., X²ᵃ 28, 9 fév. 1456 ; 8 avril, 26 avril, 4 et 10 mai ; Registre des Grands Jours de Bordeaux, p. p. H. Barckhausen, t. IX (1869), p. 282, dans les Archives de la Gironde).
7. Arch. Nat., X¹ᵃ 25, fol. 40.
8. Il demeurait en 1458 rue Barbette, en face de chez Thibaud de Vitry (Arch. Nat., MM. 135, fol. 4, 34 vᵒ).

telet ; Françoise, qui épousa Jacques de Haudecot, huissier en la cour de Parlement ¹.

Telle était la famille des deux amis de François Villon.

Jean Perdrier, né en 1432 ², était émancipé en 1454. En 1464, il est qualifié d'écuyer et de concierge de l'hôtel des Loges dans la Forêt de Laye (ainsi Antoine Raguier était gruyer de la forêt de la Garenne de Rouvroy lez Saint-Cloud), et il recevait 250 l. du roi pour réparer cet hôtel ; argentier du comte du Maine, en 1477, on le dit valet de chambre du roi, en 1482 ; en 1485, il rendit hommage du fief de Marcilly à Médan, en la châtellenie de Poissy ³.

Quant à François, il dut remplir des charges dans l'administration des finances, puisque plus tard on le trouvera commis du grenier à sel établi à Caudebec : mais il était « bourgeois de Paris ». La première mention que nous rencontrons de ce personnage remonte seulement au 14 mars 1468 : François Perdrier plaidait contre le procureur de la marchandise du poisson de mer à Paris ⁴.

La vente du poisson de mer formait alors un commerce très important dans la capitale. On y mangeait beaucoup de poisson, à cause des jeûnes et du carême, et aussi parce que la viande devait être un assez grand luxe. Les églises, les collèges, l'Université, avaient besoin de grandes quantités de poisson. Ce commerce avait donc été réglementé par des ordonnances et on le disait privilégié. Il n'y avait que dix vendeurs de poisson de mer à Paris. Ils devaient être choisis parmi de riches et puissants personnages, possédant toujours les capitaux nécessaires pour régler ceux qui leur apportaient le poisson, les chasse-marées. Quand un office venait à vaquer, on procédait à une élection. François Perdrier avait obtenu du roi Charles VII, un peu avant sa mort, des lettres pour être reçu vendeur ; il avait même offert le dîner qui lui coûta bien 30 livres, et on lui avait délivré la pierre pour vendre son poisson. Mais le procureur de la marchandise fit opposition devant le prévôt de Paris, et l'affaire fut renvoyée aux Requêtes. Alors Perdrier attendit qu'un autre vendeur vînt à mourir, et il présenta de nouvelles lettres au prévôt qui ordonna au procureur de la marchandise d'entériner ses lettres, comme suffisant et bien cautionné ; ce dernier délayant encore, le prévôt institua Perdrier en son office. Le procureur prétendit alors qu'il fallait être expert dans le métier, et que le vendeur devait vendre son poisson en personne : à quoi l'avocat de Perdrier ré-

---

1. J'ai tiré ces renseignements du mémoire de la Bibl. Nat., P. Orig. 2233, et de l'Epitaphier des Innocents, Arch. Nat., LL. 434ᴮ .

2. « Vendredy 10 mai 1454. Aujourd'huy Guillaume Perdriel, changeur et bourgeois de Paris, pour la bonne et vraie amour paternelle qu'il a à Jehan Perdriel, son filz, aagié de xxij ans ou environ, considérant son aage et discrecion, a émancipé et mis hors de sa puissance paternelle et lui a donné licence, etc. Laquelle émancipation icellui Jehan Perdriel a eue agréable » (Arch. Nat., Y. 5232).

3. Bibl. Nat., Clair. 764, 28 fév. 1482, n. st. — P. Orig., mémoire cité.

4. Arch. Nat., X¹ᵃ 4810, fol. 192.

pondait : « que l'intimé est souffisant et ydoine, et a l'en acoustumé mettre ung ancien et ung jeune pour vendre ensemble. » Toutefois le procureur des poissonniers lui refusa ce titre d'expert, déclarant qu'il ne s'était jamais mêlé de la vente des poissons, qu'on l'élisait communément parmi les clercs des vendeurs qui, parfois, avaient servi 20 ou 30 ans et plus. « Et supposé qu'il soit expert en autres choses, si ne l'est-il pas au fait de vendre poisson. Dit que les ordonnances qui sont faictes *pro bono rei publice* se doivent garder et ne se doivent rompre pour le prouffit d'un particulier. » A quoi Perdrier répliquait qu'il se connaissait en marchandise de poisson, et qu'il « a demouré huit ans sur la mer. » Il déclarait aussi que, malgré les affirmations du procureur, les vendeurs échangeaient leurs offices, en prenaient profit, faisaient vendre par leurs clercs ; au surplus ils devaient être riches : et Perdrier l'était. On le retrouve commis du grenier à sel établi par le roi à Caudebec, dès novembre 1467, où le grenier, joignant l'hôtel du *Chapeau Rouge*, fut envahi par les eaux de Seine [1]. Il est dit, le 3 juin 1482, bourgeois de Paris. François mourut, le 29 août 1487, receveur pour le roi à Caudebec [2].

C'est le peu que nous savons sur les deux frères Perdrier : ils appartenaient à une famille riche, exerçaient toutes sortes d'offices, pourvu qu'ils rapportassent des bénéfices ; et François fut, entre autres, vendeur de poisson.

Mais on voudrait savoir qu'ils aient été écuyers de cuisine : car cette fonction donnerait l'explication de la plaisanterie du legs de la ballade des Langues envieuses. Mais il n'est pas téméraire de l'induire.

Car l'office d'écuyer de cuisine était recherché, surtout par les jeunes gens nobles et les familles de bourgeois riches. Ainsi on voit que Philippe Brunel, lui aussi un ami de la jeunesse de Villon, exerça cet office auprès de Marguerite d'Ecosse et de ses sœurs [3].

Cet écuyer agissait alors comme une façon de souverain dont le royaume était l'une de ces grandes cuisines éclairées par des flambées joyeuses. Il régentait tout : officiers de la paneterie, cuisiniers, galopins, sans oublier les chiens. Il avait pour office de dresser les mets, suivant une étiquette qui variait avec le rang et la qualité de chacun. La viande surtout était de sa charge, et il la montait sur des plats d'argent. Puis il dinait à la cuisine, avec les officiers de la maison : mais, chez un pauvre et saint homme, comme Jean d'Angoulême, le frère de Charles d'Orléans, l'écuyer de cuisine se faisait servir dans des plats d'argent [4].

---

1. Bibl. Nat., P. orig. 2233 Perdrier : rapport des lieutenants des élus de Caudebec, le 28 avril 1469. — Il est dit, le 3 juin 1482, bourgeois de Paris (Arch. Nat., X¹ª 4823, fol. 213 vᵒ).

2. Arch. Nat., LL. 434 ᴮ, Epitaphier des Innocents.

3. Voir la Vie de Philippe Brunel.

4. Arch. Nat., JJ. 199. Lettre de rémission pour Guillaume Faucon, écuyer de cuisine du comte d'Angoulême, qui se prend de querelle avec un saucier et le tue. — Leur réputation n'était pas très bonne. Cf. Arch. Nat., JJ. 165, fol. 29 vᵒ, 49, 54.

Ce n'est là qu'une hypothèse : mais il faut avouer qu'elle est bien suggérée par le sens satirique à donner aux h. 130 et 131 du *Testament*.

Et l'on comprendrait alors que François Perdrier ait tant bataillé pour son office de vendeur de poisson de mer, et qu'il l'ait estimé de sa compétence [1].

XV. — NICOLAS DE LOUVIERS, PIERRE MERBEUF
ET LE COMMERCE DU DRAP

Merbeuf et Nicolas de Louviers (*Louvieulx* pour la rime) sont à la fois des légataires des *Lais* [2] et du *Testament* [3], donc des connaissances de la jeunesse de Villon.

Dans ce premier poème Villon leur lègue « l'écaille d'un œuf » remplie de francs et de vieux écus ; en somme de la vieille monnaie de quoi remplir une coquille d'œuf : plaisanterie assez simple. Les allusions du *Testament* sont plus complexes :

> Item, quant est de Merebeuf
> Et de Nicolas de Louviers,
> Vache ne leur donne ne beuf,
> Car vachiers ne sont ne bouviers,
> Mais gens a porter esperviers :
> (Ne cuidez pas que je me joue !)
> Et pour prendre perdris, plouviers,
> Sans faillir, sur la Machecoue.

Nicolas de Louviers [4], qui avait bien mérité du roi en travaillant en 1436 à faire rentrer Paris en son obéissance [5], fut échevin en 1444, en 1449 [6], receveur des Aides de 1454 à 1491 [7], puis retenu maître lay des Comptes au lieu de Henri Cœur, par lettres du 2 août 1461 ; il fit serment, le 20, et demeura dans cette charge jusqu'au 29 janvier 1470, date à laquelle son fils Nicolas lui succéda [8]. Il fut également remplacé cette année-là, comme pré-

---

1. Ou voit d'ailleurs que le Conseil le 10 octobre 1484, accordait à deux écuyers de cuisine le droit que feu Richard Macé avait sur la Boucherie de Paris (Bibl. Nat., fr. 5265).

2. H. 34.

3. H. 92.

4. Sur ce personnage, cf. A. Rey, *Un légataire de Villon. Nicolas de Louviers*, Paris, 1905, in-8.

5. Félibien, ap. A. Rey, p. 10.

6. Arch. Nat., KK. 1009, fol. 6ro et 6 v° ; Z^{1B} 286 ; KK. 406, fol. 112 v°.

7. Le 14 août 1455 il est condamné à l'amende avec Nicolas le Bastier et Raoul le Muet comme ayant mal appelé d'une sentence au profit de Spifame (Arch. Nat., X^{1a} 8854. Cf. Arch. Nat., Z^{1F} 23, 30 juin 1460).

8. Bibl. Maz., ms. 3035, notes de Du Fourny.

vôt des marchands, par Denis Hesselin [1] ; Nicolas mourut conseiller à la cour, le 15 novembre 1483 [2], et fut inhumé aux Innocents.

C'était un personnage considérable, ayant su partager la faveur de deux rois, et qui avait rempli des missions très honorables. C'est ainsi que, le 10 décembre 1460, on le voit partir en ambassade à Bourges [3] ; puis, à la nouvelle de la mort de Charles, le 22 juillet 1461, il était élu par l'échevinage pour se rendre vers Louis XI et lui faire part du dévouement de la ville de Paris [4]. Par ses deux mariages, Nicolas touchait au monde de la finance et du Parlement. Sa première femme, morte en 1451, était Michelle Brice, fille de l'épicier Martin Brice ; la seconde, Jeanne Petit.

Nicolas de Louviers était fort riche, possédait plusieurs maisons à Paris : l'une, rue du Temple, où il demeurait ; une autre, rue Saint-Martin, à l'enseigne des *Trois Degrés* ; une autre, à l'enseigne du *Croissant*, rue Guérin-Boisseau [5]. Il avait en outre des terres et des vignes aux environs de Paris : dans la vallée de Montmorency, au Plessis-Bouchard, à Franconville, à Ermont, à Margency, à Saint-Leu-Taverny, à Saint-Prix [6].

Que lui manquait-il ? La noblesse. Le roi Louis XI la lui accorda, en 1464, en considération de ses services éminents, de sa vie louable et de l'honnêteté de ses mœurs [7]. Ainsi Nicolas de Louviers devint « noble homme et sire », seigneur de Cannes en la châtellenie de Montereau-Fault-Yonne [8].

Et cependant cette noblesse-là sentait bien sa roture, peut-être même l'usure ? Le 20 décembre 1461, notre maître des Comptes était en effet en procès avec Mathieu Laigneau, fermier du pont de Charenton. Louviers avait fait passer 200 moutons, se prétendant exempt de péage à cause de son office. Le 11 décembre, Culdoe plaidait pour Laigneau : voici comment il s'exprimait au sujet de notre échevin : « Combien que le demandeur [Louviers] feust marchant publique, et par ce tenu de paier ledit peage, neantmois le demandeur a persévéré d'avoir despens [9]... » Ce « sire » faisait donc publiquement commerce de moutons et entendait jouir de ses prérogatives pour frustrer le fisc !

Par sa famille, Nicolas appartenait d'ailleurs à un milieu de financiers et de drapiers parisiens, ayant fait depuis longtemps des placements en terres autour de Paris.

Ainsi Jean de Louviers l'aîné, père de Nicolas, marchand et bourgeois de Paris, jouissait en 1402 d'une rente de 20 l. sur le fief de Clerbourg, à Hérouville, dont Jacques Péronne était le débiteur. Et ce Jean de Louviers

1. Arch. Nat., KK. 1009, fol. 9.
2. Arch. Nat., LL. 434[b], p. 29. Épitaphier des Innocents.
3. Arch. Nat., Z[1] H 13.
4. Arch. Nat., Z[1] H 14.
5. Arch. Nat., S. 1461[2]. Cf. S. 1448[b], fol. 57.
6. Bibl. Nat., P. orig. 1764. Cf. Arch. Nat., LL. 1360, fol. 6 v° ; A. Rey, *op. cit.*
7. Arch. Nat., JJ. 202, n° 19, fol. 11 v°, ap. A. Rey, *op. cit.*, p. 12.
8. Arch. Nat., X[1a] 4819, fol. 142 v°.
9. Arch. Nat., Z[1]F 24.

avait épousé Margot Buignet, fille d'Aublet Buignet, comme lui marchand drapier : il possédait une vigne à Saint-Prix [1]. Jean fut créé échevin, le 17 avril 1415 [2], dépossédé le 10 octobre de la même année, et rétabli en 1418, après la rentrée à Paris des Bourguignons, dont il était partisan [3]. Cet opulent drapier prêta serment à Jean-sans-Peur : il avait épousé, en secondes noces, Jeanne Clutin, fille de Henri Clutin, changeur du Trésor, et petite-fille de Hugues Clutin, un drapier ; et sa veuve épousera, en 1443, Pierre des Landes qui devint maître général des monnaies du royaume [4]. Jean de Louviers, le jeune, frère aîné de Nicolas, exerça la profession de drapier à Paris, entre 1434 et 1467 ; une de ses sœurs, Marguerite, épousa en premières noces Raoul le Muet, marchand drapier, puis Jean Clerbourg, le maître des monnaies. Et Nicolas le Jeune, fils du légataire de Villon, fut pendant trois ans apprenti d'Arnaud Luillier, changeur sur le Pont, à Paris, puis reçut l'autorisation, le 26 août 1461, de tenir un change comme « expert et souffisant oudit fait [5] ». On le retrouve notaire au Châtelet, puis examinateur [6], enfin maître des Comptes, en 1468, au lieu de Nicolas son père, et enfin confirmé en 1470 [7].

Quant à Merbeuf, il faut l'identifier avec Pierre Merbeuf, drapier à Paris, rue des Lombards [8].

Ce n'est pas par hasard, d'ailleurs, que Villon a associé dans sa satire Nicolas de Louviers et Merbeuf : ils étaient alliés. Ainsi on voit que le 6 août 1462, au témoignage de Raoul le Muet, père et tuteur, drapier, sire Nicolas de Louviers, maître des Comptes, Jean Clerbourg, général des monnaies, Pierre Merbeuf sont dits « tous parens et amis de Jehan Muet, âgé de 24 ans, fils de Raoul et de feue Marguerite de Louviers », qui était placé hors de tutelle [9].

Pierre Merbeuf était fils de Jean de Merbeuf, mort avant le 29 février 1440 [10]. On voit que, le 23 février 1440, il soutenait un procès au Châtelet contre Nicole de Sailly, clerc des Comptes [11]. Le 5 septembre 1454, il est dit drapier et plaidait contre Lorens Laignelet. Le sujet de cette affaire pourrait servir à illustrer une scène de *Pathelin*. Lorens alléguait que le drapier lui avait promis une bonne houppelande neuve, en drap, de 12 écus : car Laignelet avait sollicité pour Merbeuf dans un procès pendant au Châtelet entre

1. Cf. A. Rey, *op. cit.*
2. Arch. Nat., KK. 1009, fol. 1 v°.
3. *Journal d'un bourgeois de Paris*, p. 61.
4. Cf. Arch. Nat.. X¹ᵃ 4803, fol. 90 v°.
5. Arch. Nat.. Z¹ᴮ 286. — Le 3 décembre 1461 il paya l'amende à l'official pour avoir giflé J. Girault (Arch. Nat., Z 10/ᵧ).
6. Arch. Nat.. X¹ᵃ 4807, fol. 212.
7. Bibl. Maz., ms. 3035, notes de Du Fourny. — Il mourut au mois de juin 1472.
8. Le nom de Merbeuf, localité située au diocèse d'Evreux, indique une origine normande.
9. *Ibid.*
10. Bibl. Nat., Clair., 763.
11. *Ibid.*

les mégissiers et les drapiers, et il avait tant fait que ces derniers avaient
obtenu gain de cause. Mais Merbeuf ne reconnaissait pas avoir promis la
houppelande : sur quoi la Prévôté condamnait Lorens Laignelet à de raisonnables dépens [1]. Le 26 avril 1462, Pierre Merbeuf émancipait son fils Etienne,
écolier à Paris, âgé de vingt ans [2]. Le 4 juin 1464, avec Simon de Rueil,
avocat au Châtelet, il était exécuteur du testament de feu Renaud Mouchet,
curé de Saint-Landry [3]. On le voit mentionné, le 4 mars 1471 (n. st.), avec
Etienne Merbeuf dans un procès soutenu contre Pierre Bouquet [4]. Il était
mort le 12 janvier 1475 [5] : car l'on voit sa veuve Michelle, et ses enfants
Etienne, Andry, Pierre, Perrette et Jeanne, poursuivre un prêtre, Jean le
Rouge, pour raison de 28 s. p. de rente qu'ils avaient droit de prendre sur
une pièce de vigne dont le prêtre était détenteur. On voit que Merbeuf
possédait, en 1457, des vignes au lieu dit la Fontaine, dans la censive du
Temple [6].

Le sens de la plaisanterie du huitain 92 du *Grant Testament* est maintenant simple à comprendre. Villon entend se moquer de ces bourgeois qui
veulent vivre comme des nobles. L'apanage de la noblesse était la chasse, en
particulier la chasse où l'on fait voler l'oiseau, le faucon ou l'épervier. C'est
pourquoi il dira de Merbeuf et de Louviers qu'ils sont « gens à porter esper-
viers [7] ».

Mais il ne suffit pas d'être homme à « porter épervier » pour s'entendre à
faire voler l'oiseau : il y a la manière, qu'ignorent sans doute ces trafiquants.
Aussi, comme les mauvais chasseurs, ils iront acheter leur gibier chez la
Machecoue, qui était une rôtisseuse célèbre, la veuve d'Arnoulet Machecou,
poulailler au *Lion d'Or*, en la Saunerie, proche le Châtelet [8].

Un texte de l'*Abusé en cour* [9], poème datant du règne de Louis XI, ne laisse
aucun doute sur le sens de cette plaisanterie traditionnelle, qui peut encore
avoir quelque sel au village :

« Ne passa plus gueres de jours, que mes conducteurs me menerent aux champs
pour faire volter nostre oyseau. Et au partir de mon logis, vint Abuz à moy et me

---

1. Arch. Nat., Y. 5232, fol. 118, 5 septembre 1454.
2. Bibl. Nat., Clair., 763.
3. *Ibid.*
4. Arch. Nat., X¹ᵃ 4813, fol 81 vᵒ.
5. Bibl. Nat., Clair., 764.
6. Arch. Nat., MM. 135, fol. 16 vᵒ.
7.   Se j'ay, en bragardant tout beau,
                      Dessus le poing aucun oiseau,
                      Soit un terselet ou lasnier,
                      Je suis gentilhomme nouveau :
                      Oncques on ne veit tel faulconnier.
(*Monologue fort joyeulx sur les femmes*, dans Montaiglon, *Anciennes poésies françaises*, XI,
p. 180).
8. Voir la notice XVII.
9. *Œuvres complètes du Roi René*. éd. Quatrebarbes, IV, p. 111, 113.

FRANÇOIS VILLON. — II.   21

dist : mon enfant, avant que tu montes à cheval, tu doies prendre aulcune quantité d'argent, soyent quatre, cinq ou six blancs, et la cause pourquoy te feray sçavoir avant que nous retournerons icy...

Et en nous retraient se bouta Abuz en l'ostel d'une pouvre femme, en laquelle le Temps, mon gouverneur, prinst une poulaille, dont nous repeusmes nostre oyseau. Et voyant la poulle ja morte, me pensay que l'argent que me avoit fait prendre Abuz, fust pour celle poulle paier. Si le cuiday faire en ce point, dont me garda Abuz, et dit : Venez vous en, vous verrez à quoy l'argent nous servira. Or nous fist adressier nostre voye au loing de la poullaillerie, et illec me fist acheter une perdrix quinze deniers et la me fist mettre en ma gibeciere, disant que c'estoit la coustume de plusieurs, lesquels assez souvent failloient à aulcune chose prendre. Et ce faisoient pour deux pointz : l'ung est afin que ceulx fussent tenus pour maistres, tans en la façon de l'oyseau comme au gouvernement et suite des chiens ; et l'autre estoit pour tousjours soy entretenir en grace de la court ou d'aulcuns dont ils pensent estre portez et soustenus... »

Pourquoi Villon dit-il maintenant que Louviers et Merbeuf ne sont « nj vachers ni bouviers » ? C'était là d'abord une façon d'insinuer qu'ils n'étaient pas des gens de rien (ils sont fort riches), et par conséquent une ironie visant leurs prétentions à vivre comme des nobles :

> Et sont venus de povre gent
> Les plusieurs de bon lieu.
> On les congnoist trop, de par Dieu :
> L'ung est sailly de vacherie,
> L'autre sorty de porcherie,
> L'autre fut filz d'un charretier

a dit Eloi d'Amerval [1].

Mais il y a lieu de croire, puisque malgré ses fonctions financières, Nicolas de Louviers faisait un commerce public de moutons, qu'il était issu d'une race de drapiers, que Merbeuf était drapier lui-même, et que la plaisanterie sur le titre de vacher est bien plus amère.

Car on voit que ces gros drapiers devenaient facilement des usuriers : et Nicolas de Louviers a cherché à frustrer le fisc. Le 27 octobre 1456 [2], l'un de ceux-là, riche bourgeois de Paris, Casin du Ploich, était poursuivi devant le Parlement pour un contrat usuraire et frauduleux. Quand ce marchand drapier vendait du drap à des gens de village, il le faisait à terme : ainsi les pauvres gens payaient 20 ou 22 sous ce qui en valait 10. Puis, quand le terme était passé, il les faisait exécuter par un sergent, nommé Haquinet, qui était son cousin. Pour éviter d'être exécutés, les gens du village lui cédaient alors leur vache : « Et achete le défendeur lesd. vaches à Paris, sans les veoir ne scavoir se les vendeurs en ont, les aucunes ij escuz,

---

1. *Grant Deablerie*. l. II, ch. 37. — Vacher s'opposait naturellement à gentilhomme (*Farce de Pernet* dans l'*Ancien théâtre français*, p. 199 : *Je suis fils de vache* (*Ibid.*, p. 400).
2. Z¹ᶠ 20, fol. 105.

les autres XL s. et les autres XXXij s. seulement ; et si fait paier aux vendeurs le brevet et le vin au marché ; et le seurplus paie partie en drap, qu'il
vend la moitié plus qu'il ne vault, et le surplus en argent... ». Alors l'usurier
laissait la vache en louage au vendeur, avec faculté de la lui racheter en
payant le principal, le louage et le drap par dessus le marché !

Par ce moyen Casin du Ploich, drapier, pouvait avoir en même temps
de trente à quarante vaches : c'était donc là une usure couverte.

Quand Villon dit de Louviers et de Merbeuf, tous de famille de drapiers,
ou drapiers eux-mêmes, qu'ils ne sont ni « vachers ni bouviers », on peut
se demander s'ils ne pratiquaient pas cette façon d'usure ?

XVI. — PIERRE DE ROUSSEVILLE, Concierge de Gouvieux, ET LE PRINCE DES SOTS

La seconde partie du huitain 34 des *Lais* est difficile à entendre :

> Quant au concierge de Gouvieulx,
> Pierre de Rousseville, ordonne,
> Pour le donner entendre mieulx,
> Escus telz que le Prince donne.

Quel est ce « Gouvieulx »? Qui est Pierre de Rousseville? Quels sont
ces écus que le prince délivre ?

Gouvieux [1] est un village du Valois, proche de Chantilly, sur le chemin
de Paris allant en Picardie, assis sur le bord d'un étang qu'une chaussée
traversait. Le droit de « travers » avait été acquis par Charles V, ainsi que
l'étang. Et dès lors il y avait eu un concierge à Gouvieux. Mais le Valois
demeura ravagé et ruiné, après 1415 et pendant la guerre anglaise. En 1441
toutefois se présenta un locataire de la chaussée et de l'étang pour douze
ans : Jean Houel, écuyer. Ce fut au cours de ce bail que l'on voit Pierre de
Rousseville commis comme concierge. Or, pendant ce temps, Pierre Houel
fut enlevé dans le Perche par les ennemis. Gouvieux n'était plus qu'une
ruine, en 1450 ; et l'on voit les religieux de Chaalis déclarer que « le conduit
de la chaussée de Gouvieux leur avait donné de beaux revenus, tant que le
commerce avait été libre et prospère ; mais que, depuis le sacre du roi, il ne
rapportait plus rien, parce que les marchands n'osaient plus s'aventurer sur
les routes ». Le bail de Houel expira en 1453 : une commission des maîtres
des Eaux et Forêts visita le vivier et ses dépendances en présence de Pierre
de Rousseville, concierge et garde de l'étang. Le domaine était alors « en

---

1. Ce point a été parfaitement établi par M. A. Rey : *Pierre de Rousseville et le concierge de Gouvieulx* dans le *Moyen Age*, mai-juin 1906.

bien grant ruyne et decadence », l'étang rempli de joncs, de terre et d'ordures : il fallait faire des réparations urgentes « esdits hostel royal et conciergerie ou autrement décherront et viendront en totale ruyne et démolicion » [1] ; il convenait surtout de rétablir les couvertures des bâtiments.

Que pouvait valoir la « conciergerie » de cette masure au temps où Villon écrivait ses *Lais*? Quel pauvre homme que ce concierge d'une maison sans toit ! Ainsi Gouvieux devint motif d'une plaisanterie de Me François, au même titre que Nigeon, Bicêtre, la tour ruinée Billy.

Pierre de Rousseville était-il le notaire parisien du Châtelet en 1452 [2]? Quoi qu'il en soit, il avait des attaches à Paris. Le 18 juillet 1455 un Pierre de Rousseville était en procès au Parlement, où il appelait d'une sentence du prévôt de Paris contre Germain Levesque et Jacqueline sa femme [3] : il fut condamné le 21 février 1461 (n. st.) [4].

A ce pauvre concierge, dont l'office devait être considérée à Paris comme misérable proverbialement, Villon fait donc ce legs désastreux : il lui laisse des écus, comme le Prince en donne ! Mais ce prince-là n'est pas le roi Charles VII : c'est un autre prince, qui figure au h. 96 du *Testament* : le *Prince des Sots*.

C'était, en 1451, Guillaume Gueroust, chargé d'organiser les représentations théâtrales. Ainsi, à la nouvelle de la prise de Bordeaux, le roi Charles VII avait demandé des processions à ses bonnes villes, des actions de grâce. Le prévôt des marchands, les échevins, les bourgeois, les sergents de la ville assistèrent à la procession de Sainte-Geneviève, le 6 juillet : on alluma des feux de bois devant l'Hôtel de Ville. Quant à Guillaume Gueroust, Prince des Sots, il reçut sur le compte de Me Jean Luillier, receveur des Aides de la ville, la somme de 22 s. p. « pour supporter les frais, pour faire *l'histoire des neuf preux et du roi notre sire* sur un échafaux, à Petit-Pont, durant que la procession generale passoit pour aller à Sainte-Genevieve [5]. » Ce prince des Sots, à Paris, était donc un personnage officiel chargé d'organiser les réjouissances publiques. C'était, au demeurant, un clerc de la municipalité : le 20 mai 1457, il recevait par exemple 6 s. p. pour « avoir grossoyé en papier et mis au net les visitations des chaussées pour bailler à Me Guillaume, commissaire [6]. »

Mais ce n'était pas son seul office ; en fait, le prince exerçait une royauté burlesque. Ainsi on voit que les compagnons de Coulommiers élisaient un personnage propre à tenir cet office de Prince des Sots et lui déléguaient le

---

1. D'après Afforty, XXI, 448, ap. Rey, p. 128. — L'étang, qui est dit plein de carpes et de brochets, appartenait à l'abbaye de Saint-Denis en 1469 (Arch. Nat., X¹ᵃ 8311, fol. 94 v°; Bibl. Nat., fr. 5265, 19 août 1484, Reg. du Conseil : l'étang appartiendra désormais à l'abbé, comme avant sa réunion au domaine).

2. A. Longnon, *Etude biographique*. p. 106 ; Sauval, III, p. 351.

3. Arch. Nat.. X¹ᵃ 8305, fol. 341 v°. — Le 26 juin 1459, l'affaire était reçue à juger (Arch. Nat., X¹ᵃ 8306, fol. 143 v°).

4. Arch. Nat., X¹ᵃ 8854.

5. Bibl. Nat., n. acq. fr. 3243. fol. 10-11.

6. Arch. Nat., KK. 408, fol. 218 v° (7ᵉ compte de la ville de Jean Luillier).

pouvoir de convoquer, entre autres la veille des Rois, les jeunes gens, ses
sujets, qui promettaient de garder ses ordonnances. Ceux-ci se déguisaient,
se noircissant la figure, se coiffaient de vieux bonnets garnis de plumes, ayant
en écharpe une bride de cheval, portant un épieu ou une trompe de chasse,
un bras couvert et l'autre nu, une estrille au derrière [1]. Les délinquants, le
Prince les condamnait à être jetés dans la fosse du Prince, qui était au Saut
du Moulin, sur le Grand-Morin ; à d'autres, on faisait le simulacre de leur
couper la tête, en figurant sans doute le billot avec un seau d'eau : les
défaillants, le prince les faisait requérir au son d'une trompe de bois [2]. On
retrouve là une copie burlesque de l'office de la royauté.

Or, on sait qu'à leur joyeuse entrée dans les villes, les rois avaient coutume
de faire jeter dans la foule des pièces d'argent qui provoquaient des acclama-
tions. Il est vraisemblable de penser que le Prince des Sots agissait de même.
Mais les écus qu'il distribuait devaient être des pièces de carton par
exemple, ou des rondelles de bois. Ce sont ces écus-là que Villon lègue à
un pauvre concierge royal, logé dans un hôtel sans toit, et dont la misère
devait être légendaire à Paris.

C'est encore au Prince des Sots que Villon fera le legs d'un bon fou :
Michault du Four [3], ce sergent à verge du Châtelet, en 1457, qui participa à
l'enquête sur le vol du collège de Navarre. Or, selon notre charitable auteur,
c'était là un personnage stupide, disant de bons mots et chantant, sans doute
de façon ridicule, la chanson « *Ma douce amour* » :

> Il aura, o ce, le bonjour [4] ;
> Brief, mais qu'il fust ung peu en point [5],
> Il est ung droit sot de sejour [6]
> Et est plaisant ou il n'est point.

Villon n'appréciait pas la gaîté officielle du clerc de la Municipalité.

XVII. — LA MACHECOUE, Poulaillère

Ce fut une riche rôtisseuse, veuve d'Arnoulet Machecou, en 1438. Elle
se nommait Jacqueline et vendait ses poulailles, non loin du Châtelet, en la
Saunerie, au *Lyon d'or* [7].

Cette maison était fort connue, sans doute, dans son genre, la première du
Paris d'alors. On y trouvait à foison chevreaux, poussins, pigeons et oisons.

1. Arch. de l'Aube, G. 4183. fol. 178-198. — 2. Arch. Nat., JJ. 195, p. 775.
3. T., v. 1079. — 4. Rien, On disait un donneur de bonjour.
5. C'était donc quelque maigre personnage. — 6. Un singe.
7. A. Longnon, *Paris pendant la domination anglaise*, p. 262. — On trouve les variantes
Machico, Macheco, Macheclou, Machecoul.

C'est ainsi qu'en 1427 on voit Arnoulet Machecou donner quittance de 5 chevreaux, à 12 s. p., pour le repas du 6 mai que le collège des notaires du roi
donnait à ses membres au couvent des Célestins ; l'année suivante, il fournit
quatre chevreaux, trente-deux poussins et même nombre de pigeons [1]. Sa
veuve, Jacqueline, reprit sa maison après 1438. Elle était riche d'ailleurs et
possédait à Paris plusieurs maisons et des granges [2] ; des vignes à Montmartre [3]. Elle exerçait encore en 1457 [4].

XVIII. — NOTE SUR GUILLAUME CHARRUAU

On n'a que des notions très confuses sur ce personnage. Peut-être qu'il a
existé deux homonymes ; peut-être Guillaume Charruau a-t-il exercé deux
fonctions distinctes ? Quoi qu'il en soit, on trouve qu'un certain Guillaume
Charruau fut grenetier du grenier à sel, à Etampes, en 1447 : il semble
avoir exercé cette fonction jusqu'en 1464, où Philippe le Père figure à sa
place [5].

Ce ne doit pas être là le personnage visé par Villon, puisqu'il est qualifié
de maître. On trouve un Guillaume Charruau, parisien, qui fit ses études
en même temps que Villon, avec une bourse élevée, puisqu'elle se montait à
7 s. 2 d. quand il passa le baccalauréat ès arts, en 1448 [6]; il était reçu licencié
en 1449 [7]. On voit encore que le 1er janvier 1463 (n. st.), le conservateur
de l'Université d'Orléans appelait d'une sentence rendue au profit de Guillaume Charruau, licencié en lois [8]. Voilà sans doute le personnage qui put
être l'avocat de Villon. Suivant une lettre de rémission, il est question d'un

1. Arch. Nat., V² 76.
2. En 1441, la Sainte-Chapelle prend 15 s. p. sur l'hôtel de la *Grant Bannière de Bretagne*,
rue Saint-Denis, en face du chœur de Sainte-Opportune, qui lui appartenait (Bibl. Nat.,
fr. 22392, p. 32); le 11 février 1445 (n. st.), Jean Vaillant, orfèvre, demandait 12 l. p. de rente,
pour les arrérages de deux maisons en la Saunerie dont la veuve Machecoue était propriétaire
(Bibl. Nat., Clair., 763) ; en 1457, elle occupait une grange rue Neuve-Saint-Laurent, du côté
des égouts, ainsi qu'une maison et un jardin (Arch. Nat., S. 1461², cens. de Saint-Martin-des-
Champs); en 1458, une maison lui était louée à la Porte de Paris, censive du Temple (Arch.
Nat., MM. 135, fol. 73 v°) : elle tenait d'une part à l'*Image Ste Catherine* et de l'autre à
l'épicier, devers le Châtelet. En 1459, cette maison est dite échue à Monseigneur le commandeur du Temple, et fut louée à son profit (Arch. Nat., MM. 137, fol. 58).
3. Arch. Nat., H. 4002.
4. Le 20 août 1457, elle est mise à l'amende de 4 s. p. pour avoir eu un pigeon « mezel »,
c'est-à-dire avarié, contre les ordonnances (Arch. Nat., Y. 5232). — Le 3 juillet 1462, on
trouve un Mathieu Machecou, huissier au Parlement, qui fut destitué le 18 février 1464
(n. st.) et remplacé par Jean du Corps (Bibl. Nat., Dupuy 250).
5. Bibl. Nat., fr. 32511, 9e compte de Xaincoins ; 1er compte de P. Jobert. — On trouve
un Guillaume Charruel, vicomte de Valognes et receveur des Aides pour la guerre à Caudebec, entre 1381 et 1408 (Bibl. Nat., P. orig. 694).
6. Bibl. de l'Université ms. n° 1, f. 8.
7. *Ibid.*, fol. 102. — C'était peut-être le fils du grenetier d'Etampes ?
8. Arch. Nat., X²ᵃ 93, fol. 13.

certain Perrinnet Charruau, jeune homme qui fut tué sous les fenêtres de son père, dans une rixe, par un nommé Olivier Bertin, homme de guerre « de la charge » de Tristan l'Hermite. L'homme de guerre, ainsi que ses compagnons, s'était mis à l'abri des poursuites en obtenant une lettre de pardon de la Chancellerie, et il offrait à Charruau de le satisfaire : « Mais icellui Charruau, qui est vindicatif, n'y a voulu, ne veult entendre, ains s'est venté et vente que, s'il devoit despendre tout ce qu'il a vaillant, il les fera pendre et mourir en prison » ; et il demandait aux soldats de Tristan une satisfaction excessive : on donne l'ordre de la modérer [2].

Il se peut que ce trait concerne encore le légataire de Villon.

XIX. — NOTE SUR PERRINET MARCHAND, Sergent de la douzaine au Chatelet

Il s'appelait en réalité Pierre Marchand, dit de la Barre, et était sergent à verge de la douzaine du roi au Châtelet. Pierre de la Barre (son père sans doute) demeurait, en 1431, dans une maison de la rue au Maire, dans le quartier Saint-Martin, et qu'acquit plus tard Pierre Marchand [3].

En 1471, Pierre Marchand fait emprisonner par un sien ami, Renaume, le sergent à cheval au Châtelet, Guillaume du Vivier, sergent au bailliage de Touraine, à propos de 50 écus que la Barre devait à son hôte [4]. En 1487, il donne à rente à Marie la Facière une maison rue au Maire ; une masure ou place vide, rue des Gravilliers, à Pierre Fumée, conseiller au Parlement [5]. D'après un compte de Saint-Martin-des-Champs, en 1485 il possédait sa propre maison rue au Maire, qu'il avait achetée en 1475 de Guillaume Godefroy, curé de Mesnil-Madame ; rue Chapon, un jardin qui avait appartenu à Mathurin Lalement; rue des Gravilliers, des rentes sur une maison, de Jean Bleau; sur une autre encore qui appartint à Gaultier Hubert [6].

En 1488 Pierre Marchand est toujours dit sergent à verge [7].

En 1491, il transportait une rente, sur sa maison de la rue au Maire, à Guillaume Guillebert, curé de Saint-Benoît, « pour la grant et bonne amitié que ledit Marchant a audit Me Guillaume, et aussi pour et en recongnoissance de plusieurs grans plaisirs et curialitez qu'il luy a faiz le temps passé, en maintes manieres, esperant que encore face le temps advenir » [7].

Il était mort en 1493 [8].

---

1. Arch. Nat., JJ. 188, p. 158, ad a. 1459 ?
2. Arch. Nat., S. 1397 A, 1398, cote 75, 1448⁵, fol. 11 v°, 40 v°.
3. Arch. Nat., X²ᵃ 39, 16 décembre 1471. — 4. Arch. Nat., S. 898, 1388, cote 75.
5. Arch. Nat., LL. 1386. — 6. Arch. Nat., Y. 5266, fol. 7.
7. Arch. Nat., S. 898. — 8. *Ibid.*

XX. — PIERRE BASANIER, Examinateur au Chatelet

Honorable homme Me Pierre Basanier, examinateur au Châtelet, notaire du roi, puis greffier civil et criminel de la Prévôté de Paris, était né en 1430 [1]. On le trouve notaire au Châtelet, dès 1454 [2]. Le 8 avril 1462 (n. st.), il achète une maison à François Wit, verrier, rue de la Verrerie, à l'enseigne du *Cygne Navré*, pour le prix de 110 l. ; mais elle fut mise en criées pour 1.800 l. t., et Pierre Basanier, qui y fit opposition, élut domicile en son hôtel, près de la Pierre-à-Poisson, proche le Châtelet [3].

Il paraît avoir rencontré quelques traverses dans sà carrière. En 1462, on le représente comme l'ennemi du prévôt de Corbeil, et on l'accuse de favoriser certains criminels au Châtelet [4]. Le 26 août 1463, il était condamné par défaut dans un procès qu'il avait avec Jean Poupon, le receveur des amendes [5].

Pierre Basanier avait épousé Jeanne Balay, qui mourut avant le 13 décembre 1463 [6]. On voit qu'il était parent de Guillaume Boucher, l'examinateur, qui sera tuteur de ses enfants, avec son frère, Simon Basanier, procureur au Châtelet. Un Jean Basanier, également procureur au Châtelet, avait épousé Catherine Perdrier († 1466), fille de Guillaume Perdrier, et sœur de Jean et François, que Villon nomma ses « comperes » [7].

Quant à Pierre Basanier, il mourut aux environs de 1467 [8]. Son fils Blanchet, qui lui succéda au Châtelet comme notaire, tourna mal et fut destitué le 16 février 1478 (n. st.) [9] : le 2 mars 1482 (n. st.) il était accusé d'avoir fabriqué de la fausse monnaie [10].

XXI. — NOTE SUR JEAN MAUTAINT, Examinateur
au Chatelet

« Honorable et sage homme maistre Jehan Mautaint » était notaire du roi au Châtelet dès 1440 [11]. En 1452, on le trouve voyageant à Harfleur, en

---

1. Bibl. Nat., Clair., 763, 5 juin 1445.
2. Arch. Nat., Y. 5232, fol. 45 (signature autographe).
3. Arch. Nat., S. 3401. — 4. Arch. Nat., X²ᵃ 32, 13 août 1462.
5. Arch. Nat., Z¹ F 25.
6. Bibl. Nat., Clair., 763.
7. Arch. Nat., LL. 438ᴮ (Epitaphier des Innocents).
8. Bibl. Nat., Clair., 764, 6 octobre 1467. — 9. Bibl. Nat., Clair., 764.
10. Arch. Nat., Z¹ᴮ 30.
11. Arch. du duc de la Trémoïlle.

compagnie de Gaucourt [1]. Le 5 mars 1454, il est dit examinateur au Châtelet [2] : c'est en cette qualité qu'il fut chargé d'informer sur le vol du collège de Navarre. Le 17 juin 1467, il était mis en procès par Jacques Fournier, conseiller au Parlement [3].

Jean Mautaint mourut le 19 avril 1479, à 4 heures du matin : le 27, Me Jean Poullet était institué examinateur à sa place [4]. Le 20 décembre, sa femme, Jeanne Asselin, était morte également [5].

Jean Mautaint avait du bien ; mais il n'aimait pas à payer ses dettes, suivant une coutume qui semble répandue parmi les fonctionnaires du Châtelet. C'est ainsi que le 18 janvier 1461 (n. st.), le chapitre de Sainte-Opportune protestait à l'occasion de quelques arrérages dus par lui sur une certaine maison [6]. A Paris, il demeurait rue Simon-le-Franc, à l'enseigne de *la Cognée*, en 1471 [7] : c'est déjà dans cette maison qu'il avait élu domicile, le 9 avril 1470, tandis qu'il s'opposait à la criée des biens de Charles de Melun [8]. Ainsi que sa femme, Jean Mautaint laissa à Saint-Merry une fondation de deux messes basses, d'un cierge et d'un *De profundis*, un calice d'argent, un missel, une chasuble avec aube, amict, étole, nappe et corporaux : il avait légué aux marguilliers, pour assurer cette donation, ses maison et jardin du faubourg Saint-Denis [9].

L'exécuteur de son testament fut Guillaume de Ganay, avocat au Parlement, que l'on voit condamné, le 19 août 1480, à payer aux notaires les inventaires faits chez Jean Asselin, beau-père de Mautaint.

XX. — NOTE SUR NICOLAS ROSNEL, Examinateur
au Chatelet

On le trouve examinateur au Châtelet dès l'année 1451 [10], où, avec Guillaume de Culant, il s'occupait d'acheter du bétail en Brie ; car on en manquait alors à Paris [11]. Le 9 mars 1462, on voit qu'il plaidait contre Jean Mahé (l'Orfèvre de bois de Villon) [12].

Le 27 novembre 1454, Nicolas Rosnel avait épousé Marguerite, veuve d'Etienne Andoze, qui avait du bien à Moret [13]. Il vivait encore le 23 avril 1467, et s'était remarié avec Marguerite Tardive [14].

1. Bibl. Nat., fr. 32511 (10e compte d'Etienne de Bonney).
2. Arch. Nat., X1a 8854 ; Y. 5232, 20 août 1454.
3. Bibl. Nat.. Clair., 764. — 4. *Ibid.* — 5. *Ibid.*
6. Arch. Nat., LL. 587, fol. 70 v°. — 7. Arch. Nat., H. 3462.
8. Arch. Nat., X1a 4811, fol. 344. — 9. Arch. Nat., X1a 4822, fol. 200.
10. Arch. Nat., S. 5114B (signature autographe).
11. Sauval, III, p. 350.
12. Arch. Nat., X1a 4807, fol. 221.
13. Arch. Nat., Y. 5252. — Bibl. Nat., Clair., 763.
14. Bibl. Nat., Clair., 764.

XXIII. — JEAN DE RUEIL

Le vers 1365 du *Testament* donne ainsi le nom de ce personnage, suivant les leçons ACI ; suivant F, on devrait lire *Reynel*, plus heureux pour la rime. M. A. Longnon, qui dans l'édition de 1892 avait publié ce vers :

Prins sur maistre Jehan de Rueil

a cru devoir le corriger dans l'édition de 1911 :

Prins sur maistre Jehan de Reynel.

Evidemment Villon a un grand souci des rimes : mais Jehan de Reynel est un personnage inconnu [1], tandis que le nom de Jehan de Rueil nous désigne un légataire parfaitement identifiable, et nous fournit même une excellente plaisanterie pour le sens du huitain. Enfin, c'est une règle presque absolue de la critique du texte de Villon, qu'il convient de grouper dans nos identifications les personnages d'un même milieu, comme ils le furent dans la pensée du poète : Jean de Rueil doit donc appartenir au milieu du Châtelet, comme Basanier, comme Mautaint, comme Rosnel, comme Robert d'Estouteville, nommés également dans le huitain 128. On ajoutera que la correction Reynel va contre la leçon commune et s'appuie sur l'autorité d'un seul manuscrit.

Les Rueil appartenaient à une riche famille parisienne, qui sera anoblie ; mais elle a ses attaches au Châtelet, ses relations et ses alliances parmi le haut commerce parisien, les Riou, les Merbeuf : Villon ne l'ignora pas.

Jean de Rueil l'aîné, sans doute le fils d'un autre Jean de Rueil, décédé avant 1457 [2], était licencié en lois et auditeur au Châtelet en 1461 [3]. Il fut tour à tour conseiller du roi, secrétaire, échevin de Paris [4], lieutenant de la Prévôté, seigneur de Vaux près Argenteuil, puis anobli. Il mourut en 1491 [5].

Jean avait épousé Jeanne Piedefer, fille de Jacques, qui fut avocat au Parlement et au Châtelet [6].

---

1. Un Jean de Rinel est dit conseiller de Henry VI en 1432 (Denifle et Chatelain, *Chartularium Universitatis Parisiensis*, IV, p. 537.) Mais on ne voit guère ce personnage dans la génération des légataires de Villon.
2. Arch. Nat., S. 1461². — Il est question d'une maison, rue du Cimetière Saint-Nicolas, censive de Saint-Martin-des-Champs, qui fut aux hoirs Jean de Rueil. — Jeanne de Rueil eut une maison rue des Gravilliers, au *Soleil* (*Ibid.*) ; une Denise de Rueil demeurait rue Quincampoix, aux *Trois saulcières* (*Ibid.*).
3. Arch. Nat., X¹ᵃ 1484, janvier 1461 (n. st.) ; Bibl. Nat., fr. 23328.
4. En 1485 (Arch. Nat., KK. 1009, fol. 11 v°).
5. Epitaphe des Innocents (Bibl. Nat., P. orig. 2591, notes de Du Fourny).
6. Bibl. Nat., fr. 4752 (généalogie du xvıᵉ siècle).

Son fils, Jean de Rueil le jeune, le remplaçait comme auditeur dès 1489.

Les Rueil étaient riches, puisqu'en 1490, le père et le fils se constituaient acheteurs de biens pour 200 écus envers Jean le Lièvre [1]. Jean de Rueil eut pour frère Thibaud de Rueil, l'orfèvre, qui émancipait son fils, âgé de 25 ans, en 1467 [2]; il eut pour sœur Jeanne, qui épousa Guillaume Rabache, également orfèvre, d'une famille alliée avec celle de Jean Riou [3] : elle demeurait rue des Gravilliers, au *Soleil* [4]. Simon de Rueil, qui fut avocat au Châtelet, auditeur en 1442, et que Jean remplaça en 1462 [5], était son frère ou son oncle : il mourut en 1478 et on le voit, avec Pierre Merbeuf, une autre victime de Villon, exécuteur du testament de Renaud Mouchet, curé de Saint-Landry, mort en 1464 [6]. Pierre, l'épicier, décédé en 1473, était frère de Jean de Rueil : il avait épousé Catherine Ravisse dont il eut trois enfants : 1º Isabeau qui épousa Guillaume de Laillier, puis Guillaume le Maçon ; 2º Pierre, dit cousin de Jean de Rueil, qui fut comme lui échevin de Paris en 1494; 3º Jean [7].

Voici comment un avocat au Parlement de Paris s'exprimait au sujet de ce personnage, le 15 mars 1473 (n. st) [8] :

« Breban, pour les appellans... dit que feu Pierre de Rueil, en son vivant estoit notable marchant, bien renommé, et que ou fait de sa marchandise ne autrement ne fut oncques reprins ; et avoit accoustumé de baillier à pluseurs gens, marchans et autres, de ses marchandises à creance, et faisoit tout escripre en son papier... Et mesmement feu Gilles Bachelier, espicier, prenoit leans plusieurs denrées d'espicerie et par longtemps ; et estoit escript ce qu'il prenoit, et le pris, oud. papier... ».

Nous possédons maintenant les éléments nécessaires pour comprendre la plaisanterie de Villon.

S'il lègue à Mautaint, à Basanier et à Rosnel,

> De girofle plain un panier
> Prins sur maistre Jehan de Rueil,

c'est que Mautaint, Basanier et Rosnel, tous officiers du Châtelet, avaient quelque chose à voir avec Jean de Rueil, auditeur des causes de cette juridiction ; c'est aussi parce qu'on payait à monsieur l'auditeur des épices [9], d'où le don du panier de girofle ; c'est enfin parce que Jean de Rueil était riche, que son frère exerçait un gros commerce d'épicerie.

Et cette plaisanterie-là vaut bien une rime imparfaite.

---

1. Bibl. Nat., P. orig. 2591.
2. *Ibid.*
3. Jean Riou est subrogé tuteur de Claude Rabache, sa fille, le 23 février 1480 (Bibl. Nat., P. orig. 2591).
4. Arch. Nat., S. 1461[2].
5. Bibl. Nat., fr. 23328.
6. Bibl. Nat., P. orig. 2591.
7. Bibl. Nat., Clair., 764, 26 juin 1479, 21 novembre 1482, 16 octobre 1488.
8. Arch. Nat., X[1a] 4814, fol. 110.
9. Il y avait à la Chambre des Comptes un « trésorier payeur des épices » (Bibl. Maz., ms. 3035, fol. XI, Notes de Du Fourny).

XXIV. — VIE DE MARTIN DE BELLEFAYE
Lieutenant criminel du Prévot

Martin de Bellefaye appartenait à une famille parisienne ayant donné plusieurs de ses membres au Châtelet et au Parlement. Il était fils de Pierre de Bellefaye, conseiller au Châtelet, et de Guillemette de Fleury, qui mourut avant le 24 avril 1437 (n. st.), laissant trois enfants mineurs : Michelle, Martin et Guillemin [1]. Ils reçurent pour tuteurs Pierre de Bellefaye, Jean de Fleury, leur aïeul maternel, Guillaume de Cossert et Gilles de Fleury, leur oncle, avocat au Châtelet : Evrard de Chanteprime était leur oncle maternel. Le 22 avril 1439, Martin renonçait à la succession de son père [2]; il est dit enfant mineur, le 23 octobre 1447 [3]. Le 6 mai 1454, on le trouve avocat au Châtelet et requérant le gouvernement de sa personne [4] : au témoignage de Jean de Vaudetar et de Simon de Coffret, cousin paternel, il fut mis hors de tutelle.

Martin de Bellefaye était donc de l'âge de Villon; par sa famille, il touchait aux Vaudetar et aux Chanteprime. Il devait faire au Châtelet une rapide carrière puisque, le 16 juin 1458, on le trouve commis par l'ordre du prévôt à l'office de lieutenant criminel [5] : il suppléait le prévôt dans cet office, si considérable, de juger les malfaiteurs de France [6].

Ce n'était pas un homme inhumain : il entendait la plaisanterie puisqu'on voit que, le 8 juillet 1460, le Parlement faisait une information « contre des excès commis par Me M. de Bellefaye... et ses sergents qui ont voulu jouer une farce devant le Châtelet, malgré les huissiers de la cour du Parlement » [7]. Mais Martin de Bellefaye devra abandonner son office dans le grand changement d'administration qui se fit au début du règne de Louis XI : le 16 février 1462, il sera remplacé par Pierre de la Dehors, comme Villiers de l'Isle-Adam remplacera Robert d'Estouteville [8]. Alors il passa au Parlement, où il fut reçu conseiller laïc à la place de Me Nanterre, nommé premier président : Martin de Bellefaye est dit à cette occasion bachelier en lois et licencié en décret [9]. Il faisait partie également de l'échevinage, en même temps que Denis et Jacques Hesselin [10]. Le 19 janvier 1463, Martin de

---

1. Bibl. Nat., Clair., 763. — 2. *Ibid*. — 3. *Ibid.*
4. *Ibid*. Arch. Nat., Y. 5232.
5. Bibl. Nat., fr. 21388, 23328.
6. Desmaze, *Le Châtelet de Paris*, p. 97 et s.
7. Bibl. Nat., Dupuy, 250.
8. Voir page 385.
9. Arch. Nat., X¹ᵃ 1484, fol. 227, 26 février 1462, n. st.
10. Le 11 août 1461, on voit qu'il prend part à l'élection de deux nouveaux échevins (Arch. Nat., Z¹ʜ 15).

Pl. XLVII

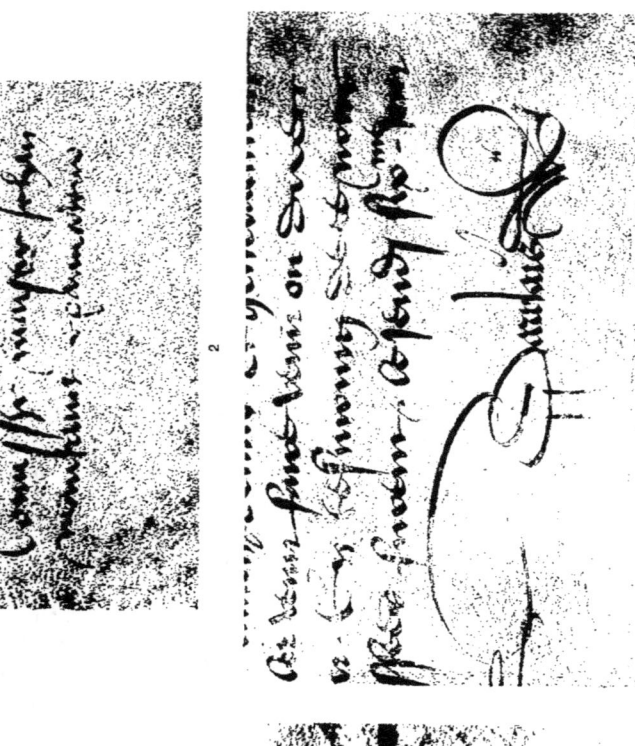

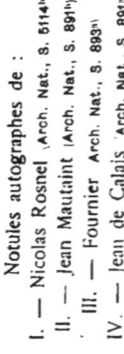

Notules autographes de :

I. — Nicolas Rosnel (Arch. Nat., S. 5114¹¹)
II. — Jean Mautaint (Arch. Nat., S. 891¹)
III. — Fournier Arch. Nat., S. 893¹¹
IV. — Jean de Calais (Arch. Nat., S. 891¹⁰)

Bellefaye était commis par le roi pour siéger dans le procès de Dammartin[1] ; le 4 septembre 1464, avec Jean Bezon, pour juger le débat entre les greffiers du haut et du bas au Châtelet[2]. Le 7 février 1465 (n. st.), on voit qu'il adressait une requête pour être payé de ses vacations ; il était allé « ajourner » le duc d'Alençon, traître pour la seconde fois, à comparaître, et mettre ses terres en la main du roi[3]. En 1466, le roi Louis XI le charge d'une mission assez importante auprès des gouverneurs d'Epinal[4]. Mais Martin devait pâtir de tous les changements de règnes : il était destitué et emprisonné en même temps qu'Olivier le Daim, et après l'arrestation de l'âme damnée de ce dernier, Daniel Bart[5].

Le 17 juin 1495, on voit toutefois Martin de Bellefaye résigner son office à cause de son grand âge et prier le Parlement de recommander au roi son fils Robert, afin qu'il lui succédât[6].

Il mourut seigneur de Ferrières en Brie, en 1502, et fut enseveli à Saint-Germain-l'Auxerrois[7]. Martin de Bellefaye a donc pu lire, comme nous, dans les imprimés qui se succédèrent après 1489, que Villon l'avait établi exécuteur de son Testament. Et, autant que nous le connaissons, Martin, l'ancien protecteur des basochiens, dut en rire.

Outre la seigneurie de Ferrières, Martin avait des terres à Créteil[8]. Le 29 juillet 1466, il était ensaisiné de la maison de la *Belle Image*, rue des Poulies (entre la grand'rue Saint-Honoré et la place du Louvre), non loin de Saint-Germain-l'Auxerrois : cette vente lui fut modérée de 60 l. à 40, par grâce spéciale[9].

XXV. — JEAN DE CALAIS, Notaire au Chatelet

Une règle de la méthode à appliquer à Villon, c'est l'obligation de tenir compte de la place où il nous a nommé ses personnages : voilà un point de vue que Marcel Schwob a admirablement illustré, entre autres en découvrant la personnalité véritable de Jean de Calais[10].

Ainsi, dans le *Testament*, Villon parle d'un Jean de Calais, à qui il confie le soin de gloser et de commenter ses legs. On avait de suite trouvé un Jean de

---

1. Commines, éd. Lenglet Dufresnoy, li. p. 329.
2. Bibl. Nat., Dupuy, 250. — 3. *Ibid.* Bibl. Nat., ms. Legrand, 6973.
4. *Lettres de Louis XI*, III, p. 11, 13.
5. G. Picot, *Le Parlement de Paris sous Charles VIII. Le procès criminel d'Olivier le Daim.*
6. F. Aubert, *Le Parlement de Paris*, p. 65.
7. Leboeuf, éd. Cocheris, I, 151.
8. Le 1er juin 1462, le chapitre de Saint-Germain-l'Auxerrois quitte à Martin de Bellefaye les arrérages sur ses terres de Créteil (Arch. Nat., LL. 396, fol. 132).
9. Arch. Nat., LL. 396, fol. 174 v°.
10. *François Villon, rédactions et notes*, p. 142.

Calais, mentionné dans le *Jardin de Plaisance*, où il est l'auteur d'une « lamen-tation » placée de telle façon qu'on lui attribua la rédaction de cette compila-tion poétique éditée par Vérard. Puis M. Longnon, publiant des pièces rela-tives à *Paris pendant la domination anglaise* [1], trouva un Jean de Calais, riche bourgeois compromis dans une conspiration en mars 1430, et qui se réfugia dans une église ! Il y écrit donc sa « lamentation ». Des documents viennent alors prouver qu'il fut échevin de Paris en 1440, puis marguillier de Saint-Jean-en-Grève en 1453. Voici donc la biographie complète de Jean de Calais [2]. Elle est fausse. Il ne s'ensuit pas des textes qu'il soit l'éditeur du *Jardin de Plaisance*, pas plus que du *Testament* de notre poète.

Mais que l'on se rapporte à un vrai testament du temps de Villon : on y retrouvera la même formule dont usa le poète à l'égard de Jean de Calais.

Il faut donc que ce soit un notaire. Or, si l'on ouvre les registres des audiences du Châtelet, on trouve précisément que Jean de Calais est celui des notaires qui était chargé de vérifier les testaments. Il est donc naturel de le voir figurer à la fin du *Testament* de Villon.

Voici par exemple une lettre que lui adressait Henry de la Cloche, procu-reur au Châtelet, le 10 juin 1454 [3] :

« CALAIS, il m'apart par ce testament cy que le deffunct dedens nommé a disposé du residu de tous ses biens et n'y voy aucune chose pour le roy ; et pour ce, que je conscens que l'arrest qui avoit esté faict pour le roy nostre sire soit levé. Fait ce lundi X^e jour de juing iiij^c Liiij.   LA CLOCHE. »

Notaire au Châtelet en 1457, et chargé de la connaissance des testaments, on voit que cette année-là Jean de Popaincourt, avocat au Parlement, deman-dait à Jean de Calais de faire enregistrer sa renonciation à un procès [4]. En 1464 [5], en 1465 [6], en 1467 [7], il est toujours dit notaire au Châtelet. Le 17 janvier 1475 (n. st.), on le retrouve clerc de la prévôté [8], c'est-à-dire greffier du Châtelet.

Le 6 septembre 1485, Jean de Calais se rencontre parmi les tuteurs des enfants d'Adam Donjon, greffier de la prévôté, avec Martin de Bellefaye, l'ancien lieutenant criminel, lui aussi un exécuteur du *Testament* de Villon [9].

En 1457, Jean de Calais possédait une maison louée aux marguilliers de Saint-Jacques-la-Boucherie, une autre à Colin Aumont [10] ; le 11 février 1452, il devait habiter la paroisse de Saint-Jacques, puisque son fils était admis parmi les enfants de chœur [11]. En 1470, on le trouve rue Saint-Jacques, occupant la maison dite anciennement de la *Chaussée de France*, à présent de *l'Ecu de France* [12].

---

1. A. Longnon, *op. cit.*, p. 301-308.
2. A. Longnon, *Œuvres complètes de François Villon*, p. 289-290.
3. Arch. Nat., Y. 5232, fol. 49 *bis*. — 4. *Ibid.*, fol. 126 *bis*.
5. Bibl. Nat., Clair., 764, 27 mars 1464, n. st.
6. Arch. Nat., S. 891A (signature autographe).
7. Sauval, III, p. 389.
8. Arch. Nat., X^{1a} 4816, fol. 80. — 9. Bibl. Nat., Clair., 764. — 10. Arch. Nat., S. 1461².
11. Arch. Nat., LL. 117, p. 162. — 12. Arch. Nat., KK. 410, fol. 18.

XXVI. — PIERRE FOURNIER, Procureur de François Villon

C'est encore en raison de la place où il est nommé dans les *Lais*, après Mautaint et Basanier, que nous devons identifier le Fournier, nommé au h. 20, avec Pierre Fournier, procureur au Châtelet, et non pas avec Jacques Fournier [1], plus tard procureur au Parlement. D'ailleurs François Villon ne le nommera « son procureur » que parce qu'il était en réalité celui de la communauté de Saint-Benoît devant la prévôté de Paris [2].

Dès 1447, on voit Pierre Fournier procureur au Châtelet [3] ; le 17 décembre 1454, il était celui de Jean de Montigny, conseiller au Parlement, maître du collège de Cambrai et des écoliers de cette maison [4].

Pierre Fournier demeurait en 1451 rue de la Licorne, dans la Cité, et, le 31 mars, il était même exécuté pour 14 sous 9 d. qu'il devait au roi à cause de cette maison [5] ; en 1454, on trouve aussi qu'il avait acheté une maison et un jardin à Gentilly, tenant à Jean le Boulenger et à Guillaume Benoise, pour 129 écus : mais il refusait de payer le cens à l'évêque et était, de ce fait, condamné [6].

Pierre Fournier appartenait à une famille de robe puisque, le 29 janvier 1446 (n. st.), il avait été donné comme tuteur à son filleul et cousin Colin Poart, fils de Gilles, procureur au Châtelet [7] ; en 1447, le 14 octobre, il remplit le même office auprès des enfants mineurs de Poncet Fournier, marchand mercier, bourgeois de Paris, et de feue Denise : et parmi les témoins de cet acte figurent Pierre Huet, un parent sans doute de Guillaume Huet, procureur au Châtelet entre 1454 et 1463, et Jean Danes, procureur au Châtelet en 1463 [8]. Étienne Fournier, frère de Pierre, lui succéda comme notaire au Châtelet, le 10 mars 1474 (n. st.) [9].

Je ne sais s'il était parent de Jacques Fournier, conseiller au Parlement, fils de Jacques et de Marie Vivien, de la riche famille du maître des Comptes, des Marle et des du Tremblay, également changeurs et très riches ; Jacques épousa Denise de Corbie, fille de Guillaume, le président à mortier, et fut seigneur de Créteil [10].

1. A. Longnon, *Étude biographique*, p. 108.
2. Arch. Nat., Y. 5232, 3 juin 1454; en 1456 (Arch. Nat., S. 894); en 1458 (Arch. Nat., S. 892); en 1460 (Arch. Nat., S. 893A). Signature autographe au revers de la pièce.
3. Bibl. Nat., Clair., 763 ; mentionné en 1454, en 1463 (*Ibid.*).
4. Arch. Nat., Y. 5232.
5. Arch. Nat., Z¹F 15.
6. Arch. Nat., Y. 5232, 25 juin 1454.
7. Bibl. Nat., Clair., 763. — 8. *Ibid.*
9. Bibl. Nat., Clair., 764.
10. Bibl. Nat., fr. 18660, fol. 330 (Généalogie des Fournier); fr. 4752 (Généalogie et alliances des le Picart).

XXVII. — NOTE SUR GENEVOYS

Puisqu'il est question d'un Genevoys [1] « plus ancien » (T., v. 1360), il semble qu'il faille donner la préférence à Pierre Genevoys que l'on trouve procureur au Châtelet dès 1434 [2], à côté de Pierre Fournier. D'ailleurs, ce personnage fut dans la suite procureur de la communauté de Saint-Benoît [3], et procureur de la Nation de France au temps où Villon étudia [4]. Il se peut toutefois qu'on lui ait gardé rancune, dans la petite communauté de Saint-Benoît, d'avoir soutenu au Châtelet les procès de Notre-Dame [5].

Pierre Genevoys mourut le 30 avril 1460 [6] : Regnault Pohier lui succéda dans l'office de franche sergenterie [7] ; Henri d'Autissem, qui était déjà tabellion de la barre, fut élu procureur à sa place, le 12 mai [8]. Le 20 août 1462, Jeanne, sa veuve, héritait du défunt de vignes dont la possession lui fut contestée par d'autres héritiers [9].

Un Etienne Genevoys fut également procureur au Châtelet pendant la même époque. On le voit mentionné à la date du 10 septembre 1454 [10], en 1458 [11].

XXVIII. — MICHAULT DU FOUR, Sergent a verge,
Tavernier et Boucher

Michault Du Four était sergent à verge au Châtelet dès 1457, comme le montre l'enquête relative au vol du collège de Navarre [12]. Mais comme beaucoup de sergents, il exerçait toutes sortes de métiers à côté de son office.

---

1. L'édition de P. Levet donne la variante : *Angenoulx*, sans doute parce qu'en ce temps-là Jean Angenoust, institué conseiller au Parlement au lieu de son père, le 23 février 1479, était plus connu (Bibl. Nat., fr. 23328, fol. 147 v°).

2. Arch. Nat., LL. 114, p. 63. — En 1420, il est dit procureur de la veuve Nicaise Raoul (Arch. Nat., L. 714) ; en 1421, de la chapelle Saint-Yves (*Ibid.*). Le 11 avril 1434, il fait serment de bien exercer l'office de procureur au Châtelet pour le Chapitre de Notre-Dame.

3. En 1446 (Arch. Nat., S. 897ᴿ ; en décembre 1457 (Arch. Nat., S. 894ᴮ).

4. Bibl. de la Sorbonne, ms. n° 1.

5. Le 4 février 1437, le Chapitre de Notre-Dame demande à Pierre Genevoys où en est le procès commencé au Châtelet contre Saint-Benoît (Arch. Nat., LL. 114, p. 276).

6. Arch. Nat., LL. 119, p. 1133. — 7. *Ibid.*, p. 1137. — 8. *Ibid.*, p. 1144.

9. Arch. Nat., X¹ᵃ 8307.

10. A. Longnon, *Œuvres complètes de François Villon*, p. 30.

11. Arch. Nat., Z² 3267, 18 mai 1458. — Un Genevoys fut procureur de Jean de Montigny en 1444 (Bibl. Nat., fr. 22392).

12. A. Longnon, *Etude biographique*, p. 107.

C'est ainsi qu'on le voit, en 1450, fermier de la pêche des « gueulles » des fossés des tours de Billy, de Saint-Bernard, de Nesles, pour 60 l. par an [1]. Il était condamné, le 10 juin 1458, à payer au procureur de l'abbaye de Saint-Germain-des-Prés 15 s. pour la pêcherie de la rivière de Seine [2]. Le 19 août, il promettait de payer à Jean le Maistre, boucher du bourg, la somme de 23 écus d'or pour la vente de sept muids de vin [3] : il est dit alors tavernier demeurant à Saint-Germain-des-Prés [4]. Il habitait en ce temps-là, comme on disait, la ville de Saint-Germain, c'est-à-dire le bourg : le 10 février 1459, on le voit assigné pour la location de son hôtel de l'*Escu de France*, qu'il avait pris pour quatre ans et à raison de 20 écus d'or par an, mais qu'il délayait de payer. Ce locataire n'était agréable ni à son propriétaire, ni à ses voisins, comme l'éprouva Pierre Coignet, barbier de Saint-Germain, qui fut arrêté par Jean du Four, examinateur au Châtelet, sans doute parent de Michault, pour avoir soi-disant injurié la veuve d'un barbier, Guillaume Carbonnier. Or Pierre le niait et récusait le témoignage de Michault du Four et de sa femme, « ses haineux [5] ». Le 30 mai 1461, on voit Michault du Four associé avec les bouchers du bourg, Jean le Maistre l'aîné, Jean Bisart, Perrot Cousin, Pierre de la Bretèche, Olivier de la Court, qui faisaient le serment d'observer les statuts du métier [6]. Le 26 mars 1463 (n. st.), il était emprisonné par Jean le Maistre, sergent, fils de Jean le Maistre l'aîné, le boucher : le sergent l'avait trouvé, ainsi que Jean Carlier, chez son frère, très échauffés, l'un soutenant l'autre. Carlier tenait à la main une rouelle de quatre pieds de long, du Four une dague nue, et ils voulaient se battre. Ils furent élargis le 30 avril [7]. Le 19 mai 1464, Michault était toujours boucher [8].

Le Jean du Four, que l'on rencontre examinateur au Châtelet le 12 octobre 1454 [9], et qui conduisit l'enquête sur le vol du collège de Navarre avec Jean Mautaint [10], était parent de Michault, très vraisemblablement. On a vu qu'il intervint en 1460 dans une querelle de ce dernier.

---

1. Arch. Nat., KK. 406, fol. 158 ; KK. 407, fol. 41 v° (1451), fol. 174 (1453).
2. Arch. Nat., Z² 3267.
3. La cédule insérée dans le registre de la justice de Saint-Germain des Prés (Z² 3267) ne laisse aucun doute sur l'identification de ce personnage : « Je Michault du Four, sergent à verge du roy nostre sire, confesse devoir à Jehan le Maistre, le vielz, boucher, la somme de XXIII escus d'or pour la vente de sept muys de vin dont je lui promes paier bien et loyaument. Fait le XXVIᵉ avril mil CCCC cinquante huit. Ainsy signé : M. DU FOUR).
4. Arch. Nat., Z¹ᴴ 13, 8 juillet 1458.
5. Arch. Nat., Z² 3267.
6. Arch. Nat., Z² 3267, 30 mai 1461, 3 juillet 1462.
7. *Ibid.*
8. Arch. Nat., Z² 3268.
9. Arch. Nat., Y. 5232.
10. A. Longnon, *Etude biographique*, p. 140.

XXIX. — NOTE SUR L'ORFÈVRE DE BOIS, Questionneur

L' « Orfèvre de Bois », en raison de la place où Villon lui fait un legs [1], ne peut appartenir qu'au milieu du Châtelet. Villon en parle en effet entre le legs relatif aux sergents et celui qui concerne le capitaine des archers. Or, dans le procès du duc de Nemours, de l'année 1476 [2], il fut question de mettre à la torture plusieurs personnages pour obtenir d'eux des dépositions. Le 22 octobre, on devait géhenner Pierre Rainade, dit Cabanes : comme on ne pouvait appliquer la question de l'eau, à cause des gelées, les juges pensèrent alors qu'on pourrait appliquer celle « des brayes du mareschal au tallon, celle du cinge et des flustes » ; et ils firent venir le questionneur et ses compagnons. C'étaient :

« Jean Loyset, questionneur
Jehan Mahé, dit l'Orfèvre de Bois
Jacotin Bourdon
Huguet Chantereau
Jehan Doublet
tous sergens à verge du roy nostre seigneur au dit Chastellet de Paris ».

Jean Mahé, mentionné comme sergent à verge dès le 11 mars 1462 (n. st.) [3], était encore dans cet office en 1481 [4]. C'est lui, sans nul doute, le personnage visé par Villon, et qui appliquait la question sur les tréteaux, avec l'eau et les cordes. Elle était alors assez rigoureuse [5].

On tenait celle de la courte-pointe pour la plus douloureuse ; celle des « brayes » était peu de chose et donnée communément à une femme ou à un enfant : elle consistait à serrer le talon ; celle du « cinge » était « bien forte, mais peu grevant au corps ». Le prisonnier était dépouillé, mis en chemise et déchaussé, pour être tiré ou boire l'eau [6].

Tel était l'office de Jean Mahé. Son surnom (l'orfèvre de bois) paraît bien être un quolibet populaire ; un sergent à verge du même temps était dit « l'empereur du houx » [7].

---

1. T., v. 1118.
2. Bibl. Sainte-Geneviève, L. f. 7, ms. 2000. — Document découvert par Marcel Schwob.
3. Arch. Nat., X¹ᵃ 4807, fol. 221.
4. Arch. Nat., X¹ᵃ 4822, fol. 312.
5. Cf. une ordonnance du Parlement contre ceux qui boivent leur urine pour mieux endurer la question (Bibl. Nat., Dupuy 250, 15 janvier 1424, n. st.).
6. Bibl. Sainte-Geneviève, L. f. 7, ms. 2000. Procès du duc de Nemours, interrogatoire de Henry de Pompignac.
7. *Chronique scandaleuse*, éd. Bernard de Mandrot, II, p. 59. — Cf. bijoutier en cuir : cordonnier, argot moderne (Lorédan Larchey), *leather jeweller* : cordonnier — slang américain moderne (Mitchell, *The Autobiography of a Quack*, p. 20, Londres, 1900).

Quant au legs que lui fait Villon [1] de 100 clous de gingembre sarrasinois, queues et têtes (une plante aromatique qui venait de la Perse et servait de condiment), afin de « conjoindre culz et coetes, et couldre jambons et andouilles », c'est une plaisanterie érotique d'un genre assez bas. Or on a vu plus haut que le questionneur faisait déshabiller ses victimes.

XXX. — Mᶜ HENRY, bourreau de Paris

Henry Cousin, exécuteur de la justice parisienne dès 1460 [2], que l'on trouve encore dans cette charge en 1479 [3]. Petit Jehan, son fils, qui le secondait dans cet office et avait tranché le cou du connétable Louis de Luxembourg, fut assassiné en 1475 par quatre misérables que Henry Cousin pendit quelques jours après; un autre de ses fils, Denis, que l'on surnommait Mᶜ Antitus, comme le bourreau des Mystères, fut exécuteur à Arras [4].

Mais, dès 1457, il est question de Mᶜ Henry Cousin pour fustiger les mauvais garçons, comme on le voit par un compte de Jacques Séguin, prieur de Saint-Martin-des-Champs [5] :

« Item pour faire batre par troys jours de feste un garçon pour certains malefices par lui perpetrez et condempné par la justice de Monseigneur par maistre Henry, pour son salaire XII s. p. »

C'est précisément remplissant cet office de fouetteur, que nous le montre Villon [6].

Henry Cousin était très connu des Parisiens, qui le voyaient si souvent accompagner les criminels au gibet. Aussi tout le monde l'appelait de son prénom d'Henry, comme l'a fait Villon : c'est ce que nous prouve une affaire qui vint devant la Tournelle criminelle, le 19 décembre 1486 [7].

Un certain Henry Croix avait envoyé son page à l'hôtel de Jacques Cauchoys, sergent du prévôt. Le page fut trouvé près de l'église Saint-Honoré, tout en larmes, parce que Cauchoys l'avait battu et lui avait enlevé son épée : Henry Croix et son frère vont alors trouver Cauchoys, qui passait pour « mal renommé » et « avoit des mauvais garçons avec luy ». Or Cauchoys de demander : « Qui esse là ? » Croix répond : « C'est Henry ». Cauchoys réplique : « Lequel Henry ? Je ne congnois point ». Croix de répondre : « Je te le feré bien congnoistre ». L'autre dit : « Je ne congnois sinon celluy qui se tient au pillory ». Et ce disant, il lui bailla cinq ou six coups d'épée.

Henry Cousin demeurait, en 1477, rue du Vert-Bois [8].

1. T., h. 101.
2. Chronique scandaleuse, I, p. 5. — 3. Ibid., II, p. 83. — 4. Ibid., II, p. 58, 365.
5. Arch. Nat., S. 1461², 1457, 31 mars.
6. T., v. 1643. — 7. Arch. Nat., X²ᵃ 57.
8. E. Coyecque, L'hôtel-Dieu de Paris, p. 261.

XXXI. — JEAN RIOU, Capitaine des archers et Pelletier

Le 23 août 1454, Jean Riou était créé garde du métier des pelletiers four-reurs, au témoignage de la plus grande partie des membres de cette corpora-tion parisienne [1]. Le 16 septembre, on le voit agir comme procureur de la veuve de Jean de Choix, également pelletier juré [2]. En 1458, il possédait une maison rue de la Huchette, à l'enseigne de la *Bannière de France* [3]. Il mourut en 1467, comme en témoigne son épitaphe au cimetière des Innocents, sous le charnier :

« Cy gist honnorable homme Jean Rioult, en son vivant marchand pelletier et bourgeois de Paris, et capitaine de six vingtz archers de lad. ville.

Lequel trespassa le samedi 24 jour d'avril 1467.

Cy gist honnorable femme Jacqueline de Chouars, en son vivant femme dud. Jean Rioult, laquelle trespassa le samedi Xe jour de decembre, l'an 1475. Priez Dieu pour eux [4] ».

Jean Riou appartenait à une famille de pelletiers, puisqu'on voit Thomas Riou, l'aîné, devenir tuteur de ses enfants, le 21 juillet 1481 [5]. Or, Thomas Riou était, lui aussi, un pelletier possédant, en 1444, une maison rue de la Ferronnerie [6] ; une autre rue de la Tabletterie, en 1470 [7].

Le capitaine des archers paraît toujours avoir été choisi dans le grand commerce parisien : c'était, en 1416, un marchand de laiton et épinglier, Jean Perquin, qui fut décapité comme Bourguignon [8].

XXXII. — FRANÇOIS DE LA VACQUERIE, Promoteur
DE L'OFFICIALITÉ

François de la Vacquerie était un Picard. En 1436, il est dit maître ès arts, bachelier en décret. Le 3 décembre 1442, licencié en décret [1], il loue à à l'Hôtel-Dieu une maison avec jardin, à l'enseigne de l'*Ecu de France*, rue

---

1. Arch. Nat., Y. 5232. — 2. *Ibid.*
3. Arch. Nat., KK. 409.
4. Bibl. Nat., fr. 22390, p. 106.
5. Bibl. Nat., Clair., 764.
6. Arch. Nat., S. 4287 (Censier de la Chapelle Braque).
7. Arch. Nat., H. 3462 (Censier de Sainte-Opportune).
8. *Journal d'un bourgeois de Paris*, p. 72.
9. M. Fournier et L. Dorez, *La Faculté de Décret*, II, *op. cit.*

des Lavandières, proche la place Maubert[1]. Il jouissait en outre de la cure d'Argenteuil, en 1459, date à laquelle il sollicitait de l'abbé de Sainte-Gene-viève d'être ensaisiné d'une maison à l'enseigne de la *Corne de Daim*, rue Saint-Nicolas du Chardonnet, aboutissant par derrière à Mlle de Bruyères, et dont le jardin faisait le coin de la rue Saint-Nicolas et de la rue Saint-Victor[2]. Il était mort en 1471[3].

Autant que nous le connaissons, François de la Vacquerie ne paraît pas avoir joui d'un caractère facile. Le 15 octobre 1464, Me Jean Belin dira au promoteur : « Vous êtes beaux citeux ! » et il sera pour cela condamné à l'amende[4].

Un certain Me Rasse de la Vacquerie, maître ès arts, licencié en décret, curé de Saint-Nicolas de Douai, possédait un hôtel place Maubert, faisant le coin de la rue des Trois-Portes, le 23 juillet 1473. Le 23 octobre de la même année, Regnault de la Vacquerie, prêtre avocat, était mis en posses-sion de cet hôtel[5] : ce Regnault était official en 1477[6]. Un noble homme et très sage Me Jean de la Vacquerie, chevalier, conseiller au Parlement, fut institué président au lieu de Jean le Boulenger en 1481 : il mourut le 19 juillet 1497[7].

XXXIII. — Me JEAN LAURENS, Promoteur de l'officialité

Il est dit prêtre, originaire du diocèse de Langres, et bachelier en décret en 1428[8]. On le voit, en 1434, promoteur de la cour de l'archidiacre de Paris et licencié en décret[9] ; l'un des promoteurs de l'évêché en 1441, 1451, 1453[10]. Le 7 juillet 1451, Jean Laurens permute la chapellenie de Sainte-Catherine, en l'église Saint-Nicolas du Louvre, et prend l'autel de Tous les Saints, à Saint-Merry ; le 9 juillet, il échange celui-ci pour l'autel de Saint-Michel à Notre-Dame[11]. Le 2 août, il est dit procureur de Cajart qui a résigné sa chapelle de Sainte-Catherine. Le 9 novembre 1458, Simon Cousin, docteur en décret, chanoine de Paris, naguères commis official du chancelier, office vacant par la mort de Ro. Cibole, se présentait pour tenir

---

1. Bibl. Nat., ms. lat. 17740, fol. 147 v° ; Arch. Nat., S. 1648, fol. 138. — Procureur de M. P. de Cajart, malade, il résigne sa chapelle, le 31 juillet 1452 (Arch. Nat., LL. 117, p. 231).
2. Arch. Nat., S. 1648, fol. 61. — Le 30 janvier 1458 (n. st.), il était en procès avec le prieur d'Argenteuil (Arch. Nat., X^{3a} 1).
3. Arch. Nat., S. 1648, fol. 143 v°.
4. Arch. Nat., Z 10/3. — 5. Arch. Nat., S. 1649.
6. Arch. Nat., Z 10/4, 13 juin. Cf. Bibl. Nat., Clair., 764, 4 octobre 1477.
7. Bibl. Nat., fr. 23328 ; Arch. Nat., K. 72, n. 65². Cf. Bibl. Nat., Clair., 764, 18 décembre 1485.
8. M. Fournier, la *Faculté de Décret*, I, p. 342.
9. Arch. Nat., Z 10/17. — 10. Arch. Nat., L. 431, n°s 4, 5, 7.
11. Arch. Nat., LL. 116, p. 70.

les plaids à Saint-Mathurin : Jean Laurens, alors promoteur de l'évêché, se
prétendit en possession de cet office¹. Il fut commis, en 1458, pour
interroger Guy Tabary au sujet du vol du collège de Navarre². Le 7 août
1458, on voit qu'il demandait aux prieurs de Sorbonne de prendre dans
leurs mains une maison située rue de la Sorbonne, devant la chapelle, et
qu'il louait³. Le 1er octobre 1460, Jean Laurens demeurait rue des Marmousets, en la Cité, devant la maison de Colombel, sur la paroisse de la
Madeleine⁴. On le retrouve encore promoteur le 18 avril 1461⁵.

XXXIV. — JEAN COTARD, Procureur de François Villon

Jean Cotard était chapelain de la chapelle Saint-Pierre et Saint-Etienne à
Notre-Dame avant le 12 mars 1443⁶. Le 3 avril 1451, il était arrêté et prisonnier au Châtelet ; le 4 septembre, le chapitre désignait les juges de son
procès⁷. En décembre 1451, il témoigne de la tonsure prise par Guillaume
Fusée, fils de Pierre Fusée⁸. Le 1er juillet 1455, Robert le Sergent, au nom
du Commandeur de Saint-Jean de Jérusalem, assiste aux noces de la nièce de
Mᵉ Jean Cotard : celui-ci est dit alors procureur en cour d'église ; et le dîner
se fit au *Saumon*, en la rue Saint-Jacques⁹. Le 21 novembre 1455, on rencontre la première mention d'une longue affaire qu'il eut avec Charles Dyonis.
Dyonis était le fils d'Alain, élu de Paris¹⁰, et lui avait remis en gage deux
bijoux¹¹ : cette affaire ne semble pas trop claire, et Cotard y usa de procédés
dilatoires¹². Le 21 juillet 1458, il était condamné par le chapitre à rendre
dans les quinze jours à Dyonis 16 écus d'or : il en appelait au siège apostolique, le 24 juillet, et le chapitre lui accordait encore un répit de quatre
mois¹³. L'affaire revint dans le courant de l'année 1459 : le 17 mars, Cotard
fut condamné comme contumace, et aux frais au profit de Dyonis. Il jura alors
qu'il n'avait pas de quoi payer et fit la promesse de s'acquitter à l'avenir¹⁴.
Il eut aussi une autre histoire avec G. Pommier, qu'il avait fait citer à raison
de l'administration de la cure de Saint-Jacques la Boucherie¹⁵.

1. Arch. Nat., LL. 119, p. 648.
2. A. Longnon, *Etude biographique*, p. 164.
3. Bibl. Nat., lat. 5494A, fol. 38 vº.
4. Arch. Nat., Z 10/¹. — 5. Arch. Nat., Z² 3267.
6. Arch. Nat., LL. 115, p. 546.
7. Arch. Nat., LL. 116, p. 23.
8. Arch. Nat., LL. 16, fol. 51.
9. Arch. Nat., S. 5118.
10. Arch. Nat., Z¹ꜰ 21, 29 décembre 1458.
11. Arch. Nat., LL. 118, p. 623.
12. Arch. Nat., LL. 119, p. 542 ; 7 juillet 1458.
13. Arch. Nat., LL. 119, p. 576. — 14. *Ibid.*, 22 décembre 1458, 19 et 22 mars 1459.
15. Arch. Nat., LL. 119, p. 605.

Nous possédons encore une information autographe de Jean Cotard, comme promoteur de l'archidiacre, au sujet de la séparation de Jean Saillart et de Perrenette, sa femme [1]. Elle date du 27 avril 1460. On y voit la vieille écriture tremblée de l'ivrogne cher au cœur de François Villon. Ce précieux buveur mourut le 9 janvier 1461 (n. st) [2]. Il avait possédé une maison rue du Cimetière-Saint-Nicolas, censive de Saint-Martin des Champs, qui avait appartenu jadis à Regnaud de Thumery ; en 1457, cette maison était passée aux mains de Thomas Corneille [3].

Il ne faut pas confondre Jean Cotard avec un orfèvre et horloger de ce nom, son contemporain.

XXXV. — LES MARLE, CHANGEURS PARISIENS

L'identification du « jeune Marle », à qui Villon demande de gouverner désormais son change, présente une difficulté : deux personnages, le père et le fils, ont exercé en effet, en ce temps, la profession de changeur. Et quand on a pénétré l'esprit de la plaisanterie de Villon, on est tout d'abord porté à penser que le jeune Marle doit être le vieux, le père. Cependant je crois qu'il faut faire ici une exception et tenir compte de la variante donnée par le manuscrit A : *Germain de Marle*. A tout prendre, comme il est question d'amourettes dans les opérations facétieuses que le jeune Marle devra accomplir au nom du poète, c'est bien vraisemblable qu'il s'agit ici de Germain, fils de Jean de Marle. Quoi qu'il en soit, voici quelques données biographiques sur ces deux personnages.

Ces Marle appartenaient à la famille des Marle qui donnait un président à la Chambre des Comptes, le 17 novembre 1400 [4].

Jean de Marle, bourgeois de Paris, résignait l'échevinage, en 1444 [5]. On voit qu'en 1451, il était autorisé à payer en tournois, au lieu de parisis, les rentes pour ses maisons de Paris [6]. Le 12 décembre 1452, avec Thomas Corneille, marchand et bourgeois de Paris, il confesse avoir reçu des procureurs du duc de Bretagne 12.175 écus d'or, faisant le quart de la somme consignée par la cour de Parlement au sujet du procès de la terre de Champtocé, contre les héritiers de Prigent de Coëtivy [7]. Comme tous les gens riches de ce temps-là, il trafiquait aussi sur les gabelles : le 21 mars 1453, sire Jean de Marle

---

1. Arch. Nat., L. 421, n° 115.
2. *Veneris post festum Epiphanie Domini IX^a mensis Januarii qua die obiit ma. Jo. Cotart promotor curie* (Arch. Nat., Z 10/¹, fol. 86 v°).
3. Arch. Nat., LL. 1384 ; S. 1461².
4. Bibl. Nat., Dupuy, 250.
5. Arch. Nat., KK. 1009, fol. 6 ; il sera de nouveau élu échevin, en 1449 (*Ibid.*, fol. 6 v°),
6. Arch. Nat., LL. 396, fol. 9, 28.
7. Arch. Nat., X¹ᵃ 1483, fol. 50 v°.

soutenait contre Hugues Ferret qu'il avait acheté de Robin Duval 100 muids de sel amenés de Rouen à Paris[1]. Et, sans doute, il n'était pas aimé, puisque la cour dut interdire à Robin Crepel, prisonnier au Châtelet, qui menaçait de le battre et l'injuriait, d'aller dans la rue où Jean de Marle demeurait[2]. En 1456, dans un compte des recettes des Compagnies françaises, on le voit associé avec Jean Martin, de Caen, pour la vente du vin[3]. Puis, entre les années 1457 et 1460, il exerçait les fonctions de contrôleur général des finances, à 300 livres de gages[4]. Jean de Marle était mort le 12 janvier 1462 (n. st.)[5], laissant comme procureur de sa veuve, Marguerite Vivien, et de son fils, Denis de Marle, Germain de Marle, son fils aîné, et Jean de la Poterne, changeur et bourgeois de Paris, son gendre. Sa veuve épousa en secondes noces Jean Vivien, de la famille du général des monnaies, son cousin[6]. Sire Jean de Marle possédait des maisons à Paris et des terres aux environs : au terroir du gibet de Saint-Martin des Champs[7], des vignes au pont de Chatou[8].

Quant à Germain de Marle, son fils, on voit qu'il était déjà changeur sur le Pont, le 31 octobre 1457[9]. Ce fut un puissant changeur, allié aux La Poterne, aux Thumery[10]. Il devint, en 1476, avec Nicolas Potier et Simon Angorrant, conseiller du roi et général des monnaies[11].

XXXVI. — Trois pauvres orphelins, selon François Villon : JEAN MARCEAU, COLIN LAURENS ET GIRART GOSSOUYN

Le véritable nom de « Jehan Marceau » paraît avoir été Marcel. C'est ainsi que cette famille est désignée dans la plupart des documents; mais le nom de Marceau se présente aussi fréquemment, et les deux formes alternent, comme pour Philippe Brunel et Philippe Bruneau. Jean Marcel, âgé de soixante-sept ans le 23 juin 1461[12], était donc né en 1394 ; il appartenait à une importante famille, sans doute établie dès cette époque dans la

---

1. Arch. Nat., Z^{1H} 11, fol. 74.
2. Bibl. Nat., Dupuy, 250, 8 juin 1454.
3. Arch. Nat., KK. 408, fol. 46.
4. Bibl. Nat., fr. 32511 ; Arch. Nat., Z^{1F} 23, 20 octobre 1460.
5. Arch. Nat., X^3 A 3.
6. Bibl. Nat., Clair., 763, 20 décembre 1462, 7 décembre 1463, 14 mai 1467, 17 décembre 1477.
7. Arch. Nat., LL. 1385.
8. Arch. Nat., S. 1648, fol. 33.
9. Arch. Nat., Z^{1B} 286 ; Z^{1B} 4, 6 septembre 1459.
10. Arch. Nat., X^{1a} 1484, 15 juillet 1461.
11. Bibl. Nat., fr. 23264.
12. Arch. Nat., X^{2a} 28.

paroisse de Saint-Jacques la Boucherie. Dès le 24 août 1412, Mᵉ Jean Marcel avocat au Châtelet, fut, avec Jean Cornu, tuteur d'un certain Jean Marcel qui pourrait être le nôtre : car on trouve la famille en relation avec Noël Marchand et Jean Trotet [1]. L'établissement de la famille Marcel dans les environs de Saint-Jacques la Boucherie fait penser que l'un de ses membres était Jean Marceau, boucher, qui plaide en 1431 contre Jean d'Auvergne, d'une puissante famille de bouchers, et contre Nicolas Marceau également boucher. Par son mariage, Jean Marceau dut contracter une alliance avec la famille Boucher : le 22 novembre 1451, Hugues Boucher, examinateur au Châtelet, agit comme procureur de son oncle sire Jean Marcel [2]. Il eut de sa femme, qui dut mourir de bonne heure, au moins trois enfants : un certain Etienne Marcel, mentionné le 22 novembre 1461 : Jean Marcel qui devint avocat au Châtelet; Denise Marcel qui épousa maître Guillaume Courtois, avocat au Parlement, et un fils naturel, Jean Marcel qui était âgé de quinze ans le 30 octobre 1457 et qui, âgé de vingt-quatre ans, le 17 juillet 1474, fut mis hors de tutelle.

Cette famille des Marcel se perpétua au moins jusqu'au milieu du xvIIᵉ siècle ; on y trouve principalement des orfèvres, des maîtres généraux des monnaies, des contrôleurs généraux des finances. Leur tombe se voyait au cimetière de Saint-Jacques de la Boucherie et au cimetière des Innocents : leurs armes étaient d'argent à la croix de sable, à double traversée, cantonnées au premier d'une coquille de même [3].

Pendant la plus grande partie de sa vie, Jean Marceau ne fut pas bourgeois de Paris, mais marchand à Rouen. Il dut quitter Paris dès les vingt premières années du xvᵉ siècle, sans doute pour avoir tenu le parti bourguignon ; dès le 18 mars 1422, il était bourgeois de Rouen et changeur au baillage de Rouen et de Caen. C'est à cette date qu'il fut institué à ses fonctions par lettres du roi Henry VI d'Angleterre. Il est certain qu'il tenait le parti des Anglais [4], avec son ami Girart Gossouyn : tous deux ne quittèrent Rouen qu'après la conquête de la Normandie par Charles VII [5]. De 1422 à 1436, Jean Marceau devait payer au roi chaque année, pour son droit de change, trois marcs d'or fin et trente marcs d'argent. Mais, le 18 mars 1436, le contrat fut renouvelé pour dix ans et « pour certaines causes à ce mouvans les gene-

---

1. Bibl. Nat., Clair., 763.
2. Ibid.
3. Bibl. Nat., fr. 32554.
4. Le 24 juillet 1424, il recevait de la couronne des maisons à Rouen (Arch. Nat., JJ. 172, p. 645).
5. Le 14 octobre 1452, il obtenait ce qu'on appelait un « congé pour ménage », c'est-à-dire le droit de pouvoir faire venir de Rouen à Paris « plusieurs ustensilles d'ostel, bagues et autres biens à luy appartenans et qu'il fait venir à Paris où il vient demeurer » (Arch. Nat., Z¹ᴴ 11, fol. 49 vᵒ); mais dès 1448, il avait un procès avec la ville de Paris au Châtelet, au sujet d'une enclave de sa maison du Cygne, en la rue S. Jacques de la Boucherie, et qui devait 70 s. p. dont il ne voulait rien payer (Arch. Nat., KK. 409, fol. 193 vᵒ). En 1456, il est encore associé à Rouen avec Jeanne, femme de Robin Morel, dans une affaire de peaux d'agneaux noirs, de toiles, de draps, etc. (Bibl. Nat., Moreau 1062, fol. 31 vᵒ).

raux maitres des monnaies », Jean Marceau n'était plus tenu à livrer chaque année qu'un marc d'or et dix marcs d'argent. La concordance de cette date avec la rentrée à Paris du roi Charles VII, donne à penser que cette faveur fut le prix de certains services financiers tels que Jean Marceau, comme nous le verrons, était en mesure de les rendre. Ainsi que pour la plupart des marchands au xvᵉ siècle, le titre de changeur, donné à Jean Marceau, n'implique nullement l'exclusion d'un ou de plusieurs autres commerces : c'est ainsi que Jean Marceau possédait à Vernon, en l'hôtel de l'*Ecu de France*, un grenier à sel dès octobre 1430 [1] ; en 1432, il plaidait contre Jean Guedon, grenetier du grenier à sel de Rouen lequel, l'année suivante, se faisait représenter dans ce procès par Girart Gossouyn « maistre des garnisons de monseigneur le Regent », qui, peu d'années plus tard, de 1439 à 1441, devait lui-même remplacer Jean Guedon comme grenetier du grenier à sel de Rouen [2].

Le grand procès de Jean Marceau, de 1461 à 1463, nous instruit sur le rôle qu'il joua à Rouen ; mais nous sommes renseignés aussi à cet égard par diverses autres affaires et par de curieuses pièces originales. Popaincourt plaidant pour lui, en 1461, admet qu'il avait fait certaines opérations de monnaie illicites, mais au coin et aux armes du roi d'Angleterre et par son ordre : ces malversations paraissent avoir consisté dans un affaiblissement du taux des métaux précieux employés ; de l'aveu de son avocat, il avait rendu le même service au duc d'Orléans, et un procès, à cette cause, avait été intenté contre lui à Rouen, où il aurait été emprisonné quatre fois. Ces procédures furent apportées au Parlement ; mais elles ne sont pas détaillées dans les plaidoiries, et aujourd'hui elles ont disparu : en tout cas, à une occasion, Jean Marceau fut condamné à 200 écus d'amende. Luillier, qui réclamait Jean Marceau au nom de l'évêque de Paris, admet la vérité de cette condamnation, mais la traite de rançon : toutefois il reconnaît que Jean Marceau avait été prisonnier pour fait d'usure publique. Le procureur du roi affirme que, suivant ses informations, Jean Marceau avait détruit à Rouen soixante ou quatrevingts marchands par ses usures, qu'il y avait opéré des transports de billon, opération sur laquelle nous reviendrons tout à l'heure, et qu'il avait fait des fournitures d'armes et d'armures aux ennemis, c'est-à-dire aux Anglais. Il est certain que Jean Marceau, à Rouen même, était un puissant et redouté personnage : il y devint, ainsi que nous le verrons, l'inexorable créancier du futur prévôt de Paris, Robert d'Estouteville ; mais une pièce, conservée dans le dossier Marbury, est très instructive à cet égard [3]. Au mois d'août 1437, messire Richard de Marbury et dame Catherine de Fontenay, sa femme, baillairent à Jean Marceau, changeur et bourgeois de Rouen, « cinquante livres tournois de rente aux vies desd. mariés et du survivant » et, le mois suivant, ils vendaient à Jean Marceau, cette fois en compagnie de leur fils aîné, Jean de

1. Bibl. Nat., Pièces orig. 1835.
2. Bibl. Nat., Pièces orig. 1363.
3. Bibl. Nat., Pièces orig. 1834.

Marbury, 180 livres tournois de rente dans les mêmes conditions. En d'autres termes, moyennant le prêt d'une somme dont le chiffre reste inconnu, Richard de Marbury, sa femme et son fils étaient tenus de payer à Jean Marceau, leur vie durant et sa vie durant, 230 livres tournois de rente. Ces paiements s'effectuaient généralement au moyen d'une procuration, grâce à laquelle le prêteur touchait tout ou partie des pensions officielles ou rentes privées dues à son débiteur. Le rachat, dans un tel contrat, n'était point facultatif : pour obtenir le droit de rembourser le prêt, il fallait un jugement rendu par le prévôt de Paris, jugement qu'on n'obtenait pas toujours. Cependant Richard de Marbury obtint, le 5 juin 1451, de recouvrer ses rentes. Mais ce fut grâce à un subterfuge : d'où il résulte que les conditions du rachat, posées par Jean Marceau, avaient dû être léonines. En effet, c'est Pierre de Brézé, grand sénéchal de Normandie, qui racheta les rentes de messire Richard de Marbury, moyennant 1.200 écus d'or ; et par acte privé, passé avec Richard de Marbury, Pierre de Brézé déclare qu'il a opéré ce rachat « pour eux et à leur proufit et ne leur ai que preté mon nom, tant seulement ». Ainsi, pour échapper aux griffes du terrible usurier, il avait fallu recourir non seulement à un moyen détourné, mais encore au grand nom et à l'imposante situation du grand sénéchal de Normandie ; et cela ne suffisait pas toujours à Jean Marceau, ainsi que nous le verrons dans l'affaire qu'il eut avec le prévôt de Paris.

Le 28 mai 1460, il était en procès contre R. d'Estouteville qui lui devait 100 l. t. de rente, monnaie de Normandie. Au sujet des arrérages, on avait déjà établi plusieurs comptes : celui du 19 novembre 1458 se montait à 197 fr., sur lesquels Marcel avait reçu, par les mains du receveur de la ville 115 fr. ; mais comme le prévôt craignait que Marcel ne le fasse exécuter pour cette somme, au mois de février 1459, il envoya Jean Sergent, sergent de la douzaine, lui remontrer qu'il lui devait arrérages à cause de sa rente, et qu'il avait ordonné au receveur de la ville de lui bailler 100 écus ; il lui offrait aussi de lui payer le reste : sur quoi Marcel déclarait qu'il n'avait rien reçu des 100 écus. Alors le prévôt, craignant toujours d'être exécuté, adressait une requête à la Chambre des Comptes, mandant que, sur ses gages de la Toussaint et de la Chandeleur passées, il avait donné acquit au receveur de la ville de 100 écus pour les bailler à Marcel. Il comparut devant la Chambre des Comptes, où l'on interrogea le receveur et Marcel qui nia toujours avoir reçu les 100 écus : sur quoi on demanda au prévôt de présenter ses quittances [1]. Mais Marcel le fit exécuter, tandis que le prévôt prétendait toujours l'avoir fait payer par le receveur de la ville [2].

Il savait recouvrer son argent aux moindres frais. Ainsi Marcel avait fait emprisonner au Châtelet Jean Le Maréchal, pauvre compagnon pâtissier, pour la somme de 3 écus ; trois ou quatre jours avant le terme de son

1. Arch. Nat., Z¹ᶠ 23, fol. 53 (28 mai 1460). Cf. X³ᵃ 2, 1ᵉʳ octobre 1460.
2. Arch. Nat., Z¹ᶠ 23, fol. 196 (10 décembre 1460).

élargissement, Le Maréchal alla vers Marcel, lui promettant de payer ses 3 écus, à raison d'un demi écu par semaine ; sur quoi Marcel consentit à sa délivrance : mais Basanier, le clerc du greffe, n'obtint du pauvre compagnon que deux paires de patins pour ses frais.

Ce Marcel était en somme universellement détesté. En 1461, il était prisonnier à la Conciergerie du Palais et on lui faisait son procès [1]. Voici comment Charles de Melun en écrivait au roi Louis XI : « Touchant Jehan Marcel, nous le tenons encore au Petit Chastelet, et n'est jour que les commissaires n'y besognent ; et touchant ses biens meubles, sans les heritaiges et maisons, j'ay entendu que l'inventaire se monte à dix ou douze mille livres parisis : et, se Dieu veut qu'il soit condamné, Sire, on en trouvera beaucoup plus ; mais plust à Dieu que le Pape eust translaté l'Evesque de Paris en l'Evesché de Jérusalem ! A mon souverain Seigneur. Le bailly de Sens [2]. »

Sitôt dans cette mauvaise passe, en effet, Jean Marcel s'était déclaré *clerc solu*, et avait réclamé le tribunal de l'évêque de Paris.

Cette grave affaire n'était pas sans relation avec celle de la rente du prévôt, qui fut de très mauvaise foi et semble bien s'être vengé ici de Marcel qui l'avait fait saisir pour ses 150 l. de rente. Car l'avocat de Marcel, Popaincourt, laisse entendre que de « lui procède le mal qu'il a de present », que le prévôt avait juré de le détruire, et qu'il lui en coûterait bien 40.000 écus. Quant à son receveur, Bureau, il déclara qu'avant un an il mangerait dans l'hôtel de Marcel !

Le prévôt n'était d'ailleurs pas son seul ennemi. La famille des Marbury, pauvres et intrigants, s'acharna contre lui. Jean de Marbury l'accusa d'avoir vendu sur le Pont un collier d'or où était entré du plomb. Mais on peut croire aussi que bien des gens eurent à se venger de cet usurier.

Voici comment il fut arrêté. Marcel avait acheté d'un orfèvre, le Fourbeur, une pierre dite « jacinthe ». Il la montra à certains qui lui dirent que c'était un simple grenat. L'orfèvre lui apporta d'autres pierres. Marcel les retint, sous prétexte qu'il avait été trompé une première fois, et demanda qu'il lui rendît son argent contre ses pierres. Mal lui en prit : Marcel fut mandé devant Belle-faye, le lieutenant criminel au Châtelet, où il avait tant d'ennemis. Le lieutenant le fit prisonnier, bien qu'il se déclarât clerc non marié. On le conduisit en prison, où nul ne put lui parler ; dans la suite, seulement, on le rendit à l'évêque. Marcel alléguait que les « *affinements* de monnaie n'étaient *de grave malorum* » ; il en avait usé en tout cas à Rouen, au coin et aux armes du roi d'Angleterre. Mais Marcel se défendait d'avoir transporté du billon ; d'ailleurs il jouissait sur ce cas d'une lettre de rémission ; s'il avait affaibli l'aloi de la monnaie, ce fut sur l'ordre du duc d'Orléans. Il prétendait ne pas avoir fait de contrats usuraires. Il expliquait en outre que « *grenaille* n'est or, ne argent, ne billon, ne chose préparée à mettre en monnaie [3] ».

1. Arch. Nat., X²ᵃ 28, 13 juin 1461.
2. Commines II, éd. Lenglet-Dufresnoy, p. 333.
3. Arch. Nat. X²ᵇ 32, 5 mars 1462.

A Arcueil, à Issy, à Vanves, partout où Marcel avait des marchandises, on fit des informations. On mit les scellés dans son hôtel, et on y logea des « mangeurs », sous forme de gardiens. On mettait toutes sortes d'empêchements à ses appels. On le menaçait de le conduire à la Bastille.

Ces inventaires étaient le plus souvent l'occasion de piller ses ennemis : Charles de Melun en écrivait plaisamment au roi Louis XI[1] : « *Sire, le jandre de J. Marsel, nommé maistre Guillaume Cortez, m'a dit que on l'a anblé à son pere en fezant l'inventoire de ses biens ij balès qui valest bien vij ou viij^e escus ; et je ly demandé que y panset qui les avet pris : m'a dit que l'esvesques de Biauvoies. Et outre me dit que on l'avet bien anblé d'autres chouses ; ne scay qui l'an n'est : mès c'est bien invantorié et bien prins, et pour ce, Syre, pansez y : je suis tenu vous avertir de vostre proufit et de vostre dommage.*

Syre, dimanche, une porte bien lorde de vostre boies de Vinsaines tumba sur mes lordes et grasses espaulles, tellement que l'on me tenet mort. Pourquoy, Syre, je vous suplie que se auquuns vous demandest mes houffisses, vaquant par moy, ne les croiès pas : car je parle au consez, et me tarde fort voier les bezoines fès de Marsel et Dammartin, affin que je parle à vous de bouche. Je dessire, Syre, de voies l'eure venue. Escrit de la myn de vostre tres unble et tres oubaissant serviteur et suget,

C. de Mellun[2].

Le procureur du roi chargea Marcel avec vigueur : il ne pouvait jouir du privilège de clerc, puisqu'il s'était adonné à tous négoces séculiers ; il a pratiqué usure et transport de billon ; il a vécu avec des jeunes filles à la vue de tout le monde ; par trois fois il a été fait prisonnier et fut toujours rendu à l'évêque. Il a laissé son habit de clerc et en a pris d'autres, dissolus : chapeau à cordons d'amour, robes à grands bords doublées de martres, collet de couleur, chausses rouges, comme il les porte à présent, ce qui ne convient pas à un clerc, etc. Il ne sera pas rendu : le roi est prévenu. L'affinage et le transport de billon requièrent confiscation de corps et de biens. On alléguait enfin l'ordonnance de Philippe le Bel (1274) qui porte que les clercs qui *se immiscunt negociis turpibus non debent reddi.*

Marcel fut toutefois délivré contre une caution de 10.000 livres. Mais il devait bientôt être repris par Jean de Bar, maître des Requêtes de l'Hôtel du roi, son créancier[3]. On le mena à la Bastille, cette fois.

---

1. Bibl. Nat., fr. 20855, fol. 95.

2. Ce Charles de Melun, écuyer, bailli de Sens, grand maître de l'Hôtel du Roi, cumulait toutes les charges (Bibl. Nat., P. orig. 1917 ; fr. 2921, fol. 108 v°). C'était un intrigant qui se faisait donner des commissions sur tous les offices, faisait casser qui il voulait, et dénonçait les gens comme Bourguignons (Arch. Nat., X^1a 8311, fol. 70). Il disait qu'il avait « la couronne de France en sa main » (A. Sangan). Au physique, c'était un homme commun, « camus comme un rabot, et tout rond » (Bibl. Nat., fr. 12490, ballade du Recueil Robertet pour Dammartin).

3. Arch. Nat., X^2a 32, 5 mars 1462. — D'après le procès de Charles de Melun, il fut condamné à 6.000 écus d'amende sur lesquels le roi donna 2.000 fr. à Melun (Bibl. Nat., fr. 2921, fol. 89.)

Charles de Melun s'était acharné après Marcel : il l'avait fait arrêter [1], et c'est lui qui renseignait le roi sur cette affaire. Aussi, quand on fit à son tour son procès, en 1468, des questions furent posées à ce sujet par les commissaires au roi Louis XI. « Item se le roy commanda audit messire Charles de prendre la bague Jehan Marceau, que ledit Marceau avoit en gage de Monseigneur d'Alenson pour xiiij[e] livres. » Le notaire du roi répondit qu'il n'avait pas charge de les éclairer sur ce point.

Or le roi Louis XI, à Nogent-le-Roi, avait dit à Charles de Melun qu'il fallait qu'il trouvât moyen d'avoir ladite bague, « qu'il voulait avoir et voir ». Charles se rendit immédiatement à Paris, en compagnie de Jean Dauvet et de Mgr de Béziers, qui allaient au mariage de la dame de Montglat. Dans l'hôtel de Dauvet, un rendez-vous fut donné à Marcel qui apporta la bague. On la retint, en lui disant de ne pas s'en soucier. Charles de Melun l'apporta immédiatement à Nogent et la montra au roi, attachée à son chapeau. Louis demanda qu'on la lui gardât ; plus tard, il la donna au seigneur du Lau [2].

Marcel fut très malade. Et Louis XI se montra fort prévenu contre lui, déclarant connaître les grandes charges nouvelles « qui sont, comme on dit, *crimina publica et capitalia.* » C'est pourquoi il l'avait fait emprisonner à la Bastille : ce que de Bar a été chargé de faire. Sur quoi Marcel mourut, le 25 septembre 1468, et fut enterré aux Innocents [3]. Il laissait des neveux et des nièces, et certains enfants naturels : Laurens Marcel, frère de Catherine Marcel, veuve de feu Simon Clément, eut les héritages de Normandie, ainsi que son autre frère Etienne Marcel ; ses biens de France restèrent à ses enfants naturels [4].

Ce fut une curée. Le 4 janvier 1470, on voit encore Guillaume Courtois, son gendre, et Denise Marcel, sa fille, s'opposer à ce que 6.000 l., dues au défunt par Etienne Marcel, bourgeois de Rouen, fussent délivrées à personne, hors de leur présence [5].

---

1. « Item quel prouffit il eut de faire mettre en prison feu Jehan Marceau et depuis de le faire mettre hors, et quelx biens il print en l'oustel dudit Merceau en faisant l'inventoire des biens d'icelluy ; et de lui parler de la *hotte* (bague en forme de hotte-d'or). Chez Dammartin, il avoit fait transporter linge, livres, tapisserie et autres ; somme d'argent ou d'or chez les Sanguins pour la délivrance de leurs biens. Ce qu'il a eu de la confiscation d'Otto Castellani et qui le fit arrêter les procès. Ce qu'il a eu de Jehan Barbin ; pourquoi il a fait battre le cardinal. » (Bibl. Nat., fr. 2921, Procès de Charles de Melun).

2. Bibl. Nat., fr. 2921, fol. 116.

3. Lebeuf, éd. Cocheris, I, p. 197. — Le 18 novembre 1466, le chapitre de Saint-Germain l'Auxerrois avait accordé à Jean Marcel de pouvoir faire élever une tombe, pour lui et ses deux enfants, au cimetière des Innocents, entre les deux piliers situés devant le commencement de la Danse Macabre (Arch. Nat., LL. 396, fol. 179 v°).

4. Arch. Nat., X1a 4819, fol. 242 v°, 27 avril 1478. « Jacqueline Marcel, veuve de M° Jean de Sous le Four, Loys Goupil, procureur d'Estienne Marcel [bourgeois de Rouen], M° Guillaume Courtois [avocat en la cour] d¹ Cloître St-Merry à la *Hure de Sanglier*, pour Denise Marcel, fille de Jean, sa femme, M° Jean Marcel, curateur du petit Jean Marcel son frère, héritiers pour 1/4, font subroger à l'exécution testamentaire de feu sire Jehan Marcel, bourgeois de Paris, M° Jehan Turquant, examinateur. » (Bibl. Nat., Clair., 764, 29 janvier 1468, n. st.).

5. Arch. Nat., X1a 4811, fol. 248.

Telle fut l'existence, âpre et dure, d'un grand financier que Villon nous
a donné pour un pauvre orphelin. Tel fut l'ennemi de son protecteur,
Robert d'Estouteville.

Girart Gossouyn l'aîné était également un vieil usurier et un spéculateur
sur le sel.

En 1433, il est dit maître des garnisons de Monseigneur le Régent[1]. Il
tenait, comme Jean Marcel, le parti anglais. Il demeurait, depuis 1431, à
Rouen où il exerçait l'office de grenetier[2] : à Paris, un notaire du Châtelet,
Jean Bouté, gérait ses intérêts. Il est dit notaire au Châtelet, le 3 juillet 1454[3] ;
mais il faisait aussi des spéculations sur le sel, qu'il conservait dans la cave de
sa maison, rue Thibaud-aux-Dés. Il était mort à la date du 12 janvier 1468 :
ses héritiers furent Gautier Gossouyn, Simon de Plains et Jean Grogente[4].

Voici deux affaires qui nous instruisent sur les opérations de Girart Gossouyn.

En 1422, au mois de décembre, Girart Gossouyn avait acquis de feu
Erart et de Jean du Pré, demeurant à Bagnolet, 4 l. p. de rente sur des
vignes, pour le prix de 35 l. 12 s. C'était un prix beaucoup moindre que
celui du roi, et néanmoins les vendeurs payèrent les arrérages de la rente
jusqu'à l'an 1431 inclus, soit neuf années montant à 36 l. p., somme qui
dépassait de beaucoup le principal.

En 1431, Gossouyn était allé demeurer à Rouen, où il resta jusqu'au recou-
vrement de la Normandie par Charles VII. Comme il était très lié avec
Jean Bouté, notaire au Châtelet de Paris, qui conservait ses biens dans sa
maison, Bouté lui fit savoir qu'Erart et Jean Dupré avaient fort besoin
d'argent, et qu'il leur fallait vendre des rentes : il lui conseillait d'en
acheter, « et mieulx que ung autre ». A quoi Gossouyn répondit qu'il avait
beaucoup de charges, qu'il ne connaissait pas les dits du Pré, mais qu'il s'en
remettait à ce que Bouté ferait. Pendant ce temps les vignes de Bagnolet
étaient demeurées en friche et les vendeurs moururent. Après la réduction
de Rouen, Gossouyn se rendit chez les héritiers d'Erart du Pré, leur récla-
mant tous les arrérages de la rente depuis sa constitution, somme qu'il
disait monter à 112 l. C'étaient de simples gens qui lui répondirent qu'il
avait déjà reçu le paiement de ses arrérages ; à quoi Gossouyn répliqua qu'il
leur montrerait des quittances prouvant que ces sommes n'avaient pas été
payées ; et il insinua qu'il ferait « bon marché des arrérages » : ce qu'accor-
dèrent les héritiers d'Erart du Pré, pour éviter un procès ; et ils firent une

---

1. Arch. Nat., Z¹ª 9, fol. 24.
2. Cf. encore une quittance de 120 l. t. de P. Baille, le receveur de Normandie, à Gossouyn,
du 4 novembre 1439.
3. Arch. Nat., Y. 5232.
4. Arch. Nat., X¹ª 4810, fol. 135.

transaction. Par cet accord, Gossouyn affirma qu'on lui devait tous les arrérages de la rente, lesquels il modéra à 40 l. p., et la rente de 4 l. à 50 s. ; mais aussi il obligea la veuve à renoncer à son douaire. Or tout cela était faux. On retrouva les quittances des arrérages : et pour 40 l., Gossouyn avait eu un arpent de vigne assis à Bagnolet qui en valait bien 50. Ainsi Gossouyn, pour 25 l. en avait obtenu 36, plus un arpent de vigne valant 50 l., les arrérages échus depuis le dit accord, plus 50 l. C'était là, au premier chef, un contrat usuraire, illicite, trompeur, et fait contre les ordonnances. Aussi les héritiers d'Erart du Pré portèrent plainte et plaidèrent devant la justice du Trésor [1], bien que Gossouyn eût menacé Jeanne, veuve de Jean du Pré, de la ruiner et de la faire battre par les carrefours de Paris, ainsi que Huguet, son héritier.

Le 29 juillet 1456, un jugement fut rendu contre Gossouyn : les lettres d'acquisition des 4 l. p. de rente étaient déclarées usuraires, illicites, et faites au mépris des ordonnances du roi ; de même le second contrat de modération de 4 l. à 50 s. au regard de la veuve du Pré, indûment fait et annulé. « Et pour les faultes commises par icellui Gossouyn, en lad. matiere, qu'il soit condemné en XL. p. d'amende envers le roy etc. [2]. »

Le 14 février 1461, Gossouyn était en procès devant la Cour des Aides contre Pierre de Refuge, général des finances, et Nicolas Candillon, grenetier de Paris [3].

C'était le général des finances qui fixait le prix auquel on devait vendre le sel aux marchands, après une enquête sur les frais de sa conservation dans le grenier et son prix d'achat. Il devait avoir égard pour cela à l'intérêt de la chose publique, sans toutefois établir un prix excessif pour le marchand.

Cette affaire remontait à 1452, où Gossouyn, que l'on dit « bon marchand et ayant bon crédit », avait présenté au grenier à sel de Paris 135 muids de sel : il succédait là à Volant, qui venait de vendre son sel [4]. Gossouyn pouvait faire la vente à 32 l. (le muid) ; mais le général aurait ordonné de retenir sur chaque muid 4 l. [5]. Depuis Gossouyn avait fait observer que le sel lui avait beaucoup coûté, que la vente ne lui rapportait guère ; sur quoi le général lui adjugea 2 francs. Il protesta contre cette retenue qui survenait trois mois après une vente : procéder ainsi serait la destruction de la gabelle, car aucun marchand ne voudrait se mêler de fournir les greniers dans ces conditions.

Cette affaire parut tour à tour devant la Chambre des Comptes, le Châtelet, le Parlement, qui la renvoya à la Cour des Aides [6].

1. Arch. Nat., Z¹ᶠ 19, fol. 181 v°, 6 février 1456 n. st. ; fol. 189, 13 février.
2. Arch. Nat., Z¹ᶠ 20, fol. 44.
3. Arch. Nat., Z¹ᵃ 23, fol. 85 v°.
4. Arch. Nat., X¹ᵃ 8306, fol. 133.
5. En 1458, après la vente du sel, le général des finances écrivit au grenetier qu'il ne savait à quel prix Gossouyn l'avait eu, mais qu'on lui retint 4 l. par muid. (Arch. Nat., Z¹ᵃ 22, fol. 48 v°, 4 octobre 1460).
6. Arch. Nat., Z¹ᵃ 23, fol. 269 ; X¹ᵃ 8306, fol. 333.

Quoi qu'il en soit du fond de cette affaire, la vente du sel au détail procurait des bénéfices considérables à ceux qui s'y livraient : ainsi, selon
l'avocat Viole, qui plaidait pour le grenetier de Paris, le muid de sel
pouvait se vendre au port de Paris pour 10 écus. Or Gossouyn en avait
pris à 30 francs par muid [1].

Colin ou Nicolas Laurens était également un financier : on le dit tantôt
marchand et bourgeois de Paris, tantôt épicier. On le trouve par exemple
désigné comme exerçant cette profession parmi les maîtres jurés épiciers
de Paris, en 1450 [2]. En réalité il faisait tous les métiers où ses capitaux
pouvaient lui être utiles ; et surtout il avançait de l'argent, et en recevait
chez lui en dépôt.

Ainsi, en 1444, on lui payait 200 livres « pour poudre à canon du temps du
siège de Monstreau [3] ». En 1452, il est désigné par la Cour comme caution
dans le procès au sujet de la terre de Champtocé entre le duc de Bretagne et
le roi de Sicile [4]. On le voit associé à Robert le Cornu dans une affaire de transport de meules à moulins importées de la Ferté-sous-Jouarre [5] ; associé avec
Robert le Margotel, à Coutances, pour la vente du vin [6] ; il figure dans un
procès soutenu contre le receveur pour le roi du péage de Villeneuve, avec
d'autres marchands parisiens qui déclaraient avoir toujours eu libre cours pour
leurs marchandises sur la Seine et l'Yonne [7]. Le 12 avril 1454, avec sa femme,
Nicolas Laurens demandait compte de leur administration à Jean de Megrigny,
receveur des Aides du roi, à Troyes [8]. En 1455, il est associé avec Antoine
Huet, de Rouen, pour la vente du sel, du hareng, du vin [9]. En 1456, on voit qu'il
cautionne Jean Robiquel qui va exercer le métier de changeur dans le Maine [10] ;
il vend en ce temps-là des « tables d'alebastre », du drap [11] ; il est compagnon
de Simon Roze, à Compiègne, pour la vente du vin [12]. En 1458, il s'associe avec
un marchand de Caen pour la vente du vin de Paris et de Suresnes [13] ; en
1459, avec Charles Desmaretz, capitaine de Dieppe, pour deux meules de
moulin [14], et il amenait du vin d'Auxerre à Paris [15]. Le 13 septembre 1460,
Laurens est toujours dit marchand épicier et était autorisé à faire fondre

1. Arch. Nat., Z¹ᵘ 23, fol. 269.
2. Arch. Nat., Y. 4, fol. 96 ; Z¹ꜰ 15, 22 avril 1450.
3. Bibl. Nat., fr. 52511, 6ᵉ compte de Xaincoins.
4. Arch. du duc de la Trémoïlle.
5. Bibl. Nat., Moreau 1062, fol. 5, 90. — 6. Ibid., fol. 9.
7. Arch. Nat., Z¹ᵇ 20, 17 nov. 1452. — 8. Ibid., X¹ᵃ 1483, fol. 138.
9. Bibl. Nat., Moreau 1062, fol. 26 ; Arch. Nat., KK. 408, fol. 49.
10. Arch. Nat., Z¹ᴮ 286, 14 août 1456.
11. Bibl. Nat., Moreau 1062, fol. 31.
12. Arch. Nat., KK. 408, fol. 46. — 13. Ibid., fol. 42 v°. — La recette des Compagnies françaises (Arch. Nat., KK. 409, compte de 1457-1458) le montre associé de Jean le Bon pour le
commerce du foin ; de le Villain, à Caen ; de Jean du Buc pour le vin. On le trouve parmi les
acheteurs du vieux bois provenant du pont Notre-Dame (Ibid., fol. 289.)
14. Arch. Nat., fol. 59. — 15. Ibid., fol. 67.

dans sa « granche », séant en la rue Montorgueil, 19 tacques de lavure de plomb par le fondeur Jean Monnant [1].

Des honneurs officiels avaient été la récompense de ses services, et de sa fortune : le 22 juillet 1461, on le trouve parmi les échevins de Paris, élu pour faire partie de l'ambassade qui allait vers Louis XI lui porter l'hommage de la ville [2].

Jean Laurens était mort le 19 novembre 1478, date à laquelle on voit Jean François et Jeanne, sa femme, réclamer à ses héritiers les 1.000 écus d'or qu'ils avaient laissés chez lui en garde [3] : sa fille unique et son héritière avait épousé Pierre Chouart. Sa femme, Catherine Aubrée, était morte avant le 26 avril 1462, laissant des héritages à Meaux et des maisons à Paris [4] : elle était paroissienne de Saint-Jacques la Boucherie [5].

Comment Villon a-t-il pu attaquer un si puissant personnage ? Sans doute parce qu'il était marchand de sel et que les gabeleurs étaient fort décriés.

Ainsi on voit que Nicolas Laurens plaidait contre Jean Etienne Gontier, et Jean d'Appoigny [6]. Son avocat le disait « bien notable marchant », fournissant de sel plusieurs greniers de ce royaume. Depuis longtemps déjà il avait déposé au grenier d'Auxerre une grande quantité de sel pour être vendu « à tour de papier [7] », et selon les ordonnances royaux. Il y avait employé une grande part de son argent qui dormait là. Jadis on vendait à ce grenier, chaque année, de 100 à 120 muids de sel : à présent, on n'en vendait pas 30 muids. C'est pourquoi Laurens se plaignait de Gontier et d'Appoigny qui, en vertu d'un ban de l'évêque d'Auxerre, avaient vendu le sel qu'ils avaient acheté d'autres marchands, au lieu de vendre celui du grenier : et il réclamait 500 l. de dommages et intérêts. Mais l'avocat de la partie adverse laisse entendre que ce n'est pas par désintéressement, ni par la connaissance de son droit, que Laurens agissait ainsi. Certes, il le reconnaissait : Nicolas Laurens était un notable marchand, et contre sa personne il ne voulait rien dire : mais, riche et puissant comme il était, il ne devrait pas rompre le ban. « Ad ce que partie a dit que son sel dort oudit grenier, dit s'il dort, *imputetur vobis...* »

D'ailleurs Laurens était d'accord avec le grenetier d'Auxerre : pendant le ban, quand les gens voulaient avoir du sel, on ne pouvait le trouver ; et il venait au grenier le plus tard qu'il pouvait. Il le mesurait avec de fausses

1. Arch. Nat., Z[1B]/[4]; le 30 mai 1468, il était autorisé de même à faire fondre 12 taques de plomb et à « affiner en l'*Ostel de Clisson* » (*Ibid.*).
2. Arch. Nat., Z[1H] 14.
3. Arch. Nat., Z 10/[4].
4. Bibl. Nat., Clair., 763, 26 avril, 5 mai 1462.
5. Arch. Nat., LL. 784, fol. 218.
6. Arch. Nat., X[1a] 20, fol. 217 v° (22 juin 1453).
7. Les gabelles des greniers à sel de France appartenaient au roi et demeuraient à sa disposition. Cependant il y avait des usages pour la fourniture du sel : ainsi le marchand qui le premier avait présenté son sel dans un grenier devait le vendre « à tour de papier », à moins qu'il n'y eût un autre marchand qui voulût vendre son sel au rabais ; auquel cas il en vendait jusqu'à 10 muids. (Arch. Nat., Z[1a] 20, fol. 217 v°).

mesures, disant au peuple que le sel du ban n'était pas bon, que le sel du
marchand valait mieux. Il fallait le payer en monnaie, et il conservait le
change sur l'or. Comme on ne pouvait trouver le grenetier, les gens déléguaient un acquéreur pour tous ; ainsi Gontier acquit et transporta 9 minots
dans son hôtel.

Nicolas Laurens vendait également du sel au comté de Clermont où on le
voit louer une chambre en la halle ; là il demeura quatre ans sans rien payer [1].

XXXVII. — PIERRE RICHER, Pédagogien a Paris

Pierre Richer était bien un directeur d'école pour les jeunes enfants. Dans
un acte fragmentaire, donné en 1455 à Saint-Mathurin, siège de la Faculté
des Arts, il est dit maître en théologie, tenant à Paris une école notable
(*notabile pedagogium*) où lui et ses associés instruisaient les enfants en science
et en mœurs (*et eos per se et suos submagistros instruxerunt in litterarum et
arcium sciencia...* [2]) En 1452, on voit qu'il était déjà professeur en Théologie
et curé de Saint-Eustache. Il avait alors des difficultés avec le chapitre de
Saint-Germain-l'Auxerrois qui devait assurer l'entretien de cette église contre
la ferme des cierges, des offrandes, etc. [3]. Le chapitre accusait le curé de
retenir une partie des recettes faites le Vendredi-Saint sur les offrandes et les
confessions. Le 5 juin 1455, le chantre de Saint-Germain présentait au curé
de Saint-Eustache son nouveau clerc et le revêtait du surplis : Mᵉ Pierre
Richer refusait de le recevoir, alléguant que c'était là l'office du curé lui-
même [4]. Le 1ᵉʳ août 1460, le chapitre finissait par délivrer à Pierre Richer
la ferme de la paroisse, comme à une personne étrangère, pour trois ans [5].
Le 4 janvier 1463 (n. st.), Pierre Richer est dit mort depuis peu : Philippe
Richer et Jean Gimyer prenaient alors à ferme la cure de Saint-Eustache [6].

XXXVIII. — Un pauvre clergeot de Parlement : Mᵉ ROBERT VALLÉE

Robert Vallée était du même âge que Villon et fut son compagnon d'études,
puisqu'il est dit bachelier ès arts, en 1448, et fut reçu à la licence en 1449 [7].
Il est dit originaire du diocèse de Poitiers et sa bourse fut de 2 s. p.

1. Arch. Nat., KK. 282. Recettes et dépenses du comté de Clermont de 1456 à 1458.
2. Bibl., Nat., n. acq. lat. 1787, p. 9.
3. Arch. Nat., LL. 396, fol. 10. — 4. *Ibid.*, fol. 46. — 5. *Ibid.*, fol. 106 vᵒ. Cf. ce contrat,
sous la date du 4 mai 1460 (Arch. Nat., LL. 396, fol. 109).
6. Arch. Nat., LL. 396, fol. 138. Le nom de Pierre Richer, donné comme professeur ordinaire dans le registre de la Faculté de Théologie, se rencontre dès 1456 : il disparaît sur le
compte de 1463-1464 (Bibl. Nat., lat. 5657ᶜ). — 7. Bibl. de l'Université, ms. nᵒ 1, fol. 80, 102.

Robert appartenait à une bonne famille de l'administration des finances et du Parlement, puisqu'on le voit figurer, le 23 juillet 1463, parmi les témoins et cousins du côté maternel de Marie de Tuillières, fille de feu Pierre de Tuillières, conseiller au Parlement, et de Jeanne Braque, lorsqu'elle reçut pour curatrice sa mère [1]. Robert était donc allié de Germain Braque, le maître général des monnaies, de Guillaume Gentien, de Jean Calipel, de Jean Sevestre [2], familles bien connues à Paris dans le milieu du Châtelet.

Le 16 mars 1455 (n. st.), on rencontre Robert Vallée au Châtelet : il est procureur de Jeanne, sa femme, de Jacquelin Remon et d'Olive, sa femme, de Jehannin le Roy. Il s'agit de l'héritage de Robert le Roy, en son vivant tisserand de drap à Paris, dont Jeanne Vallée était la nièce et l'héritière : les époux échangent et renoncent à des terres de l'héritage dans la vicomté de Montivilliers [3]. Dans la suite, on rencontre des mentions assez fréquentes de Robert Vallée, comme procureur, dans différentes affaires qu'il représenta soit au Parlement [4], soit surtout devant la justice du Trésor [5].

Le 6 août 1463, Robert Vallée était condamné à payer 6 livres de rente envers la Grande Confrérie aux Bourgeois de Paris, comme détenteur d'une maison rue Saint-Martin, en face de la barre de Saint-Merry, et qui avait appartenu à Colin le Prestre, déchargeur de vins [6]. Le 24 février 1468 (n. st.), Nicolas Vallée, héritier de Guillaume Vallée, seigneur d'Orcheux, plaidait contre Robert Vallée, Guillaume Cailletez et sa femme, auparavant femme de Guillaume Vallée [7].

Robert était donc parent de Guillaume, que l'on trouve huissier d'armes le 8 janvier 1448 [8], et qui possédait, en 1464, un hôtel rue Saint-Denis, à l'*Image Saint-Nicolas*, près de l'église des Saints-Innocents [9].

Il était certainement parent de Jean Vallée que l'on trouve en 1439 procureur au Châtelet avec Pierre Genevoys, qui sera curateur de son parent, Jean Sevestre [10].

---

1. Bibl. Nat., Clair., 763 ; Cf. aussi ce registre à la date du 23 janvier 1455, n. st.

2. Pierre Genevoys, le procureur au Châtelet, fut curateur de Jean Sevestre (Bibl. Nat., Clair., 763, 4 février 1455, n. st.).

3. Arch. Nat., Y. 5232.

4. Le 8 mai 1461, Robert Vallée, procureur de Gaultier Lot, était condamné pour les « subterfuges par lui exquis en ceste partie » à 20 s. d'amende qui seront distribués aux prisonniers de la Conciergerie au cours d'un procès contre le couvent de Saint-Maur (Arch. Nat., X¹ᵃ 8307, fol. 70) ; mentionné le 29 mars 1463, n. st. (Arch. Nat., X¹ᵃ 4808, fol. 74 v°).

5. 11 janvier 1460, 16 et 30 janvier, Robert Vallée est procureur de Guillaume Bellemère dans son procès contre Jean Langloiz, prêtre (Arch. Nat., Z¹ᶠ 22). Le 15 octobre et le 19 novembre, il est procureur de Pierre de la Barre, prêtre, écolier à Paris, en procès contre Pierre Boucher (Z¹ᶠ 23). Le 26 juin 1461 et le 1ᵉʳ juillet, procureur de Jean Guérart (Z¹ᶠ 24). Le 6 juillet 1463, on le trouve procureur de Jacquet Paulmier (Z¹ᶠ 25).

6. Bibl. Nat., Clair., 763.

7. *Ibid.*, Clair., 764. — Ce personnage reçut en 1461 la seigneurie de la Roche Tesson en Normandie (Arch. Nat., X¹ᵃ 8307, fol. 144 v° ; JJ. 199, p. 523).

8. *Ibid.*, Clair., 763.

9. *Ibid.*, Clair., 764.

10. *Ibid.*, Clair., 763.

Tout cela nous donne à penser que le « pauvre clerjot » de Parlement
était fort à son aise, qu'il était allié à des familles de financiers et d'adminis-
trateurs dans la haute bourgeoisie parisienne.

De là l'ironie des dons que lui a fait Villon dans ses *Lais*[1]. Ce camarade
d'études aura refusé d'aider le pauvre Villon, sans doute à l'instigation de
son amie, Jeanne de Milières : car, dans leur association, c'est la femme qui
porte la culotte et mène cet enfant par le bout du nez. Je lui laisserai donc,
pense Villon, mes braies[2], mais celles-là que je viens d'abandonner en gage
à la taverne des Trumelières, non loin des Halles. Il pourra en coiffer son
amie.

A un fou de cette sorte, comment ne pas laisser aussi le plus ridicule des
livres, l'*Art de Mémoire*, ce bel ouvrage révélé par Dieu au roi Salomon par
le moyen d'un ange ? Son explicit suffira à nous faire entendre l'ironie de
Villon à l'égard de ce benêt qu'est Robert Vallée :

Expliciunt orationes speciales et generales Memorative artis *per quas potest
haberi memoria in omnibus auditis retinendis, facundia in omnibus retentis profe-
rendis facunde, ingenium et intellectus in omnibus scientiis adiscendis, et stabilitas
in scientiis adquisitis, si, suis horis et suis temporibus, sicut superius terminatum
est, proferantur*[3].

Mais, pour assurer la vie de ce pauvre propriétaire, qui ne possède « ne
mont... ne vallée », François Villon, ce jeune et riche gentilhomme, ordon-
nera à ses parents de vendre son armure de tête, son haubert, et d'employer
cette somme à son intention.

Relisons maintenant les trois allègres huitains du poëte, et estimons qu'il
est imprudent de ne pas obliger François Villon !

> Et a maistre Robert Valee,
> Povre clerjot au Parlement,
> Qui ne tient ne mont... ne vallee[4],
> J'ordonne principalement

---

1. L., h. 13, 14, 15.

2. Sorte de petit caleçon de bain, pièce essentielle du costume masculin, comme le prouve
entre autres cet exemple emprunté au *Miroir du Monde* (Bibl. Nat., fr. 9686, fol. 7 r°, xv° siècle) :
« Et Semiramis fut tant jalouse de son filz que, pour ce qu'il ne se couplast à aucunes de ses
damoiselles, elle fist faire brayes à ses femmes qui fermoient moult fort : et ne trouve l'on pas
qu'oncques mez eussent portées braics. »

3. Bibl. Nat., n. acq. lat. 1565, fol. 12 v°. Cf. *la Farce de l'arbalestre a ij personnages* : Le
mary :

> Elle me vouldra faire a croire
> Que je suis fol de droicte ligne :
> Jamais Noüe, qui fit la vigne,
> N'eust une si belle entendoire,
> Car je say bien l'Art de Memoire.

4. Equivoque sur le nom du légataire. Le sens est qui ne possède rien, ni montagne, ni plaine,
ni vallée. (Cf. Montaiglon, *Anc. poésies françaises*, III, p. 153).

Qu'on luy baille legierement
Mes brayes [1], estans aux *Trumellieres* [2],
Pour coeffer [3] plus honnestement
S'amye Jehanne de Millieres [4].

Pour ce qu'il est de lieu honneste,
Fault qu'il soit mieulx recompensé,
Car Saint Esperit l'admoneste,
Obstant ce qu'il est insensé ;
Pour ce, je me suis pourpensé,
Qu'on lui baille l'Art de Memoire
A recouvrer sur Maupensé [5]
Puis qu'il n'a sens ne qu'une aulmoire [6].

---

1. On laissait en gage ses habits à la taverne : mais c'est peu probable qu'on y abandonnait ses braies. Cf. t. I, p. 73. C'était là une façon de parler : Cf. la ballade du ms. fr. LIII de Stockholm, fol. 18 v° :

> Rembourreux d'enffumez cabas
> Laissez vous fault vostre mestier,
> Sans plus fourbir les vielz harnoys
> Trop de gens s'en veulent mesler
> Car il n'est homme, à brief parler,
> Qui n'en veuille tenir escolle ;
> Et, deut il ses brayes engagier,
> Chascun veult fourbir la virolle.

2. « Item confsssa que avant Noel derrenierement passé en la taverne des *Trumelieres* ès Hales... lui et ledit Perrin prindrent et emblerent vj vieilles escuelles d'estain... » *(Registre criminel du Châtelet de Paris,* II, p. 503, ad a. 1392). Villon a choisi cette taverne à cause de son nom équivoque : les trumelières dans l'ancienne langue désignaient une sorte de bottes (Godefroy, s. v. *Trumelières*).

3. Cf. *La Farce nouvelle de deux jeunes femmes qui coiffèrent leurs maris par le conseil de Me Antitus* (Picot, *Recueil de Farces*, p. 98, 113) :

> Ça, ça voici que vous ferez :
> Femmes, vos maris coifferez
> Et leur baillez pour chose honneste
> Une coiffe dessus leur teste...

La Farce de l'arbalestre a ij personnages : Le mary :

> Vous m'avez faict grandes destresses
> Car, quant les femmes sont metresses,
> Elles y doibvent les braies porter...

Cette plaisanterie dura des siècles, et persiste encore. Il y a une gravure populaire du temps de Louis XIV représentant une femme corrigeant son mari qui lui présente sa culotte : la légende est : *Ambition de la femme pour parvenir à la maîtrise par la culotte.*

4. M. A. Longnon a trouvé le nom de Jeanneton de Milières à la date du 18 février 1455, n. st. *(Etude biographique,* p. 109. Arch. Nat., X²ᵃ 25).

5. Je n'ai jamais rencontré ce nom, qui me parait forgé, et amené par l'idée de déraison. Maupensé est ailleurs une abbaye burlesque (Petit de Julleville, *Catalogue des Farces,* p. 227 ; Picot, *Sottie en France,* p. 69).

6. Il semble bien qu'il y ait encore ici une équivoque qui a son correspondant dans le bas langage moderne. Cf. la *Farce de Frère Guillebert* (Viollet le Duc, *Ancien théâtre français,* I, p. 309). C'est la femme qui parle :

> Vienne, fust il moyne ou convers,
> Je luy presteray mon aumoyre...

Mais il y a peut-être une allusion au fabliau de la Pleine bourse de sens. Cf. *Recueil général,* III, p. 89 et sq.

Item, pour assigner la vie
Du dessusdit maistre Robert,
(Pour Dieu, n'y ayez point d'envie !)
Mes parens, vendez mon haubert [1],
Et que l'argent, ou la plus part,
Soit emploié, dedans ces Pasques,
A acheter a ce poupart
Une fenestre emprès Saint Jaques [2].

XXXIX. — MICHEL CULDOE, Échevin de Paris
et CHARLOT TARANNE, Changeur

Michel Culdoe appartenait à la meilleure et à la plus riche bourgeoisie
parisienne.

Son père, Charles Culdoe, avait été fait prisonnier au Louvre, lors de l'insurrection de 1418 : mais il avait pu sauver sa vie, en payant une grosse
rançon, et s'était empressé de quitter Paris [3]. C'était un clerc des comptes [4],
un riche prêteur à intérêt, qui savait de 100 l. de rentes en faire 1.000. Le
gouvernement anglo-bourguignon s'empara pendant son absence de ses
biens : de son grand hôtel, rue de la Tonnellerie, de sa maison de la rue
des Prouvaires, de ses héritages sis à Châtillon et à Arcueil [5].

Sire Michel ou Michault Culdoe était beaucoup plus âgé que Villon, puisqu'il naquit en 1408 [6] : il suivit le parti français et ne rentra à Paris qu'après
la réduction de la ville au roi [7]. Il était élu échevin, en 1440, résignait cette
fonction en 1442 ; on le retrouve de nouveau échevin, en 1447 et en 1461 [8].
Le 19 novembre 1444, Michel Culdoe plaidait contre les héritiers de feu
Guillaume Sanguin au sujet de 120 écus d'or et 10 l. 8 s. [9]; le 22 septembre
1445, il était tuteur des enfants de l'examinateur Guillaume Widerue [10]. En
1448, on le voit prévôt de la Grande Confrérie aux Bourgeois [11], où il fondera

1. Il y a vraisemblablement ici une équivoque, du moins une association d'idée, *aubert*
désignant de l'argent en jargon.
2. Voir ce qui a été dit, t. I, p. 271.
3. Arch. Nat., X[1a] 8304, fol. 141.
4. Bibl. Maz., Notes de du Fourny, ms. 3035 (Retenu clerc laïc au lieu de Jean de Vaudetar, par lettres du 15 décembre 1415).
5. Sauval, III, p. 289, 310, 327, 328.
6. Bibl. Nat., Clair., 763, 9 janvier 1427, n. st.
7. Arch. Nat., X[1a] 8304, fol. 141. — Le 9 juin 1436, sa femme héritait de feu Pierre de
Lesclat (Bibl. Nat., Clair., 763), qui avait prêté au duc de Bourgogne 200 fr. d'or. Lesclat
était mort, laissant comme héritiers Michel Culdoe et sa femme : d'où procès (Arch. Nat.,
X[1a] 8304, fol. 141, 26 juillet 1449).
8. Arch. Nat., KK. 1009, fol. 6, 7 ; Z[1H] 14, 22 juillet 1461.
9. Bibl. Nat., Clair., 763. — 10. *Ibid.*
11. A. Longnon, *Etude biographique*, p. 13.

plus tard son obit et à qui il léguera sa maison de la rue de Champfleury [1]. Il figure, comme témoin juré à la requête du prévôt de Paris, contre le chapitre de Saint-Pierre-des-Arcis, le 30 juin 1460 [2] : il vivait encore en 1478 [3], mais mourut avant le 3 juin 1479 [4]. Il laissait Jeanne Culdoe qui épousa Marc de Janeillegac [5].

Sire Charlot Taranne appartenait à l'une des familles les plus riches de Paris, et royaliste : son histoire ressemble beaucoup à celle des Culdoe ; car les Taranne aussi avaient été victimes de la révolution de 1418.

Charlot était l'aîné des frères Taranne, très connus à Paris [6], fils de Jean Taranne, le changeur, qui avait été massacré en 1418 avec son fils Jehannin [7]. Taranne le père avait également exercé la charge de maître des Comptes [8]. C'était un homme fort riche qui, en 1408, avait pu acquérir la portion d'amont du Pont-Neuf (Pont-au-Change), qui venait d'être emportée par les glaces, moyennant 600 l. t. et 16 l. p. de rente payables à la recette de la ville de Paris : de même le Pont Saint-Michel, pour 500 l. et 16 l. p. de rente par an, sa vie durant [9]. Il vendait au prodigue Charles VI hanaps, aiguières d'argent doré, perles et pierreries [10]; il avançait de l'argent à Charles d'Orléans pour la rançon du comte d'Angoulême, contre des joyaux estimés 41.000 francs [11]. Son hôtel à Paris était situé rue Saint-Jacques la Boucherie, en 1414 [12].

Les biens des Taranne furent confisqués pendant la domination anglaise : Garnier de Saint-Yon occupa leur hôtel de la rue Saint-Jacques la Boucherie [13] : l'hôtel et jardin de Saint-Germain des Prés, les terres à Vanves et à Saint-Cloud eurent le même sort [14].

Charlot dut rentrer à Paris avec la domination française. On voit qu'il occupait le seizième change du Pont, l'an 1441 [15]. Il dut alors travailler beaucoup à refaire sa fortune : il est dit en procès avec le Trésor « dont ne peut avoir le bout [16] » ; une des maisons de sa famille, à Saint-Germain des Prés, était mise en criées, en 1443 [17] ; et le change, clos en 1446, fut payé seulement en partie en 1449 [18]. Charlot soutenait alors de grands procès. Le

1. Arch. Nat., LL. 437, 29 avril. — 2. Arch. Nat., Z¹ᶠ 23.
3. Sauval, III, p. 425.
4. Bibl. Nat., Clair., 764.
5. Sauval, III, p. 412.
6. Christophe, Guillaume, Louis, Pierre, le notaire (Clair., 763, 13 juin 1439).
7. Arch. Nat., Z¹ᶠ 24, 19 février 1462, n. st.
8. Institué au lieu de Thomas d'Aunoy, par lettres du 9 janvier 1416 (Bibl. Maz., ms. 3035). Cf. Arch. Nat., X²ᵃ 17, 5 mars 1416, n. st.
9. Bibl. Nat., fr. 10988, fol. 132 vᵉ (Manuel de Pierre Amer, clerc de la Chambre des Comptes).
10. Bibl. Nat., fr, 20884, 12ᵉ compte de Charles Poupart.
11. Arch. Nat., X¹ᵃ 8304, fol. 514 vᵒ.
12. Arch. de la Seine V. D. Dᵇ ; Sauval, III, p. 265.
13. Sauval, III, p. 308. — 14. Ibid., p. 319-328.
15. Bibl. Nat., fr. 22392, p. 22 (Comptes de la Sainte-Chapelle).
16. Bibl. Nat., fr. 22392 ; le 14 décembre 1441, on voit que son frère Pierre plaidait par exemple contre Raymond de Saint-Yon devant la Justice des bouchers de Paris : les Saint-Yon s'étaient emparés de leurs biens (Bibl. Nat., fr. 32586, p. 30). — 17. Ibid. — 18. Ibid.

15 février 1446 (n. st.), on voit qu'au nom de ses frères, il faisait opposition sur l'héritage de Guillemette de Vitry, échu à Louis Raguier pour 480 l. [1].

Le 20 juillet, Charlot et son frère Pierre, le notaire et secrétaire du roi, étaient en contestation avec Charles d'Orléans au sujet des avances relatives à la délivrance de Jean d'Angoulême [2]. Cette même année, Pierre Taranne réclamait à Philippe le Bon le remboursement du tiers d'une somme de 1.000 fr., que son père avait jadis avancée aux Bourguignons, qui refusaient alors de la payer [3]. On trouve encore Charlot plaidant contre Pierre Taranne le 21 mars 1459 (n. st.) [4], puis, le 19 février 1462, contre le procureur du roi, au sujet de la location du change paternel [5]. Mais Charlot était mort en 1464 ; car un compte de Saint-Jacques la Boucherie, qui se termine à cette date, porte que, pour ses funérailles, il avait été payé 42 l. 15 s. 9 d. par les mains de Guillaume Boucher, l'examinateur au Châtelet [6].

L'ironie des legs de Villon consiste donc simplement à attribuer à ces riches personnages 100 s. « pris de manne » (nous dirions tombés du ciel), et une « house de basane » (des vieux souliers que l'on criait dans la rue), un objet de rebut.

XL. — COLIN GALERNE, Barbier, et BAUGIS,
Herboriste en la Cité

Le barbier s'appelait Nicolas, et plus familièrement Colin Galerne. Sans doute il était fils de Michel Galerne que l'on voit, en 1441, barbier des enfants de chœur de Notre-Dame [7]. Or on trouve Colin Galerne dans le même office, où il recevait, le 26 novembre 1459, la somme de 54 s. p. pour avoir tondu les dits enfants de chœur [8]. Vraisemblablement Villon le connaissait depuis longtemps. Car on rencontre un Jean Galerne, procureur du collège de Tréguier, en 1431 [9] ; et Guillemette, la femme de Colin Galerne, était fille d'Etienne le Camus, le propriétaire de la *Heuze*, rue Saint-Jacques [10].

Quant à Colin, il demeura toujours dans la Cité. Il est question de Galerne, comme marguillier, dans les comptes de Saint-Germain-le-Vieux que tint Martial d'Auvergne, procureur en Parlement et confrère en poésie de François Villon, entre 1454 et 1458. Colin rédigera ces mêmes comptes,

1. Bibl. Nat., Clair., 763.
2. Arch. Nat., X¹ᵃ 8304, fol. 514 v° ; ce procès durait encore le 10 décembre 1455 (Arch. Nat., X¹ᵃ 1483, fol. 237 v°).
3. Arch. Nat., X¹ᵃ 8304, fol. 537. — 4. Arch. Nat., X¹ᵃ 8854.
5. Arch. Nat., Z¹ᶠ 24.
6. Arch. Nat., LL. 784, fol. 252.
7. Arch. Nat., LL. 115, p. 132. — 8. Arch. Nat., LL. 119, p. 1030.
9. Arch. Nat., S. 5114ᴮ. — 10. Arch. Nat., S. 889ᴮ.

entre 1458 et 1463. On voit qu'il demeurait, en 1463, au coin de la rue de la Juiverie, à l'enseigne de la *Nasse*, au lieu dit Marché-Palu. Colin Galerne signera encore le compte de sa paroisse de 1470 à 1474 [1].

Le métier de barbier comportait, comme on sait, l'exercice de la chirurgie. Cette corporation était donc sévèrement organisée [2]. Un maître barbier régentait tous les autres : dans les bonnes villes, il avait un lieutenant ; et nul ne pouvait exercer l'office de barbier sans être passé maître.

Pour devenir maître à Paris, il fallait subir un examen devant les quatre barbiers jurés, qui adressaient un rapport au barbier du roi, et les avoir servis pendant quatre mois. Forts de leurs privilèges, ces barbiers jurés empêchaient les petits compagnons de recevoir la maîtrise. Ces examens étaient l'occasion de scènes burlesques, où les maîtres traînaient en longueur les épreuves du chef-d'œuvre, afin de se faire régaler de bons vins et de viandes délicates, aux dépens du candidat : ils appréciaient fort les perdrix, le faisan et le chevreau. Chaque maître pouvait prendre à cette occasion 5 sols ; en réalité, ils prenaient 2 ou 3 écus ; à leur femme, il fallait présenter le chaperon, et 10 écus à la confrérie. Les maîtres faussaient de temps à autre les lancettes ; et plusieurs fois les chirurgiens, qui se plaignaient de ces pratiques, durent intervenir [3].

On allait aussi chercher de misérables mendiants, dont l'office était de se faire saigner à ces examens, moyennant une petite rétribution. Or quand les jurés étaient défavorables au candidat, ils subornaient les gens soumis à l'épreuve, afin de créer des difficultés de plus au novice opérateur. Le métier restait donc fermé ; et pour devenir barbier, le mieux était encore d'épouser la fille d'un barbier ou de servir sa veuve. Ainsi, après être demeuré quinze ans avec les barbiers de Paris, un nommé Gilbert le Roux fut seulement autorisé à produire son chef-d'œuvre [4]. Il fallait enfin être de bonne vie et mœurs, tenir un ouvroir à Paris, ne jamais saigner hors de sa boutique, ni conserver du sang après midi, ou dans les bains de pied plus de deux heures [5]. Cependant tous les barbiers ne se montraient pas adroits :

> Tel pent à son huis le bassin
> Qui ne sauroit traire une chievre

dira-t-on bientôt dans les *Faintises du Monde*.

Galerne, vraisemblablement fils de barbier, ne connut aucune de ces difficultés. On l'a vu déjà barbier des enfants de chœur de Notre-Dame, en 1459. Le 26 juin 1460, il était cité devant l'official et affirmait avoir connu jadis

---

1. Arch. Nat., H. 3376.
2. *Ordonnances*, XV, 243. Confirmation par Louis XI (novembre 1461) du règlement de Charles VII (juin 1444). — Les chirurgiens prétendaient qu'ils ne devaient point l'exercer (Denifle et Chatelain, *Chartularium Universitatis Parisiensis*, IV, p. 675, *ad a.* 1447).
3. Arch. Nat., X¹ᵃ 4811, fol. 98 v°.
4. Bibl. Nat., fr. 5300, fol. 39 (13 septembre 1460).
5. Arch. Nat., X¹ᵃ 4811, fol. 98 v°; Bibl. Nat., Dupuy, 250, 24 décembre 1466; *Ordonnances*, XV, p. 243.

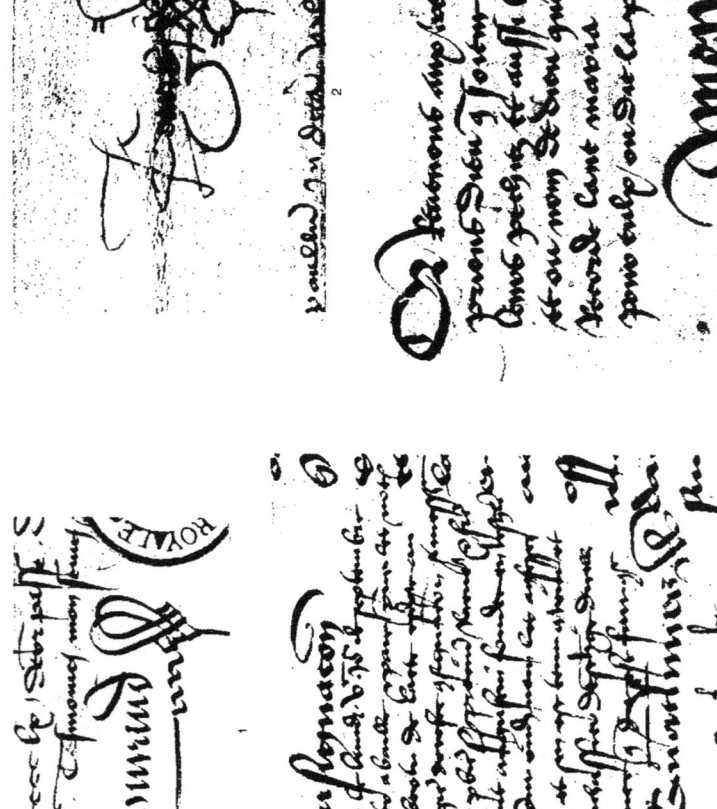

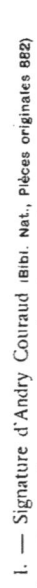

I. — Signature d'Andry Couraud (Bibl. Nat., Pièces originales 882)

II. — Information et signature autographes de Jean Cotard (Arch. Nat., L. 421, N° 115)

III. — Notule et signature autographes de Pierre Rasnier (Arch. Nat., Y. 5232 fol. 45)

IV. — Transcription et signature autographes de Nicolas Galerne (Bibl. Nat., fr. 1889)

certaine licence de l'évêque de Paris autorisant les barbiers à travailler le mercredi de la Saint Barnabé, discrètement, et sans ouvrir leur ouvroir[1]. On peut croire aussi que Galerne ne se montrait pas fort généreux : car, le 16 mars 1461, Jacob le Fauqueur, clerc de l'église Saint-Germain-le-Vieux, comparaissait devant l'official. On lui demanda pourquoi il ne portait pas l'eau bénite chez Colin Galerne, comme il devait le faire chez les paroissiens : il répondit qu'on ne lui donnait rien dans cette maison. Mais par contre, Galerne savait bien réclamer le paiement de soins donnés à des clercs blessés[2]. Le 21 octobre 1462, il était procureur du métier et déclarait, à ce titre, devant l'official que depuis quatre ans plusieurs barbiers de Paris avaient été cités pour avoir travaillé certains jours fériés, en particulier le jour de la Sainte Madeleine. Alors Galerne avait été trouver l'évêque, à qui il rapporta comment Me Jean Laurens leur faisait un procès à ce sujet. Sur quoi l'évêque avait demandé à Jean Laurens de les laisser en paix : et il imposa seulement aux barbiers d'observer les fêtes des saintes Catherine, Madeleine, de saint Denis et des saints Apôtres. Car le peuple se rendait à Paris surtout le samedi et aux fêtes, et il fallait bien raser les faces de tous ces artisans[3].

En 1469, Colin Galerne était lieutenant de Jean Monnoiel, procureur du barbier du roi[4]. Le 22 décembre 1477, comme lieutenant du maître, il plaidait contre un certain Hostelin. Ce dernier était venu habiter Paris pour exercer la profession de barbier, dans l'espérance d'obtenir la maîtrise; ainsi, depuis 1465, il avait demeuré dans la maison de plusieurs maîtres, apprenant le métier. En 1476, il se présentait devant Colin Galerne et les quatre jurés afin de subir son examen. On ne lui donnait pas de réponse. Or, pendant quatre semaines, on lui avait fait saigner vingt ou vingt-deux personnes, « voire gens morfondus, galeux et rongneux, qu'ilz amenoient de Saint Innocent, et les prenoient entre ung tas de cocquins qui communement s'i tiennent ». Il avait en outre saigné au pied une jeune fille « du pyé en l'eaue, qui ne sert que d'estre seignée » : c'était son métier, et elle recevait de l'argent pour cela ; à ce point, assure le candidat, « qu'elle a la vene dure comme une corne ». Pareillement il saigna un « coquin » sur le front, qui avait bien reçu déjà quarante ou cinquante coups de lancettes. Pendant ce temps, Hostelin avait dû nourrir les maîtres jurés, à tel jour de viande, etc., vers Pâques, de chevreaux, de bons morceaux, de bons vins de Beaune et du Rhin et d'autres : car « ou regart des vins françoys, ce n'estoient ce qu'ils demandoient ». Ainsi Hostelin dépensa 30 à 40 francs !

Voyant qu'il se ruinait sans résultat, Hostelin s'adressa à Galerne, afin qu'il fit son rapport : mais les jurés lui déclarèrent que son chef-d'œuvre n'était pas suffisant. Hostelin demanda en quoi il avait failli. On ne lui répondit toujours pas. Sur quoi il appela devant la Cour et demanda l'exper-

---

1. Arch. Nat., Z 10/¹.
2. *Ibid.*, 16 mars 1461.
3. Arch. Nat., Z 10/².
4. Arch. Nat., X¹ᵃ 4811, fol. 98 v°.

tise des chirurgiens et des médecins. Ceux-ci sont à leur tour subornés par les jurés. Des scènes comiques se déroulent alors. On présente à l'aspirant barbier un homme dont la « veine est caduque », une jeune fille à saigner qui retire vivement son pied de l'eau et qu'il opère néanmoins très bien [1] !

On retrouve encore Colin Galerne, le 29 mai 1479, plaidant contre Antoine Durand : il lui offrait un écu seulement d'un livre de Galien que Durand devait écrire de bonne écriture, à lignes espacées, afin d'y intercaler une glose en réservant de grandes marges [2]. Ce barbier avait d'ailleurs des lettres : il transcrivit de sa main les *Vigiles des Morts* de Pierre de Nesson [3].

Galerne vivait encore en 1486 : il est toujours dit lieutenant du maître barbier du roi [4].

Le métier d'herboriste, comme celui de barbier, n'était pas sans rapport avec la médecine. Jadis on avait vu les herboristes, les « herbiers », débiter leurs plantes dans les foires, avec de merveilleux boniments :

Je sui uns mires

a dit précisément celui-là que Rutebeuf mit en scène, au temps de saint Louis [5]. Les statuts de la Faculté de médecine s'étaient élevés peu à peu contre l'ingérence des herboristes à qui il était interdit de visiter les malades. Au temps de François Villon, ils avaient le droit de préparer emplâtres et clystères, de les administrer « bien et loyaument », de tenir dans leur officine du sucre « bon et convenable [6] ». Ils prêtaient serment entre les mains du doyen de la Faculté.

« Angelot l'herbier » se nommait en réalité Angelot Baugis. On le trouve, dès 1453, comme herbier et paroissien de Saint-Germain-le-Vieux [7]. Sans doute il était fils de Pierre Baugis, herbier, qui possédait, en 1416, la maison du *Heaume Couronné*, rue de la Calandre [8]. Le 13 avril 1453, Angelot Baugis plaidait contre Etienne Garnier, fermier du chantelage, qui avait droit à 3 d. sur chaque queue de vin mise en chantier : Baugis déclara qu'il avait bien mis en chantier 6 muids de vin, mais il était de son cru ; et Baugis invoquait à son profit le privilège des bourgeois de Paris et celui des écoliers en médecine [9]. Baugis avait en outre du bien à Paris. En 1453, il vendait à Guillaume Pommier, docteur en Théologie et curé de Saint-Germain-le-Vieux, sa maison de *la Heuze*. En 1456, avec sa femme, il vendait à Jean Gilette,

1. Arch. Nat., X¹ª 4819, fol. 66 v°.
2. Arch. Nat., Z 10/⁴, 29 mai 1479.
3. Bibl. Nat., fr. 1889, fol. 105 v°.
4. F. Aubert, *Histoire du Parlement de Paris*, p. 316.
5. Ed. Jubinal, I, p. 251.
6. A. Franklin, *Dictionnaire historique des arts, métiers...* p. 384 ; Denifle et Chatelain, *Chartularium Universitatis Parisiensis*, IV, p. 406-407.
7. Arch. Nat., LL. 464.
8. E. Coyecque, *L'Hôtel-Dieu de Paris*, p. 205.
9. Arch. Nat., Z¹ʳ 17.

hôtelier de Paris, une autre maison en la rue de l'Abreuvoir-Mâcon, à l'enseigne de la *Heuze*, devant le *Beuf Couronné* [1]. En 1457, on voit qu'il avait encore une maison rue Guérin-Boisseau, à l'enseigne de la *Caige* [2]. Le 4 octobre 1458, un chanoine de Notre-Dame, Charles Boullard, prenait à vie une maison et jardin, rue des Murs, à l'*Image de l'Annonciation*, contre la muraille : elle tenait d'un côté à un certain jardin, appartenant jadis à Pierre Baugis, et qui est dit maintenant appartenir à Jean Angelot, herbier [3].

XLI. — MAITRE LOMER

M\^e Lomer doit sans doute être identifié avec M\^e Pierre Lomer d'Airaines, appartenant au clergé de Notre-Dame. Lomer ne semble pas un prénom, comme on l'a dit : le plus souvent ce personnage est nommé Lomer, ou M\^e Pierre Lomer, et parfois *Launomarus de Aranis*, M\^e Lomer Darennes.

On voit que le 21 janvier 1452 (n. st.) le chapitre de Notre-Dame le désignait à l'archidiacre de Jouy-en-Josas comme candidat à la cure de Bagneux [4]. Le 29 octobre 1456, une délibération capitulaire était prise dans le but de chasser les filles qui vivaient dans la Cité : « Placet dominis quod Lomer faciat evacuare meretrices existentes versus domum *Leonis et Ursi* in Civitate et cum ipso conferat camerarius clericus » [5]. Ce document mérite oute notre attention quand on entend Villon, en vertu du pouvoir qu'il tient des fées, et qui est celui de métamorphoser les hommes, léguer à Lomer de faire cent fois la « fafée » en dépit d'Ogier le Danois, de bien aimer les femmes (T., h. 154).

On trouve que le 10 décembre 1456, ce Lomer montrait au chapitre des lettres du légat sur la provision d'une prébende à Saint-Etienne-des-Grès [6] ; le 13 décembre, le chapitre la lui refusait, alléguant qu'elle avait été accordée déjà à Roger le Roy, clerc de J. de Vailly, chanoine de Notre-Dame [7]. Le 5 octobre 1457, il est dit curé de Bagneux et sollicitait d'être payé de son gros, c'est-à-dire du revenu annuel de ce bénéfice [8].

Au mois de décembre 1459, on voit encore que M\^e Lomer d'Airaines soutenait un procès contre Jeanne Vivien, femme séparée d'Etienne du Trem-

1. Arch. Nat., KK. 408, fol. 46.
2. Arch. Nat., S. 1461².
3. Arch. Nat., LL. 119, p. 627.
4. Arch. Nat., LL. 117, 21 janvier 1452, n. st.
5. Arch. Nat., LL. 119, p. 39.
6. *Ibid.*, p. 94.
7. *Ibid.*, p. 99.
8. *Ibid.*, p. 368 ; le 4 février 1458 (n. st.), messire Pierre Lomer est dit curé de Bagneux (Arch. Nat., Z¹ʰ 13).

blay [1] : cette dernière était condamnée à payer à Lomer la location d'une maison sise à Paris, rue de la Calandre, à l'enseigne de la *Corne de Daim*. Au mois de janvier 1460 (n. st.), Jacques Fournier, conseiller au Parlement, tuteur de ses enfants et de feu Marie Vivien, Jean de Marle et sa femme, Jacques Guérin et sa femme, Gaucher Vivien et Jeanne Vivien en appelaient [2] : Etienne du Tremblay, Mᵉ Lomer, Jean Turgis, Mᵉ Jacques Fournier, Jean Asselin, Pierre L'homme, Jacqueline Dourdine, veuve de Pierre du Tremblay s'opposaient aux criées de trois maisons litigieuses : 1º rue de la Vieille-Draperie, à l'enseigne de la *Siraine armée* ; 2º une petite maison voisine ; 3º la maison de la *Corne de Daim*, rue de la Calandre. La cour dit que les Turgis et d'Airaines sont bien propriétaires de ces maisons : d'Airaines a celle de la Calandre [3]. Ces procédures nous montrent Lomer dans un milieu que François Villon connaissait bien.

On trouve encore que Mᵉ Lomer d'Airaines plaidait contre Roger le Roy, sans doute à cause du bénéfice de Saint-Etienne-des-Grès, le 29 janvier 1462 (n. st.) [4].

Villon suppose dans son legs que les fées ont le pouvoir de nous faire aimer des femmes. C'était une croyance générale alors que certaines recettes, analogues aux incantations antiques et aux préceptes de la magie orientale, nous procuraient cette faveur [5]. Mais surtout les Fées étaient réputées avoir le don de transformer complètement les hommes. Ainsi celui qui chassait les courtisanes de la Cité aurait pu devenir leur ami.

XLII. — LE SÉNÉCHAL (?)

Suivant une opinion très séduisante de Marcel Schwob, que je ne fais guère que reproduire ici, le Sénéchal nommé au v. 1820 du *Testament*, ne serait autre que le célèbre Pierre de Brézé, grand sénéchal de Normandie [6].

D'une ancienne famille noble d'Anjou, Pierre de Brézé fut grand sénéchal d'Anjou en 1437, sénéchal de Poitou en 1441, puis grand sénéchal de Normandie ; il prit part aux conquêtes de la Normandie et de la Guyenne, conduisit dans les eaux anglaises, en 1457, cette extraordinaire expédition de Sandwich. Le grand sénéchal était au demeurant un lettré et fut le premier protecteur de Chastellain. Blosseville le fera juge d'un débat poétique ; et René d'Anjou le représentera, dans son *Livre du Cuer d'amour espris*, daté de 1457, comme un grand amoureux. Sans doute aussi Brézé rima en compagnie de Charles d'Orléans [7]. Mais ce bon serviteur de Charles VII

1. Arch. Nat., X³ᵃ 2. — 2. *Ibid.* — 3. *Ibid.* — 4. X³ᵃ 3.
5. Bibl. Nat., fr. 1919, fol. 19, 50 — Marcel Schwob, *Parnasse satyrique*, p. 63-65.
6. *François Villon, Rédactions et notes*, p. 144.
7. Pierre Champion, *Vie de Charles d'Orléans*, p. 632.

devait éprouver les rancunes de Louis XI qui le fit emprisonner à son avènement.

Chastellain a fait un magnifique éloge de Brézé, lors de son emprisonne-
ment à Loches, adjurant précisément Charles d'Orléans de le tirer de son
cachot [1].

Pierre de Brézé a donc pu payer une première fois les dettes du poète ; il
s'y est refusé une seconde, et Villon s'en est vengé laidement, tandis que le
sénéchal était prisonnier. Et peut-être faisait-il là le courtisan, si l'on songe
que Robert d'Estouteville, son protecteur, haïssait Brézé [2]. Equivoquant sur
son titre, Villon lui souhaitait de devenir « mareschal », mais un maréchal
qui devra ferrer les oies et les canards, suivant une vieille plaisanterie attestée
par certains noms propres, tel par exemple celui du notaire Ferrebouc. Et
Villon lui envoyait ses « sornettes » pour le désennuyer : il avait éprouvé
qu'on ne s'amusait guère en prison ; mais, comme un auteur s'adressant à un
confrère, il lui laissait le loisir de les brûler. Villon concluait par un proverbe :

« De bien chanter s'ennuye on bien ».

Ce qui revient à dire : les plus belles chansons finissent par lasser. Or, adressé
à un prisonnier, ce proverbe prend une ironie particulière : car le prisonnier
était comme un oiseau en mue. Les étudiants de Paris, qui avaient chanté la
complainte d'Hugues Aubriot, leur ennemi, prévôt de la ville au temps
de Charles V, tandis qu'il se trouvait prisonnier de Charles VI, auraient
certainement compris cette plaisanterie. Aubriot avait eu une belle volière,
dans son hôtel de la rue de Jouy : maintenant il était comme l'un de ses
oiseaux :

> Courrouciés est de tes oiseaux
> Qu'oïr ne pues chanter en caige
> Mais bien puis faire les *appeaulx* (appels)
> Pour chanter en ton geolaige.
> Tu as perdu ton poil vollaige
> Par trop estre à vent et à pluye
> Et dist l'en : beau chanter ennuye [1].

On ne peut faire que de faibles objections à la très ingénieuse hypothèse
de Schwob. L'irrespect témoigné à ce grand personnage qu'était le sénéchal

---

1. *Œuvres*, éd. Kervyn de Lettenhove, VII, p. 40.
2. C'est ce que l'on apprend par un procès où Jacques de Brézé, fils de Pierre, déclare qu'en
1477, il fut emprisonné par Robert d'Estouteville « qui estoit son ennemy mortel à l'occasion
d'aucuns procès qui paravant avait été entre eulx ». (Arch. Nat., X²ª 50, 3 mai 1484).
3. Le Roux de Lincy. *Recueil de chants historiques français*, I, p. 260. Cf. ce que dit Pierre
de Nesson, dans son *Lai de Guerre* (Bibl. Nat., fr. 1727, fol. 179) :

L'ACTEUR :

> Et apres que Guerre ot fait son cry,
> J'en retins ce que je peuz, et l'escry
> Pour l'envoier au bon duc de Bourbon,
> Chevalereux, affin qu'en sa prison,
> D'où je ne puis autrement luy aidier,
> Je le pense ung pou desanuyer...

peut toutefois surprendre ; mais il peut s'expliquer aussi par le désir de
plaire à Robert d'Estouteville. Dans tous les cas, on ne saurait douter que le
legs ne s'adresse bien à un prisonnier.

Ce huitain manque dans le manuscrit F ; les manuscrits A et C, dont les
variantes vont le plus généralement ensemble, donnent la leçon :

Item le camus seneschal

qui provient d'une mauvaise lecture [1].

XLIII. — JACQUES JAMES, Maître des œuvres
de la ville de Paris

On trouve que Jean James était maître des œuvres de maçonnerie et charpenterie de la ville de Paris, et garde des fontaines, le 15 juillet 1431 [2]. Peu
après, le 21 mai 1434, on le rencontre travaillant pour le compte du chapitre
de Notre-Dame : il est dit maçon et maître de l'œuvre, c'est-à-dire archi-
tecte [3]. Le 30 octobre 1437, le roi le recommande comme maître des œuvres
pour la ville de Paris, et il se fait aussi appuyer par le chapitre [4]. En 1442,
on le trouve maître des œuvres du roi et de la ville ; Jean Alant, prêtre de
Saint-Merry, lui vendait sa maison rue Neuve-Saint-Merry, à l'enseigne de
l'*Ecu de France* [5]. On voit qu'à ce titre il fait abattre un pignon de la chapelle
Braque, très périlleux pour les passants [6] ; et il visitait, en 1454, le monastère
de Saint-Martin-des-Champs [7]. En 1445, le 3 mars, il avait soutenu un procès
contre Philippe de Chanteprime, héritier d'Evrard de Chanteprime, à cause de
16 s. p. de rente que le défunt lui avait transportés sur une maison rue
Geoffroy-l'Asnier [8]. Il était mort le 8 mars 1457 (n. st.), car à cette date le
chapitre acceptait son legs testamentaire : 10 s. de rente sur ses deux maisons
et jardins de la rue Geoffroy-l'Angevin, afin de descendre et de remonter la

---

1. J'ajouterai cependant qu'il y a lieu de considérer avec attention la place où Villon a
parlé du sénéchal, entre Jacques James et le chevalier du guet, deux personnages qui touchaient au milieu du Châtelet. Or je trouve qu'il y a un certain Jean le Seneschal, épicier,
apothicaire, bourgeois de Paris, demeurant rue Saint-Jacques, au coin de la rue de la Parcheminerie, entre 1454 et 1456. (Arch. Nat., S. 5118). Ce personnage avait épousé : 1° une certaine
Perrette, qui comptait Nicolas Perdrier parmi ses connaissances (Bibl. Nat., Clair., 764, 25 septembre 1473) ; 2° Jacqueline, veuve de Gratien Mériandeau, notaire au Châtelet (Bibl. Nat.,
Clair., 764, 27 janvier 1475).

2. Arch. Nat., KK. 1009, fol. 24.
3. Arch. Nat., LL. 114, p. 96.
4. Arch. Nat., LL. 114.
5. Bibl. Nat., lat. 17740, fol. 144 v°.
6. Arch. Nat., S. 4287, censier de la chapelle Braque, 1441-1444 ; il était toujours à cette
date garde des fontaines (Arch. Nat., KK. 406).
7. Arch. Nat., LL. 1384, fol. 91.
8. Bibl. Nat., Clair., 763.

châsse de saint Marcel, le jour de l'Ascension ; 10 s. aux enfants de chœur
et à leur maître, ainsi qu'aux clercs des matines pour chanter l'antienne [1].

Il avait épousé Jeanne la Pagesse [2]. Jean James possédait plusieurs maisons
à Paris, entre autres sa maison de la rue aux Truies, que l'on appela plus tard
rue Agnès-aux-Truies, autrement Grand-cul-de-sac de la rue Beaubourg, et
encore Cul-de-sac Bertaut [3].

Jacques James était fils de Jean et de sa première femme Guillemette [4]. On
voit ce personnage succéder à son père dans les nombreuses maisons qu'il
possédait à Paris, entre autres dans celle de la rue aux Truies ; et c'est aussi
un fait qu'il possédait une maison à étuves, à l'*Image Saint-Martin*, en 1457,
rue Garnier-Saint-Ladre.

Je ne sais si Jacques James est le même personnage qui est rendu comme
clerc à l'évêque de Paris, le 4 juin 1457, et qui comparut souvent devant
l'official [5].

XLIV. — LES TURGIS, Taverniers Parisiens

Les Turgis étaient les propriétaires de la célèbre taverne de la *Pomme de Pin*,
sise rue de la Juiverie : le « trou de la *Pomme de Pin* », comme dira Villon,
cet endroit délicieux, « clos et couvert », qu'il a légué par deux fois au bon
buveur, Me Jacques Raguier [6]. C'est la première mention littéraire d'une
taverne qui aura son histoire, puisqu'elle est nommée par Rabelais, par
Mathurin Régnier, par Colletet et par Guy Patin.

Les Turgis, propriétaires de cette maison, appartenaient à une bonne
famille alliée aux Fournier et aux Marle. Ils exploitaient la meilleure taverne de
Paris, car la ville y achetait le vin qu'elle faisait présenter aux joyeuses entrées.

Le premier Turgis que nous rencontrons s'appelait Arnoulet : il était
maître gouverneur de la confrérie des marchands de vins, qui se tenait à
Paris dans l'église Saint-Gervais, sous le vocable de la Conception. On le voit
dans cette charge, entre 1421 et 1431 ; plus tard, nous y retrouverons un
autre légataire de Villon, Guillaume du Ru [7].

---

1. Arch. Nat., LL. 119, p. 172. — Dans le compte de 1455-1456 (Arch. Nat., KK. 408)
on voit que Jean Duchemin le remplace comme garde des fontaines.

2. Arch. Nat., LL. 784, fol. 217 vº. Jacques Boucher, examinateur au Châtelet, fut subrogé
à l'exécution de son testament à la place de Catherine, veuve de feu Henri Thibert (Bibl. Nat.,
Clair., 763, 15 septembre 1462).

3. Arch. Nat., LL. 1385.

4. Bibl. Nat., Clair., 763, 13 mars 1445 (n. st.).

5. Jacques James, prisonnier au Châtelet, pour raisons d'excès, est rendu comme clerc à
l'évêque de Paris (Bibl. Nat., Dupuy, 250, 4 juin 1457). Comparait devant l'official contre
Martin le Maire (Arch. Nat., Z 10/1, 12 novembre 1460). Paye l'amende pour avoir donné
deux coups de poing à Raymond le Danoys (Arch. Nat., Z 10/2, 16 septembre 1461). En
procès avec Casin du Pré, le 17 septembre 1464 (Arch. Nat., X1a 4809, fol. 19 vº).

6. L., h. 19 ; T., h. 95.

7. Bibl. de l'Arsenal, ms. 2263.

Arnoulet laissa pour veuve Colette Turgis, avant le 13 mai 1447 [1]. La veuve reprit sa maison, car nous la voyons plusieurs fois mise à l'amende pour avoir usé de pintes d'étain trop petites [2] : elle possédait encore la taverne de la *Chasse* à la Porte Baudoyer [3].

On rencontre Robert ou Robin Turgis, que Villon instituera en 1461 [4] son héritier, dès 1454. Il devait être du même âge que le poète, et, sans doute, de ses amis, puisque Villon pouvait boire chez lui à crédit [5] :

> Item, viengne Robin Turgis
> A moy, je lui paieray son vin...

Il paraît avoir été fort à son aise puisque, le 18 décembre 1454, il était autorisé à racheter 40 s. p. de rente que le curé et les marguilliers de Saint-Pierre-des-Arcis avaient droit de prendre sur la *Pomme de Pin* [6] ; et de plus, Robin Turgis, à côté de son commerce, exerçait l'office de messager à pied de la justice du Trésor [7]. Il devait donc avoir de belles relations, les mêmes exactement que celles de Villon. Sa maison était bien achalandée ; les échevins y achetaient, par exemple, le vin vermeil qui fut présenté au connétable Arthur de Richemont (celui-là que Villon a nommé dans la *Ballade des Hommes du Temps jadis*), le 18 décembre 1456 [8]. En 1458, Robin est dit marchand et bourgeois de Paris, et mettait en procès Guillaume le Valoiz, monnayer de la monnaie de Paris : ce dernier était condamné à payer à Turgis 58 écus d'or, à cause du privilège des marchands de vin parisiens [9]. Le 6 juin 1461, on voit qu'il était exécuteur du testament de feu Pierre Turgis et de Pierre de Marle [10]. En 1464, il fait arbitrer son différend avec Regnaud de Bonesgues, au sujet de l'administration qu'il avait obtenue de la ferme du quatrième denier sur le vin vendu au quartier de Grève, et du vingtième sur le vin vendu en gros [11]. Cette année-là, Robin émancipait Thibaut Turgis, âgé de sept ans, et écolier à Paris [12]. En 1470, on trouve qu'il possédait trois maisons rue de la Tabletterie, au quartier Sainte-Opportune, et faisant le coin de la rue Saint-Denis [13]. Il mourut entre 1472 [14] et le 15 août 1473 [15] ; le 11 juin, puisque Marguerite Joli, sa veuve, fonda son obit sous cet anniversaire, à la Grande Confrérie aux Bourgeois [16]. Marguerite fut autorisée à reprendre son commerce. Le 16 mars 1475, on voit qu'elle réclamait à la succession de

1. Bibl. Nat., Clair., 763.
2. En 1451 (Arch. Nat., KK. 407).
3. Arch. Nat., Z¹ᴴ 10, fol. 81, 4 décembre 1450.
4. I., v. 774. — 5. T., h. 93.
6. Arch. Nat., Y. 5232.
7. Dès septembre 1455 (Bibl. Nat., fr. 2836).
8. Arch. Nat., KK. 408, fol. 213 v°. — 9. Arch. Nat., Z¹ᴮ /₄.
10. Arch. Nat., Xⁱᵃ 8854. — 11. Arch. Nat., Z¹ᵃ 25, fol. 73 v°.
12. Bibl. Nat., Clair., 763.
13. Arch. Nat., H. 3462, censier de Sainte-Opportune.
14. Il est mentionné à cette date dans les comptes de la Prévôté (Sauval, III, p. 490).
15. Arch. Nat., Z¹ᴮ 16.
16. Arch. Nat., LL. 437.

Jacques Trotet, clerc des Comptes, 20 écus que son mari lui avait avancés le 12 septembre 1458, ainsi que six tasses d'argent pesant dix marcs [1]. Marguerite vivait encore en 1478 et réclamait aux abbesses de Longchamp l'autorisation de racheter 4 livres de rentes sur la maison de l'*Echiquier*, proche la Madeleine, et qui faisait le coin de la rue des Marmousets [2].

Les Turgis se rencontrent vers ce temps-là à Nogent-sur-Marne où ils avaient des propriétés [3] : sans doute ils y furent attirés par les vignes qui y étaient très nombreuses.

XLV. — JEAN DE LA GARDE, Épicier, et GUILLAUME VOLANT, Sonneurs du bourdon de Notre-Dame au service de François Villon.

Par suite de l'incurie des marguilliers de Notre-Dame, on a vu que de pauvres hères sonnaient les cloches de la cathédrale.

Voici les misérables gens que Villon désignera pour cet office, au triste jour de son enterrement.

Jean de la Garde était fils de Pierre de la Garde, notaire et secrétaire du roi, mort avant 1455, et qui avait épousé Jeanne Hemerye, fille de Pierre, un riche « marchand de denrées » et un gros propriétaire à Paris.

On voit que Jean de la Garde faisait déjà le commerce à Paris en 1449, puisqu'il acquittait alors 20 s. p. pour la « havée [4] » : sans doute il vendait du sel [5]. En 1450, on le trouve nommé parmi les maîtres jurés épiciers de Paris [6]. Le mot d'épicier ne doit pas être entendu comme aujourd'hui : il désignait en général tout commerce fait avec le Levant, la vente du coton comme celle du sucre par exemple [7]. Le 17 août 1453, Jean de la Garde est qualifié de « varlet de chambre et espicier de la royne » ; il s'opposait, avec ses confrères parisiens, au droit de hauban et de huche levé par Jean Allenquin, sergent de la douzaine. Ce droit de huche était une redevance que les épiciers devaient payer pendant la foire Saint-Ladre : car jadis, durant cette foire, ils ne devaient pas faire étal chez eux, mais aux Halles où étaient leurs huches. Cet usage était tombé en désuétude pendant les guerres. A cette occasion on entendit l'avocat Luillier nier le titre d'officier que prenait Jean de la Garde [8].

---

1. Bibl. Nat., Clair., 763. — 2. *Ibid.*, Clair., 764, 11 mars 1478.
3. B^ne Girard de Vezenobre, *Environs de Paris, Nogent-sur-Marne*, 1878, p. 75.
4. Le 26 mai 1448, il est dit hansé à Paris (Arch. Nat., KK. 406, fol. 59 v°).
5. La havée désignait le prélèvement d'une poignée des denrées mises en vente : mais au xve siècle, il s'agit surtout du sel (Cf. Du Cange, ad v. *Havata*).
6. Arch. Nat., Y^4, fol. 96.
7. Bibl. Nat., fr. 6964, fol. 72.
8. Arch. Nat., Z^1F 17, 8 août 1453, 23 novembre.

Dans la suite on trouvera Jean de la Garde en rapports d'affaires avec Jacob Bernardin de Rouen [1] ; impliqué dans le procès fait à Camerade et à Palme, marchands du Languedoc, qui avaient porté sur leurs comptes en avoir 591 l., alors qu'ils les avaient reçues [2]. Il vendait des drogueries à Jean de Verrières, chirurgien de Montpellier, contre qui plaidaient les chirurgiens de Paris [3] ; de la cire, des cierges pour les défunts, des dragées perlées, des poudres et des sauces au collège des notaires royaux [4]. Jean de la Garde était mort le 5 mai 1484, laissant pour héritiers des neveux et nièces : noble homme Guillaume le Picart, bailli de Rouen, qui avait épousé Jeanne de la Garde ; Philippe de la Garde, chanoine de Bayeux, frère de Jeanne ; Guillaume et Philippe Maulouc [5].

Jean de la Garde était donc un homme riche, ayant du bien à Paris. Il demeurait rue Saint-Merry [6], dans un hôtel proche l'église [7] ; il assistait, comme paroissien important, à la cérémonie qui eut lieu dans cette église polluée par la rixe entre Thomas Fournier, clerc des matines, et Simon Coteron, vicaire, tous deux prêtres [8]. Le 6 mars 1468, il laissait aux marguilliers de Saint-Germain-l'Auxerrois 4 l. p. à prendre sur les 8 l. de rente qu'on lui devait sur la maison de la *Heuze*, rue Montorgueil [9] : le 1er mars 1474 (n. st.), on trouve qu'il sollicitait de racheter 1:8 s. 3 d. sur une maison rue de la Verrerie, en face des louages de Saint-Merry [10].

On a vu que cet épicier était fils d'un notaire et secrétaire du roi qui avait épousé Jeanne Hemerye. En 1463, il héritait de sa mère et était déclaré tuteur des enfants de Jacques de la Garde, son frère sans doute. L'héritage de sa mère fut considérable [11] : car Pierre Hemerye avait été lui-même un grand marchand et bourgeois de Paris [12]. Jacques de la Garde [13], notaire et secrétaire du roi, avait épousé Gillette Boudrac, fille de Bureau Boudrac, notaire et secrétaire du roi, et de Michelle de Vitry [14].

Jean de la Garde était fournisseur du collège des notaires ; et l'on trouve encore qu'il était tuteur, le 10 mai 1477, avec Nicolas Ripaut, Gilles Cornu,

---

1. Arch. Nat., Z¹ᶠ 17, 4 décembre 1454.
2. Arch. Nat., Z¹ᶠ 25, 28 février 1464, n. st. — A cette occasion Jean de la Garde versa à Jean de Molins, notaire du Trésor, 109 livres de composition.
3. Arch. Nat., X¹ᵃ 4811, fol. 252, 8 janvier 1470, n. st.
4. Arch. Nat., V² 76, 1471, 1476.
5. Bibl. Nat.. Clair., 764.
6. Arch. Nat., Z¹ᶠ 17, 4 décembre 1454.
7. Arch. Nat., Z¹ᶠ 26, 29 février 1464.
8. Arch. Nat.. LL. 119, p. 554.
9. Arch. Nat., LL. 729, fol. 28 v°.
10. Bibl. Nat., Clair., 764.
11. Arch. Nat., X¹ᵃ 4811, fol. 128 v°, 18 mai 1469 (Jean de la Garde s'oppose à l'adjudication de la terre et seigneurie de Cléry à Du Hamel, appelant de Jean de Laire).
12. Arch. Nat., Y. 5228, 8 octobre 1414.
13. Notaire du roi en 1437 (Bibl. Nat., P. orig. La Garde) ; il fait de nombreux voyages, entre 1444 et 1450, pour imposer les aides (Bibl. Nat., fr. 32511).
14. Arch. Nat., Ep. des Innocents, LL. 434ᴮ ; Lebeuf, éd. Cocheris, I, p. 202.

Jean du Conseil, Jean Guyon, Nicolas Apollo, des enfants de feu Guillaume Ripaut, clerc des Comptes, et de Jeanne Boucher [1]. C'est dans ce milieu des notaires et des secrétaires que Villon connut Jean de la Garde. Mais, sans doute aussi, Jean lui refusa un service d'argent, puisque Villon en parla avec haine, et à trois reprises. C'est pourquoi, tant que vivront les vers de Villon, ce richard sonnera les cloches de Notre-Dame au service du pauvre poète.

Et voici l'autre sonneur de cloches, Guillaume Volant. Il fut, comme Jean de la Garde, un gros marchand.

On le trouve, le 17 novembre 1452, en procès avec le receveur du péage de Villeneuve ; il prétendait, avec d'autres marchands parisiens, jouir du libre cours de la Seine et de l'Yonne [2]. Le 15 juin 1453, Guillaume Volant était encore en procès avec les religieuses de la Pommeraye, au sujet du sel mesuré au grenier de Provins [3] ; en 1454, il est dit hansé et bourgeois de Paris, associé dans une affaire de vins avec Michel Mariage, de Lille ; en 1456, avec Jean Colas, d'Orléans [4] : il cautionnait Gérard Trousse, qui devait exercer l'office de changeur à Senlis [5].

Des honneurs vinrent également récompenser les services financiers qu'il avait pu rendre. Le 10 décembre 1460, Guillaume Volant se rendait, comme ambassadeur de la ville de Paris, vers le roi à Bourges [6] ; le 22 juillet 1461, il était élu par la municipalité pour aller porter l'hommage de la ville au roi Louis XI [7].

Il mourut le 26 août 1482, comme nous l'apprend son épitaphe du cimetière des Innocents [8] :

CY GISENT GUILLAUME VOLLANT, MARCHAND DEMEURANT A PARIS QUI TRESPASSA LE 26ᵉ JOUR D'AOUST 1482.

PRIEZ DIEU POUR LUI.

CI DEVANT GIST JEANNE, FEMME DE GUILLAUME VOLLANT, FILLE DE FEU JEHAN DE BURY, EN SON VIVANT CLERC DU SCEL DU ROY NOSTRE SIRE, LAQUELLE TRESPASSA LE 7 JUIN 1456. DIEU AIT L'AME D'ELLE.

PATER NOSTER, AVE MARIA, REQUIESCANT IN PACE.

Guillaume Volant était paroissien de Saint-Jacques la Boucherie, église pour laquelle il tint les comptes, entre 1464 et 1467 [9]. C'est sur cette paroisse que mourut sa femme, en 1456 [10]. Toutefois, on voit que cette année-là, il

1. Bibl. Nat., Clair., 764. Cf. également 24 juillet 1464.
2. Arch. Nat., Z¹ᵒ 20. — 3. Ibid.
4. Bibl. Nat., Moreau, 1062, fol. 23 v°. — Avec Jean Pétau, d'Orléans, pour la vente du hareng (Arch. Nat., KK. 409, fol. 93, 1457-1458).
5. Arch. Nat., Z¹ᴮ 286, 8 octobre 1456.
6. Arch. Nat., Z¹ᴴ 13. — 7. Arch. Nat., Z¹ᴴ 14.
8. Arch. Nat., LL. 434ᴮ ; Lebeuf, éd. Cocheris, I, p. 212.
9. Arch. Nat., LL. 784. — 10. Ibid.

habitait rue Saint-Jacques, non loin du cimetière Saint-Benoît, dans la maison de son beau-père [1]. François Villon put donc le rencontrer dans son quartier. Mais c'est certainement comme richard, comme vendeur de sel [2] haï du populaire, qu'il figure parmi les pauvres diables sonneurs de cloches.

XLVI. — MICHEL JOUVENEL, Exécuteur du Testament
de Villon

Michel Jouvenel fut le sixième fils de Jean Jouvenel des Ursins [3], le riche avocat général, et de Michelle de Vitry, d'une famille de robe : il était donc parent de Thibaud de Vitry, une autre des victimes de Villon.

Jean Jouvenel, tour à tour avocat général, prévôt des marchands, chancelier du dauphin et conseiller de la couronne, était un opulent personnage dont l'hôtel, à Paris, était estimé de 15 à 16.000 écus ; il pouvait bien jouir de 2.000 livres de rentes sur de belles terres en Brie et en Champagne. Il mourut en 1431 à Poitiers.

Tous ses enfants obtinrent des charges lucratives et considérables, en particulier dans l'administration des finances : ils se rattachèrent dès lors, bien que Champenois d'origine et drapiers [4], à l'illustre famille italienne des Orsini. Onze enfants de Jean, le prévôt, vivaient encore à l'époque où Jean II fit exécuter le tableau représentant sa famille, et destiné à leur sépulture à Notre-Dame [5] :

1° Jean Jouvenel, évêque de Beauvais en 1432, de Laon en 1445, archevêque de Reims en 1449, maître des Requêtes et avocat général au Parlement ; 2° Louis, bailli de Troyes ; 3° Denis, échanson de Louis XI ; 4° Guillaume, baron de Traynel, chancelier de France de 1445 à 1461 ; 5° Pierre ; 6° Michel, dont il sera reparlé ; 7° Jacques, archevêque de Reims, patriarche d'Antioche, président de la Chambre des Comptes ; 8° Jeanne, qui épousa Nicolas Brulart ; 9° Jeanne, qui épousa Pierre de Chailly ; 10° Eude, qui épousa Denis des Marais ; 11° Marie, qui fut religieuse à Poissy.

Michel Jouvenel était donc un personnage riche et considérable. Il débuta dans l'administration des finances. En 1443, on le voit élu en Auvergne sur le fait de la guerre [6] ; en 1447, il était envoyé en Poitou pour recueillir les

---

1. Arch. Nat.. KK. 408, fol. 97.
2. Il est qualifié ainsi en 1461 (Arch. Nat., Z1a 23, fol. 85 v°).
3. Bibl. Nat., fr. 18662, p. 460. Généalogie de la famille des Ursins ; P. orig., 1593, dossier Jouvenel).
4. L. Batiffol, *Jean Jouvenel, prévôt des Marchands de la ville de Paris* (1360-1431), 1894, in-8°.
5. Aujourd'hui au Louvre, salle des Primitifs français.
6. Bibl. Nat., P. orig. 1593.

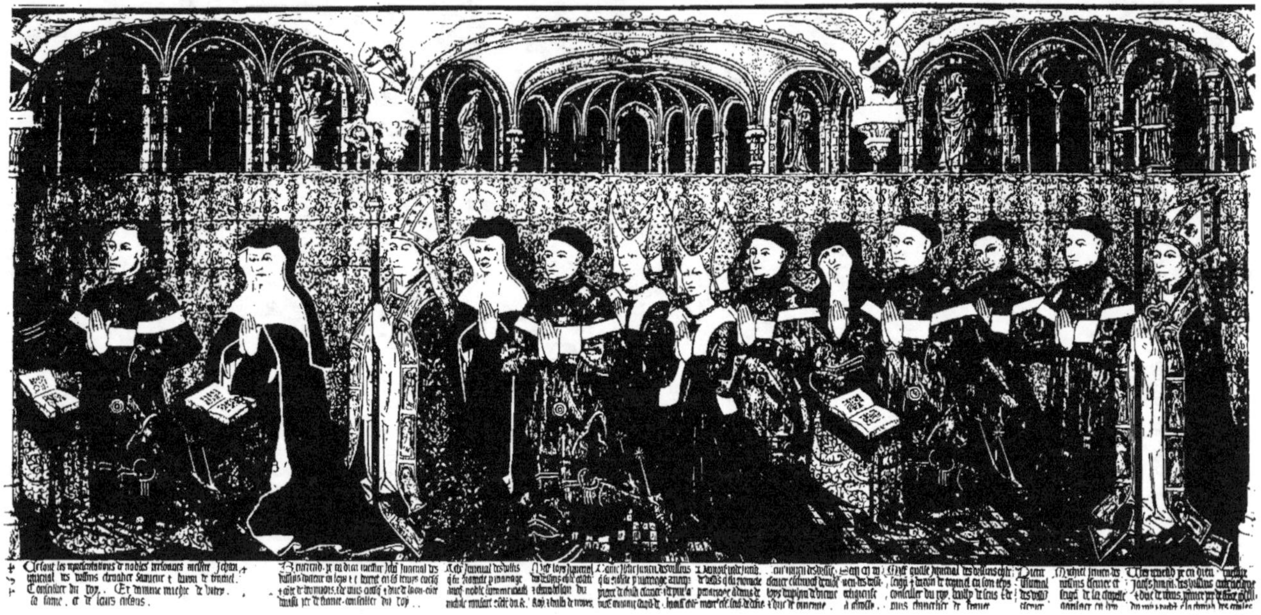

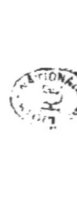

Cl. Braun et C.

La famille Jouvenel des Ursins

Musée du Louvre

Le légataire de Villon est l'avant-dernier personnage

aides [1] et, en 1450, il recevait un don de 200 livres [2]. Le 10 novembre 1455,
Michel obtenait l'office de bailli de Troyes, berceau de sa famille, sur la résignation de Richard Marbury, et il dut résider une partie de l'année à Troyes [3] :
mais il avait toujours des intérêts à Paris ; en 1459, entre autres, une maison en la Cité, rue des Marmousets, sur laquelle il touchait 6 l. p. de rente [4].
On le voit plaider, en 1458, contre Louis Raguier, l'évêque de Troyes, et son
official, qui s'efforçaient d'avoir juridiction sur tous les religieux et laïcs du
diocèse [5]. En 1460, il est dit échanson de Louis XI [6] qui, pour « ses bonnes
vertus et ses bons et louables services », lui rend son office de bailli, avec
toutes ses prérogatives, chevauchées, droits et émoluments, et en décharge
Jean de Garguesalle ; puis grand panetier de France [7]. En 1462, Michel reçoit
un don de 500 livres [8]. Il avait épousé Yolande de Montberon [9] : il mourut
en 1470, le 13 avril, et fut enterré aux Cordeliers de Troyes.

C'était au demeurant un homme très occupé de ses intérêts, de ses propriétés, de constructions. On avait le goût, dans cette famille, d'acheter des
terres quand elles étaient bien « gentes » ; on estimait les « places bien
assises » [10]. Mais on peut croire aussi que Michel Jouvenel était cultivé :
on aimait dans sa famille les beaux livres et l'élégance du langage. Or on
voit que, le 26 octobre 1459, le chapitre de la cathédrale de Troyes prêtait à
Michel, contre un reçu, un très beau « Romant de la Rose avec le codicile de
maistre Jean de Meun », fermant à deux fermoirs d'argent doré et émaillé
aux armes du donateur, l'évêque de Troyes, Etienne de Givry : un beau
manuscrit enluminé d'or et illustré de vignettes et d' « histoires » [11]. S'il lut
le Testament du pauvre Villon, qui le désignait comme son exécuteur, ce riche
homme ne dut pas être médiocrement étonné. Certes la société d'un Colombel
ou d'un Martin de Bellefaye était bien la sienne : mais il n'est pas flatteur
pour un Michel Jouvenel de se voir suppléer par Jacques Raguier, Philippe
Brunel ou Me Jacques James.

1. Bibl. Nat., fr. 32511, 9e compte de Xaincoins.
2. Ibid., 9e compte d'Etienne de Bonney.
3. Bibl. Nat., fr. 2836.
4. Arch. de la Seine, V. DD. 5. — L'évêque de Reims lui avait cédé pour « l'accroissement
de son bien, honneur et chevance » la part de l'héritage qui lui revenait de son père sur des
biens à Vanves (Arch. Nat., S., 1648, fol. 80).
5. Bibl. Nat., Dupuy, 626, p. 25.
6. Bibl. Nat., P. orig. 1593, 27 juillet 1460.
7. Arch. de l'Aube, G. 2958.
8. Bibl. Nat., fr. 32511, 1er compte de Pierre Jobert.
9. Bibl. Nat., Clair., 764, 28 février 1478. — Il laissa d'Yolande trois fils : Eustache, Jean
et Charles.
10. Bibl. Nat., Dupuy, 63, fol. 50, 55 (lettre autographe à son frère le chancelier).
11. Arch. de l'Aube, G. 2645.

XLVII. — VIE DE GUILLAUME COLOMBEL, Exécuteur
du Testament de Villon

Ce fut un homme considérable, très riche, qui sera qualifié de « noble homme » et d'officier du roi [1] ; mais en réalité, Guillaume Colombel n'était qu'immensément riche, ayant fait toute sa vie trafic de marchandises et d'offices : il jouissait de cette considération spéciale, provenant surtout de l'envie, qui s'attache souvent aux grosses fortunes [2]. On le tenait donc pour sage, et il parlait si bas qu'on l'entendait à peine, même lorsqu'il était en santé.

La première affaire où nous rencontrons Guillaume Colombel n'est pas vraisemblablement à son honneur et le montre comme un usurier. C'était en 1437 : Guillaume de Flavy, le rude capitaine de Compiègne, venait d'épouser la petite Blanche d'Overbreuc, et tendait à obtenir la succession, aussi fabuleuse qu'obérée, qui était celle de ses parents. Guillaume Colombel se rendit à Compiègne pour prêter de l'argent au capitaine : mais Flavy s'entendait à recouvrer ensemble intérêt et capital. Il fit arrêter et rançonner le financier : Guillaume Colombel devait se rattraper un jour sur la veuve de Flavy, sur son second mari Pierre de Louvain, qui, ayant dû emprunter 300 écus, s'obligea à en payer 380 [3]. Car Colombel était habile à user de contre-lettres et de contrats fictifs [4].

Le 4 novembre 1441, le roi lui accordait en indemnité la somme de 400 l. par an, son office de contrôleur général lui faisant négliger d'autres grandes charges et ses propres affaires [5]. En 1446, il est dit commis au payement des gages des gens du Parlement [6] et, l'année suivante, secrétaire du roi [7] : on le trouve encore receveur de l'émolument des greniers à sel sur et deçà les rivières de Seine et d'Yonne [8], grenetier d'Honfleur, de Caen, de Rouen [9]. Elu sur le fait des Aides, dès 1449 [10], il est, en 1453, le collègue d'Enguerrand de Thumery [11] ; il plaidait, le 1er août 1454, contre Jean Gentien, le maitre général des monnaies [12]. Le 7 septembre 1454, Guillaume Colombel est dit

---

1. Arch. Nat., X^{1a} 4830, fol. 140 v° ; X^{1a} 8305, fol. 262.
2. « S'estoit entremis tant de marchandises, d'offices que autres... et avoit considération comme sa chevance avoit esté conduite » (Arch. Nat., X^{1a} 4817, fol. 51).
3. Arch. Nat., X^{1a} 8305, fol. 262 v° ; Pierre Champion, *Guillaume de Flavy*, p. 261-2.
4. Arch. Nat., X^{1a} 4817, fol. 54.
5. Bibl. Nat., fr. 32511.
6. Bibl. Nat., fr. 32511. — Il recevait pour cela 300 l. par an sur les revenus des greniers à sel ; lui-même touchait 160 l. (fr. 23328).
7. Bibl. Nat., fr. 32511.
8. Bibl. Nat., P. orig. 822 ; cf. P. orig., 1198, Forestier, 11.
9. *Ibid.*
10. Arch. Nat., S. 1648, fol. 34 v°.
11. Arch. Nat., Z^{a1} 20, fol. 325.
12. Arch. Nat., X^{2a} 25.

conseiller du roi et président de la chambre des Enquêtes[1]. En 1455, il fait arrêter Nicolas Musart, grenetier de Reims, qui lui devait beaucoup d'argent[2], et il gagnait, le 17 janvier 1456 (n. st.), son procès contre Jean Gentien[3]. Le 22 juillet 1461, Colombel était élu par l'échevinage pour aller avec d'autres, en ambassade, porter l'hommage de la ville de Paris au roi Louis XI[4] ; le 7 août, il prenait part à l'élection de deux échevins[5]. En 1463, il lève l'impôt en Picardie[6] et, en 1465, on le voit toujours présider au payement des gages de la Cour, comme au remboursement des emprunts faits par le roi pour le rachat des terres de Picardie engagées par le traité d'Arras au duc de Bourgogne[7]. Mais au mois de septembre 1466, Guillaume Colombel est dit cidevant commis payeur des gages du Parlement, et on le remboursait de 290 l. pour trois voyages faits à Chartres, Hesdin et Abbeville « et de la perte de la monnoye qu'il avoit eue »[8].

Colombel venait en effet d'être destitué à la suite d'un grand procès scandaleux qu'il avait intenté contre sa femme, Isabeau de Cambrai, la fille du premier président, Adam de Cambrai. Il soutenait 1° qu'elle l'avait trompé, 2° qu'elle lui avait volé 10.000 francs, 3° qu'elle avait tenté de l'empoisonner[9] : mais il paraît aussi que ce richard ne lui laissait pas de quoi se nourrir[10]. Le 15 juillet 1466, Guillaume Colombel obtint un arrêt contre Isabeau, « la Colombelle » : elle fut privée de son douaire pour adultère, et ses meubles, conquêts et immeubles demeurèrent à son avare époux ; au regard des larcins et empoisonnement, les parties furent déclarées contraires[11]. Guillaume Colombel plaida trois ans encore contre sa femme[12] : les époux ennemis se réconcilièrent pendant les dernières années de leur vie.

On voit Guillaume Colombel exercer de nouveau des offices à partir de 1468, date à laquelle on le retrouve commis au payement des gages des gens du Parlement[13] : il mourut le 4 avril 1475[14] et fut inhumé aux Célestins, sous une tombe de cuivre ; Isabeau, sa chère épouse, le rejoindra en 1482[15].

La conscience de Guillaume Colombel n'était pas tranquille ; dans son testament, il crut devoir la décharger relativement à ses nombreuses rentes[16]. Mais, comme il détestait sa femme, il avait commencé de son vivant à

1. Arch. Nat., Y. 5232.
2. Arch. Nat., X²ᵃ 27, 21 février 1455, n. st.
3. Arch. Nat., X¹ᵃ 8854.
4. Arch. Nat., Z¹ᴴ 14.
5. Arch. Nat., Z¹ᴴ 15.
6. Bibl. Nat., ms. Legrand 6970.
7. Bibl. Nat., fr. 6970, fol. 10 ; Arch. Nat., Z¹ᵃ 25, fol. 178.
8. Bibl. Nat., fr. 32511.
9. *Chronique scandaleuse*, I, p. 155-156.
10. Arch. Nat., X²ᵃ 35, 21 octobre 1469.
11. Bibl. Nat., Dupuy, 250.
12. Arch. Nat., X¹ᵃ 8311, fol. 152 v°.
13. Bibl. Nat., fr. 20685.
14. Arch. Nat., X¹ᵃ 4830, fol. 140 v°, 19 février 1489, n. st.
15. Louys Beurrier, *Histoire des Célestins*, 1634 ; Lebeuf, add. Cocheris, III, p. 461.
16. Arch. Nat., X¹ᵃ 4817, fol. 54.

distribuer ses biens aux Chartreux. Ainsi il leur donna une terre à Louvres-en-Parisis, héritage qu'il leur réclama ensuite pour faire une fondation à Notre-Dame [1]. Avant sa mort, il allait souvent visiter les Chartreux et il leur avait demandé « quel estoit le plus grant bien que on luy peust faire en l'ordre ». On lui répondit que c'était de fonder un *tricennium perpetuum*, c'est-à-dire, dans chaque couvent de l'ordre, 30 messes annuelles à perpétuité, ce qui faisait 12.000 messes par an ! En les comptant à 2 sous, l'ordre obtenait de la sorte 12.000 livres. C'était là, lui dit-on, une faveur extraordinaire qui fut même refusée à Jean-sans-Peur quand il fonda les Chartreux à Dijon : encore ne pouvait-on le faire sans l'autorisation d'un chapitre général. Colombel donna alors une liste de ses rentes, et 800 livres [2]. Puis cet homme, qui parlait bas, déposa chez eux un coquemart rempli d'or, de joyaux, de pierreries, et 14.000 écus.

Les exécuteurs du testament de Colombel, trop bon catholique à leurs yeux, attaquèrent les Chartreux [3]. Les gens du roi visitèrent de leur côté ce beau coquemart, et Louis XI y fit prendre 500 écus : le sire de Montaigu en eut 400, par don du roi.

Ainsi Colombel avait disposé des 2.000 livres de rentes qu'on lui connaissait à sa mort [4].

Guillaume Colombel possédait de nombreuses maisons à Paris et des terres aux environs. Il était ensaisiné, en 1447, de 7 arpents de vignes à Fontenay et à Bagneux [5] ; en 1448, il achetait de Jeanne, veuve de Gilles Poart, et depuis femme de Martin Guignon, notaire, un jardin derrière l'église de la Madeleine, en la Cité, rue des Oublayers dite de la Licorne, à condition de ne pas faire surélever le mur [6] : il demeurait, en 1449, rue des Marmousets, devant un grand hôtel qui lui appartenait aussi, tenant d'une part à Simon Charles et à Isabeau d'Orgemont, sa femme [7]. Il possédait une autre maison dans la Cité, devant Saint-Christophe [8] ; une autre, rue de la Plastrière [9].

XLVIII. — NOTE SUR DENIS HESSELIN ET SA FAMILLE

Fils puîné de Jacques Hesselin, bourgeois de Paris, Denis naquit en 1425 [10] : Jacques mourut avant le 12 juillet 1445 [11], et l'enfant reçut comme curateur Martial d'Auvergne. On le rencontre de bonne heure dans l'administration

1. Arch. Nat., X1a 4830, fol. 140 v°. — 2. Arch. Nat., X1a 4817, fol. 51.
3. Arch. Nat., X1a 4816, fol. 348 v°. — 4. Arch. Nat., X1a 4817, fol. 40.
5. Arch. Nat., S. 1648, fol. 13 v°. — 6. Arch. Nat., LL. 828.
7. Arch. Nat., S, 1648, fol. 34 v° ; Z1F 15, 13 août 1451 ; Bibl. Nat., Clair., 763, 29 mars 1449.
8. Sauval, III, p. 337.
9. En 1457 (Arch. Nat., S. 1461²).
10. Bibl. Nat., Clair., 763, 5 déc. 1434. — 11. *Ibid.*

GUILLAUME COLOMBEL *Conseiller du Roy, & Seigr.*
de Dampmartin les Lagny Sur Marne, mort le 4.e Avril l'an 1475.
après Quasimodo.
Il est gravé Sur Sa tombe dans le Choeur de l'Eglise des Celestins de Paris.

des finances : en 1453, il était élu sur le fait des Aides, à Paris, avec Enguer-
rand de Thumery, Guillaume Nicolas et Guillaume Colombel [1], grâce à la
recommandation de Jean Bureau, le trésorier de France, qui avait épousé
Germaine Hesselin [2]. Il est dit, le 24 mars 1464 (n. st.), « noble homme sire
Denis Hesselin, escuyer pannetier du roy et esleu sur le fait des aides de
Paris », et il émancipait ses fils, Jean (né en 1457) et Etienne (né en 1458).
Denis fut prévôt des marchands à la place de Nicolas de Louviers [3], de 1470
à 1474, et receveur de la ville, depuis 1474 jusqu'en 1500, en remplacement
de Jean Luillier [4], sur la demande du roi aux échevins de Paris. En 1477, il
est dit maître d'hôtel du roi et il émancipait ses fils, Hélye, âgé de 15 ans et
Paris, âgé de 7 ans, alors écoliers [5]. Denis Hesselin vivait encore en 1506.

Jacques Hesselin, frère aîné de Denis, fut subrogé à l'échevinage de Paris
tandis que l'ambassade parisienne, conduite par son frère, devait se rendre
au devant du roi Louis XI pour lui souhaiter la bienvenue [6]. Le 15 novembre 1463, on voit que Jacques était contrôleur du grenier à sel de Paris [7].

Germaine Hesselin, qui épousa Jean Bureau, trésorier de France et
seigneur de Montglat, était veuve en 1464 [8] : elle mourut le 22 décembre 1493 [9].

XLIX. — GUILLAUME DU RU, MARCHAND DE VINS EN GROS,
COMMIS AU LUMINAIRE DU SERVICE DE VILLON.

Guillaume du Ru, marchand de vins en gros et bourgeois de Paris, fut
maître de la confrérie des marchands de vins fondée sous le vocable de la
Conception, dans l'église Saint-Gervais, de 1451 à 1454 [10]. C'était donc un
homme considérable, le commerce du vin constituant l'un des trafics les plus
importants d'alors : Guillaume était riche et pouvait certes assurer les frais
du luminaire au service du pauvre Villon.

On trouve qu'il fut élu sur le fait des Aides et qu'il recevait un payement pour
ses peines d'avoir mis sus la taille entre 1443 et 1446 [11]. En 1452, il fait
compagnie avec Laurens Surreau, demeurant à Rouen, pour la vente du vin :

1. Bibl. Nat., fr. 32511, 12e compte d'Etienne de Bonney; Arch. Nat., Z²¹ 20, fol. 291 v°.
2. Bibl. Nat., Clair., 763, 28 avril 1464.
3. Arch. Nat., KK. 1009, fol. 9 v°; Z¹ᴴ 16, 18 août 1472.
4. Sire Nicolas Potier fit opposition à cette requête : mais Denis Hesselin fut désigné fina-
lement (Arch. Nat., Z¹ᴴ 16, 21 juin 1474).
5. Bibl. Nat., Clair., 763, 20 novembre.
6. Arch. Nat., Z¹ᴴ 14, 22 juillet 1461.
7. Arch. Nat., Z¹ᴮ 4, 15 novembre 1463.
8. Arch. Nat., Z¹ᴮ 4, 15 nov. 1463; Bibl. Nat., Clair., 763, 28 avril 1464, n. st.
9. Arch. Nat., H. 3936 (Compte des Célestins).
10. Bibl. de l'Arsenal, ms. 2263.
11. Arch. mun. de Loches, Compte de Regn. Bizoton.

de même en 1452, en 1459 et en 1461 ; à Arras, en 1458, avec Casin Le Brun, facteur de Jean Mauvergne [1].

Guillaume du Ru demeurait à Paris, au Cimetière Saint-Jean, à l'enseigne du *Dieu d'Amours* : il soutint un procès contre l'hôpital Saint-Jacques de la rue Saint-Denis et les marguillers de Saint-Gervais, au sujet d'une rente de 6 l. qu'il désirait de racheter sur cette maison [2].

Il était mort en 1470, laissant pour veuve Marguerite de la Barre, et pour fils Guillaume et Etienne du Ru, qui reçurent entre autres, pour tuteurs, Jean du Ru et Jeanne du Poncher, veuve de Pierre du Ru [3]. Or on voit qu'un Jean du Ru, frère sans doute du légataire de Villon, avait été procureur des chanoines de Saint-Benoît, en 1457 [4]. Un Nicolas du Ru fut huissier au Parlement [5] en 1449.

Il peut paraître singulier de voir un marchand de vins, même riche, chargé du luminaire d'un enterrement. C'est là une plaisanterie traditionnelle, chez les buveurs, dont nous rend compte le *Sermon de la Choppinerie* :

> Emplissez bien ce *gutur*,
> *Ne lampades extingantur*,
> Car il est toujours necessaire
> Que le saint ait beau *luminaire* :
> Prenez *ex oleo bisso*,
> Prenez de l'uille de bon saint [6].

L. — Mᶜ FRANÇOIS FERREBOUC, Notaire pontifical

En 1441, on le dit clerc écolier, étudiant en l'Université de Paris, mis en possession d'un demi-arpent de vigne au terroir de Paris, outre les Chartreux, tenant d'une part à Jean Ferrebouc, son père, marchand épicier [7]. François était reçu bachelier en décret, le 27 février 1443 [8]. En 1451, on le trouve avocat en cour d'église et au Parlement ; il achetait une maison à l'enseigne du *Barillet*, devant l'église des Mathurins, rue Saint-Jacques, tenant à la *Mule* : cette maison ruineuse était chargée de 7 livres de rente annuelle envers les religieuses de Saint-Antoine des Champs, et de 50 livres d'arrérages et de

---

1. Bibl. Nat., Moreau, 1062, fol. 9 vᵒ, 64 vᵒ, 73 vᵒ ; Arch. Nat., KK. 409, fol. 257 vᵒ.
2. Arch. Nat., Z¹ᶠ 19, 7 mai 1455, 16 et 21 mai ; Z¹ᶠ 20, 7 juillet 1456 ; Z 10/¹, 13 avril 1460.
3. Arch. Nat., X¹ᵃ 4811, fol. 378, 22 mai 1470 (Procès des héritiers contre Jacques Godart, marchand de Bourges).
4. Arch. Nat., S. 894 ᴮ. – Maitre ès arts, il s'était présenté au baccalauréat en décret, en 1443.
5. Arch. Nat., KK. 408, fol. 145 vᵒ.
6. Bibl. Nat., n. acq. fr. 4518, fol. 13 vᵒ, 14.
7. Arch. Nat., S. 1648, fol. 110.
8. M. Fournier et L. Dorez, *La Faculté de Décret*, II, p. 93.

cens envers la ville [1]. En 1455, François Ferrebouc est dit licencié en décret, bachelier ès arts, prêtre, notaire de la cour de la conservation des privilèges apostoliques, praticien en cour d'église ; le 4 octobre 1456, il résignait avec Jean Amyot la chapellenie qu'il avait en l'église du Saint-Sépulcre, à l'autel Sainte-Marguerite, pour la chapellenie des saints Pierre et Paul, à l'église des Mathurins [2]. En 1458, il figure parmi les notaires qui travaillèrent au procès de réhabilitation de Jeanne d'Arc [3] ; cette année-là, il assistait, comme scribe de l'official de Paris, à l'interrogatoire de Guy Tabary, l'un des voleurs du collège de Navarre [4]. En 1460, il était ensaisiné d'une vigne au territoire de Rosny [5] ; il achetait une maison, rue Saint-Jacques, où avait demeuré Jean Roger, épicier et chandelier de suif [6] : Jean Le Loup, cet officieux employé de la ville, avait posé des carreaux sur une longueur de sept toises devant l'huisserie de l'hôtel de Me Ferrebouc, en face des Mathurins [7]. En 1468, François Ferrebouc était ensaisiné d'une rente sur la maison de l'*Image Saint-Christophe*, place Maubert, tenant à l'*Asne rayé* et au *Dauphin* [8]. En 1482, il est dit trésorier de l'hôpital Saint-Jacques, rue Saint-Denis [9].

François Ferrebouc disparut après 1502 [10].

C'était un ami de Robert Gaguin, l'humaniste, qui lui adressait de Burgos, en 1468, un éloge de la France comparée à l'Espagne [11] ; et Gaguin inséra, dans une épître adressée à Louis de Rochechouart, une anecdote que Ferrebouc lui avait contée, après souper, sur la création d'un parlement à Malines [12].

François Ferrebouc avait des amis au Châtelet de Paris. Un Nicolas Ferrebouc y avait été notaire au début du siècle [13] : Jean Ferrebouc, son frère, était allié de Pierre Chouart, notaire au Châtelet [14]. François était l'ami des Thibert, les bouchers, des Marcel, des Boucher, et il est nommé parmi les tuteurs de la veuve de Jacques Boucher, l'examinateur [15]. Ceci nous explique sans doute la rigueur que l'on tint à Villon au sujet de la rixe qui se déroula devant son officine.

---

1. Arch. Nat., KK. 407, fol. 115 et 133 v°.
2. Arch. Nat., LL. 119, p. 37 ; *Gaguini epistolæ*, éd. Thuasne, I, p. 185.
3. « Lesd. [Denis] le Comte et François Ferrebourg ordonnez à escrire le procez et sentence en six volumes ou livres, iij c. l. » (Bibl. Nat., fr. 32511).
4. A. Longnon, *Étude biographique*, p. 170.
5. Arch. Nat., S. 1648, p. 91.
6. Arch. Nat., KK. 409, fol. 263. A l'enseigne du *Mortier d'or*.
7. *Ibid.*
8. Arch. Nat., S. 1648, fol. 92.
9. Bibl. Nat., Clair., 764, 16 décembre 1482.
10. Sauval, III ; mentionné en 1469 (Arch. Nat., L. 421, n° 85), comme scribe de l'official en 1472 (Arch. Nat., L. 421), le 7 juin 1483 (Arch. Nat., Z¹ᴮ 30).
11. *Gaguini epistolæ*, éd. Thuasne, I, p. 185-208.
12. *Ibid.*, p. 230.
13. En 1414 (Arch. Nat., Y. 5228).
14. Bibl. Nat., Clair., 763, 22 juin 1462.
15. *Ibid.*, Clair., 764, 9 déc. 1473.

LI. — ETIENNE GARNIER, Clerc du Guichet

La très joyeuse ballade, dite de l'appel, est adressée à un certain Garnier ; elle a pour titre, suivant F : *La question que feist Villon au clerc du guichet*.

Qu'est-ce que le clerc du guichet ? Qui était ce Garnier ?

Le clerc du guichet était au Châtelet le personnage qui, sous la responsabilité du geôlier ou garde des prisons, se tenait dans le guichet de la prison, à la porte. Il portait toujours un bâton ferré [1]. C'est à lui que le guet de nuit et les sergents amenaient les délinquants [2]. Il devait d'abord leur demander s'ils étaient clercs ou non, car le clerc du guichet tenait un registre d'écrou. Les prisonniers signaient ou faisaient une croix : le clerc ajoutait l'indication de leur état, la description de leur habit et tonsure [3]. Et il ne devait toucher que deux deniers au sujet de la délivrance d'un prisonnier : encore était-ce par simple courtoisie. Mais il arrivait aussi que le clerc du guichet, tout comme le geôlier, faisait chanter les détenus. On voit par exemple qu'Andriet Rousseau, garde du guichet du Châtelet, fut condamné, le 27 septembre 1422, pour avoir transporté un prisonnier d'une prison dans une autre, afin d'obtenir de lui de l'argent [4]. Les prisons du Châtelet étaient plus ou moins dures.

Sans aucun doute, le Garnier de François Villon doit être identifié avec un certain Etienne Garnier, qui eut des aventures.

Il était parent, vraisemblablement, d'un Jean Garnier, geôlier de la Conciergerie, qui fut condamné, le 11 septembre 1421, pour avoir laissé deux prisonniers coucher en ville, et qui s'échappèrent [5].

Etienne Garnier paraît avoir été un homme ayant du bien, car il prenait à ferme, pour leurs profits, toutes sortes de petits offices. Ainsi, le 22 avril 1450 (n. st.), il est dit fermier de l'arche du Grand-Pont de Paris [6]. Le 13 avril 1453, on le trouve fermier du chantelage, et plaidant à ce sujet contre un légataire de Villon, Angelot Baugis [7] (il s'agit d'une redevance de 3 d. prise sur chaque queue de vin mise en chantier). Le 16 octobre 1453, on voit qu'il était geôlier de la Conciergerie. Il eut le tort d'y suivre une tradition dans la famille. Dans cet office, il avait sous lui un clerc, Gaultier Ferrebouc, et l'avait autorisé à conduire en ville Richard Mignot qui désirait de voir sa femme, nourrice de Me Jean le Picart, et de prendre de l'argent qu'il avait rue Saint-Martin. Il

1. Arch. Nat., X²ª 17, 2 mars 1416, n. st.
2. *Ibid.*
3. Desmaze, *Le Châtelet de Paris*, p. 334, 340.
4. Bibl. Nat., Dupuy, 250.
5. *Ibid.*
6. Arch. Nat., Z¹ᶠ 15.
7. Arch. Nat., Z¹ᶠ 17. — Dans le compte de 1455-1456 (Arch. Nat., KK. 408, fol. 110 vᵒ) il est dit fermier de la chaussée des Portes Saint-Victor et de Bordelles.

arriva que Ferrebouc rencontra une femme ; il fit la conversation : le prisonnier pendant ce temps s'était mis en franchise dans l'église Saint-Laurent [1].
Le geôlier et son clerc furent désappointés : la Cour les fit mettre à leur tour
en prison et donna les clefs à Jean Papin [2], que l'on retrouvera geôlier de la
Conciergerie du Palais jusqu'à sa destitution du 22 mai 1472 [3], date à laquelle
il venait lui aussi de laisser des prisonniers s'échapper.

Le 28 novembre 1453, Garnier fut élargi en versant une caution de
500 l. p., et on lui interdit d'aliéner ses immeubles : le 5 janvier 1454, Gaultier Ferrebouc demandait l'entérinement de ses lettres de pardon. La Cour les
approuva mais lui imposa 20 l. d'amende ; quant à Garnier, il fut condamné
à la prison, à 100 l. d'amende qui devaient être employées à réparer les tapis
de la Conciergerie et à dire la messe du matin. Ferrebouc et Garnier furent
déclarés en outre « inhabilez » à obtenir dorénavant aucune ferme de geôle.
Le 11 janvier, Guillaume Amaury succédait à Garnier, et Papin demeurait
son commis [4]. Garnier dut alors vendre de ses biens [5]. Le 10 septembre
toutefois il était élargi, Michaud Berroyer, potier de terre demeurant près
de Saint-Denis-de-la-Châtre, s'étant constitué son plège pour le gîte et le
geôlage [6].

On retrouve Etienne Garnier, comme prévôt de Montlhéry, mêlé à une
affaire qui lui valut d'être mis au Châtelet, et au sujet de laquelle il obtint
une lettre de rémission, au mois d'octobre 1458 [7].

Six semaines auparavant, en compagnie de Grégoire Dubat, Garnier avait
rencontré sur le chemin de Paris un homme qui portait un sac : or ce sac,
très lourd, renfermait des tasses, des aiguières d'argent, des couverts, un
tableau d'or et d'argent, deux diamants, un saphir, trois verges d'or, de la
menue monnaie, des anneaux rompus. C'était évidemment le produit d'un
vol. Les deux compagnons menacent d'arrêter le porteur et le prient de l'accompagner. Mais Grégoire avait vu de suite le parti à prendre ; il avait dit à
Garnier : « Vous êtes hors de tous vos maux : car de ceci vous payerez maître
Simon le Bourelier, et si serez sergent à cheval ! » Les compères se partagèrent le produit du vol. L'affaire s'étant ébruitée à Paris, Garnier fut arrêté
et restitua une partie de son escroquerie à la femme du volé.

On voit qu'Etienne Garnier avait su faire oublier cette méchante histoire,
et même sa mauvaise administration comme geôlier de la Conciergerie,

1. Arch. Nat., X²ᵃ 25, 22 novembre 1453.
2. Il était dans cet office le 13 juin 1453 (Arch. Nat.. Z¹ᵃ 20).
3. Bibl. Nat., Dupuy, 250.
4. Bibl. Nat., Dupuy, 250 ; Arch. Nat., X²ᵃ 25, 22 novembre 1453.
5. Jean Larcher, procureur du roi, s'oppose aux criées des héritages d'Etienne Garnier à
Juvisy (Arch. Nat., Z¹ꜰ 17, 26 avril 1454).
6. Arch. Nat., Y. 5232.
7. Arch. Nat., JJ. 189, pièce 277 ; *Reproduction fac-simile du manuscrit de Stockholm*, p. 30-35.
— Il était fermier de la prévôté de Montlhéry à la Saint Jean-Baptiste de 1458 et touchait le
profit de ses exploits : on voit par exemple qu'il eut une affaire avec un certain serviteur vagabond de Marolles dont il voulut faire chanter le maître (Arch. Nat., Z¹ꜰ 27, 28 mars 1466,
n. st).

puisque, au mois d'octobre 1459, on le retrouve « clerc de la geolle du Chastellet [1] ». C'est donc bien ce douteux personnage qui eut François Villon en
garde, par deux fois, en 1462 et en 1463 : le 23 avril 1464, Jean Papin,
geôlier de la Conciergerie du Palais, remplissait cette charge au Châtelet [2].

Etienne Garnier et François Villon pouvaient bien être des amis : l'histoire
du voleur, volé sur le chemin de Paris, est digne de figurer dans le recueil
des *Repues Franches*.

Il n'est guère douteux, après cela, que Villon ne fût au courant des sub-
tilités de son gardien. Un mot nous en donne la preuve :

Vous entendez bien *joncherie*

dit Villon à Garnier. C'était là un mot de jargon signifiant tromperie [3].
Garnier et François entendaient parfaitement et le mot et la chose.

LII. — PIERRE DE LA DEHORS, Mᶜ BOUCHER ET LIEUTENANT CRIMINEL DU CHATELET

Pierre de la Dehors est dit, le 10 mai 1448, maître ès arts, âgé de 24 ans,
fils de feu Pierre de la Dehors et d'Agnès le Cousté [4]. Il avait donc six ans de
plus que François Villon.

En 1458, on le trouve comme maître juré de la Grande Boucherie de Paris,
et Pierre de la Bretèche est désigné comme son valet boucher. On voit
encore que cette année-là Jean Trouvé (celui qu'a nommé Villon dans ses
Lais, v. 161), valet boucher de la Grande Boucherie et valet de Jacquet
Haussecul, plaidait contre Pierre de la Dehors [5]. Le 8 novembre 1460, Pierre
de la Bretèche occupait l'étal qui lui appartenait, à raison de 20 sous par
semaine [6].

Le fait d'être maître boucher n'impliquait pas l'exercice de cette profession ; mais c'était un privilège demeurant l'apanage de quelques vieilles
familles parisiennes qui, en raison de leur fortune et du voisinage du Châtelet, donnèrent beaucoup de leurs membres, comme officiers, à cette juridiction. Un avocat dira plus tard de Pierre de la Dehors qu'il était même
« noble homme et bien gradué [7] ». Il fallait aussi avoir des capitaux pour
être boucher ; car les maîtres bouchers avançaient des fonds assez considérables pour l'achat des bêtes à cornes.

1. Arch. Nat., Z¹ᶠ 23, fol. 201, 12 décembre 1460.
2. Arch. Nat., X²ᵃ 33, 23 avril 1464.
3. Marcel Schwob, *Introduction à la Reproduction fac-simile du manuscrit de Stockholm*, p. 25.
4. Bibl. Nat., Clair., 763.
5. Bibl. Nat., fr. 32586 (registre de la Grande Boucherie de Paris).
6. Arch. Nat., Z² 3267.
7. Arch. Nat., X¹ᵃ 4809, 17 mars 1466, n. st.

On ne sait à quelle date, ni à quel titre, il commença d'exercer son office au Châtelet ; ce fut sans doute comme avocat : mais on voit qu'au commencement de l'année 1462, il avait remplacé Martin de Bellefaye, lieutenant criminel, quand celui-ci fut reçu conseiller laïc au Parlement [1]. C'était là une charge importante. Mais La Dehors n'abandonna pas pour cela ses privilèges de maître boucher. On trouve par exemple que, le 29 janvier 1462 (n. st.), il plaidait contre Andry Paroisse, fermier de l'impôt de douze deniers sur le bétail à pieds fourchus vendu à Paris : le lieutenant criminel ne voulait pas acquitter cet impôt sur dix-sept bœufs et, comme Paroisse les avait saisis, La Dehors le fit emprisonner au Châtelet. Il alléguait ses privilèges de boucher de la Grande Boucherie de Paris, qui venaient d'être confirmés par le nouveau roi ; et il déclarait encore devoir jouir de franchise, comme monnayer du Serment de France. Pierre de la Dehors avait donc quelque chose à voir également dans la fabrication des monnaies. Un jugement fut rendu en sa faveur [2]. Pierre de la Dehors était allié enfin avec les familles des bouchers de la Grande Boucherie : il avait épousé Jeanne Haussecul, fille de Jean Haussecul, maître boucher ; il était donc beau-frère de Jean Sevestre, procureur au Châtelet, qui avait épousé Geneviève Haussecul. Il continua toute sa vie de porter un grand intérêt à cette corporation [3]. Sa faveur eut à subir une éclipse : il dut soutenir ses droits et s'opposer aux lettres du roi Louis XI qui venait de donner son office à Henri Mariette, le 6 mars 1464 [4] ; il entendait ne pas être désappointé de son office sans avoir été ouï, et il alléguait que, pendant deux ans, il avait joui de sa charge sans avoir encouru aucun reproche. Le prévôt ne voulait pas l'écouter et La Dehors se disait spolié [5]. Quant à Mercier, avocat d'Henri Mariette, il répliquait « que le roy, pour certaines causes qui l'ont meu, a mis hors l'appelant de l'office, et depuis y a eu deux lieutenans, *videlicet* Fornier et La Chapelle, jusqu'à ce que le roy a donné l'office à l'intimé... »

On voit Pierre de la Dehors, le 9 avril 1470, comme avocat au Châtelet, s'opposer, avec Jean Mautaint, aux criées des héritages de feu Charles de Melun [6]. On trouve, le 28 mars 1476, dans un procès entre l'évêque de Paris et le prévôt, une allusion à sa dureté envers les clercs parisiens : « Dit que La Dehors est coustumier de faire beaucoup de vexacions aux clercs que on lui requiert, et ne tient maintenant la forme ancienne. Car anciennement, quant ung clerc estoit amené, on lui faisoit son registre et mestoit en teste ung O. pour le rendre et ne paier que xii d. pour escroc. Et estoient les promoteurs presens chacun jour et estoient renduz sans question ; mais maintenant, quant aucuns clercs sont prisonniers, La Dehors dist que il ne les ren-

1. Arch. Nat., X¹ᵃ 1484, fol. 227.
2. Arch. Nat., Z¹ᶠ 24 ; Z¹ᶠ 25, fol. 3.
3. Arch. Nat., X²ᵃ 41, 4 mars 1476, n. st. ; Marcel Schwob, *Introduction à la Reproduction fac-simile du manuscrit de Stockholm*, p. 39.
4. Bibl. Nat., Clair., 764.
5. Arch. Nat., X¹ᵃ 4809, 17 mars 1466, n. st.
6. Arch. Nat., X¹ᵃ 4811, fol. 344.

droit point ; et fault bien souvent qu'ilz soient amenez ceans, et font de grans despens, *adeo* qu'il n'y a clerc qui ne ayme mieulx estre pugny par l'evesque que par le prevost... Et suposé que soient requis, le retient ung moys, XV jours ou trois sepmaines ; et si fait paier pour l'informacion ung escu, les interrogatoires ung escu, XX ou XXVI solz, et pour l'escroe ung escu, ou ce que on en peut avoir, et les despens du geolier... [1] »

Or, s'il était dur aux clercs parisiens, en général, Pierre de la Dehors se montrait rigoureux aussi envers ceux de la Cour : ainsi, le 2 mai 1476, il fit arrêter les trompettes qui accompagnaient les suppôts de la Basoche : la Cour enjoignit à La Dehors de les délivrer sans délai [2].

Le 20 juillet 1478, Pierre de la Dehors est dit conseiller du roi et lieutenant criminel ; il émancipait ses enfants : Joachim, âgé de 21 ans ; Guillaume, qui avait 17 ans ; Jean, 15 ans ; Jeanne, 12 ans ; Agnès, 11 ans, et Colette, 7 ans [3]. Le 13 octobre 1481, il s'opposait à ce qu'un autre fût institué dans son office [4]. Cette affaire dut susciter dans sa famille une colère très vive, puisque, le 18 mai 1482, on enjoignit à ses fils, Joachim et Jean, de ne pas faire de mal à Pierre de la Porte, qui venait d'être nommé lieutenant criminel, et de ne pas porter de bâtons [5]. Il était toujours lieutenant, le 15 mai 1484 : Olivier le Daim lui écrivait qu'il ferait bien de dire la vérité à Me Jean Angenoust, conseiller du roi, et à Jean Chambellan [6]. Pierre de la Dehors est encore mentionné à la date du 4 mars 1486 [7] (n. st.).

Pierre de la Dehors avait vendu, le 26 juin 1461, la maison à l'enseigne des *Champions*, place Maubert, à Jacotin Cardon, un des légataires de Villon [8]. Il demeurait, le 9 avril 1470, rue de la Verrerie [9].

Tel se montra le lieutenant criminel qui mit Villon à la question et poursuivit si rigoureusement les clercs ; tel fut le boucher qui fit boire le pauvre poète dans « l'écorcherie » ; tel nous apparaît ce personnage obstiné qui survécut à la rancune du plus absolu des rois.

LIII. — LA FAMILLE DE CANLERS

Les Canlers étaient issus de Jacques, notaire et secrétaire du roi en 1421 [10] : cette année-là, sa maison à Paris, ainsi que celle de son frère Martin, contrô-

1. Arch. Nat., X¹ᵃ 4817, fol. 163 v° ; Marcel Schwob, *Introduction à la Reproduction fac-simile du manuscrit de Stockholm*, p. 41.
2. Bibl. Nat., Dupuy, 250.
3. Bibl. Nat., Clair., 764. — 4. *Ibid.* — 5. Bibl. Nat., Dupuy. 250.
6. Arch. Nat., X²ᵃ 48.
7. Arch. Nat., X²¹ 51.
8. Arch. Nat., S. 1648, p. 108.
9. Arch. Nat., X¹ᵃ 4811, fol. 344.
10. Bibl. Nat., fr. 32511.

leur de l'Argenterie [1], fut saisie par le gouvernement anglais [2]. On trouve Jacques, en 1432, commis à lever l'aide établie sur les gens d'Auvergne [3] ; puis, en Champagne, il assied les aides pour la guerre, en 1436 [4]. Sa veuve, Catherine de Fumechon, d'une famille parlementaire, recevait du roi, en 1450, la somme de 50 l. pour entretenir son état [5].

Son fils, Jacques de Canlers, était en 1450 clerc de Me Pierre de Saint-Amand, le clerc du Trésor [6] : on le retrouve, en 1458, comme contrôleur de l'Argenterie à 500 l. de gages par an [7]. Receveur général du Languedoc, secrétaire du roi Louis XI, qui le nommera son « amé et féal conseiller », il remplira pour ce dernier une importante mission en Savoie en 1463 ; mais, en 1465, il fut impliqué dans une affaire de trahison, et le roi donna l'ordre de lui faire son procès à Lyon, très rigoureusement [8] : il fut emprisonné dans la tour de Sainte-Colombe-lez-Vienne [9].

Charles de Canlers, son frère puiné, fut institué clerc des Comptes, le 2 août 1430 [10] ; il fut élu échevin de Paris en 1446 [11], puis en 1449 [12]. Le 14 février 1448 (n. st.), il acquit de Robert Chartrain et de demoiselle Jeanne de Montigny, sa nièce, deux hôtels situés à Ermenonville [13]. En 1451, on le trouve commis au contrôle de la recette générale, et il voyage, entre Paris et Tours, pendant deux mois [14]. En 1453, il était toujours clerc du roi en la Chambre des Comptes [15] ; mais on voit que, le 20 février 1455 (n. st.), Charles VII signait une lettre par laquelle son « amé et féal clerc en la Chambre des Comptes, Me Charles de Canlers » faisait connaître qu'ayant à pourvoir honorablement au mariage d'une nièce, qu'il avait nourrie dès son enfance, il avait dû résigner, il y avait un an environ, l'office de clerc ordinaire des Comptes à Me Philippe le Bègue : attendu son « ancien eage et le long temps qu'il nous a servy, en plusieurs et maintes manieres, oudit office de clerc de nosd. comptes et autrement », le roi lui accordait 100 l. par an

---

1. Le 13 avril 1411, Martin touche 200 francs pour ses bons services (Bibl. Nat., P. orig., 587[6]); le 2 janvier 1420, il est dit contrôleur de l'Argenterie du Dauphin et déclarait avoir reçu de Hémon Raguier, trésorier des guerres, la somme de 116 l. pour avoir convoyé de Bourges au siège de Tours, 1600 l. destinées au payement des gens d'armes (Ibid., n° 7); en 1431, on le trouve notaire et secrétaire du roi (Ibid., n° 8).
2. Sauval, III, p. 292.
3. Bibl. Nat., P. orig., 587[5].
4. Bibl. Nat., fr. 32511.
5. Ibid.
6. Ibid.
7. Arch. Nat., KK. 51.
8. Lettres de Louis XI, éd. Vaësen, II, p. 116, 138 et s., 364 et s.
9. Bibl. Nat., Gaignières, 375, fol. 4 ; Dupuy, 596, fol. 3, 5.
10. Bibl. Maz., ms. 3035, notes de Du Fourny ; Charles figure comme clerc dans le compte royal de 1436 (Bibl. Nat., fr. 32511) : le 21 février 1439 (n. st.), les généraux des finances mandent de lui payer 23 l. (Bibl. Nat., P. orig., 587[12]).
11. Arch. Nat., KK. 1009, fol. 6 v°.
12. Arch. Nat., KK. 406.
13. Bibl. Nat., Clair., 763.
14. Bibl. Nat., fr. 32511.
15. Ibid.

qui lui seraient payées par le changeur du Trésor [1]. En fait, Charles de Canlers fut confirmé comme clerc extraordinaire, le 7 septembre 1461 [2]. Sans doute, après le procès fait à son frère, il dut se retirer auprès de Charles, duc de Normandie (comme Ythier Marchand), car on trouve un Charles de Canlers président de la Chambre des Comptes du frère et de l'ennemi intime de Louis XI [3].

Marguerite de Canlers avait épousé Philippe Braque, conseiller du roi au Parlement, mort avant le 14 avril 1461 [4].

On rencontre un Jean de Canlers conseiller au Parlement, le 27 juin 1479 [5]. Un Mathieu de Canlers fut contrôleur des guerres en 1480 [6]; un Geoffroy de Canlers, clerc de la Chambre des Comptes, le 4 octobre 1480 [7]. Le 16 septembre, Louis XI déclarait que ce dernier l'avait servi assez longtemps, et il lui accordait 180 l., outre ses gages ordinaires ; mais Geoffroy devait résigner son office [8].

LIV. — LA FAMILLE BRAQUE

C'était une ancienne famille parisienne [9] dont presque tous les membres exercèrent des charges importantes dans l'administration des finances. Elle avait été anoblie, en 1339, dans la personne d'Arnoul Braque, changeur et bourgeois de Paris, qui fonda la chapelle Braque au quartier Sainte-Avoye, en 1348, et la dota de 620 livres de rentes : il avait épousé Jacqueline d'Ypres, fille d'un changeur du Trésor [10]. Parmi sa descendance ou sa parenté, on rencontre Nicolas Braque, conseiller du roi et maître de la Chambre des Comptes en 1356 [11], conseiller et maître d'hôtel en 1377 [12], et qui mourut en 1388 [13]. Etienne Braque, trésorier des guerres en 1371 [14] et maître des Comptes en 1385 [15]. Jean Braque, maître et enquêteur des Eaux et Forêts en la vicomté d'Arques, maître d'hôtel du roi [16], conseiller de Louis d'Orléans en 1399 [17], puis de la duchesse d'Orléans et son receveur à Chauny [18] : un vigoureux

1. Bibl. Nat., P. orig., 587[11].
2. Arch. Nat., P. 2299, fol. 215.
3. Bibl. Nat., P. orig., 587[9].
4. Arch. Nat., X[2a] 28.
5. Bibl. Nat., Clair., 764.
6. Bibl. Nat., P. orig., 587[10].
7. *Ibid.*, n° 12.
8. *Ibid.*, n° 13.
9. Bibl. Nat., P. orig., 493.
10. *Ibid.* Du Breul, *Le Théâtre des Antiquitez de Paris...* p. 857 et s.
11. Bibl. Nat., P. orig., 493[14].
12. *Ibid.*, n° 21.
13. Du Breul, *op. cit.*, p. 858. — 14. *Ibid.*, n° 24. — 15. *Ibid.*, n° 51.
16. *Ibid.*, n° 36. — 17. *Ibid.*, n° 55. — 18. *Ibid.*, n° 64.

dépuceleur de filles, au demeurant [1]. Quant à Philippe Braque, chevalier, qui épousa Marguerite de Canlers, il fut conseiller du roi au Châtelet dès 1438 [2], puis conseiller au Parlement. Comme descendant d'Arnoul Braque, il avait droit d'assister au dîner de la dédicace de la chapelle, le 19 février, que les chapelains et les vicaires donnaient en l'hôtel de la *Pomme* [3].

Ce fut un homme de petite corpulence, que l'on tenait « de très bonne vie et de bonne recommandation », se conduisant en bon catholique. En revenant des vêpres, une faiblesse le prit un jour : il était devenu fou et menaçait de tuer sa femme et ses enfants. Vraisemblablement il se pendit. Le Châtelet fit mettre les scellés dans sa maison et l'on constata qu'il avait une blessure au cou. Philippe fut néanmoins enterré en terre sainte : « et mena le prevost de Paris le premier dueil [4] ».

Dans ce temps, on rencontre encore un Germain Braque, qui résigna l'échevinage en 1449 [5], et fut de nouveau élu en 1451 [6] et en 1464 [7] : il était conseiller du roi et maître général des monnaies, le 22 juin 1444 [8].

Marguerite de Canlers vivait encore en 1480 [9]. Le 22 août 1467, elle avait fait mettre hors de tutelle son fils Jean, bachelier ès lois : on trouve parmi ses amis et tuteurs noble homme Guillaume Gentien, Philippe le Bègue, Robert Piedefer, Jean du Drac, Me Jean de Bailly [10].

LV. — NOTE SUR LA FAMILLE DE SAINT-BENOIT

On trouve un Jean de Saint-Benoît, grenetier du grenier à sel de Noyon en 1390 [11]. Isabeau de Saint-Benoît, veuve de Jean de Montigny, était morte le 8 février 1427 (n. st.) [12]. Jean de Saint-Benoît, procureur en Parlement, était cousin de Pierre de Breban, conseiller sur le fait de la justice des Aides [13].

1. *Registre du Châtelet*, I, 44-45.
2. Bibl. Nat., fr. 21388 ; on le retrouve dans cette charge en 1440 (Bibl. Nat., fr. 23328, fol. 35).
3. Arch. Nat., S. 4287, censier de la chapelle Braque de 1441-1444.
4. Arch. Nat., X1a 8306, fol. 219, 28 avril 1460.
5. Arch. Nat., KK. 1009, fol. 6 vº.
6. *Ibid.*, fol. 7 vº.
7. *Ibid.*, fol. 8 vº.
8. Bibl. Nat., Clair., 765.
9. *Ibid.*
10. Bibl. Nat., Clair., 764.
11. Bibl. Nat., P. orig., 2744.
12. Bibl. Nat., Clair., 763.
13. Bibl. Nat., Clair., 763, 1451, 13 septembre.

LVI. — LA FAMILLE DE BREBAN

Cette famille de gens de finance joua un rôle au xvᵉ siècle.

Philippe de Breban, fils d'un « impositeur [1] », était un riche changeur parisien qui exerça la charge de prévôt des marchands, du 10 octobre 1415 au 12 septembre 1417 : il était favorable au parti armagnac et loyaliste. Il fut non pas « depposé [2] », mais relevé de sa charge sur sa demande, à cause de son âge avancé et de « certaine maladie [3] ». On le voit, par la suite, s'associer en 1420 avec quinze de ses confrères pour l'exploitation des monnaies de Paris, de Tournai, de Châlons, de Troyes, de Mâcon, de Nevers et d'Auxerre : il dirigea aussi la monnaie de Saint-Quentin. Il était si riche qu'en 1421, lorsque Pierre des Landes, changeur, obtint la monnaie de Paris, Philippe de Breban et Germain Vivien se portèrent pour lui caution de 8.000 livres tournois [4]. Il mourut avant le 6 juin 1447, date à laquelle on voit Jean de Breban, son fils, agir comme son héritier [5].

Un Pierre de Breban, qui est peut-être son frère, est dit clerc des Comptes en 1409 [6], en 1411 [7] ; en 1436 [8], auditeur. On le voit, en 1448, conseiller du roi en sa chambre des généraux des finances, doyen de la Grande Confrérie aux Bourgeois, dont Michel Culdoe était alors prévôt [9]. Le 4 juin 1451, Catherine Boursière est dite sa veuve et Jean de Breban, avocat au Parlement, son fils [10]. Il est question, dans des comptes de 1457, de ses hoirs qui demeuraient rue du Temple [11].

En 1440, un Pierre de Breban, qui fut aussi clerc des Comptes, et que l'on trouve en 1407 chapelain de la chapelle fondée par Alphonse d'Espagne à Notre-Dame de Poissy [12], est dit avocat, curé de Saint-Eustache, et plaidait au Parlement en présence du roi de Portugal [13].

---

1. *Journal d'un bourgeois de Paris*, p. 62 et note.
2. *Ibid.*, p. 79.
3. Arch. Nat., KK. 1009, fol. 2.
4. Note de M. A. Tuetey au *Journal d'un bourgeois de Paris*, p. 63.
5. Bibl. Nat., Clair., 763.
6. Bibl. Nat., P. orig., 496, nᵒ 24.
7. Arch. Nat., Xᴵᵃ 9807, 11 juillet 1411.
8. Bibl. Maz., 3035, notes de Du Fourny.
9. Sauval, III, p. 145.
10. Bibl. Nat., Clair., 763.
11. Bibl. Nat., MM. 135, fol. 22 vᵒ.
12. Bibl. Nat., P. orig., 496, nᵛ 5.
13. Bibl. Nat., fr. 24075.

LVII. — NOTE SUR HENRY DE DANES

Henry de Danes, fils de Jean de Danes, renonça à la succession paternelle au mois d'octobre 1439 [1] : il était à cette date chauffe-cire de la Chancellerie royale, et exerçait encore cet office, en 1441 [2]. Receveur des tailles à Paris, en 1441 [3], institué notaire et secrétaire du roi au lieu de Pierre Hardouin, le 6 décembre 1449 [4], il fait une tournée dans l'Ile-de-France afin que les gens d'armes n'y causent pas de dommage [5]. Confirmé comme clerc ordinaire des Comptes, le 7 septembre 1461 [6], il est chargé, l'année suivante, de vérifier les comptes des grenetiers et officiers comptables du Languedoc et de la Guyenne [7] ; de même en 1463 et 1464 [8]. Henry de Danes mourut au mois d'octobre 1467 [9].

1. Bibl. Nat., Clair. 763.
2. Bibl. Nat., ms. lat. 18347, fol. 33 v°.
3. Bibl. Nat., fr. 32511.
4. Bibl. Maz., ms. 3035 (Notes de Du Fourny).
5. Bibl. Nat., fr. 32511 ; lat. 18347, fol. 28 v°.
6. Arch. Nat., P. 2299, fol. 215 ; Ordonnances, XV, 11.
7. Arch. Nat., PP. 110, fol. 59-60.
8. Ibid., fol. 76, 298.
9. Bibl. Maz., ms. 3035.

TABLEAU GÉNÉALOGIQUE DE LA FAMILLE DE MONTIGNY

Jean de Montigny
épouse Isabeau de Saint-Benoît
(morte avant le 8 février 1427).

Jean de Saint-Benoît
procureur en Parlement
en 1455 : sa cousine est
Jeanne de Breban.

Jean de Montigny
docteur en décret
et chanoine
de Saint-Benoît
né vers 1410,
vivait encore en 1469.

Etienne de Montigny
docteur en décret
et chanoine
de Saint-Benoît
né vers 1412,
mort avant 1486.

Jean de Montigny
élu de Paris
(mort entre 1443 et 1445)
épouse 1° Colette de Canlers . . . . 2° Colette de Vauboulon.

Martine de Montigny
mineure en 1459.

Jeanne de Montigny
épouse Robert Chartrain.

Regnier
né en 1427
pendu en 1458.

Marguerite
née en 1429
(curateur Jean de Cérisy)
épouse noble homme
Roger de Bonesle.

?

Etienne de Montigny
Me ès arts, écolier à Paris
en 1486,
puis bénéficié de
Saint-Benoît ;
il a pour oncle
Gilles de la Marche
prêtre, Me ès arts,
également bénéficié de
Saint-Benoît.

Sources : Bibl. Nat., Clair., 763, 8 février 1427 (n. st.) ; Ibid., 16 janvier, 18 et 22 mars 1445.

NOTES GÉNÉALOGIQUES SUR LA FAMILLE DE CANLERS

Jacques de Canlers . . . . Martin de Canlers.
secrétaire du roi,
élu sur le fait des Aides,
épouse Catherine de
Fumechon,
d'une famille parlementaire,
† avant 1450.

Colette de Canlers
mère de
Regnier de Montigny.

Jacques de Canlers
clerc de Pierre
de Saint-Amand,
contrôleur de l'Argenterie.

Charles de Canlers
échevin de Paris en 1446;
confirmé comme
clerc extraordinaire
des Comptes en 1461.

Curateurs de Regnier de Montigny.

Marguerite de Canlers,
veuve en 1461
de Philippe Braque,
chevalier,
conseiller au Parlement.

TABLEAU DE LA FAMILLE DE JEAN DE RUEIL

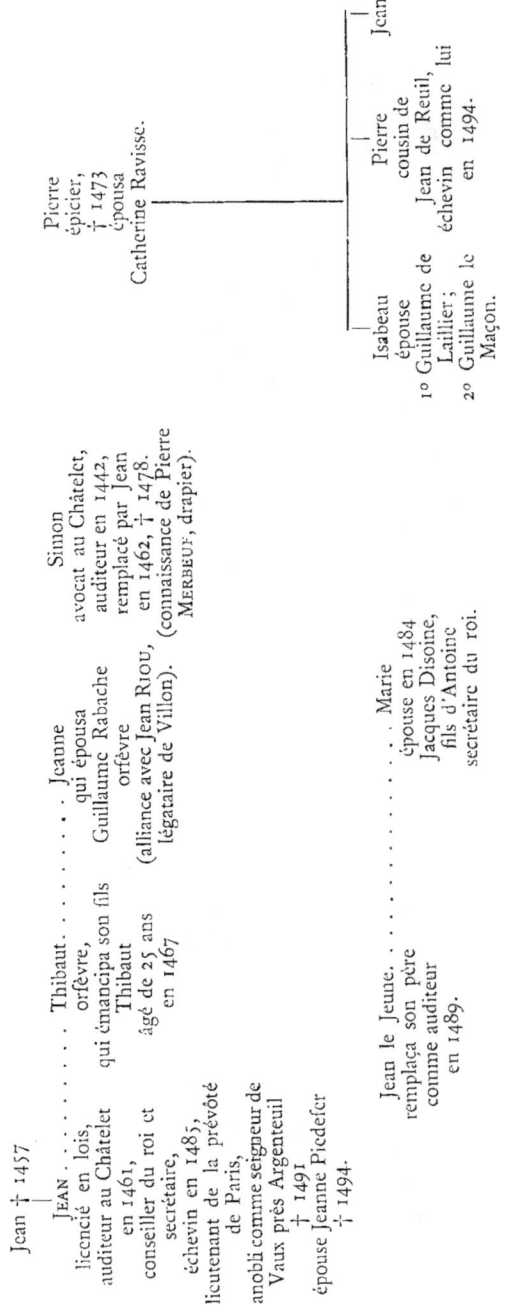

Jean † 1457

JEAN . . . . Thibaut. . . . . Jeanne . . . . Simon
licencié en lois,   orfèvre,   qui épousa   avocat au Châtelet,
auditeur au Châtelet   qui émancipa son fils Guillaume Rabache   auditeur en 1442,
en 1461,   Thibaut   orfèvre   remplacé par Jean
conseiller du roi et   âgé de 25 ans   (alliance avec Jean Riou, en 1462, † 1478.
secrétaire,   en 1467   légataire de Villon). (connaissance de Pierre
échevin en 1483;   MERBEUF, drapier).
lieutenant de la prévôté
de Paris,
anobli comme seigneur de
Vaux près Argenteuil
† 1491
épouse Jeanne Piedefer
† 1494.

Jean le Jeune. . . . . Marie
remplaça son père   épouse en 1484
comme auditeur   Jacques Disoine,
en 1489.   fils d'Antoine
                                   secrétaire du roi.

Pierre
épicier,
† 1473
épousa
Catherine Ravisse.

Isabeau   Pierre   Jean.
épouse   cousin de
1° Guillaume de Jean de Reuil,
Laillier;   échevin comme lui
2° Guillaume le en 1494.
Maçon.

SOURCES : Bibl. Nat., fr. 4752; Clair., 763, 764; P. orig., 2591; Arch. Nat., X^{1a} 4814, fol. 110.

TABLEAU GÉNÉALOGIQUE DE LA FAMILLE MARCHAND

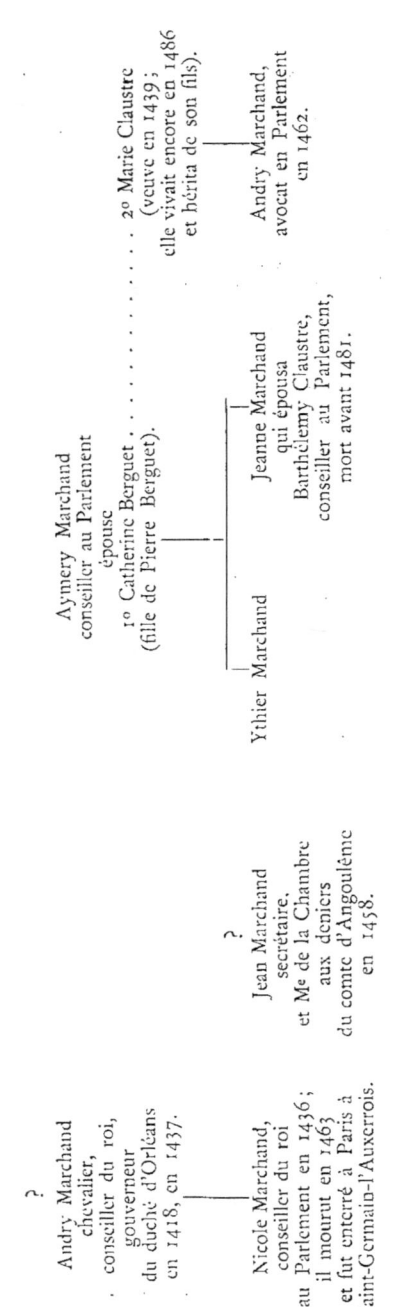

?

Andry Marchand
chevalier,
conseiller du roi,
gouverneur
du duché d'Orléans
en 1418, en 1437.

Aymery Marchand
conseiller au Parlement
épouse
1° Catherine Berguet . . . . 2° Marie Claustre
(fille de Pierre Berguet).   (veuve en 1439;
                                             elle vivait encore en 1486
                                             et hérita de son fils).

Nicole Marchand,
conseiller du roi
au Parlement en 1436;
il mourut en 1463
et fut enterré à Paris à
Saint-Germain-l'Auxerrois.

?

Jean Marchand
secrétaire,
et Me de la Chambre
aux deniers
du comte d'Angoulême
en 1458.

Ythier Marchand

Jeanne Marchand
qui épousa
Barthélemy Claustre,
conseiller au Parlement,
mort avant 1481.

Andry Marchand,
avocat en Parlement
en 1462.

Sources : Bibl. Nat., P. orig., 1838; Bibl. Sainte-Geneviève, ms. 848, fol. 39; Arch. Nat., X¹ᵃ 4813, fol. 128.

TABLEAU GÉNÉALOGIQUE DE LA FAMILLE DE BRUYÈRES

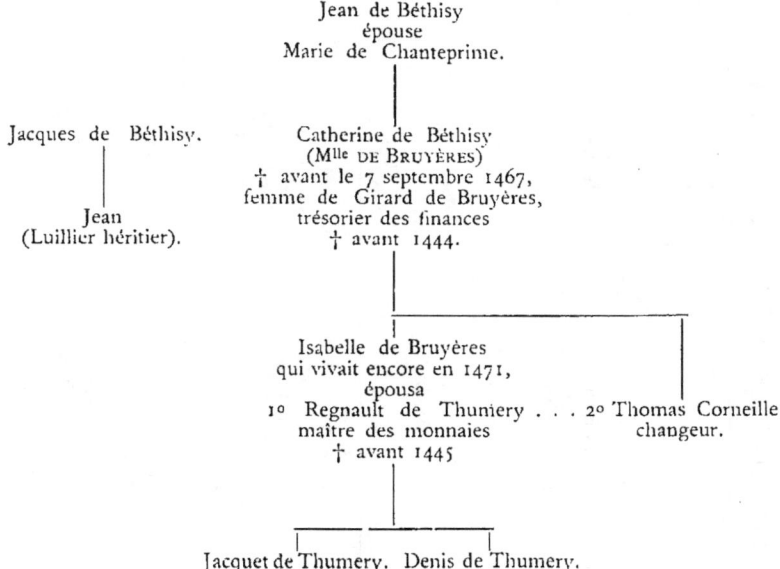

Jean de Béthisy
épouse
Marie de Chanteprime.

Jacques de Béthisy.

Jean
(Luillier héritier).

Catherine de Béthisy
(Mlle DE BRUYÈRES)
† avant le 7 septembre 1467,
femme de Girard de Bruyères,
trésorier des finances
† avant 1444.

Isabelle de Bruyères
qui vivait encore en 1471,
épousa
1º Regnault de Thuniery . . . 2º Thomas Corneille
maître des monnaies   changeur.
† avant 1445

Jacquet de Thumery.   Denis de Thumery.

SOURCES : Bibl. Nat., Clair., 763-764, 4 novembre 1444, 8 août 1445, 26 juillet 1451, 7 mars 1465, 7 septembre 1467.

GÉNÉALOGIE DES LOUVIERS

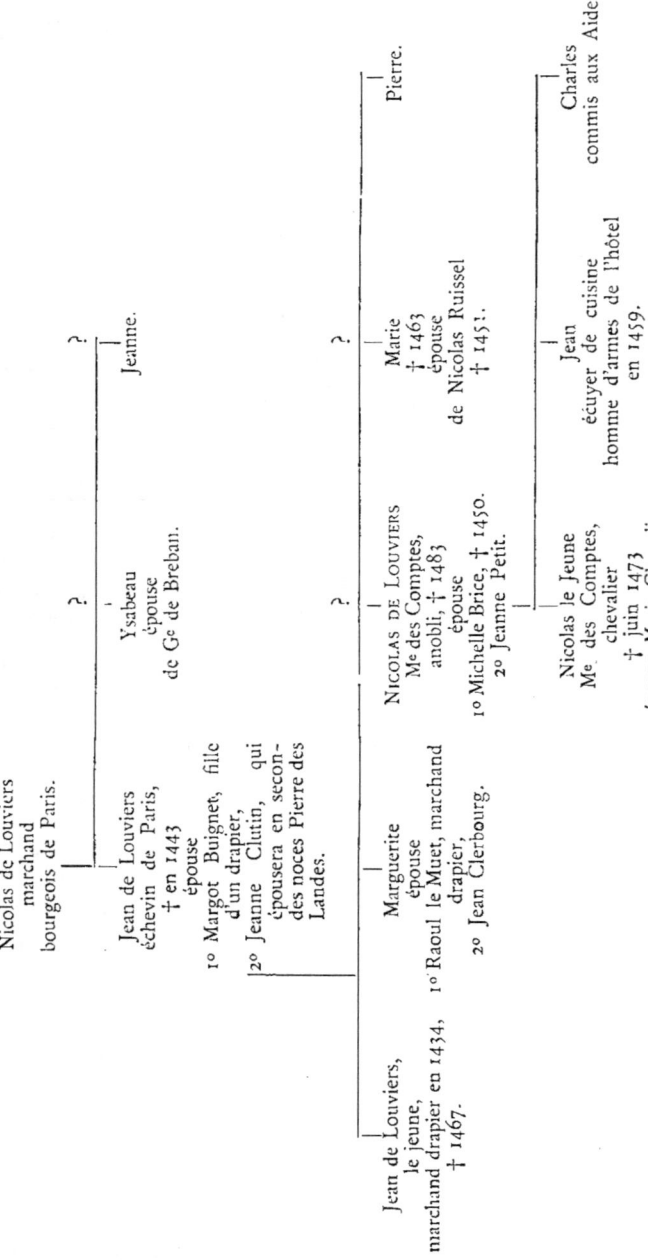

Nicolas de Louviers
marchand
bourgeois de Paris.

? — ? — ?

Jean de Louviers
échevin de Paris,
† en 1443
épouse
1° Margot Buignet, fille
d'un drapier,
2° Jeanne Clutin, qui
épousera en secon-
des noces Pierre des
Landes.

Ysabeau
épouse
de Gᵉ de Breban.

Jeanne.

NICOLAS DE LOUVIERS
Mᵉ des Comptes,
anobli, † 1483
épouse
1° Michelle Brice, † 1450.
2° Jeanne Petit.

Marie
† 1463
épouse
de Nicolas Ruissel
† 1451.

Pierre.

Marguerite
épouse
1° Raoul le Muet, marchand
drapier,
2° Jean Clerbourg,

Nicolas le Jeune
Mᵉ des Comptes,
chevalier
† juin 1473
épouse Marie Chevalier.

Jean
écuyer de cuisine
homme d'armes de l'hôtel
en 1459.

Charles
commis aux Aides.

Jean de Louviers,
le jeune,
marchand drapier en 1434,
† 1467.

Nicolas, fils mineur.

TABLEAU GÉNÉALOGIQUE DE LA FAMILLE DE VITRY

Jean de Vitry,
Me des Requêtes en 1413,
membre du conseil de 1414 à 1416.

Michel de Vitry, conseiller clerc du Parlement en 1400
châtelain de Chauny.

Gilles de Vitry,
châtelain de Chauny ;
conseiller et Me général
des monnaies
de Charles VI.
Épouse
1° Jeanne Alexandre,
sœur de Charlotte
Alexandre, la femme
du premier président
Adam de Cambrai.
2° Jeanne Cocatrix † en
1447.

Michelet,
premier sommelier
de corps du roi et qui
reçoit en 1413
un gros diamant.

Thibault † 1463
pseudo-légataire
de Villon.

Michelle
† 1456
femme de
Jean Jouvenel des Ursins,
le chancelier de France
(† 1431).

Guillemette
1° femme de Pierre Blan-
chet, Me des Requêtes
(† 1401).
2° femme de Hémon
Raguier, trésorier des
guerres († 1433).

Jeanne
femme de Jean Luillier,
conseiller
au Parlement.

Guillaume, né en 1423,
conseiller en Parlement
qui épousa
Jeanne le Picart,
fille du Me général
des monnaies.

Marie
femme de Pierre Baillet,
Me des Requêtes
de l'Hôtel.

Thibaud, 2e président du
Parlement, à qui son
grand oncle Thibaud,
laissa par testament ses
terres de Mitry et de
Macy.

LES JOUVENEL.

LES RAGUIER.

SOURCES : Bibl. Nat., fr. 18661, fol. 360. Généalogie de la famille de Vitry ; Bibl. Nat., P. orig. 3032 ; Clair , 763, 2 décembre 1445 ;
Bibl. Sainte-Geneviève, 848, fol. 23.

INDEX ALPHABÉTIQUE[1]

---

1. On a compris dans cet index les noms de personnes et les noms de lieux, les mots du texte de Villon qui ont été commentés, les matières visées dans les développements de ce livre, ainsi que les noms des auteurs qui ont éclairé ou discuté un point de notre sujet : ce qui concerne *Paris* a été groupé sous cette rubrique.

TABLE DES PLANCHES

CONTENUES DANS LE TOME II

TABLE ANALYTIQUE DES CHAPITRES

de cette juridiction où il n'a plus d'amis. Pierre de la Dehors d'une famille de bouchers, lieutenant criminel, fait mettre Villon à la question ; le poète est injustement condamné à mort. — Le quatrain. — Appel de cette sentence devant le Parlement : le 5 janvier 1463, la cour prononce contre lui la peine de 10 ans de bannissement. La ballade au clerc du guichet, Etienne Garnier, et les remerciements à la Cour.

Condition d'un banni. — Anecdote invraisemblable de Rabelais relative au passage de Villon en Angleterre : source de cette historiette. — Séjour possible de François Villon à Saint-Maixent où il aurait organisé une représentation de la *Passion*. — François Villon dut disparaître de bonne heure.

Guillaume de Villon meurt vers 1468 : son disciple Jean le Duc et son neveu Jean Flastrier demeurent fidèles à son souvenir et à Saint-Benoît.

L'imprimerie répand à Paris son œuvre après 1489 : on y trouve les éléments de sa légende : le bon folâtre, l'escroc et le buveur.

Les *Repues franches* : le rôle que Villon joue dans ce recueil reproduit des farces traditionnelles. — Les vraies franches repues : Turgis, Moreau et Provins. — Si la tradition des *Repues franches* est fondée, de tels faits doivent se rapporter à la vie d'écolier de François Villon : les écoliers maraudeurs. Franches repues à Paris de trois jeunes compagnons voleurs et le jardin de Pierre Baubignon.

Tradition sur la mémoire du « bon follastre » : témoignages d'Eloi d'Amerval, de Philippe de Vigneulles, de Rabelais, de Brantôme.

Tradition sur la mémoire de l'escroc : Villon, type populaire comme Pathelin. — Le Testament de Pathelin : les hoirs Pathelin et les hoirs Villon. — Jean Caillette. — La légende de Me Pierre Faifeu. — Le Testament de Ragot. — Villon et les jargonneurs : Geoffroy Tory et Clément Marot. — Le bohème Roger de Collerye.

Le vrai François Villon et celui de sa légende. .

I. L' « Amy Jaquet Cardon ». — II. Note sur Ythier Marchand. — III. Blarru, changeur de François Villon. — IV. Vie de Philippe Brunel, seigneur de Grigny. — V. Catherine de Vausselles. — VI. Noël Jolis. — VII. La famille Raguier. — VIII. Les deux Bailly. — IX. Note sur Robinet Trascaille. — X. Notice sur Jean le Cornu. — XI. Notes sur la famille de Thumery. — XII. Note sur Andry Couraud. — XIII. Le jardin de Pierre Baubignon. — XIV. La famille Perdrier et la charge d'écuyer de cuisine. — XV. Nicolas de Louviers, Pierre Merbeuf et le commerce du drap. — XVI. Pierre de Rousseville, concierge de Gouvieux, et le Prince des Sots. — XVII. La Machecoue, poulaillère. — XVIII. Note sur Guillaume Charruau. — XIX. Note sur Perrinet Marchand, sergent de la douzaine au Châtelet. — XX. Pierre Basanier, examinateur au Châtelet. — XXI. Note sur Jean Mautaint, examinateur au Châtelet. — XXII. Note sur Nicolas Rosnel, examinateur au Châtelet. — XXIII. Jean de Rueil. — XXIV. Vie de Martin de Bellefaye, lieutenant criminel du prévôt. — XXV. Jean de Calais, notaire au Châtelet. — XXVI. Pierre Fournier, procureur de François Villon. — XXVII. Note sur Genevoys. — XXVIII. Michault du Four, sergent à verge, tavernier et boucher. — XXIX. Note sur l'Orfèvre de Bois, questionneur. — XXX. Me Henry, bourreau de Paris. — XXXI. Jean Riou, capitaine des archers et pelletier. — XXXII. François de la Vacquerie, promoteur de l'officialité. — XXXIII. Me Jean Laurens, promoteur

Abbeville. — Imprimerie F. PAILLART.

PIERRE

CHAMPION

FRANÇOIS

VILLON

SA VIE

ET

SON TEMPS

—

TOME SECOND

BIBLIOTHÈQUE

DU

QUINZIÈME SIÈCLE

—

XXI

PARIS

HONORÉ CHAMPION

ÉDITEUR

5, Quai Malaquais

—

1913

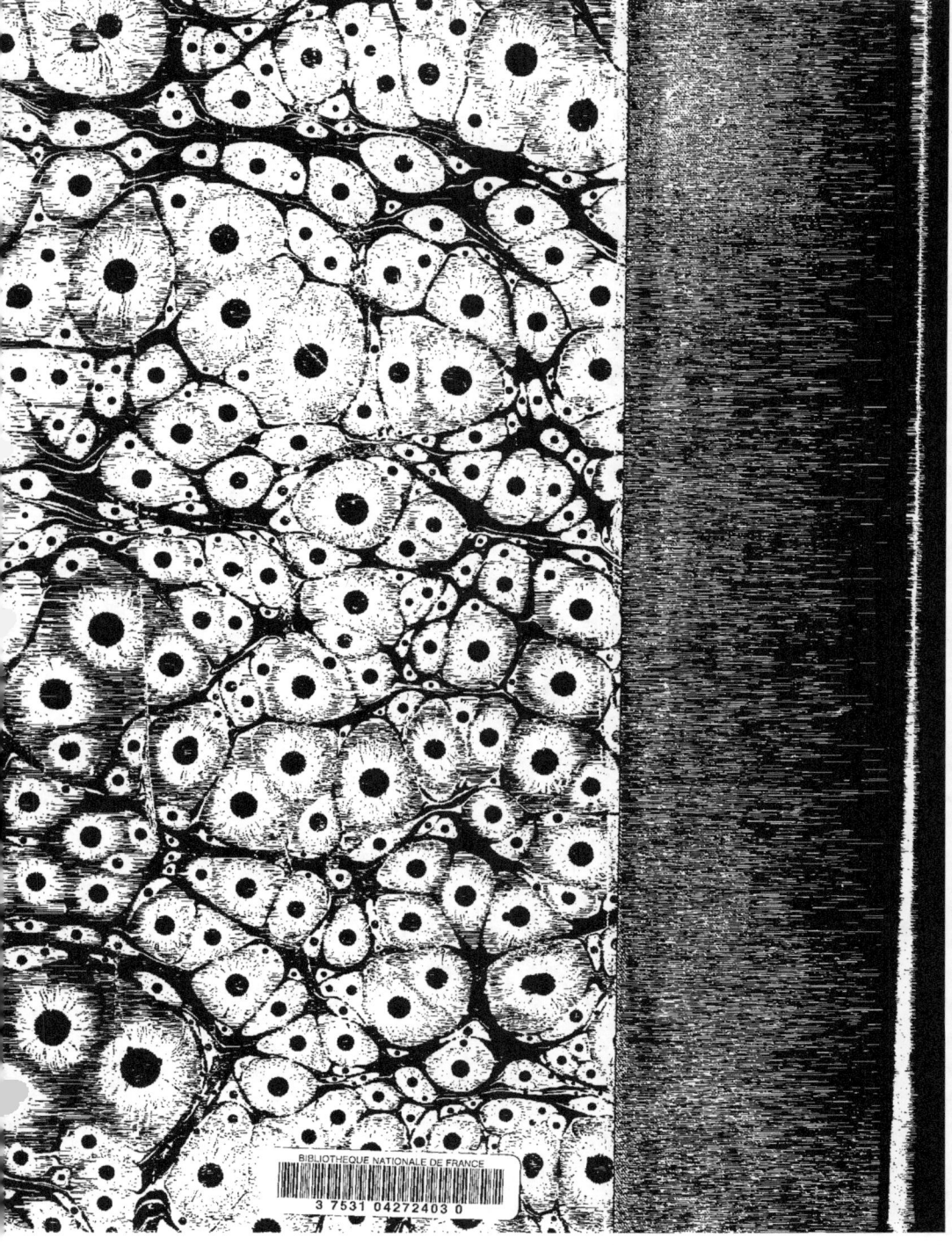